二月河
长篇历史小说
典藏版

乾隆皇帝

④ 天步艰难

二月河/著

长江出版传媒
长江文艺出版社

图书在版编目（CIP）数据

乾隆皇帝. 4, 天步艰难 / 二月河著. -- 武汉 ： 长
江文艺出版社，2024. 12. --（二月河长篇历史小说 ：
典藏版）. -- ISBN 978-7-5702-3688-6

Ⅰ. I247.5

中国国家版本馆 CIP 数据核字第 2024T01N09 号

乾隆皇帝. 4, 天步艰难
QIANLONG HUANGDI. 4, TIANBUJIANNAN

责任编辑：黄雪菁　王乃竹　杨　阳　　　责任校对：程华清
封面设计：璞茜设计　　　　　　　　　　　责任印制：邱　莉　胡丽平

出版：长江出版传媒 ｜ 长江文艺出版社
地址：武汉市雄楚大街 268 号　　　　邮编：430070
发行：长江文艺出版社
http://www.cjlap.com
印刷：湖北新华印务有限公司

开本：710 毫米×1000 毫米　　1/16　　印张：169.125
版次：2024 年 12 月第 1 版　　　2024 年 12 月第 1 次印刷
字数：2598 千字

定价：282.00 元（全六册）

目　　录

第一回　窦兰卿踏雪扬州府
　　　　马侉子调谐窖盐商

扬州历古为名城大郡。据传黄帝时割天下为九，分为冀、兖、青、徐、扬、荆、豫、梁、雍，单一个扬州即辖今日江苏、安徽、浙江、福建四省疆土，占尽天下膏腴之地。自周汉而后，不知什么缘故，"州"尽自仍是州，富庶愈盛，版域却愈来愈狭。三国吴置扬州，只管着建业都城，已是和原来九州之"扬州"八不相干，沿南朝宋齐梁陈至隋，索性更名为江都郡；唐改"广陵"又复名"扬州"，规规矩矩成了省辖郡府。坐定了这位置，却也没有再行"递降"。

小归是小了，但此地南亘扬子江，蜀阜山脉接川南，邗沟水波分淮北，大运河绵延贯境通抵长江，不但是东南水旱两路码头百什货物集散之地，且是山川佳秀景色宜人。登蜀岗俯瞰，但见瘦西湖平明如镜画舫游弋渔舟往来，数不尽的河道港汊纵横于街衢巷肆之间，廿四桥、平山堂、文峰塔、龙华亭、七十二寺庙三十六名园错落有致，楼影入湖，尽在茂林修竹间摇曳荡漾。轴橹衔接如蚁成队，自平山通至御道，十里翠华，楼台亭榭星罗棋布。真个家家住青翠城闉，处处是烟波丘壑……诚所谓"天生丽质难自弃"。这份风流繁华乃是与生俱来，决不是凭人力所能予夺。

此刻，正是乾隆乙酉年正月初十。一冬湿暖，几次阴天儿，都是霏霏细雨，偶尔飘几片雪花也是旋落旋化；或者干脆是雨夹雪，细绒似的雪丝儿杂在雨雾中飒然落下，只将里弄小巷搅得泥泞不堪，要想踏雪寻梅就压根说不上了。但初九夜里起了北风，鼓荡呼啸吹了半夜。黎明时，扬州人才知道，棉袍子还是要的。

亭午时分，绛红的彤云愈压愈重，阴沉广袤的穹隆上烟霾滚动，像刚刚冷却的烙铁般灰暗中隐带着殷红。终于一片，又一片，两三片，柳絮棉绒一样的雪花时紧时慢，试探着渐渐密集起来，不一刻工夫便是乱羽纷纷万花狂翔，把个裹红自矜妖娆玲珑的维扬陷进蝴蝶阵中。

雪下得正紧间，一头毛驴驮着一位二十多岁的青年书生逶迤过了关帝庙西迎恩桥，径至扬州府衙照壁前下骑。他抹了一把头脸上的雪水，握着驴缰绳，对搓着冻得有点发红的手，似乎有点不知所措地望了望黑洞洞的府衙大门，寻望良久才见下马石旁挨墙立着几根拴马木桩，因牵着驴过去，解开褰衣带子脱掉了，正要拴驴。衙门洞里一个衙役正和同伴说笑闲磕牙儿，一眼瞭见了，却不肯冒雪出来，闪身出来站在滴水檐下，远远地斥呼道：

"喂！你瞎了不是——说你呢！你张望个屎哩？——那是大人们歇轿拴马的地方儿！"

那青年一愣，望着门洞说道："请问我的驴该拴哪里？"那衙役还要呵斥，旁边一个衙役笑骂道："何富贵，你他娘的把我们一群都骂了进去——他在看我们，你说'张望个屎'。"何富贵本来板着面孔，泄了气扑哧一笑，对那青年喊道："从东旁门进去。牵到马厩那边，自然有人照料。"那青年嗫嚅了一下，大声说道："我是——"

"知道得知道得！"何富贵不耐烦地一口打断了，摆手指着衙东说道，"你主子不是会议迎驾的事的么——东角门进去——老高接着说，他两个正日得高兴，她男人回来了，这婆娘怎么料理？"

那青年听他这般话说，顿时如堕五里雾中，府衙会议他是知道的，但"你主子"三个字便令人百思不得其解。他叫窦光鼐，别看文弱纤秀貌若女子，其实不是等闲之辈，自幼在塾读书乡里便有神童之曰。十二岁进学为秀才，十五岁赴南京贡院乡试，赫然高中第三名举人；次年公车进京会试，春风得意之人，益发的精神焕发，制艺①、策论、诗俱都作得花团锦簇一般；试官暗中揣摩，居然取中第三名，待下来看履历，才知窦光鼐不过是个刚过志学的少年。主考官讷亲见他如此青云直上，皱眉说道："太年轻了，得挫磨一下性子。取得高了太惊动物听，也怕折了他的福——你们看他的字，带着点飞扬跋扈味道，锋芒太露了嘛……"生生向后推了十名，险些一个一甲进士被他夺在手中。但凡淹博才智杰出之士多犯一宗毛病，

----

① 制艺：即八股文。

易于傲物不群。他虽被黜在二甲，毕竟仍在前茅之中，按例分发，仍入翰林院授职编修。本来这是枢密清要，进士们巴望难得的差使，敬老师敦同僚安生混差使，出几个学差红了，稳稳当当授掌院、内阁学士、大学士，自然地就宣麻拜相了，至不济也混个外任学政，也是官场人人心向往之的要缺。却因礼部侍郎王文韶到翰林院讲学，痛诋宋儒道学，他竟当场挺身而起与这位名满天下的前朝老状元哓哓折辩。两个饱学之士一老一少一台上一台下反复折难反诘，清秘堂中人人听得心旌动摇。幸而礼部尚书军机大臣纪昀正好要从翰林院抽调文词之臣编纂《四库全书》，就腿搓绳儿的事，掌院学士便将这个二杆子翰林"优叙"了出去。

窦光鼐站在琼花淆乱的衙前发了一会子呆，毕竟心中懵懂；自己要来衙拜望扬州府同知鱼登水，说征集图书的事，昨天驿站已经知会了知府衙门，鱼登水怎敢如此怠慢？再说"你主子"三字愈思愈觉殊不可解，想再上前问询，却听那个姓高的衙役说得起劲："……那女的半点也不慌张，蹬裤子穿齐整了，见野男人唬得没做手脚处，脸色煞白满头冷汗发呆，对他耳边嚼了几句悄悄话，到门前提了只柳条笆斗，'哗'地打开门。她丈夫还紧着问：'大白天怎么把门拴得死死的不开？'话没说完，'嗡'的一声，头上已被女人套了个笆斗。女人两只手擂鼓价猛捶笆斗，使着眼色教野汉子逃，一边破口啐骂：'王家墥唱大戏《混元盒子》，杀千刀的，只顾你自己去看！也不带我——我教你看！我教你看！！我教你看！！！老娘懒得给你开门……'她男人头震得发蒙，一时间瞎子聋子似的，不住口价解说着'没有看戏'，野汉子早一溜烟儿走了……"

衙役们顿时一阵哄堂大笑，纷纷笑骂："日娘鸟撮的，家里有这么个婆娘，绿帽子要戴到棺材里去了！""她男人《混元盒子》没看上，野汉子在家倒看上了……""贼才贼智，真真不可思量！""当场脱逃，缉拿无案……"嘻嘻，哈哈，格格，嘿嘿……一片嘈乱的笑声中，窦光鼐摇摇头，牵着驴去了。

沿着衙门南墙向东走了约一箭之地，果见尽东头有一道门。却也不是寻常独人出入的"角门"，颇似骡马干店的车马门，约可丈许宽窄，无阶无槛也无门洞，满地稀得受潮了的白糖似的雪水，地上车痕蹄迹脚印并骡马粪狼藉一片。窦光鼐心知这就是了，牵着驴进来，抹了一把被雪迷了的眼，果见这座大院落靠北沿东都是厩棚，马嘶骡踢腾得甚是嘈杂。进门向西却是一排拐角房，里边坐满了人，也都在喝茶说笑话。茶炉弥漫的白气缓缓从窗口檐下吞吐漶散。因见这些闲汉一色都是厮仆长随打扮，恍然之间窦光鼐已经明白，这都是本地织行染坊盐商阔主们的家人，自己这身装裹，骑这头蚂蚁似的黑叫驴，连个从人也没带，一准是那个杀才把自己当成哪一家的仆从了！窦光鼐不禁莞尔一笑，牵着他的"黑蚂蚁"绕过一片放得横七竖八的轿车、暖轿、驮轿，在一群高骡子大马中拴好了，出来，便见一个衙役从内衙提着大茶壶出来，因问道："鱼二府在哪个堂？"

"孕——妇？"那衙役冷不丁地被他一问，怔了一下，吞地一笑说道，"孕妇自然在接生堂——你这人真有意思！"

"集省堂？集省堂在哪里？"

"接生堂有好几处呢，你问的哪一处？黄家的？刘家的？还是卢家的？"

窦光鼐怔了半晌，才明白和这位满口吴语的家伙闹了个满拧，一笑即敛，咬着京派官话一字一顿说道："我要见你们鱼登水大人——知府裴兴仁已经革职拿问，鱼登水现在署理扬州知府，他还是同知，所以叫他鱼二府——听明白了么？"

"你是要见我们太尊大人嘛，早说不就明白了。"那衙役惊讶地闪了他一眼，这才正目打量，只见这年轻人穿着灰府绸挂面儿棉袍，蓑衣上满是雪，里边露出套扣天青缎巴图鲁背心，脚下乌拉草木底履套着黑冲泥千层底鞋，穿着蓑衣却没有戴笠，一顶黑缎六合一统瓜皮帽上还嵌着一块白玉镶片。这身行头说贵不贵，说贱也不贱，说不清是个什么来头，因道，"鱼大人出衙拜客去了。原说今儿会议本府士绅，商计乾隆爷巡幸扬州迎驾的事儿，人早到齐了，大人还没回来。二堂那边——"他用手指指衙内院向南拐弯处，"人都在候着他老人家。您先生敢问官讳、台甫？要到签押房得等胡师爷午饭后才得开门，不然先屈驾到二堂等着也好，鱼老爷不会在外时辰长了。"这次他也咬一口蹩脚京腔说话，虽是不伦不类倒也明白。窦光鼐听了只点点头，一边走，解着蓑衣带子径到府衙二堂后，蓑衣木履脱在廊下，便听里边人声嗡嗡嘤嘤，啜茶的、窃窃私议的、咳嗽的、打呵欠的，叽叽格格似乎在说笑的……什么样的都有。

猛听得有人说："窦光鼐这么作践别人，踩人肩头向上爬，也不是什么好东西！"

窦光鼐万万没有想到，此时此地会有人在背后骂自己，而且咬牙切齿恨得想将自己投畀豺虎，心里轰地一阵耳鸣，立刻涨红了脸。站在门口觑着眼往里瞧时，外面雪光映着，屋里格外暗，烟腾雾绕朦朦胧胧老少富商足有四十多个，杂坐在六七张八仙桌旁吃茶抽烟嗑瓜子儿品果点说闲话，根本看不出方才是谁发话，正发愣间，二堂西南角几个人已经纷纷附和。

"邢二爷说的是。"一个肥得水桶似的绅士，用手绢擦着油光光的鼻子，打着哈欠呜噜不清地说道，"裴太尊挂靴离任，我去看他，他说自己只想造福一方百姓，不防头就得罪了言利之臣。这姓窦的就是个言利之臣，货真价实的个小人！"

"是小人之尤！"

挨着邢二爷坐着的一个干瘦中年人将着山羊胡子，斩钉截铁说道："他按着治河涸田①不许卖，裴太尊卖了他眼红——裴太尊难道卖田填了自己腰包？"说着便吭吭地咳。旁边一个獐头鼠目的小个子却似乎不关痛痒，笑道："无非窦某人弹劾裴太尊，断了诸公一条生财之路，你们才恨他。说句公道话，朝廷的涸田卖得也太贱了。老邢，把你清河庄子上的地二十两银子一亩盘给我，不，三十两也成——你卖不卖？"窦光鼐这才看见那个叫邢二爷的，却是个方脸络腮胡子，说起话来鬓边一块朱砂痣一抽一动。"那是我爷爷手里从靳河帅手里买的——你老万开什么玩笑——我是说，这些涸田荒着也是荒着，朝廷自己不种，卖给老百姓种不也是善政？他窦光鼐凭什么拦着，还弹掉了裴太尊，连靳镇台也跟着吃挂落！"

旁边几个土财主模样的立刻响应：

"天道好还，窦光鼐也不得好死！"

"拿别人血染自己的红顶子，他还算是个才子？！"

"鸡巴才子——就是才子，也是个妨主精儿——我听说他娘，他太太都妨死了。这样的人，能在乾隆爷跟前呆长？"

"大凡才子，多是短命的。"邢二爷道，"孔子跟前的颜渊，才子吧？三十三岁呜呼哀哉。汉朝的贾谊，才子，三十三岁哽儿屁朝天……"

---

① 治河涸田：指清政府掌握的黄河荒滩。

…………

窦光鼐弹劾裴兴仁和靳文魁，原为他们攀结盐政使高恒，连小妾都献出去供"国舅"淫乐，没想到竟招惹了这群地主，疯狗似的恨不得咬死自己。听他们夹枪带棒辱及家门，更气得手颤心摇，身子一挺进了二堂，正要说话，一个白净脸中年人早已迎上来让座，扯着他袖子递着眼色小声说道："兰卿老师，我看你多时了。不怕真小人但畏伪君子。和他们怄气，没的小了老师的身份。来……坐，听他们胡嘈，一会子难堪死他们！"窦光鼐一看，却是在纪昀府里几次见过面的熟人，人都叫马二侉子，是专为内务府采办贡品的皇商，为人最是散漫不羁的，本名自己却不知道。窦光鼐恶狠狠盯了西南角一眼，粗重地透了一口气，挨着马二侉子在公座旁第一桌坐下，阴郁地说道："民间口碑，指摘官员操节，原是寻常事。但家母健在高堂，他竟敢如此诅咒！"

"要整治他们也不在这一时。"马二侉子一条辫子散懒地盘脖子一圈搭在胸前，端茶吸溜一口，嬉笑道，"这几个都是扬州宫粉行的粮绅，地地道道的土佬儿。您当场和他们拌嘴，扯平了身份不是？胜之不武么！"说着，便见那桌上那位獐头鼠目的先生伸着脖子挤眉弄眼问道："涂维孝，你说得活灵活现，见过窦大人？""见过，"那个姓涂的舐舐嘴唇，扮个鬼脸儿笑道，"那样子呐，和尊范一模一样，伶伶仃仃的，像《水浒》里的鼓上蚤时迁……"一句话说得西南角满桌哗笑。窦光鼐满腹气恼，也忍俊不禁"扑哧"一笑。其余各桌士绅，经营茶盐瓷器漆器染织行当不一，彼此似乎也不甚相熟，却仍只顾各说各话不大理会。

闲话神聊间，外间的雪下得越发大了。

风似乎停了，一团团一片片，或如乱羽，或似绒球，不飘不荡，在黯淡的门洞檐下格外显眼，竟是个直落硬降的味道。满地稀浆样的雪搅水已被骤雪盖得严严实实，房瓦上的雪已积得三寸有余，瓦溜子的滴水也渐渐停了。不知谁说了句："雅静，鱼太尊回来了！"满屋嘈杂立刻停了下来。

一片鸦没雀静中，窦光鼐留神向外看，果然见一乘四人大轿，蒙着的纳象眼毡幕上覆了厚厚的一层雪，抬杠的轿夫人人雪水淋漓，踹着步子踩得雪地咯咕咕咕响，从大堂东道绕到天井院里，"噢——"的一声号子，大轿稳稳落了下来。那个提茶的衙役一溜小跑出去，挑起毡帘，赔笑说道：

"老爷回来了？客人们早就到齐了，恭候着您呐——爷揩一把脸再出来，外头贼冷的，着凉感冒了不是顽的……"接着便见一个官员哈腰出来，却是一位清癯老者，年纪在五十岁上下，瘦骨嶙峋的，像是一阵风就能吹折了的老竹竿，下轿来双手对搓着一头走一头问道："兰卿大人来了没有？"

"没呢。"那衙役小心翼翼搀着他上阶，忙不迭用手拂去落在白鹇补服上的雪，拉拉袍摆抖抖褂襟，笑得鼻子眼挤在一处，说道，"老爷一升轿，我就吩咐了门上，今儿不开衙理事，有大人来访惊醒着些儿快些报进来。这大的雪，小虹桥那边梅花开得好，兰卿大人敢是赏梅去了吧……"

此时众士绅早已起身迎出堂口，打躬的、作揖的、拜稽的、请安问好一片声响："太守""太尊""黄堂""五马"……胡喊乱叫一气。那鱼登水却甚是眼明，隔着众人一眼便瞧见窦光鼐缓缓起身，忙用手分开人群，几步抢进去，双手拉着窦光鼐的手，晃着胳臂笑道："老兄倒先来一步！你说'登门来拜'，我怎么敢当呢？今儿一早起，赶紧就过驿站拜望，谁知路过镇台衙门，靳文魁正在搬家，这大的雪，箱笼行李都摞在泥水里，一家子妻女哭哭啼啼——我们共事相与一场，他开缺问罪，下头人这么着作践，不好袖手旁观的，就在那里料理一下，谁知就去迟了，更不想你独个儿骑驴到我这边来，真好雅兴……"又说又笑嘘寒问暖，家常殷勤十分。马二侉子在旁笑道："靳家的雪天扫地出门，也少不了叫撞天屈，骂窦光鼐的吧？"窦光鼐也道："看来这个窦光鼐真是十恶不赦之徒。这边几位先生也骂得兴起，窦某人先雪水浸身，然后狗血淋头……"说着，便笑。但在场的人除了鱼登水和马二侉子，谁也不知"兰卿"是窦光鼐的字，他们的话，立即引起邢二爷几个人一片声"共鸣"：

"大雪天封门闭户，硬赶人家搬家？镇台衙门的人真他娘势利——这都是窦光鼐做的好事！"

"靳大人那是多好的人啊，本事也大，开得两石弓呢——落架凤凰不如鸡啰！"

"还是我们鱼太尊，前头裴太尊家眷动都没动！"

"平常生意人家，还讲个'信'字呢！前头裴太尊批给我们的涸田田契，加着府台印信，鱼太尊得给我们做主！"

"这话对，没的叫窦光鼐这枭猇觑得意了！"

众人七嘴八舌中，鱼登水身在窦光鼐面前，尴尬得脸色灰青，脖子上的筋绷起老高，沉着脸断喝一声道："住口！窦兰卿大人名臣风骨，弹章一上，朝野震悚，你们是什么东西？敢在这里侮辱毁骂?!"窦光鼐进前一步，双手一拱笑道："学生就是窦光鼐，窦光鼐即是窦兰卿，着实得罪了！"

所有的人立时僵住，木雕泥塑般呆住，沉寂得连天井落雪的沙沙声都听得清清楚楚。好一阵子，邢二爷几个人回过神来，知道今天触了大霉头。先是那胖子撑不住，双膝一软跪了下去，"叭"地抡臂打自己一个耳光，说道："小人昨晚嚼醉了黄汤……跑了这里来胡说八道——临走老婆子还说，多喝茶少闲话——我竟是个猪托生的，没耳性！"他"叭"地又是一掌。几个犯口舌的米蛀虫土财东也都纷纷效颦，骂自己"死王八""不要脸""发昏""吃屎长大的"，花样百出。其余盐商、瓷器、漆器、织染行老板们不关痛痒，剔牙剜指甲在旁瞧风凉儿。鱼登水待他们出尽了丑，觉得还要靠着他们办迎驾的事，不宜太为已甚，笑嘻嘻牵着窦光鼐手道："兰卿兄，他们是什么玩意儿！生气值不当的。权当作听见驴鸣犬吠就是了。咱们先会议，我还有好消息儿告诉你呢。"

"你们几个还请进来，坐着会议吧。"窦光鼐见那几个人跪在倒厦檐下，个个面目赤肿羞缩委顿不堪，和鱼登水叙了主宾坐下，朝外边大声吩咐道。他目光带着阴郁，苦笑着对身边马二侉子道："自古好人难当，我岂敢妄求非分之福？那高恒身为国戚，职掌盐课重务，竟敢官盐私售侵吞国税数百万两，又与户部侍郎钱度通同为奸盗铜渔利，这样的城狐社鼠如果不置之于法，大清国还了得么？"马二侉子笑道："大人这一举，正是振聋发聩！就是我的嫡亲舅子，这么着折腾我的家产，我也容不得他！"

鱼登水新署知府，短缺着十几万两迎驾需用的银子，要着落在今天赴会人身上凑集，又恐威望不够，邢二爷几个人这一闹，正好借势敲山震虎，在座中干巴巴一笑，说道："这话公道！裴府尊也忒不像样子，怎么好连自己的小妾都献出去，在众乐园这种地方宣淫？沸沸扬扬，扬州的官箴都败坏尽了！"马二侉子道："这里头的学问鱼大人就未必知道了。裴府尊是个有龙阳之好的，不爱美人爱娈童，乐得小妾送去巴结，高国舅欢喜，小妾婊子齐欢喜，卖买涮田都便宜，竟是皆大欢喜——窦大人一道奏折直透九重，搅了这欢喜道场，怎不教人恨得牙痒痒！"话未落音，满座众人已是哄然大笑，只几个米商脸红得猪肝价，恨不得个地缝儿钻。

"皇上现今驻驾南京行宫。"鱼登水瞟一眼窦光鼐，见他微微点头，清了一下嗓子说道，"傅中堂现在成都整军，尹制军待过了正月十六，也要赴西安行营，督责大军粮秣事宜。皇上巡幸，是为视察江南民风吏情，昌明治世文物典型。大军行动，国库要耗金山银海，那是不消说得的。皇上来我们扬州，是我扬州人民百姓的体面风光，也是我们的福气。皇上奉天格物怜贫悯弱，以不扰民为宗旨，所以南巡以来一切供应都按圣祖爷手里规矩，由大内内库支应。如此深仁厚泽，我学生读遍二十四史不曾见识过。这是一头说，就我们扬州府，那是天下形胜富庶之地，譬如家里来了贵客，也还要粉饰丹垩洒扫庭除的吧？略尽臣子庶黎恭谨敬上之心嘛！大项的银子，府里已经筹齐。迎驾桥行宫，草河行宫，八大名园八大寺都装修停当了。还有些不是尽善尽美的，恐怕要着落在众位缙绅身上。这是天大的喜事，不能有半丝半缕的破相，府库的银子又不能动用，诸位都是明白人……"

他长篇大论，从大及小自远而近逼出题目，这都是前任知府裴兴仁说了又说，说得唇焦口燥的"道理"，耳朵也磨出老茧了，听得人太不耐烦，还要装作童蒙小学生听塾师讲学一样"恍然大悟"了的模样，天真地张口点头儿。窦光鼐是想借这个会议说说征集图书的事，恳请这些士绅将家中藏书借给朝廷修《四库全书》，头一次听这样的会，倒觉新鲜别致，想到草河、迎驾桥两处行宫千门万户巍峨壮丽，从仪征至扬州一路驿道，都将旧树拔了，换栽的乌桕松柏郁郁苍苍遮天蔽日……那是怎样的粉糜奢华……这样的虚耗民力民财，还说是"不扰民"！想到这里，窦光鼐不禁暗暗摇头。

"从北玉皇观到瓜洲渡，直到通抵长江摆渡码头，道路要全部整修……"鱼登水却全然不理会众人心思，自顾顺着自己的题目往下说，"六闸、金湾新滚桥、香阜寺、天宁寺到文旻寺行宫，崇家湾、腰铺、竹林寺、昭关坝这些地方道路已经修过一次，但车过马踏，有的地带泥浆翻起，又成了烂泥滩——要重新整治，垫的黄土不能薄于三寸。太后老佛爷和主子娘娘凤驾估约是在小五台或者香阜寺。小五台到平山堂，香阜寺到钞关马头都是旱路，路面儿还好，但只建了两座彩坊，这和皇上孝养母后表率天下那番赤子之心太不相称了。这里的彩坊要比北桥御道加密三成……"

这位新署扬州知府看来不知踏勘了多少次行宫道路，何处少一座歇轿凉亭，哪里需建一个戏台，甚至哪个下船桥板支柱不稳，俱言之凿凿，彼处需用银两若干，此地需用民工几何，也都如叙家常娓娓言来："……所需用工料银共计也不过十二万四千两，要请诸位乐输……"说罢挽起雪白的马蹄袖里子，用碗盖拨着茶叶末子啜茶。

本来还有点啜茶吸烟振衣咳嗽的会场，又像被冻结实了的池塘，变得阒无人声。鱼登水不慌不忙，扫视着会场，呵呵一笑打破了沉默："兄弟署理知府时日不长，昨日才接到范抚台宪票就任实缺。往后仰仗诸位父老的地方还多着呢！这是国家景运大事，差使办不好，我可以往前任裴府尊头上一推了之。但范抚台、金制台都要随驾来我维扬，一个破相出来，丢人现眼出乖露丑的还是我们扬州人。臣尽臣忠，子尽子孝，这比什么都紧要。我一点勉强大家的意思也没有——乐输嘛，讲究的就是'情愿'两个字——你说是么，兰卿大人？"

"啊——当然！"窦光鼐一下子从遐想中被拉回现实，凭自己微末小臣，想谏阻乾隆巡行各地逢迎争媚，比登天还难了三分，就"臣尽臣忠，子尽子孝"只能借这股势，办好自己的差使，想定了，言语便十分简捷畅爽，"鱼大人讲的好，就要这'情愿'二字。我是来征集图书的。《四库全书》现是皇子亲任总裁，四个军机大臣，二十几名大学士，部院大臣为副总裁。向民间征集散帙书籍，买卖是银两出入，借取有官票存据，分毫不取利的事，有的人偏偏就不'情愿'！"他顿了一下，目光变得异常犀利，"——你是什么心思啊？你是臣子百姓，君父向你'借'东西，这已经超乎礼之常情了，还要勒掯藏匿——以贼子之心事君？我已经探访清楚，宋版《朱熹集注》《二程掇瑛》，明版《余阙集》《风雨听荷》《蕉叶集》《阳明日记》……"他如数家珍逐一列陈，足举了三十余种书，"都在扬州诸位手中。顾全各位体面，就不点名字了——无论征集图书，还是迎驾接銮舆，其事虽异，其理则一！你不以敬诚之心事君，我就要有点诛心之论，一一上奏天听！"

此时院外天井房顶白茫茫一片雪色，檐下墙角的积雪已有半尺许深。忽地一阵哨风掠脊入院扑进二堂，堂顶承尘和窗纸一鼓一噏，连官座下的江牙海水朝日幕子也不胜其寒地瑟瑟抖动。饶是二堂四角大炭盆子红塔似的炭火烘着，人们还是打心底里起了个栗儿。先是邢二爷撑不得，嗳嘴了一下，说道："《朱熹集注》我家收藏了一部。不过不是宋版，是鲁班。求大人明鉴，要使得着，明儿叫小儿奉送到驿站。至于迎驾需使的银子，断然不敢小气敷衍，请鱼太尊开个数儿，我们好有个遵循。"窦光鼐听见"不是宋版，是鲁班"却是闻所未闻，身子一倾正要询问，左侧几桌商人也都争先恐后报名献书认捐：

"我家财神龛子后头一箱子破书呢！原说送到蔡家纸坊打了纸浆，皇上老子爱见，明儿就孝敬过去。钱的事也断然不敢叫老公祖为难。"

"《阳明日记》我有……"

"我有《余阙集》……"

"《蕉叶集》十二卷，还有九本子。我家小畜生不懂事，撕了三本用纸背练了账本子，敢情这大用处？大人不说，余下的也就撕了……"

……

说到认捐"乐输"，也都是个个踊跃，或建议"均摊"，或议论按资产大小"分等"，甚或说"抓阄儿"的纷纷不一，总之这十二万多两银子今日来会议的包了。最终议定，会下由商人们自行议定分摊数目，三天之后，由本地最大的盐商黄克敬揽总儿收齐缴来府衙。窦光鼐心记众人所报书目，到底不知道"鲁班"意指云何，悄问身边马二侉子，马二侉子也只是摇头："回大人话，我也是不得明白呢……若说'鲁班'，该是木匠书，是'鲁版'朱熹，又从来没听说过……"窦光鼐便目视邢二爷，问道："你方才说'鲁班'朱熹的书，是什么样子？纸色，装帧，还有墨印，是活字版，还是木刻版？"

"回了大人您呐！"邢二爷心里揣着个鬼，最怕的就是窦光鼐计较骂座的事，最巴望的就是能和"窦大人"攀扯几句，和息一下口孽戾气，听见窦光鼐问话，起身一揖，又虾身打个千儿，满脸谀笑难描难画，说道，"大人问的，小人一件也不明白，那纸都黄脆了，墨色倒是漆黑的，只是字儿个头像是大小不甚齐整，上下字儿中间远近也略有不同……"他口说手比，"……这么长，这么宽，这么厚，订线儿也朽了。懋书斋的伙计说这是宝贝，是后唐年间的纸……"

他没有说完窦光鼐已经明白，这定然是宋版活字印书，用的是后唐时的纸，这在宋代本朝已是极名贵的版本了，思索着又问："你说它是'鲁班'又据何而云？"

"不是集河运来的，是漕船运来的。"邢二爷连连摇头，"那真的是'鲁班'，书里加的眉批，都盖着图章。懋书斋的人说批字的人是个宰相，叫鲁秀夫什么的，所以小人叫它'鲁班'！"话未说完，正啜茶的马二侉子"噗"的一口，满口茶呛了出来，鱼登水也笑得呵倒了腰咳嗽。窦光鼐笑了一阵，叹道："陆秀夫乃是南宋理学名臣，末代宰相。当日宋帝被困崖州，元兵海上四合大围，陆秀夫杀死全家，衣冠齐整抱帝投海而亡，千古忠臣壮烈殉国莫过于此。你居然收有他的手批朱熹集注——由陆而'鲁'，由版而'班'，也就成了'鲁班'！"他苦笑了一下，又道，"本来今日你当着大庭广众辱我，更甚者谤及我母，我是不能容你的。你这样不学无术，我可以放你一马。审事量心说话要斟酌轻重是非，连祸从口出这俗语也没听见过么？"

"是……是……"

窦光鼐说一句，邢二爷答应着哈腰躬身喏喏连声，满堂的人原料着邢二爷今日未必能平安回家，听窦光鼐如此大度，一片声啧啧称颂。后堂几个侍候差使的衙役早听说今儿来了个"微服私访的六品京官"，都挤在二堂公座靠壁后瞧热闹儿小声议论。那个提茶壶的衙役便卖弄："你看看人家那福相，举止抬步言语行动里透出的那份贵重！啧啧，真真的天庭饱满地阁方圆，看见鼻子印堂了么？红的亮的！土星明亮加官晋爵，我的眼走不了水！"

第二回　鱼太守道路收冻殍
福公子荒庙救风尘

送走了会议来的士绅，鱼登水松了一口气，从堂口笑嘻嘻踅转身来，对马二俦子和窦光鼐举手一揖，说道："亏了你二位！不然，今日这块没烧红的铁有得打的——这屋里，空落落的，满地瓜子皮痰迹，走，到西花厅坐，又暖和又敞亮。我还有一坛子老花雕四十年陈酿，咱们边吃边聊……赵天贵，麻师爷他们回来了没有？"他让着二人起身，转头问那个提茶壶的衙役道。

"没呢！"那个叫赵天贵的衙役忙笑着答话道，"这会子雪下得紧着呢！别是在哪个地方儿吃酒赏梅了罢……"鱼登水愣了一下，多少有点扫兴地说道："我算着他们早该回来的了。这么着，我就不敢在衙门里陪二位了。这样——反正雪大，人不留客天留客，老马陪兰卿大人在花厅里只管吃酒说话，我出去走一遭，今晚咱们请几个朋友痛乐一宵。"

窦光鼐是个不喜应酬的，于人情世故敷衍而已，因笑道："我从虹桥灵土地庙那边过来，吃了十几个麻酥扬州春卷儿，一点也不饿。既然大人有公务，何必衙里再搅呢？不如各自散了罢，南京纪中堂那边来信，叫我过去引见，只烦贵府把他们献借的书征集上来，打好包，预备着驿送北京，别的我也没有要紧事交代的。"说罢就要揖别。马二俦子却问道："这种天气，府尊出去有什么事？"

"我看这雪——"鱼登水转头向外看看，"扬州十年不遇的吧？大雪封门的，要防着绝粮户冻死饿死，还有的房子禁不起水泡雪压，麻师爷他们几个出去没回来，我有些不放心，得出去走走。"马二俦子笑道："贵府真是爱民如子——我是说，如今还有你这样的官儿？"鱼登水道："也有个私意儿搅在里头，和亲王爷已经到扬州了，省里藩司臬司学政都过来迎接了，还有先期踏看驻跸关防的侍卫太监，不定哪个部的尚书侍郎都在城里，差使上一个错失，立时声闻九重！"窦光鼐道："不管扬州来了什么人，这是你的应份差使，你去办你的事吧——我们也好散了。"

这边鱼登水从正厅升轿出去，马二侉子便拉窦光鼐向东马厩走，却是赵天贵前头导引，为避那雪，不从天井里过，用钥匙开了琴治堂东厢房的锁穿堂出来，已在东马厩院那间茶炉房的隔壁了。赵天贵出去招呼马二侉子的驮轿和窦光鼐的驴。马二侉子见那头驴和他的大走骡一道牵来，小得像一只大黑狗，因笑道："亏您已经放了监察御史！如今知府出门都坐八抬大轿了呢，您倒骑这么一头狗崽子似的叫驴！坐我的驮轿吧——牵着窦大人的尊骑跟着！"窦光鼐犹豫了一下，见地下的雪已积半尺，漫天仍是绒雪狂舞旋落，无休无止地下坠，再骑毛驴不但足力不胜，且那份"骑驴赏雪"的雅兴也未必提得起来，这样的天气，坐上马二侉子这样的镶玻璃幕毡大驮轿，隔窗赏雪那真叫受用，可惜是马二侉子这个人……

"我告诉大人一句话，"马二侉子似乎猜中了他的心思，一笑说道，"无论官场文场商场，可以一色说是名利场。哪个场也是清者自清浊者自浊。您在翰林院和王平乐（王文韶字）辩论，说过'君子小人分野，唯一心而已'。这是有的吧?"只这几句话，窦光鼐便觉可以与此人同轿，莞尔一笑说道："别以为我耳目不灵，你不也是德州盐道么——我授观察道巡行观风，皇上有旨吏部存档，暂不明发，你不要逢人就说。"

马二侉子一听就笑了。却见两个轿夫套好驮鞍，抽掉安放驮轿的架子腿，轿夫一边一个搁起后边的柳木凹杆轿杠，对准了驮鞍中间的一道槽将皮绳嵌了进去，又将前杠抬起，却只有三尺长的轿杠，那走骡都是千调万驯出来的，自动便向皮绳套儿退去，轿夫双手一松，驮轿已经稳稳结束停当。一个小厮冒雪挑起夹板棉黑市布的狮子滚绣球棉帘，里头却是前后两座儿，中间轿窗还夹着套桌。马二侉子抢先一步上了前面座儿，伸手让窦光鼐坐了后座，说声"起路！"那驮轿像在雪地里被谁轻轻推了一把，稳稳滑动了出去。马二侉子却是十分会享福，先递给窦光鼐一个手炉，将手炉外煨热的毛巾抖下来，"兰卿，用热毛巾擦把脸。"又从座角取出一个棉套子捂得严严实实的银瓶，倾一杯热腾腾的茶水放在窦光鼐面前，又抖擞开一个油纸包儿，里边又几个小包，展开了，什么酱牛肉条儿、卤口条、茴香豆、桂花梅络小贴饼儿……竟是下酒物品一应俱全。马二侉子旋着一瓶

"洮河春"酒，笑着对看得发愣的窦光鼐道："兰卿，你是个清高人。我和你算不得一路人。我是挣来之食也吃，嗟来之食也吃的。你是个凤凰，非梧桐不栖，非醴泉不饮，非什么黄子'楝食'不食的。我呢？帮衬这世界，就是盗泉之水，捏着鼻子也就喝了。本来'道不同不相与谋'，咱们没缘分。你打心眼里也未必瞧得起我又是'皇商'，还掏钱买个道台装幌子的人。今儿是大雪把我们挤到这一顶轿底下了。跟您打包票，这肉这酒虽是民脂民膏，可也是我商场辛苦营运的干净钱买的——轿上吃酒，隔玻璃赏雪寻胜，这份清福只怕扬州最风雅的名士也未必享得！……只管吃喝玩赏，咱们兜城走一遭，下轿缘分也就尽了。你还去当你的清官，我还去捣弄我的瓷器古董绸缎贡品，如何？"

"我并不是什么'凤凰'。"窦光鼐被他一番话说得心里暗笑，稳稳靠在轿厢的毡包垫子上，望着片羽淆乱的轿外，眼神中多少带着点迷惘，举起马二侉子递来的一杯洮河春无声咽了，似乎在品那酒香，又似乎不胜烈酒的冲煞辛辣，唼着嘴唇说道，"只是朝里城狐社鼠，捣弄得太凶。略正派点的，也就被人看成了稀罕物儿。比起当年郭琇，那种铮铮风骨，敢在天子明堂当众批龙鳞，和圣祖那样的明君哓哓置辩，我根本没法比，也并不见谁有这样的名臣风骨。我读尽二十四史，似乎现在情势与哪一朝也不相似。生业滋繁前所未有，地土兼并得没有立锥之地的也前所未有。主上英明、辅相良能前所未有，昏天黑地里贪贿肆虐蝇营狗苟乱得一团糟，也是前所未有。天下太平前所未有，太平天下屡屡兴兵屡屡兵败，也还是前所未有！我有迷魂招不得啊……大家都是读书人出来做官。怎么做了官就变成一群魑魅魍魉——我夫子的四书，我夫子的春秋大义，难道都不管用了么？"

马二侉子端着酒杯，半伏在轿案上一声不言语。但见轿外风雪更加迷离。玻璃上的水汽凝了珠儿一行行淌落下来。外头景致都模模糊糊的不甚清晰。良久，他轻轻一叹笑道："我也读过几本史书。不怕你见笑，十四进学，十五中举，《离骚》解得，《易经》读得，先秦诸子文章句读断得，一样的看不透今日世道。历朝以来，只讲田赋粮税，如今又是亚细亚又是欧罗巴，又是钟表又是瓷器香料儿，外国听说还有铁路、有火车，我还见过火轮船！这都是前古没有的，叫人没法捉摸，竟和万花筒儿似的。你想，孔圣人书里没讲读书人在万花筒里怎么修行。白花花的银子从黑眼珠底下海水似的淌过，有几个能把持得像颜渊、曾参，又有几个男人像柳下惠坐怀不乱呢？来，喝酒——管它呢！岂不闻‘沧浪之水清，可以濯吾缨；沧浪之水浊，可以濯吾足’！来……"

轿子晃了一下，前头的骡子似乎遇到什么坎儿，猛地站住，后头的骡子不知道，用劲一拱，杯子里的酒都溅了出来，马二侉子一愣，挑起毡帘伸头出去笑骂道："日你们奶奶的！骡子怎么赶的？"窦光鼐侧转身擦去玻璃上的水渍看时，两三个骡夫已经到了轿前，正在搬弄什么东西。马二侉子的长随早已过来回话，抹着一头一脸的雪水，说道："回爷的话，这里冻倒了一个，雪已经盖住了。幸亏是骡轿，要是车轿，齐腰儿就截过去了……这人也真是的，别人都是爬道边儿卧着，他就这么直撅撅横到当路车辙里……"马二侉子没等他说完，搴帘便跳下了轿。窦光鼐也就随着下来。

在轿中隔玻璃瞧着，外间飞花如绒似絮飒然而落，出来便知里外寒温世界迥异。二人暖轿酌酒，热身子下轿，一阵寒风扑面而来，轿顶的雪团裹进脖项中，都是一个周身哆嗦的噤儿。马二侉子眯着眼，看看远山近廓，湖河港汊俱是白得刺眼的冰雪世界，街衢村庄蒙在雪幕中，绰绰约约朦朦胧胧景物都不甚清晰，不由得说了声"好冷天儿——"，因见窦光鼐已俯身察看那冻殍，趟雪过来，一头问道："这怎么料理？——您甭瞧了，这我见得多了，至少过去六个时辰了——可怜见的，才二十岁出头呢！"

"这附近不知有没有庙？"窦光鼐无望地松开尸体的胳膊，吁了一口气站起身来，"把他寄厝到庙里，再知会鱼太尊，由他安置就是了。""如今扬州大庙都装修一新，要预备着御驾临幸。"马二侉子道，"那些和尚们未必有这份慈悲心，收这些死尸有碍观瞻……只可是土地山神庙、马王庙、十王庙之类的杂庙野观，才可寄托这些冻饿殍尸的。"旁边一个骡夫笑道："大人们好心肠。像我们乡里，这种天气出门跑生意，一天遇上三五个不稀奇！这里驿道上了北坡，有座废了的五通祠，有的是空房子。爷们这里稍候一会子，小的们撺弄着抬他进去，出来咱们接着送爷们游玩。"

马二侉子唾了一口，笑叹道："踏雪寻胜来着，谁知碰上雪里埋尸——败了兴了。"窦光鼐笑道："你这是富贵轿，坐这轿冲雪赏景，很有点焚琴煮鹤的味道——这五通祠虽是淫祠，地方儿选得不俗，左倚蜀岗余脉，右临瘦西湖岸，艳阳春日来游，怕不也是醉人去处？"他突然眼一亮，指着五通祠西边颓墙说道，"——你看那一带梅！"说着一提袍角，踩着道旁松软的雪便登上去。马二侉子随后跟了过来。几个骡夫将死尸搭在毛驴背上，架头扶脚的，却是循着道儿向西，又向北趔，趔趄跟跄逶迤径往五通祠。

这是很大的一个院落，正殿和山门遭过火焚，已经几乎被夷为平地，七楹殿基下，齐整排列十二个栲栳大的雪堆，圆圆的，像发酵了的雪馒头，残存的东壁被烟火熏得鳌黑，金翠交错的壁画依稀仿佛。由正殿入庙，庙后的影壁也已倾圮，空落落的大院鸦没雀静，两排厢房倒几乎完整无损，东厢北头几间房似乎还住得有人。连窗纸都糊得严严实实。空旷寂寥中微微闻得人语之声。西厢南头五六间房却是烧残了的，残檩断檐纷杂错落，都落了许厚的雪盖。袅袅风中满院流雪回荡，给人一种空寂落寞的弃世之情，只有院心那个硕大无朋的焚香石槽，槽北矗着人来高黑黝黝的破烂铁鼎，仿佛在向人诉说着这里当年的繁华。

马二侉子的眼神却是不好，似乎是色盲，进了庙，还是看不清西垣下一丛丛的茂梅，一边跟着窦光鼐走，嗅着清芬寒冽的梅香，一边问："哪里有梅？梅在哪里？——我怎么就瞧不见呢？"

"这不是的么。"窦光鼐见他瞎张望，不禁好笑，俯身折了一枝递过来，说道，"你和我一个表兄一样，辨不出颜色妍媸。大家分苹果吃，他专捡又青又酸的取……"马二侉子这才留心自己脚下，短垣顺墙向北，莽丛丛灰蒙蒙一片齐项来高都是梅树，接过花枝在鼻子旁贪婪地嗅着，做怪脸儿笑道："我还不至于全然不辨颜色。梅花是白的，雪也是白的，就看混了——"话没说完，窦光鼐已笑得跌脚，劈手夺过梅枝说道："这是'白'梅么？西子无盐①都教你搅得一塌糊涂了！"他用手轻轻抚着，那梅枝权分两条，似蟠螭又如僵蚓，绵延直伸出三尺余，胭脂似的花朵上，没有绽开的蓓蕾上，都挂着蜡霜，风雪里瓣芯挺铮寒香袭人，看去倍觉精神。

马二侉子见他忽然沉吟，笑道："兰卿风雅士，必定有诗了。"窦光鼐苦笑了一下，略一顿吟道：

---

① 无盐：春秋著名丑女。

敛芬甘寂寞，持洁矜哀红。

沁香不媚雪，昂藏对东风。

马二侉子听着点头，叹道："足见风节。难为这句'持洁矜哀红'！——嗯……不过'昂藏'二字盛气了些，梅花是女儿情态，不如用'含愁对东风'好些。"窦光鼐道："'昂藏'辞气是霸道了些，说的是。景随意转，这会子没有愁，不能强说愁，倒不如'一笑对东风'，显得大方从容些。"马二侉子道："我是胡说八道，哪里懂什么诗？上年和纪晓岚公喝酒，他说古今咏梅的诗都做滥了，最不易出新意的。还代桃花骂梅花，什么'竹君子、松大夫，梅花何独无称呼'，还有'家家梅香都是奴'什么的，逗得我们好一阵笑。"窦光鼐笑道："他那是调侃。此人最爱唐突西子刻画无盐，满口都是胡说八道。"

说话间几个骡夫已经安置好死尸，搓雪洗手说笑着过来。窦光鼐看院中脚迹，便知是送到西厢屋里去了，因问道："没有惊动这里住着的人吧？"轿夫头儿赔笑道："这又不是赁出去的房子，谁管谁呢！东厢里有人探头儿看了看，没说话又掩了门。"窦光鼐还要问时，忽然听得庙外来路传来一阵急促的脚步声，像是后边有人追赶，有人大声吆喝：

"臭屄做的——野丫头，站住！你不想活了——操你姥姥的！哪里跑？"

几个人都是一愣，转瞬间见一个蓬头垢面的女孩子连跌带蹿奔上庙阶，年纪只可在十二三岁，这样冷透骨髓的天儿，只穿一件破烂流丢的青布大褂，腿上裹脚也散了，拖着一条元色带子拧着小脚伶伶仃仃飞奔上来，连鞋子也跑飞了一只。她跑到庙碑旁，煞白着脸张皇四顾，走投无路情急间，一眼觑见东厢北首，五通祠原来住持房子旁边的汲水井，黑洞洞的井口在雪地里格外显眼，犹豫了一下，冲步趋去，不防脚带拖在身后，缠在一根断檩钉子上，只一拽，"哧"地一个马趴，直滑出丈许来远！

这一来连东厢里住的人也惊动了，窦光鼐、马二侉子急赶上来要扶那女孩子时，东厢北房草帘一动，冲出两个叫化子打扮的少年，都是笑嘻嘻地，不由分说架起那姑娘便进了屋，便听屋里有人喊："给她找一身干棉袍——对，先用被子裹着——这天气怎么就穿得跑解马似的呢——把热水给她洗把脸！"却是一口道地京腔，公子哥儿吩咐下人口吻。

这时分还会有北京来的叫化子？窦光鼐和马二侉子都是一愣，诧异着退到大铁鼎旁边静观。

那群追赶姑娘的人已拥进庙里，约莫有十二三个，都是庄丁模样，衣色却甚杂，个个都是截衫棉袄短打扮，口里呼呼直喘白气。一个三十多岁的壮年汉子瞟了马、窦二人一眼，冲着屋里吼道："死丫头，识相点，快出来！"几个庄丁也七嘴八舌呼喊叫骂，口气却甚是轻佻：

"出来吧，王老五要急煞了！"

"要你坐花轿，当新娘子，你紧着往井里跳什么？真个是——天堂有路你不走，地狱无门偏进来！"

"到底是大家子调教出来的妞儿，还害臊呢！"

"这丫头是水灵，怨不得老五上火，把那二分茶山子都盘给葛二少赎她出来——"

"大家子的丫头都出落得这般标致——比葛二奶奶瞧着还俊十倍呢——不知人家小姐长什么模样？"

"那定必是沉鱼落雁之容，闭月羞花之貌了！"

"嘴脸！看几出戏，你就成斯文先生了！"

……

夹七夹八纷纷议论中，王老五又大声喝道："屋里人听着，快放人！不然老子要闯进去了！"

"是谁在这里撒野？"

草帘子一动，一个少年闪身出来，却也是乞丐装束，年纪约在十四五间，个头已是成人高低，脚下蹬一双污秽不堪的黑鲇鱼老棉头粗布靴子，一袭油渍麻花的老羊皮袍罩在身上，白花花油腻腻的毛里儿翻着，看不清里边穿的什么裤褂，一顶大得可笑的六合一统毡帽压得眉眼很低，脸上东一块西一道，不知是锅烟还是污泥，双腿叉开跨腰而立，雪地里看去显得滑稽里透着精神——一刹那间，窦光鼐觉得似曾相识，却再想不起何时何地见过这人。马二侉子也不言语，骨碌碌一双眼只是仔细打量这个少年，又不时瞟着跟出来的两个乞丐。

那少年却全然不留心众人，拧着眉头盯着王老五，不紧不慢问道："这丫头是你什么人？"

"我老婆!"

"老婆?"少年似乎有点意外,瞪大了眼又问,"你今年多大?"

"三十五!"

"她呢?"

"她……"王老五迟疑了一下,"大概……大概……十四五岁吧!"

少年一怔,随即哈哈大笑。这一瞬间,马二侉子脑海里电光石火一划而过,已经认了出来,对窦光鼐耳语道:"这是乔扮的叫化子。这个年轻人来头不小,是傅爵相①的三公子,叫福康安……"窦光鼐心下顿时恍然,怪不得面熟,原来把爷俩形象给印证在一处了,细思却又迷惑,又摇了摇头。听那少年笑道:"天下哪有这样的丈夫,连自己老婆的岁数都说不清!你三十五,她十三,你是她老公?你该是她爷爷!"

"是老公是爷爷与你鸡巴的相干?"王老五庄稼火上来,脖子筋胀起老高,脚一跺,转身冲门跃过去就揭那草帘。守在门口的那个中年乞丐跨前一步,只用手扳肩头一带,笑道:"私闯民宅劫人,你活够了。"王老五只着这轻轻一下,身子竟陀螺儿似的旋了几个圈儿,踉跄退了几步。刚刚站定,门口那小乞丐早一个头锤拱过来,王老五偌大身躯"扑通"一声四脚朝天仰在雪地里,溅得雪花腾然而起。

"好小子,敢动手!"

众人见王老五吃亏,发一声喊,一拥而上便奔那少年。小乞丐拖了少年便向后退,那中年乞丐挡在前头,笑嘻嘻的也不甚张忙,待前头几个人到跟前,突然蹲身,磨杠似的一个扫堂腿,三四个人像突然遭到风袭的谷个子,挤堆儿倒在一处。后边的人被他这一手唬得一退,随即喝呼大叫冲过来,却被中年乞丐劈胸捉了一个直操出去,又砸倒一个。庄丁虽多,无奈那中年乞丐端的不是凡手,人影恍惚穿插其间,打倒一个又奔另一个。那少年也是手脚灵便,但近前的,又操又带掌击肘砸,挨着的不是马趴便是喝醉了酒似的踉跄趔趄。那个小毛头乞丐更是撒溜,跳蚤似的在人群中钻来蹦去,朝这个踢一脚,朝那个打个背锤,时不时还扇人一个耳光。一时间打得雪尘飞扬,叫骂声呼喝声倒地声耳光声响成一片。窦光鼐和马二

---

① 爵相:傅恒因战功封有爵位,又是宰辅,因而尊称爵相。

侉子略看片刻便已了然，王老五一干人虽人多势众，却压根不是这三个人的对手。一团混战中东厢第二间也出来几个大汉，一个个都是壮豪威武，但却不是乞丐，像是长随模样，都叉手而立，笑吟吟看着这一群，倒像是在看街上跑江湖的走把式。

一时间庄丁已被摞翻了五六个，可煞作怪的似乎都被中年乞丐扭了脚筋，一个个双手抱膝护踝疼得在地下打滚。王老五脸色紫胀，累得呼呼牛喘，兀自和中年乞丐拼命支吾，口中大叫："一齐上——围住这小子，照死里打！"

"都住手，听我说话！"那少年站在井台石板前，一边格打扑上来的人，犹自好整以暇，大声喊道。站在檐下的几个长随见众人不听招呼，依旧缠打不休，"嗯"地一齐都上了手。只转眼间，庄丁们都被打倒在地，抱脚捂肚子爹妈老天爷混叫一气。两个长随架定了王老五，拖到少年跟前，朝膝盖窝里踹一脚，已是跪了下去。一个长随见他挣扎，劈脸一掌掴去，骂道："野泥脚杆子，老实点，听着这位爷说话！"

王老五又倔又憨，人已跪下兀自又纵又摇不肯就范。那小乞丐挽袖舒掌还要打，少年摆手止住了，上前一步问道："说实话，这丫头是不是你抢来的？"

"不是，是我买的！"

"卖主是谁？"

"官卖！"

"唔！——她是罪奴？"

王老五一愣，说道："她模样儿端正着呢——嘴一点也不努——你啰嗦个啥！给我放人！"那少年不禁咧嘴一乐，说道："今儿个无巧不成书，她是我的远亲表妹，奔这里求救。我能不管？王老五，我瞧着你也是个老实种地百姓，不想为难你。你娶一房媳妇儿也不容易，也不要说赎银是若干几何，你开个价钱，我成全你另寻个年貌相当的女人。这丫头其实还在孩提之间，没的作践了她，也伤了你的阴骘，你说成不成？"王老五听他的话只是个半懂，上下审视那少年，说道："你这像生儿，好大口气！我好不容易卖了茶山，八两银子才买到手——娶一房媳妇儿，没有六十吊钱谁嫁给我？你有么？"

"六十吊？"那少年眨巴了一下眼睛，原来他竟没有使过制钱，更不知道制钱和银子怎么换算，因便目视那个小鬼头乞丐。小乞丐笑道："一吊足钱是七百文，毛吊一千文，一吊七兑一两，六十吊六七四十二，加上银子成色折算，九成九的银子，九七六十三……"他掐指头算着，少年已听得大不耐烦，喝断了他道："吉保！你什么时候儿学会老婆子嚼舌头了？说简洁些！"那个叫吉保的小乞丐伸舌头扮了个鬼脸儿，笑道："该是三十五两三钱足纹，就够他娶媳妇儿了。""我给你五十两。"那少年微微一笑，用手点了一下，一个长随早趋步上前，将两锭台州足纹双手捧给他，少年接在手里掂了掂，蜂窝细丝灰白碴脚，一根到心的两块银饼子，带着那长随的体温，白绒一样的雪花一沾即融，白晃晃亮灿灿放着刺眼的光芒，一群庄稼人已经看呆了。少年走近王老五，将银子丢了他手里，笑道："回去把你的茶山赎回来，娶个婆娘好生过你的日子。放开他，叫他去吧！"说罢朝马、窦二人看了一眼，不言声揭开草帘回了屋里。那叫吉保的和那些长随、中年乞丐也都规规矩矩各回各房。

看着王老五一干人面面相觑，傻子似的高一脚低一脚离庙而去。窦光鼐也恍若梦醒，笑道："我也认出来了，翰林院送稿子去六爷府，见过这位哥儿。六爷调教子弟有方，这位少爷心地不坏。"马二侉子道："这是六爷正配夫人的娇儿子，序齿也排第六，其实前头三个哥子没养住，怕两个六爷叫混了，所以都叫他福四爷——福康安——我给他采办过东西，方才他已经认出我了。不见不好，咱们进去请个安儿吧。"见窦光鼐踌躇，马二侉子笑道："兰卿又自矜翰林身份了。福四爷也是有职分的人，一落草就是三等虾①，位置比我们高呢！"说着拔腿便走，窦光鼐身在其境，由不得也就挪步跟着进来。

屋子里很暗，乍从雪地里进来，几乎什么也看不清，团团纺花车似的光晕儿乱转，二人略定了神，才见共是四个人，中年乞丐控背躬身站在北炕西头边上，吉保和另一个年纪仿佛的小乞丐在南边地铺火堆旁烧烤着一只鸡，茶吊子里的水翻花大滚，满屋都是暖融融的湿气，那个小丫头双脚煨在被窝里靠墙在地铺上坐着，双手捧着一大碗面条，吃得满头热汗，已

---

① 虾：即侍卫。

是吃完，还用舌头舔着碗边，一副馋相可掬。福康安微笑着看丫头吃饭，见二人进来，笑道："老马，行了行了——打你娘的什么千儿——看着我打架，你竟是袖手旁观，也不过来帮一捶！"又问，"这位先生贵姓，台甫？"

"回四爷您呐，"马二侉子嬉皮笑脸，还是打了个千儿起身，"老马瞧着那一群人也不是您独个儿的对手。这位大爷——"他指着中年乞丐笑道，"不才也认得，是万岁爷指给傅相爷的贴身随从，诨名'铁头蛟'，也是大内侍卫呢！老马上手，只会碍您的事，丢您的人不是？我这身子，那叫——啊，对了——叫鸡肋不足以安尊拳！"说得屋里几个人都笑。马二侉子又介绍窦光鼐，"这位是窦老爷窦兰卿，我们小游扬州雪中胜景，却不防碰了四爷这里一出全武行，打得热闹，让卑职们看了一出好戏呢！"

听说是窦光鼐，福康安当即改容相敬，本来盘膝坐着的，俯仰挺了挺腰挪身下炕，竟对窦光鼐躬身一揖，笑道："失敬得很，不晓得是兰卿大人。家父在成都给的家信，说起您，品正立身，是位了得的大丈夫呢！"他抹去脸上污垢，虽则不脱稚气，却是满脸安详，一副稳沉优雅的贵族气度，让着窦光鼐道，"我微服在外，就这副形象儿，简慢了。大人请坐，吉保，把条凳子搬过来。老马也坐！"

"学生与福大人曾有一面之缘的。"窦光鼐见福康安并不拿大，眼见他目如朗星清秀俊雅，迥非大家子贵胄公子哥儿形容，坐在破凳子上欠身一礼，徐徐说道，"前年代礼部送谢恩表曾到贵府拜望傅相，福大人当时在合欢树下背诗，至今宛然在目。今日大人仗义救弱慷慨解囊，仁心义行，令学生敬佩！"福康安听他提及父亲，立起身来略一站，又坐回炕沿，含笑说道："这个——何以克当大人挂齿！视人落井而游戏旁观者，是为禽兽之心。晚生不救，大人也会出面干预的。"

马二侉子见二人都是如对大宾一团客气，不禁一笑，在旁欠身问道："四爷几时离京的？夫人倒也放心，让您自个儿出远门——您怎么换了这么身行头？"

"我出来一个月了。"福康安笑道，"若遵母亲的话，我该在府里，从书房到上房，时时眼里盯着我才放心。就在书房读书，她也要隔窗户看几遍——真和囚笼差不多儿。又是'父母在不远游'，又是'千金之子坐不垂堂'，古圣先贤的话大约她只记得这两句，絮絮叨叨颠来倒去就是个'不远游''不垂堂'……"想起母亲棠儿,福康安不禁又一笑,"这次出来,我是借着到西苑飞放泊放鹰打猎偷着走出来的。"

窦、马两人听了都是大吃一惊,愕然望着福康安,一时竟递不出话来。

"你们放心,如今我是过了明路的。"福康安孩子似的眨了眨眼,笑道,"母亲拗不过我,我也逃不出母亲佛爷掌心,走到通州就叫顺天府给截住了。"他指指正在笑着添柴的小吉保,"是这个狗才给通的信儿。母亲亲自赶到通州,见我好歹不肯回去,气得哭了一场,又是忙着给父亲写信,又给纪晓岚发函,都附到六百里加紧文书里专递出去。父亲在成都回信,说我不像他的儿子,叫母亲放行让我出去看看世面;纪公也回信,万岁爷说我是侍卫,侍卫不能像鹿苑里的圈鹿,既有志出来,可以顺道历练世情观察民风,到南京来从驾。母亲没话说,足足又挑了七八个护卫装成长随——"他指指隔壁,"这些人真像臭膏药,贴身上揭都揭不去——我娘这人,真拿她没办法!"

几个人听了都笑。窦光鼐这才明白就里,因见福康安穿着洗得发白的灰府绸夹袍,特意地在显眼处打了几块补丁,外边套的是去了面的皮坎肩,沿边上露出紫微微的茸毛,一望可知是极名贵的雪貂皮巴图鲁背心改制应景儿的"丐服",真不知道这位天家内侄,天下第一宰辅的嫡公子,又身为侍卫的哥儿,怎么个"沿路乞讨"而来。那姑娘吃了热饭换了干衣服,已经恢复了精神,她显然也被福康安弄糊涂了,眼目前这个小叫化子,竟有这一大帮人跟着侍候?一言半语也不敢违拗他的!来的这两个人好像也是贵人,却坐他下首赔礼说话谦恭不肯造次。三人的对话她听得云里雾里不着边际。因见福康安伸手取碗,忙上前将茶吊子里的开水续上,拖着不合脚的大棉鞋用开水涮了三个毛巾,拧干了,热烘烘蓬松松递给福康安,又给窦、马二人各一块请揩脸,便悄没声蹲在墙角叠着乱七八糟的衣物被褥。

"听说兰卿大人要调出四库全书了。"福康安道,"不知道吏部的票拟发出来没有?"

窦光鼐这才真正意识到,这位贵公子真的并不凭着是相府子弟出行,竟随时和朝廷六部有着联络;只是这么稚气未脱,能料理什么政务?——心里掂掇,口中笑道:"我也只有个风闻,票拟还没下来,现在还在办征集图书的事。"福康安点点头,笑道:"这也不是件容易事。皇上杀了假朱三太子张老相公，不少人吓坏了，有书也不敢献了，恐怕不能一味地胁迫。一头是地方官，缴书送库多的要奖励，记档考成，一头对藏书人家循循善诱，献出珍稀图书的可以表彰甚至授官。就是书中有违碍字句的，只要不是心怀恶意诽谤圣朝，也就罢而不论。至于古人书里妄分华夷分野的，更不必追究，删去也就是了。四库全书弄编纂的，养活了那么多人，又都是宿儒，这就是他们的差使。"窦光鼐听着，起先心里暗笑，以为小孩子故作深沉学说大人话，听下去竟听住了，这些话也正是自己心里想了多日的，却由这个少年和盘托出，不禁点头叹道："何尝不是如此！大人见了纪中堂，很可以再提提。"

"还有些事比这个更要紧，"福康安又道，"我从北京一路来，虽然被这些混账——"他指了指吉保几个又看看隔壁，"被这些王八蛋们看牢了，成个'哥儿乞丐'，走马观花道听途说也还是见了些京城看不到的物事。皇上这里南巡，原为视察民间疾苦，观风恤民。这是尧天舜地的圣举。一路看来，原在江淮趁食的外地饥民都被从驿道运河两侧强行赶离。这些人散处鲁南豫西，偷骗抢劫作奸犯科什么都干，府县还不敢申报。这些地方是什么所在？一个抱犊崮、孟良崮近在比邻，一个靠着八百里伏牛山又地连桐柏山，朝廷不知用多少力化了多少银子才敉平了匪患，又拥来这么一群衣食无着的人——已经有砸米店抢当铺的了——一人倡乱，就会万夫景从，宁不令人忧心焦虑？"

他微蹙眉头，似乎是在对窦光鼐娓娓言心，又似乎是在喃喃自语，半点没有做作之态。连马二侉子也敛去了脸上笑容，心里暗自掂掇：傅恒教子有方，福康安这么点个黄毛稚齿少年，见识已在寻常朝廷大员之上了。窦光鼐早已收起轻慢之心，在凳子上一躬身说道："这是老成谋国之言，少公子何不写成条陈上奏圣明？"

"我这个侍卫其实是个虚衔，没有正式当差。"福康安略带无奈地咧嘴一笑，瞬间脸上闪过一丝孩子气，"阿玛①一听说我说国事就训斥，说我是个马谡赵括，要多历练少说话。我娘像只护雏的老母鸡，只不离她身边，吃饭睡觉都盯着我，像是她打个瞌睡醒来我就会没影儿了似的——我真不

① 阿玛：满语父亲。

得自由。皇上既叫我到行在，引见时我自然要奏的。"马二侉子问道："世公子几时动身去南京？"福康安伸欠了一下，说道："明天吧……明天雇几乘驮轿，到仪征去。我已经接到范时捷的信，皇上要在仪征驻驾。"

马二侉子一笑，说道："仪征那么个小地方，皇上怎么这么好兴致？"

"听说有一株老槐树，树抱树生了一丛迎春花。皇上南巡，这是吉兆。仪征县报上去，皇上自然要观赏——离着仪征还有四十里地呢！"福康安神色忧郁，看着被风鼓得一翕一张的窗纸，半晌才道，"仪征县真混账！"

二人听了无法回话，因便起身告辞。福康安却叫住了马二侉子，问道："淮阳盐道那边库银还有十三万两，说没有你的话不能动用，是派什么用场的？"

"那笔银子是户部掌管。"马二侉子道，"因为查核高恒本来已经封存，修圆明园采办木料要使，这差使派给了我，所以有这个话。"

"这银子你也不要购木料，"福康安道，"要全都用来买育秧稻种，运到皖南苏北，那里急缺稻种。这场雪——"他清澈晶莹的眼睛像要穿透墙壁似的向前遥望着，说道，"这雪过后，天气回暖，育秧赶农时比什么都要紧。我见皇上头一件就要说这事。你只管照我说的办，部里怪下来，都是我兜着！"

"是！"

"还有，"福康安道，"你想办法弄一千件——对了，有一千件够用了——棉衣，叫这里知府姓鱼的什么来着，分发到穷极的人家御寒，断炊的人家还要分点口粮。"

马二侉子看了窦光鼐一眼道："福大人处置极当！一千件寒衣好办，分口粮的事马玉合恐怕力所难支。"因将方才会议筹资迎驾的事约略说了，"您是奉旨观风的，从这笔银子里抽用一两万也就够用的了。"

"就这么办！"福康安道，"兰卿恐怕也要去仪征迎驾，老马你操心办理一下。皇上巡视江南，文明典型是要紧的，就像你们送这庙里的冻莩，很给皇上脸上添光彩么？藻饰天下是为民心向往圣化，不是粉饰天下。一字之差，云泥之别——老马，我告诉你，这件事做好，我就拿你当朋友待，你黑吞一两银子，就是和我福康安过不去，从此你就走背运，别想平安！"

马二侉子不禁莞尔一笑，和窦光鼐一同起身告辞，说道："四爷你一千个放心！告诉四爷一句话，老马也是读书人。这种事不敢有丁点儿妄为的。鱼登水——鱼太尊要是不肯出银子，我有法子先垫出来办爷的事，就亏赔出来，至少我是积了阴骘的！"

"他敢不给钱！"福康安皱了皱眉头，又顽皮地一笑，"鱼等（登）水，真好名字！不给钱，这条'鱼'我让他渴死！"说罢也立起身来。窦、马二人便辞出这破烂房子。

第三回　醉驿丞懵懂欺豪奴
　　　　　憨巡检任性种祸因

　　福康安目送窦光鼐和马二侉子出去，这才留心到，方才和两个官员说话间，那丫头已经把屋子收拾得变了样儿，乱七八糟垛得一堆的烂被褥，都叠成长条儿折起，齐整码在地铺墙角；不知什么时候，她趴跪在地下，将狼藉一地的地铺的稻草捡得一根草节儿俱无，乱得鸡窝似的草铺都理顺了，方方正正蓬蓬松松，让人一见就想仰卧上去；所有的破鞋烂袜子，化装乞丐的衣服都拢到一起，连烧茶用的劈柴，都码成四方块儿；茶吊子上挂着打水用的铁皮桶，已微微泛起鱼眼泡儿，旁边放着的大瓦盆盛着少半盆凉水，看样子是要洗衣服。那姑娘双膝跪着添柴架火，见福康安凝眸看自己，不好意思地看了看自己那身臃肿硕大的棉袍，站起身来垂首而立，嘤咛低语道："福四爷，我……不会侍候，您大人大量，包涵……包涵着点……"

　　"你很会侍候。"福康安点头微笑，暖洋洋坐在炕上，双手捧着大碗，温存地说道，"我在北京，身边的大丫头就有二十多个，外房粗使丫头也有四五十个，却不及你有眼色。方才问了，你叫罗……罗什么来着？"

　　"罗秀英。"那丫头抿嘴儿一笑。

　　"这名字太俗了。"

　　"爹妈给起的，卖到扬州鲍家染房，染房又把我送给高银台，浆浆洗洗的，也上不得台面，胡乱有个名儿听招呼罢咧……"

　　"高银台"就是当今户部侍郎高恒，是乾隆后宫贵妃高佳氏的嫡亲弟弟，兼着侍郎衔，专管天下盐务。诸般公务差使办理练达，且是相与友朋周到敦厚，本来如花似锦前程，却只为色欲上头太不检点，眠花宿柳欠了一屁股风流债，和专管铜政的户部侍郎钱度勾手贩铜，官卖私盐。那钱度也是帝心特简的名宦能吏，人称"钱鬼子"，理财聚富的能手，刑名钱粮的积年，眼见户部尚书稳稳非他莫属，也为女色的事与高恒狼狈为奸上下其手，贩铜卖盐又私作买卖。先是被本朝"铁脸尚书"军机大臣刘统勋一本参劾，窦光鼐又连章弹奏二人行为卑污贪贿不法。乾隆见这两个心爱臣子如此辜恩败德，赫然震怒之下立诏锁拿待谳，抄家清产闹得鸡飞狗跳墙。她一说是"高银台"府里丫头，福康安顿时心头雪亮，是高恒坏事，官府发卖家奴，被那王老五买得去，中途逃出来，误打误撞遇见了自己。

"覆巢之下无完卵！"福康安打心底里叹息一声，说道，"你命好不济——只是你如今是个什么主意？你是好人家正经庄户人女儿，只为穷才落得这般境地，我替你思量，要愿意回淮阴家去，我资助你点银子，回去安生过日子。不愿回，我瞧你聪明伶俐，跟着我身边侍候，也自另有出息。这要你个情愿，不勉强你。"

秀英自幼卖来卖去，主子换了又换，从没一个拿自己当人看的。福康安这番话虽温馨淡适说出，在她听来，竟似春风过岗丽日暖身，长长的睫毛下泪水滚来滚去，再忍不住，已走珠儿般淌落，匍匐了身子浑身瑟索颤抖，泣声说道："爷……爷这副心田，必定公侯万代……观世音菩萨神圣有灵，必定佑护爷康健无灾长命百岁！爹娘待我虽好，家里那个样子，回去仍旧是卖我——"她哽咽强忍，还是放了声悲号，呜的一声哭出来。周围小吉保、铁头蛟、小奚奴胡克敬都是心里一缩，不自主眼眶红了。福康安心里一酸，眼中满是泪水，脸色变得异常苍白。隔壁的长随听见动静，刚揭开草帘要进来，福康安断喝一声："你出去！谁叫你了？"转过脸色抚慰罗秀英道，"别怕，不是说你。"罗秀英被他这一声唬得一颤，已是收泪止悲，叩头说道："我情愿跟爷当个粗使丫头，侍候得不好，做错了事，打罚都由爷！"

"好，那就是这样办了。"福康安道，"我家簪缨世族，满洲哈拉珠子旧家，阿玛总理朝纲不理家务，母亲是善性人，吃斋念佛恤老怜贫，从不作践下人的。现时你且跟着我，到仪征，见驾回来，船送你北去，到府里就在我书房侍候——这我都能做主的。"

"谢爷的恩典！这是秀英的福气，前世修来的果报……"

"秀英这名字不好。"福康安仰着脸想了想，"嗯……你就叫鹂儿好了，你声音好听，黄鹂鸟儿似的，和你的性情儿也相合。"

"鹂儿！"秀英喜得拍掌合十，"呀——这么好听的名儿呐！"她磕下头去，"奴婢鹂儿谢福爷赏这好的名字了！"

福康安无所谓地一摆手命她起来，说道："我已经装不成乞丐了。且是我也真的装得不伦不类。小胡子——告诉隔壁冯家的，给我换行头。你到街上走一趟，告诉瓜洲渡驿站，今晚我们过去住。慢着——照着太太屋里小云儿的例给鹂儿买两身衣裳，天冷，给她加件里外发烧的皮坎肩或者风毛儿比甲什么的——去吧！"

小胡子喏喏连声答应着退出。

铁头蛟见鹂儿要往盆里泡洗那堆脏衣服，笑道："四爷用不着这些了，这种天儿洗了也难得晾晒干了。回头叫人散给穷人得了。四爷，我是刘大军机派来专门接您的，胡家小厮没身份，到驿站说话未必中用，不如我亲自去说妥当些儿。"福康安对别人都是颐指气使，呼来喝去，只这铁头蛟也是乾隆赏识的贴身侍卫，明说是刘统勋派来，其实还是皇帝亲自授意，因此礼面情上带着三分客气，听他说话，点头笑道："你不是我家家奴，又奉钧命，这事随你。"

铁头蛟出去，小吉保笑嘻嘻禀道："我的爷，您有二十天不洗澡了吧？身上一层老泥，刷了糨糊似的，就换了新衣裳也穿不爽。我把这屋烧得暖烘烘的，现成的热水擦洗擦洗，到驿馆舒舒展展歇一夜，明儿咱爷们坐驮轿赏雪景赶路。那才叫——"他眨巴着眼搜罗着自己的"学问"想着说个文雅点的词儿，半晌笑道，"那才叫'公瑾当年，小乔嫁人当媳妇儿，雄姿英发！乱石崩云，惊涛掠岸，卷起千堆雪'！气气派派朝见天子，咱当奴才的也脸上光鲜不是？"

"去吧，去吧，再弄点柴来！"他没说完，福康安已是哈哈大笑，"你引这词，气死苏东坡，真个唐突英雄辱没斯文！"笑了一气，见隔壁长随头儿冯家的已进来，满脸赔笑站在门口，因又道，"老冯，你这帖膏药我揭不掉了。一路上没少给你没脸，心里不要怨爷——我装叫化子，你毕恭毕敬跟后头，碍我的事么！"

"奴才哪敢怨呢？"冯家的笑着就势儿打千儿请安，起身哈腰说道，"主母的命难违——哥儿最知道的，咱府里男丁是军法治府——爷的秉性奴才也不敢违拗！太太把府里人想遍了，说冯进喜是个痞子，最能受夹板气，这就派奴才来了。管家王七跟我说，少爷脾气大，其实最护惜下人，怜贫救弱，是个大英雄性子，又是孝子，哪能和我这样的混账计较呢？王七还说，'主子教训奴才揍奴才，是天经地义的事，越打越有体面。奴才而不肯受气，不知其可也？'这都是至理名言……"他满口柴胡信嘴雌黄，连旁边站着的鹂儿也掩口葫芦偷笑。福康安笑不可遏，连连摆手道："罢了罢了……都是在我书房外偷听读书，学了一肚子笑死人的'学问'。滚你的蛋！去雇驮轿，我要洗澡换衣裳呢。"说着，小吉保已抱着一大抱子柴进来，都是破门框子窗棂子，还有神像木胎骨之类，和鹂儿把火烧旺了，伏侍福康安洗擦身子换衣服，不及细述。

一时收拾完毕，却仍不见铁头蛟和小胡子归来。福康安没耐性，脸上便带了不悦之色，由鹂儿给自己束着腰带，便叫小吉保："去问问冯家的，驮轿觅得没有？不等小胡子他们了！驿站那边一句话的事，就去得泥牛入海似的，连铁头蛟都这么不会办事！"小鹂儿换一身新衣，穿着月白夹棉绫裤，米色风毛小羔皮坎肩套着银红裙子，一头乌亮的青丝手理水抿，松松挽了个髻儿，已和逃进庙时的"秀英"不啻天壤云泥之别，跪在地下替福康安平展袍角折痕，像一朵娇嫩水灵的小喇叭花儿，见福康安焦躁，一边收拾，口中莺呢燕语劝说："爷急什么呢？这大的雪，驿馆掌事的也许钻沙子吃酒去了，或是正给爷拾掇房子，爷去了就能安顿不是？"她端详着福康安的元色明黄滚边儿槟榔荷包儿，理着上边的金线璎珞，惊讶地说道，"呀——爷也有这种荷包儿！这颜色只皇上才能用的吧！高银台也有一个，平日锁着不敢戴，逢节大人筵会见客用用就收起的——这手针线活计，只怕我也做不来呢！真真是个稀罕巴物儿！"

"这是皇上赐的。我每年元旦生日，皇上都有赏赐。高恒算什么？这荷包儿我就十几个，还有十几柄如意。"福康安被她说得消了气，笑道，"你还是见识少。送你北京家去，御赐的物件摆着几屋子呢——你怎么去了这么久才回来？"鹂儿听得抿嘴儿笑，一回头间，才知道铁头蛟回来了，忙替福康安拽拽袍角，站起身来后退一步垂手侍立。

"回福爷的话，"铁头蛟不知是冻的还是气的，脸上青一块白一块不是颜色，躬身回道，"事没办成，小胡子惹了事，叫人家扣起来了！"

"什么？"福康安身上一震，已是勃然变色，"哪个王八蛋，敢情是个疯子！敢扣我的人？!"傅恒是乾隆辇下第一宣力宰辅大臣，带过兵打过仗，虽是文臣，却以军法治府，子弟庭训耳濡目染，御下恩厚威重，家人最怕主子发怒，这一声怒斥，连隔壁几个家奴都吓矮了半头，悚息屏声静听铁头蛟述说过节。

原来瓜洲渡驿站离着五通祠沿瘦西湖北岸驿道走，曲曲弯弯也不过五六里地。小胡子胡克敬日夕在扬州乱窜，道路熟稔之极，却不遵正路，抄道儿翻过一带蜀岗余脉，只二里许地远近，下岗就是运河，瓜洲渡驿站就巍巍矗在运河岸边一片白茫茫的雪地里。

胡克敬一步一滑，跌跌撞撞挨到驿馆广亮门前，隔门洞往里看，院里也是雪天雪地，仿佛没住人似的岑寂无声，满天井厚厚的雪上连个脚印也没有。在大门滴水檐下抖了身上的雪，他试探着蹑脚儿进门洞，像一只怕跌进陷阱的野兽般左右顾盼，没走几步，猛听门房洞里"汪！"的一声狗叫，蹲伏在门洞西北角一只小牛犊子大的黄狗龇牙咧嘴"嗯"地扑了上来，却是铁锁拴住的一只巨獒，扑到半道儿便被拖住了，那畜生猁猁呜咽，后爪人立扭动着屁股尾巴，伸着前爪兀自抓挠不休。胡克敬突然着这一吓，竟仰面跌了个四脚朝天！起身尚自臆怔，门房东壁里几个驿丁一阵哄笑，却没有人出门应候。

"我日你妈的！"胡克敬骂道。他是傅府世奴，爷爷随傅恒父亲从军西征，死在乌兰布通，爹是相府二管家，他又跟着傅恒正配夫人棠儿的独子福康安侍候，和小吉保儿一般，是最得用的奴才。福康安金尊玉贵之人，读了小说稗官连环套儿鼓儿词，忽发奇想要"讨饭"一路到南京，主母棠儿管不了儿子，却严命小吉保和小胡子"替爷装装幌子"。一路过来，最恨的就是有的人家养狗伤人，看着自家狗咬人还剔牙袖手儿幸灾乐祸。他也是自幼跟着福康安玩刀练箭的，相扑布库拳脚都能来几下，此刻不是来"讨饭"，是来传谕主人令旨的，见驿站的人这模样儿，一肚皮无名火刮杂炎腾而起，且不理会驿丁们噱笑，知道那狗扑不到自己，只不远不近猫腰儿站着，待它再次扑上来，觑准了，出手如电，一手攥牢一只蹄爪儿，一掰一扳又一顿，那巨獒两只前爪当即脱臼儿搭拉垂下，单手提定了它的顶花皮，任由那狗后蹄蹬跳纵送，口中骂道："你蹦，你蹦！蹦蹦日天么？"一手随地抓了一大团雪，乘那狗张嘴便按了进去，接着又是一把搡塞了，一掼便摔到墙角。

狗这种畜生禁得打熬得疼，打折了狗腿，不逾月有的竟能自行接骨，打破狗头，不须敷药，几天也就好了，最是性大身子皮的玩意儿，却只怕一碗凉水灌，灌进去顷刻就是个死。那狗被他塞了一肚子雪如何了得！登时蔫了，趴在地下含糊不清呜咽几声，便全身发疟子般抖动，翻插了眼，不无幽怨地看着它的主人们。

屋里的驿丁们早就出来了，共是四个，只是胡克敬连掰带顿搞臼儿，提顶皮塞喂雪，一串儿动作利落干净，且是谁也不懂狗不能吃雪，竟像看戏法儿似的都呆定了，直到见那狗痛苦地扭曲着身子瑟缩发抖，众人才醒过神来。一个驿丁怔了一下，上前提那狗脖子，已是翻眼儿流涎水，软得一团烂絮也似，登时眼中冒火，立起眉毛瞪着胡克敬骂道："哪里来的野杂种？你他妈的活够了！"胡克敬哪里肯让，反口便问："野杂种骂谁？"

"野杂种骂——"那驿丁话一出口便知上了当，丢了狗，恶狠狠便冲过来，伸手"呼"地一掌掴将去。胡克敬撒溜之极，急蹲身双脚一拧跃后一步，见那三个也围上来要动手，尖着嗓子大叫一声："你们谁敢动我汗毛，叫你们立旗杆！我是傅中堂的人，来给你们传话的！"

驿丁们一愣，上下打量胡克敬，却见他额前头发足有寸半长，猪尾巴似的小辫子细得筷子似的，脑后头发都粘得毡一般凝成一块，开花棉袍子烂得劈岔儿露出挽裆裤，人样子是枣核脑袋两头尖，一双贼溜溜的三角眼，吸溜着鼻涕卡腰儿站在门洞里，怎么看都像个走南闯北的小痞子讨吃的。一个驿丁笑道："瞧你不出，小鸡鸡儿毛没长出来，倒练成了个跑江湖的积年，说谎话打架样样精！分明是个打不烂切不断的滚刀肉！"那个上手打胡克敬的驿丁自觉在同伴跟前面目无光，在旁悻悻说道："这小子晓得圣驾要来扬州，所有叫化子都得赶走，不知躲在哪个野庙里，饿极了出来诈食儿的！"说归说，只是如今扬州不比平日，谁也弄不清多少达官贵人甚至亲王贝勒在这里住着候驾，因而只议论着察言观色辨识真假，并没人敢真的动手。恰此时，驿丞喝得醉醺醺的回来，旁边一个二十岁上下的武官搀着，连拖带拽，那驿丞犹自稀泥似的，稍一松手就要往雪地里软瘫。见几个驿丁围着个讨饭小孩说话，那武官装束的年轻人便问："这是哪里来的小要饭吃？你们大冷天儿在门洞里做什么？"

"回柴分司①的话，"驿丁们接手扶过呕吐得口中直淌黄涎的驿丞，回话将方才的事说了，又道，"请司丞明示，怎么处置这小杂种？"

柴分司听了，说道："我也瞧他不像个玩意儿。不过，狗已经死了，小杂种精穷的个小光棍，撵了去罢！"那驿丞吐了酒，醉人醉嘴醉腿不醉心，听说心爱的"大黑子四眼虎"被这个小不点儿弄死，空心头儿上火，乜着眼道："慢——慢着——他——呃——想吃狗肉？呃！——马厩那边还空着，绑了——呃！——先喂他一口马粪吃！"

"是啰！"四个驿丁答应一声，回身便动手。胡克敬急得双脚跳，大叫道："我真的是——"话没说完，已货真价实挨了驿丁一嘴巴，情急之下，身子一缩，从一个驿丁裆下"唿"地钻出来，跳脚就要撒丫子，却被那个姓柴的分司一把拧住，劈脸又是一掌，骂道："好大的狗胆，和长官说话，有你这样儿的么？"

胡克敬哪里肯服软，破口便骂："好！你打得小爷好——福四爷的钧旨老子不传了——少时就叫你们知道喇叭是铜锅是铁！"骂着，已被人按了一口雪，那驿丁笑道："你也尝尝这滋味！"小胡子被几个人架死了，拖死狗地拉进了驿站。

几个驿丁架弄着驿丞，还在让着请姓柴的"进屋暖和暖和，喝两盅儿再去"，铁头蛟沿着驿道逶迤过来。他是老江湖出身，并不莽撞，觑眼察看几个人气色动作，听得他们骂骂咧咧说什么"小叫化子"，还有什么"大黑子四眼虎死得不值"云云，心头便起警觉，料是小胡子惹了事，便小心翼翼，上前打了个躬，笑道："列位上下，哪位是这里驿站的驿丞？"

"我……呃……我是！"那驿丞脚也站不稳，煞白着脸，头晕得天旋地转，看铁头蛟时，竟似眼前站着一排叫化子——晃了晃头拼命定住了睛，问道，"你……你他妈的找，找，我我有……有什么事？"

听他开口便出言不逊，一脑门子寻事的火气，铁头蛟更坐实了小胡子惹出事了，他却并不生气，遂转脸对姓柴的说道："他醉得听不懂人话，这位长官，我们方才有位兄弟，到驿站来传话，不知见着没有？"

"方才只有条小疯狗，"姓柴的眼盯着这个中年乞丐，他其实也是半醉

---

① 分司：即武职巡检，是最低品的武官（九品）。

的人，只武人出身，略撑得住些，见铁头蛟毫不起眼的个穷脚杆子如此大样，心中便有气，说话也就没有把门的，"咬死了驿站的老黑狗，还冒充是什么'富中堂''穷中堂'的家人骚扰驿站。本官已经着人拿住了——你是他什么人？"

"他是我们的小兄弟。"铁头蛟笑道，"确是傅中堂家人。我们都是跟从傅中堂的四少爷从北京南下来的。至于'骚扰驿站'这个罪名可不敢领，他才十四岁，这驿站上下几十号驿丁驿卒，只有他挨打的份，哪里就骚扰得起来？既是被拿了，瞧着傅中堂的脸面，请把人放了。傅中堂的四公子叫来传谕，原说要宿在这驿站，即使不能住，别的驿站有的是，我们住别处去，你们扣人，也太不给面子了。"

话说得恳恳切切娓娓中听，无奈驿丞和这位九品武官都是被酒之人，且清时驿站虽是小职分差使，却不隶属地方官管辖，一层一层直隶兵部，而且过往官员日无虚夕，从宰相到府道县令，什么样的神仙没见过？驿丞醉得颠三倒四，那柴巡检是专守驿馆的营差，也是个心性极傲的年轻人，傅中堂倒是知道的，但傅中堂的儿子福四爷的奴才在这里摆谱儿拿大，心中便十二分不以为然，因道："傅中堂来，我们是应份支差。福四爷什么东西，也来支派差使？再说，你这位福四爷是真是假，我们也不晓得。你撒泡尿瞧瞧，你像是傅相府里的家政么？我看倒似五通庙里没胳膊的小鬼！"

"回复你这九品大人！"铁头蛟一忍再忍，觉得这群人真的是太不识抬举了，因咬牙冷笑讥讽道，"别说是福四爷袭着子爵，又是侍卫，就是不才，也是御前三等虾！请问你是什么南北？这位喝过醉死狗酒的驿丞大人又是什么南北？"问得姓柴的一愣。铁头蛟铁青着脸又道："你们嚼了黄汤，大爷我不计较你们无礼。一句忠告给你们，赶紧腾房子放人，福四爷来了赔个不是这本账就翻过去。不然，砸了你这鸟驿站，叫你们哭天无泪！"姓柴的眉头一立，大喝道："你敢！如今的侍卫真他妈比兔子都多！"他指定驿站旁几排房子，"你敢骚扰驿站，我就叫人拿你！"他口中一声唿哨，几排房里一阵响动，拥出几十个兵丁，齐整地由哨长列队，掣着长矛踏雪过来。

铁头蛟是汉江水匪出身，雍正年间曾受雇皇三阿哥弘时谋刺弘历（即乾隆），被乾隆收服后倒戈从良多年，因"出身不良"，虽身在宦海，却从来谨慎有加，一步多余的路不走，一句闲杂的话不传，一心恭敬小心侍奉主子。他老江湖出身，"砸驿站"的话一出口，便知说错，此时断然不敢再纠缠，因倒跃一退，"噌"地从怀中抽出一面腰牌，单手擎着警觉地后退。姓柴的巡检雪地里看得清爽：腰牌只巴掌许大小，盾牌形状，蓝底明黄镶边，满汉合璧两行小字："乾清门侍卫"——他蓦地一惊，鼻尖顿时渗出细汗，六分醉意去了三分，苍白了脸挥手命人后退，口中却仍不容让："你们先闹驿站，后明身份，分明是有意陷人以罪——且不和你计较，这事我们要直报兵部和你们理论！"

"悉听尊便！"铁头蛟道，"我也要回我们主子，你们留下姓名！"

"我行不改名坐不更姓，柴大纪就是！"姓柴的说道，又把手一指驿丞，"他喝醉了酒——有事我一人兜了！"

"好汉子——等着瞧！"

…………

听完铁头蛟如此这般述说瓜洲渡驿站的经过，福康安咬着牙没吱声，只口角吊着一丝轻蔑的冷笑，胡克敬的父亲跟傅恒，剿匪擒霸抄检官员，只有拿人的，从没有被人拿的事，小胡子养教成性，狐假虎威的事未必没有，但他也是懂规矩的，胡作非为的事料也不敢，必定驿中人衣帽视人，先有折辱惹出的事——不管怎么说，这一路走来，山东河南安徽督抚到南京侍驾，到省私谒，藩台臬司没有敢接自己名刺接见的，都是倒屣相迎礼敬如宾，没有丝毫怠忽的。并不因自己的"父亲是傅恒"，还因为他福康安本人就是御前侍卫，还带着乾隆半个钦差的身份——这瓜洲驿吃错了什么药，辄敢如此无礼？福四公子心性极高的人，一心要立功于当世，建名于竹帛，连父亲那点子"能耐"都时有腹诽，家奴被扣，居然束手无策，传出去岂不折威伤风，先就落了"无能"考语。既以军法治家，家奴现就是自己的亲兵，不了了之，这些"兵"跟着自己也觉气沮，往后还扯淡什么"带兵"？且这份羞辱他也觉得承当不起！贵族的血统和对宦场处境现实冷静的思索，交织换替占着上风，福康安一时摇头阴笑，一时又颦眉沉吟。小吉保是他身边第一得用的小厮，见主子脸色变化，挽着袖子道："爷，这种事犯什么嘀咕？您奉旨观风察俗，又不是戏上演的花花太岁出来胡闹，他敢扣咱们人，咱爷们砸了它狗日的鸟驿站！"

"这是扬州，"福康安静静地说道，"离着南京咫尺之地，其实就是帝辇，不能乱来。砸驿站断然不可，人，也非要回来不可——这不是为我的面子，是为了规矩！"小吉保道："爷是越来越胆儿小了。前年跟爷去山东，点火烧了个米铺。去年秋里跟阿桂中堂去黑山，拿住皇庄抢粮夺田的刁民，爷还亲手屠了两个——皇上也没降罪嘛！"福康安摇头一笑，说道："那不一样。米铺子囤积居奇，饿死人了穷人要反；刁民抢夺皇庄粮食，夺佃户的田，更是眼里没了王法。乱民暴动，难道还要等皇上旨意到了再弹压不成？可是这是皇家驿站！"

铁头蛟自幼只晓得月黑杀人夜，风高放火天，"从良"为官后也只是知道皇家规矩不可冒犯而已，细思福康安的话，觉得学问大，究是怎样个"大"法，却又懵懂不知所以，想着，笑道："那柴大纪年轻气盛，驿丞又吃醉了酒，小胡子那身破烂行头，谁瞧了信他是四爷跟前的人？莫非爷亲自走一遭，看他们是怎么话说？"正说着，门外有脚步声。吉保咧嘴笑道："准是狗日的醒了酒，赶来给爷请罪来了！"话音未落，草帘一挑，门口罩起一团雾气，两个人影缓缓进来。福康安憋足了劲，只要是姓柴的和驿丞，不由分说一人先赏一耳光再说，定睛看时，却是鱼登水，后边跟的是个十分秀气的青年，也认识，是在军机处阿桂跟前掌管文书侍候笔砚的和珅，他略带失望地舒了一口气，坐回炕沿，盯着二人问道："怎么？扬州府这地方儿不归朝廷管了么？你来拿我？"

"四爷！"鱼登水和和珅都被这劈头一棍打得晕头转向，一头打千儿请安，却都不敢起身。鱼登水赔笑道："您这是哪儿跟哪儿啊？和珅刚从南京来，是奉了刘延清大人的钧令，接您去仪征。卑职刚从马二侉子那知道四爷住这块儿，忙过来请安，请爷到府衙歇一夜，明儿派人妥妥当当送爷去。这大的雪，道儿不好走，去仪征要歇两个驿站呢，卑职亲自护轿送过去。"

"恐怕真要劳动一下大驾。"福康安冷冷笑道，"不然，连我福康安也要被贵州驿站的人拿了，你可怎么向刘统勋交代？"鱼登水瘦瘦的身子躬了一下，觑着福康安的气色，小心赔笑道："爵爷，请明白示下，莫非这里驿站有不周到之处？爷有什么尽管吩咐，卑职也好尊谕承办。"铁头蛟见福康安只是冷笑不语，因将方才瓜洲渡驿站拿扣小胡子的事长长短短说了，又道："驿站养狗护门，我们走遍天下独此一家！吃醉了酒妄锁平人，驿站是什么规矩？我们四爷是奉旨南来，在扬州出这样的事，传出去是什么名声儿？

这驿丞和柴大纪忒煞是欺人太甚了！”鱼登水听得发怔，半晌，笑道：“爷到我衙门去住，我亲自到驿站将尊家政要回来就是了。”福康安脸一沉，说道：“我住定了这瓜洲渡驿站！胡克敬冻着伤着了，我就迟一点去仪征——有什么打紧的！”

和珅嘻嘻一笑，说道：“爷是英雄性情，心胸高远。济宁府砸米店救饥民，火烧刁家米行，行侠仗义扶弱锄强，天下谁人不知？您天潢贵胄人中之杰，比那小小九品狗颠尾巴驿丞外委官，就如天心之皓月和腐草之萤虫——那不过是条不识相的狗，值得和他计较？”福康安虽则骄纵，自幼家教甚严，满耳都是父亲的训斥、母亲的温存告诫，哪里禁得和珅这一套“钧天经纶”的异样奉迎？颜色顿时缓了下来，见和珅面如冠玉，鼻似腻脂，黑瞋瞋一双秀目上细眉及鬓，恂恂优雅宛若弱不禁风的处子，却又丝毫不带媚颜俗气，说话不疾不徐温婉中带着铿锵，不禁顿起好感。福康安凝视着和珅问道：“依着你，该怎么料理？”

“四爷，您是金尊玉贵之人，”和珅笑着款款而言，“犯不着和他们怄气。瓜洲渡驿站现在没住官员，是靳文魁和裴兴仁两个戴罪官儿和他们家属扣在那里。冷冷清清凄凄惨惨的。您就住那儿，心里也不畅快，再说也不吉利不是？依着奴才的，住府衙里西花厅，又暖和又敞亮，还有扬州府预备接驾教习的戏班子。爷只管高乐儿，奴才去和驿站打擂台，要不回爷的人，只管拿奴才是问！”福康安想了想，执意要住瓜洲渡自无不可，但彼处既囚着犯官家属，确是带着晦气，和驿丞这类微末小员怄气也显得度量不宏，而且这事父亲知道了，少不得又是一场声色俱厉的训斥。想着，已是得了主意，冷冷一笑，说道：“我是奉旨观风的钦差，要住哪个驿站，谁敢不支应我的份例钱粮秣马？说声叫他腾房子，他敢不腾？不过——裴兴仁、靳文魁都是戴罪的可怜人，大雪天携家带口挪移地方，小爷心下不忍，就依了你吧。哪里将就不了一夜呢？一路荒庙破庵子都住过来了——你两个去，叫驿丞亲自带胡克敬到府衙说话——还有那个柴大纪少不得也要有个交代！”

“喳——”“是……”鱼和两人躬身同时答道。

“咱们走！”福康安站起身来，向下人吩咐道，“鹂儿和我坐驮轿，把行李包裹搭了骡马上，其余的人一律步行！”

第四回　智和珅寒院济孤弱
　　　巧鹂儿深衙抚古琴

　　和珅和鱼登水同乘一抬四人轿，趔趔趄趄歪歪扭扭来到瓜洲渡口驿站门前。雪已经下得小了点，片片飞羽凌风旋飘，淆乱缤纷，仍旧是混沌宇宙。其实只是风大，连地下的雪也在流风中回荡，天上雪和地下雪搅到一处，显得眼花缭乱而已。两个人一下轿便各自被朔风裹来的雪沫塞了一脖子，都打一个寒噤儿。

　　十几个驿丁都在门洞里，拢着一堆火议论什么。一个驿丁满手血污，口里衔着把杀猪刀在剥狗皮。见鱼登水瘦高瘦高的闪着身子过来，旁边跟着文弱书生样的和珅，众人都是认得的，忙起身垂手打千儿问候："给太尊老爷请安！"

　　"都起来吧，地下趣湿的。"鱼登水似笑不笑问道，"你们舒格驿丞呢？"

　　驿丁们似乎都有点心神不定。一个驿丁瞟一眼含笑不语的和珅，回鱼登水道："回太尊的话，柴巡检的把兄杨子春今儿生日，扯了我们舒少府吃酒，昏天黑地醉迷了，方才吃了醒酒汤，这会子在书办房里歪着，怕是起不来见太尊呢！"和珅在旁努嘴儿笑道："那就烦劳上下带我们去见见。几句话的事，一说就完。"那驿丁忙答应一声，头前走着引二人进了驿站大院。

　　驿站很大，坐北朝南两进院。愈走地势愈高。中间一座大过庭，两边两排厢房是过往官员住房，满院柏桧乌柏都有合抱之粗，碧幽幽黑森森的树冠上压着雪，显得格外幽暗深邃。和珅跟在二人身后，沿东廊檐下过道逶迤北行，隔着破窗纸向黑洞洞的屋里不时睨一眼，有的屋里静寂无声，有的屋里关着男人，有嗝嗝低声说话声音和咳痰声，有的屋里似乎是女眷丫头婆子，似乎耐不得那冷，微微传来凄凄切切的哭泣声，诅咒声骂声也有，含含糊糊的不甚清晰。和珅一边走一边问道："这里原来是座庙，改建的驿站吧？"

"是。"走在前边的驿丁闷声闷气答道，"这原是本州最大的'五通神庙'。当年庙院比这十倍不止。康熙年间汤文正公（汤斌）任扬州道，下令火烧境内所有五通神祠。这里香火最旺，一万多香客跪在庙外庙里护着，恳求留下这座庙。汤文正就在这庙院当众折香砸炉，要立碑永禁五通淫祠。对众人说，如果十八匹健骡拖不倒中间的神像，他就收回成命。结果真的套了骡子，偏就是拖不倒中间'大通'神。汤文正公就在这株柏树下祈告上天，说允许淫神蛊惑百姓，是上苍不明；今邪神植立不倒，是汤某人非正人：非此即彼！今愿与邪神同归于尽，为上天祛邪匡正，为后来者鉴！他老人家祈告罢，起身提刀大喊：'我先砍大通神，再砍自己！'话没说完，原本纹丝不动的神像'嘎'的一声，俯身仆地就倒了下来——碗口粗的定身柱儿是铁的，齐齐断了，和刀劈了似的齐整！"他舒了一口长气，"汤文正公说：'看来还是青天在上——庙修得还齐整，外院烧掉，内院留下充公，改成驿站。'原都是年久失修的了，别看外头好看，都是应付皇上南巡油漆了的——里头木头都朽了。"说着，随手在一根柱子上抠了一下，一块带着红漆的石灰腻子应手剥脱下来，和珅看时，里边的木头蜂窝麻面，果真已衰朽不堪。

三个人过了已改为正堂房的大殿，偏西墙月洞门进去，又是一处小院落。看样子原是五通祠庙祝火居道士们住的，房屋修缮得很仔细，青堂瓦舍，半截墙都换了新砖，柱子也换了落叶松木的，只是没有油漆，比起前头森罗殿似的正院，显得小巧实用。一进院，和珅便听得北房里两个人低声说话，仿佛在议论什么。那驿丁在门口站定，刚要敲门，只听西房中"哇"的一声大哭，像是婴儿落地第一声儿似的又脆又亮，接着便听一个婆子声气，笑说："生了生了——这么胖的，怕有八斤重吧！"一个女人弱声弱气说道："唉……是个丫头。看来也是个苦命的，这种时候来世上做么生呢？"说着，咽声咽气地抽泣。三个人正发愣，北房门豁啷一声，一个高大壮汉，穿着九品练雀补服，套了件五蟒四爪袍子挑帘出来，不知是本来就脸色苍白还是生气气的，一边跨门槛，横着脖子回头冲屋里大声道："要去你去！就是傅恒，他也不是皇上，还得侍候他儿子？——有什么可赔情的？我不欠他什么！"

"这不是柴大纪么？"鱼登水盯着他说道，"你这是和谁怄气！"和珅这才细看柴大纪的脸，却是下宽上窄，权腮浓眉，眼睛鹰隼一样目不斜视，下巴微微翘起，长着一只不讨人喜欢的鹰钩鼻子，冷冷的神色中带着一股桀骜的跋扈气，相书所谓"别姬相"——生性高傲勇悍，这是百试不爽的证据。鱼登水是现任五品正堂，又是文职，位分高出柴大纪不知凡几，他竟能直目逼视，和珅不禁暗道："这人有胆！"柴大纪却不留心和珅，因在雪地里，只向鱼登水一哈腰，答道："正是卑职！大人有何吩咐？"

"请暂留步，进屋里说话。"鱼登水脸上掠过一丝不快，"我们是为胡克敬的事来的。"

屋里的驿丞早已听见，忙腾身下炕，趿着鞋迎出来，只见柴大纪略一点头向鱼登水致意，说道："方才接到棚长传令，守护驿站的巡检一律去高桥游击营帐会议。大人话短，就这里说，话长，容卑职会议后到府衙谒见听训。"

鱼登水颊上肌肉抽搐了一下，他是官场上磨老了的老吏，早已水晶球没了棱角，遇事儿先就存了三分息事宁人之意，这回来驿站，又想巴结好福四公子，又不想过分为难了治下的小吏们，但见柴大纪这副找"啐"的模样，也不由一丝不快掠过心头，冷冷说道："你去吧。有事我直接去和方游击说话。"见舒格高高挑着棉帘，满脸谀笑迎人，一甩手便和和珅进了北屋。柴大纪愣着犹豫了一下，掉转头也自去了。

舒格是个身材高大的中年人，满口京腔，举止练达从容，略透着油滑，一望便知是个旗下人。他酒醉刚醒，脸上兀自青黄不定，赔着笑让手请鱼登水升炕，又给和珅搬座儿，袖子拂着又用口吹，叫人"上茶"，不住口说道："大人不来，我这就要过衙门请罪去了。下头这群狗才，都是些撅屁股朝天的角色，哪里识得金镶玉呢？我灌了黄汤，胡天胡地一塌糊涂，已经不会想人事儿了。醒了一听是福四爷，吓出我一身臭汗——我是镶黄旗下的，那是我正经八百的少主子呀！——这位爷？"他冲和珅一笑，"您是跟我们爷的吧！待会儿我过去给爷磕头，务必请相帮美言几句。我家住北京烂面胡同。您老有事招呼一声，我家就是您家！"和珅原来怕他摆公事面孔拉硬弓，见此光景早已放下心来，笑道："我是跟桂中堂的。梅香拜把子，都是奴才，和尚不亲帽儿亲，你放心！"还要说话，鱼登水插过问道："胡克敬人呢？"

"下人们得罪了胡爷，"舒格沮丧地苦笑道，"也是胡爷年少气盛，不肯叫松绑，几个人在那赔情说好话儿呢。原说请柴外委一道儿过去说合说合。他也是个桑木扁担不肯弯的。我正愁没法见福四爷，可可儿你们就来了。这事好办了——来，请胡爷过来，就说福四爷派人接他来了。"

便外头有人答应一声："是啰！"小跑着去了。

鱼登水问道："这柴大纪是什么出身？"

"要说还是个有能耐的。"舒格小心翼翼替二人上茶，笑着说道，"十六岁就中了武秀才，举百斤石锁跟玩儿似的，能开二百石弓，也读过不少书。原来跟张大帅当亲兵，已经升了把总。张广泗头回金川失利，贬了出来。人呐，有点本事，就容易犯一宗儿病——他这样儿，平常时节升官，难呢！"鱼登水问道："这话怎么说？"舒格笑道："官长一副脸，就是笑给上司看的；官生成的性情，就是没自己的性情，得随着上宪的性情转；小官要升大官，得舍得用功夫花钱奔门子；有工夫空儿，得想着怎么个巴结法儿，比如长两个膝盖，做什么用场？就是下跪用的！要像姨太太巴结老爷，不，要像勾引女人，《水浒》里头的话，'潘驴邓小闲'五美咸备加运气，官，就升上去了！"

他口说手比滔滔不绝，鱼登水、和珅都呵呵大笑起来。鱼登水道："你既然什么都懂，怎么至今还是个未入流？也早该升的发了！"舒格未及答话，胡克敬缚着绳子一头闯进来，昂头叉腿站在屋子当央，兀自气咻咻地，乜着眼扫视众人，梗着脖子道："我要见我们爷！四爷说松绑你们再松！"

"你们出去罢！"鱼登水见两个驿丁一脸尴尬笑，扎煞着手站在门口不知所措，摆了摆手吩咐一声，换转笑脸对胡克敬道，"我们刚见过四爷，特来接你府衙去。毛头小子，别那么气盛！你到驿站办事，没有先报明身份儿，又是这身行头，就换了我，也要疑你是个拐子儿——不知者不为罪。就算相府家人七品官，我还是五品呢！"舒格早下了炕沿，便过来给胡克敬解绳。胡克敬挣着只是不依，喊着道："他们何曾容我说话来着？一看顶子就晓得你是五品官，也用不着自说。见了我们四爷，要是我的不是，该打该罚心甘情愿领了！"

和珅笑嘻嘻上前，拍拍胡克敬肩头，说道："小兄弟，我叫和珅，是军机处跟桂中堂的人，也听傅相差遣。听我几句话，说的不是了，还依着你，听着有道理，就依着我，成么?"胡克敬后退一步，虎铃铃瞪着眼道："怎么着?!"和珅扑哧一笑，说道："我又不是贼，你这么盯我干么呢? 驿站虽然是至小不过的衙门，却直隶着兵部管。皇上御驾这就要到扬州，屡次有旨，还有军机处的廷谕，有骚扰驿站的过往官员，一律查拿具本劾奏。不管你有理没理，他们证人一群把你往死里证，这么点事惹得惊天动地，你这不是给四爷招惹是非么? 再者说，就你现在这模样儿，大天白日带进府衙，满扬州都会传言，福四爷的人叫人拿了要治罪，你能一个一个去解说：我叫胡克敬，前因后果如何如何……不是他们不松绑，是我不要松——你要福四爷在扬州城丢人? 人家奴才都给主子挣脸，偏四爷满脸光鲜，你要给他抹一把狗屎，四爷要你这样的奴才做什么?"

既给福康安"招惹是非"又"丢人"! 一肚皮扯筋闹事的胡克敬忽闪着两只眼，犹豫了。鱼登水和舒格见和珅年纪轻轻如此巧舌似簧，都不禁暗自宾服。

"还有一层，"和珅徐徐而言，"这位驿丞，是满洲镶黄旗下的，和四爷一个旗，说透了今个儿这事是大水冲了龙王庙对吧? 待会儿他给四爷赔情道歉，一句话的事就成了一家人。你自己思量，你这是和谁怄哪门子的气，自家又是个什么牌名儿呢?"

一番话不软不硬，句句透彻明了，既替福康安着想，也为胡克敬设身处地，火到猪头烂，胡克敬也就软了。舒格笑着给他解缚，说道："和爷这都是至理名言，我是吃醉了酒，下头人狗眼看人低……先给小兄弟赔不是，回头一杯酒，又是一家子了……"那胡克敬也就不再放泼，绳缚解了，和顺着甩手蹬腿儿，和珅又端过一杯热茶，也就咕咚咕咚喝了。舒格笑道："和爷到底是天子眼下办事的，就这些理儿，我满心都是，偏就说不出来!"一回眼间，见有人站在棉帘外边，露着月白裤角，便问："谁在外头? 进来!"

棉帘挑了一下又落下来，又再挑起，一个中年妇人怯生生跨进来，望着屋里四个人每人蹲了个福儿，嗫嚅着说了句："给列位爷们万福……"

几个人都聚精会神忙着劝眼前这个小猢狲子，谁也不知这妇人几时来的，在门口站了多久。鱼登水打量她，年纪只可三十五六岁，梳着把髻头，鸭蛋脸粉黛不施，虽是略微颜色黄点，眉色也淡，依旧绰约袅婷风韵依稀，只在雪地里站久了，两只小脚的元色裹脚都湿透了，嘴唇也冻得有点发紫，眼睛不敢看人，畏畏缩缩低头站着。舒格却不留心这些，皱眉说道："这不是靳大人的如夫人么？有什么事？"

"大人……"靳文魁的姨太太喘着气，低声说道，"彩格儿她……产了……"

"彩格儿——哦，知道了，是靳大人的通房大丫头吧？"舒格无所谓地喝了一口茶，"产了好哇，添人进口嘛——还有什么事么？"

那妇人脚尖儿跐着地，头也不抬，低声道："屋里太冷，没个躲处……孩子抵受不住，坐月子女人也当不得的……这叫天不应喊地不灵的，只好求大人……赏点柴炭……"

"哎呀……您这就难为了我了……"舒格心里急着要去给福康安赔罪请安，无心料理这件事，剔着牙道，"柴炭供应那是有分例的。一品二品每位每天三十斤，三品二十五斤……像我，每天只有二斤。站里现亏空着五六万斤呢，都从大伙月例往外扣，那起子小人已经怨天恨地牙痒痒的了。靳大人犯事在案的人，住这里众人没彩头没赏银，已经满不情愿了——不说这些烦难了，你先回去，我出去一会儿就回来，家里带点炭给你，众人没话说。我叫他们先送几条被子过去，成么？"

他说着，那妇人泪已断线珠子般落下，轻声答应说："是……谢……谢老爷恩典……"僵着身子又蹲福。和珅一直锁着眉头听着，见她要走，一舒眉头道："夫人慢着——老舒，方才进来，听着因在屋里的犯官眷属都冻得挺不住，有的女人还哭。大人平常还受不住，何况坐月子的，还有娃娃，虽小，也是性命儿不是？'人在恨中逝，娇花化厉鬼'，也太不吉利。听我说，几斤炭能值几何？索性——索性，咱爷们积点功德，各屋里都生起火来，给你驿站也添点旺相，至于银子……一天打十两足够用，一个半月天也就暖和了，四百五十两当头，这是四百七十四两的见票即兑龙头票子。多余的兄弟们吃杯酒——只好事做到底，救人救得彻才是。不是我这人穷大方，这些人忒可怜见的了……"说着递过一张银票。

"哪里消受了爷这些赏银！"舒格接过票子，手攥得紧紧的，口中只是让，"这场雪过后，扬州地气暖，叫他们生火他们也不生了。您这样真叫我不好意思的——这是和珅——和老爷！你怎么连个谢字也没？"

那妇人先听呆了，只一双幽幽的眼睛含着泪凝仁着和珅，像是要把这个人的形容儿烙印在心里，听见舒格呵斥，才乍然惊醒，双膝一软跪了地下，哽咽着说："和老爷必定是菩萨转世……您这积的阴德大了，老天爷必定保佑您子孙玉帛公侯万代……"

"别这样说，"和珅叹息一声，"我虽年轻，也曾是叫挤兑得哭天抹泪过的人……起来吧……"

一行人从瓜洲渡驿站启行回府衙，看看天已向晚。雪虽不大，兀自漫世界飞舞，只是地下的雪深了，白雪覆着厚厚的一层，下边是雪搅水浆，走起来贼滑，一个不留神就会坐墩子屁股着地跌了。待挨到府衙，早已散衙。微微暮色中，衙门口静可罗雀，几个人跟着鱼登水悄没声穿过二堂，刚折到西花厅月洞门前，便被守在门口的小吉保拦住。

"四爷在赏雪听琴，"小吉保和胡克敬年纪仿佛，一般的顽劣皮实，只贼头贼脑目光狡黠，心思似乎更灵动些，挤眼儿弄眉哑巴嘴，浑身消息儿一按就动的个角色，嬉笑着对众人道，"小胡子知道的，除了老爷太太，这时候儿谁敢惊动他！这里廊下避风，还生着一盆炭火，咱们等一会再过去吧。"小胡悄悄咧嘴一笑："告诉你吧，我不怕少主子发火，能挨他一嘴巴，准是要抬举我的——我月例银子才是你一半，也想学你那年，一头拱主子个仰面朝天，第二日就升发了。"小吉保笑道："放你妈的屁！你懂主子脾性？要看什么事、什么时候儿！差使得琢磨着办，连我也只懂得一半呢！"说着指压口唇，示意雅静。众人便不吱声，在廊下向火，听着花厅那边时隐时显的叮咚琴声。只鱼登水纳罕：府中人并没有会弹琴的呀……

弹琴的是新收到福康安跟前的丫头鹂儿。古琴焦桐，汉玉新轸，一双素手轻拨徐按勾抹挑滑，弹的是一曲《清江回流》。福康安头戴红绒结顶六合一统帽，已换了件玫瑰紫巴图鲁背心，套着石青小羊皮袍子，披着猞猁狲大氅，一条结红绒辫子又粗又长，随便搭在肩头，脚下蹬一双鹿皮油靴，伫立在西花厅檐下涤虑清聆。此时暮色冥暗天穹苍苍，萧萧朔风中仿佛千百万灰色的蝴蝶飘飘摇摇翩翩翾翔着旋转坠地，西花厅南侧一片阔大的池塘并没有结冰，但已融不尽纷纷落下的新雪，塘面上挂了一薄层白霜样的雪，骤尔风过，雪色的涟漪沉重缓慢地暗自涌动着，给人一种神秘幽深的感觉。远处的房舍都盖上了皑皑的雪盖，隐在杨柳树梢略带紫褐色的霭霭微幕之中。这样的黄昏中，西花厅中的琴声略显着有点沉浑，时而低回蜿蜒，转又苍暗凄凉，偶尔如珠走玉盘，勾挑得似寒泉滴水，好像不胜雪寒，即转浊重幽咽……福康安一头思量见了乾隆爷后，该怎样奏对一路"观风"的感受，如何请缨随父出征，转念父亲在凉风镇遇刺，带伤在四川整军，不知容不容自己去身边侍候？琴音一沉，他又想到母亲在北京，这会子说不定又跪在观音像前祈祷自己平安。母亲喃喃念诵大悲咒的那副虔诚样子，自己每次见了都忍不住要偷笑……可是现在笑不出来，眼中涌满了泪水……正自思绪纷呈不可收拾，琴音袅袅缕缕而止。福康安一转脸，见吉保等人都在月洞门外，遂招手道："都进来吧。"先自掀帘进了花厅。

"给四爷请安！"鱼登水打头，几人鱼贯而入。见屋里已经掌灯，鹂儿坐在窗前调弄琴弦，福康安站在琴案边，似乎在审量鹂儿身段，又似乎在留心案上的琴谱。众人忙都打下千儿去，舒格特意加了句"四爷吉祥"，才随众起身。这才见马二侉子也在屋里，帮着一个长随往书架上摆书。

福康安只看了众人一眼，点了点头，叫过鱼登水，说道："方才琴音有异，我就晓得你们在听了——这架琴不是凡品。看来你也是知音之人，鹂儿方才弹得如何？"鱼登水笑道："姑娘弹得好极了好极了！我其实也不懂的，不过听得多了，总没这位姑娘弹得中听，犹如空谷足音，钧天之乐，令人闻之欲舞！"马二侉子听得"吞"的一声咳嗽，要笑，又掩住了。福康安也忍俊不禁一个莞尔，掂起琴谱来，马二侉子和鱼登水都凑上来看，上头核桃大的字写着——

鱼登水看得懵懂。马二侉子指着一个字故意道："这个字我认得的，是个尼姑的'尼'！"鹂儿听了只抿嘴儿一笑。福康安也笑，说道："这是'羽'

调里的一个指法，大拇指擘第七弦——老马露怯了！"转脸又对鹂儿道，"鹂儿的琴指法合宜，敲击不杂，吟揉不露，起伏有序，作用有势，是谓弹琴'五功'，缓急、轻重、高低起伏，用指不叠，弦调平和，差不多到了'左右朝揖'的火候了。"

"爷夸奖了，这怎么敢当的呢！"鹂儿被他赞得羞红了脸，低头小声道，"爷没听我师父弹过。她说'淡欲合古、取欲中矩、轻欲不浮、重欲不虤、拘欲有权、逸欲自然、力欲不觅、纵欲自若、缓欲不断、急欲不乱'，合着这十善，才能'左右朝揖'。她自个儿也没到这地步儿呢！""听听！"福康安笑谓鱼登水，"这才是真行家地道话呢！"

鱼登水笑道："我于琴理一窍不通，看琴谱更像看天书。只是随着大家附庸风雅罢了，就方才这《平沙落雁》一曲，引人入胜，如入大漠似闻飞鸿……"话没说完，福康安已笑不可遏，扇骨捣捣他肩头道："罢了罢了！愈描愈丑了……这琴到你手里，真是明珠暗投。是多少价？转给我罢……"鱼登水这架古琴，是当了县令要坐"琴治堂"，小厮们逛鬼市化四两三钱银子买来献殷勤儿的，他也不知道价值若何，品位几等，见福康安赏识，巴不得的高兴，笑道："不到五十两的小玩意儿，送给四爷了！宝刀献烈士，瑶琴赠知音，这琴到四爷手，就是到了钟伯牙①手里，还敢要钱？我不成了钱痨儿了！"

他说"钟伯牙"，几个人都是一愣，继之一阵哄堂大笑。连一直惴惴不安哈腰低头垂手站在一边的舒格也捂嘴儿偷笑。福康安道："屈杀这琴了！我从不白接人礼的，为不委屈这琴，我出一千两。"

一千两！所有的人都瞪大了眼：这是一份中产人家的家当呀！福康安从鹂儿手里取过琴，抚着略带斑迹的琴身，没及说话，鱼登水又一句外行话："四爷，是梧桐木的！"福康安一笑，叹息道："老鱼肯这样天气踏看穷户，你不是坏官，你是进士出身，八股文必定也是好的，只是……你看这龙池、凤沼，这个叫'仙人肩'，这边叫'鸥'，这边叫'足'，就这个'鹤脚'二字，是晚唐笔法，其余的字都漶漫不清了——你们看！"他翻过

---

① 钟伯牙："高山流水"知音故事，本应是钟子期与俞伯牙。鱼登水将二人混为一名。

琴背，指着琴首焦尾旁的"龙龈"下说道："这里隐隐能见'雷焦'二字。从没见过的，也许是雷击梧桐木！"他目光灼然一闪，又黯淡下来，"这不是寻常人家之物。不知哪个簪缨世族，或事败，或败落穷极了，或是家里奴才盗出来，五十两银子就把它卖了……"小心托着琴交给鹏儿，这才转脸问舒格，"你就是驿丞？看样子是个旗下的，满洲老姓什么？"

"瓜尔佳氏！"舒格听福康安论琴，已是听呆了，乍然间问到自己头上，才想到自己是赶来"赔情道歉"来的，本来哈着的腰又低了低，换了小心收了笑容说道，"太祖父是正红旗下第三参领第二佐领，松山大战带十七名披甲人蹾破洪承畴的边哨大营，立功抬旗进镶黄旗。又跟鳌拜老公爷同姓儿，就进了参领当了都统，福建白云山打仗殁了。祖父又跟鳌公爷打仗，康熙八年鳌公爷坏事圈禁受了株连。部议说是满门抄斩，后来康熙爷念功赦罪，发配打牲乌拉从军。直到雍正爷手里才下免罪诏书，我爷爷也早死在戍所。全家迁回北京，亲戚没亲戚，朋友没朋友，七拐八弯投到诚亲王门下，没几年诚老亲王也败了。我好歹算混得吏部几个笔帖式熟稔，做张做智去宗人府打杂役，攒几个钱捐个班，选出个未入流的官缺，当了这个驿丞。不防头马尿喝多了，下头人吃屎不长眼，得罪了爷的家政！好福四爷哩，您要跟我较起真儿来，我们这一家不是霉透几辈子风水永不冒烟儿么？我来请罪，请爷饶过。我带一家子过来给爷磕头！"说罢就跪了磕头。

"起来吧，你这混蛋！"福康安到底是少年心性，喜怒不能有定，加上方才论琴说典，心里戾气已消化不少，听听他的履历，本来一个功勋人家，打仗时威风八面的将军，到太平年间一落再落，混得不成个人模样，想想也觉替他灰心，一腔的怒气早去了爪哇国，兜屁股踢了舒格一脚道，"瞧你这副德性，还是个满洲老姓人？照我的性子，就砸你的驿站，踹了这王八窝儿，打场钦命官司，你赢得了？"

"是是是！爷教训的是！"舒格没想到如此轻易过关，磕头爬起身来，已满脸媚笑可掬，"这回误打误撞的，说不定和四爷还有点缘分。四爷既喜欢琴，我这就留神给您物色，弄几十架，漕船送到府上去！"

福康安笑道："放你妈的屁，倒会顺竿儿爬的！你道这琴是劈柴么？"他忽然敛了笑容，转头问和珅，"还有个姓柴的呢？叫柴……柴……""柴大纪。"和珅忙道，"他酒还没醒，一时来不得。回头舒格再劝说他，四爷最宽厚仁和的，教他甭怕，你这过来挨一脚，不定因祸得福了呢！"胡克敬见和珅替柴大纪遮掩包揽，心中不悦，在旁说道："我没和珅那么好性儿——本来我已经逃出来了，是姓柴的把我拿了的！他还打我——还骂老爷是什么'富中堂穷中堂'，还说'如今的侍卫真他妈比兔子还多'！还说他没醉，有事他一人兜了！还说……"

"是这么回事儿……"舒格眼见福康安变了脸，阴云布满额头，项上的筋也微微胀起，听胡克敬毫无顾忌、咬牙切齿只情"还说"，生恐再激得这哥儿耐不住，好不容攀了上来的枝儿又断了不说，保不住还有池鱼之殃，忙上前赔笑道，"小兄弟今儿个受了委屈，你且消消气儿。四爷也甭生柴大纪的气，他是个武弁，又懂点文学，心性傲些儿是真的，我当时烂醉如泥，他也是使酒尚气，要说到对四爷有什么不敬的心思，我敢担保他绝对是没有的。千错万错儿，小的卑职我都认了。四爷肯饶过我了，他个小不丁儿九品武官，和他认真他消受不起！四爷您是天上的凤凰，他不过是只斗鸡乌了眼，四爷度量像海，和我们这种人认真，四爷您犯不着！"说着又把柴大纪的履历讲说一遍，末了道，"这人性气，只是个怀才不遇心高命薄罢了……"

"张广泗就是个纸上谈兵的赵括马谡！"福康安哼了一声，"万岁爷杀了他，那是天理昭彰——跟着张广泗打了两年仗，就敢小视天下人？"他想引说父亲捣江西一枝花巢穴、平黑查山、攻抱犊崮的用兵方略与张广泗比较，又觉得有炫耀嫌疑，正是心雄万夫自立功名的时候，雅不欲沾父亲这个光，因噎了一下，把话吞回肚里，思量着，又觉这话太抬举了姓柴的，暗自懊悔，遂冷笑一声，说道："舒格回去告诉他，我不翻他这块臭肉了！"

众人心里都松了下来。鱼登水最怕这公子哥儿不谙世事，真的起性砸了驿站，事出在扬州，他先就有逃不脱的干系，而且傅恒位高权重，正在金川布置军事，朝廷追究，清议哗然，到底从来官小的吃亏是千古不移的金科玉律，见福康安撂开了手，自然心中欢喜，转了话题笑道："四爷说赏我一千两银子换琴，那是断然不敢领受的，传出去说鱼某卖琴，不好听不是？这么着，您请个东道儿，扬州硝肉烤全猪，架上热乎乎的十三样火锅，一来为四爷洗尘，二来我们也得沾四爷点福惠，就都扯平了。"福康安听了无话。鱼登水便忙着叫人"传厨"，又亲自查看给福康安预备的卧房，被褥冷暖，茶水果点一应周到，又命人搬炭火到房里——既不能冷，也不能热，还要防着过了炭气，处处打点得滴水不漏。福康安背手踱步，看着众人忙活，因见和珅和马二侉子在背场小声嘀咕，便问："你两个说什么私房话呢？"

"他要回北京，"马二侉子笑道，"来打我的饥荒。"

福康安漫不经心一笑："桂中堂差你南京来，难道连盘缠银子也不赏？"

"出差有官中份例的盘缠，北京南京来回四十八两，是够使了的。"和珅笑道，"是桂爷还让我购点宣纸、湖笔、薛涛笺的银子，我派了别的用场，寻老马打打抽丰。"福康安注视着和珅，说道："银子使到花柳巷去了吧？——我看你口齿伶俐，办事精干，长久在军机处当下差也不是个办法，怎么不谋个差使？那里虽好，是个虚的，毕竟算不得正果。"和珅道："我这种人哪有多余的钱去那些地方？爷既这么抬举，瞧着有出息的地方，帮奴才一句话，这辈子就交了好运了。"

说话间，花厅正中席面已经安置妥当。八仙桌正中安放一个硕大无朋的宜兴陶砂火锅，鸭子膏汤沸水翻花大滚，热气白烟直腾而起冲至天棚四散开来，四周梅花珐琅攒盘是一整套，放着码好的鹿脊、羊项、鸡舌、鲜虾仁、鸡脯、驼峰片、鱼肚片、海参片、香菇、口蘑、银耳并清酱、麻酱、芥末、胡椒、青葱丝、蒜黄韭黄丝一应调料。那厨子见福康安居中坐了，众人安席已毕，一手执壶，绕火锅周匝细细注入黄酒，接手一把葱姜蒜末纷纷撒入，屋子里刹那间香气四溢勾人馋涎欲滴。鹏儿紧贴福康安身后侍立，见他满面笑容，侧身和鱼登水说话，不言声俯身将小帕子掖在他巴图鲁背心两肩钮上。一时间，府衙教习预备接驾用的戏班子也来了，坐在花厅西壁前，调弦弄筝，鼓竽品箫。一片声笙歌婉曲中，福康安举箸，以下鱼登水、铁头蛟、和珅、马二侉子、舒格奉觚相陪，王吉保、胡克敬侍立垂手在傍，厨子们走马灯般往来侍应。本来还恼着柴大纪的福康安也就随欢就乐高兴起来。铮铮金石急弦之中笙箫和鸣，一个女娘顿开歌喉唱道：

> 我若是背花阴，你可回身儿抱；我若是现花阴，你可低声儿叫。只可是夜露花径柳塘畔绕，又恐是弓鞋儿湿透娘知道。且待要西廊月晦叩窗儿敲，羞坏了女儿满面娇……狠命的冤家，直恁地教

人煎熬！我只好到明年再见今番你了，又只怕到明年，又不是今番你了……

福康安听得并不在意，隔座问舒格道："你既从内务府选出来，就是未入流也罢，好歹也是命官，怎么不出去当个典史？一步步总有个升迁余地。驿丞这类官前程上头最有限的。"

"我要再年轻个二十岁，旗下暠主儿又是硬靠山，自然是出来当典史。"舒格酒醉惹事刚醒了醒，不敢再放肆吃酒，只五花肉鱼肚海参涮了夹起，吃得一头大汗，见问，笑道，"这驿站虽不能升官，但往来车船轿马供应，官员米粮柴炭份例，都有朝廷规矩按时拨给，有些红官、大员，还有钦差过往，是实报实销，不怕打嘴的话，虚报也实销——其实地方官巴结奉迎，送来的东西也吃用不尽，根本是无报也实销——从哪头说，比典史都实惠些个。""三年清驿丞，一任贪县令嘛！"马二侉子笑道，"四爷没听过典史十字令吧？嗯——'一命之荣领得；二片竹板拖得；三十俸银领得；四邻地保靠得；五下嘴巴打得；六角文书发得；七品堂官靠得；八字衙门开得；九品补子借得；十分高兴不得！'"

福康安听得哈哈大笑，取杯吃茶时，鹂儿已经奉上，啜着茶犹自笑，说道："看来人生谁也脱不出个'苦'字！我在山东，郭文清制台跟我说，抱犊崮打散了的残匪蔡七，逃到微山湖拒捕，杀掉炮船哨官都司一人、炮勇七人，还有三个老百姓。他亲自带兵去，贼早走得没影了，当地百姓说贼已经下海逃往台湾。就地申报朝廷，万岁爷一日三下朱批谕旨，务期擒拿蔡七归案。接着又是部文，阿桂在北京一日三封信，刘统勋用军机处廷谕连连催促，坐在轿里心里焦躁得出火，听路边两个老婆子指指点点啧啧惊羡说：'你看看人家，也是个人！这不知道前世里怎么修来，修到这个份上！'郭文清捧着一叠子申斥文书，心里苦笑：我只恨现在不是个县官，也好上拖下推——你们还说这是前世修来的福！"鱼登水失笑道："县官有什么好？也是有口号的：前生不善，今生知县；前生作恶，知县附廓①。"马二侉子道："恶贯满盈，附廓省城！"

---

① 附廓：即在知府衙门所在地任知县。

众人不禁粲然一笑。还待往下说时，鱼登水家人进来，悄悄在他耳畔叽哝了几句什么，鱼登水笑道："内廷王公公，还有延清公公子刘墉一道儿来了，要见四爷呢！"福康安便放下杯，笑道："石庵兄也来了？一块快请进来吧！"说着便起身，众人也都随着站起来。便听外头脱油衣声，一个矮胖子太监笑吟吟前面走进，后面跟着一个年轻官员，也是墩墩实实的个子，穿着八蟒五爪袍子白鹇补服，黑红脸膛上一双三角眼，瞳仁黑得乌亮，走起路来，微微罗圈的腿沉健有力，只为夜作伏案太多，看去背上略有点驼——这不是刚刚不久前在南京指挥黄天霸一干人破获白莲教巨案，火焚观枫楼，烧死为患朝廷二十余年的女寇一枝花的刘公子么？单就官位而言，其实也就是个御史，论起声名，已是震动天下撼及朝野。寻寻常常的水晶顶子上插着一枝碧幽幽翠森森的孔雀翎子，等闲督抚也是企冀难求，单就这一条，站到哪里，都显得格外出眼。

他一出现，众人立刻变得肃穆。屋里顿时雅静下来，窗外沙沙的雪声和微微呼啸的朔风声顿时清清楚楚入耳而来。

第五回　纪晓岚繁丛理政务
　　　　叶天士驾前论岐黄

"石庵兄，王廉，是你们二位啊！"福康安自然不似众人那样恭肃屏息，挪身出席笑吟吟向刘墉一揖，一边让座儿，一边说道，"如今石庵名声直逼延清公了！要不了几日，鼓儿词说书摊子上准出新篇儿——刘石庵私访一枝花，黄天霸大战青龙门！你爷们真给咱们大清朝廷长脸了——老王，你怎么也来了，莫非皇上有旨意给我不成？二位坐，正经的扬州烤全猪还没上来呢！"

刘墉微笑着盯着福康安。他见过傅恒，那是何等深沉稳健老成练达的人，怎么养出这么个儿子，说浮躁，言语举止雍容大方，带着贵气；说凝重，却又这般饶舌，言语里透着装腔作势"充大人"的味道。他自己也是个喜热闹爱说话的，一头受朝廷嘉奖表彰，一头被父亲训得狗血淋头，骂他"卖弄学识追逐浮名，顽钝不可救药"，将彼比此，刘墉心中不禁暗笑，却一脸庄重，从袖中抽出一份加了火漆印的通封书简，说道："这是纪晓岚大人封好，托我带给四爷的。说里边有令尊傅爵相的家书，也是给您的。皇上已经从南京起驾，后日就到仪征，然后驾幸扬州。王公公来传旨知会去仪征接驾的官员，我来扬州指挥车驾驻跸关防的事宜。"

福康安听说有父亲的信，脸上已改了庄容，忙双手接过。就烛光下默默注视移时，仔细拆开了，小心翼翼抽出看时，头一封就是父亲的，那一笔颜体楷书真是再熟悉不过，只写得略潦草点：

福康安吾儿：前接汝代母书家函已悉。见字学稍正，文笔尚清通，方为尔欣幸。又见汝母急函，云汝不遵母训，已执意南行，且欲请旨赴我行在。你实在昏聩不孝极矣！尔，少年人也，志学之年而不志于学，不知社稷庙堂之重，徒欲以血气匹夫之勇，而乃立

> 功于朝廷耶？是谓无自知之明之极，吾甚鄙之！

看到这里，福康安已经涨红了脸，鼻尖上冒出细汗，接下来的辞气更具严厉。

> 吾家世代勋戚，受皇上糜身难报之恩，惟当栗栗儆戒，如临深渊如履薄冰。学成而后出仕，练通而后效力。尔自思之，知农夫稼穑之苦、输赋之艰否？知机枢之臣、府县之令事君焦虑忧心之如焚、抚民之瘝犹若新创之伤否？即以军旅之事，莎罗奔偏居一隅蕞尔小族，已两败王师，朝廷三诛大臣！夫其庆复、讷亲、张广泗辈，丧师辱国、身败名裂，固已不足道。即以吾视之，尔之才具，尚不及此三者之十一！

他撇了撇嘴，舌头顶了一下腮帮，往下看：

> 无自知之明，亦无知人之明，资质即佳，亦暗昧人也。以暗昧之粗材事君事父，且不念高堂之母依闾期盼焦闷欲死，尔之不忠不孝暗昧无知，吾不知何以训诲矣！尔若来军前，则吾之军法，正为汝设！

看到这里，福康安已背若芒刺，通身汗出……小心折起来，再看纪昀的信，却是不长，一色极漂亮的钟王小楷端正细腻：

> 福康安世兄钧悉：傅老大人军书急件附函。特委昀代为转呈，谅已览知。夫责之弥过，是望之弥切爱之弥深也。兄达人，必不待昀言也。此函系兄出京二十日由成都钦差行辕发来，已经御览，嘱昀已复傅中堂矣。旨意"教福康安即来随驾"，兄见此函，径往仪征叩见主上可也。纪昀拜书勿勿不云。乾隆某年月日。

福康安再翻父亲的信，既无日期注明，亦无地址，才想起军中通书不得泄露日时行藏的规矩，老爷子身为主帅，如此细心，也真令人佩服。他叹息一声，对众人笑道："又挨父亲一通骂，这番大志难酬矣！"又问王廉，"都有谁的旨意赴仪征？"

"有江淮河督卢焯，昨天已经离开扬州了。"王廉喑着公鸭嗓儿扳指头说道，"有安徽巡抚格尔济，住在高桥驿站；清江河漕总督署理陆逢春；有庄亲王爷允禄，住天宁寺；司道以下官员只有窦光鼐，他是降两级处分，又特旨去迎驾的。余外还有江西盐运使，福建海宁粮道，彰州粮道，台湾知府高凤梧，这几位住迎驾桥驿站……"他一口气说了五十多个人，指头扳了一轮又一轮，谁什么官爵，住在哪个所在，什么时候传旨，什么时候启程去仪征，说得一丝不乱。鱼登水此时才知道，小小扬州府城里，竟住了这么多炙手可热的朝廷要员。福康安听得专注，眉头时皱时舒，听完笑道："十六老亲王也在扬州？很该拜望一下的——只是这位窦兰卿有意思：他弹劾高恒，高恒已经拿问，前时都说他升两级，这回又说他降了，既降级处分，又荣与迎驾，这到底怎么回事？我都弄糊涂了！"

王廉听了便不吱声。福康安心里雪亮，乾隆皇帝待遇太监最为酷苛，但有一言参政，或泄露内廷言语，处分只有一条：慎刑司皇标水火棍交权齐下，打不断气儿只管打。当下一笑，说道："没兴头再吃你们的扬州烤猪了。石庵、老王，随便吃一点，说一会子话再去。石庵不要一脸怪物相，你的家法我晓得，我们家法是军法！这餐饭是我的东道，银子花得再多也是干净钱！"刘墉只是笑着推却："我吃了一肚子扬州夹肉米粽才来，胀得打呃儿呢。老王要饿，陪四爷只管吃就是了。"王廉冒雪传旨，早已跑得饥肠辘辘，谢了座儿，从火锅里捞出一盘子羊肉片儿拌了作料闷头大嚼。刘墉坐在东壁烤火看书。众人没了兴头，胡乱扒了几口都说"饱了"。

"老马要到南京，明儿和我顺道儿同行。"福康安想着见驾，一会儿又想起父亲的信，又思念母亲，满腹心事吃了几口，见众人纷纷要辞，说道，"和珅回北京，我今晚写信给额娘，还有鹏儿你都给我带上——还有给桂中堂的信——上回你说想到銮舆卫办差，信里也都说了。就这样，散了罢！"

扬州至仪征只有八十里旱路，都是铺垫了又铺垫的黄土细沙驿道，平日极好走的，只因被了雪，便行得艰迟了。福康安和马二侉子同乘一抬驮轿，所有从人长随一律留扬州，只带王吉保胡克敬两个小厮各骑一头走骡跟着，天不亮便起程，待到仪征县城时，已是下午未末申初时牌。那雪片儿懒懒散散稀稀疏疏，已有停下来的意思。

福康安两次来江南省，仪征是常经之路，再熟悉不过的，一下轿却愣住了：这是仪征？沿城那道弯弯曲曲的护城河，淤泥已全部清掉，草堤不翼而飞，全都换上卧底起顶的大青石条，岸上还加了护栏，和紫禁城外金水河全无二致。破败的城墙只留下旧砖根基，上半截直到堞雉箭垛全用临清砖重新砌起，整个城门箭楼都扒掉了重加修造，仿正阳门建制，朱漆金装，映在雪光之下，飞檐斗拱危楼嵯峨，庄严堂皇紫翠交辉煌煌令人不敢逼视。环城驿道，城门口进去南北大街上，三步一哨五步一岗，都是北京随驾扈从的善扑营校尉——所谓御林军的就是了——站在雪地里钉子似的目不斜视，穿着簇新的袍褂官靴，个个腰中悬刀——虽是不禁行人，打扫得干干净净的南北正街，一街两行店肆行铺都敞着，家家户户门前果酒累累案香袅袅，却似死绝了一城人似的，连一个闲人影儿不见，连一声犬吠不闻。马二侉子见他呆呆地出神，笑道："四爷甭诧异，国家有倒山之力嘛！银子只要尽着花，我马二侉子两个月打扮仪征，再让四爷不认得一次！行宫在城北元武岗上，我是个佐杂官儿，不能陪四爷过去了。我住西下草桥驿站。爷有什么吩咐，小厮们过去交代一声儿就是。大后天我就去南京，到了再给四爷寄请安帖子。"

当下二人别过。福康安自觉在这城里坐轿太惹眼，只带了吉保和小胡沿路迤逦步行向北。街道也不甚长，雪是随落随扫的，地下只潮润而已，十分好走，只半顿饭光景已到城北行宫阙下。那一番壮观威严比之城南更不必多说，单是行宫南墙，沿岗之下绵延起落，全是汉白玉座底，红壁上覆黄瓦，足有二里远近，宫门前九龙照壁遮掩了，一重重龙楼凤阙隐现在柏桧雪松之间，说不出的肃穆阒深，令人凛凛敬畏。在左掖门递了牌子，掌阍的苏拉太监指着西侧一带偏殿说道："请大人到那边，尽北头是军机大臣当值房。您是特旨召见的，由纪中堂引见。"福康安看时，果见西偏殿北房门前站着几个太监，还有两个内务府官员隐约面熟，沿殿长廊檐下设着长条凳子，十几个等候接见的官员一个个羔皮重裘正襟危坐着听招呼，因沿着卵石甬道大步过来。鹄立在门前的当值太监卜智早已瞭见是他过来，进门去，似乎禀说了几句什么，出来笑着招手儿道："四爷，纪中堂有吩咐的，请先进来见面儿。"福康安微一颔首跨步进屋里来。外边雪光刺目，乍一进门，只觉得暖烘烘又湿又闷一股热气，什么也看不清，定定神才见屋里几个矮杌子都坐着人。靠南墙设一张椅子，坐着一位长瓠脸白净面皮的中年人，是个二品大员，福康安认识，是新任河漕总督卢焯；东墙窗下一员也认得，是江南巡抚范时捷，一脸漫不经心的样子；挨下来的官员有四五个，面熟面生不等，只一个窦光鼐认得，板着脸面无表情坐着。靠西墙一溜火坑，坑角堆得一叠叠都是文书卷宗，一个黑胖高大的中年官员，三品顶戴丢在一边，粗壮的辫子随便挽在项间，盘膝坐在坑桌后正伏案疾书，似乎在写信，这人和傅府渊源极深，福康安熟得不能再熟，就是俗间号称"第一才子"的礼部侍郎加尚书衔、军机处行走大臣纪昀了。

"四世兄到了，请这边坑沿上坐。"纪昀手不停挥，眼盯着信纸说道，"这里毕竟不比北京，将就些儿罢。"说着已经写完，吹了吹墨迹，偏身下坑，用通封书简封了，递给卢焯，说道："秋池兄，这信你带给安徽布政使郭明，七十万两银子，一文钱也没得加的，清明节前疏通芜湖黄河道，差使办不好，摘了顶子听部议。我纪昀先就不能容他！三万河工民夫，一钱七分工价，料是现成的，凭什么不够用？他支吾你有两条，一是你犯过新补官，谅你不敢惹事；二是下头吏目一层层克扣工银发财，他自己也难驾驭。万岁爷昨儿见我，说卢焯有类于郭琇，乃是君子犯过，根性还是好的，你只管放胆去办差，不必有后顾之忧。"

卢焯本来坐着，听到乾隆皇帝说自己，忙起身恭听了，说道："请纪大人代奏：卢焯罪余犯官，不敢谬承万岁金奖。惟以洗心革面，努力任事，稍赎前愆，而报皇上、皇太后、皇后娘娘高天厚地之恩！——纪中堂这信，我一到清江立刻交给郭明。黄漕交汇处的淤沙，今春一定疏浚，不敢明哲保身！有一等贪墨渎职从河工银子中取利的胥吏，我依旧要请王命旗牌斩他几个！——还有一件事请示纪公，黄河入海处新淤田三千余顷，浙江巡抚衙门咨文要划归海宁府，已经回文拒绝，这是应归户部管辖的，发到地方立刻就贱卖了。请示这地是交部，还是暂归河漕总督衙门收管？"

"归你衙门管吧。户部正在清理康熙以来的治河淤田，银账田亩三不符，窝里炮儿厮缠得一塌糊涂，再拨官田不是乱上加乱？"纪昀从靴页子里取出烟斗，点燃了猛抽一口，自失地一笑，"这是阿桂再三交代过的，照他的办。我回京又要料理四库全书的事，这类事往后请他指示就是了。"见卢焯要走，又叫住了，说道，"方才你说要请王命斩人，这是主上给你的权，有些当场作案，当场拿住的，可以正法几个，也就是个震慑作用。寻常查处，还是要报部奏明，明正典刑，以示朝廷至公至正之意，要老百姓也都晓得国家不肯姑息养奸，这一条卢公切切在意。"卢焯答应着去了。纪昀把目光转向范时捷挨身的一个官员，脸色已经铁青下来，问道："你就是芜湖粮道周克己？"

那官员慌乱地站起身来，木杌子上的钉子挂了他的袍角，踉跄了一下才站稳，苍白着脸哆哆嗦嗦说道："是……卑职周克己……"

"二十八个人护一队漕船，蔡七只有八个人，劫了粮船，抢走一千两银子，没一个人敢上前护船！你这芜湖道当得好！"

"卑职平日训管不严……回大人，贼人武艺高强也是真的……"

"你当时在哪里？"

"粮道衙门。"

"听到匪报，不去救援，反而关门闭户，是什么缘故？"

"回，回中堂……"周克己两条腿抖得厉害，颤颤软软地直要往下跪，"当地老百姓也都上船哄抢粮食……他们报说'起反了'……我想着护衙要紧……"

他啰啰嗦嗦还在往下说，纪昀已转过脸去，对范时捷说道："请老兄来就是这么回事。蔡七劫银砸船后，有人见他逃往常州，不能不防着他渡海逃亡。还有一个叫林爽文的，是易瑛党羽，省里要着力查拿。拿不到活的尸首也要。一枝花设的白莲教教众，除了蔡七这样铤而走险的凶悍之徒，多是愚夫愚妇蒙昧无知信教的，这些人不但不能拿，还要加意抚恤，总之是教百姓知道皇恩浩荡，教匪丑类不足恃就是了。"他脸转向坐在第三位的高凤梧，高凤梧也忙站起来，纪昀脸上挂出一丝微笑，说道："昨晚谈了半夜，没有多话再说了，台湾水程遥远，倭寇、海盗、外洋行商很多，情势与内地有异，民风也甚刁悍，不是善治的寻常州府。像林爽文，他就是台湾人，还有蔡七这些匪徒，穷极逃亡，台湾也是驻足地儿。把你那些拆烂污风花雪月先收收，整顿一下驻台营兵。存粮不能少于半年，防患于万一，也就有了万全——听懂了?"

"听明白了!"

"你不要陛辞了。"纪昀看也不看尴尬得满面通红的周克己,对范时捷道,"老范代我设席送送高凤梧,他最喜欢骂人'龟儿子',小心招他骂你!"

福康安在旁听得一笑。范时捷老官稔吏办差干练,雍正朝留下的老臣始终荣宠的也只三五个,他是其中之一。只一宗毛病,生性喜欢挨人骂,三天没人骂娘就郁郁寡欢,也不分个上下左右。有这一宗儿,宠信自归宠信,始终到不得机枢主持部务,只在封疆外任上转悠,高凤梧早想笑,唯是这里不是地方,生人太多,遂凑了范时捷耳畔小声道:"老杂毛乌龟蛋——吃你酒去!"众人都没听见,范时捷已是精神焕发浑身通泰,笑着对纪昀说:"这小子值得我一送。"便和高凤梧联袂辞去。纪昀这才敛了笑容,对周克己道:"那里头自然有乱民起哄,并没有起反的事,是翁家青帮的人赶到,在运河上拿贼。你多少策应一下,也不至于逃了蔡七。国家官守都似你这样子,早就败坏糟透了。万岁爷要把你交部议,顶子留这里,回去听旨发落!"

"是是是……老师教训的是……"周克己面如土色,抖着手指摘下青金石顶戴放在炕沿下,一步一退却身退了出去。

"地地道道一个废物,却作得一手好制艺,还是我取中的门生,真令人惭愧!"纪昀叹道,"这么下去还了得?蔡七劫船,连把刀也没带,腰里别着镰就上船了,道台衙门里番役四五十号人,别说策应,齐吼一声蔡七也唬软了,光天化日之下码头人众之地,公然就让他得了手,怎么不叫主子雷霆震怒?"他从茶铫子里倒两杯酽茶,送福康安一杯,自己一杯几口饮干了,熬得有点发红的眼睛眯着,一眼看见大太监王八耻从行宫正寝过来,料是有旨传见,对余下的几个人说道:"除了窦兰卿,你们几位老兄已经引见过了,明日可以启程赴任。陕西现是尹元长公经略,兼着陕甘总督,昨天有折子来,榆林城里无榆树,风沙一夜埋深井啊!到西安见尹公,就说万岁的话,榆林厅即使每天掘一次井,粮库也不能撤。山西大同,陕北河套康熙年间栽的树都伐光了,一片沙漠瀚海,你们都是那里新任府县令,三年考绩,考你们什么?种草栽树。银子户部可以拨一点,种粮不要钱,全部放赈，要有什么难处，可以写信禀到军机处来。就这样吧——直截回任上去，不要到北京去了，乱钻刺找门路投靠山总归没有用处的。"

王八耻进来已有一会子了，只纪昀安排政务口不停说，忙得唇焦舌燥，便在旁垂手等着，待纪昀打发几个官员退出，王八耻方笑道："纪大人，主子叫进呢！福四爷也去见驾。——还有窦光鼐大人，也一同进去。"福康安忙躬身答"是"，窦光鼐肃然悚立，深深一躬，答道："臣领旨！"福康安挥着扇骨儿敲了王八耻脑门子一下，笑道："如今是副都太监了吧？这回跟主子南巡，真个儿狐假虎威一番了！四品蓝翎子，太监里头一份！"王八耻笑得眼睛眯成一条缝，伸脖子咧嘴儿一脸媚态说道："那还不是托了主子主子娘娘的福！这份差使是体面，只没得外快——像王义，蹲在扬州，银子哗哗地往怀里流！"纪昀最爱诙谐打趣的人，此刻忙得焦灼，只略正正衣冠，说道："走吧！"

雪还在飘。杨花一样的绒絮像被吹散了的蒲公英，在空中荡来荡去，零零星星的已不成气候。三个人跟着王八耻沿西甬道向北，从月辉门向东进来，已到行宫丹墀之下。乾隆的随身侍卫巴特尔仗剑在殿前巡弋，见他们一行过来，迎前两步，硬橛橛说道："主人在东殿，召见医生，你们进去！"窦光鼐怔了一下，这人说话怎么这味儿？福康安却知巴特尔是蒙古人，耿直憨厚极的一个人，努力学说汉话，尚带不出平常人语随情转的调儿的缘故。纪昀含笑点头，遂不入正殿，径在东殿门口弹弹袍角，洪声禀道："臣纪昀、福康安、窦光鼐奉召见驾！"一时便听里边乾隆的声气道：

"进来吧。"

随声便有小苏拉太监出来挑帘子。纪昀等人鱼贯而入。窦光鼐留神看时，三楹大殿四壁大玻璃窗，甚是明亮轩敞，东边一盘炕，设着文案卷桌，文房四宝俱全，堆着几摞尺许高的奏折文书，下边黄袱跪垫上长跪着一个干瘦半老头子，青缎袍子黑马褂略嫌大些，一说话三磕头，额前已磕得乌青，瞧着有点可笑。炕前一个四十多岁的中年人，硕身玉立体态潇洒，戴一顶中毛本色貂皮缎台冠，酱色江绸面青颏袍，套一袭貂皮黄面褂，腰间束着金带头线纽带，冠玉一样白净清秀的脸上，弯眉下一双眼睛漆黑幽深，不时闪烁着，似乎若有所思，如果不是颏下和唇侧两翼修整得极精致的胡子，看去无论如何只是三十岁上下的年轻人，这就是"当今万岁"乾隆皇帝了。

乾隆皇帝面南临窗，微微锁起的眉头凝望外头天井里的一株大乌桕树，目光瞥见三人进来行礼，摆手示意平身，却问医士道："叶天士，你方才说皇后脉象八会不齐，和太医院骆秉心说的三焦不聚，是不是一回事？"

"三焦不聚是老生之谈。"医士依旧磕头，嗓门儿却是又高又尖，还微微带着嘶嘎，"一餐饮食不周，一夜失眠焦虑，一身着衣寒暖不正，邪气入于腠里，即如伤风感冒咳嗽打喷嚏，去切脉，都能切出个'三焦不齐'来。所谓八会，就是腑会太仓、脏会奔胁、髓会绝骨、筋会阳陵泉、血会鬲俞、骨会太抒、脉会木渊、气会三焦。三焦不齐充其量是气会不齐而已，只是八会之一。人但血衰体羸气逆，七表脉阳而实阴，八里脉阴而实阳，譬如天之四时颠倒，地之五行错乱，魂离无所附主，那众位太医还敢说只是个三焦不齐，我学生真不知道该怎么说好了。"说罢还是磕头。福康安早听说过这个叶天士，扬州人都叫他"天医星"，生死人肉白骨，传成了神仙。只是散漫不羁，不高兴一万两银子请不动，高兴了一文钱不取也治病。见他在乾隆面前头磕得不计其数，说话口气却全无君臣分际那份温良恭俭让，连"我学生"都亢声而出，不禁肚里暗笑。乾隆似乎已不是第一次接见叶天士，并不计较他言语冒撞，只一边听一边沉吟，霁颜问道："朕于医理只是一通半解，皇后现在看去只是苦累些，厌进饮食，你说的令朕心惊啊——到底于性命有碍没有呢？"叶天士又复磕头，仍旧礼数虔过十二分，言语唐突不可闻："皇上确是圣明，于医理而言，小民的见识确也是一通半解，但据我看，比之太医院御医，要高出百倍！他们不是通不通解不解的事，是顺恶谀病投人所好，在那里信口雌黄哄皇上高兴！按五脏所好，肺病好哭，脾病好歌，肾病好呻吟，肝病好呼叫，心病好妄言，皇后五者皆备而不哭不歌无呻吟无叫呼无妄言，只是使性用忍压了病。这固然是娘娘盛德，非常人所能的，然而于病实无益处。郁结愈重，宽抒愈艰，蓄之既久，其发必速。少则三月，多则一年——"他愣愣伸出一个手指，"一年之内，皇上就什么都知道了！"说完忽觉失口，"啪"地扇自己一个耳光，伏地又是叩头，"小人这张嘴笨死了！医者有割股之心，求皇上体谅……"

福康安起先听他们讲论医道觉得冗闷，看叶天士形容儿又觉可笑，见说皇后病势凶险，情事关己，心一下子提得老高，脸色顿时苍白了：父亲远在四川，母亲在北京，姑姑身染沉疴，自己如何当起"娘家人"这个角色？万一骤生变故，又何以处间几头安慰？皇后就是傅家靠山，之后傅家荣名威权乃至朝政人事会不会有出人意表的更张，似乎也不能不想……福康安当然不知乾隆是自己的生父，但这位姑父皇上的关怀之心却如丽日春风无时无地不能感受，只不过他把这当成了姑姑的荫庇……正没做理会处，却听乾隆叹息一声说道："你说的直令人心惊，朕听着出冷汗呢！蔡桓公说扁鹊'医者好以不治以为功'，朕不做那样的昏君。叶天士，无论你说的验与不验，朕不罪你，只不可向人传言皇后的病，引动朝局不安，否则验与不验，朕都不容你。你可听明白了？"

"是，是是！"叶天士蓦地冒出冷汗，叩头道，"小人虽然山野，断不敢妄言宫闱朝政，自干罪戾！除了傻蛋——不不不，除非昏聩得不知死活，谁敢这些事上触霉头呢？您说！"

话说的没有一句错的，仍旧是个前恭后倨，少了臣下回奏皇帝问话时必不可少的那份温婉，那份战战兢兢的敬畏。一句"您说"，纪昀和福康安听了都是心里一揪，脸上变色，觉得这位医术高超的当代华佗于人情世故真是一窍不通到了极处。正思量间，乾隆叹息一声说道："皇后说你是个'医痴'。别说是太医院的副主院，三品的保康大夫，就低品的医士、医正，放在寻常医生，也是求之不得的。真正的盛世隐者，携术济生，朕不但不罪你，且是很赏识你的。不过，既遇上了朕，也就是你的福缘；遇上了皇后，也就是你的医缘。眼下还不能放你还山，像你这秉性儿，进太医院那窝子里，几天也就作践了你或染黑了你，可惜了儿的。算是朕请来的客人，随侍奉驾，尽力护持皇后，平安过去这一年，你就赐金还山，如何？"

"这是皇恩如天浩荡，是小民医药济世修来的福缘……"叶天士俯伏在地连连顿首，"仰告皇上，皇后娘娘的清恙确是积重难返，医得好医不好实所难言，小民必定殚竭神思以尽绵薄，断不敢有半点疏忽怠慢……"见乾隆无话，叩头却身退出殿去。

乾隆目光晶莹闪烁，望着叶天士瘦矮的身材沿着长廊踽踽远去，长长舒了一口气，转过脸来，犹自面带戚容，说道："有些人有些事，天子也不得强而为之啊！"纪昀道："皇上要留用此人，也不是难事。四海之内莫非王土，率土之滨莫非王臣，这是不得有例外的。"乾隆点点头，却道："强而为之，他当然理应奉诏，但像这样的做了官反而无趣，太医院门户之见、妒忌之情朕也略约知道，叶天士进院，不久就毁了。不讲这事了，荷兰葡萄牙还有英吉利这几国进的贡单带来了没有？"

"贡物已经遵旨缴王八耻，请太后老佛爷、娘娘过目。"纪昀忙从袖中抽出一沓纸双手呈上，赔笑说道，"这是三国贡物贡单。他们上的贺表已经御览，辞气是极仰承天恩的。礼部四夷馆的人接见三国特使，来军机处禀报，说一切礼仪均可从藩国冕旒觐见天子的规矩，只有跪拜一条，洋人生就的腿不会双膝打弯儿，一条腿跪了见他们女王、国王，是他们本国自古以来的章程，求主子体察他们可怜见儿的，准允他们将就成礼。"

乾隆"嗯"了一声，接过贡物单，只见上面密密麻麻写着：

> 绕指柔刀剑八十柄、旃檀树四十株、西洋小白牛二十四头（高一尺四寸，长二尺有奇）、荷兰马二十四匹、玻璃箱六口、牡丁香二十斤、哆啰呢绒五百疋、六足龟一只、孔雀二十只、驯象十六头、三角三目牛一头、大珊瑚珠十串、照身大镜五十面、奇秀琥珀一百又八块、中哆啰呢绒五百疋、织金大绒毯六十领、文采细织布六十疋、大细布三千疋、白毛里布二千疋、大自鸣钟十座、大琉璃灯五十盏、聚耀烛台十悬、异式琉璃盏五百八十一块、丁香一百二十担、冰片一百三十二斤、甜肉豆蔻十四瓮、镶金小箱十只（内丁香油、蔷薇花油、檀香油、桂花油各六罐）、葡萄酒二十桶、大象牙五支、镶金马铳五十把、精细马铳五十把、彩色皮带一百二十佩、镶金马铳中用绣彩皮带六十佩、精细鸟铳四十把、镶金佩刀一百二十把、双利阔剑二十把、金花卑利剑二十把、起花佩刀六十把、镶金双利剑二十把、照星水月镜十执、江河照水镜十执、雕制夹板三十只……

后边还有五六页，都是西洋外货，一一备细注明产地用途，乾隆也无心细看，又翻荷兰国随贡贺表，辞气亦是十二分恭敬："圣明重统，继天立极。无为而治，德教孚施万国；不动而化，风雅泽及诸彝。巍巍莫测，荡荡难名……外邦之丸泥尺土，乃是中国飞埃；异域之勺水蹄涔，原属天家滴露……"乾隆看着，脸上气色慢慢霁和起来，指着一行字问道："这个贡使玛讷撒尔达摄是哪一国的？好似听过这个名字似的。"

"回皇上，"纪昀笑道，"康熙二十一年，大西洋傅尔都加利亚国的玛讷撒尔达摄来中国进过贡。因为当时这个外夷从来不通中国，圣祖爷赏赐加了一倍。这次来的是老玛的曾孙。玛讷撒尔达摄是他们一族的姓。"乾隆仰面想了想，又问："既是康熙朝已经向化，因何不肯年年朝觐岁贡？"纪昀躬身道："彼国距中土遥隔数万里水域，航行四年才能抵达。广州海关道奏闻，来的都不是寻常木船，是铁甲船用火轮冲动，船上架火炮以防海寇，才能辗转前来；因此，愈能见其国冕旒归化天朝的诚心。皇上圣明，日本琉球距中国海途颇近，几次贡船尚且为狂涛吞没，彼国历经千难万折，才得在日本暂息；所以，来贡虽然稀疏，其忠悃爱君之志不让邻近诸藩国的。"

乾隆沉吟片刻，说道："既这么着，赏赐还照康熙朝的例，比近属外夷外藩加倍，以彰其诚心归化之意。"他顿了一下，又问，"有没有尹继善的折子？有人密折奏闻，他带了袁枚去西安。袁枚随意更张制度，发卖荒山荒田，当地缙绅很有些微词的。他任甘陕总督是权宜之计，要紧的是统筹西北军务，一来策应傅恒金川之役，二来预备将来西北准部回部用兵，地方上赋税粮钱这些事，干预那么多做什么？他一向在江南、广东这些地方，北方情形不同，吏情也不熟，得罪的人太多，众口铄金，将来这个军机大臣不好做。"

"臣以为这正是尹继善过人之处。"纪昀从容回奏道，"西北地瘠民疲，历来国家都要耗军库存粮赈济，发卖官田给穷民垦荒，一者每年可省数百万石粮食，二者老百姓不至于年年仰盼赈济，使刁惰之徒良善贫民有所生业。历来官卖荒山荒田价钱低廉几乎是白送，官府把持惜售，是囤积居奇，希图富户购买，从中索贿以饱私囊，论其心实不可问！这件事前日甘肃布政使齐赫也有奏闻，是请甘陕一例准允发卖的，阿桂和臣意见相同，也有信来，待节略誊清，一并奏呈御览。"乾隆恍然憬悟间，一笑说道："这是虑国裕民的好事，不要写节略了，连信一同递来，朕朱批发回照准。江南的淤地涸田不能卖，甚至陕甘的荒地荒山要大力发卖，可以贷赁赊购。天下之大，不可不察而一例处置，你写信给甘陕两省巡抚，要听尹继善军政民政裁夺。若为小人蛊惑，妄作非议，将来后悔莫及！"纪昀笑道："皇上如此批复，甘陕两省皆蒙雨露之恩！这里地广人稀，江南生滋日繁，地土昂贵，因地因时施政，庙谟独运，各处百姓皆得沐化皇恩矣！"

　　说到江南地土，乾隆当即想起高恒私卖涸田的事，一哂说道："如今官场墨吏捞起钱来，真有捏沙成团手段，水银泻地无孔不入。肥缺有肥缺的办法，苦缺有苦缺的能耐。朕夙夜孜孜勤求化理，哪承想化出这么一大帮见钱眼开孜孜不倦捞钱的黑心臣子！——高恒和钱度的案子怎么样？他们有没有认罪服辩？"纪昀道："这是刘统勋办理的差使，臣不能详知备细。听统勋闲谈，钱度是有问必招，私自贩铜，经营古董生意，和高恒勾手官卖私盐都是有的。贩铜贩盐触犯律条，他推给高恒，自己只认个'从中分润'；高恒牙根咬得紧，只认自己帷薄不修，拈花惹草寻欢作乐的事都供认不讳，事涉铜盐钱粮，他就是个哑巴。又不能动刑，逼问急了，只口口声声要面见万岁爷造膝直陈。钱度的宗旨是攀咬，咬了一大群三司道台以上的官，府县以下的一个不提，头一份就咬到高恒身上，大有弄成法不制众的光景。刘统勋说，他办了一辈子案子，这么棘手的还从没遇见过。"乾隆原本端着杯子凝神贯注地听着，纪昀说得他心中烦躁，竟一口茶没有喝，待纪昀住口，他的脸色已变得铁青，"咚"地将杯重重蹾在案上，背着手踱了几步，喑哑的嗓音带着颤声，说道："卑污！"他胸部呼呼喘气，已是涨得满脸通红血脉偾张，眼见就要龙颜大怒，目光睨了一下一言不吱声垂头站着的窦光鼐，顿了一下才平静了些，说道，"纪昀、福康安那边机子上坐了。——窦光鼐，你跪下，朕有话说。"

　　"臣，窦光鼐，"窦光鼐一直俯首听着乾隆和纪昀对话，屏气静息思量着如何应对皇上问话，乍听提到自己名字，身上还是倏地颤了一下，一提袍角便跪了下去，"恭聆圣谕！"

第六回　耿正直臣犯颜批鳞
　　　　柔怀亲情怡色抚子

乾隆没有立即说话，似乎还在平息心中不可遏制的愤懑，在殿中缓缓踱步。窦光鼐自入仕以来，还是头一次直面晤对，伏在地上，听着乾隆的青缎凉里皂靴就在头顶橐橐有声，"咫尺天颜"四个字在脑海里划空而过，心中怦怦急跳冲得头晕，狠狠在临清砖地上磕了三下，才捺住了紧张。

"你弹劾高恒的折子朕已经看过了。"许久，乾隆才开口道，空阔的大殿里，他的声音有点瓮声瓮气，"朕留中不发，但外间已经传遍朝野，说什么话的都有。高恒的案子尚未谳实，有人说你已经晋升西台御史。你怎么想？"

"臣没有想过这事。"窦光鼐诧异地抬头看了一眼乾隆，显然他没想到乾隆会劈头就问这个，见乾隆回身，忙又低伏叩头，"高恒官卖私盐，与钱度狼狈为奸贪墨坏法，臣只是耳闻，未有实据，因此弹劾折子中不敢冒奏。仅据他身为国家大臣，在扬州与裴兴仁靳文魁等蝇营狗苟，擅自盗卖涸田，嫖狎官眷娼妓，已为国法不容，是以不揣职卑位低，直上九重数其罪恶。外间传言，颇有指责之词，云臣越位上奏，希图沽名邀功侥幸求宠者，且言圣上龙颜大怒，已将臣革职拿问的，亦是人言啧啧，臣以为摘奸除恶乃是臣子本分，利钝成败非所应计，虽闻流言，只是一笑置之。"

"这么光明正大么？"乾隆哼了一声，哂道，"不愧翰林出身，文章是好文章，辞锋也利如霜锋。你乃微末小员，弹劾大臣自有制度。既有陈言，为甚的不写成夹片，递交都察院转呈上奏？"

虽然是挑剔，但乾隆是依制度问话，语气固是咄咄逼人，又句句都是诛心之词，连坐在一边的纪昀和福康安也听得不安起来，二人目光一对，忙又闪开，低下了头。却听窦光鼐顿首回道："臣在扬州，知道高恒擅自以官价发卖涸田七十顷。按官价十七两银子一亩，实在市价已达近七百两，悬殊之巨惊心骇目，设如按部就班，转报北京都察院，再转奏南京御驾行在，深恐木已成舟，即使治罪高恒，朝廷库银已经亏损，因此不敢爱身误国，冒昧直渎天听天视！其中干犯制度之处，自亦有应得之罪，恳请皇上发落。臣自幼丧父，束发受教以来日承母训，砥节砺德精白事君如事父，并不敢以不可问之心沽名邀恩贪图侥幸，求皇上洞鉴臣心！"乾隆听得极是专注，半晌才开口说话，辞气已不那么严厉："国家设此制度，为的就是防着小人存了幸进之心，今日你一个条陈，明日他一个弹章，弄得大臣惶惶不安，不能专心料理军国重务。所以，尽管你言之有据，察之有情，此事不得为训，你亦不得为无罪。"

本来话说到这份上，窦光鼐叩头谢罪，事情也就完了，但他生就的秉性，一个"戆"字，叩头毕，抗声说道：

"皇上说的固是，但大臣不言，小臣岂得亦不言！上下苟安是为文恬武嬉，恐非国家之福！"

纪昀和福康安同时愕然抬起头来，眼见乾隆额前阴云愈聚愈重，鬓边肌肉一抽一动，纪昀知道他立时就要发作，想下跪劝慰，但窦光鼐的"大臣不言"实连自己也扫了进去，一时竟想不出措词，张皇间乾隆已是勃然大怒：

"你！——你这是和君父说话？兴小人讦告之风，那是武则天理国之法！"

"回皇上，"窦光鼐在此严威之下，似乎怯懦了一下，随即恢复了镇静，从容叩头道，"武周虽然法统不正，然无武则天整顿吏治，恐无大唐开元盛世！"

"你竟敢如此狡辩！"乾隆熟读二十四史，窦光鼐的话确实凿凿有据，但自即位以来，别说窦光鼐这样的蕞尔小吏，就是世袭罔替的亲王，谁也没有敢如此当庭放肆顶撞的，他恶狠狠一笑，偏转话题厉声道，"文恬武嬉是亡宋弊政，你居然比之当今！"

纪昀从驾多年随侍在侧，乾隆的秉性摸得熟透，除了庆复讷亲兵败金川，曾像今日这样大发雷霆之外，从来臣子犯过，只是言语如刀似剑，训得人狼狈不堪，发落处分都是轻轻一句话，似乎随口而出。然而要想劝他收回成命，费尽心机唇舌也是枉然。如窦光鼐这样一递一句毫不容让和乾隆硬邦邦顶撞的，还是头一位，万一乾隆盛怒之下当廷处死窦光鼐，史笔如铁，这"拒谏"二字如何当得？自己这个辅相又是什么名声？福康安从来晋见乾隆，都是亲情温馨，絮絮款款陈情言事，似对子弟呵护有加，更没见过乾隆恼得这样面目狰狞，惊得面白如雪呆坐如偶，两手紧攥着满把是汗。福康安大瞪着眼正盯视乾隆。纪昀在旁断喝一声："窦光鼐，还不谢罪?!"

"皇上!"窦光鼐双手据地，哀恸沉痛之情不能自禁，嘎哑着声音说道，"臣不该说'文恬武嬉'这四个字，今日大清之盛，汉唐鼎兴之时不及我万一，这确是皇上夙夜勤政孜孜求治圣化所致。但防微杜渐乃哲人所思，以天朝雄兵十余万，两败金川，如果不是武将辜恩溺职，何能至此地步？以卢焯封疆大吏，婪索贿银，高恒国家勋戚，贪赃荒淫，州府县令借皇上南巡之名，以迎驾为由强行摊派民间'乐输'钱粮，从中豪夺巧取饱其私囊；圆明园工程浩大，耗资巨亿，虽银两由政府支出，但各地采办用料，官员上下其手渔利膏血，终归还是从小民身上着落……武臣如是，文官如是，难道不该警惕？"

"朕真还不能小看你。"乾隆一脸讥讽，哂道，"修圆明园的诏书你没读过？是为了朕游玩用的？——对这件事你不赞同?"

"如今万国来朝，泱泱中华礼仪观瞻，臣不是不赞同，臣所建言，是因为城狐社鼠借修园贪夺库银，伤国家元气!"

"你还不赞同朕南巡?"

"南巡亦是国家景运。但行宫修造过多，各处官员事上争胜邀恩，事下剥削小民，殊失我皇上爱民如伤之仁德至意!"窦光鼐连连叩头，"即如这仪征之行，有何必要？数十万银两修此行宫，巡幸一过弃置荒芜，岂是皇上养卫呵护百姓的本意?"

素来伶牙俐齿的乾隆像是正走路间遇到一堵绕不过去的墙，推不倒也翻不过去横在中间。他自谓精诗词能琴书绘画，通晓经史，遇有与臣下辩论学问，三言两语便使对手诚惶诚恐五体投地价拱手认输，此刻突然间意识到，那都是假的，别人或爱自己或怕自己或有求于自己，不过是凭了这个至尊无上的权柄，臣下容让自己，哄自己而已！平常顾盼自雄的自尊，被人用针刺了一下，立刻流出血来，乾隆蓦地又生出一丝莫名的嫉妒和愤怒，还连带着对窦光鼐胆识才学的赏识，一齐混在心中翻腾。他死死盯着一动不动伏在地下的窦光鼐，良久才道："孔子立论以孝为本，朕亦是以孝道倡治天下！仪征三株老槐合抱迎春，当朕南巡之际盛开怒放，顺承太后老佛爷慈意，顺道观赏以悦母亲之心，有什么不对？你说！"

"是！"窦光鼐压根没想到顷刻之间，面前这个天子心里折腾了这许多念头，仍只一味戆倔，叩了头答道，"树上生树或是天工或为人工，臣奉差云贵，老林中见过千奇百怪的不知多少，根本不稀罕！三株老槐抱生迎春，臣以为不过是花工伎俩，知道皇上以孝养抚治天下，以为迎合之计。此地从仪征向北尚有数十里，驿道亭站，驻跸关防，车轿桥梁道路支应，仅为此虚造祥瑞，臣以为维扬吴越胜景天然随处览瞻都强过仪征十倍。太后老佛爷慈心爱民天下皆知，若知此情，必定悲悯元元，懿命直抵扬州！"

他如此有问必答，谔谔而言绝不容让，不服输不认罪，乾隆早气得脸色惨白，指着殿门口大声道："又出去！"他手指颤抖，心旌动摇咬着牙道，"发往，发往……"口吃着竟说不出发往何地。纪昀和福康安早已背若芒刺，此刻再也坐不住，扑通一声长跪在地。纪昀焦黄着脸，嗫嚅着刚说了句："皇上暂息雷霆之怒……"乾隆却已变了"发往刑部"的主意，"发往刘统勋处听候教训——你既说是假造祥瑞，明日随驾当面验证，证出是你胡说八道，朕将你——罚俸三年！"

纪昀和福康安原料是将这倔书生"发往"乌里雅苏台或是黑龙江去给披甲人为奴。天子如此震怒，这已经是极轻的处分了，听听仅是"罚俸三年"，都不禁愕然：窦光鼐只是个六品官，年俸不足七十两银子，三年也就二百两，不够马二侉子请一顿客的饭钱！两人面面相觑，看乾隆时仍是一脸怒容，窦光鼐也不禁诧异，仰面看了乾隆一眼，叩头称是，起身却步退出。

乾隆隔玻璃凝望着踽踽远去的窦光鼐，一手背后，一手托腮似乎在沉思什么。他不说话，纪昀和福康安自也不敢言语，一时大殿里静极了，只听得殿角罘罳外的铁马在风中单调的叮当碰撞声。

"没承想今日连看见了两个痴子。"良久，乾隆忽然莞尔一笑，"一个叶天士，是医痴；一个窦光鼐，书痴——医痴也还罢了；书痴，如今是愈来愈少了。"

纪昀一向是以书痴自命的，他自孩提即嗜书如命，四岁之后不待父母督命，每日晚间目不离书手不释管，经史子集无不穷览，自谓爱书出自天性，即如今做到军机大臣，百务丛繁料理毕，夜间读书三更不辍。这些，乾隆都是知道的，却从没有给他这样一个考语，窦光鼐一个后生子一刻晤对哓哓顶撞，居然被乾隆目为"书痴"！纪昀心里泛上一股莫名的妒意，酸酸的，不觉脸就红了，正思量着测探乾隆这话的深意，身边的福康安说道："那——皇上就有两个书痴了，纪昀也算得一个呢！"

"你们起来吧。"乾隆慈爱地盯了一眼福康安，回身返炕盘膝坐了，问道，"纪昀，你算不算一位书痴呢？"

此时此刻，"书痴"二字褒贬相掺，殊难判断孰轻孰重，纪昀老经世故机警过人的人，立时已有了主意：无论如何，自贬为上，因赔笑道："臣算不得书痴，只能说是个书中蠹鱼，是书蠹。"

"书蠹也是好的。"乾隆破颜一笑，"如今官蠹、禄蠹、钱蠹俯拾皆是——就是窦光鼐说的，城狐社鼠，'国蠹'就是了！古今忠臣烈士，大抵都是书痴，如文天祥、史可法辈，屈原辈，余阙辈，还有我朝的郭琇、唐贲成、孙嘉淦、史贻直，这样的人凤毛麟角，十分难得的。"福康安低头想了想，诧异地问道："既是这样，皇上方才怎么还给他处分？奴才觐见天颜不知多少次，从没见皇上发这么大火的！"乾隆叹道："你不经事，毕竟嫩稚了。傅恒在家管教你，无论心服心不服，你那样谔谔顶撞，难道不责罚你？"

二人顿时都大悟过来，乾隆压根不是"包容"窦光鼐，显摆天威不测的帝王度量，其实心里很器重这个当朝"孙嘉淦"的。纪昀因叹道："这是万岁爷洞鉴烛照。窦光鼐虽然忠直，但当今圣明在上，这样戆愚，臣以为已经迹近无礼。譬如璞玉得遇良工琢磨而后方能成器。"

"记名存档吧。"乾隆喃喃说道，似乎在咀嚼着什么品味，"人和石头璞玉终归有别。譬如钱度、高恒，还有前头的讷亲，哪个人朕没有琢磨过？依旧变坏了。人是会变的——从根子上说，秉气不端不正，秉性也不是不可更移。张廷玉，朕自幼见他端凝内敛风骨是恺悌君子，一言一动一视一听惟恐非礼——就像一株树，初看都是亭亭秀立，待到后来什么千奇百怪匪夷所思的形状没有呢？张廷玉也就这样，眼见是四十年勤慎公能的太平宰相，看去这树似乎没有毛病儿了，到老却长出个怪瘤、怪疤，望之令人生厌！朕来南京，他几次请见，不但故态复萌，且是变本加厉，闹配享、索赐诗、要封荫，人还好好活着，连死后的谥号也想知道，细思起来，朕竟不知拿他如何办了！"

张廷玉是三天前去灵谷寺觐见，因当面索要封荫誓书，惹翻了乾隆，命"赶出行宫待罪听旨"的。此刻乾隆提起，纪昀想到张廷玉矻矻勉诚勤苦为相四十年，到老落到这般地步，不免有个惺惺相惜的心思，因道："诚如万岁方才所论，秉气性气不正，终归于乖戾，张廷玉晚德有惭，也就是这个缘故。臣今自思也职在机枢，只是方当盛年而已，以张廷玉为鉴，臣今日之主英明不让圣祖、先帝，臣之际遇有过廷玉，更须勤修明德遵善学习，或能始终追随明主为一代良臣。"先站住了自己脚步，顿了一下，诚挚地徐徐进言道，"不过臣尚有刍荛之见，纵观张廷玉一生功过，似乎仍是过不掩功。年迈神昏偶有悖晦失德之处，主上以尧舜之仁、江海之量，似乎不必穷追他的阙失。对张廷玉虽然包容有过，但他行将就木之人，已无力为恶；于我主而言，原有愿心为大清留一全名终始的臣子楷模，这也是成全了皇上的初衷。"福康安年纪虽幼，却是天分极高聪敏过人的人，在旁俯首而听，心里真是佩服莫名：没有见过父亲晤对廷奏，也是这般头头是道滴水不漏么？纪昀平日诙谐机智，没想到胸罗万卷之中城府亦如此深闳——替张廷玉说情，却是处处为皇帝着想，从小局里引出的是大体，于细微处见的是堂皇巨大，真个四面净八面光，抹得干净利落！正自胡乱思量，听乾隆问道：

"你去看望张衡臣，他是什么形容儿？"

"他已经像个完全垮掉的人了。"纪昀说道，"眼睛也伛偻了，发辫毛烘烘的，躺在床上只是流泪。神智是清醒了，只是说话仍喃喃的，对臣说，他是昏聩不成人，老得不知东西南北，这会子警醒已迟，不但对不起皇上，更对不起圣祖先帝栽培之恩。还说前一段论身病是痰迷心窍，论心病是名利迷心窍，皇上无论怎样罪他，都再无怨言，说着，已是老泪纵横……"纪昀的嗓子也带了哽咽。

听纪昀绘声绘形陈说着，乾隆心里也一阵悲酸凄凉，其实他心里原本并不憎恶这位三代老臣，只是万几宸翰百务丛杂时心里烦躁，碰上张廷玉不依不饶三番五次缠着闹自己身后荣名，厌的只是"倚老卖老"四个字。毕竟几十年相与共事，曾为师生又为君臣一场，想到他垂暮之年落这样下场，乾隆不禁情动于中，幽幽的目光望着前方，许久才问道："他还有什么请你代奏的事么？"

"他请皇上下旨严议他的罪，教训军机处臣子以为儆戒。"纪昀沉重地说道，"他还说，狐死首丘①，此时极思念桐城家乡。无论皇上怎样发落，念及他一头白发三世老臣，允许子侄辈送柩还归旧桑梓……"

乾隆听着这些话，字字椎心泣血，他的心一直向下沉落，倏然间想起，幼时和五弟弘昼在御花园爬树摘海棠果儿，张廷玉恰陪父亲进园，父亲一脸愠怒站在一边，张廷玉两手张着在树下，惟恐他兄弟唬得跌落下来，那张焦急忧虑又慌张的面孔，当时过后还觉得可笑，此时想起真是百味俱全。他叹息一声，对纪昀说道："你再去看望衡臣，告诉他朕已经息怒……处分的事告诉礼部免议。叫他安心养病，一切待痊愈后再说……至于回乡，也是人之常情，现在不要想这些事，宽心荣养，不要忧惧。待朕回南京，还要接见他……"他的嗓音也哽咽了，许久才道，"你回去办事吧！"

"喳……"纪昀叩头退了出去。

纪昀去后，乾隆舒了一口气，已是缓过神色，只是看去有些忧郁，回过脸来看了看福康安，眼神又转柔和，许久才道："几时到扬州的？这个天气，穿得太单薄了吧？……"福康安听他这样温馨问话，心中一烘一热，暖洋洋的，说不出的一份感动亲情油然而生，身子躬了躬，赔笑说道："皇上太关心太厚爱了，奴才禁受不起呢！奴才是正月初八到扬州的，北京出来时没想这里会下大雪，略单薄些。不过奴才打熬得好身子骨儿，父亲以军法治府，讲究夏练三伏冬练三九，在北京穿单衣雪地里风浴，这点子天气算不了什么。"他黑瞳瞳的目光看了乾隆一眼，又垂下眼睑来。乾隆听他一口一个"奴才"，心中无论如何不是滋味，无可奈何地咽了一口唾液，说道："你太是个任性……往后不可如此浮躁，懂么？"

说"任性浮躁"，母亲父亲训斥过不知多少次，本来能懂的话，乾隆问出来"懂么？"倒问得福康安一阵懵懂，他诧异地望望乾隆，乾隆仍在慈祥

———————

① 狐死首丘：狐狸死时望着丘陵不忘生地之意。

地看自己，忙低头回道："皇上训戒的是！奴才一路走，盛世繁华百姓乐业，只是官员太拆烂污，问问百姓，竟没有一个口碑好些的，奴才深知皇上夙夜求治，指靠的就是这些官，恨他们不能精白其心，辜恩溺职，一路走，一路弹劾整治了几个忒黑心的官儿。奴才年轻，处事不周，临事急躁，打骂官僚，开仓赈民，甚至砸米店分粮，都是有的。有些和当地官府商酌过，有的是临机事急处置，虽然随即有奏折递主子，毕竟冒撞鲁莽，请万岁训诲处置——这次在扬州，几乎又砸了瓜洲渡驿站……"因将首尾约略奏了，"母亲平时再三告诫，越是皇上信赖，越不能恃宠骄纵。这都是奴才读书养性欠缺的过，但只自问是为朝廷为主子，就一味莽撞作了去。"

"朕不指你这个。"乾隆听得很仔细，不时点着头，听完却笑了，"如今宗室子弟，国戚勋旧里头，都在所谓'和光同尘'。朕尚宽大和平中正，又是无为而治，他们便以为国事可以漠然置之，每日只是吟风弄月弹曲弈棋写诗填词装风流倜傥混名士场儿，或者听曲子看戏串馆子，养成一种萎靡不振的颓唐气质，汉化得比汉人更其荒唐无聊。朕巴不得多出你这样的侍卫，不事空谈勇于任事！别说你做的都对，就是偶有不是处，从内里讲是忠君爱民，朕也断没有罪你的理！"福康安一阵兴奋，眼中放光，觉得欠老成，敛去锋芒，小心颤声问道："那皇上指的是……?""指的你这次出京，其实是硬从家里挣脱出来的。"乾隆盯着福康安，"你父亲出兵放马远在成都，母亲在家约束不了你，急得六神无主。你又是微服出行，白龙鱼服鱼虾可以欺之，难道没听见过这话?"

"是!"

"你父亲身统十万大军在前线，不应该让他为你的事分心。"

"是。"

"儿行千里母担忧，明白么?"

"是，明白……奴才，奴才……不孝……"

福康安眼中突然涌满了泪水，转悠了转悠，还是顺颊淌落在地下，哽声儿说道："在家总嫌母亲絮絮叨叨，把我当成任事不懂的……小孩子……出来了，天天都想母亲……"

"你本来就还是个孩子嘛……"乾隆叹息一声，"十有五而志于学的年纪，读书养德养性养气还是最要紧的。你要到南京，可以由内务府请旨，奉旨照准堂堂皇皇地来嘛……"说着，回身在炕上卷案上翻翻文书，抽出一封信递给福康安，说道，"这是你母亲亲笔写给皇后的，转给了朕，批到军机处又呈缴回来了。你看看吧！"

福康安拭泪双手接过，打开通封书简抽出看时，一色颜体正楷，写得极认真，却又不甚规范，字距行间因笔意太过斟酌，看去有点像童蒙小学生临的字帖：

> 皇后娘娘千岁凤驾妆次：奴婢棠儿焚香遥叩金安康泰。今有家事敬禀者，犬子福康安借狩猎为由昨日出走，一夜无眠白发上鬓，忧急无策间禀知在京军机大臣阿桂中堂处，经顺天府逻察，竟在通州寻到。奴婢当即赶往通州，小奴才居然扮作乞丐住在周家家庙！几经劝说，福康安不肯回府，口口声声他非笼中的鸟，要到父亲帐里为国出力，又说他是侍卫，忠孝二字忠在前头，还说我该"三从"①。我说你爹健在，这是胡说八道，他说千里巴蛇（跋涉）寻父从荣（戎），谁也不敢说他错。百计说他不动，只得守在通州。今用阿桂六百里加紧驿传投信禀诉娘娘，或下懿旨，或者敬请圣旨训戒，叫他老实遵从母命回府。儿大不由娘，翅膀硬了管不住，棠儿真是拿他豪（毫）无办法，这都是我惯的他，这就是我的孽障我的罪，也请娘娘责罚。棠儿三叩恳切奏上

薄薄两张薛涛笺还散着淡淡的脂粉香，不知是母亲的还是姑姑的。福康安想起当时顶撞母亲顶得她欲哭无泪的样子，心里又是一酸，脸也涨红了。因见纸背有朱批，忙翻过来看，见是乾隆御笔，当即提袍角跪下捧读，却是：

> 此件转刘统勋纪昀阅，毋外传。福康安不遵母命当有过错，然此行非游冶赏水玩山，乃请命前敌为国前驱之举，于大礼不悖。朕甚嘉许其志，此其将相虎种，傅家千里驹也。即着函告傅恒，

---

① 三从：即妇人三从四德，三从为在家从父，出门从夫，夫死从子。

着勿忧虑。福康安所请金川之行不允，然可来南京行在见朕，一路观风明了吏情民愿。皇后亦另有懿旨发傅恒夫人处矣。钦此！

阅毕，怔怔合起信纸，锁着眉头略一沉吟，叩头道："万岁，奴才谢恩！——不过主子既然嘉许奴才之志，还愿成全奴才忠君报国之心，准允前赴成都，跟从父亲历练军事！"

乾隆几乎想也没想，用不容置疑的口吻说道："这件事免议。你父亲也有折子，请旨着你帐前听用。朕已经驳回去了，你是初生之犊不怕虎，兵凶战危轻易言之。不是读几本兵书就能上阵的——你不要再争，朕已替你想好，兰理的水师正在太湖练兵。这里随朕几天，探望觐见一下你姑姑，就不必随驾，把你北京一路赶来观风体情的心得写一个条陈，不作节略呈给朕看，朕还要查考你文思条理如何，果然于经国济世大道有实益，往后要分差使给你，不然，还交你母亲管束读书。递完条陈，到湖州去见兰理，给你个阅兵观察使名义，你先看看练兵是怎么回事，用心学习实地寻常带兵章法。一步送你到傅恒处，你不过一个读过几本书的毛头小子，根本派不上用场！——历练出来，兵也带得；仗，有你打的！"

"是，奴才遵旨！"福康安听着这话，真和父亲平时教训的如出一辙，只口气比父亲缓和平静些。虽然不能心服，但这是面对皇帝，不能不俯首贴耳老实受命，只在提到父亲名讳时叩叩头，一句多话却也不能反诘。"奴才这就回去缮写奏章。"说罢便要叩辞，乾隆掏出怀表看看，已近申末时牌，他伸展了一下双臂，似乎想舒舒坦坦打个呵欠，但这是位极修边幅注重仪表的人，口未张开便止住了，笑道："随朕进后殿给太后老佛爷请安，皇后一直惦记你，也要去给她请安才是礼。晚膳陪朕一道进，也可说说一路见闻。"福康安这才叩头起身，笑道："奴才遵旨。"

当下乾隆除掉台冠，貂皮黄面褂换了玫瑰紫套扣巴图鲁背心，戴一顶结红绒顶六合一统青缎瓜皮帽，已是一身便装。福康安跟着亦步亦趋出殿，乾隆只在前面信步而行，绕殿东向后殿逶迤而来。沿道扫雪的杂役和侍卫、太监见他们一前一后过来，一个个控背躬身退后垂首让道儿。后边院落隔着一带冬青树，花圃旁堆着积雪，都塑成了雪狮子雪象卧牛立马雪和尚种种式样，一带粉墙中间用冬青万年青搭成一座彩坊算是宫门，却没有横额匾联装饰，正寝两旁各一座偏殿，一漫湿冷的青砖地天井东西，各是一溜厢房，比寻常衙门的房子也高大不出许多——这是随驾嫔妃们的住所了。守在正殿门口的王八耻早已见他们进来，一边命小苏拉太监向东偏殿报知，一边小跑着迎上来，哈腰儿赔笑道："主子爷——老佛爷、钮主儿、陈主儿，这会子都在东偏殿主子娘娘那儿呢，请爷这边走……"又向福康安笑着哈腰点头，便在前头引导，由东甬道上偏殿丹墀。宫女彩云便忙替他们君臣挑起帘子，莺声脆语道："老佛爷、娘娘，主子下朝回来了！"应声便有几个精奇嬷嬷宫女丫头迎出门外，却不下跪，只在檐下站定，向乾隆连蹲三个万福儿。

福康安宫中走熟的，便知这都是太后宫里的人。跟着进来，却见已经灰苍了头发的太后坐在榻前藤椅上，皇后却半斜倚在大玻璃窗前的大迎枕上，那拉氏、陈氏、魏氏，还有两三个答应、常在，一溜齐跪在太后椅子右首。见乾隆进来，各自向把把头右侧明黄流苏顺捋三下，说道："奴婢们恭叩圣安！"这就是见礼了。

"起来吧。"乾隆摆了摆手，微笑着进前一步，向太后扎个千儿，福康安忙便退后跪下，听乾隆赔笑道，"午前见的官太多，没得过来给母亲请安，叫王八耻过去问了，说母亲进得香，儿子欢喜，赏了那几个扬州厨子呢！"笑着起身又看皇后，说道，"我叫了叶天士过去，你的病万不相干的。只是缓进慢补，参汤不可再用。你一口荤的也不用，忌讳太多了，叶天士说羯子羊背还是用得的。说起你是天下之母，荆木簪子通草花，伙食及不得中常人家，表率自然没得说的，身子骨儿也是要紧的。你只是个弱，体气秉赋那是联在一处的一回事。叶天士虽不做官，我已经给他旨意，侍候宫里一年，你也就康复了。"

皇后原来半歪着和太后说闲话，虽说是太后懿旨不许起来，早已蹋踟不安，乾隆说话时移船就岸坐起身来，双手压着右膝含笑静听。这一刹那间，福康安觉得姑姑美极了——平日见她，总是那么端端正正据案而坐，连把把头冠边的两绺流苏都理得一根一根纹丝不乱，听自己请安，说了读书功课，除非宗学里老师批了"卓优"考语的文章，能引她一丝微笑，寻常只是淡淡的一句话："回去吧。听你阿玛你娘的话，也要自己多约束些。"此刻的皇后只穿一件石青旗袍，那件百看不厌的绣凤金线滚边的"御挂"

放在大迎枕边，墨染似的一头青丝从肩上斜披下来，配着玉笋样的纤纤小手，大理石般苍白的面孔，眉宇口角间天然的微笑，目光滚移间带着一种慵弱的妩媚，和那个九天华衮娘娘庙堂圣胎似的富察氏不啻天壤之别。正思量得没有体统，听皇太后说道："皇帝说的是。你忒是个心细了。六祖惠能困到岭南，也还吃肉边菜呢。他是得道高僧，成佛的人了，我们不能也随和着些儿？咱们皇家到底也还是得听孔圣人的，孔圣人自己也吃肉的。就是我，十五岁上就皈依我佛，也还守的是月斋。我们也断没个守长斋的理。"

　　"是，我遵老佛爷的慈命和皇上的旨意。"皇后无声透了一口气，勉强笑道，"久病半个医，叶天士和太医们折辩的话，我还能听懂些个。今年大约是我的劫数关口。我茹素倒不为这个，自过年后不知怎的，见了油腻就反胃，心翻得难受。扬州厨子做的，也就是硝肉略能进一点，论起做荤菜，还是郑二，他摸透了我的脾胃。""我已经传旨叫郑二过来，他中风偏瘫了，他儿子制膳也上得手，就坐厨指点着办就是了。"乾隆说道，"原说这次南巡，寻一处庙，太后、你——咱们自己一家子住了，三天不理事不见人，侍奉太后说笑家筵，下棋斗牌，痛痛快快悠闲几天。谁知竟不能够！只要说声'游幸'，就有人赤红暴面出来拦着！"他皱了皱眉，无可奈何地一笑，坐了太后身边，轻轻用手给母亲捶背，又对众人道，"随意儿些，不要做神做鬼地拿捏着，老佛爷皇后欢喜就成！——福康安，一路上有什么趣闻逸事、笑话儿，讲讲给老佛爷你姑姑开心儿！"

第七回　承欢色笑分享贡物
　　　　　春筵和熙纪昀饕餮

　　皇帝让说笑话，本来带着庄重肃穆的奏对应答格局立时松泛下来。太后拊掌笑道："你在这里，众人都拘住了，我正想撵了你去办事，听康儿说笑话讲外头古记儿呢！既这么着，天子为天下先，你先讲一个。不然，福康安放不开。"又对皇后道："你还歪着，可怜见的脸色白得没点血色，我们都是想着你闷，来说话解解乏儿，起坐穿换一味闹规矩，反而更不得。"乾隆忙躬身称是，笑道："儿子当得色笑承欢。母亲这一命，是让儿子'请君入瓮'了。"说着便仰面沉思。那拉氏忙将一杯热奶子递到太后手里，陈氏却抢前一步给乾隆捧一碗参汤，却步退下和几个嫔妃握手帕子站定，皇后不胜舒展地仰在大迎枕上静静望着丈夫。福康安从没听皇帝说笑话儿，含笑站在皇后侧旁半低着头聆听。

　　"前明时人戴帽子，后头都系有两根飘带儿。"乾隆搜罗半日才想起一个无伤风雅的，"有个读书人，那天吃饭戴着帽子。喝的是粥，他一低头帽带子便滑落了碗里，赶紧拽出来揸干了甩在脑后；再一低头，帽带子又返回碗里，忍着气又揸干了甩在脑后；不料刚再低头喝粥，帽带子早又先到一步！"说到这里众人已是笑了，皇后听过这故事，也陪着莞尔。太后笑道："这帽带子有趣，竟是和他争粥吃！就不会摘掉帽子？""摘掉了。"乾隆笑道，"这书生是个性躁的，连帽子揸在粥碗里，狠狠说：'我不吃了！叫你吃，叫你吃！'"乾隆说着，双手比划箕张着按下去。

　　众人哗然大笑。乾隆说得认真，瞪眼看着那只空参汤碗，像煞了被帽带子惹得气急败坏的呆书生。众人竟都没见过他这模样儿，那拉氏捶着胸过来接那碗，陈氏见太后笑得咳呛，忙笑着过来给她轻轻捶背。皇后也"哧"的一声笑，接着一串喘。乾隆笑命道："皇后痰喘笑上来了，快取巾栉来！"彩霞、墨菊几个丫头忙就过来侍候。乾隆因目视福康安，福康安向众人躬了躬身，说道："奴才随皇上，也说个读书人故事儿。车胤囊萤读书，孙康映雪读书。有一天孙康拜望车胤，不在家，问作甚去了，看门的说：'捉萤火虫儿去了。'隔天车胤回拜孙康，见孙康闲站着看蚂蚁上树，问他：'怎么不读书呢？'孙康说：'大夏天的，根本没雪！'"众人听了也都笑，却不似听乾隆讲时那样畅快。福康安忙道："奴才再说一个，苏东坡的儿子是个傻子，孙子却聪明过人。有一日，苏老爷子亲自监场，父子俩各作文章。孙子提笔一挥而就，儿子就像射不中靶的将军，只比划样儿弯弓不搭箭。苏东坡气得脸铁青，说：'苏家怎么养出你这么个东西?!'"

"'我怎么了？'"福康安白着眼向上一翻，学着那傻子，呆头呆脑反问，"'你儿不如我儿，他爹不如我爹！——我比你强，比他也强！'"

众人听毕先是愣，回过味来，猛地爆发一阵哄堂大笑。太后、那拉氏、陈氏和几个嫔妃一个个拊胸捣背笑得说不出话，宫女们也都捂肚子笑得直不起身子，皇后一口水含不住，"噗"地喷了炕沿上。乾隆跌脚笑道："好，这才是好儿子呢！上回谁说的是罚孙子跪雪地，儿子也跪，说'你冻我的儿，我也冻你的儿！'福康安翻出新样儿了。"还要命他再说，见外头卜礼、卜智两个太监督着一群小苏拉太监抬着几个箱笼在院里落下，知道是选进来的贡品，因命，"抬上丹墀来。太后老佛爷就在这屋里过目。"卜礼"喳"地答应一声，接着又是一阵折腾，将六只大箱子搬上东偏殿檐下，打了开来。

五六个贵妃、妃、嫔，眼睛立时一齐发亮。殿宇、房顶、墙头的雪光映着，里边物品一色都是明黄软缎包着，大包小包长条小块裹着搬进来，先是化妆用的，什么法兰西香水、洋胰子、玫瑰露、郁金香露、胭脂口红、犀牛角木梳篦子、拢头、盘镜、座镜之属，俱做工尽极巧致，掐金嵌玉玲珑光洁照人眼花，接着又是玉器日用家什，茶盘碗盥盂壶杯酒烫子、玉观音、玉弥勒佛、玉如意，琪、琳、琅、球、琼、瑶雕的狮、象、麒、麟、凤、鹓、鸾、鹤、十二生肖之类，顿时垛得炕头方桌卷案并殿墙壁角间光怪陆离宝气灼灼。卜智、卜礼两人忙活着将贡物一一给太后皇后过目。乾隆只取了一本洋画册子坐着翻看。瞧着一盒子一盒子钗、钿、钏、簪、珥、环、玦、珮……头面饰物流水价从眼前传过放下，几个妃嫔觉得眼睛不够用，皇后却淡淡的，只和福康安说话，问些家里琐事，从棠儿的起居，福康安兄弟读书情形到院里哪里一株老树，哪处一架葡萄，花园里的水榭，书房后的药圃，絮絮绵绵连问带嘱咐，福康安听得不耐烦，却也不敢漏听一句，一头回着话，眼睛睃着那些贡品，想看看有宝刀、鸟铳、马铳这些武器没有。又听皇后问功课，耐着性子赔笑道："这是天天要查考的。父亲不在，母亲查得更严，自己看了不够，还叫小七子家的拿到外头给清客相公们看过，又怕清客们说谎，有时还送到翰林院，抹了名字叫翰林们批评。说好，她就喜欢，不好，她就抹眼泪儿。我什么也不怕，就怕她哭。"

"那还不是为你好？"皇后见贡物从眼前过，随手拈起一尊带链儿的观音护身符，侧身给福康安挂上，又对乾隆道，"这些东西我瞧着都没兴头。康儿喜欢弄刀弄枪，万岁爷得便儿赏他一件。"乾隆手里把卷，看着书上一幅幅西洋画，教堂古堡断城林泉都画得逼真逼肖如同真物，因见一幅，画的一片茂林中一座烧焦了的颓房，房前开着一丛盛开的玫瑰，正品琢其中意味，听皇后说话，笑道："我已经替他留下一件宝贝。罗刹国贡来的短柄火枪，转轮子换子儿，顷刻能打出六个弹丸。或有肘腋之变，或近战，就是黄天霸也抵挡不得。一共才进了六支，赏了巴特尔一支，赏你一支，别的人一时还想不起该赏谁呢！"

乾隆说着，走近靠北墙的落地大座钟，打开玻璃摆子门，从钟座下取出小枕头大一个镶金皮黑漆盒子，一按机簧，盒子"咔"地弹张开来。福康安看时，像煞了是一把小巧精致的镶金马铳，把手是牛角雕成，嵌装着珍珠和青玉，扳机上方把握来粗的一只轮子，凿着六只小洞，乌黑锃亮的枪管只有半尺长，上的拷蓝幽幽放光，取出来握在手里，只可二斤重许，黄袱垫下蜂窝一样密密排排，都是子弹，约可三百多粒。福康安喜得眼中放光，把玩那枪，又摸子弹。乾隆笑道："这地方儿可不能玩枪，回头让巴特尔教你！"

"是，万岁爷！奴才福康安就用这枪给主子爷擎天保驾！"福康安双膝"扑通"一跪亢声说道，"奴才谢主隆恩！"

"你听听！"乾隆笑谓皇后，"连《长坂坡》里的戏词儿都说出来了！——起来吧！"皇后便说："还不赶紧改过？"福康安讪讪地还要下跪，太后却一把揽了他起来，抚摸着他的发辫，笑道："免了吧！徽班子进京，和二黄合起来，北京城都疯了，走哪里都是戏！上回你十六叔进来，我说叫他查查满洲老人家儿没差使的，或那些没指望的孤儿寡母，要恤赏一点钱粮；跟着傅恒出兵放马的旗下家属，也得周济一下。他也是一嗓门子'领懿旨'！——咱们爱新觉罗家是天家，有定国王，有赵子龙，也是件好事儿嘛！"说得众人都笑了。乾隆心里不以为然，口中赔笑道："母亲说的是！这是咱们自己家里，随意些没关系的。"

福康安听他们说着话，不住低头看一眼那枪盒子，又瞟眼儿看满案琳琅珠玉。乾隆笑道："福康安也爱这些物事？"福康安忙道："皇上，我是在看这只西洋船。"说着，放下盒子，双手捧起放在案中间的一艘铁制小船。

这是一只精铁皮焊制而成的船，桅杆却是木制，大帆套小帆共是七面，船头船尾各一尊炮，和水师用的舰炮形状规模仿佛，一座四面敞窗的舱房，里边设着的罗盘只有豌豆大小，没有床铺锅灶一类杂什物件，但却有两张做工极精致的铁椅子，也和甲板焊在一起，舱内罗盘下放，还有几个钮子似的东西横着钉了两排，不知是做什么用的，向船头方向还有个车轮子模样的物件，却是斜放着，中间还有根轴连着舱底。福康安小指伸进舱窗，拨弄那轮盘，船体也没有什么异样，却见船下六只蜻蜓翅儿一样的桨片，还有一条长长的竹篾子般的铁片，随着小指拨动，微微转换方向，想了想，这是舵片，福康安脸上划过一丝微笑。细看那桨片，做得有点像年节上卖的风车葫芦涡卷儿，他天分极高的，枯着眉凝神思量，已知是在水下推动船行的器物，但怎样才能使它转动，却无论如何想不出其中道理了。太后在旁笑道："康儿也是半大不大的人了，还只是个好玩！"皇后说道："既是爱见，就赏了你吧。这种东西北京我宫里还存着两件呢！摆在那里是个物件，下水不能动，稀宝三元①，中看不中吃的。"福康安忙跪下谢赏，起身抚着那船，对乾隆说道："这是西洋兵舰！皇上，去年奴才奉旨观览四值库，里头就有这种贡品，只敢看看标签，叫'火轮兵船'，没能看得这么细。既是赏了奴才，带回去请恩准拆开细看，瞧瞧蹊跷到底在什么地方儿——这链子是下锚的了，桅杆中间的平台是作什么用场？还有这根铁管子，直冲着朝天，像个烟囱，船体里必定还有机簧。绕船这些小洞，奴才方才就在想，一定是兵丁躲在船体里，用火枪从里往外打枪用的，铁甲护

① 稀宝三元：即西红柿。当时人认为有毒不能食用。

着，火枪打人，这物件细思可真是厉害！"他极认真地指着两个炮位，蹙眉说道，"一个打前，一个打后，这种办法奴才早就想过，我们的战舰没有这样似的，我在我家海子池里试着这么装过两门炮，炮也打得出去，只开两炮，自己的船也散架儿了，只是他们的炮管这么细，打铁丸子么？奴才就想破了脑袋也不得明了。"

"可以拆开琢磨一下。"乾隆笑道。他一直在注目福康安动作，只觉得无论相貌、气度、体态、神韵，哪里瞧哪里顺眼，几个皇阿哥都比下去了，心中不禁叹息一声，口中道："像你这样的贵介子弟，肯留心军政民政，一门立功报恩的心思，朕凡遇有所请，没个不成全允准的。只是这类事圣贤有训，不可玩物丧志，不可陷溺其中。还是立德修身齐家治国平天下，这是做人的根基，道德文章还是第一位。这些奇技淫巧，似乎可夺天工，但遍天下人反了，几门炮管什么事？兵舰造得再好，能开到岸上么？——你不要辩，朕不是数落你，是在指教你，陆上能带兵，水上能打仗，尚武通兵法，入内能治民，成一个文武全才，朕高兴还来不及呢！"

福康安听听，虽和父亲平时训诲的如出一辙，但乾隆口含天宪纶音玉旨说出，声价大异，感同身受也就不同，心中但觉五内俱沸血脉偾张，乱哄哄暖融融的气流冲得心头弥弥直跳，头也有些发晕，良久方定住了神，躬身回奏道："奴才一落草就是侍卫，家中数世蒙圣恩高厚，窃愿以此一心一身皆许君国圣上！奴才已屡受父训，不敢忘圣人之道……只是奴才自知养尊处优之人若不砺志奋发，最易堕入纨绔无能之流，敢不精白自心时时警惕？今既蒙皇上谆谆天语，叮咛垂教，惟有努力学问，修德养志，时时戒惧君子三畏之义，方能不负皇上殷殷期望！"他抬起头，已是泪出如珠，也不再用奏对格局，说道，"父亲常骂我是赵括马谡，我必从这里立心改过，做我大清中流砥柱之臣！"

"好了好了！"太后在旁笑道，"皇帝好不容易得空进来，叫你进来说古记儿大家解闷高兴，又闹出个金殿晤对的模样儿！"皇后也笑，说道："康儿诸事妥当，只是个任性。别这里对皇上说嘴，回去又忘了——在自家池子里弄大炮，炮也打出去了，船也震得稀碎，落水将军爬上岸，呛着水发呆。上回棠儿进来说，我笑死了，也唬死了！"福康安听着，只低头讪讪地赔笑。

又说笑了一会儿，乾隆见太后高兴，皇后精神也好了许多，掏出怀表看了看，说道："福康安陪老佛爷皇后进膳。外头有趣的故事古记儿说说解闷儿。外头冷，冬夜又长，侍候着说笑消消食，宫门下钥再退出去，明日和阿哥们一道儿陪驾，去看槐抱迎春花。"太后知道他还要批折子见人，笑着摆手道："皇帝去吧！你在这里毕竟拘了大家。方才御厨房说要给刘统勋制膳，想必还有别的大人也要见。你忙你的事去。"乾隆便向太后鞠躬告退，笑道："刘统勋正从南京赶来呢，只怕也就到了。赏膳也只赏范时捷几个本省官员，这里陪驾的各省督抚将军，提督上百号人，等南巡毕了一总儿赐筵就是。赏得滥了等于不赏，耗不起时辰，也耗不起钱。虽说银子是官中的，上行下效起来也不得了。"又一躬，笑着辞了出来。

是时已尽酉末时牌，冬日昼短，天色早已晦下来。王八耻外头一路吆喝训斥安排张灯打更各房炭火茶水供应，一路从前院进来，见乾隆悠着步子出来，忙逼手儿站定，说道："刘统勋人已经接到，正在军机房和纪昀说话。御膳也已经制好了。请旨，席面安放在哪里？正殿虽然宽敞，太空阔了，冷。东西殿里都砌着大炕，地下又嫌挤了些……"

"就在军机处房里吧。"乾隆无所谓地一口打断王八耻的唠叨，问道，"都有谁还在候着召见？"

"这个奴才不晓得，也不敢问。"王八耻满面堆笑，"奴才刚才过来，西廊房里有十几个大人等着见驾，是奴才给他们掌的灯。有湖广总督勒敏是认得的，还有福建总督陈世倌，别的人面熟，叫不出名字来。对了，还有个姓许的江西盐道也认得……"

乾隆边走边听，有点漫不经意，突然心中一动，他想起来了——"姓许的"道台是湖南臬司王振中的女婿，当年登极之初巡访河南，曾和王家女儿王汀芷有过一段旖旎风流情结，后来微服太原又与汀芷邂逅相逢。屈指算来，汀芷举家迁出北京已越七年，国事冗杂政务繁丛中，已几乎忘掉了她。想起茅店周济，镇河庙染病借宿王家，汀芷侍疾时那份温情，烟含黛眉红巾翠袖，端着汤药的纤纤素手如笋十指，汀芷盯着自己时那种脉脉柔情，那眉尖上的一点朱砂红痣……乾隆不禁痴了，打心底里叹息一声：不知还有缘再见一面不能——但此时决无接见姓许的道理。乾隆轻咳一声，已从悠远的情思中回过神来，说道："你去传旨：陈世倌留下陪筵，其余的人回去候旨。嗯……凡来扬州接驾官员眷属，明日恩许陪太后、皇后銮驾同往观花——去吧！"说着，转身向军机处房走去，纪昀、刘统勋、范时捷早已隔窗眺见，都迎了出来。见他们要跪，乾隆远远就笑着摇手，道："免了——这门口人踩来踩去不少泥浆……"走近了，又觑着刘统勋说道："气色不相干的。只怕道儿不好走，你又是个急性子，听着朕叫，不管哪里就急得救火似的赶来。刘墉出去办差，朕赏了几个太监宫女过去侍候你，他们奉差了没有？"

"臣何德何能，当得圣上如此关心！"刘统勋被乾隆抚慰得心里烘热，张起眼盯着乾隆，苍老的眼睑中瞳仁晶莹闪烁，说道，"臣已经上了谢恩表，太监留下，宫女求圣上收回。"

乾隆听了一笑，踅身便进房，一头向中间椅上坐下，又命三人坐了，闪眼看见陈世倌皓首白发龙龙钟钟由太监搀着过来，王八耻指挥着抬桌子上席面，因转脸问纪昀："朕打算也赏你几个侍候人，你看如何？"纪昀怔了一下，随即知道是和自己取笑，身子一躬说道："君有赐，臣焉得辞？臣照单收下，努力报恩——要退，臣退太监，留下宫女！"乾隆听了不禁大笑，见陈世倌进来要行礼，摇手道："有年纪的人了。你是奉过旨的，就是朝会廷对也不必行大礼。——退太监留宫女也是不妥的，'君赐不辞'，不单有个'礼'，也有个信而不疑的意思在里头。有个同德同心的意思在其中。圣人设教，真是一字千金不能更移。"

"这个——臣在谢恩折里奏明了的。"刘统勋道，"共是赐了臣六个宫女，问了问，都是入宫五六年了。她们盼家，再过一二年循例也就放回去了。在臣那里就是清白一夜，回去就嫁不出个好人家，岂不误了人家一世？因此，臣门也没许她们进门，在尼庵里安置了，皇上批了臣的折子再送回宫里。"

"这真是仁者之言！"乾隆听了不禁悚然动容，叹道，"不是恺悌君子，想不到这些也做不出来……不过，针线缝补浆洗治厨更衣灯火这些事，毕竟太监不及宫女。你夫人过世，又没有纳妾，身边还该有女人照料。这样吧，你自己选两个，就开脸做妾，算是朕赏你的——不要再辞了，刘统勋一品当朝，人间大丈夫，收两个妾算什么？"

当下膳食已经摆好，乾隆摘掉台冠居中而坐，陈世倌和刘统勋左右相陪，纪昀和范时捷坐乾隆对面下首，王八耻站在桌角执巾侍候。乾隆看那席面，中间一尊热锅翻花大滚，是燕窝鸡糕酒炖鸭子，旁边略小一个火锅，取过明黄标签看，叫炒鸡大炒肉酸菜热锅，对称一锅是红白鸭子炖杂烩，还有羊西占尔、收鸡汤、蒸肥鸡、鹿尾攒盘、烧狍肉诸种，都是宫菜，周匝象眼小馒头、攒丝春卷、饽饽、咸肉、野鸡爪种种名目，填漆花膳桌四角摆着四个银葵盒小菜，四个银碟小菜，却都是扬州本地风味，林林总总高低错落，颜色搭配得也好。顷刻之间，满屋里热香四溢盖倒了原来的墨香味儿。乾隆用箸点着菜道："这点膳也倒罢了，进膳的人有意思，陈世倌是个惜福养命的，每餐定量极小；范时捷是个饕餮的，食量如虎；纪昀除了肉什么也不进，刘统勋的病却又不能多进肉！还是随意儿些的好，这锅子狍子肉、炒鸡大炒肉纪晓岚放开量用。——把晓岚跟前那碟子青芹拌苦瓜换过延清公这边。延清公，这是点硝肉，朕用过，虽是荤菜也很清淡的，觉得能进就进一点，别为是朕说的就特意进。自出北京朕还没有让大臣陪过进膳，你们办事在外都是辛苦人，今日不要拘泥，都进饱了，没的剩下也是暴殄天物。来来，进进！朕也放开，不讲究'食不语'，可以聊聊天儿……"说着夹了一箸酸菜慢慢嚼着，笑道，"朕用过山西酸菜，以为天下无对；扬州酸菜又是一绝好风味！"

　　乾隆想"随意"，但这种场面上，谁也随意不起来，且是"食不语"养成习惯，谁也没有边吃边聊天过，倒是他几句话说得众人不再如对大宾般诚惶诚恐。纪昀笑吟吟将大块肥漉漉的狍子腿肉捞出自己碗里，说道："臣奉旨吃肉，定必不敢藏量。"手撕口拽一顿吃得津津有味。范时捷起先不敢，也就跟着大嚼鹿肉，无论荤素一捞食之，眨眼之间几条鹿尾已经进肚，转目看时纪昀襟前看骸杂错，鸡肉大块炖鸭子已经了账，便伸手提了勺子捞汤锅里的红炖猪肘，两个人都吃得满头大汗双手淋淋漓漓都是汤汁子。乾隆见他吃得香，笑着命王八耻将自己跟前一盘羊西占尔送过范时捷面前。范时捷鞠躬一笑，只是闷头大吃。旁边刘统勋吃饭极快，老米饭浇了芹菜苦瓜早吃完了，因乾隆特指硝肉，也夹了两片就饭吃掉。乾隆下午进过点心，只是随心点染。陈世倌见乾隆动箸，也跟着夹一点菜慢嚼。一桌五人，只纪范两个尽情发挥，一时吃饱，除了菜汤，竟是一鼓荡尽。

　　"虽然没说话，也算尽兴。君子食不语，朕也不勉强。"乾隆笑着起身命撤席，笑指着残汤剩羹道，"天下富贵人家，要能如此惜物，就是享用些也无妨的。"又转脸问刘统勋，"你好像有心事？"说着摆手命坐。

刘统勋在乾隆旁边挨身坐下，抚了一下有点发烫的脑门子，说道："臣是个放不住事的人。一枝花案子虽然破了，首匪和几个要匪焚死。但据刘墉查报，尚有几个要紧人犯没有拿获，一个叫胡印中，还有一个女的叫雷剑，虽然和易瑛分伙，还是应该缉拿归案。易瑛去南京前还见了一个台湾人叫林爽文，也没有拿到。按臣给刑部定的规矩，还不能结案。可是目下皇上南巡，原有共庆天下太平极盛，藻饰盛世抚定人心的宗旨。不结案，有些过去曾经误入白莲教的愚夫愚妇信民稚子心里不免忐忑。这是大局，又不能不更加慎虑……两端权衡，全局为要，因为毕竟还有些子遗余孽漏网的，在下面造作流言蜚语。皇上前脚回京，这边后脚出一点小乱子，就得不偿失了……"

"唔！你虑得是。"乾隆听得极专注，一口漱口水含着听完，竟咽了，说道，"可以结案。你写个奏折，刘墉是首功，以下黄天霸，原许他以军功保记的，叙上来朱批下去。嗯……还可再给刘墉旨意，暗地加紧访查，务期拿到漏网要匪，也就里外周全了。"他顿了一顿，又问："都有什么流言？"刘统勋沉默了一下，说道："有说一枝花没有死的；说焚楼时间有人看着她携带党徒飞升逸去。有说在莫愁湖又见到她的；还有说她已经派人到南洋迎接朱三太子回驾中原再造乾坤的。还有传言，说朱三太子的大世子带兵渡海，正在途中，要先取台湾，再作大计。苏北一带还有立着'混阳教主'木牌膜拜求药的。更有人说皇上南巡归京后，要穷治一枝花余党，凡入匪教无论男女老幼，一概充军到黑龙江给披甲人为奴的。江西过去的从匪盗户，结相串连举家外迁，有的村子都走空了……这些虽是暗地流行，尚无碍大局，但若不迅速息谣，将来治安堪虑。"乾隆听完，仰脸沉思片刻，问众人道："你们有什么见识？"

陈世倌见乾隆目视自己，捻须沉吟道："臣做官只把握两条，一是乂安百姓，寒有衣饥有食；二是绥靖地方治安，刁棍恶霸无论穷富贵贱，犯事罹法，到臣手里只是个死！有这两条，老百姓还造反的，自古无之。《水浒》一百单八将，自愿上梁山的只有李逵一人而已。"乾隆笑道："你每次见朕，都要为百姓哭，请旨减免钱粮，原来心中自有一番大道理！"

"臣以为还是得两头想。"范时捷目光幽幽在灯下闪烁，说道，"朝廷钱粮不能闹饥荒。防匪防灾防边患防内乱，修武备隆文治官员养廉，办案子垦荒治河，库里没有银子粮，都是一句空话。"他满不在乎地看了刘统勋一眼，接着说道，"朝廷两剿金川，王师败绩，拉七杂八地算，耗有七八百万两银子吧！傅恒打江西罗霄山，平黑查山，每役也有五十万，就是一枝花，流窜七省传布邪教，朝廷拿起她来历时近二十年，花去不知多少银子，单是延清这次南京布置，户部不知出了多少，光是我藩库里就动用十五万！这还只是兵事匪患……"他接着又说治河、赈灾、防疫还有兵器装备更新，娓娓而言一件件都像砖头摆着那样实实在在，范时捷不愧户部老吏出身，多少年前的陈谷子烂芝麻旧事都还能如数家珍一一契合道出，连书读五车过目不忘的纪昀也不禁暗自赞叹：这老兄的记性真不含糊！正想着，乾隆开口问道："范时捷，已经过世的遵化步军提督范时铎，你们是不是一宗本家？"

范时捷一怔，不明所以地望一眼乾隆，低头回道："不是一个宗的。雍正十三年朝会，先帝爷当面问我们，从此才相识的。"乾隆点头，又问道："你今年多大年纪了？""臣犬马齿五十又九，属牛的。"乾隆偏脸想了想，道："记得谁说过你属狗的嘛！"范时捷脸一红，嘿地一笑说道："那是老怡亲王给臣的私封外号儿……说臣是个越骂越高兴的人……"众人都听说过这事，此时恍然，都是不禁一个莞尔。

"你还回户部去办差，"乾隆也是一笑，忙正容说道，"上次见户部满汉两个尚书，问问钱粮海关厘金上的事，不但没头绪，且是部务一切诸语焉莫详，不是'大概'就是'估约'，再不然就是'回部查明奏上'，竟是两个只会做八股的糊涂虫儿……"他原看好高恒的，想说又咽了，笑道，"五十九岁年纪并不高大，还很可为朝廷出几年力。你来做尚书，管好这个'天下第一账房'！"户部尚书号称"大司农"，从一品官阶，总督正二品，是晋升了，范时捷便忙起身要谢辞。乾隆道："不用谢恩了，纪昀晚间给阿桂发文传旨，让他票拟出来再说。纪昀，刘统勋方才说的，你有什么见识？"

纪昀起身答应称是，又款款坐了，沉吟道："臣职分兼管礼部，又管修纂四库全书，从这上头想得多些。若以眼下形势格禁，像一枝花这样的巨寇，断然没有再行滋生之理，国家人口二百余兆，加上海关岁入，库银每年收四千五百万两，太平悠游物华繁盛，以臣观之，自祖龙以来极为罕见，蠲免天下钱粮三年一轮，遵圣祖遗命永不加赋，这样轻的徭税，自汉唐以来极为罕见。这种情势最怕的是内溃，吏治败落了，就好比危楼大厦被白蚁蛀空，外头看没事，一旦遇有普天下的大旱大涝大疫，犹如狂风骤来暴雨疾泄，蛀空的房子就抵受不住。皇上宵旰勤政凤夜劳作，其实是两件大事，一头文事，修礼乐昌圣道，整顿吏治；一头武备，征服边陲跳梁内寇匪贼，练兵选将以防不虞。臣随驾前感同身受，实在钦服圣德渊深，圣学莫测……"

这话一半是颂圣套路，一半也是纪昀的真情实感，所以言来如倾如诉毫无滞碍，款款如侃侃如一片诚挚，听得众人肃然凛然，连乾隆也坐直了身子。

"臣每每读史比较，常常废书而叹。"纪昀喟然说道，"说句石破天惊的言语，皇上、先帝，追至圣祖，若不是满人，以这样精心求治，天下可以治得趋近尧舜！这不是虚意奉迎。以高丽为例，翻阅明史档案，大抵都是呵斥训戒的圣旨居多，少贡几斤人参几张貂皮都骂得令人难堪，我朝给高丽的圣意，多是抚慰关切之语，不但没有斥责，计较贡物多寡，每每赏赐多过贡献。高丽献词里偶有违碍失敬也极少追究——这样一比就清楚了，还是因了夷人龙兴称主华夏吃亏。圣祖说，前明君主一分力能办的事，他老人家得用十分力去做。代皇上思量，常使臣扼腕叹息。之所以如此艰巨，臣以为一是大清得国于李自成之手，非灭明而自立，得统之正千古无之，这一条没有普及遍天下百姓。二是士人妄解经义，谬分华夷之辨，不知圣人有训夷人可主华夏之理！"

说到这里，他闪了众人一眼。这是分量极重的国本之理，引申的是"大道"，人人听得神情肃穆，目光炯炯。

"江南数省是富庶之地，也是人文之地。"纪昀下意识地抽出大锅烟斗，想打火抽烟，忽然明白是在陈奏，忙又收起。乾隆轻声说道："要抽你就抽吧。说下去！"

纪昀谢恩，塞塞抽烟斗，按烟，燃火煤子点着了，猛吸一口，喷云吐雾说道："大清入关扬州嘉定两处，江南各战打得最为惨烈。民心中戒惧之心自外之意始终未能随化而安。延清公说的所谓'朱三太子'谣言，动辄以为朝廷要大动挞伐的蜚语，皆是由此发生。

"臣以为与其说是人们信谣传谣，毋宁说是他们心里其实隐隐愿意有这样的事，这比浮光掠影几句谣言更其可怕——眼下无事，对景儿时也许就是大事！不堪言之事！

"昨夜臣写了一份奏折，还没有誊清奏上，扬州知府鱼登水修桥，要拆掉史可法庙，臣给他指令暂缓待命。这里向皇上奏明，史可法是忠臣，即为激励风节鼓舞圣道，此庙不宜拆的。还有，前明钱谦益无耻文人，他的书版坊间流传不少，甚或有的书院讲堂还有供着他的题名录的，要一律禁版焚毁。修明史《贰臣传》有遗漏的，该补一定要补上，不能因为他们于本朝有功，掩其大节有亏！延清公在南京和臣讲过，如果把破案用的财力人力分一半出来奖励名节，提倡风化，案子可减四分之三，这个话臣竟闻所未闻，犹如钧天之雷。换言之，设如官员廉洁爱民勤政，把捞钱斗名利心思用在庙堂君父邑城百姓身上。那，天下该是何等隆治繁华！"

他长篇大论纵横譬说凿凿有据，至此铿锵收煞，真个掷地有声，听得人人心旌动摇，许久都没人接话。乾隆俯仰思之，叹道："这是良实之言，出自晓岚肺腑，自然是要嘉纳的。我朝八旗劲旅攻陷南京，当时天降倾盆大雨，南京前明官员赶来行辕投降，手本叠了几叠，都有五尺多高，降官满地俯伏，帽子上簪缨被雨淋退了色，红水横流！这中间哪个不是读圣贤书出来的？怎么这么多的无耻之徒？是足证朝廷平日不学无术，不重名节，招致亡国之祸，连挺身赴难的人也稀见！""北京城也是一样。"陈世倌道，"李自成崇祯十七年三月十九攻入北京，崇祯半夜撞景阳钟召集百官，无一人应诏，偷出东华门，接连投奔几家大臣，都闭门不纳，绝望之余，才逃煤山自缢的。"

"史可法庙不但不能拆，还要修葺整装，纪昀用军机处给他们廷谕。"乾隆听陈世倌约略几句，将亡国之君呼天不应呼地不灵，焦惶悲凄的狼狈情景绘如亲见亲历，蓦然间心里一个激颤，竟尔一阵慌乱不能自持，脸色变得异常苍白，细白的手指捻了几下系在腰间的汉玉佩，才定住了神，无声透了一口气道，"查一查，除钱谦益之外，当时曾受恩于前明，又归诚于我朝的名士大儒，还有省台行在大员没进贰臣传的，要一律补进去！"仿佛还觉得不解郁怒，顿了顿又道，"知会礼部，朕再返南京，拜谒明孝陵，凡贰臣后代为官的，一律不准随驾入陵宫，跪在神阙外替他们祖父思过忏悔！"

这般料理就有点匪夷所思了，纪昀和刘统勋不禁一怔。前明降官论千上万，已经时过百年之久，现在居官的至少是他们的曾孙，甚至玄孙辈了，礼部就是千手千眼观音，也来不及一一考定这段沿缘履历。再说，平白地闹这么一出，事先连个招呼也没有，也极易引起人心骚动。纪昀和刘统勋一个照面，彼此心会，眨巴着眼睛笑道："皇上，激励风节当以典型楷模为要，圣祖有遗训，世宗爷也说过，您在乾隆元年也说过的。如今外面有所谓'朱三太子'的谣诼，这会子礼部大动干戈查履历、定礼仪，不但官场不安，给小人造作攻讦党争空隙，也容易给奸民有可乘之机。明诏加增贰臣序列，拜祭孝陵，表彰史可法，臣以为已经十分妥当了。而且有些人事很难一时理别的，施世纶的父亲施琅，是前明将军，又是郑成功麾下的，如果定为'贰臣'，就得把施琅牌位撤出贤良祠。还有，三藩之乱也有不少降官降将，算不算'贰臣'？如果不算，就委屈了洪承畴这些人，如果算，又得认承吴三桂为一朝之君。就认真要办，这是要仔细甄别的，不可为一百多年的陈账乱了今日政局——这是臣的一点草茅之思，求皇上圣明独裁！"

"这是议论嘛，又不是朝会！"乾隆不等他说完，已知自己想左了，一笑说道，"就依你奏不再细盘查了。"刘统勋笑道："圣祖爷修史圣躬天断，一部《贰臣传》令天下后世乱臣贼子惧，可抵得一部《春秋》！其实奖忠褒义，朱洪武何尝不知道？当日元朝遗臣危素降明，在太祖跟前显摆功劳，自称'老臣'，太祖心中十分厌他。有一天上朝，他在殿外款步进来，又是说'老臣来见'，太祖说：'是危素啊？脚步声这么从容的，朕还以为是文天祥来了呢！'终究还是黜降了出去，罚他去守余阙墓。可见明太祖心里还是厌弃那些没骨气的贰臣。他所不及圣祖爷的，没有把这件事放到春秋大义上思量，没有向治世政道上去用，这就见小了。《贰臣传》修正，不但口诛而且笔伐，史笔铁案，哪个想当贰臣的，就得好生斟酌分量！"

乾隆默然点头，站起身来，对四个正襟端坐的臣子注目许久，似乎不胜感慨，对着幽幽跳动的烛光徐徐说道："今儿虽非会议，其实是在议政了。到南京以来，见了不少地方官，也见了易瑛，和市井小民三教九流也有触及，朕觉得和在北京听见和想到的大有不同。在北京看折子见大臣，一步宫门难出，许多真话听不到，真情实景看不见，出来一走，朕有时欣慰，有时触目惊心！朕是已经读完了二十四史，还看了《资治通鉴》，细思起来自古亡国之途，一是急征暴敛，百姓不堪其苦，于是揭竿而起，秦修长城，隋掘运河，一下子江山糜烂了；二是吏治败坏，政由贿出，溃烂颓败日复一日，好比一个人身染重疴，体气弱了百衰齐至，什么风寒磕碰都禁受不起，两汉之亡是如此，唐宋元明也是如此。或灾荒，或外族侵犯，都抵挡不住。崇祯皇帝说过'君非亡国之君，臣皆亡国之臣'，看似诿过之言，其实他这皇帝当得不安逸，一到败坏不可收拾，就是尧舜重生也挽救不得。李自成的檄文里都说过'君非甚暗'的话嘛！上下都清廉，国家才能真的乂安无虞。先帝爷手里，军机处宰辅大臣都是圣祖留下的杰出之士，除了廉洁自好，而且公忠能俱全。下面县守郡令到督抚，但有贪墨的没个轻纵的。真正雷厉风行起来，杀的人反而少。"乾隆仿佛在抒发自己心中积郁已久的愁绪，脸上似悲似喜，徐徐而言，"如今天下太富了，库里的银子也太多了，赚银子的门路也太多了！从县、府道、省，一层一层底下先烂起来，是一群一伙的贪婪，借办差之便，上下其手掏弄国库。虽然不加捐赋，暗地里官商勾结弄银子，官员从中折扣取银，或者官员自己偷偷经商，更有借刑狱官司发财的，盼着境里出田土纠纷，盼着兄弟分家阋墙告状，盼着有人命官司——山阳县、内黄县、栾川县、镇平县……"他一口气罗列了十几个县名，"官司报上来，原告被告都拘押起来，一村的人都传去当干证，却不审不判，一拘就是几个月，人们急得热锅蚂蚁似的要回家务农赶农时，就得给他们塞银子，塞饱了再判。判了府里再驳，调到府里故伎重演一遍，务必将富的榨穷、穷的榨干，半点油也挤不出来才撒开手！至于借河工、借皇差钻刺发财的，认真要查办，恐怕要抓得干干净净一人不留才成。朕夜半批阅这些折子，常常气得绕室徘徊愤懑难眠，恨不得朱批一笔全都勾红了他们！可是……不成啊！办事的也还是他们啊……"他像是被什么呛了一下，突然一阵咳嗽，嗽得涨红了脸，王八耻忙过来替他轻轻捶背。

刹那间，几个人忽然觉得乾隆也带了老态。

"所以朕命范时捷去户部，并不单为你账目熟稔，是要理一理财，和刘统勋常通通气儿，偷鸡摸狗小贪小取的且放一放，大案，要员犯贪罪的，就是纪昀说的，典型示范！"乾隆喝了一口茶，喘过气来，推开王八耻，说道，"今晚索性多坐一会子，你们接着谈！"

第八回　表烈臣贤祠赋新联
　　　　　　奉慈驾仪征观奇花

　　开着"怀（槐）抱迎春"的三株老树，在距仪征城北偏东的五十里铺，原是个不足一千户的小镇，离着仪征只有四十里之遥。乾隆昨夜听刘统勋谏劝，什么大驾、法驾、銮驾的朝廷礼仪车驾轿舆一概不要，只太后独乘一抬凤亭銮车，由那拉氏带两个嫔妃同车侍候，皇后坐一辆丹凤朝阳络车，八匹健骡拉着随后而行，几个答应常在又低一等，都是四人抬明黄毡包纳象眼暖轿。皇帝以下，除了刘统勋纪昀两位军机大臣，五十岁以上的督抚大员骑马相从，其杂随驾官员无论品级都竟只能安步当车。传下的圣旨改成口谕，变得异常简捷——"朕以孝慰慈躬，暂息万几丛政，各文武官员凡有军政民政要务不克随侍者，朕不治罪，切以公务为要，不得为朕巡行幸临有所荒疏。钦此！"

　　话虽如此，然自古官场，升官黜降荣辱兴衰，大官靠的"圣眷"，小官靠的"宪眷""上眷"，一层层连带下来，谁肯落后？就不为亲睹圣颜邀取天家雨露，不为借机亲近上司官员，来的都是北京六部各省觐朝的要员，同乡、同年、外地在故乡做官的不知多少，拉皮条套近乎攀友情，再难逢这样的机会场面了，因此，除了几个伤风感冒烧得起不来的倒霉蛋，竟无人有什么黄子"军政要务"的，大家一体踊跃随行。不知是哪个伶俐的，想着可以骑驴代步。众人争起效法，一时之间仪征毛驴价暴涨，却也几乎人人都有了一头。因此这一队赏花车驾看去别致——前面龙车凤辇，侍卫太监风云景从，乾隆黄缰紫骝随舆而行，十几名大员也都健骡高马，气宇轩昂呼拥而进，后边几百官员也都一个个翎顶辉煌一脸肃穆，却都是骑着小不丁点儿的黑灰毛驴亦步亦趋。远远看去蜿蜒逶迤，倒也像一条"龙"。近观这群驴，草驴鸣叫驴应，乱蹿乱蹦不听主人吆喝的，叫驴们互相啃咬的，几头公驴追一头母驴的，牵着不走打着倒退和主人闹犟性儿的，五花八门什么样儿的都有。纪昀骑着骡子紧随乾隆,有一段道儿泥泞翻浆,见乾隆滚鞍下马去给太后推辇,忙和大臣们一齐下来帮忙——这都是虚应故事。其实三十六匹御马拉这一驾车,什么泥淖也轻松过去了,但这是"扶辇"行孝,题中应有之义,谁也不敢怠忽——纪昀不禁一个偷笑,范时捷就在身边,悄声问:"纪大烟锅子,你敢偷笑?"纪昀小声道:"我是瞧见后头的驴,想起了你。操你娘的了——你胆大,敢在这里再学一声驴叫?"范时捷不禁"吞"地一个悄笑。浙江巡抚吕国成和范时捷也极熟的,小声道:"纪中堂,范雪清不是不敢叫,他是怕后头母驴追他!"纪昀道:"母驴才不追呢,要追也是公驴。其实驴也懂规矩,在城里不叫,驴过城(吕国成)了才叫呢!"三个人都捂嘴葫芦儿,只不放声儿。

乾隆却没理会身边几个大臣市井俚言说笑。他在坐骑上挽缰纵送而行,用略带迷惘的眼神眯缝着了望雪景。身边一片杂沓响动的脚步声、马蹄声,车轮碾过细沙黄土御道的沙沙声,还有车驾队伍前导的六十四名畅音阁供奉细吹细打的鼓乐声,都恍惚似闻未闻……雪,是前半夜已经停住了的,只是天色尚未放晴,苍黄的云层布满天穹,漫漫皑皑的白雪覆盖了原野,所有的村庄、高低错落的岗埠、竹林树丛都显得朦朦胧胧绰绰约约,在流风回荡的雪尘中,给人一种飘摇不定的感觉。只有每隔半里搭起的一座座彩坊,俱用翠柏扎柱,挂了厚厚的雪,远远望去像翡翠雕琢的华表撑起的牌楼,沿着驿道蜿蜒延伸,衬着一条一道纵横交错的河渠港汊,看起来宛似江南秀色夹着北国豪气,令人为之精神一爽。本来心情中略带郁闷烦躁的乾隆,出得城来,在广袤无垠的雪野上徐辔而行,呼吸着雪后清洌寒凉的空气,神色渐渐开朗起来,在马上扬起鞭向东北一指,问道:"范时捷,那一些岗上是不是你说的史可法庙?"

"啊——啊!皇上——是!"范时捷与纪吕等人正说笑入神,乍听乾隆问话,怔了一下才醒悟过来,脸上笑容犹在,躬身回道,"臣昨晚回到下处,已经出牌子命他们停止拆庙,预备着扩建修葺。其实天一下雪就停工了的,待雪化了运工料重新开工。"

乾隆点点头跳下马来,将缰绳扔给一个太监,径至太后车前小声禀了几句,反身回来对纪昀和范时捷道:"你两个随朕进庙行香,其余车驾扈从臣子都在这里稍候片刻。"范时捷和纪昀忙遵命下骑,随着乾隆向东岔开官道，又向北，沿着山门前石阶逶迤而来。大队的随驾队伍停了下来，上千双眼睛痴痴茫茫望着乾隆，不知这位皇帝忽拉巴儿中途下道，高一脚低一脚趟着尺厚的雪要干什么。官员们有不少知道这是史可法庙的，立时一片窃窃私议声。

"是史可法的香火呢！皇上到那里做什么？"

"敢怕是进香的吧？"

"胡说——哪有这个理？史可法是前明遗臣，皇上是当代圣君！"

"我瞧着呀，皇上像是内逼，想寻个解手的地方儿——"

"你那是放屁！哪座彩坊旁没个围幕，不知道做什么使的么？"

纷纷议论声中，乾隆三人已经进了山门。这座山冈，远远看去只是一漫上坡，甚是平缓。进山门向上看，一级一级的台阶几乎被雪漫平了，洗衣搓板一样一波一伏道路隐约可认，直有近百级通上去到正殿大院。神道两边一色都是不足合抱粗的马尾松，树冠皆不甚高，龙颈虬干枝桠横斜，掩在岗峦阳坡上，盖了厚厚的雪，不仔细几乎看不出来。待爬到岗顶，乾隆看那庙，其实只是单进天井院，黯黑的三楹大殿匾额已经拆掉，两厢房的门框窗棂都没了，像人张着黑洞洞的口在喘气。院里几株老柏黑油油乌沉沉，蔽得地下的雪色泛着青光，断檩残檐，拆得四边不靠的庙院墙，凸凹不平的雪下不知埋着什么物事，一座大庙静寂无声，只有树上鸟巢里几只老鸹受惊，扑着翅膀出来盘旋一阵，抖得树上一团团的雪落下来。乾隆望着正殿，蓦然间一阵莫名的恐怖，心悸得噗噗直跳，额前也渗出一层细细的冷汗。纪昀见他脚步有点虚飘打滑，忙上前扶了一把，说道：

"万岁爷，这坡太陡太滑，走得急了，您脸色有点苍白呢！"

"没什么，朕只多少有点眩晕……"乾隆一脚又踩在雪下一块卵石上，一个踉跄忙又站稳了，勉强笑道，"只怕是史可法不愿见朕也未可知。"回头向庙门看看，王八耻手捧着香，巴特尔、福康安和索伦三个侍卫已经赶了上来，略定定神才觉得心安了些。

他这样一说，纪昀和范时捷不禁对望一眼。纪昀虽是海内才人儒学大宗，于鬼神一事素来遵定"存而不论"的孔子之言，其实是宁信其有不妄言无的。范时捷却是黄冠缁流有神必信的。二人差不多一样的心思，纪昀向着大殿正中一躬身，肃然不语。范时捷却是十分真挚，一拱手说道："史阁部，您的庙在我境里，一向有失关照。拆庙的事我知道，倒是我主子下旨，要给您重塑金身再兴血食的。若有见怪之意，只管冲老范来就是！您我不是同朝之臣，各为其主理所当然，您是忠臣，我们也要学您忠贞，所以陪主子来看望您了，请客气些子，大家心里舒畅。"他顿了一下，又冒出一句"尚飨！"听得纪昀福康安都是一个莞尔。

"范时捷白话祭祀史阁部贤先臣，说得很见诚意。"乾隆本来临时上庙进香，觉得不甚礼隆恭敬，进庙气象阴霾沉肃有些心障，范时捷祷诉间，已经完全平静下来，进了大殿，站在史可法幞头官袍一身明装的坐像前，款款说道，"自古无不亡之国，惟先生忠忱事于君国，烈风可传千古。朕于先生虽敌国君臣，然不能无敬佩之心。朕与尔约，但我大清一日尚存，先生俎豆香烟一日不绝！"说罢便回身。王八耻忙燃着了香捧给乾隆，乾隆看了看狼藉污垢的香案，皱了皱眉，双手插进炉里，只一领首，后退一步，算是礼成。趑身出来，看了一眼阶下的三名侍卫，却对范时捷道："有庙没有庙产是不成的。这岗周围一百丈之内的田土免了赋，不征钱粮，赐作庙产基业，好生寻个有修持的道士或居士来住持，料理史阁部的庙务。"

"喳！臣领旨！"范时捷忙答应一声，赔笑又道，"皇上在这里流连时辰不短了，咱们君臣该上路了。"

"唔。"乾隆掏出怀表看了看，忽然松弛地一笑，说道，"纪昀回头写一幅匾额给范时捷，黑地泥金的，加上奉旨谨书的字样。"纪昀忙答应着，乾隆已经下阶，又对福康安道："有了匾额，还要一副楹联。你拟一个朕听——走，我们边走边说。"索伦道："上山容易下山难，石板阶子上有雪，贼滑的——"说着和巴特尔一边一个搀了乾隆挪着步子下阶出庙。福康安紧随侧畔，一步步跟着往下挨，胸中苦苦构思着，咏道：

> 丈夫舍生取义 杰士趋死成仁

"不成，太平了。"乾隆摇头道，"这是拼字儿对对儿游戏——重拟。"福康安小声说"是"，又复结构，念道：

> 春秋彪炳惟责仁责义 竹帛浩气岂计败计成

乾隆听了默然，半晌偏转脸问纪昀道："你以为如何?"纪昀笑道："志学年纪的哥儿，这已经难为了福康安了。前一联是泛了点，只图了字面工整；后一联臣以为指得太实，情思太囿于史可法本人事迹，有点像史籍列传考评语句，不得使人惬怀深思。"乾隆点头道："说的是，纪昀拟一联朕听。"

纪昀哪里肯在福康安前出这个风头?——因知乾隆想让福康安展才，思量着笑道："这是个绝大题目，又要现身说法，又要发思古幽情，还得顾及现成景物，臣只于风花雪月草木鸟虫一道略有所知，一时寻思不来呢!"福康安想着纪昀的话，怎么听都是在点悟自己，环顾左右远眺近观，但见远峦苍茫隐曜、河港静流青带，近看岗上颓庙巍然，满山青松雪掩阡陌……遥思史可法当年血战死守扬州，全军尽墨孤守无援，不屈战死的惨烈景象，百年往事不可再追，不禁为之扼腕叹息，脱口而出喟然吟哦：

一代兴亡观气数 千古江山傍庙颜

话一出口，纪昀便合掌赞道："好! 这真是春秋写照!"乾隆也含笑点头。

一时催动车驾人马攒行，再无滞碍。又行不到一个时辰，已到五十里铺，尚不到午牌正时时分。此时天色更加放亮，一团团一块块的冻云或黄或白或绛或黛不规则地布满天空，正南方冰丸子似的太阳在浮动的云层中时隐时现。远远瞭见镇子，已是万头攒动，三座彩坊都足有六丈余高，稻穗结成的"万寿无疆""盛世太平""海晏河清"的字样里，都夹了明黄缎子，周匝金丝镶边，金灿灿明晃晃十分精神。彩坊东西两侧，塑满了雪龙、雪凤、狮象等瑞兽，也都披红挂彩夭矫灵动若生，衬着彩坊更增壮观。彩坊后便是挤涌不定的人流，却由善扑营军士和南京水师派来的兵弁戈什哈把定了，让出一条仅可过车驾的人胡同。远远望着凤舆车络鼓吹而来，本来跪好的人们忽然兴奋地躁动起来，前面的引颈翘首，后边的爬跪着，半屈着身子向前挤，要一睹乾隆天颜风采。善扑营的军士们一个个累得满头大汗推着人往后退。总督衙门、南京知府衙门的衙役们却是老有经验，手掣长鞭，逢挤出头来的便是一个响鞭打过去；既响又脆，准头也是极佳，距着鼻头只在二寸许，却绝打不在肉上——这是平素弹压衙门看审公堂听众练出来的把式，此时派上了用场。仪征县令是头三天就赶来，专门率领当地缙绅士农工商各处头面人物迎驾的，此时早颠得一身臭汗，眼见人们大有一拥而起的势头，大喝一声："燃万响炮，叩头山呼！你们这起子土佬儿，昨晚怎么跟你们说的？哪一村百姓搅场子，回头我四十斤大枷拷死你们！"

说话间八十一挂连环万响爆竹燃起，镇口立刻弥漫在一片硝烟中，恰似开锅稀粥般密不分个儿响成一片。震耳欲聋的爆竹声里鼓乐细细近来，县令当街卧跪，任谁也听不清他都祷告了些什么，只隐约听得"万岁"二字提醒了众人，于是由此及彼，从近至远，山呼海啸般一阵喧呼：

"乾隆皇帝万岁！万岁！！万万岁！！！……"

远远看见这般热闹，乾隆不禁龙颜大悦，招手向人们致意着，回头对刘统勋道："仪征县还是很会办事的。其实也并不奢华，也还办得热闹有趣——一路没见百姓张忙，原来都到镇里来了。"刘统勋深知底里，单是这条新驿道并行宫下院一应设施，仪征县五年钱粮都挥霍进去还不够，也实在没法更排场了。此时皇帝夸奖，却也无言回话，只好葫芦提应答称"是"。乾隆已是下马，一手攀着太后的车辕，一手挥着向百姓含笑点头。于是前面的大臣下马，后边的官员下驴，亦步亦趋跟在后边"景行行止"，穿入胡同过镇子。原来这五十里铺分着前街、中街和后街三段，仪征县布置，周围外地赶来觐拜迎驾的缙绅士民，各按里甲管制，集中在南口前街，中街前街衔接十字道口设了卡，外乡百姓一律不得进入中街后街。此时中街百姓"近水楼台"宽宽裕裕跪在街旁檐下，家家门前摆着香案，供着"皇帝万岁万万岁"的龙牌，花生苹果龙眼荔枝一应果品醴酒满案琳琅，至穷的也摆有鸡蛋年糕甚或红心菊花萝卜之类供品。人们穿出了压箱底儿的最好行头，也确是一个个簇新一团。眼见龙驾扈从黄漫漫碾地而来，都低伏了身子扯嗓门儿山呼万岁。只是进了中街，便不再放炮仗，原来那爆竹也有妙用，顺人胡同两边放起开路，崩得人不敢近前，省了兵士防护多少力，瞧着也热闹光鲜。

出了后街，眼前忽然开阔，镇北关帝庙前空场上又是一片人，却无一例外都是女人，由卜悌卜忠几个太监招呼。乾隆这才想起，这都是些命妇，先期赶来叩拜太后、皇后的，因至车前，站在辕边掀起软帘，赔笑对太后道："皇额娘，这是本地和外省迎驾官员的眷属，几株槐抱迎春花就在关帝庙后林子里，他们把雪都打扫干净了。儿子的意思，把銮驾前面的挡板挡风玻璃去掉，您和皇后就在车里受礼。三面挡风，也暖和些。"

"皇帝，你不懂得，"太后在车里笑道，"我已经瞧见了，前头几位二三品诰命都曾进宫见过，我们见面尽容易的。就是低品诰命，进京想见我和皇后也不是难事。倒是她们想一睹天子风范，不遇这个缘分比登天还难呢！我坐车也乏了，下来走动走动，这都是外头办事臣子奴才的家眷，得有这份恩遇。皇后身子弱，倒是照你的法子好。大规矩不能错，教他们先见你，再见我，再见皇后，一拨一拨的，大家安逸。"说着便下车，几个小苏拉太监伏地请她踩背，那拉氏和王八耻一边一个搀下车来。后车上皇后却是半分不肯苟且，没等传过话去，见太后下车，也由两个太监扶着，不胜娇颤地下了辇来。

乾隆见状，便命那拉氏过去照料皇后，自上前搀扶了太后到关帝庙前大纛旁设的须弥座上，亲自铺了貂皮垫子，皇后的座位设在太后侧边，那拉氏铺了鹿皮悄声退到一边。这里太后和皇后入座，乾隆站在纛前，一拨一拨的命妇按品级高下先到跟前行三跪九叩大礼，挪身过去再给两宫行跪拜礼。这都是礼部司官彻夜不眠安排停当的，再不得有丁点差错。乾隆留神在女人群中寻找汀芷，却都一色旗装，低头行过礼就去，命妇们固不敢抬头正眼，他也不能下死眼盯视一个妇人，流水般一批批过去，看得眼花缭乱，终久也没得个所以然。

须臾礼成，因官员们已经到槐林里等候，官眷们一律就地待命。见太后和皇后已经起身，乾隆怅然扫视一眼众人，转身陪太后徐步向庙后踱来。纪昀是兼着礼部尚书的，和仪征县令守在打扫得光溜溜的槐树林子边迎接导引。乾隆扶着母亲走路，一边命那拉氏："搀着点皇后。虽说雪扫净了，这会子化雪，树上雪水下来，有的地方谨防滑着了——你是仪征县令？"

"是，奴才郭志强。乾隆六年直隶乡试举人，选出来做县令的。"县令毕恭毕敬侧身带路，回道。

"是——汉军旗人？"

"皇上圣明！汉军正红旗下的。"

"到任几年了？"

"前六年奴才就在仪征当县丞，后调到卢焯手下管河工堤岸所，差使办得侥幸，保举选出的知县。"

"这次迎驾，仪征县差使巴结得不错。"乾隆微笑点头，随母亲挪移着，又问，"仪征县的库银河干海落了吧？"

郭志强被问得愣了一下，随即一个狡黠的微笑，回道："回皇上话，奴才不敢欺主，钱是从库里出，老百姓能见一回天子，哪辈子才熬得这个福分？都情愿的。不过奴才自己有个做官的章程，断然不从穷人身上敲剥。眼下花出的银子已经回拢，三个月后主子来查，准保库银还要盈出三成！"

"唔……唔？"乾隆若有所思地听着，听他这样说，顿觉出人意表，一笑说道，"哦！你做官还有自己一套章程？说给朕听听！""是！"郭志强是属所谓"油条旗人"一类，见的世面大，人头熟，历事也多，深得人情世故的，抿着嘴略一默谋，说道，"皇上来巡，看似县里花钱铺张了些，奴才仔细思量，单凭修这条路，没有皇上来，仪征就得穷十年！皇上您想呐，您来，省里从盐商阔佬各地财主那里征集的'乐输'银子就必得给我拨一点，仪征人这就已经占了便宜。修这座行宫，还有驿馆、接官亭、接驾亭，平日努出吃奶的劲也不成，一下子就都有了。将来皇上再来，现成就能派上用场。事过之后，行宫改成学宫，学宫我也有了，腾出修学宫银子，孔庙我也修起。修起的这条路，有人说奴才虚耗钱粮，其实他们根本不懂，五十里铺每年要烂掉十万亩桑叶，运出去就是银子，银子换织机，一下子这里就变成金窝儿！这还是一笔小账。往大里算，三棵槐抱迎春，皇上、太后老佛爷、娘娘都来看了，这是多大的声名！过后谁不要来看？陕西的、山西的大财东都瞧准了这是风水宝地，住着人等着买地造宅子，地价已经涨到两千两一亩还在涨！更甭说往后各处到南京观光做生意的阔主儿来观光圣迹，钱就会淌河般地往我仪征流！奴才这笔账存在心里，现在由人骂，骂在前头夸奖在后头呢！"他突然意识到已经失口：这段话岂不是告诉皇上，迎春花也是故意做作出的祥瑞？舌头在口里搅了搅，下了气笑道，"这都是托了皇上如天洪福，天降祥瑞周全仪征人民。"

他如此能精打细算，不但乾隆闻所未闻，纪昀也觉得此人聪明得匪夷所思，连太后也听入了神，颤巍走着，笑道："阿弥陀佛！我虽不懂得做官的事，听着和人家过日子一样儿的，这么着细致，仪征还有个不好的？皇帝，这个县官和去见我的那些人都有些个个别……个别在哪儿，我也想不清楚。"乾隆只笑回母亲一声"是"，却又对郭志强道："可谓算无遗策了。只你想过没有？仪征人收到实益，也许你已经不在仪征，算不到你的考功政绩上，岂不白耗了心思。"郭志强略一沉默，嬉笑道："这一层奴才也想过，奴才只是个举人选官，比花钱捐的官是略高一点儿，正途进士算是太太，奴才这类的是姨太太，捐班杂佐就是开脸丫头。考功评语再好，也升不成正宗太太，仍旧在州县上头转悠。既如此，又不想发黑心财，能着给地方办点好事，算是给儿孙积阴德罢了。"

纪昀听着这话，觉得有经有纬头头是道，半点虚饰也没，细用"孔孟之道"这把尺子去量，却又无法坐实比较，正自品味咀嚼，乾隆却转脸问刘统勋："你看郭志强这话有没有学问道理？""当然有的。"刘统勋道，"这是历练出来的学问，合了人情，也就顺了天理。他的着心着眼，想的是为下头百姓造福造实惠，这就是圣人说的'仁'！道法不一，统归于仁，仁而已出，不必同。但郭某毕竟是从世面上思想得来，用的不是克己复礼，所以有点见小了而且有点流于释家——地方官要都这么弄，终归朝廷顾不过来，还要从别处百姓身上着落银子。"纪昀正在暗自佩服刘统勋言语精当，郭志强仍旧一脸皮笑，说道："刘大人这话实在是至理名言。卑职也是读书人呢！只是卑职想到，每日不知多少藩库银子、官司银子白白淌到——没影儿去处了，这里借主子福气，给地方办点实惠，总归无伤孔孟大道的……"他挤眉弄眼，瞧着乾隆，"奴才的见识是吧？主子！"

"不算离经叛道。"乾隆被这位油头滑脑的县令逗得呵呵大笑，"在一郡，谋政一郡。不错！多少有点以邻为壑，但那边确实有'壑'也无如其何——你不要在地方上办差了，朕已有旨范时捷到户部去任尚书，你去任藩库司主事。"说罢又笑，闪眼看时，不远半箭之地官员们都控背躬身站着，三株品字形的槐树都是披红挂彩，中间一张小卷案放在潮湿的地下，卷案上垛的果品点心醴酒满案都是。太后眼一亮，指着树道："皇帝皇后，瞧！迎春花！"

刹那间，乾隆、皇后也都定住了睛。

果真是三丛迎春，蓬蓬松松茂密柔嫩的枝条，从三株槐树老权上泻垂而下，远远看去像西洋女人的黄发披肩垂落，又像树桠被谁割了一刀，三股黄色瀑布喷涌而出，在灰暗的槐林中鲜亮耀目不可方物。皇后似乎格外喜爱这奇异景观，小心蹲下身子，轻轻拢起花条在手中，细看时，一蕊蕊的花朵，大的约如西洋纽扣，小的许有豌豆仿佛，或盛开怒放，或苞孕半张，有的蕊瓣舒张，有的似开还收，枝条尾端豆大的骨朵一色的葱绿包黄，娇羞默默似对人语，冰凉潮润的枝条在她牙琢玉雕的手上散发着清冽的芬芳，她想贪婪地吸一口，往唇边送了送，又放下了，翕动着嘴唇，却又没有说话，餍生笑晕看着花不言语。

"阿弥陀佛，真真的是稀罕祥瑞！"太后松开了扶着乾隆的手，也趋步到皇后跟前细看那花。她却另是一番做派，双手合十，白发簌簌抖动着，口中念念有词："佛祖有灵，保佑我大清国祚绵长，子孙繁昌！观世音菩萨有灵，佑护皇帝皇后天下子民熙和安康！"说着伸手，那拉氏侍候老了的，忙将醴酒瓶捧给太后。太后接了，又命太监将三块黄帕子铺在树前，皇后便取案上果品摆供……众目睽睽之下，太后、皇后和那拉氏愈加虔敬恭诚，洒水焚香稽首礼拜，偌大一片林子里如许众多人，只她们三人动作。乾隆只在一边率百官观礼，直熬到三炷香焦首焚尽，三个妇人各自露出满意的笑容。乾隆乘便赔笑，说道："总算遂了母亲心愿，皇后欢喜，儿子也高兴——今个儿大喜圆满！老佛爷也走乏了，待会儿官员们还要随喜观赏，请慈驾到关帝庙后殿暂歇，儿子待官员们赏过花，过去奉驾咱们回城去！"

"皇帝说的是，我们在这他们也不方便，太拘束了些。"太后笑道，"你不讲祥瑞，祥瑞还是有的，臣子里头也尽有不信祥瑞不信佛菩萨的，今儿不许他们扫兴，不许亵渎了这花——你下旨给他们——咱们去吧！"

宫眷们簇拥着太后她们一去，槐林里气氛顿时松泛了许多。这些文武官员都是孔孟弟子，除了敬天法祖曰仁曰义，什么佛祖菩萨怪变祥瑞一概都是扯淡。方才是观礼天子行孝，不能不凛凛如栗栗如。太后一去，等于是陪着天子玩花赏景，其中意味大有不同，几乎所有的人都松了一口气。不知是谁开头先咳嗽一声，接着便是一片咳嗽呼应还夹着有人打喷嚏，毛病怪相百出。乾隆深知底蕴，见怪不怪，复述了太后懿旨，说道："朕也有点累了，搬椅子来坐。众臣工不必拘泥——"他忽然心一动，笑道，"宫眷去了，外头还有一群官眷，一并叫进来，夫妇随意赏花，也是件趣事！"早有一个太监飞也似跑到关帝庙后向女人们传旨，立时便听一阵莺呢燕语轻声欢呼，一群群花枝招展风摆杨柳价近来谢恩，认夫携妻在迎春花畔流连观玩。乾隆只是坐着笑看，想作诗，心思晃漾着寻不到诗思。不知怎的，他觉得汀芷就在左近用眼看自己，偏脸回头搜寻，却又都是一张张赔着笑脸的面孔。他有点坐不宁，遂站起身来，踱到东首迎春花旁，见一个女人戴着镂花金座命妇朝冠，砗磲旋钮上饰着一颗小蓝宝石，跪在花前，似乎在赏花又似乎在发呆，因体态不似汀芷，也没有在意，轻轻拢起花丛，想看看树木水淋窍中丛生还是直接植根在槐树上，忽然听那女的轻声道："奴婢王汀芷给万岁爷请安……"

"是你！"乾隆手一抖，手中枝条滑落下去，"朕觉得你来了……你家丈夫呢？"

汀芷似乎身子在颤，头也不抬，说道："夫君在淮阴调度盐款，卢焯大人出牌子要用钱买修闸用的木料……我是在扬州等他，奉旨准允来朝觐皇太后皇后娘娘，也……就来了。"

乾隆抚着花，思量片刻，这里实在不是说话的地方，因叫过王八耻，笑道："叫内务府那边准备笔墨纸砚，朕要官员每人作诗一首，恭纪今日盛举，就以这槐抱迎春为题——你传旨，叫他们领纸领笔，作得好的有赏！"

"是——啊，喳！"王八耻诧异地看了汀芷一眼，忙打个千儿去了。

这边汀芷见乾隆目光示意，站起身来向北踱去，便悄步跟在身后。在一株四人合抱来粗的槐树后，两个人几乎同时站住了，乾隆凝视着汀芷许久没有言语。

这已是四十余岁的中年妇人了，眉宇间已没了当年镇河庙初遇，太原城邂逅时那份灵动的神气，修饰得很好的发髻仍是一丝不乱，但发色不再那样光洁，瞳仁仍是黑瞙瞙的，却是远远比不了昔时那流眄一盼时诱人的风采，且是眼角已有了一片细细的鱼鳞纹，只有颊上一小片雀斑，微微翘起的鼻翼，唇边两个若隐若现的酒窝，依稀还是那样善解人意的忘忧草韵味。在乾隆的目光下，汀芷鼓足勇气也没敢抬头正视他一眼，嗫嚅着，良久才道："皇上看去身子骨还好，气色也好，只透着有点倦累似的……"乾隆见她像一只受惊了的小兽，目光惶惑只是睨视左右，一笑说道："这都是些太监，不要怕，谁敢胡言乱语，朕就能剥了他的皮——你是救过朕的命的，就是这些大人，你丈夫跟前也不要 怕——你瘦多了……如今过得还好？"

"还好……"汀芷趿着脚尖低头答道。

"你说实话!"

"……"

"怎么，他敢欺负你？"乾隆看见了她项后一条殷红的疤痕，不是鞭子便是篾条抽的血道儿。看样子退痂不久，周匝隐隐红肿，他的脸也涨红了，问道，"为什么？知道了我们的事？"

汀芷低头哽咽，泪水已扑簌簌落下，抽泣着嘤咛低语道："在北京他就一直追问这事。我一直没认承……出了外任，离您远了，渐渐就打起来，也不敢打死了，只日日口角风凉挖苦，教人受不得……"乾隆无可奈何地咽了一口唾液，问道："他到底什么主意？"汀芷道："他有三个妾，倒也不在意我，他是想升官，想调肥缺……高恒的事出来，又想谋副盐运使的差使……"

乾隆沉默了，这不同于赏银子赏宅田，这是政府职守，事关国典的，沉吟着问道："姓许的手长么？"汀芷看了乾隆一眼，摇头道："外头的事我不问。他是个大男人读书人，功名得自个挣。我也……不愿皇上为我的缘故升他的官!""你很识大体。"乾隆低沉着嗓子道，"官守职缺系于国运民命，不能徇私情——他存了这个心思，就是事君不忠，还能升他的官？"说着，他解下腰间带着明黄绦子的汉玉坠儿递给汀芷，带着苦涩的笑说道："你我缘分是尽了，情分还在——这个拿着……"

"皇上!"汀芷惊恐地后退一步，盯着乾隆道，"这……这怎么敢……"

"敢!"乾隆狞然一笑，将玉佩塞进她手中，"不但带回去，还要特意给他看! 告诉他，他的荣辱死生身家性命全系于朕的一念之间。告诉他，你是于朕有恩情的人，错待了你，想做官也由不得他，想作个田舍翁也由不得他!"

"我怕……"

"不怕。朕自有安置的!"乾隆说着，见王八耻在那边探头儿瞧，料是官员们作诗过来了，向汀芷笃定地点点头，转身去了。

汀芷在树后又定了定神，趑身出来，却见官员家眷们都已退到远处，齐整按班站着，看样子还由礼部仪仗司领往关帝庙太后那边。左近看，都是朝衣朝冠的官员手里拿着诗笺准备缴卷。她有些心慌，握了一把汉玉，才觉得踏实了，转身出来，早见两个宫女迎上来，也没言语，只向她略一蹲福，回头便引路。汀芷便知是乾隆特意安排，脸一红，跟着她们身后，抄小道径直到了关帝庙后，那边命妇队伍才听命循道过来。

第九回 喋血持义直谏巡幸
秉钧执衡匡君勤政

乾隆早已遥遥看见她们动作，满意地点了点头。此时满林官员，有的对花沉吟，有的搔首踟蹰，有的喃喃斟酌，有的攒眉咏哦，都在寻章觅句苦苦作诗。纪昀见乾隆过来，忙凑上前低声禀道："阿桂那边奏事匣子送过来了。臣看了节略，霍集占回部有点乱子，请示主子机宜。还有一件是弹劾山东巡抚贪占赈粮的，还有甘肃一份送的清理亏空单子，报旱灾的折子，其余请安折子，各地晴雨报……臣让军机誊本处先存着。请旨，是送回仪征看，还是留着等皇上回程坐轿上看？""朕回去仍旧骑马。"乾隆说道，"霍集占的折子叫誊本处缮写两份，一份发岳钟麒和尹继善，一份给傅恒——这会子且作诗，你不要扰了大家雅兴！"他突然提高了嗓音，大声笑道，"今个儿不许纪昀出风头，刘统勋公事劳倦，也不勉强他。其余的人一概不免，作得好的有赏，作得不好的罚作三篇八股！"

"臣憋足了劲要争彩头呢，皇上又不让作了！"纪昀见皇帝高兴，凑趣儿笑道，"其实臣的诗也未必见长，方才臣子们都在议论，皇上的诗那才是直追李杜赛过昌谷，都想听听您的玉音呢！"

乾隆笑道："什么'直追李杜'，又是'赛过昌谷'，朕作诗只为娱情，没想过那些比较。"因低头略一属思，咏道：

> 薜萝娇躯自槐生，嫩黄无语对东风。
> 清芬袅袅满瑶池，盼得南国迎春情。

"好！"咏声甫落，文武官员已是一片鼓掌，齐声喝彩。乾隆心下得意，口中却道："诗词小道。朕于政务丛繁之中，随意流连，陶冶性情而已。诗歌合为事而作，要在情趣二字，又不能以事害文，又不宜漫无边际，虽是小道，其实大道也就蕴在其中，作得好就难了。"

纪昀因奉旨"不出风头"，难得展才，细思乾隆此诗，无论如何只是中平之作，但他是文坛领袖，此种场合断不宜缄默，在一片啧啧赞叹声中，纪昀近前一步，笑道："皇上论诗独出心裁，臣真是折服之至——大道蕴于小道之中，即从圣作可窥一斑。前两句讲的就是'情'，单'嫩黄无语对东风'，因甚的'无语'？此天生丽质丽色似乎在等什么，盼什么，后两句以事暗应，那是在等着瑶池王母啊，等着皇上奉太后慈驾来看望它啊！这里边便蕴了一个'孝'道，也可说得皇上也盼着有此一种花，'清芬袅袅'直透九重，使太后得心恬意适！"福康安在旁听着，一篇寻常之作，经这位才子渲染润色，顿时变得情致意趣典雅堂皇，蕴含大道悠远无穷，此人才量机敏真是人所难及！正赞叹间，乾隆笑道："朕至孝之性出自天然，作诗时信口而拈未加思量。经晓岚这一解说，也就发无余意了——范时捷，你跃跃欲试的，把你的念给朕听！"范时捷因自己的诗和乾隆纪昀嘉许的诗论契合相符，一边听一边看乾隆，满脸笑容，确是有点"跃跃欲试"，听这道旨，忙笑道："奴才是个世务上人，并不懂诗。今儿偏偏有点诗思，不小心就作出来了，不定从今而始，往后也变成个雅人呢！"

"不小心！"乾隆忍俊不禁放声大笑，"也未必世务上的人就作不出好诗。作得好，朕许你从今是个'雅人'！"范时捷忙笑称"谢主子恩！"龇着一口黄板牙诵道：

> 枝如藻须绵锦长，色似黄花对萱堂。
> 大安国中忆皇恩，争出迎春向朝阳！

"果然不错，做得'雅人'了！"乾隆点头笑道，"只是'皇恩'二字，似可改为亲恩，这就切中了朕倡明孝道的宗旨！"又问福康安，"你呢？"福康安忙躬身道："奴才草茅后学，勉为应旨，求皇上指教训诲——"因漫声吟道：

> 花开我逊梅花先，娉婷野树听自然。
> 香髓寒芳动九重，河阳春色尽无颜！

乾隆听了，只是咀嚼玩味，转脸问纪昀道："如何？首句用了两个'花'，似乎犯重？"

纪昀赔笑道："诗以气为主，无妨的。福康安此诗慷慨豪壮，正是少年英雄本色。只是末一句'河阳春色尽无颜'，嫌着带了霸气，须得改动一下才安帖了。"乾隆踌思片刻，说道："尽无颜——改为尽增颜如何！"纪昀拊掌笑道："皇上真是一字千金！这一改动，不啻东风浩荡春满人间，而且旋转乾坤，整个诗变了一种祥庆郁勃和平中庸的书卷意味。可称为佳话！"刘统勋也不禁拊须含笑，说道："这一字增删，可以窥见皇上道德文章，不但堂皇正大，且是光风明艳，深得诗道精髓！"乾隆听着两人一套接一套的奉承，微笑着，只用目光在众人中搜寻着，突然，他目光一闪，看见了窦光鼐，点名儿道："窦光鼐，你向前站些。"

"臣窦光鼐，"窦光鼐向前趋了几步，哈腰一躬，说道，"——领旨！"

"朕的诗，还有范时捷的，福康安的，你以为如何？朕想听听大翰林的！"

"回万岁话：皇上的诗好，范福二位大人的诗也好！"窦光鼐低了一下头奏道。

独独这么两句"好""也好"，干巴巴的再无下文。和前面纪昀刘统勋连篇累牍的奖赞比较，无论如何听去都像是在敷衍，乾隆脸上已是没了笑容，他本来已对窦光鼐有了好感，今儿有意当众调侃，一则示以众臣天子度量包容四海，二则使窦光鼐更加知恩蒙宠，为今后大用留作地步。窦光鼐如此寡趣而且不知斤两，顿时扫了他的兴，盯视窦光鼐良久，他透一口气，不无讥讽地道："想必你有更好的了？念来朕听！"

窦光鼐本来低着的头又向下伏了一下，说道："臣文思塞滞，恐有污圣听，今日没有应诏作诗，祈皇上恕罪！""这也算不了什么，今日缴白卷的恐也不在少。"乾隆听这话，厌憎的心平了些，边说边伸手向王八耻要茶。王八耻忙从貂皮暖套的银瓶里给他倾一杯递上，乾隆只漱了漱摇头道："凉——朕是知道你的，自幼就是神童嘛，连登高第直入清秘之府，你就口占一首给朕此行助兴如何？"

纪昀心里不禁一紧，乾隆的秉性和窦光鼐的脾气他都是太熟悉了：一个半点违拗不得，一个又偏恃才傲物，半点不肯违心屈就。此刻针尖麦芒儿相对，可怎么好？看刘统勋时，也枯着眉头目光紧盯着窦光鼐，似乎心中也在担忧。无可奈何间，窦光鼐已开口咏哦：

> 柔枝韵含隋堤柳，娇蕊意若大槐峰。

两个人都松了一口气，这诗句意韵和平温婉，无论如何不至于大遭斥侮的。听下两句，却突地口气一变：

> 料应西苑太寂寞，暖雪春催遍枝荣！

还是说出来了！这个窦光鼐真真拗得不可思议！众人还在品味，纪昀和刘统勋都已听出诗中讥刺，毫不容情，竟是直冲乾隆胸臆！

"看来你毕竟骨鲠在喉，你是不吐不快啊！"乾隆目光有些愤郁，口气冷得像凝霜寒冰，缓缓说道，"朕让你助兴，你来扫兴！你是说谁？是太后，还是朕躬？朕是因为畅春园、西苑太寂寞，到江南游冶玩赏来的么？"

"臣何敢悖狂无礼！"窦光鼐扑通一声双膝跪下，连连顿首，声气虽然柔弱，却是说得清晰简捷，"窦光鼐也是君之臣人之子，岂敢轻皇上孝养太后至诚至德？惟我皇上治天下夙夜勤政唯仁唯孝，此为有目所共睹者。'老吾老以及人之老，幼吾幼以及人之幼'，是谓之大仁大慈。太后、皇后，是天下之母，冒此雪后残寒往返百里观赏瑞花，仪征县兴师动众三九严寒破土筑路修桥建宫，倘若皇上知道玉辇驻驾的关帝庙，原来存放过不少穷民冻殍，穷饿劳累而死的民夫也在这里停厝，岂不有伤我皇上爱民如子之至意？"

此时所有的人都惊呆了！这简直是直斥乾隆小仁小慈，只顾自己尊亲，忘却了天下人皆有老幼——连修路死人、野有冻殍，都算在了乾隆账上！站在班中的文武官员，看着乾隆愈来愈阴沉的脸色，一个个面如土色身颤股栗，哆嗦着直想下跪，但军机大臣不带头，皇帝没发话，跪也不能随意的，只索挺着。纪昀生恐乾隆顷刻之间雷霆大作，当场处死这个书呆子，那就不但仪征之行，连整个南巡都要蒙上一层灰，酌量再三，乍着胆子在旁断喝一声："窦光鼐，为政举大义不泥小故。皇上万几宸翰，不计劳倦之身奉太后色笑颐养，此是以孝示范天下。你竟敢谬解经义，以小仁小慈之名加之尊上！凭你的本心说，太后来观瑞花，难道是过分之举？你也有高堂令尊，不曾陪他们赏花观剧么？"

"纪大人，'老吾老以及人之老'是圣人语录，不是光鼐造作的言语！"听纪昀提到"高堂令尊"，窦光鼐忙顿首叩头，仍是不紧不慢从容解说，"我的后两句诗，其实就是恨此花不生于皇家西苑之中！倘若圆明园、畅春园中也生槐抱迎春，何劳皇上昼夜宵旰之余，奉太后来此游幸？如此，皇上孝养之心得以成全，江南百姓得安，仪征百姓得安！"

这番话前面听来并无差错，毛病仍出在收煞结末处。乾隆细思，愈觉按不下火去，霍地站起身来，恶狠狠一笑，说道："连朕南巡你也不赞同？把朕供在紫禁城，像明神宗，二十年不出宫，由着朝纲败坏，不知民间疾苦，不知吏治好歹？——你迂腐！——你昏聩！"说着将手中杯子直掼出去，"朕南巡是敬天法祖之行！大舜也曾南巡，圣祖六次南巡——天下熙然向化！怎的朕南巡，百姓就不得安？"

"回皇上……"在暴怒的乾隆面前，窦光鼐身上一颤，刹那间的怯懦过后，又恢复了镇定，只是面色变得异常苍白，叩头说道，"臣有词不达意处，只问心无愧而已。南巡……花钱太多了，老百姓负荷太重，恐伤我皇上尧舜爱民之心……"他眼泪忽然夺眶而出，"唯愿皇上垂拱九重，无为而治——似此仪征之行，臣即死不敢以为然！"

"朕决意南巡，五次下诏各地不得借迎驾增捐加赋，不得扰民，不得——"他突然打住，把"不得妄报祥瑞"生生咽了回去，"——至于民间富庶殷实之家，沐浴圣化向往皇恩，自愿乐输，难道要算作朕急征暴敛？"

"皇上确是尧舜人主，然而臣下未必皆是皋陶之臣！"

"好！"乾隆脸白如纸，气得浑身乱抖，指着窦光鼐，期期艾艾说道，"你顶得朕好！以……以尧舜之圣，只，只有皋陶两、两个贤臣，你要朕治天下，皆是皋陶之臣……"

刘统勋纪昀在旁早已背若芒刺，一阵阵冷汗湿透内衣。乾隆御极以来，两次雷霆大怒，一次在养心殿，一次在畅春园，除了因修圆明园热河八大山庄，还有心腹大员辜恩溺职惹得心烦，直接炮仗稔儿都是为了金川失利，主帅讳功饰过丧师辱国燃起。今日一怒与往昔不同：一则窦光鼐的职分只是个部曹小吏，以天子之尊勃谿斗口，有失尊荣身份，二则是在巡幸现场，太后皇后近在咫尺，又面对各省"恭与庆典"的大小臣工，上至王爷督抚，下至州县佐杂，处置不妥，不知招徕多少背地闲言碎语。眼见乾隆面带狞笑，狂躁地来回踱步，大有一个窝心脚踢踹窦光鼐的光景，刘统勋和纪昀几乎同时一提袍角跪了下去，槐林里众官控背躬腰心胆俱裂早已站立不定，见军机大臣跪了，一片声打得马蹄袖山响，齐刷刷黑鸦鸦跪了一地。

"皇上暂息雷霆之怒……"刘统勋叩头道，"窦光鼐年少气盛，蕞尔卑微小吏，徒逞血气之勇，不习朝廷礼仪，不识军国大体，自有其应得之罪。只是方今天下共庆同喜南巡之盛，皇上宜用包容天地囊括四海之量，小作捶扑教训，使众臣工有所儆戒足矣！"纪昀也忙叩头道："窦光鼐确是迂腐书生，念其平日操守尚好，皇上取其大弃其小，交臣等训诲，或夺职令其闭门思过，不必为此盛怒，致伤龙体……"

乾隆余怒未息，目光睨视着窦光鼐道："沽名钓誉，迂书生积习难改！"

"皇上……"窦光鼐伏地大恸，泣不成声说道，"臣今日原本无资格发言的……然而君父有问，臣子焉得隐匿不言？"

"你早有预备，要直谏而死，置君父于不顾，邀敢言忠直之名！"

"臣不敢……臣没有这样想过……"窦光鼐听着这刁恶刻薄的考语，自尊心像被刀剜一样痛苦，下气泣声道，"臣愿皇上为从谏如流之君，臣不敢以私欲求名邀利之心事君……梁鸿'五噫'之歌之后，易出'三吏''三别'；今日极盛之世，更须防微杜渐，珍惜物力民命……此是公义，不是臣的私意……"说罢躄踊大哭，爬跪几步到一株槐树下，用头"咚咚"击撞那树，一边撞，一边哭道，"恨你不生在御花园！上天怎么偏偏教你生在江南，生在仪征！"偌粗合抱的大槐树被他撞得干动枝摇，桠上残雪纷纷坠地，披黄瀑布似的迎春花枝也簌簌颤抖，待到索伦和几个太监扯过他时，窦光鼐已是血流被面！

乾隆也被这激烈悲壮的场面惊呆了，微张着口，盯视着窦光鼐，他没有想到这个年轻人真的性命相扑硬谏直劝，毫不容让自己的帝皇之尊。"南巡是大局，窦光鼐所谏，也不是细务啊……"乾隆打心底里叹息一声，说道："给他包扎……待伤好后，朕当面训诲他……"说罢，起身便向关帝庙走去……

刘统勋随驾返回仪征，天色已经黑透，城里家家户户彩门悬灯，映得一街两巷通明彻亮，倒还不觉得暗，待到行宫前，一片空寥中只有八盏明黄宫灯幽幽闪烁，化雪后的夜风飕飕掠衣而过，立时便使人觉得黯黑寒凉旷野寂寥。似乎一天繁华热闹都被一下子浸进了冰水里，有点恍若隔世的光景。

送乾隆入宫之后百官散去，因军机处还有几份公文没有处置，刘统勋惦记着还要进去处置，却见福康安手里掌一盏玻璃风灯过来，传旨道："延清公，主子进去前吩咐，明日寅末卯初时牌起驾去扬州，纪昀从驾，其余各官返回原任。刘统勋今晚不必入值，明晨不必请安送行，明日留守仪征，安妥歇息一日，后日再赴扬州行在！"刘统勋忙躬身称是，还要下跪行礼，福康安一把挽住了，笑道："主子特意吩咐不要行礼，说像刘延清这样的臣子，一息一念都在为君上着想，不可以礼貌拘泥。延清公，多咱福康安能得你这么一份考语，福康安就不枉人世一遭儿了！"

"你这就算入值当差了？"刘统勋心里暖烘烘地发热，目光闪烁望着灯光，微笑着道，"……你胎里带的，比我有福啊！到我这年纪，就是有心，能做多少事呢？现在虽说在军机处，其实比不了纪昀尹继善，更比不了你父亲和阿桂，他们年富力强，重担子都挑了。跟着皇上，眼看着一个个也都为国事累得精疲力竭，想多帮他们些都力不能及！好生做，要看你们年轻人的了！"福康安笑道："多谢老中堂勉励！每听父亲和大人们训诲一番，我都觉得自家缺的东西越多，虽想着当卫青霍去病，本事还要历练出来才成。既是您肯成全，今儿我索性撞一撞您的木钟，皇上不肯放我去跟阿玛沙场厮杀，要有去行任里练兵带兵，或者有小股土匪盘踞水窝山寨的征剿差使，请您在皇上跟前美言几句，'就派了福康安最好'，这就足感厚爱。我庄子里奴才在长白山刨的老山参——这么大个儿——足秤八两——送您泡酒合药，准能活一百岁！"

看着福康安满是稚气的脸，虎虎有神的目光，刘统勋不禁点头一笑："真有点闻鸡起舞的气概，使人闻而忘俗！好，你有这个心志，我必定成全——告诉你，蔡昌本（蔡七）一枝花余党七个人已经逃往沂山观波岭，那里原就有个匪寨，和他们早就通着声气的，有一百多个土匪，周匝各县我已经下令堵截——这股子匪人已是穷途末路，把给你来剿如何？"才一百多人？"福康安失望地一撮嘴唇，"那有什么折腾头？"刘统勋听着脸上已没了笑容，说道："庆复就是这样想的，讷亲也是这样想——你这样想，这个差使不能，也不敢给你了。这不是儿戏，不是玩儿的！你该问问令尊，十几万人马打一个莎罗奔——全族老小只有七万上下人，怎么两次败北？"说罢，绷着脸轻咳一声，丢下发愣的福康安径自去了。福康安翕了一下鼻翼，想追，咬了咬嘴唇，一跺脚返回行宫，往军机处来寻纪昀。

这边刘统勋背转脸便是一个暗笑，打轿回到县拱辰台附近专为自己安置的官宅。两个太监早已候在门口，见他下轿，步履艰难显得有点蹒跚，忙打千儿请了安，早上来两个，一边一个挽了他腋下——这都是自幼练成的把式，刘统勋觉得身子顿时一轻，脚下没有飘忽之感，胫臂也没有自己家人挽架时那种使劲着力的束缚意味，轻轻松松便进了正房卧室。里边三个太监也是训练有素，安置刘统勋半躺在安乐椅上，一盆热腾腾的水泡了脚，一个伏身给他洗脚，撩着水从小腿到脚趾细细按摩，安乐椅头两个太监，一个从项到下推揉挤擦，一个一把一把拧了热毛巾给他揩脸，用剃刀细细刮脸剃头，两个太阳穴各扣一个火罐，又用银针在印堂轻轻为他放了几滴血……一时侍候完，刘统勋睁目起身，但觉通体通泰，心清目亮，仿佛一下子年轻了许多，深深透了一口气，问那为首的太监："你叫什么名字？"

"回大人，奴才本名汪声亮。"那太监笑得眼睛眯成一条缝，收着剃头刀逼刀布哈腰儿道，"本来跟的王八耻老公公当徒弟，万岁爷有回遇见问起，说'汪声亮'是狗叫声，就叫犬吠最好，所以小人——大人叫小人'犬吠'也成，'狗叫'也成。"

刘统勋听了不禁莞尔："还是'犬吠'雅训些——愿意到我府里办差不？"犬吠赔笑道："咱们这种人不算人，好比一条狗，养在哪算哪，没个愿意不愿意这一说。告诉爷一句话，宫里太监，要混不到直接跟主子主子娘娘眼面前差使，真连狗都不如。派出来跟大人，那是优缺。怎么说呢？一者说比宫里行动自便，主子少，一层一层的'爷'也少；二者到底是万岁爷派来的，有侍候不到的，大人们总有个担待，比宫里上司客气体恤得多，也不用吃大伙房里黑心厨子的馊饭涮锅水。在宫里混得不成人样儿的，还得不着到老爷跟前当差呢！"刘统勋边听他絮叨边"嗯"，又问："有谁来过没有？"

"来过一大起子呢！"犬吠身边一个高条个儿太监道，"奴才上午打发了，说老中堂随驾去了五十里铺，夜里回来未必见人，请大人们明上午再见——是五六个淮北遭水了的州县官儿。午间过后是少老爷来，请示什么事儿，奴才没敢撺，只说老爷回来怕是很晚了。事体紧呢，晚上请爷过来，不然明早也成。少老爷没说什么就去了。下午来了两个，一个姓裴，是原先扬州知府，一个叫靳文魁，原是扬州城门领，都是已经罢了官待罪听勘的，叫他们走，不走，叫吃饭，又说不饿。奴才没法打发，只好由着他们，这会子只怕还在书房死等呢！"刘统勋问："你叫什么名字？""回大人，"那太监毫不在意地回道，"小人叫'狗娘养的'——太监一律用贱名，这是皇上定的制度。"他指着其余三个太监，"——他叫王（忘）本，他叫单（善）媚，他叫王（忘）恩。老爷随意叫，阿猫阿狗的都无所谓。"他舔了舔嘴唇，神定气闲地站住了身子。

"真个一群好东西！"刘统勋被这一串异样新鲜的名字逗得哈哈大笑，口中兀自喃喃嚼念，"狗娘养的……哈哈哈哈……"几个太监用惯了的名字，倒也不以为异，只赔着讪笑。良久，刘统勋才揩着笑出来的泪道："好，就是'狗娘养的'跟我吧，你们其余的侍候屋里差使。告你们一句话，我这里管着天下刑罚，一错就是人命关天；还有赈灾河工土木兴建，钻刺打点想从这里掏弄银子的也不少。你们规矩着，我极好伏侍的，要和外官勾扯舞弊，刘统勋自己就是内务府大臣，连慎刑司也不用送，就地就处了你们！"犬吠、王本、狗娘养的几个人忙不迭哈腰称是："老爷是今世包老阎罗，奴才们不敢胡为的……"刘统勋觉得此刻精神去得，便穿官袍，已是一脸正容，命道："带我书房里去！"

一到书房刘统勋便是一怔，不但裴兴仁靳文魁在，新任的扬州知府鱼登水，还有四个道员知府衣着的官员都在。因为彼此不相熟，书房是临时设的，既无书籍也无字画，寒暄词竭，都坐在木杌子上喝闷茶。再一细看，自己的儿子刘墉也在书案边枯坐。刘统勋进门，站在门口吁一口气，说道："让众位久等了！今天太乏，回来歇息了一会才来见大家，恕我老病，就是抬爱我了!"众官早已肃立相迎,没口子一片声逊谢"不敢"。刘墉抢出一步,恭恭敬敬打个千儿,小声道:"给老爷请安!"刘统勋皱眉道:"扬州那边都是你的责任,办好差,我自然就'安'了。无缘无故的,到我这里做什么?请个安,就叫孝顺了?"

"回父亲的话!"刘墉小心赔笑,说道,"儿子焉敢荒息公务?晓岚公下公文叫儿子过来的。一是为扬州征收图书,几家藏有宋版书的,听闻张老相公伪三太子被杀,心存疑虑不敢献书,窦兰卿已经调离四库修纂,叫儿子兼理差事,有话吩咐;二是从仪征到扬州,车驾驻跸关防也是儿子的差事,纪公叫儿子随驾伺候,也好及时调度;还有蔡七的事、高恒产业清理的事,要请示父亲;因此连着赶来,早饭都是在马背上胡乱吃的……"刘统勋道:"马背上吃顿早饭有什么委屈你处?到上房等着——我见过这几位大人回去再说!孙嘉淦的《三渐克终疏》上次说让你背诵,仔细温一温,我还要考查你的!"刘墉喏喏连声退了出去。

刘统勋这才转脸对几个听呆了的官员笑道:"兴仁文魁,你两个的事稍放后一点,就在这里候一候。我把他们几位的事料理清楚再谈,好么?"二人忙悚惶躬身,赔笑道:"犯官们当得等候,若有干碍处,我们回避一下可否?""不必。"刘统勋面无表情,一边摆手命众人坐,问道,"你们谁先说?——鱼登水罢,你明天还要随驾。"

"这就是老大人体恤卑职了。"鱼登水在杌子上欠身说道,"还是为涸田的事请示中堂。高恒原来没坏事时,从河督衙门平价批过来一百七十顷地,河工衙门打了三十顷折扣,实到只有一百四十顷,折银二十三万八千两。扬州府库里已经支付,认购业主也向库里缴了银子。逮捕高恒,原来批的扬州府征收一年盐税、关税厘金一百万两自然也成无效批文。现在户部一两银子也不发,业主们又凭地契向府里要地,户部且封了扬州银库,今年各县的养廉银子都发放不出来。盐商们为迎驾乐捐几十万,原就是指着在涸田上头沾点便宜。如今高恒出事,一切妄想落空,下头暗地鼓噪闹事的也就不少。十几个府县官衙,有职分的也都有些耿耿于怀。卑职其实身在两难之中,请示中堂,怎么着设法有所安抚。"

刘统勋听了一时没吱声,盯着烛光出了半日神,问道:"扬州织坊、染坊、漆坊、铁工坊,总计有多少工人,你心中有数没有?"鱼登水怔了一下，说道："卑职才到任，不能备细知道。大约有三千多人吧！"裴兴仁在旁说道："单是织染两坊就有三千七百多，加上漆坊，铁工铜矿工，六千八百多人呢！"刘统勋点头，说道："我告诉你登水老兄，不要只听缙绅的。不是要你得罪他们，我知道得罪这些人你日子也不好过——他们现在是装穷，给你叫苦是让我听的。怕我从高恒案子一层层穷追到他们。涸田的事有专旨，卢焯揽总儿管着，我不但无权管，就有权，也不同意贱卖了！你回去分头给盐商、田土业主，还有扬州各行坊主会议，有借机寻衅闹事的，我拿人毫不手软。有克扣工人工价找补乐输银两，激起民变滋扰圣驾不安的，不以'为富不仁'定罪，我要当他欺君之罪办理——也就同你不客气了。至于官员养廉银子，我给你写批条，你去见范时捷，先由藩库拨给，限三年补足亏空。一句话说白了，不能从作坊工人身上挤油，激起民变不得了；不能从朝廷库银上打主意，弄出亏空不行！去年扬州烂掉三十万担桑叶，为什么不用来养蚕？郡南荒着那一片岭，长的都是荆棘，那是官地吧？佃给穷人，栽上果树，结果就是钱——要从百姓生业上打主意，不要想现成的！"

他连训诫带出主意指点，其实连裴兴仁在任的缺失也都扫了进去。鱼登水原想刘统勋是主掌刑典的，未必懂得财政，至此妄想打消，咽了口水赔笑道："大人指示明白，卑职遵命。只是栽果树一时不能见效，请宽限两年。太紧促了不好办……"

"桃三杏四李五年。"刘统勋毫不怜惜，"可以先栽桃树。山上那么多的酸枣树，枣仁是药材，能变钱；安庆人在酸枣树上嫁接大枣，一亩能收四百多斤，运到南京风抢一空，不是钱？"

"是，是！卑职真的想明白了，一定想办法广生财路，只要有利民业民生，减少库银支出的，能办的立即就办！"

"这就对了——扬州这地方用官场的话说，是富得放屁油裤裆的肥缺，有闲人有闲地就是官员失职。有亏空更是不许！你可以传话给那些有钱主儿，有哪个作坊工人叫歇闹事的，刘统勋在此，杀这些刁顽之徒我毫不手软！"他瞥一眼裴兴仁和靳文魁，"我知道有些事是前头拉屎你来揩屁股，你给我揩干净些儿！我也帮你，有些荒坡山地，一时不能见实益，可以种药材，一种是止血跌打损伤的，傅恒有多少要多少，那是从军费开支。一种是防疫避瘟的药，傅恒要，受灾地儿也要，由户部开支出来收购，听见了？"

此时鱼登水真是茅塞顿开，已是喜动颜色，忙道："一定懔遵中堂宪命！送驾到府，我即刻区划筹办，还可再议议别的生财之路。"刘统勋却对众人道："也是对你们说的，淮北虽然被水，河淤之田肥似油，庄稼没了种药材。傅恒来信，金川地气湿潮，兵帐里要铺芦席，大水连芦苇也淹死了不成？还有巴茅、高粱稭莛儿，编囤粮的囤子，也是军用……总之百计生方儿自行救荒。赈粮朝廷当然也要出的，安徽那边已有了旨意，受灾人均六钱银子，义仓里粮用了，粮食从兵部军用存粮陈米调拨，除了种粮，每人可得口粮四斗七合，加上自救，春荒不致有饥馑。皇上前脚回京，后脚饿死人，出饥民群，我就要唯尔等是问！"

"是！"

淮北的几个道府官员被刘统勋灼人的目光逼视得心里噗噗直跳。淮安府知府嗫嚅了半响，小心下气说道："敝府地势低洼，现在积水不退，已经有了饥民群，现在靠官设粥棚过活，又有保甲里连坐官府管制才没有外流。请大人给卢河帅写封信，用作修河堤民夫，水退之后再回乡照老大人方略自救。卑职再三想，我府治淹得太厉害了，淮安城外水深三丈啊！一路过来，百姓连野菜也没吃的村子有二十几个，吃观音土，胀死的人埋不及！一是不管哪里，急调一点粮食顶一阵子，二是防瘟防疫的药赶紧供应，这雪一化天就暖了，病气一传不得了！"

他说着，刘统勋已不言声起身，至窗前案上援笔濡墨，说道："实在对不住——你老兄贵姓台甫？""不敢！"那知府忙道，"卑职叫杜鹏举。"刘统勋即挥笔写道：

> 时捷吾弟：淮安府急需用粮。彼府杜鹏举来告，百姓且有食观音土者矣！今令持此函往弟处，即以急赈公务料理，务期五日内赈粮运至灾区。切切在意。即颂台祥！刘统勋拜书

写完，将手条交给杜鹏举："你去见范时捷——还有你们几个淮北来的，大约也为的粮食吧？就说我的话，让他一并统筹。——你们还有别的事没

有?"几个道府官便一齐起身打千儿辞别,只一个知府说:"高家堰在卑职辖区,现在卢河帅要重修,两个村子搬迁,百姓们把我的堂鼓都砸破了……"

"你去吧,去见卢焯。这是有定例出项银子的,由河工调拨。十补九不足,我知道,真不够用,让卢焯和我说话。"望着众人辞出去的背影,刘统勋又追着说了一句,"饿死一个人小心你们顶戴——我要派刘墉去勘察的!"不待众人回身,已转过脸来,稳稳坐在椅上目视裴靳二人,却不急于说话,缓缓从怀中取出一个扁琉璃瓶儿,皱着眉头喝了一口药酒,定着神,似乎在等着药力见效,又似乎积聚着力量准备训斥二人。他浓黑的扫帚眉下三角眼深邃得像黑洞,闪着两点刺人的微芒,额头和项上蚯蚓样的筋绷得老高,黑红的脸庞在灯下油亮闪光,腮边的肌肉时而抽搐一下。这副模样,就是无罪的人也觉得看了心悚,裴靳二人低头不敢看他,真有点如坐针毡的味道。

"知道叫你们来为什么?"良久,刘统勋才问道。

他开口说话,二人才好似从酷刑中解脱出来,两个人同时抬头,又躲闪着他的目光低下了身子,裴兴仁小声道:"犯官们有罪,老中堂要处置发落我们……"

"就你二人的行为而言,太无耻了,真是罪无可逭!"刘统勋吁了一口气,"扬州百姓满街唱,'靳文魁裴仁兴,绿帽子红缨顶,拼着老婆攀高恒,盐税涸田两头空,奸诈似鬼头发蒙,又赔夫人又折兵……'很好听么?"

两个人听着刘统勋一字不拉背诵儿歌,臊得脸像红布似的低下头。靳文魁讷讷道:"回……回……回老中堂话,实在……不中听。不过……说句实在话,是我们犯了晦气,该当的倒霉!那两个婆娘都是从春梅阁买来的婊子……"他突然心一横,说话也流利了不少,"这是现今官场不宣之秘,并非只有我和老裴这么不要脸。您到福建访查一下,官员升官只有两门——不走黄门走红门!彰州县令古而信,境里出盗案要处分,连正配夫人带三个妾送去按察使那打三天雀儿牌,盗案改了窃案,而且拿贼有功报卓异,湖州、吴江、无锡、常州、镇江……我不是攀咬,他们的出身连个秀才也不是,官怎么上去的?老大人只要一查就知道了。""我们也都是读书人,这么无耻自己也知道的。"裴兴仁口气中略带着忿忿,"就是人比人气死人！就我的本心，拼两个婊子哄高八舅子，盐税关税厘金，还有一百多顷涸田，扬州府借着迎驾，财政一下子就活起来了，并没有想着攘塞自己腰包儿。老靳说的没假话，您老到南京藩司衙门微服访一下，铸钱局、藩库厅、赈灾局那批人，不但妻妾，连儿媳、女儿、小姨子都供奉了上头——上头无耻，泔水缸似的，扒灰的、血扒灰的，姊妹姑姨一概混账杂烩汤，大伙儿聚会吃酒弄屁股贴烧饼，那是什么样的'无耻'——没说的，总之是我们无耻得倒霉就是了——"

"别说了！"刘统勋听得头涨心跳，一捶椅背打断了二人诉苦叫冤，想掏药瓶儿，颤着手半途又放下，呼呼吁了几口粗气，咬了咬牙，半晌才无可奈何地说道，"善有善报，恶有恶报……不说他们，先说你们的事……"

第十回　老牛舐犊父子情深
　　　　少年盛壮图报重恩

　　刘统勋不说"处分"，说"事"，裴兴仁靳文魁大觉意外，不约而同抬起头来，诧异地看着刘统勋。

　　"我查阅了你们两个吏部的考功档。"刘统勋叹息一声说道，"裴兴仁在淮阴任上，率民工护堤，决溃后带三百营兵，亲自下水堵决口，保住了十三个乡不遭洪水淹没。淮阴人听说你出事，万人联名折递北京保你。还有，在江宁兴修水利，植桑二十顷，口碑也还好。靳文魁行伍出身，西海一战带二十骑踹了罗布藏丹增三个营，因年羹尧败坏出事，没有叙功。跟岳钟麒鱼卡之战身受七创死战不退，保功在案的……"他没有说完，裴靳二人都已听得涕泗滂沱声哽气咽，抱头坐着浑身战栗抽搐，直要放声儿。裴兴仁用手捶着头，哽着声泣道："我是枉读了圣贤诗书……老中堂您别说了。我自己败坏了自己，这罪有什么可逭的？……"靳文魁满脸是泪，也是哽咽不能成声："请朝廷还叫我充军去，我有武艺，还能出一把力……"

　　刘统勋也不胜慨叹，说道："说是水至清无鱼，这也忒浑浊了些。官场浑浊到这一步，实在远出我的意料之外，我也不能特特地责备你们独清。念及你们昔日劳绩，行为卑污但不全为了中饱私囊，与贪污纳贿终究有别。阿桂中堂有信，请从轻处分，岳钟麒也保了靳文魁。酌情再三，这么一直拘押下去也不是事儿，我请旨将你们革职留任，皇上说'他们在扬州名声败坏，已经无法留任'，派你们到军中，到傅中堂麾下效力，你们怎么想？"

　　"愿意！"二人几乎同时说道。因话里夹着乾隆旨意，忙都离位叩头。裴兴仁道："这是皇上如天浩荡之恩，臣敢不勉力效命以赎前愆！"

　　刘统勋掏出怀表看了看，已是将近子时二刻，因惦记着刘墉还在堂房等候，便站起身来，说道："要嘱咐的话太多，得从三字经给你们起讲！归拢起来，洗雪耻辱只有两样东西，一是功劳，立功再立功，加上第二，就是时间。从兹之后一直立功建业，人们才能把你们的丢人现眼的尴尬事看淡了，渐渐忘去了——到四川傅中堂必定还有一番教训，你们听他的就是了——我已经下条子发还你们财产，回去安顿一下家属，三天之后启程——去吧！"二人一迭连声答应着起身辞去。刘统勋送至书房门口便住了脚，因见刘墉站在门外冬青树下，便问："你怎么不在上房等候？"

"父亲在这边忙碌，儿子在上房闲坐着不安。"刘墉说道，"再说，那几位太监侍奉得忒殷勤，儿子也消受不得。"

刘统勋看了"狗娘养的"一眼，不禁一个莞尔。他本意也心疼儿子劳乏，让他休歇一下，谁知爷两个都是不会享受的，因道："回去坐着说差使太气闷了，陪我一道儿散步走走吧。"说着移步出来，因见西院月洞门口挂着一盏米黄西瓜灯，门外雪景绰约，是座小花园，便踱了过去，刘墉紧随父亲，在侧畔照应，"狗娘养的"只遥遥尾随他们爷两个后头跟着听招呼。

已经不记得有多长时间，父子两个能这样清夜悠游闲适逍遥地一道相处了。他们既是父子，又是上下司，一个极品大员，一个司道小吏，按官场制度原本应是回避的，但乾隆特殊信任，免了这一层。父子同部，办的又是同一差使，偏两个人都是自觉受恩深重，拼着鞠躬尽瘁为朝廷奔走效劳的。自离北京，同负乾隆巡幸扈从安全责任，密弥相处，比在家中见面说话时辰还多，却从来语不涉私，说是父子，毋宁说更像上下公事往来。此刻，满天的莲花云像一幅彩绘画图，一轮亏蚀了少半的月亮在云中缓慢穿度，将花园亭子、修竹茂林和塘边厚厚的残雪镀了一抹水银似的光。静极了的子夜更深，一丝风也没有。池塘里的水是深黝的藏蓝色，曲曲折折的卵石小径是青白色，高低错落的房舍在凄迷朦胧的夜色中隐显不定，给人一种跳跃游浮的感觉。时而云遮月晦，一切又沉浸在迷蒙徜徉飘忽不定之中。父子两个都觉得有很多话，又觉得什么也不必说，心里都有一份温馨贴切的亲情。忽然，刘墉一把扶住了父亲，说道："父亲，水洼！"

"你到底年轻，我的眼神是愈来愈不中用了……"刘统勋已是一脚踩进水洼里，忙抽出脚来，"黑泥白水紫花路①，连白水都看不清了。"刘墉道："父亲其实还在盛壮之年，只是苦熬做事太认真了。儿子一直想劝您，学尹

---

① 雨夜走泥泞路经验。

继善，学张衡臣年轻时候儿；别学傅六爷、孙嘉淦和史贻直——傅六爷别看身子骨儿好，这么着干下去，几年下来就挺不住了。""从你眼里早就看出你想说的这些话了。"刘统勋道，"不说这个。一个扬州防务，一个蔡七等人下落，你的差使怎么样？"

刘墉默然了一下，说道："扬州关防是水旱两路并重。旱路布置和南京一样，善扑营官宿卫，内中随驾二十名侍卫，城内是扬州府和扬州镇守使衙门负责，城外由南京总督衙门调了两棚绿营，福建将军行辕也是两棚，分成两层，各不统属在城外两层布防。太湖水师调来一个协镇指挥，三百艘划艇归他指挥，水手三千，布置在瘦西湖和各水汊港湾。遵父亲的令，全部水师一律扮作民船，入城军士都是暗哨。吴瞎子住瓜洲，负责制约粮盐两漕，青红二帮；黄天霸的七徒弟黄富光原就是吃扬州地面的地棍，和现在扬州码头龙头陆金生拜了把子，黑道传令皇上南巡期间只准小窃，不准格打械斗撬门别锁入户大盗——黑白两道其实都走通了，皇上安全可说是不会出大差错的。"

"我听着也罢了。"刘统勋在暗中满意地点点头，口气却枯巴干瘪，没半点表彰的意思，"怎么鱼登水告诉我，他衙门里还拿到二十多个无业游民——在行宫附近窥探？"刘墉一听便笑了，说道："水师也拿有漕帮的人，几个码头也拿有洪帮的人，黄天霸的十三太保还被青帮捆了一绳子——这是防区界划边缘常有的事，都是护驾的，都要争功劳脸面，各道又不相统管，自己人拿了自己人，闹出笑话儿——这是儿子的责任，这阵子都忙到协调各路人马上去了。"刘统勋问："蔡七的下落呢？还有林爽文？"

刘墉轻咳一声，低头思忖片刻，说道："蔡七是个土匪，岳濬在沂山剿了几次，山太大，山洞也多，当地百姓有自己就是暗匪，有的通匪，几次攻破寨子连个匪毛儿也不见。招安给他个县尉，照样暗地作案，吃馆子嫖堂子无人管束得了，后来索性砸了县库携银逃亡，投奔了易瑛。现在这个无主游魂劫了两次漕船，又砸盐船，只弄了些吃的，银子只抢到不足三十两，青帮的人尾追，已经又逃回山东，迷失了踪迹。昨日快报递过来，有人在微山湖见着了他，我已知会山东臬司速查速报，在微山湖四匝布网捕拿。林爽文不在其中，他有妖术，能撒豆成兵，布道传法施药，在台湾很能蛊惑人心。山阴县令其实已经拿住了他，槛车解往南京，路过恶虎滩，无端地涨大水，冲走了押解的衙役兵士，被他从容破槛而出不知去向……"他低眉沉思，语气沉重地说道，"一枝花余党胡印中、雷剑没有捕获，儿子心中不安。现在不怕他们活动，一活动就知道了，担心的是这几个恶逆年纪都很轻，潜伏待机就不好办。"

"你虽然现在还是微末小员，皇上特简直拔，其实是拿你当大员使用的。"刘统勋缓缓移动着步子，望着塘中荡漾不定的云影浮光，声音显得暗哑沉重，"能虑到贼人'潜伏待机'，这有点眼光了。皇上御极'以宽为政'是什么意思？就是滋繁生业，一是太平，二是富庶。这两条自盛唐至今，都是登峰造极。不错，如今是盛世，也可说是极盛之世；随之而来的，怠堕淫佚荒唐败坏也是前所未有！你是读过二十四史的，文景之治而后是什么？王莽之乱！开元之治而后是什么？天宝之乱！可以松懈的么？皇上即使南巡——这本就是大局——大局套小局武备文事凡百政务，每天还要料理六七个时辰，傅恒阿桂纪昀尹继善还有我，哪个不是累死累活？你说尹继善，现在他通宵失眠，强支着场面'潇洒'。君相昼夜不息处置国务，为的什么？就是维持这个局面，使'潜伏待机'之徒无机可乘！你劝我休息，不但我不受，我还要命你学习阿桂傅恒——我爷们世受君恩，不敢休息啊！"

刘墉听得心里一阵阵紧缩，又一阵阵发烫，沉重地说道："儿子明白了。孙嘉淦病重，儿子去探望，病榻上喘息着说，最怕儿孙不肖，变成不堪一击的纨绔之徒……如今富穷悬殊太大，是无药可医的隐患；田土兼并太厉害，也是无药可医；甚至儿子想，吏治糟污不堪，贪官污吏似乎也是前仆后继，斩之不尽杀之不绝，纪公说这也是'野火烧不尽，恶风吹又生'！再下去就是政以贿成，宋明亡国殷鉴不远，思之令人不寒而栗……""政以贿成现今已经有了苗头。"刘统勋在暗处，只能看见他苍老的侧影，说不清是什么口吻，"地方官想为任上办点实事，光明正大地办竟不中用，塞钱走路子钻刺大员走好友同年的门子才成。不过，眼下几位军机大臣似乎还没这个病。皇上很器重你，你要在修德上多用点心。一味在办案上用功夫，不读书不养气，就会变得庸碌琐屑。讲句功利的话，至多你就算个循吏而已，岂是丈夫抱负？"刘墉听着听着，已知他端起父亲身份，忙躬身道："儿子记住了！"

"你也不容易。"刘统勋看着儿子已经微微驼起的背,轻轻叹息一声,"你职位太低,指挥着许多比你官爵高得多的人。皇上几次要升你的职衔,是我挡了——这不是我矫情,官升得太快,你本就树敌甚多,更易成众矢之的。你能事事办得周全?你如今情势,暂且处于低位多办差使,于你有好处——你比不得福康安,落草就是富贵根基。我看福康安也是好的,只是性躁些,聪明是聪明绝顶了。你一是小心快牛破车,二是懂得谨慎始终就好了。这话也是对你的告诫,明白么?"

"明白,儿子明白。"

"福康安就要回京了。"刘统勋道,"你这边布防各项差使,交给范时捷——不许有疏漏!——你,还有黄天霸和福康安同路。"

"福康安不是已经入值当差了么?"刘墉惊讶地问道,"再说,儿子这边熟手差使,怎么也随着回京?"

"你位分太低,儿子。"刘统勋两眼瞳仁闪烁着,止步望着周围一片模糊景致,"位低而权重,要懂得韬晦,让些功劳给别人,才称得起个雍容大度。一路跟福康安,他有观风巡阅的差使,你能帮着他些,自己也得历练。我已经委婉写信告诉了阿桂。阿桂奏准皇上,调你回京查办圆明园监工盗料私卖案子。你不要小看了阿桂年轻,又是满人——了不起的读书人,一点就透的聪明人呢!"他突然觉得自己嘴碎,有了点张廷玉的味道,顿时打住,警觉地想:说这些做什么?我今个这是怎么了?绷紧了嘴唇,冷冷说道:"就这些话,你好生在意。"

前面是一带花篱,丛生的月季刺玫编成人来高的花洞,蜿蜒围了池塘半匝,穿过去,便离进入花园的月洞门不远了。此刻月辉稍明,疏落的月季枝条上挂着未化尽的残雪,被月光镀了一层银灰色,像被谁用濡了水又蘸了水银的笔,大写意勾勒了几笔,灰的褐的白的褚的各种色调毫无章法却又天然混成远近错落交织在一处,模糊神秘,令人愈想看真切愈看不清楚。刘统勋便不再向前走,默默踅反身来,顺原道往回走。至月洞门口,不无留恋地扫视一眼花园,自失地一笑,说道:"我在你这年纪,最喜爱这样的夜色的。月光太明亮,反而不得。"一眼见犬吠挑着一盏西瓜灯站在门内迎候,"狗娘养的"也陪站在旁,叹了口气道,"不要过来侍候了。回去侧房里歇着吧。我也要早点歇息,明日早晨不要过来请安,白天一整天我都在这，你过来我还有话仔细吩咐。"

"是！"刘墉忙躬身道，"不过孩儿不能在这里过夜。黄天霸还在孩儿馆院里等着，孩儿回去还要有所布置。"

"去吧，去吧！"刘统勋甩手伸欠了一下，趔身向上房走，又回头吩咐一句，"明天可以晏起一点……"

刘墉一直目送父亲背影消失在二门后，这才转身出了刘统勋临时官邸。向南两箭之地，又趔进西向小道，坐北朝南一个小四合院，便是他的馆地。一进门刘墉便是一愣：不但自己住的上房灯烛辉煌人影幢幢，两厢黄天霸和他徒弟十三太保的住屋也都灯火明亮，连门房东侧的大厨房也亮着灯，似乎在烧茶，热气腾腾顺门袅袅而出。黄天霸在上房早瞭见刘墉进来，忙挑帘出来迎接，谦卑地打了个千儿，称呼却仍是老称呼："少老板回来了！标下恭喜您呐！"接着他的徒弟都从各房过来，贾富春打头，以下朱富敏、蔡富清、廖富华、高富英、梁富云、黄富光、黄富宗、黄富耀、黄富祖、黄富威、黄富扬共十二人依次排序在天井站定。黄天霸为首，一齐向他躬身施礼，一个个也都眉开眼笑面露喜色。刘墉不解地问道："快四更天了吧，怎么都没睡？我们日日见面，怎么闹这么一出？"

众人都笑而不答。刘墉正自懵懂，福康安已从上房挑帘出来，还有两个小苏拉太监一边一个掌灯，径在滴水檐下站定。福康安戴着簇新的大帽子，水晶顶戴熠熠闪烁，八蟒五爪袍子外套白鹇补服，踏着靴子稳稳站着，一本正经说道："皇上有旨——刘墉跪听！"

"臣——刘墉！"刘墉万万没想到这个辰光还会有旨意给自己，思量方才众人光景，绝不像是坏消息儿，饶是如此，仍猝不及防一阵心慌，提了袍角跪下伏地行礼，心中兀自噗噗直跳，"恭聆圣谕！"福康安嘴角掠过一丝孩子气的微笑，故作庄重从太监手中取过圣旨，徐徐展开读道：

> 皇帝制曰：元首明股肱良，社稷福祥也。尔刘统勋、刘墉父子佐朕理治，忠勤公能，素为朕所深知嘉许，且为内外臣工所同仰，即闾闾衢巷野老百姓道路共知。惟尔父子份属同僚公私一体，朕屡欲特简升擢刘墉，刘统勋皆引回避之论代其子刘墉逊功谢辞矣！朕思国家抡才制度，惟公惟义耳，岂得因统勋为朕重臣乃掩其子

之功？然统勋忠敬真诚，朕素稔于胸，亦不欲过拂其意。今着福康安宣旨，刘墉着加两级，晋太子少保，赏礼部侍郎衔，仍在刑部谳狱司暂任原职。即以巡风观察使，与福康安阅查安徽、河南、山东、直隶诸省吏情民政，俟朕返京后引见述职。钦此！——此旨抄发军机处诸大臣晓知，并各省总督巡抚将军提督，吏部存档。御笔又及。

刘墉伏地静听福康安琅琅诵读，只觉得胸中气血涌动，五内俱沸。此时忆起自一枝花劫夺皇纲以来，自己受命随父破案，驱驰数省，潜伏南京，侧身于江湖黑白诸道，辗转在一群官高权重的贪官污吏之中，无昼无夜辛劳办差，种种委屈、疲惫、心倦神劳，种种沮丧无奈……都在这一道旨意中融化消散。细思乾隆这些话，竟比自己暗夜反侧自诉胸臆还要堂皇贴切温厚情深。福康安没有读完，他已是泪流纵横，哭得软倒在地，哽咽不能成语，说道："臣……臣何敢当圣主如此眷爱，惟……惟有粉骨糜身……忠勤报主……继……继之以死而已……臣谢……谢恩……"

"崇如，旨意已经宣读了，请起。"福康安没有想到这道旨意会引得刘墉如此动情感伤，原先还微笑，见他伏着身子瘫软得竟一时不能起身，忙将旨本递太监手中，下阶挽起刘墉，"这是旷世恩典，天大的喜事嘛，该欢喜高兴才是。怎么这模样儿？……说句心里话，我真羡你。老延清公放手督责你办差，有这个展才的用武之地。二十五岁，由进士而翰林、而主事、而观风使，六品官当了东宫少傅，全凭自己真才实学做得来，一点也不沾父亲的光，谁个不服？"他突然想起母亲，真有点老母鸡翼卵护雏似的"维持"自己，说了句，"我额娘……唉……好在这回冲出四合院，我也'天高任鸟飞，海阔凭鱼跃'了！这一路走，咱们一边散心玩儿，一边实办几件事，跟你好生习学学……"

刘墉已经恢复了平静，听到"一点不沾父亲的光"，又联想到父亲的话，自己追捕易瑛、火焚观枫楼一举歼灭，要招多少人妒忌？查处高恒钱度两案，扳倒一个国舅两个侍郎，都是举朝闻名的红极要员，其中勾扯丝连，明的暗的得罪了多少惹不起的人物！果若论功赏职，不啻于被推进一群饿狼之中任人撕咬！真的明白这一层，刘墉不但对父亲的舐犊之情更其切肤感受，就是那份宰相度量城府之深也使他佩服得五体投地……听福康安感慨谦逊，忙拭泪笑道："瑶林少年英雄豪情壮志，正是公瑾当年英姿焕发之时！兄痴长几岁，自思是个庸碌之材，只是个以勤补拙罢了，怎么能和您比呢？"福康安只是笑，随刘墉进屋落座，对黄天霸道："就是我方才告诉你的，既然都布置妥当，就照你的主意，老朱掌总儿，富光负责协调这儿的江湖朋友维持局面。皇上在南巡期间各处太平，大家的差使也就算办好了。江南和北方不同的，富庶是不用说了，一是离北京远，二是各类工场作坊多，工人多，行帮多，三是和外洋来往多，奸诈屑小之徒容易串连闹事，有些不明事体的读书人还在那里妄分华夷满汉之别。不出事则已，出事就不是小事。"

"是，福爷说的标下都记明白了！"黄天霸永远是一副谦恭里带着自信的模样，"少老板——不，刘少傅已经几次会议，和爷教训得一样。这次皇上如天浩荡之恩，破一枝花案子按野战军功记赏，并不单为拿了几个贼，也是皇上期望我黄家一门在江南多为朝廷分忧！这是刘太傅少傅的抬举，也是众弟兄子弟帮衬得力。他们——"他指着手下十二个"太保"，"最小的也叙功晋了千总，我家老爷子听说我封了车骑校尉，在祠堂给祖上上香，自古镖行艺馆人家，这是江湖上从没有过的荣耀！要是辜负了皇上大人这份重恩，叫我黄家一门断子绝孙。爷，您只管放心！"他顿了一下，又道，"我思量了一下，除了我跟爷们，带上黄富扬，他武功不是顶尖儿的，但江湖上趟得熟，心思也灵动些，一路照应也方便，二位大人看成不成？"刘墉便看福康安。福康安问道："哪个叫黄富扬？"

站在队末的一个黑瘦矮个子应声而出，却是一脸痞子相，窝鼻稀眉挤巴眼儿，伶伶仃仃浑身带着利落又有点猥琐，似笑不笑说道："标下就是！请福爷训示！""很好！"福康安笑道，"有点时迁的形容儿，偷鸡摸狗的勾当恐怕少不了。一边和易瑛打，一边号啕大哭的，就是你吧？"黄富扬眨巴着小眼笑道："爷眼力不差。小的江湖外号就叫赛时迁，偷东西本事江南第一字号，本就是个贼出身。不过如今做了官，已经改邪归正！"说完近前给福康安打个千儿，顺便拽拽他袍角，咻着气儿笑道，"爷的袍子角儿沾了泥巴……"将手一举，不知这肮脏瘦子什么手法，福康安腰间御赐的汉玉坠儿、荷包、袖子里的一把金瓜子儿竟都被他偷去！福康安不禁目瞪口呆，黄富扬一样一样把赃物往桌上放，嬉皮笑脸道："给福爷瞧个把戏，小的下不为例！"黄天霸沉了脸，斥道："你卖弄什么？退下！"黄富扬一缩脖子答道："是！再不敢了！"福康安呵呵大笑，说道："好！就是你，跟我们一路走！"

黄天霸不禁一笑，因听见远处鸡鸣，哈腰儿对刘墉说道："是四更天了。福爷这会子也不好进里头缴旨；少傅今个儿连晌觉也没歇歇；依着标下，这上房东西两间都收拾得干净，将就困一会子，天也就亮了。明个——不，今个爷们还有一天忙活的，留扬州的这几个徒弟，标下也要细细再安排一下差使。爷们没别的指示，我们好退下了。"见刘墉点头，黄天霸和众太保略一行礼恭肃退下。

屋里只剩了刘墉和福康安。两个人都错过了困头，不想到床上辗转翻个儿，对坐在安乐椅上各自出神。他们早就相识的，刘墉在京时常去傅府，不过那是去见傅恒送案卷回事请示，福康安只是个挂名侍卫，厮见寒暄一礼而已。福康安天潢贵胄相府公子，养就的贵介气质，礼敬刘墉，并不为是刘统勋的儿子，倒因刘墉两榜进士点入翰林的份上居多。真正刮目相看，还是因这番江南之行，刘墉居中指挥调度，将纵横七八省，朝廷几次举兵没有扑灭的一枝花教众一举犁庭扫穴连根拔除，这份能耐这份咬牙定心的忍韧不能不令人佩服！在刘墉眼里，一向看福康安是个天资聪颖不甚安分的公子哥儿，待知他违抗母命千里寻父请缨前敌，从北京一路赶来道途惩贪济贫种种行径，这般样儿的满族少年子弟竟是开国以来闻所未闻，也不免暗自嗟讶敬佩。此刻漏深孤灯之下，一个是机敏老成干事练达的青年，一个是生气勃勃心高志远的少年，受命同办一差，即将同行同住，对面兀坐，似乎都有许多话要说要问，却毕竟平昔交往不多，都有点矜持，也不知话头从哪里说起。两个人都沉默着。这正是临曙之前天光最暗的时辰，只能听到远处似乎被压抑的鸡鸣声隐隐传来，暗风鼓窗，青白色的窗纸一翕一张，发出枯燥单调的窸窣声……

"瑶林，"刘墉打破了沉默，"你是天子近臣，又是宣诏使节，仔细推详旨意，这次'观风巡阅'，刘墉自然要以你马首是瞻。万岁爷降旨时必定还有详明安排，巡阅四省吏情民政，其实连刑政财政军政也囊括在内的，不知以哪个省为主，哪项政务为主。是单巡风折具条陈上奏，还是就地就时处置。多大的权限范围。这是要心里清楚的。"

福康安身子向前一倾，笑道："你可真能沉住气，憋了这么一阵子才问，万岁爷有详尽旨意——你别站，我不复述万岁原话，只领会要义，领会错了是我的责任。明天万岁没工夫召见我们，两天之后我们从瓜洲北上，主子还要再接见一次。这只是给贤兄闲吹风——第一，是以你为主，我是跟你学习办差，但我也有一样的观风使身份；第二，观风，东西南北'风'，连旋风都观，但若不是台风，只观不理。机断处置权，一般钦差都有，我们自然也有；第三，也有个'历练'的意思在里头，所以我们微行，并不给各省督抚知会诏书。这样才能见到些真'风'。总归起来一句话，主子对你我期有重望！"他目中瞳仁在灯下晶莹一闪，又显出与他年龄极不相称的忧郁，"皇上说……他累极了，累到骨头里，累到心里……到江南先住毗卢院时，北京南京诸般联络没接通，也就松泛了三五日。待到太后老佛爷驾到，本想陪着宫眷寻个清静去处'躲几日公务'，谁知竟是没个'去处'。除了北京转过来的奏折照批，该见的人一个不拉还得见，还平添了许多人事料理。地方官，佐杂官，缙绅，退休老臣，拜祭明陵，夹着大案一波不平一波起，竟比北京紫禁城里还忙了十倍。说无论如何也要陪太后疏散一下，去看看'槐抱迎春'，又冒出个窦光鼐，当众以头触树死谏！——皇上心里不是滋味啊！"他连复述乾隆公务繁忙，其中夹带着对二人的指使，还有他自己的感慨，纯粹的款款谈心。刘墉仔细听着，心里甄别着哪些是该自己办差留意的，哪些地方该在接见时应对，又怎样向军机处回报皇上这些旨意。听到后头，福康安已说得混成一片，无法斟酌，不禁一笑，道："这些内情，窦光鼐一个外臣未必知道，他也是一片用心良苦啊——皇上不会军流了他吧？""你说到哪里了！"福康安一哂，说道，"皇上还夸窦光鼐来着！"

刘墉睁大了眼睛。

福康安回忆着乾隆说话时的神气，慢吞吞说道："皇上说：'窦光鼐此举不为无过。孝奉母后，是垂范天下的大典；看槐抱迎春，和游莫愁湖是一样的道理。有奇异景致，寻常人都能来看，为什么朕的母亲就不能？这是读书读迂了，见小不见大——但窦光鼐朕取他的良苦本心，取他的胆，众人皆唯唯，惟他敢谔谔，这一条难能。太后和皇后要朕升他的官，朕说，只能取其心，不能取其行。都像他这样放纵，会有人碰朕的须弥座怎么办？所以这样人不能升他的官，只可信赖就是。然而，现今这样的臣子是愈来愈少了……"

福康安恰到好处地煞住了。其实，乾隆的原话里还有："文死谏，武死战，廿四史中多有奖赞，《儒林外史》里还有为了一个死得'好题目'的，逼着未嫁的女儿饿死殉节，这里头有矫情，也有沽名钓誉的。过于抬举窦光鼐，容易激起汉人这种恶习，不是满洲人的福气。福康安你记住，国乱出忠臣，板荡识英雄固然不假，但出了忠臣，就是君昏国乱了，识得了英雄，天下板荡了，那是格言，不是祥瑞。什么时候儿大清出了屈原、岳飞，出了海瑞抬棺上朝，那就是天下局面难以收拾之时了！"但面前的这个刘墉，也是汉人，一脑门子忠荩以死报国心，这话说出来，他觉得不好，舔舔嘴唇，抿住了。

但这些言语对刘墉来说已经足够品味的了，大体与小局，宽仁与约束，孝与忠，心与行，把乾隆犀利睿智的识见和周详缜密的思维放在心里掂量着，他已坐直了身子，咀嚼着，久久才道："今晚是没觉睡了。瑶林弟，我们商计一下，把差使分分类，看先办哪一件。回头皇上召见，你来应对……"

第十一回　智勇妇智勇脱缧绁
　　　　　伶俐童伶俐返金川

　　莎罗奔的夫人朵云得脱图圄，恰是乾隆车驾离开仪征赴扬州行在之后三天。刘统勋遵旨在仪征停留一天，又一次接见了裴兴仁和靳文魁；又给傅恒写信，转述乾隆在五十里铺关帝庙交代的金川军事机宜，命傅恒"严备缓进，不作孟浪之举，不图侥幸取胜，一切机断毋失战机，'上将军在外，君命有所不受'"诸言语都写了进去；又发文给尹继善、岳钟麒，"全力援手傅恒，勿使莎罗奔逃亡青海入藏，秘密监视回部霍集占动势，随时用六百里加紧报江南皇上行在。"留在仪征回报差使的海关道、铜政盐政司官、圆明园采办司堂官，回报黄淮汛情及黄运两漕堤岸河泊事宜的官员也有几十号人，连听带指示，直忙到天黑。又担心刘墉抽出来办外差，扬州防务有所疏失，便不再滞留，当夜起更便命轿赶路去了扬州。

　　此时仪征县中，别说是官府，就是寻常百姓家，为接这个"驾"，先是丹垩粉饰大兴土木，沿街破屋平毁旧房刷新，里保一日三催洒扫庭除，"内外整洁纤尘不染"，出工修路垫土结扎彩坊，香花爆竹酒食点心……比过年还忙了十倍。此刻御驾东去，大员走尽，城中官商士民一口气松下来，竟是人人神疲个个力倦，一座城都累，像收了戏散了集，又像刚吃过一席满汉全席①，人人都有点大病初愈的样儿，一脸臆症相，走路都晃晃荡荡。

　　押运朵云的槛车进城刚刚过午。因她是"钦犯"，巡捕厅堂官接到按察使手令"押朵云至皇上行在御审"，想想自己不能擅离南京，江南省臬司衙门因主官都从驾护卫去了，衙门里已经无职官可委，恰南通县令姚清臣到省说案子，就腿搓捻儿说："烦老兄走一遭儿，皇上就在仪征，路不远，朵云又是女人，拘押以来很安分。押到交给刘墉刘大人就算完事儿。其实你

①　满汉全席：满汉全席礼仪繁琐菜蔬品种极多，一般要连吃数日，人不堪其乏累。

只坐个纛儿，我再派两个衙役跟着。人家是钦犯，没个官跟着不好，是吧?”姚清臣只是个七品芝麻官，也想乘机单独见见刘墉，甚至能见刘统勋也未可知，就一口答应了。

日头刚错西，槛车进了城。说是“槛车”，其实朵云不枷不捆，车上还有席棚挡风，安生半歪在车里，一副听天由命的架势。街衢里巷晃晃荡荡的闲人倒是也有，稀稀落落的不成群儿。姚清臣先到驿馆，打听清楚刘家父子已去扬州。此时大伙房里已经开过饭，他是小官，不敢放肆叫重做，于是和三个衙役里的头儿莫计富商议：“到街上馆子里胡乱吃一口——自然是我出钱。然后咱们奔扬州，交割了人犯，就便儿瞧热闹儿，放你们两天假，我给你们赵堂官写封信带上完事儿。”莫计富自然无话说得。

谁知走一家店铺关门打烊，再走一家盘账叫歇，槛车从街南拉到街北，连平时摆得满街吆喝招呼不迭的烧卖馄饨大饼油条水煎包子诸类小吃也一概叫歇停业。一个骑马顶戴官员三个步行衙役一个车夫，带着身穿藏服皮袍脚蹬长筒马鞋的“番婆儿”满街转悠找馆子吃饭，倒招来一群闲人小孩跟在后头，到一处问饭，立时围上一群，痴痴茫茫呆看，再走就再跟。倒是十字口一个老头儿见他们找饭找得虔诚，指点说：“县衙——从这往西半里路北衙门口有卖油条炸小鱼儿的，专供早起点卯衙役来不及吃饭做点心，那是不会歇业的。再者您老是官，进衙门叫伙房现做，他们也没个不侍奉的理。”

“谢你老人家了!”一语提醒了姚清臣，他一拍脑门子笑道，“郭志强我认得，上回去南京会议，他还说请我‘架子小点，抽空仪征转转’——走，打他的抽丰去!”几个饿得饥肠辘辘的人顿时没了沮丧之色。莫计富笑道：“都饿糊涂了！这衙门里人常往省里去，他们头儿我都认得，倒在街上瞎兜一气——干什么?”他突然发现坐在车上的朵云神情有些异样，两手攀着横档儿，直起了腰似乎要起身的模样，盯着看热闹的人群，遂断喝一声“安分些!”

朵云嘬了一下嘴唇，又瞟一眼人群，低下了眼睑，说道：“腿坐麻了……你们饿，我也空着肚子呢……”似乎自言自语，叽里咕噜又说几句，姚、莫等任凭是谁也听不懂了。

他们哪里知道，自从朵云从北京解到南京，莎罗奔从金川派来营救的人已经尾随而至。刮耳崖的头人仁巴亲自带着五六个会汉语的藏人，还有朵云的奴隶嘎巴，早已潜伏在石头城夫子庙一家客栈里，随时侦知朵云的动静。金川这地方粮食盐巴都要靠四川内地接济，但不缺的是黄金，刮耳崖有的毛洞里核桃大、拳头大的狗头金不用仔细寻，有时不小心还会被金块绊倒了……他们根本没费什么事就把看守朵云的臬司衙门巡捕厅南牢上上下下买了个通遍。朵云在狱里咳嗽，第二天就会有治伤风的药送进去。只是负责看守警巡的是北京南来的善扑营军校，怕走风没敢买通，没有见面儿机会。自进仪征，那些懒懒散散的闲人中朵云已经看见了仁巴，买饭围观人众中又闪见了自己的奴隶嘎巴，那几声"自言自语"说得明白："我这个样子囚着，想见博格达汗很困难。今天是逃出去的机会……嘎巴，要聪明一点……绝不能动武……告诉仁巴，一齐想办法……"还补了一句，"他们要把我交给刘家父子，但刘家父子已经离开了这里……"可怜姚清臣莫计富并一众围观的汉人，当众被他们蒙得瞎子聋子一般。

车到县衙门口，果然有一间炸果子小铺，大家此刻想的是大快朵颐，看也没看便直叩县衙仪门。但此刻正是午间散衙时分，只有几个呵欠连天的当值衙役，姚清臣亲自上前通问，衙役头儿却也不敢怠慢，回说："我们郭太尊升了，随驾去了扬州呢！"

"郭志强升了？调了哪里？"姚清臣问道。

"北京，户部主事——回大人您呐！"

"嗯……这里衙门里差使交割了没有？"

"没呢！还不知哪个大人来接印。"

"有主事的没有？哦，我是南通县令……办差路过，街上饭店歇业，想请伙房做点饭吃——我和郭县令是至交好友……"

"就不是至交好友，吃顿饭打什么紧？"衙役笑道，"不过怕是伙房的人散了……"正说着，一个中年人晃晃悠悠从二门里剔着牙出来，戴着黑缎子六合一统帽，灰府绸风毛边坎肩里套蓝宁绸夹袍，项下挂着副近视眼镜，腰里槟榔荷包儿一步一摆——地道一身师爷打扮。莫计富瞧得清爽，远远便叫："嗐，邵老夫子！吃饱了撑得出来散步儿么？——你他娘的愣什么！为黄柳氏讨债官司，你没找过我老莫么？"

那邵师爷戴上眼镜，怔了半日才看清了，立刻满脸堆下笑来，快步迎上来，口中说："是莫刑庭呀……恕学生眼神不好，怎么敢忘了您呢？是我们的衣食靠山嘛！"又一闪眼看见姚清臣，"这不是姚太尊么？您不识得我，我是南通人，真个天上掉下父母官！要拜见您有件小事，正寻门子结识您老呢……"他连说带笑，连车夫都一揽子套近乎，"兄弟……还有这位……都跟我来！你们准还没吃饭——老刘头，别忙关伙房，打整菜蔬，郭太爷的同年来了，照八两的例弄一桌来，回头老爷有赏！来来来……就在东花厅，又暖和又敞亮……"一头带路，一头笑语，寒暄殷勤得间不容发，直让到县衙大堂东侧院，连朵云在内都一齐落座，一样儿礼宾相待，又说："还有一坛子老绍兴，怕不够，我再弄去！"直到他风风火火出去，几个不同身份境遇的人还被他的热情弄得发蒙。倒是莫计富见机，忙尾随出来，在邵师爷耳畔叽哝几句。邵师爷撮着牙花子笑道："我说呢！还带着个大脚片儿番婆儿……衙门现在没人，交给他们也不放心，这是钦犯不能难为——这么着，一处吃饭吧，酒少喝。饭后我还要跟姚太爷说事儿，我那个不成材兄弟为一块风水地和一家寡妇打官司，输赢小事，面子栽了要紧。趁这场子您老也帮衬几句。"说着忙活去了。

因为朵云在场，这顿饭吃得很快。几路人其实都不相熟，身份高下悬殊，但都知道"钦犯"二字分量，只狼吞虎咽猛吃。倒是朵云似乎酒量颇豪，见众人不多饮，满口藏语也不知说什么，连吃带喝自斟自酌，吃酒吃得薄晕上颊，她却把握得见好就收，也就住杯停箸。邵师爷吃过饭的人，只陪着约略劝酒劝菜，却也不来相强。恰吃到将近席终，众人揩手抹嘴纷纷起身，还是门上那个衙役头儿一溜小跑进来，笑着对姚清臣道："太爷，刘延清老大人派人来接朵云夫人了……"说着回身一指。

众人顺着他指方向隔门外望，只见西斜阳下五六个人践着满地化雪水迤逦近来，都穿的内务府笔帖式六品装束，打头的是个四十岁上下的中年汉子，却是金青石顶戴雪雁补服，身材又高又壮，黝红脸色毫无表情，只那顶官帽子略大一点，几乎压了鬓角，一望可知是个城门领之类的武官。

朵云目光一闪即敛，心里一阵紧张兴奋：仁巴来了！

此时席上几个人早已离位，愣着看这几位"上宪"雄赳赳进来。姚清臣忙进前一步"啪啪"打下马蹄袖，行庭举礼，小心翼翼道："卑职姚清臣，乾隆十五年同进士出身，现任南通县正堂……"

"宝日格勒!"仁巴操一口生硬的汉话,打断了姚清臣,带着浓重的蒙古腔,傲慢地扫视众人一眼,自我介绍道,"三等虾,跟着蒙古英雄巴特尔办差使的!这里你的是头,朵云押在哪里?"

朵云也万没意料仁巴是这般料理,想笑,咬着牙偏转了脸低头不语。姚清臣忙赔笑,指着朵云道:"这个妇人就是。卑职奉命……""刘中堂的已经到了扬州!""宝日格勒"不耐烦地一摆手,"福康安和刘墉另有圣旨办差的。你们押她仪征,差使的办好了。人交给我的,你们放假的!"说着一努嘴儿,两个人过来架过朵云便走。

屋里几个人都不禁面面相觑:这位宝日格勒无论从神态言语看,是蒙古人似乎不假,又穿着官制袍服,挑剔不出毛病儿。但交割人犯,要有信票,有回执,怎么拉过人说走就走?这侍卫也忒不懂规矩了!但他的官阶高,身份贵重,又一脸蛮横,几个人心慑得不敢问话。眼见他们就要出门,姚清臣责任在身,一急之下乍起胆子,笑着绕到前头,哈腰儿赔笑道:"大人,走这么远道儿,准还没吃饭呢?歇会儿,吃杯茶,卑职……"他突然灵机一动,"卑职到扬州也有公务,咱们一道儿上路……"莫计富也赔笑道:"大人,嘿嘿……小的们奉差有规矩,得有延清老中堂的回执。嘿嘿……或者崇如大人的也成。不然回去没法交代,嘿嘿……这是规矩,嘿嘿……是规矩。"

"格力吉隆巴!"仁巴似乎愣了一下,粗野地骂了一句,亮出一面明黄镶边蓝底黄字的牌子给莫计富等人看,姚清臣和邵师爷也凑过来眯眼儿瞧。却是满汉合璧两行小字:

乾清门三等侍卫

但他们谁也没认真见过这物件,无法辨真假,心里信他是真,但没有回执放人是万万不能的。仁巴收起牌子道:"这个,假的?格力吉隆巴!"站在旁边的朵云突然道:"我不跟你走!我还是跟这几位一道儿。你太粗野……"接着又是一串儿藏语。仁巴似乎有点气馁,口气仍是不容置疑:"我是刘中堂指令的!没有商量的!一道走,可以的!"说罢和众人拔脚就出门,在院里立等。

但汉人繁琐仪节多，总有许多寒暄啰嗦，邵师爷还惦记着说官司，又取茶叶又送红包儿，约略说了情节，又道："回头给太爷写信再说详情……"见仁巴在外跺脚，等得大不耐烦，这才殷辞出来。穿出东院未出仪门，朵云越走越慢，似乎有点心神不宁的样子。仁巴大步在前，回头道："快点的!"姚清臣也问："你还有什么事?"朵云嗫嚅了一下，不好意思地说道："我……我要方便……"又是几句藏语。

她要解手。水火无情的事谁都能谅解。但衙门里没有女厕，就有女厕，男人也不能陪着进去，跟着送出来的邵师爷指指东墙根一个斜搭的茅棚，说道："那就是茅房，我喊喊看里头有人没有。"近前喊了几声，里边没动静，笑道："进去吧!""谢谢你了!"朵云说道。她似乎憋得厉害，拧步儿夹腿踽踽进了东厕。

十一个大男人站在厕房不远处等，但这种情势不同于等吃饭看筵桌，不能死盯着，也不能议论长短，傻站着也似乎不妥。姚清臣儒生身份，觉得不雅，便和邵师爷兜搭："老郭回来告诉他一声，这离南通又不远，得便过去聚聚。"

"是，那是一定的，不过，他老人家就要升任了……"

"升任更好，绕点道儿去我那盘桓几日。"

"成，到时候学生也陪着过去。"

"你兄弟那档子事我心里有数，放心就是——她是自杀嘛——不过你也得预备着破费几个。判你有理，那头死了人，毕竟也得安抚。刁民难惹，你当师爷的自然知道。"

"是，老父台说的，正是学生心里想的……"

跟从姚清臣的三个衙役也自有他们的题目议论，张三请酒李四赖账搭讪着。

足有半刻工夫，议论突然停止了。先是莫计富，摸着脑后辫子诧异道："怎么还不出来?"一个衙役接口道："就是! 屙井绳尿黄河也该完事儿了!"这一说，所有的人都警觉起来，听厕中寂静无声，姚清臣不禁脸上变色，指着墙问道："老邵，墙外头什么所在?"邵师爷也慌了，说道："别是翻墙逃了——外头是官道!"一个衙役便对厕房喊："喂，完了没有? 完了没有都答应一声!"

一片岑寂。

再喊一声，仍无动静。姚清臣情知大事不妙，顾不得身份，大喊一声："我们要进来了！"一个衙役应声大跨箭步冲了进去，几乎同时便听他尖声惊呼："老天爷！这婆娘翻墙走了！"在寂静空寥的县衙院中，这一声喊活赛有人被蝎子猛地蜇着了头，又似半夜行路突然碰到鬼魅样带着惊慌绝望。姚清臣双腿惊得几乎一个坐墩子软在地下。邵师爷头皮一麻起了一身鸡皮疙瘩。连专门等着这一声的仁巴也被这一嗓门吓了一跳：这畜生失惊打怪，他妈妈真给了他个好嗓子……姚清臣一个返醒回过神来，原地里犯了疯癫似兜了几个圈儿，气急败坏对邵师爷道："快，快！叫巡捕房衙役……全城戒严！"

"这会子都放假了……"邵师爷脸色惨白，冷汗顺头往下流，结结巴巴说道，"等人叫齐，早就逃远了……"

"她走不远！"莫计富叫道，"她穿那身衣服谁看谁照眼……"说话间，入厕的衙役已抱着朵云的藏袍一脸苦相出来，绝望地说："她把衣服换下来了！"姚清臣急叫："把衙门现有的人，连伙夫在内都叫上，一齐去搜去撵！她是个大脚女人，好认……"突然想起还有个"宝日格勒"，忙转身道，"请，请请大，大人做主！"

仁巴见已得手，心里笃定，脸却板得铁青，皱眉沉思拖延时辰，一副指挥若定的样子，半晌才道："她跑不远的！邵的，把你衙役的人都叫起的，向北！姚的，你们原路向西！我们东边路熟的，向东！邵是本县的，不要动，赶紧通知县里巡捕房，码头、客栈的，旅馆饭店还有男人睡女人的地方（妓院），看把戏的地方（戏院），喝茶的地方——一律搜的！晚上卯时的我们集中，搜不到的再报刘中堂！"邵师爷听听，布置得满在行，只是"卯时"是早晨，这位蒙古大爷大概弄混了，忙道："宝大人指示详明！不过卯时太迟了，酉时我们聚齐最好！"

"'有时'不行的！一定要聚齐！"仁巴认真地说道，"一定要定住时间的！"邵师爷见他不通，苦着脸指天划地比量半日，才说明了"卯时"是明日早晨，而"酉时"不是"有时"，而是……好不容易这位侍卫爷算"明白"了，一翻眼说道："格力吉隆巴！天黑的就来，你啰嗦麻烦的！"说着手一摆，"我们分头走的！"

…………

天黄昏了。黝暗的晚霞像出炉的热铁，由灿红而橘黄、而赭褐、而灰红，愈来愈黯淡，变成一天灰黑。水墨大写意似的晚云随着太阳的沉落，完全失去了多彩的姿色，变得阴沉黑暗。偌大衙门里只剩下邵师爷一人，焦得热锅蚂蚁似的拧圈儿兜。申末过去了，没人回来，酉正过去，衙门派出的人回来了，帮着邵师爷说宽慰话，等，酉末过去，姚清臣也回来了，继续等，直等到半夜，也没见那位宝日三等虾的影子。一片嘈杂的议论埋怨声中忽然隐隐听得一阵细碎的马蹄声急响。此时院里聚的足有一百多人，都一下子安静下来，屋里几个人也一阵兴奋，都站起身来，瞪着眼看时，并不是"宝日格勒"回来，却是本衙门随着郭志强去扬州的捕班头儿罗克家在院里滚鞍下马！

"出了什么事？这早晚一院子人？"罗克家揩着一头细汗，一头进门一头问邵师爷，"押运朵云的槛车到了没有？今儿中午刘少傅专门叫郭太爷问起这事。他老人家就要和福老爷一道北上……郭太爷怕出闪失，叫我回来问问……"

"上当！"姚清臣轻声惊呼一声，一下子瘫坐了下去……

"汉狗们上当了！"

朵云、仁巴、嘎巴几个人已经坐在扬子江仪征渡口下游十里处的江心里，一崭儿新的乌篷大船分里舱外舱，厨房灶具一应俱全，七个人饮食起居都宽宽绰绰。此刻下锚江心，船外昏黑的天穹下，青苍泛白的江水远观茫茫无际，近听江浪拍舟，看似孤舟寂寥，舱中却是一片笑语欢声。他们也在计议下一步的行止办法。说起白日情形，一个个笑得前俯后仰。

"汉狗子们这里真有意思！"仁巴拍腿笑着，"只要有金子，什么都能买得到。"他指着嘎巴，"连这个娃子，也有个把总手本呢！要是金川人想做官，连金川的狗都能弄个这种帽子！"他拍拍那顶大帽子，咧嘴哈哈大笑。嘎巴还是个小不点儿，嘻嘻笑道："价钱便宜得很，比运到我们刮耳崖的盐巴还便宜！"一个藏汉也笑道："故扎（指莎罗奔）怕夫人受苦，又送了十斤黄金来，其实塞上三钱银子，夫人在牢房里要吃什么有什么！"

"他们是钱串子！"

"像狗一样，只要有吃的，就是他的主人。"

"除了仿造那面侍卫牌子，夫人，什么事也没费……"

"仁巴头人装蒙古人真像！我看那几个官见他，腿都颤抖呢……"

"哈哈哈哈……"

笑语中，朵云恢复了平静，随着船身一起一荡，在轰鸣的江涛中，她的声音显得格外沉着清晰："故扎让我回去，我当然是要回去的。但现在我还没有见到博格达汗，没有完成他的使命……你们来，知道我的小鹰们平安健壮，我就更放心了。我——一定要见乾隆博格达汗一面！为了我们举族的存亡……"

"故扎夫人！"小奴隶嘎巴睁着一双大眼睛盯着朵云道，"您的自由是很不容易的。仁错活佛和桑措老爷子都怕……他们把您送到傅恒的大营里当人质。再说，乾隆博格达汗囚禁了您那么长时间都不肯见您，现在您逃出来，见他不是更加困难了吗？"朵云抚着他乱蓬蓬的发辫爱抚地一笑，说道："孩子，乾隆的势力太大了……一次打不赢可以再打，不会用我来当人质的。我们已经打赢了两次，乾隆把他最能干的宰相都杀了两个，还杀掉了他最能打仗的大将军。战争，总得有个双方能接受的结局，不能无休止地打下去——那不是我们金川父老兄弟的福气。"嘎巴不解地问道："那——夫人您为什么还同意我们营救您呢？在狱里坚持请求乾隆接见不好吗？"

朵云略带疲倦的眼睛好像隔着船篷眺望外边一望无际的黑水逆波，叹息一声道："我不能完全猜透乾隆的心。但是，他不肯杀我，可能因为我是个孤身女人，杀我会损害他的尊严，也可能不愿把事情做得太绝，给故扎留着面子……他的臣仆们和他不完全是一条心，他们要在主人面前表现自己的忠心，要用金川人的鲜血染红他们的官帽子。如果我猜得不错，如果继续囚禁下去，他的臣仆就会说服他把我送回金川。我是不甘心这样的，一定要见他一面。我要让他明白博格达汗既然拥有天下，就应该有天地那样大的胸怀！故扎在我临行前说了三天三夜，告诉我应该对乾隆说些什么，我还一句也没说……"她低下了头，双手捧着，像是在祈祷着什么，青丝瀑布一样的垂发下，一滴又一滴，泪落在手心里。

"夫人不必难过。"仁巴浓眉下目光炯炯，像是泪光又似火光，"松潘西边，还有一条通往青海的路没有被汉狗子们发现。故扎已经下令，所有的老人女人和孩子都聚集在刮耳崖，在刮耳崖我们还有足够一年的粮食，只是盐巴不多了，正在暗地筹买——如果刮耳崖守不住，就从松潘西边克罗卡什峡谷穿过去，到青海的克佣小镇和达赖喇嘛派来的活佛接头，然后举族到西藏安身——我们并不是没有退路呢！"他的目光阴郁下来，因为他知道这条路，几千里的峡谷冰雪覆盖，没有人烟，没有水草，没有粮食接济，还要穿过二百里戈壁才能到克佣，再翻越昆仑山，唐古拉山到西藏……说是路，其实是绝路而已……沉默半晌又道："故扎说，乾隆的面缚投降负荆请罪，要藐视我们金川人的骄傲和光荣！夫人如果……如果……""如果我屈辱地答应他的条件，就不是他的妻子！"朵云一下子抬起头来，苍白美丽的面孔上挂着泪水，嘴角挂着微笑，目光像要穿透船顶样望着上苍，"噢！至圣至灵全知全能的佛爷……我不会辜负我的丈夫，羞见我的同胞和儿女的！"移时，她从激越冲荡中回过神来，喘息了一下，问嘎巴，"我们带有多少黄金？"

嘎巴指指后舱五个坐柜，答道："五个箱子里有五千斤金子，手里还有十万两银票……"朵云心里一阵感动：八万两金子！是把金川的库金几乎搬空了来营救自己啊！默谋了一会儿，仁巴说道："夫人，狗头金还有很多，故扎说不能带到内地，汉人知道了会红眼睛的……"

"知道。"朵云只答应一声，又沉吟许久，说道，"这么多金子带在身边是很危险的，也用不了这么多。买下扬州最好的花园或者包租一处最美的风景，在海宁、瓜洲、苏州、杭州，都包租风景，要最好的，有一万五千两足够用的。留下我们的用度，剩余的钱要买药，防寒防冻的、刀伤药、风湿药、感冒伤风退热的药都买，还有盐巴。我估计傅恒会封锁我们。可以换成银票，以五倍的价购买，但要运到金川，凭着故扎的收据在我们这开销银子，这比我们自己买运要便宜而且风险要小——五倍的利，汉狗子的商人会拼命给我们送药送盐巴的！"

仁巴听了不由暗自钦服：这位故扎夫人手握智珠，真个不含糊！因笑道："故扎最发愁的就是药。我们的人混进内地买药根本不行，汉人怕犯了傅恒的军法人财两空，也不敢带药去卖。在内地开钱给他们，这办法好极了！不过，为什么要租园子呢？"

"我要见乾隆，又进不了他的院子。"朵云微笑道，"我在狱里听他们闲说，乾隆这个人爱玩、爱作诗、爱骑马打猎、爱女人……"

仁巴用狐疑的目光看了看朵云。

"要买些美丽的女孩子养在我的园林里。"朵云微笑道。

"博格达汗他……会中我们的计谋吗？"

"会的——我们一定要想办法——派一个兄弟回金川，向我的丈夫报告这里的一切！"

小奴隶嘎巴接受了返回金川向莎罗奔报信的命令。他其实是个汉藏混血儿，今年才十五岁，长得个子不高，脸盘儿、眉宇神气、肤色都是汉人形象儿，只那双大眼睛，微微外张的鼻翼略带藏人模样。他的父亲原是汉军正红旗下的包衣奴，雍正年间跟着"模范总督"鄂尔泰门下跑差。雍正十二年鄂尔泰在云南"改土归流"激得苗人全省皆反，苗王七十二山寨啸聚兵马，打得各府各州官员魂不附体，鄂尔泰的政令不出省垣，州县府治互不能联络，都困得孤岛似的。在一次向大理县送信归来途中，嘎巴的父亲被苗人俘虏。在苗寨被囚三年，张广泗率兵平乱，举火焚寨的夜里他悄悄趁乱逃出来。此时鄂尔泰病死，掌旗牛录是张广泗手下一个戈什哈，处置逃奴叛奴除了"杀"没有第二个字，因不敢回旗，游魂似的在云贵川讨饭度日，却又被下瞻对的班滚捉了去为奴。班滚兵败逃往金川，裹携着又到了大金川。班滚自己就是寄人篱下的人，手下奴隶就更苦不堪言，从背粮运盐这些粗活计到炒酥油糌粑拈牛羊毛绳支火造饭……一样不到就是一顿鞭子。在一次刈草中他偶然相识了大金川藏人故扎首领的女奴彩玛，相濡以沫的劳作生涯由事生情因情至爱，悄没声的就有了嘎巴。直到色勒奔莎罗奔兄弟二人为争朵云同室操戈，色勒奔决斗不敌而死，莎罗奔掌握金川大权，又逢清军两次来剿，嘎巴的阿爹身世如此坎坷飘零，精明的莎罗奔一下子看中了这个兼通满汉苗藏言语的汉子，提升了做自己的随从参赞，虽没有脱去奴籍，在金川也是头面人物——际会遇合穷通贫富，一荣皆荣，一损俱损，是古今遍天下的通理，彩玛就成了莎罗奔的女管家，嘎巴自然是朵云的得意随从。

沾了能够精熟汉语的光儿，嘎巴又身携吏部颁发的正牌子"把总"委任文书，一到武汉便向兵驿投宿。因是金川前线营前效力弁官，从汉阳向西都由专设的官舰运送，水舟陆马五十里一站，兵驿里无分昼夜大伙房不熄火，米饭包子馒头红烧肉管够。运粮的运饷的运药物被服锅灶杂什物件的军需官络绎不绝。嘎巴身负重任，也不甚敢和这些人兜搭。但觉入川以来，一路走一路全是军官，全是兵驿，气氛愈来愈紧张。进了成都郊外，计程走了将近两个月，天气早已到了仲春三月。从竹篱、养马河、龙泉驿到清水屯一带数十里，新竹丛畔绿柳荫里，连连绵绵大纛小旗营垒相望旌麾蔽日都是营盘连接，一色的牛皮帐篷望不到边，饶是嘎巴见多识广，两次金川之战中厮杀过的人，见如此雄壮军威阵势，也不由得暗暗心惊。

为怕被人识破行藏，嘎巴没敢进城，绕城南走了半匝，在双流镇军驿里住了一晚上。他心里犯嘀咕：再向西走，不知自己带的官衔护照还管用不管，是换了民夫装束走，还是用钱再买一个中军传令戈什哈的牌照之类混入金川？嘎巴早早吃饱了饭，在西院一侧厢房南头一间曲肱而卧，嚼着槟榔盘算着，直到戌初时牌，天将断黑，方要蒙眬入睡，忽听见东边正院脚步杂沓，像是一群人被赶进了兵驿，夹着有几个人粗声吆喝训斥：

"都靠墙根站——靠墙根！操你——闺女的老杂毛，夹腿捂肚子的犯什么毛病？"

"你——站那边！"另一个尖嗓门儿叫，"谁叫你坐啦——瘸？你不来金川，就变成瘸子了?！"

"你！"又一个人吼道，"这是什么地方儿，扒裤子拉鸡巴就撒尿？"

接着便听"啪"的一声耳光声，撒尿人带着哭腔的申辩声、训斥声，还有人央告："求老爷叫这里爷们多赏一碗饭……我有消渴症……委实走不动路……""消你妈的蛋渴！"还是那个尖嗓门儿骂道，"你就是开药店的，自己的病不治跑来跟老莎勾手儿，跟他妈朝廷过不去！渴死你饿死你个狗日的！"

"算了算了老刘！"一个人像是领头的喝止了众人吵叫，对尖嗓门儿道，"这几个家伙明儿送到傅爵爷手里，不定活得活不得呢！你这是走累了，拿他们撒气儿。留着点精神，我去和驿长官说说，先吃顿饭，将就住一晚。明儿松快着就进城了，交差完事儿回大营！"

第十二回　检校场风雪点营兵
　　　　　据虎帐豆俎恤民瘼

嘎巴早已听得双眸炯炯，不言声蹬靴子起来。早见各屋灯亮，住宿的军官们有的围桌说笑，有的鼾声如雷，有的在院里提着刀胡砍乱刺，还有背着手看星星，哼着曲儿瞎转悠，捏嗓儿装女人唱昆曲儿，憋嗓儿唱铜锤的各色各样不等。嘎巴也不理会，转到前院门口，果见一溜儿黑影垂头丧气站在东墙根，搔痒揉屁股的似乎也甚不安生，因见几个驿丁在茶房门口卖呆闲磕牙，便踱过去，指着东墙根问道："他们的，什么活计?"

"回爷您的话了，"一个麻秆似的高个子驿丁正嗑瓜子儿，忙吐了皮儿，在茶房门口一躬背赔笑道，"听爷说话，准是傅相爷从科尔沁调来的军爷——这起子人是两广内地跑单帮的，专门贩药材咸盐给莎罗奔，犯了傅相爷'资敌七杀令'。原来都是卡子上扣住了，就地在军营正法，这一拨儿是十天前改了令，'商贾良民犯令押赴行营审谳决断'才活下来的。押送兵士不耐烦，训斥他们，敢情惊了您老高睡了。嘿嘿嘿……"

嘎巴只"嗯"了一声便转身而去，装作看稀罕的凑近那群人。但天色太暗，影绰只能见个大概，一共是八个人，绳穿缚胳膊蚱蜢似的捆成一串儿，老的只有一个，粗形容儿五十岁上下，其余的都是三十多岁样子，叽叽哝哝猥猥琐琐，一望便知都不是金川人，顿时放下了心。他转着念头想问几句话，却见一个墩墩实实的小军官过来，陪在他身边一个兵嬉皮笑脸一头走一头说，却是一口川腔："好老板儿你咧……虽说这驿站留官不留兵，这是傅大帅亲自要的人犯嘛! 辣子不麻花椒兑，和尚不亲帽儿亲，你我都是川南人，兄弟们走一天山道，累趴了，这近处又没有别的驿站，住客栈犯傅爷的禁令——两间房，只两间! 明儿早起咱走路……傅大帅训令里头说的，各路人马打老莎，谁不同力把谁杀! 这黑天儿跑了一个，你老人家也有责任不是?"那军官走着听他软磨硬缠，站住了脚，移时才笑道:

"凭你'辣子不麻花椒兑'这句乡音，留你了。——我还得防你打了败仗，带败兵砸我这驿站呢！"手向北一指，吩咐麻秆个子，"老刁，北头两间厢房给他们。一间三个兄弟住，一间塞他们八个——咱们说好，看犯人是你们的事，驿站不管——叫大伙房剩菜热热，管他们吃饱完事儿！"说罢晃搭晃搭悠步儿出去了。

这边那位兵头连声道谢，送背影儿点头哈腰，"您老好走——"转脸命令手下，"老马老何，这伙子死尸北屋里赶起！老马看人，轮流吃饭，咱们吃完了再说这些龟儿子！"一转脸又见嘎巴站在身后，灯影下见他戴着素金顶子，七品服色，便知是个把总，慌得一个千儿打下去，笑道："自顾忙这些臭事情，没看见总爷……您老吉祥！"

"他们的干什么活？"嘎巴指着那串踽踽北去的黑影问道。"脏的！臭的——你们从哪里来？"那兵头显见是个老兵痞，顺着他的腔嬉皮笑脸也变了蒙古调儿："您老的北京蒙古来？这是一群卖药材的——卖给莎罗奔的龟儿子的！我的清水塘子卡口上的伍长！捉了他们送大帅帐杀头的！"

"药……材？"

"就是金创药的！啊——比如刀砍上去——"兵头用手砍了一下腿，比划着说道，"流血的不流了！莎罗奔的不流，我们的流！"

嘎巴装着不懂，半日才"恍然大悟"，哈哈大笑道："莎罗奔的不流，我们的流！哈哈哈哈……你很有趣有趣的，你叫什么的？""回总爷的话，小的名叫白顺。"兵头指着北边过来的一个黑影子，"他叫马锁柱，那个看犯人的叫何狗儿……"正说着，姓刁的麻秆个子在东院门口喊："吃饭了！"黑影子答应一声："哎！就来——我们白头儿正和长官说话儿。"嘎巴这才知道他就是那位尖嗓门儿，点头笑道："他的嗓子很好的——卖梨的——你们吃饭的，吃过了我的那边说话解闷的！"说着便转身，白顺又追两步，问道："请问大人怎么的称呼？"嘎巴一摆手，顺口说道："格尼吉巴！"

"割你鸡巴！"白顺站着愣了半日才悟过来，捂口儿葫芦一笑，颠步儿去了东院。

一时便听马锁柱和一群人的狂笑隔院传过来。

嘎巴趔身出了驿站，想了想，在驿站口兜了一转，买了四只烧鸡，又到一家小杂物门面买了几斤关东老烟叶，因见有兰花豆儿，撮一个尝尝味道不错，也买了二斤，鼓鼓囊囊抱回驿站放在桌上，一边咀嚼兰花豆儿，一边思量归金川之计：清水塘——他太熟悉了，过去两站之地就是大金川！这几个兵有没有点用处呢？在清水塘设卡，亏这位傅大帅想得到，那边过去都是沼泽地，外人根本不敢过的地方啊！傅恒这么样布兵，葫芦里卖的什么药？狐疑之中想到清兵势大，嘎巴又复隐隐忧愁……正自胡思乱想，听得外边脚步声由远及近，接着便是白顺的叩门声："格大人在这间屋住么？""在的！"嘎巴怔了一下才想到是唤自己，咧嘴一笑大声道，"你进来的，我的格尼吉巴！"因听白顺"扑哧"一笑，进门犹自笑得脸上挂不住，问道："你笑的什么？我一路的来，都笑！我问的不说！"

"给大人请安！"白顺瞟一眼桌上的大包小包，满脸堆笑行礼起身，说道，"不是小人无礼，大人的名字这个这个……"

"什么这个那个的？"

"……是骂人的话……"

白顺口说手比，好容易才把意思说明白了。嘎巴放声大笑，抱着凳子道："你坐的！你的伙伴哪里？哈哈……割你的不割我的……阿爸说这个名字是'小鹰飞翔'，冲天的你的明白？"白顺忙频频点头称是："明白，明白，小鹰飞翔！啧啧……冲天的好……大人是从……科尔沁调来的？"

"温都尔的——大草原的！"嘎巴十分豪爽地大臂一张，"张家口的练兵，阿爸的喀喇沁左旗的将军，送我傅恒营里杀人放火的！"见白顺橄榄脑袋招风耳，小眼睛眨巴着听得傻子似的，又补了一句，"不杀人放火胆子小的，翅膀软的，飞不冲天的！"

"那是那是——"

"你吃的！"

嘎巴推了一只烧鸡给白顺，自绰了一只，撕下鸡腿，淋淋漓漓张口就咬，口中呜噜不清说道："我要带兵，阿爸说官兵朋友的！见了傅恒我就升千总的！大伙房的不好吃，没有茶砖，肥肉的不好——你的朋友不来？"白顺略一辞让，也拿起一只，试着呷了一口，见这个蒙古小军爷毫不在意，也就放肆大嚼，口中咕哝着仍在奉迎："千总就是管带大人了！管带大人，您老要带兵，准是这个的！"他伸出油漉漉的大拇指比划了一下，"一仗打下来，嘿！游击、总兵、副将、将军——您就往上升吧！蒙古人升官快着呢！——您说马锁柱！您听，他的脚步声，来了——先人板板的，鼻子倒灵！可惜傅大帅禁酒，不然这牙祭打得美啰！"说着马锁柱已笑嘻嘻进来，见礼寒暄好话一车，坐了就吃，却奉承得不同："爷是英雄的！将来长得大个子的——比莎罗奔还要雄壮！"

嘎巴正啃鸡头，便扔了，问道："你见过莎罗奔的？"

"……没有！"

"他雄壮的？"

"嘻嘻……我听说的……"

嘎巴连连摇头，说道："这个咸的，你们吃的——留一只给你们伙伴吃的！我的不要大个子，不比莎罗奔，格尼吉巴就是格尼吉巴的！"说得白马二人笑得捧着烧鸡浑身哆嗦。嘎巴这才套问军情，说道："我刚从东北来，金川的不熟。傅大人不知调我哪里差使的。哪一路的兵莎罗奔的多？我去！北路？西路？南路？"

"南路是兆惠军门指挥，西路是海兰察指挥，北路是麻子马光祖指挥。"马锁柱撅了鸡骨头吮吸着骨髓油，津津有味咂舌儿说道，"您老一路过来见的这些营盘，都是川军绿营，调过来专门策应北路和南路的，哪头出事照应哪头，统由傅帅爷居中调度。现在他老在成都，一入夏就把钦差行营移到汶川，过秋入冬金川没了瘴疫，三路齐压——嗯？"他用两手掐紧烧鸡，"莎罗奔的逃不掉，大小金川一个耗子也走不掉！"嘎巴笑着吃兰花豆，说道："西路的没有策应？北路南路我知道的，烂泥塘陷阱的多，死了的多多！""虽说死了的多多，我们的人更'多多'！"白顺吃了饭又吃烧鸡，吃了自己一只又吃嘎巴剩的多半只，已是胀得臆怔翻眼儿，肚里作怪，将没有啃完的鸡腔递给马锁柱，提起最后一只鸡笑道，"'官兵朋友'的！这只鸡我送何狗儿的吃，回来还陪大人说话的！"说罢一路打呃去了。嘎巴便问马锁柱："马光祖的什么人？他的厉害，海兰察的厉害的？"

马锁柱费了老大的事，总算把一团鸡筋剔出来，心满意足地嚼着，笑道："当然是海军门厉害，那是独当一面的豪杰！马光祖廖化清两位军门都是莎老爷儿的手下败将。北路军好比打惊了的兔子，是整军过后重新建制的，帅旗都叫莎罗奔夺了去，至今没有军麾军旗呢！兆惠军门海军门军中号称'红袍双将'，都是了不起的角色，海军门走西路，他路熟，曾跟着阿桂中堂爷到过刮耳崖——那是打不败的将军!"嘎巴点头,他当然知道兆惠海兰察都是惯战悍将,思来想去,已经知道了傅恒布阵大概局势,再问,这个大头兵也未必能说出什么子丑寅卯,便转了话题,问道:"傅恒大人怎么样的? 整军的吗? 杀了多少坏坏的……兵?"

"傅中堂带兵有门道的。"白顺已是解手回来,一脸松泰笑着进来,接口说道,"北路军打败,败兵跑得满四川,到处'坏坏的'——就像这里,烧鸡没有——"他指指烟叶,"烟也没有的——摆出来就抢了的。还有女人,白天也不敢出门,出门就那个那个——弄了的!"

"傅大帅到成都时,成都还在戒严。"马锁柱没有白顺那么饕餮,细嚼慢咽品咂滋味地吃着,嗓门儿也不似方才院里那么尖细,说道,"散兵游勇全省乱窜,逢店就抢,见女人就奸。像这样的驿站,当时都是稀烂。大帅下令各处绿营张出告示:不管哪个建制的兵,一律到就近绿营报名归队,附近没有绿营到县丞处归队,三日之内不归队,按盗匪论罪,捉到就地正法!

"一半天金川就安定了。各绿营收容所的兵,全部护送成都,在西校场整顿归营。兵认官按册录名登记。听说没有按时归队的有二百多人,只要不是缺胳膊少腿的伤兵,都在各营放炮杀掉了,半点没有含糊!

"大校军那日是十一月初三,四川这地方地气热,这季节正在换冬衣时节。校场西边是傅大人带的三千中军,都换的簇新棉衣,旗甲鲜明。东边是残兵败将,一个个破衣烂衫灰不溜秋都是叫花的样儿。好好的天气,快晌午时候变了,云压过来风刮过来,先是雨,接着雪也下来了,雪搅雨雨夹雪,校场上暗得天上扣了一口锅似的。我穿的新棉衣都淋透了,站在校场口守门,风过来刀子似的,浑身都冻硬了。

"傅大帅站在将台上训话,'金川败仗,罪在讷亲张广泗二人无能误国,与三军将士无干。朝廷奖功罚罪,已将讷亲张广泗处死,其余人等一律不予追究,损毁百姓物件什伯事出有因,杀伤良民淫掠妇女者要依军法办罪。傅恒到此,奉赐招抚大任,必以精白之心上对圣主、下临三军,祸福荣辱甘苦与三军一例……'讲着,'刷'地撕开袍服,连油衣一齐掼到台上,只穿一件玉白短褂,双手按着桌子。他的亲兵戈什哈接着也便脱衣,都垛到台上。大帅指着西边中军喊:'罗贵! 中军全部脱去外衣!'

"东边的人虽说衣服不齐整，也还都穿得暖和，统手缩脖儿抓耳搔腮都听得不耐烦，听这一声，都愣了！傻看着，西边军士已经解衣脱袍，连脱衣动作都齐整一致，一阵解刀佩刀声响，仍旧挺风淋雪站得石头柱子一样！

"'冷不冷?'大帅脸色板得铁青，问西边的人。就听那些兵们齐声大喝，'大帅不冷，我们不冷！'大帅又转脸问东边，'冷不冷?!'东边这群东西他先人板板的，真是龟儿子养的，你猜怎么着？放拐弯儿屁似的一片声嚷'不……冷'，只有一个家伙叫得声音尖，像半夜里遇了鬼，惊乍着喊，'西边的不冷，老子也不冷！'大帅看着东边，叫道：'自称老子的站出来！'

"一个小个子几步跨队出列，单个站在将台下，梗着脖子说：'傅帅，就是我！'

"'你是哪个营的?'

"'原张广泗部下沙原和参将左二营守备贺老六！'

"'贺老六? 官名?'

"'报傅帅，官名没有！'

"'为什么自称老子?'

"'报傅帅，莎罗奔打我不服！我的一百兵没有伤亡！我不见得比西边这群丘八弱！'这小子也真的泼皮胆大，回身大喊一声'跟我进下寨的兄弟们脱衣！'众人懵懂着，东边队伍里已有一群人脱了衣服，有的里头没穿内衣，竟脱得赤精打条，梗着脖子雪雨地里站！

"大帅盯着这群人，足有半袋烟辰光，突然桌子一拍，大声说：'好样的！像傅恒的兵！贺老六归队，晋升你参将衔，补缺游击！'用眼扫着校场接着说：'出兵放马斩头沥血，谁都知道是脑袋别在裤腰上的勾当，死都不怕，还怕冷！军营里讲究的就是杀气，有气你就跟着傅恒老子我干，升官发财立功名；没气给你盘缠，滚回你家热炕头！'这一来，激得满校场上万的兵炸了窝，东边的败兵也都甩掉了号褂子破衣，跳脚大叫：'我们跟着傅大帅干！''谁孬种是婊子养的！'……连我们站岗的川军都心里火烫似的，冷的不冷了，缩脖子的也伸直了，号褂子也扔掉了——也真是日怪，还是那个风，还是雨夹雪，愣是不冷！"

讲到此处，嘎巴和白顺都听得入神，连马锁柱仿佛也坠入了当时场景的回忆，忘了手中还有半只烧鸡。半晌，白顺捏了一颗兰花豆扔进口中，咯嘣嚼着，一笑说道："大帅现在还在整军，整的是川军——老子们在前头，泥里水里黑天白日向金川推进，他先人板板的在后头鲜菜大肉攘搡着，一个个吃得肥肥白白，还要进城串馆子看戏，美死这些龟儿子们了！"

"汉人的不好，都是你说的龟——龟儿子的！"嘎巴心念一动，何不趁机和这三个"龟儿子"一道去清水塘，到卡子边多少关口验证关防都省了，说着一笑，"你们不是的！——你们在成都的几天回去？——我的去清水塘看看的！"白顺问道："格爷，您的真要去？那地方不好不好的！您不是……要见傅大帅……升官的么？"

"升官不急的，那是一定的！"嘎巴笑着摇头，从包里顺手拿出一锭大银，"银子龟儿子的，牛肉烧鸡一路吃的！看完了回来见傅——大帅的——我已经去过前线光荣的！嗯……你们明白？"

两个人看那银子，细小的银脐周匝竹叶银纹纵横，薄底上一根银筋丝萝到顶，足足的九五成色，少说也有三十两的半个台州元宝，在灯下锃明发亮晃得人眼花。白顺眼巴巴看着嘎巴把银子收进鼓鼓囊囊的包里，吸溜着嘴道："这个……得到军政司签个关防……"马锁柱暗地推他一把，口中道："尿毛的军政司——格爷去大帐报到，分派差使没十天下不来，再去军政司签那个鸟关防，不定就去不了了呢！什么屌关防，我们过来过去，哪道卡子不识得我们？谁验过关防？"

"如果的不方便，"嘎巴无意间碰了一下那个包，里边立刻传出银子碰撞的声音，"我的就先报到。清水塘的不去，别的地方去一样的，打仗的杀人放火的就行。"白顺忙笑道："格爷，兄弟跟您的对了缘分，大大交情的！到我清水塘玩玩的，那里我的当家的！关防的不要——一路熟人的，我们三个就有关防，我们的脸就是关防的！"

嘎巴愣了一下，哈哈笑着点白顺的鼻子："噢哈！你有趣的……你的脸关防的，哈哈……"

傅恒剿抚金川钦差行营设在成都西城。这里原是四川巡抚衙门，巡抚金辉是革职留任戴罪从军的人，未到傅恒莅任，早将衙门洒扫庭除，衙门里亲兵戈什哈一个不带，留给傅恒作护卫，却撵了成都知府与成都府首县合署办公，带着师爷书办守在知府衙门随听傅恒传唤指令。傅恒顶尖聪明睿智的人，不用猜便知金辉没了讷亲这座靠山，这番殷勤不但省了重建钦差行辕开支销耗，往实里说金辉平素为官也还谨慎清廉，也不好过拂这番美意，也就笑纳了。

嘎巴和几个小兵在双流军驿里议论傅恒练兵有方，傅恒此刻在总督衙门签押房西的花厅里刚刚会议过，传令成都知府鲜于功、城门领张诚友来衙训令整饬成都治安。

会议刚散，所有的军将都离去了，只有北路军副统领廖化清被留下来，金辉欲辞未辞，在花厅中间的金川形势大沙盘旁巡逻，见傅恒没有逐客的意思，安了心，帮着小七子开窗放屋里的烟气，摆放凳子收拾残茶，又招呼叫大伙房，"给大帅清炖一碗银耳汤，泡酽酽的茶来，大帅要熬夜……"傅恒倒觉不过意的，笑道："老金，交代一个戈什哈管事的听小七子招呼就成，那些事叫他们下头人办。其实，就这样会议，你要忙就说一声，在衙办事就是。这里说治安，是川军有不少进城惹是生非的，你还是留任巡抚，听听也好——来，这边坐坐。"

"是，中堂！"金辉这才揎手踱过来，提着袍角坐下，不言声将两杯茶一杯捧给傅恒，一杯递给廖化清。傅恒笑着拍拍金辉肩头，对廖化清道："不要小瞧了我们这位老兄，当年云南苗叛，全省糜烂，东川府九县县城全部破溃，只有他带全县衙役和百姓死守不退，顶了三个月！把家当都分给了守城军民，到底也没有失陷！张广泗大军入滇，又管看护粮道，为保一万石军粮，二百个人又和两千苗人对峙，打了一天一夜，援军到了，他也累晕死了——这还是个文弱进士出身，要会武，指不定怎样英雄呢！老金——别整日霜打蔫了儿似的，又没有死了老子娘，振作一点，你那点子事皇上心里有数，傅恒也知道你！"金辉是个内向人，听傅恒述说自己履历如数家珍，心里一阵酸热，几乎就要坠泪，忙敛神微微一笑："那都是过去的事了，傅相来，我一定重新打起精神，政务上料理好，还有运粮饷民夫调度征用，都是傅相一句话的事儿。"

说话间银耳汤已经端来，小七子又给金廖二人各换一杯酽茶，退后一步禀报傅恒："主子，成都府、城门领来了，在签押房那边候着。"

"你去请他们稍候，我和廖将军再交代几句话就叫过来。"小七子答应一声回身便走，傅恒叫住了，"廖将军上次在下寨枪伤了肺，既有银耳，包二斤交给他的戈什哈带去。——哦，给马光祖也带二斤。"他满面倦容，起身到铜盆里撩水洗了一把脸，仔细揩干了归座，对廖化清道："留你没有多的话，马光祖先回刷经寺调度人马。你开会来迟了一点，再交代几句。"见廖化清要起身恭听，手按了按示意他坐下，"今年春寒，本地人说逢这年头金川有瘴气，所以一定要秋冬季动手。南路军兆惠那边步步为营向小金川推进，因为那里泥淖太多，易守难攻，北路还是主战场，因为有个下寨，毕竟容易穿插。讷亲的计划原本没有大错，漏子出在两条，一是料敌不清，道路不熟；二是我军没有联络办法，不能互相策应，各自为战，反被莎罗奔各个击破。"

廖化清点头，说道："是！打着打着敌人就没影儿了，偷袭刷经寺，截松岗粮道，军情都送不到中军。我们就像死蛇，一截又一截断开由着老莎拾掇！"

"莎罗奔已经把所有的粮食盐巴被服运到了刮耳崖，老人女人和孩子也都移过去了。"傅恒捧着银耳碗，目光在灯下闪烁，幽暗得发绿，"想必是要在那里死守！或是那里有通往青海西藏的道路也未可知。我已经写信给岳钟麒，叫他着意侦察，有路就堵死它！"廖化清道："莎罗奔看来是不肯面缚投降的了，四万藏兵在大小金川周旋，三万老小到刮耳崖！大帅，这些藏人我佩服，有血有肉有骨头。我最怕他们来个聚族自焚，我们脸上就挂不住了。"傅恒叹息一声："我也担心……最好是在大小金川混战中生擒了他——现在没有开战，说这个话未免太早——不说这些空话，海兰察飞鸽传书，他营里传唤将佐，用的是唢呐，千总以上的官，每人一个号谱，夜里打乱了阵，唢呐一响，就知道主将在哪里，吹唢呐叫谁。兆惠是用的牛角号，道理也是一样。方才想了想，你们是鸣枪叫人，恐怕不成，因为莎罗奔也有枪，土枪鸟铳火枪都有，你打枪他也打枪，响成一片就分不出信号——要改。就用他们的办法，总而言之要一联就通，哪怕你们学鸡鸣学狗叫呢，我不管。这边是主战场，联络更是要紧，和我联络、自己营里上下联络、和策应军营联络，都要有死章程。战场上，联络就是呼应，就是战机。你要想清楚了，从伍到哨、队、棚、营，各级长官上下左右，一是打散了怎样聚，二是临时调动怎样传令，摘韭菜样一根一根理顺了。和我至少要有三种联络办法，和川军至少有两种——还有粮食供应，开了三次会议了，这是不消细说。有备而无患，是千古不易的至理——就这些话，比如探测道路、辎重运输，有些细务，回去和老马再合计一下，缺什么速速报我。"

廖化清一边听，手掐指头记忆，听完起身，单手平胸"刷"地一个军礼，说道："爵爷放心！"接着便复述傅恒命令要点。傅恒满意地点点头，见他要走，又叫住了问："你那里有五门炮？鸟铳多少支？"

"回大帅，二十五支！"

"把我卫队鸟铳再拨给你十五支。我有三十支足够用的了！"

"谢大帅！"廖化清激动地说道，"我一支也不要。这仗打不赢，我和老马说了，二十五支鸟铳全向我俩开火，把我们打成马蜂窝抬尸见您！"

"我不要你们马蜂窝，我要莎罗奔！——炮队要拉上去，走得慢也要拉！"

"是！从清水塘水运大炮，不算慢。火药——遵大帅的令，都用油布包了外用蜡封——还要回大帅，莎罗奔也有十几支鸟铳，也有炮，请大帅留意！"

傅恒笑道："金川不产硝、硫磺，他能有多少库存火药？小金川的炮缴还了官军。大金川没有炮。十几支鸟铳还要用来打我的传信军鸽，这么大战场，那么点东西是胡椒面儿——懂么？是个'味道'！好——放心去办差吧！"

廖化清"啪"地一个转身，佩剑马刺叮当作响去了。

这边小七子去传令鲜于功张诚友晋见。傅恒笑谓金辉："有人说败军之将无以言勇，我看不见得，马光祖廖化清都是莎罗奔打残了的人，北路军带起来，士气不比兆惠的低。马光祖三月天打赤膊，在小黄河口探路，差点陷进泥淖里。廖化清和当兵的一起拉纤儿拖炮，一身伤疤亮出来，兵士们病号都起来跟着上去了——"说着，见鲜于功张诚友捧着手本一溜小跑进来，对金辉道，"你和他们讲，进城的兵都是川军，要全部赶出去！"说罢，要水漱口，坐在卷案中间，抽出北京南京递来的驿传信，用剪子一封一封剪拆。鲜于、张二人请安行礼也没有理会。

"川军绿营调来这两万人，是为策应马军门兆军门两路人马用的。"金辉轻咳一声说道，"不是让他们到成都这个花花世界享福来的。我昨个儿便衣出去看了看，杂在人群里的兵触目皆是，有的游击千总带着马弁骑马进城，趾高气扬，有的采办大车小车沿街买鸡……买牛羊肉，成都市面上黄豆价涨了一倍，鸡肉涨了两倍，牛羊肉也涨了七成，采办前头走，买菜的百姓后头捣着脊梁筋骂。还有串茶馆听说书看戏的，直出直入。有的军官还和商人在饭馆里混在一起……这太不成体统！傅大帅早就有禁令，所有军官兵士不奉命不许进城，两位老兄竟是视而不见！"

鲜于功和张诚友都低头垂手站着，不时瞟一眼伏案看信的傅恒。听完金辉劈头盖脸这番训诫，鲜于功翻翻眼皮清清嗓子，却没吱声。张诚友道："川军西营管带贾清源到卑职衙门说过，兄弟们在城外住，有些吃的供应不上，请允准进城采办些打打牙祭；还有些药物，头疼伤风的长疖出癣的，军医照料不来；说这事请示过鲜于太尊，照先头营例，每日允许出营一成五①，卑职不敢自专，请示了太尊，才放人进城的……"

金辉便目视鲜于功。这是个三十多岁的中年人，方脸细眉鼻如悬胆，白皙的脸上，唇下留着修得极精致的八字髭须，白鹇补褂下露着一条黄腰带，一望可知是个黄带子宗室子弟。鲜于功稳稳地站着，微一哈腰道："回中丞。成都城外是头一次驻兵，贾大人亲自来衙说，兄弟们吃不上青菜，帐房潮湿，过了病气传起疫来不得了。因此就允许了——据卑职想，这是军政军民一体劳师助战的好事，从进城兵士情形看，大体也还安分，并没有扰民的事。"他抬起头看着金辉，微笑着绷着嘴唇，仿佛在说："就是要顶你一下，你怎么样？"金辉咽了一口唾液，说道："不行！从明天起，所有在职军伍人员，一律不许入城！"

"回大人，"在旁的张诚友嗫嚅着道，"这么晚了，怕传集不到人……"鲜于功也道："这又不是敌情，何必急在一时……"

傅恒看着文书信件，似乎里边写的事情惹得他烦躁，听他们啰唣，将文书一推，问道："金中丞说话不顶用了么？"

好半日鲜于功才道："大帅……哪敢呢？卑职们不敢那么眼皮子浅。卑职的意思……"

---

① 一成五：即百分之十五。

"你知道'一成半'是怎么回事?"傅恒站起身来,背手踱步说道,"莎罗奔派四个细作站在城门口数数儿,就能算出策应军人马总数儿!"他倏然回身,皱眉说道,"你说不扰民?菜蔬粮肉涨价就是莫此为甚的扰民!"有这几句话,金辉胆壮起来,言语也显得有了底气:"成都不是前线。前线将士,马军门的兵只有冬瓜南瓜红米饭,兆军门是泡菜就米饭,海军门的兵更苦,十天才能吃一斤鲜青菜。这里干爽地面扎帐篷,豆腐猪肉青菜要什么有什么,还要用军费买黄豆,三斤黄豆换一斤鸡打牙祭。黄豆价涨,鸡也没了!叫松岗刷经寺和清水塘这些地方驻守的军士们知道了,前后方如此旱涝不均,他们是什么想法儿?"傅恒问道:"三斤黄豆一斤鸡是怎么个换法?"

金辉苦笑了一下,解释道:"黄豆产自奉天,吉林黑龙江,军费补贴运到四川,自然比市面便宜,八分一大斗朝廷要贴进去三分。三斤黄豆出一斤豆腐,可卖到一斤毛鸡的价,老百姓还能落下豆渣……"他没有说完傅恒已经明白,笑道:"我已经清楚了。鲜于功,从明日起,库存黄豆封存,军库也一样,还有湖广也照此办理,三日之内盘清底账,两省统一用黄豆换活鸡,仍是三兑一。把活鸡活兔全部供应南北两路兵士吃,还有萝卜、莲藕这些易运易储的菜,也折价照此办理。"金辉怔了一下,说道:"是。"抬眼想问什么,没有言声。

"今儿一天会议没离这个屋,我们一同外面走走。"傅恒双臂伸张大大舒展了一下,吩咐小七子,"给我更便衣。那边书办房里我见还挂着几套便衣,你们也去换了,咱们一道逛逛成都夜市。"

小七子忙答应着,便张罗给傅恒更衣。自古以来,陪长官上司随喜游散,是下司官最巴望不得的事,鲜于功张诚友也自心里欢天喜地,忙不迭过书办房胡乱挑了两件青布夹袍穿上,站在阶下候着,傅恒和金辉已经出了花厅。

"我们两个这身行头,像不像茶商?"傅恒看看自己的灰府绸开气夹袍、黑缎团万字马褂,又看金辉的蓝团寿字褂,笑谓张诚友,"你两位也很像账房先生,我们算是一伙的——小七子,带点碎银子。咱们走——戈什哈一个也不许跟!"悠悠摇着步子沿仪门里石甬道缓缓而行。金辉还在寻思方才的事,说道:"大帅,黄豆换鸡的事,做得不合算。听说老范(时捷)要去户部了，他面儿上嘻哈，心里精明得很……"

张诚友和鲜于功也对视一眼，这里没有他们插嘴的份，心里也不以傅恒为然。傅恒轻松地甩甩臂，笑道："出去一喊'大帅'就不成了。我是老恒，你是老金，他们一个老张一个老李！——合算！我一算你就知道了——啊……这是石榴花香……真好啊……"他仰望着湛青的夜空深深呼吸着，徐徐说道，"豆子到了兵手里，只是豆子而已，煮黄豆泡黄豆——豆芽也一缸一缸烂，茅房里看，拉出的屎豆子豆芽儿都没克化掉……"这一说几个人都笑了。傅恒接着道："是你们提醒了我——到老百姓手里它就又生发生业了。磨豆腐卖豆腐可以变钱，豆渣老百姓也吃得；榨豆油可以供应军需，油价也能平抑，榨油豆饼能作饲料，穷极的人也能糊口，还可做成豆酱豆乳豆浆来卖，不能养家么？军营里有鸡肉吃，老百姓没有鸡，鸡价高了养鸡的兴头也就高了。大兵过后似水劫，百姓支差支饷都是精穷，还要从户部调粮赈济……这个账算给范时捷听，他不笑不是忠臣好官！——还有北方调来的麦子、棉花，也要一例办理——我当然不是说指望豆麦就能军民两兴旺。这是思路，是我傅恒应该有的思路！"

一般侃侃议论，不但见心思而且见胸襟。四个人心中且敬且佩且惭且愧，各人况味不一。

第十三回　邂逅逢贤臣询边情
　　　　　慨淫侠索城束官箴

　　钦差行辕周匝半里内夜宵戒严，驻的都是傅恒的中军。此时营里早已熄灯，坟场一样寂静，只留一条通向西大街的胡同，每隔三丈吊一盏写着大大的"傅"字的米黄西瓜灯。灯下齐整两行卫队哨兵五尺远一个，站得木头桩子似的纹丝不动。只有两名巡弋的游击管带，见是傅恒出来，一挺身行了军礼，退后一步让路请行。傅恒也不言语，微一颔首答礼，迤逦出了巷口，才回头对几个人笑道："太肃杀了，兵凶战危真真是不假——我年轻时做散秩大臣，诗词曲赋都爱，方苞勒敏尹元长这些秀士文人都是至交。如今早已往事如烟，都风流云散无可奈何花落去了——现在来出兵放马，讲究摸爬滚打！人，真是不可思议……"几个人听了都笑，鲜于功道："我读过大人的《水亭诗遗》，嗯——'我来游白沙，徐行步无迹。还语觅食鸥，客至勿惊疑'……'冻河青玉带，轻抚透指凉'……那是何等的清雅恬淡，适闲优雅！"

　　"都忘了都忘了！"傅恒连连摇手笑道，"现在别说是鸥鸟，就是碰到仙鹤也顾不到跟它凑趣儿了！倒想不到你还读过我的赧颜之作！"鲜于功道："大人诗风传海内，直追昌谷格调，读书人哪个不爱？《水亭诗遗》《沧浪夜谭》《庸斋茗话》《剪烛集》……"他也真个熟稔，扳指如数家珍，胪列了坊中傅恒所有著作，连背带吟夹着述评，听得一身劳乏的傅恒脚步儿都轻快了许多。

　　几个人随意散步说笑漫谈，不觉已经穿了三个街口，到了关张祠堂。这里虽说名字叫"祠堂"，其实堂宇只占了正北一小片地方，据传是三国时蜀汉的点兵校场，后来人口渐密，已变成城中心的集贸之地，店肆馆堂绕场盖起，日市三十六行俱全，夜市也就应运而生。每到入夜，只要不是大风大雨天气，不但卖果子点心各类小吃如醪糟蛋、水煎包、酸梅汤、烧饼、馄饨、过桥米线、水粉凉皮、烧鸡卤肉……一应俱全，还有书画、玉器、旧书、碑帖、烟、料器烟壶、唱本小画、绸缎、瓷器、花木、首饰、真假古董一类，摆得二十几亩空场上密密麻麻。游夜市的人比肩继踵，沿着逼仄的小地摊围成的胡同来回滚移，买卖讨价还价声、贩子们一声高一声低尖亮的沉浑的暗哑的如唱似咏的叫卖声嘈杂不堪。傅恒从凌晨起，看文书料理军务还有各地从军机处转来的咨文，中午小憩片刻下午又复开会议，览读阿桂纪昀尹继善的来信，封闭在一间屋里几乎没动窝儿，乍入这熙攘往来纷繁热闹的市井场地，比起虎帐筹兵的肃杀严威、军书旁午的焦累，真有天悬地隔之感，浑身绷得紧紧的神经一下子松弛下来。这个摊子上瞧瞧秦砖汉瓦，那个摊儿上翻翻碑帖字画，甚至卖眼药的、跌打药、百补增力丸诸类的也凑热闹到跟前听个兴致盎然。众人跟他走一处转一处随意说话消遣时辰，金辉也买了几刀南纸，并连傅恒买的薛涛笺、宋墨诸物都装了在小七子的钱褡子里，鼓鼓囊囊挨挨蹭蹭随行游荡。

不知不觉间的一众五人已转悠到场东北角。比起西、南、东三面栉比鳞次环绕的馆肆店堂，西边的关张祠堂显得又小又暗，矗在高高的点将台上，和南边一大片繁华嘈乱默默对峙。隐隐灯影之下，绰约看见黯黑的匾额上"目无魏吴"四个大字，将台周沿今春生发的青草和去岁黄去的枯草糅杂一起，远看去斑驳陆离，近看倒峥嵘茂密，仿佛在各自陈示多少代以来的沧桑春秋。也许因这庙祠带着一股冷峻苍凉之气，古校场南边都是热火喧闹的市廛，到北边却是又一种格调。一摊一摊的芦棚都是带字号的茶馆，弹弦子说书的、说相声演川调道情的、测字打卦、吞剑喷火、打莽式、踢钟幡的，东一片西一片横在将台前面。流连之间，这边唱那边说，令人耳不暇闻。忽然，西北上一片声鼓掌喝彩，傅恒张眼瞭望，灯火阑珊处围了好大一片场子，场中间蹄铃悦耳，一匹马绕场奔驰，马上一个女子单足踏背双臂翼张，走马灯般在场里旋转——原来是一伙走江湖卖艺的正耍马戏。傅恒笑着向身后几个人招手道："瞧瞧去！"金辉几个正往一个茶棚走，听见了忙趱身过来。

圈里的马还在绕场疾驰。此时走近看得真切，是一老两少三个蒙古装束的男子看护场子。旁边架子上挂着马刀弓箭长矛套绳等类物什。绕场一圈灰线，界定围观人众，挨近圈子的人都盘膝坐观，三尺宽的马道内圈在地下钉着胳臂粗的木桩，顶端离地不足二尺，却不知做什么使的。再看那马上姑娘，也是蒙古装束，牛皮马靴水红滚黑边袍子，在马上时而倒立劈叉，时而鹞子翻身，单手支鞍平身旋转……竟比寻常卖杂耍的平地献艺还显得稳当。人们都看得呆了。那女子正在马上金鸡独立，突然一个失手，倒栽葱跌落直下，本来就手心捏得满把是汗的观众不禁"啊"的一声惊呼！傅恒的心也不由猛地一紧，不及出声，惊悸间只见女子右足蹬镫，左足勾鞍，一手抓鬃，一手顺架扯过架上弓箭，竟是镫里藏身，挽弓搭箭，也难以看清她什么手法，只那箭一枝枝倏然射出，绕场三周，十几根桩子顶端已是各钉上了一枝！

"好！好！好！"

看演马的人起先惊愣了，惊傻了，此时才回过神来，立即便是一阵轰然喝彩。铜哥儿制钱雨点般飞扔到场中。傅恒金辉都是常在校场巡阅点校观摩比武的人，箭是这样射法已是闻所未闻；这样的准头——周匝是挤拥不堪的人，无论哪一箭略有闪失得了？——又是暗夜灯下飞马射出，如此惊人的胆量艺业真个匪夷所思，不禁也心下骇然。金辉凑在傅恒耳边问道："别是幻术，变戏法吧？"

"断然不是！这是真本领硬功夫。"傅恒看那女子滚鞍下马谢场子，一老两少任由人们欢呼鼓掌，也没有抱拳逊谢那一套，便默默搭架子扯绳，要演绳技。倏然间，二十年前在石家庄看绳技，看娟娟月下舞剑的一段往事涌上心头，那灯下草书舞剑诗，那骆驼峰上的桃林阵阵缤纷落红……已经去得那样久远，只剩了一抹淡红的记忆，此刻又一下子拉得极近，他的脸色变得苍白起来……再看那女子，不过十六七岁年纪，已经脱掉了罩在外边的袍子，长裤短褂都是银红色，腰束一条葱绿丝带，纤纤婷婷，婉然又是一个娟娟，只是肤色略深一点，两条细眉眉尖稍稍挑起，带了蒙古姑娘特有的一份野犷之气，因凑进场子，端详着正用手指理顺头发的女子，用蒙语问道："姑娘，你很有本领，也很美丽。是哪个草原上飞来的天鹅？科尔沁、呼伦贝尔、温都尔还是尼布尔？"

那姑娘没有料到这个地方还有人会说蒙语，用疑惑的目光上下打量一下傅恒，眼中放出喜悦的光，深深向傅恒一躬行礼："我们来自遥远的车臣。请问大叔，您是哪个王爷的部属？这么大的天空，您怎么也飞到了这里?"傅恒捋须含笑,说道:"我是满洲人,家母和祖母都是从漠北蒙古飞来博格达汗身边的。我叫傅恒,人们都叫我老恒,来此做茶叶生意。"

"真太好了!想不到在这里能遇到蒙古的亲人!"她喜欢得拍掌一跳,说道,"老恒!我叫钦巴莎玛①。阿爸,阿爸!这里有我们的亲人!"那老人早已听见,核桃壳一样满是皱纹的脸绽着笑容过来,双手一摊哈腰行礼,说道:"朋友,在这里见到亲人真是高兴!我叫钦巴卓索!"

"老恒。"傅恒再次自我介绍,笑着回礼,"用汉人的话说,这叫他乡遇故知。车臣到这里万里之遥,你们不容易。"

"是的朋友——很难。"

"路过了喀尔喀?"

"还有阿尔泰山?"

"那么——回部,霍集占部也是走过来的?"

"当然,不过我们有马。"

傅恒还要问,车臣举国大迁徙,已安置在尼布尔之南的大草原上,为什么他们单独飘零至此,但场上观众见绳架搭好,已等得不耐烦,哗哗地拍掌鼓噪催促,便含笑告辞,说道:"我现在在成都有家,欢迎你们到我那里做客,没有奶茶,我用烈酒相待。我的仆人会来请你们的。"又向莎玛点点头,折身去了。这一顿蒙古对话叽里咕噜,任谁没有听得懂,走了老远还听有人背后说"原来这汉子也是个鞑子",傅恒也没理会,绕将台边又向南折,一声也不言语。

"大——老恒,"金辉走在他身边,见时明时暗的灯影下傅恒神色若喜若悲,忍不住问道:"方才那女子说了些什么?您像是有心事……"

"唔?唔……"傅恒恍惚之间醒过神来,掏出怀表就灯看,眼花得看不见长短针。小七子在旁觑见,笑道:"爷,短针到两杠儿(11 时)上了呢!——咱们回去吧,夜市也要散了。"傅恒指着一家三间门面的夜宵小吃店,笑道:"走,吃点东西去!"又对小七子道:"你去知会一声方才和我说话的那位蒙古老人,不要讲明我们身份,只问他们住哪个店,明日你去接他们,我要和他们攀谈说话。"随行的鲜于功和张诚友不约而同对望一笑,

---

① 钦巴莎玛:蒙语"燕子"的意思。

心里暗想：这位大帅久旷在外，莫不成有了思春之心，看上了那个蒙古小妞儿？见金辉已跟傅恒进去，忙随了上去。此时人流已经稀疏，散散落落愈来愈少，小贩子们也已经开始在收摊子卷包儿了。

小吃店快要打烊，最后几位客人离座揩嘴散乱着出来。老板的眼睛极近视，几乎是脸贴着账本子曲肱抠算盘子儿，口里吩咐："小财儿把盘子碗收拾洗刷了，叫你娘把桌子抹净地扫扫。跟你娘说，把剩余的豆芽儿泡在水盆里，干放着烧根了①就算扔了……"听见脚步声进来，觑着眼盯了半日，满脸挂笑起身迎上，"哎呀！是几位老客光顾我这小店！这早晚的，您老们好兴致，请这桌上坐……财儿他妈，沏茶！拿抹布来擦桌子！"便听里边厨屋极响亮一声妇人腔调答应："哎嘿——来了来了！"一个五十岁上下的女人，胖乎乎墩实实，风风火火出来，肩上搭着刚洗过的抹布，一手端一摞茶碗一手提壶，却是麻利洒脱十分健谈，放壶放碗揩桌子，布了碗冲茶，兀自口不停说："老板们想用点什么？有麻婆豆腐、辣子鸡丁、红椒爆羊肚、青韭鳜鱼春卷，芥末黄瓜粉皮丝那是最新鲜的啰……一看你们几位就是有福之人，做官就不是小官，发财准定发大财！要不是这个时辰，再不得来我这小店吃饭的——财儿，把火炉子捅旺些！"

"你说得我们没有插嘴工夫，怎么点菜啊？"金辉笑道。傅恒却道："我整日价忙煞闷煞，听这样的话说倒觉开心胸。捡着你得意的好吃的随意儿上几样，叫你老板也过来坐着说话！"那胖妇人笑呵呵道："我们老板三脚扎不出个屁来，叫他过来也是个木头橛子。小财子先上几碟子凉菜，鲜黄瓜芥末粉丝，泡榨菜片儿，莲菜、牛筋板切薄一点——小心点莫切着了手！这店里我一处不到堂一处不成事。我这掌柜的是个读书老冤儿，三十岁上才中了个秀才，三回考了个六等，还吃了教谕二十板子——"说着已是一屁股坐了傅恒右侧，手里提壶续水，"吃茶吃茶！——吃了板子扒了功名，还是整日抱着个孔夫子，有一回他念什么黄子'割不正不食'，又是什么'食不厌精脍不厌细'，我说你这么爱吃，咱们开饭馆去！"她叽咯笑得前俯后仰，惹得傅恒四人也开心大笑。老板竟是充耳不闻，脸贴在桌子上不知看账本子还是看书。那妇人笑着又说："他不愿开饭馆，说什么'君子固

---

① 烧根：豆芽干放久了根部发红。

穷'，啥子'青云之志'——后来给我儿子说媳妇儿，说对家是书香门第。到会亲那一天，两亲家翁见面，我怎么看两个老头子都吃了鸡爪黄连似的——这么咧着嘴，说'嘎！'那位亲翁也一般嘴脸，说'嘎！'——这是什么礼数？回头一问，原来两个人一道考六等，一道吃板子时认识的老朋友！"

傅恒一口水没咽下去，"噗"的一声呛了出来。金辉鲜于功张诚友三人扶着桌子笑得跌腿捣胸。小七子恰进来，见傅恒一手按桌吭吭地咳，忙过来给他捶背。老板说了声"唯女子与小人为难养也"，夹起书本进了里屋。傅恒整日坐堂办事，不与凡人搭话，见乾隆唯唯而已，接见部属侃侃而已，久不得人间真趣，被这女人一顿话逗得乐不可支，见凉菜上桌，便伸手向小七子道："取块银子来！"见小七子掏摸，亲手从褡裢里掏出一块银锞子，足有五两重，掂了掂推给老板娘道："赏你。不要热菜了，有什么好点心上来，再一人一碗汤，清淡一点，豆腐脑儿、紫菜汤或是鸡皮酸笋汤都成。——你们老板叫什么？"

"谢爷的赏！您老慈眉善目怜穷恤贫，准定了日进斗金子孙满堂！"老板娘喜得忙离座蹲福儿行礼，"人家都叫我快嘴金氏。我们老头子人都叫'秀才金家'，其实官名就叫金辉。"

几个人一怔，随即一阵大笑。金氏却道："列位爷准是笑和金大中丞同名同姓儿——人家那是大富大贵，金子放光儿。上回我和老头儿拌嘴还说：你是姓金没有金一定穷断筋！——没法比，金子一到你手就变成灰了！"众人又笑。金家的儿子已经用条盘端了五碗醪糟蛋上来，一大盘烙得焦黄喷香的葱油饼，一盘子小笼包子，一盘子笋瓜葫芦丝贴锅。小伙子却没多话，一一布着，小声道："鸡皮酸笋汤一会就得。爷们用点什么酒吧？"傅恒指着三人笑道："他们能用，就是川窖老陈酿吧。我就用这甜酒醪糟蛋的好。"金辉笑道："这里有什么规矩忌讳，少用点子提神解乏罢了。"鲜于功早已斟一杯双手捧上，傅恒笑着接过倾进汤碗里，却对金氏道："你比出金大中丞，金大中丞如今可正在倒霉呢！——你们喝，七子到那边桌上，也弄点饭吃，别在这站规矩。——老板娘你也喝一碗嘛。""我已经吃过饭了，酒也用不得。"金氏笑着道，"说到金中丞爷，咱们四川人都替他老人家可惜！官做得那么大，出门常就坐二人抬竹丝小轿，骑毛驴儿下乡看庄稼，和看瓜老头、推车的卖水的一道儿说话，跟家里老爷子料理家务似的，唠唠家常就走，人走了还不知道是好大好大的官哟！"

金辉起先还笑，万不料及话题一下子扯到自己身上，听金氏如此评说，心里一酸，几乎坠下泪来，端起酒杯对鲜于功张诚友道："喝！"一碰饮了。傅恒笑着也喝一口汤，道："我听说过，金中丞是好官。"

"好官！当然是好官！"金氏忙给三人一一斟上，"咱们成都人心里有数，前年打湖广河南来好一伙子逃荒的，那年四川年景也不好，金川那边打着仗，这里赈灾，这场块别说夜市，就是白天也满场都是讨吃叫化子——就在点将台底下开粥棚。人多粥少，金老爷打俸禄里贴补进去三千两！如今哪有这样的好官？"傅恒笑道："如今这样好官确是不多。不过，要是这头出三千，那头不定哪里又得一万，算下来仍旧合算嘛！"

他这一说，不但金辉，连鲜于功张诚友都是一惊，立刻觉得这餐饮变得一点味道尝不出来：这个快嘴婆娘是个问一答十口中毫无遮拦的角色，傅恒这句话其实就带着考察口碑的味道，万一从这张破嘴里道出个"不然"，就是走通了吏部尚书的门子，考功司报十个"卓异"，都要让她给败坏了。张、鲜二人顿时如坐针毡，脸色也变得少了血色，睁大了眼看这女人。

"金大人不贪！蔡寡妇被奸逼上吊那一案，前头被告使出去几十万银子，扒房子卖地，连臬司、刑部谳狱司的官都买成了自家人。"金氏见众人如此认真听自己说话，一边劝酒，一边更加得意洋洋地自顾说，"金大人硬是扳回来了，一个藩台老爷吃挂落，臬台拿问，还有两个道台一个县令两个巡检老爷，统都拿了，就在这场上带枷示众！听说原告王家钻了多少门路，送钱给金中丞，金大人说'有理何必送钱？官司赢了还要打点我，这案子有疑'——为这驳了臬司，也驳了刑部的大佬！"本来话到这里，也就足尺够秤，偏她又忿忿补了一句，"哪像我们鲜太尊，前头丁香后街王家为争一块坟院地，先送三百银子，不要，再送一千，就收了——'不要'原来是假的，嫌少才是真的！"

怕处有鬼痒处有虱，这张管不了封不住的嘴果真兜了一兜子蒺藜给鲜于功！鲜于功的脸色立刻变得雪白，脑子都木了，浑不知该怎样应付这场面。金辉原先心里熨帖，脸上挂着的微笑一下子凝固，木呆呆的像庙里的拈花伽叶似一动不动。张诚友呆若僵偶，直盯盯看着金氏，不知道这张可怕的嘴还会说些什么。连旁桌上吃饭的小七子也举着筷子，脸偏过来看金氏。这时，那位在里屋的"嗄"秀才金辉出来，胳肘弯里还夹着书，对众人道："别听她满口柴胡，王尔清争坟地，人家占着理。太尊爷据理公断，过后送点谢礼，也是人之常情嘛！"

"去去，还读你的书去。"金氏笑骂道，"这里满街的人谁不知道？里头夹着人命呢！他们能堵住谁的嘴？张镇台的兵来吃馆子，一窝蜂来了，一抹嘴，一窝蜂又去了，你去镇台衙门诉屈，差点儿又是'嗄'的一声儿——你回来不也叫撞天屈么？"

这一来连张诚友也一扫帚扫了进去。张诚友眼都绿了，瞪着眼恨不得一个窝心脚踢死这个多嘴婆娘。鲜于功又恨又羞又无奈，惨白着脸，心里咬牙切齿。傅恒却笑道："天下乌鸦一般黑，当官的能据理公断，事后收点礼，如今已是寻常事，那些个丘八爷，比你这里无法无天的多着呢！世间有些气恨，不公道，连玉皇大帝瞧着也无计可施。金大嫂，忍了吧，一忍百事安……"说着便起身，听见远远拱辰台三声喑哑沉闷的午炮，大人打了个呵欠笑道，"听你说笑话儿真解乏！小七子，再赏她几两银子！"小七子忙答应着，又摸出一个银锞子放了桌上。金氏、金辉老板还有他儿子千恩万谢送他们一行出来。

校场夜市早就散了，所有的店铺都已关门打烊，黑漫漫一片空场，只有西边靠南再向西拐弯处，仍旧灯火辉煌。金辉见傅恒默不言声前走，鲜于功张诚友脚步灌了铅似的踽踽随后，一时竟想不出话题打破尴尬沉闷，因指着远处道："那里是通宵市，一处戏园子演连台戏，挂红绿灯的都是行院……这么远远听琵琶声，倒别有一番情致。"傅恒似乎不像众人揣猜的那样恼怒，只点头道："商女不知亡国恨，隔江犹唱后庭花。远观近景各自况味不同……"他深长地叹息一声。

"大帅……"鲜于功见他开口，心里略松了一下，怯生生在侧后说道，"卑职——"

"不要讲了，过去的事就叫他过去，有则改之无则加勉就是了。你们不可难为金家，他们也是无心快口嘛！"傅恒不紧不慢，像是在谆谆嘱咐，又像不胜自慨，"如今情势，我心里有数。过几日有空我接见你们，不会有什么处分的——我那里忙得焦头烂额，事情堆成山，哪一件也比这事大……"

"谢大帅体谅……"二人几乎同时说道。

将至校场西南角，一拐弯就是返回衙门的原路，傅恒站住了脚。寂寥的空场上微风漫地而过，半圈的下弦月在浓淡不一的云层中时隐时现飘曳不定，场上被人踩得毡一样的扒地草，斑驳纵横，也是时明时暗，便听铮铮琵琶声里，一个歌伎的唱声袅袅传来，却是汤显祖的《北寄生调》：

> 怕奏阳关曲，生寒渭水都。是江干桃叶凌波渡，汀洲草碧粘云渍，这河桥柳色迎风诉……纤腰倩作绾人丝，可笑他自家飞絮浑难住……

缥缥缈缈如烟如丝，听来令人心怡神驰。

鲜于功张诚友心中怀着鬼胎，这会子就是王母瑶池之乐嫦娥飘袖之舞也无心听看，心里只是盘算打鼓，如何能挽回傅恒的宠荣信任，七荤八素胡思乱想着。傅恒转身对金辉道："金公，方才进夜市时你留意没有？不少军官，还有文官也来逛市！"

"没有留心，大约是有的吧？"

"你看——"傅恒用手遥指西边一带，"那些轿，不是官轿？还有那些马，石条凳上坐的那些马弁、衙役、长随们，在妓院门口干什么？"

"……"

"鲜于功、张诚友，"傅恒脸上毫无表情，"你们过来！"

两个人同时一愣，忙答应着抢上两步逼手儿站定，答应道："大人有何吩咐？"

"现在你们立即回衙，点起你们的人，即刻全城大索！①"傅恒的话斩钉截铁，结了冰似的冷峻，"前方将士围剿金川，他们在这里高乐，我要给他们点颜色瞧瞧——不论文武官员品级高低，凡是逛妓院玩婊子的、看戏吃酒的，全部拿了，分别拘押到臬司衙门，听我发落！不许惊扰商贾良民，听见了？"

---

① 大索：即大搜捕。

"是，卑职明白！"

"老金，走，回衙去。"傅恒放缓了口气，自失地一笑，"李侍尧今天到成都，只怕这会子已在行辕里等我了。还有尹元长寄来的信，阿桂和刘统勋的廷寄，你今晚必须过目。今晚你要陪我熬一夜了——要不要知会嫂夫人一声啊？"金辉今晚分外欢喜兴奋，单是金氏一番话，他觉得不亚于得了一道嘉奖圣谕，此刻是半分瞌睡没有，直想找人聊聊，聊什么都成。听傅恒逗趣儿，不禁一笑，道："您也忒看得我不堪的了！皇上批回我的奏折朱批还没看呢！把你的碧螺春酽酽沏上，我们啜着说话——你们站着做什么？还不赶紧办你们的差去？"

"喳！"鲜于功张诚友忙应一声，匆匆去了。

傅恒望着他们背影，无声地透了一口气，向前走了几步，冷笑一声说道："打赢了官司，送三百不要，送一千收起，天下没这个道理没这份人情！"他百不相干撂出这么句话，金辉定了定神才想起是说鲜于功，沉吟了一下，斟酌着字句说道："他是老简亲王喇布一枝上的宗室，黄带子哈喇珠子，他这个汉名儿还是当今和亲王五爷给起的，不是个好招惹的角色啊！"傅恒听到鲜于功和弘昼还有这份渊源，从齿缝里倒抽一口冷气，咬牙笑道："没法子，碰上了就碰。他若不再为非，我教训一下退赃平案了事；若为非，那是获罪于天，无所祷也！"

"为非不为非，那是以后的事。"金辉笑道，"打完仗，你得胜还朝做你的宰相，这里天高皇帝远，谁管这闲账？——走吧！"傅恒没有挪步儿，从齿缝里一笑，说道："你现在还回你同名同姓那一家去，今晚无事明儿见。我回行辕去，要不是急务，我就留下了，待会儿派我的亲兵过来归你指挥。你听明白了，这是我的钧命，不是和你商量。"

金辉听了觉得傅恒太是多逾小心，成都煌煌省垣，金家铺子又在闹市中心，鲜于功张诚友怀罪畏罚自顾不遑，只有立功补过的，哪敢现炒现卖立刻牙眼相还？但傅恒最后一句话他掂出了分量，当即改容，一躬身道："是！卑职明白，懔遵钧命！"

"走吧，"傅恒对小七子道，"到前头觅一乘小轿坐上回去。"

小七子忙答应着一溜小跑去寻轿，金辉也就趄回身返去金家小吃店。

这里傅恒乘轿回到行辕，看表已是子正过二刻，站在签押房前淡淡的月光下看着屋里的蜡烛，还有案上高高一摞文书出了一会神，叹了一口气，正抬步进屋，听见北边脚步渐近，夹着马刺在砖地上擦磨的细碎金属碰撞声，傅恒头也不转便问："贺老六，李侍尧来了没有？"

"回大帅，您前脚走，李大人就来了。我请他在花厅候着，现在在春凳子上睡着了。"贺老六道，"还有湖广管运粮的肖观察，官谠肖路，西安尹中堂的师爷庞凤鸣也来了。他们两个没睡，安置在东花厅歇息。标下要不要把他们都叫来？"他现在是傅恒的中军护领，天生的矮个子大嗓门，此刻压着音说话，听着有些古怪。傅恒不禁暗地一笑，说道："我还有几封信要写，既睡着了，不要惊动。那两位要没有急事，也请先歇着，就在花厅里将就一夜，明早儿再见不迟。"说着便进屋。小七子跟进来说道："那家子蒙古人也已经来了。刚才问过门政，说安置在西花厅后头水榭子房里。——他们知道大帅身份，欢喜得不得了呢……"

小七子唠叨着，傅恒已经坐下，接过他递来的毛巾揩着脸，口里漫不经心"唔"着，说道："这不是什么要紧事，他们从西蒙古来，我想问问喀尔喀策凌阿拉布坦那边的情形，霍集占内乱，回部的事也很烦人。看他们的折片书信，颠三倒四的又写不明白，从莎玛一家子这里恐怕还能听得真切些……"端茶饮了一口，嫌凉，泼掉了把杯递给小七子，"给我换热的。"揾口儿打呵欠，先抽北京的家信，一见封面有"平安"二字便摞了一边。接着看纪昀的来信，却洋洋洒洒有三千多字，先述说了乾隆近日行程，车驾驻跸关防一应事宜，又把仪征观花风波备细详写了，留意看最后一段，写着：

> 窦光鼐此举，窃以为鲁莽灭裂，而圣上褒以憨直可爱，惜乎天下臣子无此风骨者久矣。视皇上微露圣意，似不拟再用其为左都御史，以其品，当为师范，或为学政亦未可知。今窦氏与世兄同为观风巡阅北行，良有深意焉。国家鼎盛熏灼之日而隐患日多，要在吏治民生治安三者而已，而首在吏治，吏治败坏，余皆百哀齐至，民生治安则不可问矣。皇上因高恒一案洞视方今官场颓败，干连官员之众，牵涉官阶之高甚骇视听，欲以包容则恐姑息养奸，尽置法典则诛不胜诛，圣心忧虑愤懑寝食难安，凡诸焦虑形诸

色。每与延清公议及，犹有宵小猥琐之徒私议圣德，以为悠游荒怠者，思之殊堪令人切齿。莎罗奔妻朵云逃逸之事前函已及，涉事人员皇上处分甚轻，谓朵云一女子耳，为夫万里请叩，即莎罗奔面缚投诚，亦当彰其从夫烈义，此亦圣上矜全延清父子体面之至意也。圣上再三嘱昀，告公此役缓进稳战，务期犁庭扫穴不遗后患。且今缅（旬）王被弑。彼，我天朝属国一隅之地耳，乃敢擅立新主不请册而自立，回部霍集占之纷乱，乃及喀尔喀西蒙之再叛，皆待我公奏凯而后制之，切望慎行而毋怠。另告：阿桂前有函言及和亲王爷闯园移宫一事，谨勿外传，并连前函灯焚之。

纪昀顿首密勿

傅恒将信纸抚了抚，仰脸略一沉思，在已看过的信件中又抽出一封，验看了，两封信一并在烛上燃着，看着那纸在手中轰然一亮，渐渐蜷缩焦黑熄灭，才从深幽的思索中回过神，又抽出阿桂的信，展开看时，里边还夹着阿桂给乾隆的请安折子，上面赫然写着乾隆的朱批。傅恒先不看信，立起身看乾隆的谕旨：

朕安，尔前所奏户部银两亏空一折已览。朕于乾隆元年至十年屡降明诏，断不容藩库银两挪借外官，以致再度亏空，乃今经查，又复有七百万两有账无银之亏空！圣祖倦勤季年科布通之败，库中无银支饷再战，朕今思及犹觉心悸，皇考称毕生之力挽此颓风，乃今又复故态，不知户部忠君爱国之心何在！复不知尔军机大臣日事何事！似此，请安亦似虚应故事，朕虽欲安而不得安也！户部留书旨到之日即行撤差，听旨处分，已着范时捷代彼矣！此件着转傅恒、尹继善看。钦此！

他呆呆放下那份请安折子，出了半日神，苦笑了一下才又展信，这才知道，信是寄给纪昀的，上面也有乾隆的批语：

可将此件亦转傅恒，处分之事免议。你主子心绪不佳，不发作你

们向谁说去？盐务亏空一案，银两尚无着落，又见藩库亏空。此
非细务，要当令尔等心脊奴才切切留意耳。尔傅恒、尹继善皆满
洲旧人，办差素著勤劳谨重，朕不疑你们，你等亦不必自疑——
唯现今事多任巨，切责你等慎勿疏漏而已。此件并原件一并缴还。

下面盖的却是"长春居士"小玺。傅恒这才放心坐下看信。但阿桂的信写
得却十分空泛，除了仰谢皇恩臣罪当诛的话头，再就是说平安请保重期捷
报，只有一句话，"嫂夫人着人告诉，睐主子已诞育阿哥，子母康泰，着致
意兄节劳任事。"写得头脑不甚清晰，他用指甲划下一道印，捶捶有点发烫
的额头，捡看兆惠和海兰察的军书拢在一堆，因见火漆印封都用的绿印压
章，没有朱砂印，知道一切顺利没有急事。便抽出信笺，提笔濡墨正要写，
小七子腾腾的脚步由远及近跑着进来，禀道："爷！您竟是神仙！"

傅恒一愣，一滴墨落到纸上，忙放下笔，笑骂道："你这狗才，唬我一
跳——半天云里掉下这么句话。"他忽然憬悟，一下子站起身来，"是张诚
友还是鲜于功？他们真的敢荼毒金家？"

"是！金中丞拿到了张诚友，姓鲜的要逃，也拿到了，已经押到辕门外
了！"小七子兴奋地说道，"这可真比戏里说书的鼓儿先儿们哼的还出
彩儿！"

傅恒一拳向案"砰"地一砸，砚台、笔架、墨锭、笔、杯、涮笔筒儿
跳起老高，连几叠子文书纸张都簌簌发抖。他铁青着脸，咬着牙冷笑道：
"大胆妄为至于此极！"

第十四回　　设机局刁官陷罗网
　　　　　　运筹谋师爷杜后患

　　鲜于功和张诚友奉命捉拿嫖娼宿妓悠游馆亭的文武官员，自己也被拿了。

　　差使本来极容易办的。奉了傅恒的命，两人在分手时匆匆商议，以十字街为界，鲜于功城西，张诚友城东，四门齐关下手，无论文武官员，只要没有勘合行凭是内城衙门的，一律捕拿，两下人马在校场合齐，甄别有忘了带手本凭证的本衙门官员，然后一齐押送巡抚衙，听傅恒金辉发落完事。

　　没有一刻工夫，知府衙门镇守衙门倾巢而出，连守监换班的狱卒都使上了。这些衙役官兵听说是"见官就拿"，又新奇又兴奋，人人兴高采烈个个摩拳擦掌。当时缇骑四出，绳索银铛，一窝蜂拥出，直扑各处书棚戏院饭馆青楼。街上走的、饭桌旁喝酒的、看戏的、女人被窝里拖出来的，不由分说架起便走，衙役们个个得意洋洋，一肚皮鸟气发作，推推搡搡吆吆喝喝，"龟儿子""先人板板"连骂带哄笑。满城睡梦里人都惊醒了，隔门缝外看，被押的"犯人"有的翎顶辉煌，有的衣衫不整，有的抱着官袍浑身赤条条只穿一条裤衩子，又是好笑又是惊异，不知出了什么事。

　　鲜于功押着这群吊儿郎当神色沮丧的官员，到了校场，城东的张诚友早已了事。两下里一合，清点人数，计是文官四十八名，武官六十名，大到观察、游击，小至典史、巡检，绳勒的索锁的，匆忙挣扎里摔得鼻青眼肿的，碰破了胳膊腿的，披散了辫子的，还有的裤带被抽了，双手拽着。这群人有的沉默不语满脸愠怒，有的破口叫骂，有的平素认识鲜于功和张诚友，提着自己名字套交情，活似被孙行者从火云洞里赶出来的一群魑魅魍魉，什么败兴模样儿一应俱全。鲜于功一眼瞧见臬司衙门里巡捕厅堂官也在里头，却是只戴了一顶青金石红缨顶子，高个子、光脊梁、大喉结——是他一张桌上常吃酒的好朋友，提着裤子眼巴巴看着自己不言语——因轻咳一声，清了清嗓子，场上人见他要说话，立刻安静下来。

"各位老兄，兄弟是奉了钦差大臣傅大帅的宪命行事。军令如山，身不由己。"鲜于功笑道，"老兄们有的犯了军令，有的犯的是律令，都有辱于官箴。但兄弟并无处置之权，要请诸位谅解。现在文官站东边，武官站西边，少安毋躁，甄别之后再作处置！"

一片嗡嗡嘤嘤之声中，人们开始懒懒散散分群儿。鲜于功见张诚友使眼色，知道里头也有他的相与朋友，不言声过来二人凑到一处私议。

"老鲜，他娘的！"张诚友道，"臬司胡茂雷也在里头！还有我底下两个把总，都是从妓院被窝里拖出来的——怎么处置？"

寒天风地里，鲜于功似乎有点冷，活动一下身子道："老胡我早看见了，这会子不好放人。先叫他们分堆儿，穿上衣服甄别，就好说些——"他一眼瞭见金家小吃店亮着灯，陡地恶念顿生，屈着臂指指东边，小声道，"不趁这时候教训教训那个老乞婆更待何时？我回衙门一说，我的几个师爷都气得白瞪眼儿！带几个贴己的亲兵，砸了他后，拿起来再说，死罪没有活罪难饶！"张诚友今晚抓人抓红了眼，方才金氏连说带比，作践了鲜于功又连带着鄙夷自己，那种泼妇模样犹在眼前，几乎想都没想，招呼几个亲兵嘀咕几句，几个亲兵"喳"的一声答应，挽胳膊捋袖骂骂咧咧，扑向金家小吃店，脚踢手砸，"咣咣咣"一阵门响，连叫"开门开门！"张诚友和鲜于功两人都是一笑，悠着步儿联袂过来看着，盘算着拿金氏怎么取乐儿出气。

门没有开。里头门面屋里站着金辉老板，里间屋里坐着"金中丞"，还有巡抚衙门里领班护卫邱运生带四个戈什哈紧紧护着金辉巡抚。金老板似乎有些惶恐，几次想开门，金辉都摇手制止了。那金氏却甚是泼辣，手里绰一根擀面杖，耐了一会子，高声叫道："半夜三更敲门打户，你们这么咋咋唬唬，吃了疯狗药了么？"

"开门开门！我们是知府衙门巡夜拿贼的！"

"我们有毒的不吃犯法的不做，这里没有贼！"

"先人板板的，你个鬼婆娘！骂我们太尊爷，糟蹋我们张镇台就是犯法！"

"你不是说咱们吃馆子不给钱么？格老子不嫌你老，两个奶子底下的肉也想尝尝呢——"

"和这贼婆娘啰嗦什么鸡巴？闪开些，一脚端不开这门，我张字倒起写！"

便听外头姓张的几步跨上，金氏"哗"的一声打开了门，那姓张的兵一脚端了个空，进门便是一个马趴，未及起身脊背上已狠狠着了金氏一擀面杖。这一杖打得使出了全力，姓张的痛得五脏错位，竟尔一时挣扎不起，口中兀自大叫："这贼婆娘好大劲！兄弟们上，臭揍狗日的！"金氏提着擀面杖，胖墩墩的身子两腿叉着，立眉骂道："这是金辉老爷子的铺子，在这开十几年了，不是没名没姓的外来野路子。老娘逼急了也不是好惹的！"金老板却想息事宁人，对金氏道："内当家的你就少说几句吧——兄弟们，你们一定踏错了门——我金辉是老实本分人，左邻右舍都能给我作证的——"话未说完，脸上便"噼噼"挨了两记清脆的耳光，便听鲜于功的声气在外头喊："拿的就是金辉！你是金川的坐探，莎罗奔的卧底。臭揍这老杂种。把那婆娘给我狠狠收拾！"张诚友挤进店来狞笑一声，刚要说话，里屋金辉巡抚戴着没有顶子的红缨帽，穿着孔雀补服闪身出来；接着邱运生、四个千总服色的戈什哈佩着刀不言声叩柄而出，站在了通向厨屋的门口。

"金……中丞？"

张诚友像一下子被人抽干了血，脸色惨白得像刮过的骨头，冷汗淋漓而下，张着口瞪着眼，梦游人般原地转了一圈，双腿一软便跪着下去，语不成声说道："卑卑卑职……喝了马尿……克克克撞了……地里鬼，糊里糊涂……"

"糊涂？"金辉冷冷一笑，一眼闪见外头鲜于功转身要往将台那边去，手指定了大喝一声，"邱运生，给我拿下！两个都给我绑结实些！"

话音未落，四个戈什哈从一群呆若木鸡的兵丁间插身扑出，顷刻之间便把鲜于功捆了个寒鸭凫水，那鲜于功却甚是强悍，一头捆着，口里还在强辩："金中丞，不干我的事！我是来叫老张不要胡闹的！"

"放屁！"金辉摘下帽子弹了弹，出一口粗气，"带回衙门再和你算账！邱运生，那批龌龊官，"他嘴努了努外边场上，"——归你料理！"

"好嘛，文四十八武六十，三十六天罡七十二地煞，梁山好汉一百单八将俱全！"傅恒半躺在安乐椅上听完金辉述报"大索"情形，嘴角微撇，皱着眉像笑又像哭，幽幽说道，"连拿人的人也拿了！说不是戏，真比戏还热闹；说是戏，又真的不是戏！"还要往下说，贺老六咧着嘴笑着进来，禀道："那一群王八蛋都押到仪门外了，有几个品级高的，嚷嚷着要见您——请示大帅，见是不见？"傅恒冷笑一声，说道："一概不见！——先寻地方儿把他们圈起来，待慢慢料理他们。——侍尧、肖路，还有这位，你们也来了？"

金辉面对傅恒，闻声忙回头，见云南铜政司使李侍尧笑吟吟进来，后头跟着湖广专门押运军粮军饷的道台肖路，却是一脸庄重，一个师爷打扮的在肖路侧旁，约五十多岁，方白脸上两绺小胡子神气地翘着——想来就是尹继善的幕宾庞凤鸣了。李侍尧笑着向傅恒行礼，说道："外边闹嚷嚷的，死了老子娘般乱嚎，你这边隔着房子，多听不见就是了。我迎出去看了看，哪里捉出这一群牛鬼蛇神来，乍一看，活似十王殿失火，逃出一群牛头马面黑白无常！"金辉将今夜的事一长一短说了，听得三个人又是兴奋又是好笑。金辉道："一百一十个人，就算三个人一间，也要三十五六间房子。又没有床，怎么安置这些腌臜杀才，倒是颇费踌躇。"

"你以为还要把他们当客人，是住驿站？"傅恒牙一咬，瞳仁中陡地一闪光，显得煞是凶狠，"十个人一间先塞一夜，武官不问高低，每人八十军棍，文官全都摘了顶子。宿娼嫖妓的，武官要正法，文官要在成都十字正街枷号三天，革职罢官！"金辉倒吸一口冷气，看看傅恒脸色，嗫嚅道："处分似乎重了些……还有鲜于功和张诚友呢？"傅恒恶狠狠从齿缝里蹦出一个字："杀！"

所有的人都被这话震得身上一颤，面面相觑间惊栗无语，只听窗纸被风鼓得呼嗒呼嗒作响。

良久，傅恒又道："就这样，你去办吧！"

"这个……"

"怎么？"

"还请大帅详虑，里边还有兵部武库司两个堂官，押送新造的弓箭来的；还有一个礼部主事，来查看成都贡院的；都在秋香楼吃花酒……一并被拿了的……"

傅恒哼了一声："送弓箭看贡院跑到秋香楼干什么？前方将士知道了，谁还肯卖命？——一例处置！"

李侍尧在旁一边听一边眨巴眼儿想，见金辉听命转身要走，忙道："慢——金中丞，听我说几句再去不迟！"转脸对傅恒赔笑道："恩帅且息息怒，侍尧有几句刍荛之见。恩帅此举，既整顿川军绿营军纪，又震慑文臣吏治颓风。大令一出，几十颗人头落地，几十个官员戴枷示众，必定在数月之内震撼朝野。万岁爷也在急于力挽官场颓风，必定有恩旨褒扬，示天下以雷霆风范！"

傅恒盯着李侍尧没有言声。

"但大帅请再深思。"李侍尧一个躬身，脸上似悲似喜，款款说道，"夤夜仓猝之间，突然掩而执之，有杀有打有枷有黜，而其中犯过者有刁官悍令一贯为非的，有偶一为之触犯官箴者——说透了，都是风流罪过——方今四川正战情紧急军书旁午之时，若能一鼓斩尽，倒也省事。偏偏又不能！您得分出时辰精力，一一理清处置，把您一个统军大帅泡在四川吏治政务上，值不值？"他屈下一个指头，"这是一。其二，单我看见，里边就有两个四品官员，而且事涉兵部礼部两个主事，一齐枷号，或者问斩，北京部里和您别扭，搜剔挑眼儿寻毛病、造流言，不时跟您寻点小麻烦，您这会子在四川，就是有再大的权，就是急煞气煞，能不能一一料理北京那头的事？"傅恒听着，已然陷入沉思，却见李侍尧又屈下一指，"既有北京的，想必湖广的、陕西的来办差，闲着没事逛戏院、就是睡婊子在别处也都稀松平常的事，你当众辱了，又枷又打，这都是您的军需后队，传出去，得罪多少？尹元长勒敏的脸面怎么顾全？恒相公，唉……还有南京那头，瓜牵藤，藤连根，是何种情景？您是专阃大将，不是本省的巡抚，您的差使是打仗，是莎罗奔的人头，四川政务这么一弄，都搅到一处了，不请旨一下子严厉处分这么多人，主子怎么想？别的军机大臣怎么想？这里的轻重要好生掂量啊……"

这四条，李侍尧恳恳而言谆谆譬讲，有些言外之意只能点到为止。傅恒没有听到一半，已知今日此举前后思虑均不周备，此时句句听来都是透心彻髓般的中肯之言。他一时没说话，似乎有点艰难地站起身来，拍拍李侍尧肩头，踱到窗前，像要穿透窗纸似的望着外头，许久才喟然一叹，道："效梟，不要往下讲了。鲜于功张诚友断无可恕之理，由金辉会同枭司衙门审明正法。其余的人……明天集中会议，训诫降级释放吧！"

"大帅，可容学生插一言？"坐在肖路身边的庞凤鸣身子一仰说道。见傅恒背着身子微微颔首，他抿了一下嘴唇说道："放人比捉人还难。放出去由着他们在底下放炮砸黑砖透谣言？也就是认承您错了，那是更不得了！"金辉问道："你是什么见识？""押起来！"庞师爷目中火花一闪，"统由金中丞出面主持，这就成了四川一省政务。金中丞一会带仪仗出去接见他们，请了大帅的天子剑压阵，就说金川未灭，圣躬宵旰焦虑。他们身在四川，职在朝廷，游敖荒嬉，顽钝无耻，实乃国家之贼！压着他们写服辩①，有抗着不写的，明日午时就上菜市，没人能救他们。写了服辩押了手印，先扣押软禁，知会他原衙门着人认领回去——这边四门告示，杀鲜于功张诚友，把他们名单开列到布告上。大帅，您不是要整顿川军军纪么？这么着切下去，才能四面净八面光，就是金中丞，您一本保上去，皇上必定欢喜，因为皇上也要有个整顿吏治的表率呢！"

傅恒听着已经转过身来，沉思有顷，徐徐坐回原位，自失地一笑，说道："侍尧和庞先生都是金玉良言。幸亏今晚我没有亲自出面！听你们的话真如醍醐灌顶啊！看来我傅恒历练世情，远不及元长啊！庞先生，肯否在我幕下屈就？如蒙不弃，我写信给元长要你过来。"庞凤鸣笑道："这是高攀，庞某求之不得的。不过尹公待我很厚，一时不忍离去，且容暂在帐下效劳。我听人说，爵相从来不用幕宾的，完差之后我还回尹公那边最好。"傅恒笑道："他厚待你，我也不会薄待了你。不用师爷幕宾，是因为官做得太大，权也太重，一个用人不当，招惹许多是非。真正人才我为甚的不用？你在这里仍不是师爷，做我的中军参议，吏部票拟出来，堂堂正正的五品官。这仗打下来，我再保举，你就和他——"他指着肖路笑道，"一样了。"金辉笑着拍拍肖路头顶去了。

肖路原是个客栈伙计出身，因遭官司牵连，先投靠云南巡抚杨名时，杨名时又着他到张廷玉身边在军机处做杂务厮役，又捐官出缺在几处当县

---

① 服辩：即认罪书。

令，由而升班同知知府；讷亲二次出兵金川，运粮押饷有功，保举了道台，遭际之奇堪称官场一绝。他虽天资平常，"学问"仅识账本之无，但诚实无欺胆小藏拙勤谨不怕烦琐的"跑堂"本色，在宦海中居然也能应付裕如，差使办得好，颇引人注目，偶有小小失漏，人人都能谅解。他所常常相与帮办的，都是当朝炙手可热的头号大臣，懂得不显能、不搬弄、不显摆能耐，上司换了一茬又一茬，有的死有的败坏，他却一直稳稳当当压老虎班似的遇缺就升官。人人都知道他是个"庸福"不可夺的"福官"。几个大人今晚在这说话，他知道自己身份能耐小小的，一句言也不插，小学生般模糊脸儿傻听；小七子有时里外照应不来，就帮着涮涮毛巾、换茶叶倒水，一脸肃穆谦恭侍候照应，然后归座按膝稳坐，听傅恒提到自己，肖路忙赔笑道："在东书房和庞老师说话，在这边听大帅和中丞大人李银台讲论政务，这么大学问，我都听蒙了！庞老师经尹大人和傅大帅这么一提携，保准像人说的，'苍蝇一飞，腾达千里'。卑职哪里敢比呢？我不行，只是个勤快小心、不敢贪钱。学问更是'瞻之在前，忽焉在后'，乱七八糟不成体统……"

他话没说完，李侍尧先耐不住笑得"噗"的一声将口中茶直喷出去。傅恒和庞凤鸣也仰脸哈哈大笑。肖路愣着看。傅恒笑得打颤，道："庞先生是'苍蝇'么？那应该是'青蝇之飞不过数步，附之骥尾可腾千里'！'瞻之在前，忽焉在后'是颜子夸奖孔子学问笼罩宇宙、涵盖四方，无所不在无所不达的意思，你真真的荼毒圣灵糟踏学问了！"因见小七子进来，住了笑，问道："金辉那边的事办得顺也不顺？"

"回爷的话，顺！"小七子道，"金中丞把人都集合到大堂西边大议事厅，都教他们跪了给天子剑行礼，一开口就说是从大帅这里请来的尚方宝剑，不须请旨，要先杀鲜太——鲜于功和张诚友示众，肃官箴平民愤。谁不写服辩，午时一律军法从事。写了服辩甄别罪情从轻发落。这会子都老老实实趴在地下写招状呢。没那么多的砚，大厨房的碗一人一个盛墨汁儿……"想起那群官的狼狈相，小七子犹自忍俊不禁，"有个官儿唬得当场拉了稀，进屋一股子臭味儿……"正说着，金辉也进来，却是脸色铁青，一屁股坐了端茶就喝，把杯一蹾，说道："张诚友哭哭啼啼，伏地认罪，也写了招供词，鲜于功咬定牙根，说他没有支使张诚友去惹是生非，说他赶到金家门外是去制止张诚友的。两个人在西议事厅里当面折辩，就在我面前扭打起来。"

"论起这事，生情造意的是鲜于功，指示行动的也是他，又是当面擒拿，他竟敢如此强辩！"傅恒恶狠狠一拍桌子，"这个刁棍！"金辉道："确是刁棍！他还攀咬大帅，说您一边下令大索夜游荒嬉官员，一边把个蒙古小妞儿弄到衙门里自己荒淫……"他看了看傅恒脸色，"还说上回黑查山和匪首娟娟吊膀子游桃花林，说你一打仗就弄女人……"大约还有更难听的，金辉咽了口水没敢详述。傅恒犹未及说话，小七子在旁早已勃然大怒："那会子我在东议事厅，敢情这王八蛋还有这些臭话！我去揍扁了这狗日的畜生！"

傅恒的脸涨得通红，眼中精光闪烁，紧紧咬着牙关，一脸笑容在灯下看去十分狰狞，见小七子跃跃欲试，断喝一声："回来！不许乱来！"说罢却不言声，背着手缓缓踱步，移时，才冷笑一声道："张诚友不是主谋，是个因公携私的罪，着实叫他写出服辩，金家铺子那边也要取足证，到东议事厅当众认罪，然后发落到兆惠营里戴罪立功。鲜于功不写供词，我也不要了，也由金中丞负责，立刻拖出行辕，放炮——杀他！"

"大帅……"

金辉还想说什么，傅恒摆手制止了他，缓缓从签筒里抽出一支令箭交给小七子："你去，把这个给贺老六，让他立刻将鲜于功枭首！把头挂在我的大纛旗下！——去吧！"

"嗻！"小七子接令，飞也似跑出去了。留下屋里一片死寂，几个人神情严峻端坐不语。默望着院外晨曦中房舍愈来愈清晰，一阵哨风扑门而入，紧张得双手攥着椅把手的肖路脸色苍白，不自禁打了个嚏儿，便听仪门外炸雷般三声炮响，震得屋上承尘簌簌抖动。

"了却一件事。"傅恒微微一笑，他的声音在清晨的朦胧曦色中格外寒冽清晰，像刚刚睡醒的孩子似的脸色那么平静，"侍尧说得对，我是来打仗的，不能纠缠地方事务。我也不能押他西市，由着他在牛车上胡说八道败坏我的名声。"蹙额又思忖一会儿，无可奈何地一笑，"其他人等既然写了服辩，布告上就不再列名刊出，也不要原衙门来认领了吧……京师、南京、汉阳、西安都派人来领人，太扫这些衙门的脸了——还要指着这些衙门给我办差呢！川军这些人，每人二十军棍，处分也免了吧……文官武官，责罚不能太不公等。"

这全是一片息事宁人的心，和他初时要杀要打要黜那份魄力豪气相去得太远了，几个人都觉得他心思太沉重，但谁也没有发问，只目不转睛望着他。傅恒觉得浑身乏力，心里却比什么时候都清亮，昨晚自己是呈了血气之勇，想借机整顿好四川军务政务，为乾隆清理吏治树一风标。直到此时他才悟出，未免小题大做了，一旦真做出来，自己立即就会成为举朝文武千目所视千手所指的"独夫"，乾隆会不会以为自己擅权也是很难说的事……忽而又想到高恒如果不荒嬉不贪婪，就识情处世而论，恐怕还高着自己一筹……沉吟有顷，叹道："蜀道难，难于上青天——难怪太白之诗传诵千古。两个月前，金铼来信，江宁知府母亲寿诞，收了六万贺礼，二百多文武赴筵，也是一举拿了，审量这些客人，又都放了，他没让写服辩。二十天后就有五六个御史弹劾他，亏得主子圣明，留中不发，还申斥了都察院，才保下了他……"

"何止蜀道难，元长公在西安何尝不是一样难！"庞凤鸣玲珑剔透的人，立刻听出了傅恒的弦外之音，"大帅这样处置不差。有鲜于功一颗人头血淋淋挂起，震慑一下就成。就是神仙也没法料理今日世事。还没有回禀大帅，袁子才已经弃官——"

"袁枚不干了？"傅恒问道，"为什么？元长没有挽留？"

庞凤鸣自嘲地一个微笑，答道："西安驻军比这里似乎还要放肆些，不独是逛妓院，有个千总吃醉了酒，青天白日闯到一家杂货铺，叫兵把门，强奸了老板娘的女儿，老板娘哭骂叫屈，丢下姑娘跳起，连老板娘也强奸了。袁枚带了知府衙门的人当场掩住，当街乱棍打死。咸阳绿营副将叫萨赫，跋扈得很，寻到元长公，说这千总犯的军法，袁枚是地方官无权处置，元长顶住了，说袁枚是总督军务帮办，奉旨来的。那里青海绿营、宁夏绿营都在西安设有军需衙门，元长公不是钦差，也没你这大的权，又不像江南那样得心应手，竟是在那里竭力周旋应付为难！兵士们和袁枚结了仇，天天小打小闹在城里胡为，袁枚一个知府能拿他们怎样？所以，辞官了……我看元长也有点灰心，赠金放行，辞别筵上两人嘶泪话别……"肖路本是除了差使不说话的主意，他和袁枚也相熟，想想彼此处境，也黯然说道："诸位都是顶尖儿的大官，我在下头看，这些做官的肮脏，有些人真连青楼里的王八大茶壶也不如！"李侍尧却似乎还有点气概，笑道："你们一递一递说，听得似乎天下就要乱了。主上正在整顿嘛！事在人为，铜矿上守军有一个哨，借过秤弄铜倒卖，我连哨伍十人长一齐屠了个干净，还有一个哨，从哨长到兵，全是兔子，夜夜鸡奸，我打了军棍一律下矿当苦力——这都是才去时的事，如今军纪上头我看还好。"

"又是一个通宵……"傅恒揉揉发红的眼睛，见贺老六嗵嗵踩着脚步沿超手游廊过来，亲自吹熄了蜡烛，笑道，"睡是睡不成了，不过无论如何我也要假寐片刻。肖路陪着金中丞，你们都到西花厅，倚着春凳略息一时。把各自要说的差使理理，捡着紧要的说，我要把这群人打发了才能见你们呢！"又对小七子道，"庞师爷以后就留咱们这儿了，你要当我的宾客敬待侍候。还有，那家蒙古人不要住在正衙里，后边里院是金中丞家眷住的，寻个偏院住下，一应伙食随大伙房吃就是。"

小七子和金辉几个人紧张兴奋一夜，此时松了劲，也都有些乏意，一边答应着辞了出去。这边贺老六禀道："岳老军门派人来了，昨晚到的西城驿站。川军绿营管带副将格苏玛沁方才要请见大帅，我留他暂在东书房等候。还有几个地方的知府，要请见，也在东书房等着了。另有清水塘卡子上捉到的药贩子共八个，是个哨长押着来的，就绑在仪门外头……"

"小七子，你点一炷香。一炷香烧完，你喊我起来办事。"傅恒轻声说道，柔和得有点像女人，"告诉格苏玛……沁，他的人我一个不杀，但要开导几军棍，一会儿就见他。那批药贩子松绑，你去抚慰他们，就说我不杀他们，给他们饭吃。"小七子道："他们卖药给莎罗奔，是通敌呀！""不是通敌，是通钱通银子……"傅恒半躺了下去，闭着眼说道，"以前捉到就杀，其实我犯糊涂了，我们的人进不去金川探听敌情，他们能进去，知情，又杀了，不聪明嘛……去吧……香烧完就来叫我……"摆了摆手竟已睡着了。小七子站着盯视自己的主子移时，从香盒子里取出几把香，比了又比，寻出一根最长的，小心燃着了插好，蹑脚儿掩门退了出去。

到东书房交代了差使，小七子又踅到西花厅，原以为金辉他们必定都睡着了，谁知一进院便听他们正说得热闹，却是肖路在说钱度："钱老衡和高国舅恰好相反，高国舅是问一说十，恨不得满朝文武都攀了他案子里头。

老衡是个死猪不怕开水烫。问什么事，点点头又摇摇头，问案的都叫他弄糊涂了。只有勒利台亲自见，才肯说话，可也就是两句：你要还念我们多年交情，奏明皇上请再召见我一次。扯了龙袍也是死，打死太子也是死。我把案子一窝儿兜了，就请皇上降旨杀我——"小七子推门进去，庞凤鸣还在笑说："那是个师爷出身，懂得'老子不开口，神仙难下手'。这是钦案，不奉旨不能刑，乐得这么泡着！"见小七子进来，含笑欠身点头致意。小七子笑道："我以为诸位已经睡了，怕这屋冷，过来瞧瞧，谁知道竟这么热闹呢！"

"你主子歇下了？"李侍尧和小七子熟稔之极，笑指着椅子示意他坐，"侍候这么个主子，你也不容易。你听听南边，正在施肉刑，打得鬼哭狼嚎的。就是我佛如来，也不得有这定心！"小七子侧耳听，隔着水塘南就是刑房，中间空阔，敲扑声喝骂声直着脖子的嚎叫声，活似屠户家的杀猪汤锅铺屋——毕竟远，又隔一道后山墙，只隐隐传来，煞是热闹……不禁咧嘴一笑，说道："川军绿营的兵都他妈是女人托生的，二十小板就值得这么叫唤！大帅府中营犯过堂，打晕死也不敢哼一声！"

庞凤鸣还接着方才的话题说道："若论起才力，钱老衡是一等一的人物，他是吃了当过师爷的亏，太精明又返了糊涂，又要升官又想发财，两头心旺。且是他又把握不到分寸，放着正人君子像傅大帅、阿桂这样的故交还不足，又结交一批高恒这样的。品流一杂，灯红酒绿纸醉金迷之间，什么事做不出来？一递一递就败坏了。"李侍尧道："如今做官的有几个不发财的？硬是主上英明，军机处这几位枢相都是正人，压着下面不敢太放肆。不然，早就天下一锅杂烩汤了。钱度是跌进陷阱里的，也怪他自己不谨慎。哪有一个三品大员自己亲自和商人盐枭铜政上打交道弄钱的？他就当面向我挪借过铜还债，后来才听说是风流债，欠勾栏王八头儿的！"说罢哈哈大笑。当下众人闲说见闻。庞凤鸣讲甘陕驻军如何跋扈，尹继善在西安调停军民两政捉襟见肘，累白了头发，下头阳奉阴违，仍旧不买这位新任军机的账。肖路往来于南京汉阳和成都，见闻更广，说了官说百姓，又说窦光鼐在仪征撞树直谏的事。他却甚是没有次序章法，东扯葫芦西扯瓢，说说淮北遭水，一望无际的良田冲了，留下沙滩也是一望无际，老百姓吃观音土，拉不下来屎憋死在沟里坑里；又说观音土"这玩意能治水土不服，

有些船上人家、行商、化缘和尚、云游道士随身都带着"；又讲及皇上御驾
进南京种种仪仗如何威仪堂皇，南京军民迎驾，家家香花醴酒，满城烟花
爆竹，万头攒动观瞻礼仪，崩瞎了眼的，挤落在秦淮河里的种种情态；忽
而又说到孝感知府请客，花三千两银子从老庆亲王府请厨子的……云里雾
里说得满口白沫，忽而东，忽而西，饶是李侍尧那么精明的人都被他说蒙
了。因又听他说山东老百姓吃蕨根、吃草，吃错了，吃着了"笑矣乎"草，
一家子笑死了，因问道："东扯葫芦西扯叶，你都想说些什么呀？"

　　"我也不知道。"肖路抿了抿嘴唇说道，"不是闲聊么？"

　　一阵哄笑中，小七子突然想起该叫傅恒起身了，说声"你这人真逗"，
忙忙地出去了。

第十五回　捍热土莎帅议拒敌
　　　　　慰边将王爷故荒唐

嘎巴几乎没费什么周折就回到了大金川。跟着白顺等三个卡子上的兵，撒了手中几根金条，三个大头兵立刻就成了他的"护卫"，一路盘查岗哨和他们三个都是熟人，常常问也不问就放行。在清水塘哨卡上住了一夜，从成都带来的烧鸡卤肉花生米糕果子点心，让卡子上的人都攘撮了个饱。第二日清晨，他说要出外散散心儿，就出了哨卡。白顺还派了两个兵跟从这位初出茅庐一心立功的"割你鸡巴"大人，在一片长草茅芦、巴茅苇塘的沼泽地里兜了一大圈。嘎巴思量着脱身之计，因见远处沼泽中流淌的河，指着问："那里的河，水里有鱼的?"

"有的，"一个兵答道，"有一尺——这么长的——不过没有油，鱼不好吃，腥的!"

"嗯——腥的没有的!"嘎巴固执地摇头，"黑龙江的大马哈鱼，生的、脆的、鲜的、不腥不腥的……"

突然远处"扑通"一声，一条不知什么鱼在水面上打了个飘飞。嘎巴傻乎乎一笑，三下两下扒掉外头袍子撂在路上，说道："看好的，里边的金子有!"趟过泥滩就下河，挨河岸往上游摸鱼。藏人沿习不吃鱼，汉人没有油吃鱼嫌腥，因此这河里的鱼几乎没人惊扰过，嘎巴一跳下去便摸到一条，两手箕张猛地一撩，便撩上岸去，足有一斤多重的一条青鲢在岸上欢蹦乱跳。嘎巴仰脸呵呵大笑，说道："好好的! 不许动! 那边有大的，我捉去的——"顺手又捉了一只老鳖扔给二人，便向远处趟去。两个兵看愣了，觉得这蒙古军官嘎里嘎气蛮有意思，在岸上直笑，手张喇叭口欢呼："格——大人……顺河床走，不要上岸，岸上有泥潭! 陷进去不能活命的，不能救你的……"

"我明白的……"嘎巴远远答应着，从嘴里笑到心里，越走越远……绕过一道苇塘，湿淋淋上来，察看了一下周匝的烂泥潭，寂寂不动的灌木丛，芦苇丛和在布满乱草水藻的水塘，已是认明了道路，想了想，在一蓬子孙槐旁拉了一堆屎，任由两个兵远远寻呼"割你……大人……"，得意地做个鬼脸儿，下了水塘无声无息向金川方向趱去……直到天断黑，总算抵达了大金川东的堆旺寨。见着了自己人，换骑骆驼，当夜后半夜，便在大小金川中间地带一个喇嘛庙中见到了统率金川七万部族的莎罗奔。

听完小嘎巴述说营救朵云成功的前后经过，又听他讲从江浙到湖广直至金川的一路见闻，莎罗奔久久没有说话。噼啪作响的篝火旁坐着的仁错活佛和老桑措管家也都在沉思。殷红锃亮的火焰照着他们一动不动的脸，虽然有些憔悴，却都仍十分镇定。仁错活佛粗重地喘了一口气，打破了沉默："傅恒这个人看来很厉害啊！他虽然人在成都，前线上的军事一刻也没停，天天是在探路，插了标，接着就用石头树标识，用兵看守，一天一天地逼近我们。"

"是的，他是仔细审量了讷亲和庆复两次失败的教训。"桑措苍老的声音显得有些混浊，"所以一边整顿军纪在'人和'上用功，一边竭力探明道路和我们共占'地利'，'天时'他占着，三路重兵压境逼近我们，兆惠海兰察都是很悍勇很能打仗的将军……故扎，我们从来没有像现在这样困难……"

莎罗奔坐在石头上，公牛一样壮实的身躯半截塔似的，威猛强悍，只皱着眉，两只大手紧紧交错握得咯嘣作响，良久，才像梦醒似的瓮声瓮气说道："是啊，难还难在他的联络手段厉害，用飞鸽传书——"他摇摇头，苦笑了一下，"我怎么从来没想到过鸽子还有这个用处？三面大军合围，无论我们和哪一路作战，另外两路立刻就能知道，就能策应……莎罗奔，你毕竟还欠着学问啊！"正说着，一个高大汉子牛皮靴踩得吱吱作响进来，莎罗奔头也不回，问道："叶丹卡，东边什么动静？"

"今晚的情形不知道。"叶丹卡看了嘎巴一眼，对莎罗奔道，"昨晚兆惠几处布防营里，午夜时分放了很多起火焰花，都是红色的，为什么放，现在还没有探明。"嘎巴语气沉重地说道："这是兆惠新规定的信号：红色的代表'平安'，绿色的代表'有事求援'，中军见到绿色焰火，要用黄色焰花回答'知道'，别的颜色还有，是什么意思就不知道了。"听着这话，众人心头都蓦地一紧。

莎罗奔点了一下头，对叶丹卡道："明天夜里让堆旺的兄弟们摸过去，在清水塘南佯攻一下，号角铜鼓都带上，还有你那里的十支鸟铳都打响，打一阵就退，看看兆惠营里是怎样动静，都是什么信号联络。"

"故扎要从南路突围？"活佛仁错穿一件宽大的红色僧袍，似乎身上微微颤了一下，"那边突围即便成功，等于是在傅恒的腹地打仗，逃亡两广是没有出路的。进入贵州，我们不但要遭汉人四面合围，当地苗人和我们很少往来，抢占他们的苗寨，苗人也是不能容我们的。"

"只是佯动一下，看看傅恒和兆惠是什么动静。"莎罗奔脸上毫无表情，干巴巴说道，"刚才嘎巴说，傅恒的前线行营要设在汶州，这太出我的意料了，那个地方通向金川只有一条小路，火枪弓箭在孟玛一带把守路口，多少人也过不来。而且中间还有一条河，上游黄河口我们可以屯兵，拦腰一击，他就全军分断，连救援的兵都上不去。傅恒如果想从这里偷袭，更不该堂而皇之地把行辕地址都告诉下面。这太不可思议了！"叶丹卡皱眉沉思，说道："也许是为指挥方便。傅恒用鸽子传信，汶州处在北路军和西路军中间，传递起来更快一些，南路军用快马传令也是很快的。"

莎罗奔从坐着的石头旁取出一张羊皮地图徐徐展开，借着篝火光亮仔细审量，用指头轻轻点了一下汶州所在，哼了一声说道："假的！从刮耳崖到汶州和到刷经寺比起来，远近只差着四十里不到。对鸽子来说，这点距离根本不算什么。他是在迷惑我，或者派一支小股人马从这里打进金川，扰乱我们的联络！"嘎巴在旁说道："主人，如果他的行营真的在汶州，我们派两千人从黄河口乘船过去偷袭，一下子捉到傅恒，捣毁他的中军行营，他就是又一个讷亲庆复！就是兆惠，也来不及救他！"莎罗奔眯缝着眼，冷笑一声："小嘎巴说得对，你提醒了我。恐怕这正是傅恒想要我们做的——他不在行营里，我们占领了这个地方，兆惠，甚至川军派三千人马来攻，我们就只好再乘船逃向他的南路军大营！"他卷起羊皮又是一笑，"这个人真比狐狸还要狡猾——要把肥羊赶进栏里任他屠杀！"活佛仁错点头，叹息一声道："汉人是太奸诈了，也太无情无义了……我们两次放掉他们的主帅，为什么就不想想我们的仁义？早知道是这样，我们上次就该剥掉讷亲和张广泗的皮作鼓面，敲着这面鼓到西藏布达拉宫去见达赖和班禅！"莎罗奔起身一笑："活佛，敲这面鼓过打箭炉，翻夹金山？过乌江澜沧江还有雅鲁藏布江，然后还有上下瞻对要攻打，再走几千里路——那是什么样的路啊！老人、女人和孩子，粮食和水……怎么办？"他顿了一下，"我们出去看看！"

出了喇嘛庙，嘎巴才留心到，靠西一带空场上扎着几顶牛皮帐篷，都隐在黑魆魆的茂密丛林里，知道是莎罗奔的亲随卫队营房。几个藏兵荷矛持刀在帐房间巡弋，因天色太暗，绰绰约约看不清晰。莎罗奔的步履很沉重，长筒靴子踩在矮草上吱吱作响，高大的身躯上，头微微俯下，暗夜里显得有点阴沉，几个人跟在他身后也都沉默不语，似乎有些压抑。趟过一带潮湿的洼地草丛，来到一带高冈上。从这里向北、向东、向南都是开阔地，一眼望去苍幽幽黑漫漫乌沉沉的泥潭沼泽中，潦水东一片西一片横亘其间，高矮不等的阜丘上乱草丛树蓬生，在暗夜凄凉的风中不安地摇曳瑟索。只在遥远无边的地平线远处，马光祖和兆惠环伺的兵营中若隐若现闪烁着鬼火一样的灯光，连连绵绵互相衔接，给这些军营上空笼了一层淡褐色的微霭。

"我们是被傅恒包围在人海之中。"莎罗奔用缴获讷亲的千里眼环旋眺望了一下，放下手，咬牙笑道，"我们金川人只要有一个人活着，一定要让天下人都知道这一点——并不是豺狼比猎人更高明，而是——"他透了一口气，"恶狼太多，猎枪太少了……"

一阵疾风掠过，把几个人的袍角撩起老高。众人心中都泛起一阵寒意，仁错也放下望远镜，他的望远镜是张广泗放在刷经寺没来及带走的，听着莎罗奔的话，沉吟良久，说道，"汶州方向的灯火特别密集，我看见了傅恒帅营的大纛下悬着的一串黄灯——和刷经寺前讷亲的那一串一样，都是八盏。"

"明晚叶丹卡佯攻兆惠，后天是刷经寺，再后天是汶州，都是打·下就退。"莎罗奔冷冷说道，"我们真正的据守地点不能在大小金川，而是在刮耳崖！"他顿了一下，"刮耳崖的青稞和其他能吃的，酥油糌粑、茶，要留出足够两个月用的，准备穿越沙鲁里山峡谷时吃用——当然，不到万不得已，我是不走的。"还想说什么，却绷紧了嘴。小嘎巴说道："在下寨，还有两尊大炮，大金川也有两尊，大金川外的泥潭里还沉着两尊——故扎！

我们有六尊大炮呢！都运到刮耳崖，敌人来了，打他个措手不及！"莎罗奔爱抚地摸了一下嘎巴额头，叹道："大炮太重了，进刮耳崖要乘皮船，我们的皮船会被压翻的——懂吗？——再说，我们没有很多的硫磺和硝，只有几千斤炸药，用完了，那就是一堆废铁！"

老桑措在旁插话道："把这些炮全部炸掉，不然，傅恒会用它们来攻我们的刮耳崖的！"

"攻打刮耳崖这炮没有一点用处。"莎罗奔道，"博格达汗有的是炮，并不在乎这几尊。"他像是突然想起了什么，声音变得有点急促兴奋，"把炮全部运过来，就在这里——六合喇嘛寺。我们要狙击一下傅恒，火枪、弓箭，和我们全族的男人，在这里和傅恒血战一场！"

"这里？"仁错问道，"不是要退到刮耳崖山口扼守吗？如果——如果海兰察从刮耳崖南麓背后扑上来，我们怎么办？"莎罗奔狞笑道："这里是北路军和南路军通向刮耳崖的惟一通道。我们东打一下西打一下，用汉人的话说这叫疑兵之计，让傅恒觉得我在试探突围。傅恒当然不会轻易上我的当，他会想我在声东击西，吃掉海兰察，把金川战局打乱。他占大小金川，我占刮耳崖，久攻不下，乾隆老子发怒，就会撤掉他！——他会想到这些的，所以南北两路军攻入金川，他就不会再'缓进'，而是要从水旱两路急攻刮耳崖！那时候，西路军就变成了南路军，尹继善会从北边压过来，兆惠和北路军会变成东路军，总合人马会超过十五万！死拼硬打刮耳崖，也是顶不住的！在这里和他血战一场，由刮耳崖出兵袭击扰乱海兰察，无论大胜小胜，我们乘机退回刮耳崖，全族苦顶到明年春夏之交，如果没有结果，就只好……到青海去了……"

无论打胜打败，大胜小胜，结局都是阴沉黯淡的，莎罗奔说着，心里也觉凄凉，但他很快就鼓足了勇气，说道："我要在这里教训一下傅恒。如果打成胶着形势要海兰察增援，那么乾隆就要杀第三个宰相了！我在内地听秀才说过，官渡之战，赤壁之战，昆阳之战，都是以少胜多，我虽然不是汉人，为什么不敢和曹操、周瑜和刘秀比英雄？"

"故扎，曹操是……"嘎巴嗫嚅了一下，说道，"是白脸奸臣，您不能比他……""就是这个话，白脸奸臣还能打胜仗，我是保乡卫土的正义之师。"莎罗奔道，"我更能打胜仗——现在的事情是，无论白脸黑脸，人家都要打我们，饶他们一次又一次，仍旧不罢手——只有一个字：'打！'"

莎罗奔说着，便向冈下走，一边走一边吩咐："明天就用竹子编成排船，把散处下寨和大金川、堆旺的大炮拖到六合喇嘛庙，四门炮口朝北，一门朝东，一门朝南，炮架用石头在中间支起，炮口要能转动……老骆驼老羊老马老牦牛全部杀掉，女人们负责晒肉干——煮熟了一泡水就能吃的，所有人身上的皮袍都要把毛拔干净，一个人要有三件挡寒，绝粮时也能吃的。火药，告诉看守人，一斤一两不能受潮，火枪鸟铳的火药要配足，剩余的用羊皮袋封好，随时能运到六合来……七岁以上的孩子，每人要养好一只羊、一匹马、一头骆驼……桑措，三天之内我的指令要大小金川所有的人都知道！"他突然止住了脚步，谛听着，说道，"箫！——你们听箫声！"

几个人凝神听时，果然远处葱茏幽暗的夜色中悠悠一阵箫声传来。因为夜深风凉，断断续续的时而清晰时而模糊，呜呜咽咽的婉转悠长，时而低回折颤如临流落花，时而幽噎抑顿似湍溪激石，游丝一缕沉吟绵长间忽然高拔入云如凌空俯瞰，正令人心目一开间却又转入沉浑，袅袅渺渺渐归于寂。嘎巴早已听出是父亲在吹箫。他自幼就听父亲吹，却从来没有像今夜的箫声这样勾心慑神荡气回肠，听着已是痴了，满眼饱含泪水，哽了一声，说道："是我阿爸。"

"不错，是你阿爸。"莎罗奔点点头，暗夜里看不清他的脸色，声音却是浊重带着暗哑，"上次刷经寺松岗大战后，我就释放了金川所有的汉人熟苗奴隶。"他缓缓移动着步子向回走，徐徐说道，"我曾告诉过你父亲，乾隆是绝不会放过我的。你是汉人，可以离开我这里逃过这场大劫，但是他不肯。他说随便带一块黄金到内地，就可以过上很好的日子，但是那是恶人的天下，他是'逃兵'，又是'罪人'，什么亲戚朋友三老五少都是靠不住的，没有他的存身之地——汉人，我是知道的，他说的是真的——汉人什么都能容纳，很多好的我们学不到也容纳不了，但很多好的东西我们有，汉人就容纳不了！岳钟麒老爷子我很敬他，但他说他讨厌朵云，说我和哥哥不该为朵云决斗，还说什么兄弟如手足，妻子如衣服，衣服可以换，手足不可断。好像这世界上爱情，像破衣服一样可以扔掉。真是奇谈怪论！——你阿爸是好人，既然愿意留在我这里，我要把他当我的父兄对待……"边说边走间不觉已经回到了六合喇嘛寺外,莎罗奔心事很重,仰脸看着暗晦的天穹,似乎在寻找着隐在云层中的某颗星。暗夜中,他的目光熠然一闪,不言声走到六个水桶粗的转经轮旁,挨个用手拨转,走一遭折转身再走一遭,不停地拨弄那些被人摸得滑不溜手的轮子。

众人站在一旁,目不转睛地盯着他们的首领和黑乎乎飞速旋转的转经轮。

"嘎巴,"许久,莎罗奔停住了手,声音也变得松快了许多,站在寺门口问道,"你刚才回来时,说夫人听到喀尔喀蒙古的事,还有霍集占的事,你自己在南京这些地方听到没有?"

"听到了的,汉人那边茶馆里有人议论。"

"能不能详细一点告诉我?"

"用汉人的话说,都是鸡零狗碎叼着听来的。"嘎巴笑道,"连夫人说的,也连贯不起来。我们的使命是营救夫人,没有仔细打探这件事。"

莎罗奔沉默了,想想朵云,此刻不知在扬州还是在海宁或者回了南京,她决意要见乾隆,见不到是不会回来的,见到乾隆,她能让这位"博格达汗"回心转意吗?他摇了摇头,说道:"就是鸡什么狗碎的,有多少告诉我多少。活佛桑措,你们累了一天,回去休息吧——嘎巴,你来……"

莎罗奔确是天分高于常人,他想听的"鸡零狗碎"传闻,不但傅恒在关心,乾隆在扬州更觉到了西北准噶尔部内乱的震撼。因此,接到傅恒的奏折,立刻用六百里加紧朱批谕旨,着傅恒将钦巴卓索一家妥送南京,他要亲自召见。一面又下旨尹继善严密监视西北军情政情,命天山将军隋赫德迅速兼程到御驾行在述职。隋赫德接旨时乾隆尚未到扬州,因此在开封过了惠济河后便乘骑直下南京,计程七千余里,一路尘风颠顿,只用了半个月光景。原旨意命他在石头城驿站等候接见的,过了扬子江就到,隋赫德带着十名亲随护卫,都是顶尖儿的精壮汉子,一口气松下来,一个个也都累得身疲腿木,拖不动脚步儿。刚刚安顿下来,洗面洗脚水还没有烧好,驿丞忙忙走进上房,赔笑道:"隋军门,真是对不住您呐!和亲王爷府里管家来了,有王爷的钧谕。"隋赫德看时,驿丞身侧果然站着个四十多岁的中年人,适中身材,单眼皮儿扫帚眉,两撮老鼠髭须得意地翘着,灰府绸截衫前短后长，腰杆儿却挺得笔直，獐头鼠目的怎么瞧怎么不顺眼，隋赫德不禁暗笑：和亲王爷人说荒唐，果然不假，哪里寻出这么个活宝来当管家？却也不敢怠慢，站起身来问道："纲纪贵姓？王爷差你来有什么钧谕？"

"我叫王保儿。"管家龇牙一笑，懒散向隋赫德打个千儿，"五王爷请隋军门住燕子矶驿站。军门大老远万里回来，还有水酒为军门洗尘。"说罢直起身子。隋赫德这才领略到这身袍子的妙用，躬背打千儿请安行礼不但好看，且省了手提袍角这个小麻烦。因累困极了的人，隋赫德实是半步路也不想多走，遂笑道："我还给王爷带着几张天山雪貂皮，羚羊角，还有王爷要的雪莲，都打在包里，方才驿丞说王爷不在南京，要不要打包儿请尊驾先带回去，等我面圣之后再过去给王爷请安。这点小意思——"他掏出二十两一锭台州足纹递过去，"请尊驾收了买茶吃，酒筵免了。说真的，这会子我这群兄弟身子都是硬的，迈不动脚步儿，腿脚骨节都又硬又木，累得都要趴下了。"王保儿又打一躬，却不接银子，笑道："银子是好玩意儿，只是王府家规，保儿不敢玩命。不接银子也谢爷的赏了！"又打千儿谢过，一脸皮笑说道，"五爷现在故宫西驿站和人议事，他老人家专程回南京迎您呢！说了——老隋我日他妈的！要是不肯来，我就日他奶奶的！谁叫他不赏面子？——这不是我的话，是我主子的话，别见怪您呐！"

十个侍从护卫和驿丞起先呆愣愣听着，至此不禁都是一阵狂笑。隋赫德也笑，说道："我日你妈的——我想起来了，你就是和先头三王爷顶过口的王保儿，二十多年过去，仍旧是个砸不烂煮不熟的赖豆儿！你先去，我们收拾一下就过燕子矶那边，今晚我准把你灌成一头走不成路的醉驴！"王保儿笑嘻嘻去了。

众人只好打叠精神重新上路。城中御驾虽已去了扬州，但因还要回銮，满城关防由圆明园善扑营和九门提督衙门守驻，列戟缇骑金吾巡哨半点不敢苟且，每隔半箭之地都有御林军按刀伫立。隋赫德虽是开府建牙的大将军，到此也不敢放肆，只勒缰徐行，直到出了乌衣巷才放辔疾驰，少半个时辰也就到了燕子矶。隋赫德下马环顾，但听秦淮河一带丝弦笙篁悠扬隐约不绝于耳，摇曳水光中红烛绿影荡漾不定，河中画舫楼船游移如织，扬子江中渔火星星点点，东北边老城隍庙一带各色灯火照得一片通明，川流不息的游人在夜市上随意徜徉。临江压水的燕子矶码头衬着东边满城万家灯火江风带着水气扑身而来，吹得满身舒坦，一身劳乏顿时松快了许多。隋赫德一眼瞧见王保儿从驿站里出来，大大伸展了一下，笑道："你这狗才，倒会选地方儿！从天山到这里只是攒行赶道儿，乍来一看，真跟做梦似的。饿了饿了，王爷赏的饭在哪？带咱们吃去！"

"我们爷就是要请军门先做个好梦再见。"王保儿笑嘻嘻地，一手让着，"爷们在天山，一头挡准噶尔，一头挡霍部回乱，不容易！请请请……"便带着众人往里走。隋赫德一路进来，见东厢一溜十间房都亮着灯，西边十间黑乎乎的阒静无声，既不见驿丞也没有驿丁，只有两个厨子忙活着在上房席上布菜筛酒，却都是放了足的大脚妇人。隋赫德一群人马刺佩剑叮当作响进上房正间！隔窗瞭瞭后院，也一般的鸦没雀静，不禁诧异，问道："保儿，这他娘的是个什么驿站？活似一座庙！"

"不是庙，是尼姑庵。"保儿笑着请众人安席，一边倒酒，一边解说，"这是五爷特为众将军备的六合同春酒，还有参汤。五爷说圣上有旨官员不得酗酒，迎往客人节俭不得奢侈，所以菜也就是桌上这些，军门体谅着些儿吃饱完事，王爷不定还要过来看望众位……"隋赫德看时，每人面前两个碗，一碗酒一碗参汤，都是黄澄澄的，各是各的香味，桌正中间一个大条盘放着一只烤猪，一脔一块割得方方正正仍旧对成原猪形儿，烤得焦黄的外皮涂着卤油，香得直透心脾勾人口涎。四周除一海碗回锅肉，一海碗清炖牛肉都是素菜，什么清炒笋瓜、凉拌玉兰片、海蜇丝、芥末黄瓜、葫豆四季春之类，倒也满目琳琅香气四溢。王保儿见宴席已毕，笑道："请先用参汤，提提精神！五爷说，请众位不要太饱，酒也留着点量，明儿他还要请，好的就吃不进去了。"

一碗参汤下肚，接着又一碗热黄酒，被马背颠得发木的军校们心里顿时暖融融的，满脑袋满心的马蹄声被融得无影无踪，一个个面红筋舒脸上放光，精神抖擞起来。他们远自天山而来，平素一味羊肉，一味萝卜而已，一路奔波几乎是换骑不换人，驿站里，甚至破庙里，不拘什么吃一口，胡乱迷瞪一会便即飞骑赶道儿，尽自个个腰缠金银，竟连一口适意的饭也没得吃上。得着这一餐席，不但在喀尔喀荒漠蒙古，就是内地也难得吃着，觥筹交错间人人大快朵颐。顷刻间瓮底朝天杯盘狼藉，满案看核遍桌汁液，所有荤素菜蔬风卷残云般扫荡殆尽。两个厨娘在旁看得抿着口儿笑，却不再添菜。王保儿也笑，说道："你们咧着尻嘴只管笑什么？隋军门就在东厢，下余军官东厢里去，你们带他们各屋里解乏去！"

军将们一脸迷惘起身跟着两个婆娘出去，王保儿将手一让，更是笑得眼睛挤成一条缝："隋军门，请了您呐！——这屋里解乏……"

"妈的，什么名堂？"隋赫德笑道，"喝酒还不能解乏？"一把挑起帘子闯进屋里，这位牛高马大的将军顿时愣住了，东厢屋里绿纱幕榻，两枝绛烛高烧，西墙卷案上放着各色水果点心福橘苹果香蕉荔枝一应俱全。东边榻前，齐整站着三个妙龄女郎，年纪都在二十余岁。一个个妙目俏腮，翠眉云鬟，一色的水红薄蝉翼纱长裙曳地，朦胧绰约皆是绝色，通身上下，一览无余，香脐耸乳都隐约可见，再向下看，隔裙模糊，一团紫微绒亦是毫无遮掩，竟是赤条条裹着一袭薄纱衣……正愣着，王保儿在外问："军门，小的有事先出去一下，还有什么吩咐没有？""没有了没有了！"隋赫德兴奋得鼻翼翕张呼吸急促，说话也有点怪腔怪调，"你忙你的！回头我赏你个狗日的！"说着，一屁股坐了椅子上便解佩剑，目不转睛地打量着三个女子，问道："你们叫什么名字？"

三个女人双手扶膝向他蹲个万福，中间一个俏肩纤腰雪肤凝脂，嫣然笑道："奴奴叫曼曼。"左侧一个婷秀袅娜巧致玲珑，靥生涡晕道："奴奴叫婷婷。"右侧一个年齿略长，也只在二十七八岁间，收拾得风鬟雾鬓轻盈如仙，眉黛春山间流眄一盼，巧笑道："我是妈妈（鸨儿）——带她们来侍候爷的……"

"妈妈亲自上阵了？"隋赫德看看这个，觑觑那个，觉得哪个都好，都是软香温玉，三株解语花皆是忘忧草，几千里奔波劳乏顿时春风扫尽，脱着袍子淫兮兮瞧着三个婆娘，嬉笑道，"怕她两个禁受不得爷的军棍？"

那鸨儿看来不知从哪个行院里选出的尖儿，风月场上的领袖，淫乐园中的都头，不粘不滞不慌不忙浪得风摆塘荷般过来，自松了领边纽子，蹲身替隋赫德脱靴，口中笑道："见识过那许多人，'军棍'还是头一遭听见。爷真风趣……"隋赫德塞外风寒戈壁边陲军营驻守的军将，久旷在外的人乍入温柔之乡，哪里禁得她这般软红围绕百般柔意儿，隔领便伸手摸进她怀中，腰下那活儿倏地弹起，直绰绰硬邦邦掏横出来，一手揉摩着她温润柔腻的乳头乳房，一手扯过她素手把握那活儿，笑问："这不叫军棍叫什么？"那婆娘香腮偎倚，笑着用手轻轻打了一下道："叫乌龟，叫鸡……鸡，叫怒蛙，叫'半根夏山药'，有的秀才叫'红霞仙杵'……"隋赫德被她把玩揉捏得连笑带抽冷气，两手嗤地一撕那纱衣，鸨儿一身顿时色相毕露，刚笑说了句"爷这么猴急的……"已被隋赫德双手一掬，婴儿般抱起放在怀中。曼曼婷婷早已趋步过来吹灯。隋赫德道："不许吹灯，一人上阵，两人观战，有临阵畏缩者斩，败而求饶者军棍侍候！"抱起鸨儿向床边走，口中兀自吮她乳豆儿，含糊不清说道："大将军二将军都已经勃然而怒挺身而起！本军门今日先拿你军法从事出出火气！"那婆娘胶股糖似粘缠在他身上，小手捏弄着，浪道："好亲达达哥哥吣，真个小棒槌似的！怪不得苟才那龟孙说爷是天驴星下凡叫我先上，怕姑娘们太嫩，承受不起……我才三十不到，他就说我老，说'老……屄去火气……'""说什么老屄嫩屄，本军门看着老母猪都是双眼皮的……"隋赫德浑身欲火如焚，三把两把脱得赤条条一丝不挂，挺戈贯革直入，大口喘气儿纵送，问道："你这玩意叫什么？"那婆娘又疼又舒坦，淫心如醉，越发浪得浑身没有骨头，娇嗽吁吁兰馥香麝说道："叫……爷缓着点……叫豆蔻火齐，宝盖峰尖……还有说两腿里夹个柿饼的……好！爷真英雄……"婷婷、曼曼两个女子都还在稚齿之间，起初见隋赫德粗胡大汉叫驴似的行货，都有点心怀胆寒害怕不堪承受，"妈妈"白身露相亲作榜样，淫言浪语百般奉承模范，既见且闻，不觉都面红耳热心跳脉急……

王保儿只出驿虚转悠一圈，到燕子矶码头买了几张软面卷饼心，叫上一个卖油茶的托了一大壶跟着，蹭搭蹭搭回了驿站。叫卖油茶的站在驿站门洞里等候，径自穿堂过院，却从偏西两厢夹道过去直北进了后院，登正房入内。但见八支胳膊粗的红烛煌煌炬照如昼，和亲王弘昼仰在安乐椅上，双脚泡在贮满热水的大铜盆里，两个丫头一边一个跪着替他捏脚丫子按腿，两个丫头坐在双肩边替他揉臂摩身子，椅顶头还有个剃头的也是女人，是亲王六侧福晋屋里侍候的通房丫头叫紫菊的，一边给他小心刮剃，一边说笑话儿："我们乡里有个嘎秀才，写诗写词儿都没的说，一写八股文章就玩完儿。又爱吃酒，吃醉了就满口柴胡。有一回大白日喝得醉猫似的，肚里五味不合，晕头鸭子似的转到彭员外门口，再忍不住'哗'的一口吐了个满世界都是，彭家那日祭祖，刚刚拾掇得干干净净，门房见弄得黄汤绿水满地酒臭，就骂：'野杀才，哪个茅厕里不能吐，就冲我家门口拉稀窜鞭杆儿！'嘎秀才说：'不是你门口冲着我的口，我还不恶心呢！'门房笑说：'日你妈的，我们大门一向就在这，又不是今年才有！'嘎秀才晃晃头，指着嘴说：'老子的嘴一向也长在这，也有年头了！'"

弘昼闭着眼，听得"吞"地一笑，几个丫头也笑。听见王保儿也笑，弘昼用手指指额角，示意紫菊剃刮，问道："叫驴过来了？事办妥了？"

"回主子王爷话，"王保儿有棱有角向弘昼一躬，说道，"奴才顶的名儿，叫苟才。一个翠香楼，连鸨儿朱倩倩共是二十三位，隋军门三个，其余一人两个，花了五十两金子，办得汤水不漏，这会子——"弘昼一摆手打断了他的话，指指头顶对紫菊道："再细刮一遍，剃头的拍巴掌——玩蛋——剃，说——""就说剃头的，"紫菊笑道，"有个财主最是小气，要剃头，跟剃头的说，'好生剃，给你三合米，拉破一道血口儿扣你一合。'他有心坑人，剃一会儿猛地一咳嗽，糟——一道口儿！过一会子又一个喷嚏，糟——又一道口儿！堪堪剃完后，头上刚好三道口儿。那财主心里满得意，白剃了——剃头的几天没生意，饿得肚里咕咕叫，一阵阵邪火直攻，索性咬着牙笑说：'爷这头真得好好侍候！'也不分说，立起剃头刀头上拉划，把三道血口儿曲里拐弯连成一道儿……"说罢收刀，竟在弘昼光头上轻轻一拍，"玩——爷的头了！小心着点，防着奴婢在爷头上也划道儿……"

"哈哈哈哈……"弘昼大笑起身，趿了鞋适意地跺了几步，一个丫头脸蛋上拧了一把，道，"你肚子不饿，我不咳嗽打喷嚏，怎么会有那种事？"他像忽然想到什么事，神情变得有点沉郁，缓缓说道："如今圆明园，热河八大处，紫禁城真正是佳丽三千。我已经请旨，二十五岁以上一律放归本家，不知道办了没有。得催催内务府，宫女们饿急了，准不定也干剃头匠这一手！"王保儿笑道："王爷说笑话了不是？宫里人还能饿着了？"弘昼搓搓光润的脸颊，道："那可指不定。人，不光肚皮会饿，别的地方饿起来也不得了！明武宗时候，几个宫女一商量，弄条白绸子要勒死主子，幸亏她们张致慌忙，打的是个死结，没弄成，不然，史笔一载，'武宗为宫人所弑'，那是什么好名声？"

他虽说得漫不经心，众人却谁都没有读过史书，几个丫头想到常随福晋晋见皇后的那个阴沉沉的宫阙里，一百多年前深夜居然发生过这样的事，必定为了什么事绝望没有活路，几个宫娥密议杀皇帝，怎样撕白练，怎样慌不迭挽了死结，怎样套上拉不动，惊动了武宗……那是怎样的情景？思量着，心里都起瘆儿，竟都呆住了。王保儿道："爷呀！还真有这种事！武宗爷后来怎么料理那几个淫贱材儿的？"

"武宗是个淫昏之君。这结局可想而知。"弘昼似乎不想沿这话题多说，"无非碎剐，凌迟，剥皮而已，嫔妃都牵进去好几个呢！——保儿，咱们前院里去。"说罢拿起脚出房，保儿紧随跟着，屋里留下几个女人兀自发呆，身上起栗儿。

第十六回　　纳木札尔淫乐招乱
阿睦尔撒乘变逃难

弘昼王保儿一前一后从北正房向东，趔过一段黑的巷道，弘昼忽然站住了脚。王保儿不知缘故，忙也站住。暗地里弘昼沉吟良久，说道："保儿，皇上要处分我，你心里得有个数。"

"主子！"王保儿吓了一跳，疑惑地伸脖子觑弘昼脸色，噗地一笑道，"爷说笑话了不是！怎么会呢？皇上现今只剩了爷一个亲兄弟，平常价连句重话都没有的。奴才随爷叨光，几次见皇上送东西，赏的比送的还多；随爷晋见，奴才旁边瞧着，皇上眼里那份亲情，比别个亲王格外不同呢！"

"你想的对，也不对。我们除了兄弟，更要紧的是君臣。"

"……？"

"皇上已经露出口风，'就是兄弟，也要拂拭一下。'"

"拂——拭？"

"好比镜子不亮，"弘昼一笑，"要擦一擦。"他顿了一下，仰望高天繁密的星河云汉，长长透出一口气，"我是荒唐王爷嘛！如今天下就是个荒唐世界。拂拭一下我，下头荒唐的就会少一点。今夜的事，我就是寻个小过错给皇上看。御史弹劾是必定的，接着就用这个——摘掉我头上几颗东珠、罚俸、训斥——教我闭门思过。再接着，他再杀钱度、高恒，罢那些声名狼藉的官。他要整顿吏治，不咬牙拾掇一下自己兄弟，怎么说别人？"

王保儿听得发蒙，想了想，说道："王爷既这么明白，何苦花钱费力弄这事，白填还进去给人做法——爷说奴才乃是驴托生的，驴不会想事儿，王爷怎么也不会想事儿？"

"日你姐姐的，连老子也敢骂进去了！"弘昼笑骂道，"跟你说也说不清楚。记着这档子事，皇上处分我，我不处分你，但你要在外头收敛些儿，别他娘的动不动一屁把好大的官都顶到南墙根儿上，好像我一点家规也没有似的！"王保儿笑道："谁敢说爷没家规？我就是爷的模范奴才！爷也处分我，说我在外头胡来给爷招事儿，咱家里千把人，他们不也'整顿'了一下？"弘昼呵呵大笑，说道："好奴才，晓事！——走，前头瞧瞧去！"

　　主仆二人加快脚步，其实这里暗角出去，离驿站正房只几步之遥，转出房角弘昼便道："跑去问问完事没有，爷恶心听他们那些声音。"王保儿忙应一声，小跑着从正房北影壁绕进去，跺步儿加大足音，一进门便隔东屋门问道："隋军门，解乏了没有？"听着屋里叽叽哼哼断云残雨之声未绝，一个女子细声细气吃吃笑着求告："爷……您真好精神气儿……且别起身……"隋赫德答应着："就来就来！"接着一阵衣裳窸窣声音，隋赫德披衣扣纽出来，一头走一头笑着回骂："老子在万马千军中直出直入，杀得尸积如山血流成河——啊！五爷，您不是在明故宫那边么？怎么这儿来了！"他一眼看见了弘昼，忙一个千儿打下去，怀中纽子尚未扣全。里头鸨儿婊子们不知道，兀自浪笑着说："凭你明故宫秦淮河，再恶的大将军五六爷，该败阵也得软了！"不知谁悄语说了句什么，里屋才没了声息。

　　"起来吧！"弘昼手握檀香小扇虚抬一下，笑嘻嘻道，"有七千里道儿吧，走得不容易。皇上派我和范时捷、纪昀来南京接你，他们在故宫那边等着听你回报南北天山的事。我说先得叫弟兄们软和软和身子，犒劳犒劳——怎么样？比骑马受用些儿吧？一般的纵送，滋味一样不一样？""不一样不一样，那当然不一样！谢爷的赏！"隋赫德黑红的脸膛放着光，显得精神奕奕，"这会子解了乏，奴才挥戈上阵，仍旧金枪不倒！——不信，爷问屋里几个败军之将！"

　　一句话说得屋里三个女人咯儿咯儿笑不可遏。弘昼无所谓地将手一摆，径自到院里，冲着东厢一排房喊："弟兄们！都给我出来！"便听各屋叽里咕隆一阵响动，军将们忙着穿衣穿裤登靴戴帽佩剑，顷刻间便黑乎乎站成一排，"啪"地一齐打下马蹄袖行礼："奴才们给五爷请安！"

　　"都起来！——锤子软了没有？"

　　众人面面相觑：这王爷金枝玉叶，天子第一亲，怎么这样儿问话？有知他荒唐秉性的，身子一挺说道："还行！"众人一笑，有的说"软了"，有的说"软了还能再硬"，末了一个苦着脸说，"标下的'刀'几年不用，他娘的锈了……才进去这么三指，"他比了一下手指头，"——就收兵了！"听得众人一阵哄笑。

"兄弟们在外出兵放马不容易。边陲塞外兵营枯寂，没有女人又不能带家眷。大丈夫，嗯……这个这个，啊——棍子硬了无奈何！"弘昼在众人笑声中说得铿锵有力，"南京六朝金粉之地，是个吃喝玩乐嫖婊子的地府儿。但我皇上整顿吏治，不许文武官员逛行院，你们没有纪律，自个儿去，教善扑营拿住，连老隋也要脸上无光！嗯……这个这个，本王爷爱护边将，哎这个这个又要维护朝廷法纪，嗯这个这个……就这样了！"他掏出怀表就窗上的灯光看了看，提足精神问道，"这会子累不累？"

"不累！"

"能办差不能？"

"能！"众人齐声大呼，气壮山河。

弘昼略带孩子气狡黠地一笑，道："现在是戌末亥初时牌。全都坐轿，去明故宫。十个军佐跟兵部的人回营务事儿，老隋跟我见纪中堂和范司徒说西北军情。说到子时，还回这里，该干的事就用不着我指教了！"众人都不好意思地嘿嘿一笑，却看不清形容脸色来，弘昼一摆手便走，后头的人忙脚步杂沓跟出驿站，已见一溜竹丝亮轿停放在门口。

明故宫驿站就在青龙门北。这里向东是一带城墙，西边是空旷得黑漫漫的故宫遗址，荒草白茅间间而矗着断墙颓垣，被永乐皇帝烧成一片白地的旧宫遗址上金水河上汉玉栏桥御池沟渠仍在，守阙石狮盘龙华表犹存，都隐在青蒿野榛之中。星光下看去起伏不定，像是许多猛兽在暗中跳跃，甚是荒塞阴森。驿站就设在遗址东北角，临玄武湖岸落座，却比别个驿站不同：倒厦三楹大门悬着两盏玻璃宫灯，周匝围垣也是宫墙式样，墙上每隔不远挂一只"气死风"灯，灯下暗影里站哨的都是九品武官服色，一望可知是善扑营的护卫。几个太监见弘昼下轿，忙一拥而上打千儿请安，一个蓝领子管事太监像是王府里侍候的头儿，侧身跟从谄笑着道："范大人纪大人都等急了。兵部几个堂官不敢放肆，在书房那边探头探脑，耐着性子等。爷怎么一去就两个时辰，范大人和纪大人都骂您呢……"

"他们骂我什么？"弘昼一边听一边哼哈，站住了脚，笑道。

"范大人骂您是'兽头'，纪大人骂您是'屎牛'！"

弘昼偏着脸听，一眼瞧见范时捷、纪昀笑着从西月洞门迎出来，因笑骂道："你们竟敢背地骂我！就是老子不计较，皇上知道饶你们？"范纪二人笑着一躬，手让弘昼到西花厅，范时捷指着一群将校对太监道："把他们带议事厅那边，叫兵部的人也过去——还有户部老金，都去听这群药渣说粮说饷说军需。"回头陪着弘昼踱着走，听纪昀笑着对弘昼解说："爷甭想挑我的毛病儿，是那狗才听转了，我说的是'囚牛'，不是'尿牛'……龙生九种爷听说过没有？头一种就是囚牛，囚牛好音乐，现今胡琴头上刻的兽就是它的遗像；兽头也是龙种，官名叫鸱吻，平生好吞——我打量爷是听戏去了，老范以为爷见了心爱物儿吞吃去了，怎敢放肆就骂呢？年羹尧骂穆香阿'狗娘养的'，穆香阿回话说，'回大帅，我母亲是和硕公主，圣祖亲生，不是狗娘养的！'奴才们是守规矩懂礼法的，怎么敢学年羹尧？""这个玩笑开得有惊无险！"弘昼开心呵呵大笑，"方才见过一群婊子，老鸨儿也跟我说了个笑话儿。她说她接过一个道台，两榜进士出身。进士说他凭着笔做官，老鸨儿说：'咱们一样，我也凭屄（笔）吃饭。你笔上有毛，我也一样，你有笔筒儿，我也一样！'那官儿被她挤对住，笑说：'我还凭嘴吃饭，回事说差使奉上接下，不单凭笔。'鸨儿说：'仍旧一样，我们也凭嘴吃饭，不过你嘴在上头，我们的在下头，你的横着长，我们的竖着长罢咧，你嘴上的胡子还没我的长得好呢！'"话没说完，范时捷已笑得弯倒了腰，纪昀正点烟，一口笑气喷断了檀香火煤子。隋赫德却是挺着个大肚子笑得浑身乱颤。说笑着众人一道儿进了花厅，弘昼甩了身上袍子，一身天青细白洋布短褂短裤，趿了双撒花软拖鞋，向东壁椅上一靠坐了，对满屋丫头仆厮摆摆扇子道："给各位大人上茶！桌上果品点心尽够使了，不用再上。你们出去，我们要说正经话。"

"老隋，"众仆随退出去，纪昀敛了笑容，在椅上一欠身说道，"准噶尔部长噶尔丹策零死了几年，又立了纳木扎尔，又乱了几年。皇上因为道途遥远，又是他们部里自家闹家务，这头金川又连连用兵，所以没有料理。上次看你奏折，又换了个达瓦齐，这到底是怎么回事？"

隋赫德刚要答话，弘昼用手虚按按，说道："北京那头阿桂给皇上密折，说有个叫阿睦尔撒纳的，正在青海日夜兼程去北京，阿睦尔撒纳是辉部台吉，准噶尔部闹家务，与他有什么相干，也搅和进去？我不是管事王爷，既叫我听，就简略从头说明。别要皇上问我，一脑袋糨糊葫芦回奏。"

范时捷这个户部尚书还没到任，也想知道首尾，也便冲隋赫德点头。

"王爷，纪大人范大人，这事说来繁复杂乱，不是三言两语的事，只能从简扼要回话。"隋赫德略一欠身，清了清嗓子道，"圣祖爷三次亲征准噶尔，老噶尔丹败死自尽。封噶尔丹策零为台吉，这个人其实懦弱无能，只是靠了朝廷封号勉强维持准噶尔局面而已。噶尔丹策零有三个儿子，老大叫喇嘛达尔札，是小婆养的，娘家不贵重，儿子自然也就身份低。正出的嫡子是老二，叫策妄多尔济·纳木札尔——王爷别不耐烦，他们的名儿就是长，我听了几年还觉得拗口别扭——他娘是正宗朝廷封的福晋，因此噶尔丹策零一死，顺理成章就成了台吉王爷。

"这个纳木札尔岁数不大，却是甚不成器，从罗刹国不知弄来什么春药，一晚上能弄一百个女人。部里身边略有点姿色的女奴，甚或有的部曲臣僚妻女都横扫进去。有时弄不到一百个就疲软了，再吃药再弄，连亲姨小姑亲妹子也都不肯饶过。这么着折腾，人瘦得像个骷髅，哪里有精神料理部曲什么草场牛羊纠纷？什么储粮备冬草料迁移牧场这些政务，一概听之任之。不吃药就像个晕头鸭子，一阵风就吹跑了的纸人似的，吃了药又像个疯子，又狂又躁，别说女人，就是男人见他那样儿都畏惧躲避不遑。"

听到这里，范时捷不禁莞尔，纪昀却是点头一叹道："祸水横逆，这样的君王没有不亡国的……"弘昼笑道："方才老范悄悄问我，说那些军将是'药渣'什么意思？说的就是这样的人——不知哪年哪代，皇宫里的宫女都得了病，面黄乏力精神萎顿。太医开了一张药方，送二十个精壮小伙子进宫。一个月后，宫女们一个个容光焕发体态轻健。送这些年轻人出宫，老皇帝眼花，瞧着一个个晃晃荡荡骨瘦如柴的影儿，问'那是些什么东西呀'？宫女们捂口儿悄笑，回说'禀皇上，那是药渣'！"范时捷登时明白，端着茶杯指着隋赫德笑得手直抖，话也说不出来。

"对了，王爷说的，这个纳木札尔真正是熬透了的药渣！"隋赫德笑一阵，接着正容敷陈，"不但淫乱昏庸，身子骨儿不好，还动不动就杀人，取女人胎胞男人的肾补身子，又怕死，年年找个替身奴隶杀了算是替他去阎罗殿报到。这么着弄得天怒人怨，臣子宰辅们自然要谏劝，他是谁劝杀谁，连着杀了七个'宰桑'。札尔固（部族会议）管不了，竟是人人切齿痛恨。

"纳木扎尔有个姐姐叫鄂兰巴雅尔。小时候儿弟姊两个满有情分的，先弟弟也还听姐姐的话。眼见就要全部大乱，几百里从哥策部落赶回来劝弟弟戒酒戒色保养身体料理政务，可这时候儿纳木札尔已经是个半疯子，不通人性了，和姐姐一顿大吵，居然下令把姐姐铁锁锒铛下狱囚禁起来。

"这一来乱子就起来了。他姐夫萨奇伯勒克怒火冲天，升旗放炮造反。喇嘛达尔札早就虎视眈眈这个汗位，和萨奇伯勒克里应外合，一夜突袭杀进帐中，那'药渣'吃了春药，正在拼力鏖战，一阵乱刀，立马成了花下风流之鬼……血泊里，老大喇嘛达尔札坐了汗位。"

隋赫德说到这里顿住了，端起杯喝茶。屋子里安静得连北窗外玄武湖涟漪拍岸的声音都听得清清楚楚。几个人思量数年之前，万里之遥的准噶尔那个风高月黑的夜晚，美人昏主血溅青帐红烛之中，马踏碧血沃草，荒烟戈壁乱马交枪一场惨杀，都不禁凛凛然泛出一阵阵寒意。弘昼出了半日神，叹息一声问道："后来呢？"

"这就要说到这位阿睦尔撒纳了。"隋赫德紧皱眉头，仿佛有很重的心思，幽幽地望着前面的墙壁，"阿睦尔撒纳是策妄阿拉布坦的外孙，是准噶尔辉部台吉。为争牧地草场，早就有心和纳木扎尔大干一场，当个准噶尔汗王。现在准部内乱，哥子姐夫合伙杀了弟弟，哥子夺位，用我们天朝的话说这叫弑君自立。就情理上说，蒙古人也不服气。扎尔固里的贵介长老都是敢怒不敢言，纳木札尔虽然无道，还有个同母弟弟策妄达什——你杀了哥子，理应把位子让给弟弟，怎么就大摇大摆自己坐了？——都不服。这些长老们没有权，却有面子，暗地里和阿睦尔撒纳，还有和硕特部台吉班珠尔联络，要起兵勤王，拥立策妄达什。不料事机不密，露了馅儿。

"前年秋天，准噶尔部办那达慕大会。前三个月头里就给我发了请帖。他们闹家务我一直在留心监视，随时给皇上奏报。皇上每三天就密谕给我，一是留心形势动向，二是暂时耐宁不动虚与委蛇。准噶尔虽桀骜不驯，毕竟每年还有贺表贡物贡献。如今乱了，不经请旨弑主自立，后头形势难以预料，所以接到请帖立刻八百里急递请旨赴会——就是带着这十位管带偏将一同走了五天，如期到会观礼。我是天朝上将，当然坐在主位中间，看了看，几个西蒙古王爷都不认得，喀尔喀的各台吉，辉部阿睦尔撒纳和硕部台吉班珠尔都来了，由喇嘛达尔札陪着，向我行礼，有说有笑拍肩膀拉手的，十分亲热，连我的心都懈了，这不像是出事的样子，他们亲连亲，亲套亲，打断胳膊连着筋，莫非暗地里和好了？

"那达慕是各蒙古草原最大的盛会，有点像我们过年。上边一排座，正中是我，摆满了苹果、梨、葡萄、哈密瓜、西瓜之类，还有手抓羊肉和酒。我带的军将们也一样。下边一排是喇嘛达尔札居中为主，各王爷列位序而坐，酒肉之外，只有葡萄哈密瓜，都是久日不见，指指点点交头接耳亲切说话观看大会。

"射箭过去了，平安。又是叼羊，摔跤，祭神舞鼓吹里头有点像跳加官，戴着面具踩高跷的、打莽式的……围观的人有四五万，男女老少连说带笑随节拍儿舞蹈。热闹，开心，半点戾气也没。"

"轮到赛马，出事了，"隋赫德满意地环视一下听得发呆的众人，又喝一口茶，"那是好大的一个场子，打成一个大圈子，圈里圈外都是人，中间留出一箭宽的马道。喇嘛达尔札摆了摆手，王府管家摇旗，三十匹精选的马崽子从东头极点一阵狂奔，卷得尘土扬起老高，渐渐近来，一阵风似的过去，从西头向南绕，东折又回来。离得近看得清，马上都是剽悍精壮的蒙古汉子，除了缰绳鞭子，什么武器也没有。接着眨眼工夫又是一圈，马快得叫人眼花缭乱，一闪就过去了。待到第三圈，我正傻着眼看，突然间里头五六个蒙古人变戏法似从腰间取了弓箭，朝着主位上就射！我的爷，那真是又快又准又狠——一个叫达什达瓦的长老脖子上一箭嘴里一箭，着了两箭，'扑通'一声仰脸倒下去。再看策妄达什，左膀一箭，心口一箭，两箭挨了，一声不吭歪倒在一边。只有阿睦尔撒纳眼尖，身手极是矫捷，见势不妙，一溜身从桌下窜了出去，两箭射空，钉在他坐的椅子上还在簌簌抖动！

"场上一阵骚乱，各位台吉王爷还在懵懂，一齐起身东张西望。我再看，阿睦尔撒纳拔脚飞奔，一手揪住一个生马驹子，回头不知骂了句什么，蹿上去夹马就逃。他随身带的卫士只有一个也捉到了马，在后头紧随护卫，余下的几十个人已和喇嘛达尔札的护卫交上了手，马刀拼刺火花四溅叮当作响，满场杀声、哭声、骂声、马蹄声、吆呼声响得沸地盈天……烟尘沙雾混着乱成一锅粥。再细看，老人女人和孩子都集合到了西边。东边的马队有的去追阿睦尔撒纳，留下的已将辉部带来的卫队剁成了肉泥……我也是几次出兵放马的人，杂谷土司叛乱我跟岳东美老军门打过恶仗，西藏珠默特部作乱，杀了驻藏都统傅清和左都御史拉布敦，我跟岳军门又去平叛，也打得凶，没有见过这场面，阿睦尔撒纳的兵没有一个投降的，一个胳膊一条腿还在拼杀！杀人的也真残，把人剁成鸡蛋大一团团肉块挑在刀上耀武扬威，肉丝儿还在霍霍乱跳！

"喇嘛达尔札布置了人追杀阿睦尔撒纳，没事人一样笑嘻嘻回来见我。对那些王爷叽里咕噜说了一通，又对我说：'今天这件事让将军受惊了，真对不起。达什达瓦一家和策妄达什密谋勾结阿睦尔撒纳这只狼，要来夺我的草原、人民和牛羊，要杀掉我，拥立策妄达什来统治准噶尔。策妄达什年纪虽然小，和多尔济·纳木札尔都是一条母狼怀里养出的恶狼，勾结外人害他的哥哥又是他的恩人的我。用你们的话叫天理难容！我不这样对待他，他会把我做成肉酱吃掉！请将军转奏博格达汗：'我们准噶尔部是拥戴大皇帝的法统，臣服天朝的藩臣，并不敢自外乾隆大汗的恩德和统治……'这是不测凶险之地，我没奉旨，也不敢胡言乱语，虚与应酬几句教他赶紧上奏朝廷请求封诰，名正言顺地当个藩王，带着我的人回了天山大营。"

几个人听了都点头。准噶尔部族乱源已经明了。纪昀一锅烟接一锅喷云吐雾，沉思着缓声问道："我在军机处，料理的却是文事，见有达瓦齐上表请封汗的折子，这个达瓦齐是怎么回事？"

"达瓦齐么，这就说到他了。"隋赫德笑道，"我与他那达慕大会上见过，拉手寒暄，个子比我还高点，皮色和汉人差不多，笑起来样子很贼，说话声音吐字儿有劲，还引用了孔子的话说，'有朋自远方来，不亦乐乎？'那达慕会上指挥兵马的就是他。很干脆利落的一个人。汉话说得好极了，略带一点宁夏口音。

"此人是巴图尔珲台吉的后裔，准部大策零敦多布的孙子。也是扎尔固部族会议里掌兵权的大贵族，管着哈萨克玉兹部落，打个比方有点像我们的兵部尚书兼统兵大帅。他也是正牌子的金枝玉叶，原本纳木札尔昏乱，就生了篡位之心，帮着喇嘛达尔札，心里自家打主意，纳木札尔死了，策妄达什也死了，你喇嘛达尔札不是正宗货色，朝廷也没封你当汗。此时不干更待何时？阿睦尔撒纳当众脱逃，原来是他使的心劲儿。

"这事我是后来才知道的，阿睦尔撒纳逃出后，曾派人到我营里，他已聚集三万铁骑，要和我合兵进击准噶尔。我没答应，他也就不再找我。我也留心，派人化装混进去打听。原来他求我不成，悄悄去了哈萨克玉兹和达瓦齐密谋。两个人商量定了，于乾隆二十一年秋七月十二夜里，各派两万骑兵，四百里长驱奔袭，直入准噶尔大汗宫。准部的兵都是达瓦齐带出来的，只有喇嘛达尔札部落不到一万兵，又没有防备达瓦齐会里应外合。两个时辰不到，一万多兵全军覆没，喇嘛达尔札拔刀自尽。

"照阿睦尔撒纳的想头：我帮你达瓦齐当了汗，至少也该弄个·字并肩王坐坐。达瓦齐却觉得自己走错了棋，早知道喇嘛达尔札这么不济，何必引狼入室掰屁股招风？阿睦尔撒纳屯兵不走，两个人顿时反目为仇。阿睦尔撒纳一不做二不休，干脆大举进兵，占领了杜尔伯特，屯兵额尔齐斯河，两军隔河对峙。我奉旨见驾述职时，两军已经打了几仗，互有胜负。准噶尔现在局面已是乱到了极处。"

隋赫德口说手比，反复譬讲，总算说清白了准噶尔内乱局势的来龙去脉，已是唇干口燥，端起酽茶一口接一口只是喝，说道："后来的情形我就不知道了。"

"后来阿睦尔撒纳战败了。"弘昼目光霍地一闪，又敛去了锋芒，"达瓦齐自己何尝不是狼子野心？逼得三车凌部举族内迁，在部内谁忠于朝廷他就杀谁，达什达瓦部的宰相桑萨拉勒劝他亲赴北京朝见皇上请求赦罪封赏，那是他的表哥，也是一夜掩袭血洗了他的部落。说什么'不自外'，是他自己政局不稳。像厄鲁特蒙古三车凌这样的大迁移，自顺治爷开国还是头一回，他这么折腾，司马昭之心早露馅儿了！皇上现在急着要在准噶尔用兵，怕的就是他把异己清理干净，羽毛丰满爪牙锋利，又变成第二个噶尔丹，就势大难制了。可傅恒这头也在用兵紧要关头，又不能催，须得腾出手来再料理准噶尔这批叛贼！他们，你别看都打朝廷旗号你杀我我杀你，其实谁也不和朝廷一条心！都做的成吉思汗梦，不然，和罗刹国眉来眼去做什么？——他娘的！"他突然朝左颊"啪"地扇了自己一耳光，看了看手，"这早晚就有蚊子了！"

众人一笑即敛。纪昀闪了弘昼一眼，心里暗自嗟讶：谁说这王爷荒唐？心思简直千疮百孔！就是阿桂，全盘儿掌握军事，每日看奏折，也没有这样明晰清爽的见地，洞穿七札的目力！这样的人才却每日去看戏逛园子，伴了讨吃的四处游逛，真是可惜了的……想着，笑道："五爷别料理内务府还有什么旗务杂差了。我请旨请五爷出山掌管军机处好么？""放你妈的屁！"弘昼刹那间又是一副漫不经心的模样，嗑了个瓜子儿扔进嘴里，单眼皮儿一蔫，笑骂道，"你敢胡来，进军机我头一个先撤你的差！我其实是个赵括马谡，二流子混混儿，怎么敢沾惹国家军机？——你到茶馆听听，那些八旗纨绔街痞子，议论起国家大事哪一个不是人模狗样的呢？"

"我记得圣祖爷时名将周培公说过，"范时捷跟着众人一笑，定神说道，"西陲战事打的是军需仗、粮食仗。我原来不晓得厉害。看看金川才明白，细算是二十三斤一两的粮才能运到前线一斤。运到天山大营虽然都是旱路，却越走越难走，连水都得带着，至少是四十斤粮才能运到一斤。老隋，二十年前我们就是老朋友了，你龟儿子要给我省着点儿，我粮食被服不短你一斤一件，你丢一斤就是四十斤，敌人得去一反一正就是八十斤，得了不得了！我来见你，皇上至嘱再三，打金川只是练兵，真正瞄的是西边，一旦达瓦齐成气候，和罗刹的什么鸡巴的女王勾起手对付我们，麻烦就大了！圣祖爷三次亲征，为的就是天朝之地寸土不让外夷，难道还要乾隆爷再来亲征？所以你缺什么只管问我要，断不叫你的兵冻饿。可你也得替朝廷想想，金川是个大头出项，圆明园又一个大头，赈灾河工，哪一处不是钱？如今收项虽然不少，淌水似的银子往外流，还有官员中饱私囊，皇上难不难？户部难不难？内务府现在也亏空，王爷，他们寻我要，我是要命一条要钱没有！您得替我挡着——我不借！"他像真的有人向他借钱，木着脸咬着牙把手一推，"我万变不离其宗，玩笑是玩笑，正经事儿正经办——这是大事！"

几个人看他说得认真，又像一个老孩子，都不禁一个莞尔。弘昼笑道："前头一个尤明堂，如今一个范时捷，秉性不尽相同，两个铁公鸡一样！"纪昀却道："如今短的就是铁门闩！国家养了一群城狐社鼠。老隋，你得屯田，兵士不打仗，开山开荒种点地，什么高粱玉米谷子之类的，还有菜蔬，放羊喂猪。当兵的有事干，吃饱不想家，也能打打牙祭。要有点囤粮，天山南北都乱了，朝廷就有粮，运不上去也是枉然。"

隋赫德想打呵欠，又抑住了，笑道："桂中堂早就写过信说这件事。您没去过天山那块不知道，那地方儿六月天还下雪，什么庄稼菜蔬也是不成的。不过我还是有些预备的，干蘑菇、蕨菜、萝卜干存得没处放，还养了两千只羊，几百头牛，肉干也有点存货，粮食有三个月的存粮。万一腹背受敌四面楚歌，半年时光还是顶得下来的，朝廷的援兵半年也就到了。"

纪昀笑问道："半年若是不到，又当何如？"

"那老隋只好'壮士一去不复还了'！"隋赫德笑道，他终于还是打了个呵欠，"天山大营一失，准噶尔部，霍部回族，南疆北疆全局皆乱。蔓延到青海宁夏，还有西藏，东蒙古！半个中国糜烂，乾隆爷头一个就饶不了军机处！"

"确是如此，"范时捷认真地说道，"不要忘记还有个霍集占在伊犁！霍集占和阿睦尔撒纳是一丘之貉，又是回部首领。朝廷现今还没有议阿睦尔撒纳的罪，议定了，征讨霍集占不征？"

这又是绝大的军政题目。自康熙平定准噶尔部以来，天山南路的维吾尔回部族众钦定由穆汗默特统一携领。这位穆汗默特是玛赫杜米·艾札木卓和的后代，噶尔丹起兵叛乱时也被裹胁进去。噶尔丹被圣祖击溃败亡，穆汗默特和父亲率部归诚。这爷两在维族回众中颇有威望，因此康熙接纳归诚，索性封为"和卓"（意同汗、王），命他们"总理回地各城"。穆汗默特生两个儿子，大的叫波罗尼都，小的就是霍集占。准噶尔部蒙古人信的喇嘛教，回部维吾尔却信伊斯兰教，宗教心念儿不一样，又草场连着草场，部落挨部落，两下里自然少不了磨磨碰碰——就康熙心里，也正想这样让他们相互牵制——噶尔丹策零在康熙晚年倦政时，在一次冲突时生擒了穆汗默特。雍正时年羹尧平定青海之乱，陈兵西宁，传旨命准噶尔部释放这位回部首领。但这时穆汗默特已死，为敷衍朝廷，回奏请旨让波罗尼都返回叶尔羌，说是让霍集占留伊犁"掌教"，其实是当了人质。天高皇帝远的事，雍正朝闹家务兄弟阋墙折腾得天翻地覆，年羹尧失宠①，也就睁一只眼闭一只眼，把事情撂了下来。其间两族政教纷争，万花筒儿般瞬息即变。只是隋赫德还明白，纪昀和范时捷都不掌管外藩，只知道一个大概。

"大小和卓的事朝廷已经有了章程。"纪昀枯着浓黑的眉，磕了烟灰又装烟，口里喷着余烟说道，"波罗尼都有一份万言书已经寄到军机处，我看了节略，事君之心还是忠诚的。至少现时南疆还没乱。有小人撺掇着他乘

---

① 年羹尧失宠：见拙著《雍正皇帝》。

乱而起独立汗国，他都抓起来了。单是准噶尔之乱，政局已经一盆糨糊。找你来听听有两个意思，一是皇上问话，军机处几个大臣心里不能糊涂；二是你心里有个数，朝廷在天山之北用兵是既定了的宗旨，召对时不要扰乱皇上决心。"

"恐怕还要给你一点小小处分。"一直闭着眼静听的弘昼戛然开目说道，"你是天山将军，不能制止准噶尔内夺嫡篡弑，这就是责任。你的信我看过，皇上现在政务丛烦，焦躁得很，照你信上的话，肯定要触大霉头！"

隋赫德两手一摊，笑道："五爷，北疆驻军不归我节制，伊犁那达慕大会我密地会见驻军伊犁将军班滚和鄂容安，说你们只有六千军马，乱起来控制不住局势，不如向我大营靠拢——这点子兵，十万蒙古铁骑，一踩就没了。他两个说不奉旨不敢擅自离开，拨五百兵留下给马踩，五千五百兵调到我大营西侧。我给朝廷保住了五千多兵的实力呀！我最恨的就是布罗卡，八千人驻守乌鲁木齐，主帅在伊犁被围拼死抵挡，不但不驰援，还向东退了二百里。班滚鄂容安自杀，他们难辞其咎！"

弘昼笑着起身看看表，拍拍隋赫德肩头道："你这位天山将军不晓事。班滚他们逃了降了，自然要割他们的蛋蛋儿示儆天下。自杀殉国是忠君爱国之臣，不能处分，这么大的事败坏了，没人受处分？不处分你处分谁？"纪昀深知就里，脸上热笑心里叹息：和亲王大约不知道，他自己也要受处分，还在说别人！口中却道："处分就处分，你怕什么？还辩白！满朝文武都是皇上子臣，这几年除了刘延清，谁没受过处分？处分是调理你，训戒你长进——人而不受处分……不知其可也！"弘昼大笑道："好！说的是！——带你的十个槌子回软红军里再去厮杀。五天之后皇上在扬州接见你。我们假寐一会子，天不明就返回去见皇上，去吧——扬州再见！"

第十七回　修政治乾隆矜孤忠
维纲纪盛怒逐胞弟

翌日，弘昼纪昀范时捷三个人平明起身，沿江北驿道奔波一日便回了扬州。因纪范二人不惯乘马，都骑弘昼王府护卫的坐骑——那都是口北杂交的走骡，骑上又快又稳。驿道右临长江左倚江淮平原，浩浩渺渺孤帆远影，而或青郁连绵落花似锦，也都无心观赏流连，只一路催骑蹀行。只在六合镇东一家小铺子里打尖吃饭，吃完就上路。待入扬州城，到瓜洲渡绕过去北边阜岗，至高桥行宫仪门外，踏着下马石下地，纪昀和范时捷才觉得胯下酸疼，腿脚都木了。弘昼三人站在下马石旁的合欢树下愣一会神，看太阳时，才是酉正时牌上下。纪昀以手加额，笑道："早发白帝暮至江陵，原来不但扬子三峡能，陆上也能！"范时捷道："我从来没有一天走过这么多路。只觉得这会子江河草树还在往后退———一路想着天山供需，就到扬州了！五爷，这骡子能不能赏了老范?""赏你就赏你！"弘昼笑道，"我还有几匹呢！班滚送我的汗血马，配山东草驴下的崽儿。它就这么能走道儿！如今一匹汗血马，上万的银子也弄不到。我府里两匹种马，出的汗真是殷红鲜亮的汗，到第三代就不成了，淡胭脂似的——不过比蒙古马还略好点。跟我的亲兵长随都骑的这种。"因见卜义从仪门里摇摆着出来，向远远站着的王保儿手背儿弹弹吩咐道，"你们回驿站去，连这三匹都牵着遛遛——我们这就要叫进了。"

"奴才卜义给五爷、两位大人请安了！"卜义站在一边，待弘昼说完话，打千儿行礼，赔笑起身说道，"皇上今儿一大早就陪太后去了虹桥，这会子还没回来。南京离着这四百多里，估摸着你们明儿才能回来的。这行宫外头侍卫房儿都空着，爷们先歇歇。主子爷回来一定也乏了。要叫呢，奴才来传，要不叫——"

"不叫了你当然不能传！"弘昼笑着一口打断他话头，"你这杀才真个饶舌，怪不得升不了总管太监！——带我们去！"

卜义扯着公鸭嗓儿长长答应一声："是——，千岁爷多关照着奴才些儿，奴才就受用不尽了的……"谀笑着三步一回头带他们三人进了仪门。里边第二重门左侧一排房五六间，都是仿紫禁城乾清门外侍卫房的式样，都依地势和宫墙平行面朝东南，弘昼见一大群官员挤在东北角房里，有几个认得的是户部官员，便对范时捷笑道："这些家伙们可真能钻刺，知道你要当户部尚书，借着出差巴巴地几千里赶来。明说是请示差事，其实全为了巴结你这新贵人——你去和他们见见吧，别一上任就让人说你架子大。我和老纪西头房子里歇歇。"范时捷已和几个人对了目光，势不能不见面，暗自透了一口气，哈哈笑着走了过去。这边卜义头前带着，又是开门又是点灯，倒洗脚水沏茶，待脚洗好，一人一方热毛巾已递了上来，茶不热不凉也正好喝。

"好猴崽儿会侍候！"弘昼从怀里抓一大把金瓜子儿笑着递给他，"我瞧着你比王八耻会侍候，怎么就比不上他得用呢？拿着——你也不容易……"卜义忙双手捧了，脸笑成一堆菊花，揣了怀里又打千儿谢赏，说道："王八耻比奴才有能耐！他会——"他用手指儿勾勾，"钓鱼挂钩儿！这就对了那拉贵主儿的脾胃。嘻嘻……皇上其实也满器重奴才的，不过皇上讲究祖宗家法，像奴才这号儿人不能放纵了，嘻嘻……奴才是个没用的人，全凭主子抬举着了。""算了吧你！"弘昼笑道，"太监把式我还知道些儿。茶房里、御厨房得罪了你，你就敢往茶里膳里丢点盐什么的，叫主子发脾气揍他们。上回济度见我，那么个大胖子，又是热天儿，腰躬得大虾似的，站不直身子。我看他坐在那也那么个尿样儿，问他'你是肚子疼么？'济度是个直肠子，说了实话，说在我花厅里等见喝茶，兴是里头放了春药，底下这家伙硬得铁棍子似的。直起腰把袍子这里顶起老高成什么模样？——还不是他没送门包儿，太监们治他！——后来我把管花厅的太监每人臭揍八十板，就再没这事了。"

纪昀起先盘腿坐到木榻上摊纸要写信，听得也直发笑，搁下笔道："这么说我也得防着！这茶里有没有弄手脚？""那得分人，看人下菜碟儿！"卜义见砚池墨不多，忙过来兑水磨墨，霍霍磨声中说道，"往主子菜里搁盐的事是有的，那是专为侍候御膳的太监才能做手脚。御膳他得先尝。几道儿人都尝过才能到主子跟前，还有监膳的，做手脚不容易的。放春药的事也有，除非有私仇才敢。雍正爷手里蔡明明就往孙嘉淦茶里放过——他爹是孙大人杀的——查出来，雍正爷原是要用笼蒸了他，倒是孙大人说情，说他是为父报仇，孝子！杀了也就了事儿。太监是小人，我们一进宫这是头一条宫训。乾隆爷在这上头从不饶人，我们不敢犯这个讳。小来小去的，比如哪个大人送了包儿，主子喜欢时候儿再说叫见，各宫里地下金砖都摸遍了，哪块磕头响，带到那块叫他跪，头一磕咚咚响，主子听着他心诚。有的人见太监黑着个脸，没丁点儿照应，就带他到地下垫得瓷实处儿跪。他就是头磕烂，也不得那个'咚咚'声儿。不定就惹主子恼了他——外头如今说窦大人名声儿大，他就吃过这个亏……"纪昀在旁听着，饶是他饱览众书学富五车，竟是闻所未闻，不由叹道："君子可欺以方，小人可畏。鬼蜮伎俩匪夷所思，真真令人可叹——你方才说钓鱼，钓鱼有什么大学问在里头？"

"这个自有不传秘方儿，小人不知道。"卜义一点也不敢沿这题目说话，只嘻口儿一笑，"比如您写文章，那是天下第一，小人就是想炸了脑袋，能写出来？您教我，我就能学会？"放下墨锭儿便笑着告辞，到门口又折回来，对弘昼笑道："主子爷这几日忙，性气不好。王爷和大人答对说话留着点神——"他还要说，弘昼摆手道："滚你的蛋忙你正经的去吧！——我省得！"

屋里只剩了弘昼和纪昀。眼看着屋外一片苍冥之色愈来愈重，两个人仿佛都有心事，一时不知话题从何说起。只听远处隔两间房那边人声嗡嗡，还在议论什么，隐隐传来，反而更增静谧之感。

"晓岚，"弘昼见纪昀濡墨援笔又要写，半仰在榻上问道："听说你要和见曾结亲家了？你女儿才十四岁嘛，这么早急什么？我还预备着给你当个媒红，谁想让庄友恭先抢了一步！"纪昀笑道："儿女姻缘天定之数，那是再不待假的。当年我未仕之前壮游天下，卢老当时任两淮盐运使，曾在虹桥大集名流文士会文。我当时还不到二十岁，侥幸得了个榜首。当时风雅儒冠都是江南秀士，集四言七律七千余首，编成了一部三百多卷的诗集呢！"他仰脸看着天棚，似悲似喜地追溯着当年的繁华盛景，喃喃说道，"当时卢老已是江南众望所归的文坛耆老，《雅雨堂》《金石三例》《出塞集》都是他写的。领榜筵上指着我叹息，说：'我要有个小女儿给他多好！'那时我还是个不知天高地厚的毛头秀才，大声回说，'你要将来有个小孙女，配给我的儿子多好！'——这次来江南，他早已致仕在家，庄友恭去看望他，居然旧话重提，说他有个小孙子叫卢荫文，今年已经进学。我的二女儿韵华十三岁，也打听得清楚。庄友恭硬作保山，讲大丈夫言出如山，二十年定就的亲家乃是天作之合，违天不祥什么的跟我说一大堆。庄友恭已经票拟云贵总督，也不好败了他的兴头。因此就下聘了这头亲事……"他苦笑了一下，没再接着说。弘昼听了点头，叹道："这是天定之数，非人力可为啊！——卢家不错，是风雅人家，不过毕竟三代盐务上头走。卢荫文我不知道是他哪房孙子。卢从孔现就是福建盐运使，你保得和高恒的案子有没有狗扯连蛋的事儿？覆巢之下无完卵，我替你捏一把汗呢！"

纪昀打火又抽烟，半晌，一笑道："无碍的，天下盐官哪有个不亏空的？卢荫文的父亲卢清孔走的进士门，是庄友恭的门生，为人很正派的——现在高恒官司没结，就是结了有牵连，也没个退婚的道理——那我不成戏上那一号什么鸟员外了？宦海沉浮，哪有长盛不衰的官位？就是王爷也一样，您想过没有？"

"嗬——唔？"

"爷在四牌楼吃饭，老板说话不恭敬，您把家养的一窝子狗都带进去占桌子吃饭。有没有的事？"

"有的，他骂我！说我不如狗！"

"您是微服嘛，白龙鱼服为人所欺，怪您自己。"

"我给足了饭钱！"

"所以这只能叫荒唐，"纪昀一笑，"您是王爷，要是寻常人，这叫罪过！——不错，贫婆子一碗豆腐脑儿您吃得高兴，能出十两黄金；扮成讨吃的和叫化子们一道儿晒太阳闲唠嗑儿；这也都没什么。九额驸给您送寿礼，让人家蹲门洞儿吃饭——什么叫额驸？就是戏上唱的驸马呀！——这事儿有没有呢？"

"屎！——都是有的！我就瞧不上他媚眼儿摇尾巴的样儿！"

"还有，你家的纲纪，自以为管得严。"纪昀不紧不慢抽着烟微笑道，"十几个丫头都脱得一丝不挂，你拿笔在她们身上画画儿，花里胡哨跳舞给你看——可是有的?"

弘昼一愣,没有言声,歪着头想了半日,手指儿点着额角,再想不出谁把这种家事也泄露出去,咧嘴一笑道:"张敞给女人画眉,有人告到皇帝那儿,张敞说:'闺房之私,有甚于画眉者!'"纪昀笑问:"隋赫德呢?——这会子他们在做什么?"弘昼一听就笑起来:"这都是些厮杀汉,万里迢迢归来,回去还要为朝廷守边,找几个婊子给他们出出火算什么鸟事?——你说这都不算大事。"纪昀道:"放到一处就不是小事。如今颓风糜烂,官场混浊,下头地土兼并贫富两极。广西王田儿,湖南蔡振祖,江西马跃可,山东齐二寡妇,几处揭竿子拉山头,少的几十个人,多的上千,杀官劫库吃大户,有的地方佃户抗租,也在鼓脓包儿,在闹什么天理会、天地会、哥老会。金川的事还没下来,天山的事又要料理,边塞的事还顾不着,内地里又有这么多麻烦。刘统勋你去看看,瘦成芦柴棒儿了,天天一副黑脸皱眉像儿。主上原说到江南,也有个游幸娱性的意思,这么糟心的,还要在太后跟前赔笑脸儿——王爷这些事他听着,欢喜不欢喜呢?"弘昼还要说话,卜义忙忙进来,禀了声:"皇上回銮了,爷大人们请接一接!"匆匆就迎了出去。

弘昼和纪昀忙都出屋,隔房的范时捷一群人也都已经出来。满天寒星下遥遥一队灯笼,一色的明黄颜色,长龙似的渐次近来。行宫正门由巴特尔指挥着打开了,便见王八耻头一个前头挑着个大宫灯昂首轩步进来,几十盏导引的西瓜灯立刻徐徐涌入。弘昼领头在前,纪昀范时捷略侧后,一群到行宫觐见述职的文武官员也有二十多个的样子,打下马蹄袖匍匐在地,弘昼领头叩头呼道:"皇上万岁,万万岁!"

范时捷偷眼看时,一大片煌煌灯光烛影里,一辆革辂辇车驶进正门,卜礼手执长鞭"啪"地一甩,那辂辇应声而停。车上微微轻响的九只游环和铃也顿时寂然。按清制,皇帝辇车分为五等,为玉、金、象、木、革五辂。革辂是最低等位,只供平时出入使用。此时灯下看去,车座长可丈六,横有八尺余,两架辕套着御马,车座四周有环形红栏四围,角上各站一名太监。中间一座方亭模样的轿亭,圆顶方轸,高约一丈。四周是镶玻璃泥银镶衔的明黄皮革,都可以四面开阖,宝石垂络白缎垂檐,车厢车板,全用沉香木雕花云龙板块嵌对,暗中灯下蠢着,金翠碧紫交错,辉煌耀目不可逼视。众人发怔间，四个小太监抬着明黄软垫小梯座飞也似过来按在车轮侧，便见卜信挑起白缎软帘出来，手挑着立在一侧，人们眼一亮，便见乾隆从里边出来，本来低伏着的头又向下伏了伏，只凭着感觉，乾隆已经扶辇栏下舆，脚步橐橐走近来。弘昼头也不抬，说道："臣弟给皇上请安！"

"都起来吧！"

许久，乾隆仿佛深深透了一口气，才开口说话。众人心里绷得紧紧的，也才略松快些。答声"谢恩"，参差不齐地起身哈腰站着。弘昼睨了一眼哥哥，正恰乾隆的目光也在看他，忙低了头小声道："皇上，我刚从南京赶回来……"乾隆没有理他，面上略带憔悴，皱了皱眉，指着众人问范时捷："他们都是户部接你来的？"

"回皇上，"范时捷一躬身，小心翼翼说道，"户部只来了梁祖范和尹嘉荃两个郎官，给臣回报部务，不是接臣的。还有五六个是去福建办理押解库银的，顺道儿在这里见见臣。其余这几位都是河工上、厘捐局的官员，卢焯派他们见臣回事儿的。"

"尹嘉荃，"乾隆盯着众人问道，"哪个是？"一个三十多岁的中年人站在后边，听皇帝点自己的名儿，一阵慌乱挤出来，提袍角跪时几乎绊倒了，连连磕头说道："臣……臣是……"听他激动得嗓子都有点变音，乾隆不禁一笑，说道："朕记得你，原来在六合当知县，官声还不错。读书人进士出身嘛，要讲究个雍容养气，这么慌张的！——你和尹继善是不是一族的？"

"是是是……臣懔遵圣谕，一定努力读书。臣初觐圣颜，咫尺天威，不胜栗栗敬畏。吾皇包容四海，德被九州，臣也有蒙宠若惊之心。"一阵紧张过后，尹嘉荃渐次平静，说话也流畅起来，"臣祖臣尹英，与臣尹继善之父臣尹泰是同一曾祖。从龙入关后臣之曾祖臣尹壮图在仙霞岭战死，没有入旗。因此臣这一枝后来式微……"

"就是一个宗的就是了。"乾隆本来随便问问的，见他如此陈奏惟恐不详，倒觉好笑的，说道，"这么说你也是名臣之后。朕看过你文章，理法尚好，文字清通，稍嫌古板些，入了程朱流派。起来吧，好生做事办差！"又对众人道，"向上司长官回差使是正经事。投门墙钻刺打门路铺自己升官发财路，如今官场已相沿成习，此风不可长。官之升迁有道，财之聚敛循途，左道旁门靠不住。你们要记住了！"范时捷正容行礼，说道："皇上此言乃是圣哲之言，臣牢牢铭记在心——"转身对众人又道，"好好思量圣谕，户部的人回去要向邬侍郎转述，要全部的人，书办门房杂役伙夫也不例外！"纪昀极灵性的人，忙也对众人道："皇上这话是对我们说的，也是对天下文武官员指示官箴。回头邸报廷谕还要明白昭示。我们有福亲耳聆听，回去不但要身体力行，还要在学宫里、衙门里对士子下属宣讲！"

众人早已跪下，听完纪昀说话，忙不迭答应："喳——臣等遵旨！"起身哈腰却步退了下去。乾隆站在灯影里没有动，也没有和三个大臣说话，招手叫过卜义问道："你去过迎驾桥驿站了没有？"

"奴才去过了。"卜义哈腰道，"刘统勋召集刑部的人会议，议事厅里几十号人听他说话。奴才没奉旨意，不敢搅和说话，站在厅外等了足一个时辰，他还在讲。因皇上还有旨，让奴才回来照应五爷回来。忙着赶回来了。奴才这就再去。"乾隆沉默了一下，原地兜了一圈步子站住，说道："这次你去，要还没散会，把他叫出来传朕的旨意：就算陈胜吴广揭竿造反，黄巢李自成兵临城下，立刻散会！告诉黄天霸，会同吴瞎子照刘统勋的议题先商量，让刘统勋歇息三天再回报。"

"明白！奴才遵旨！"

"慢着，"乾隆目光闪烁着，'张而不弛，文武弗能也；弛而不张，文武弗为也。一张一弛，文武之道也'。——你要告诉他，小事不理理大事，不必事事周全。"

"奴才一字不漏都说给他！"

"你复述一遍！"

于是卜义背诵，倒也真是一字不差，只引用孔子语录一段说得四声不调。纪昀问道："你明白皇上这几句话什么意思不明白？"卜义笑道："皇上这话再清楚不过：肚子胀了不吃，听皇上话，吃了肚子不胀。有时候儿肚子胀了不吃，有时候饿了要吃，这才是文武官员做官的道理！"几个人听了都不禁哈哈大笑。乾隆笑道："还是让他照原文背吧，民可使由之不可使知之。好好的经典都弄成四不像了。"纪昀笑道："我是瞧主子心绪不好，引他逗主子一笑的。"

乾隆点点头，又对卜义道："朕在太后那边已经用过膳。这里备的膳抬过去赏刘统勋，吴瞎子、黄天霸两个人可以陪着用膳。还有原来赏他的宫女还送回去，告诉他，赏给他就是他的，应该懂得君有赐臣不得辞。公事之余稍有优游之嬉闺房之乐，圣人也没说不该当的——就这样，去吧！"

"喳！"

卜义退下，上马张灯而去。乾隆说了句"你们跟朕进来"，转身便走。弘昼暗地里扮个鬼脸儿，觑了纪昀一眼，跟在乾隆身后亦步亦趋进了行宫。

这座行宫是倚着蜀阜余脉形势建的，因运河在岗边绕了一个半湾，东边直斜往北又向西折，南边又临着一汪瘦西湖湾泊，景致虽美，却只好将中轴建成东南——西北方向。宫门自然朝了东南。仪门进去，一条卵石甬道斜漫上坡，过一座仿宫玉带金水桥，下桥再向西北约数步之遥才是行宫内门。黄琉璃瓦朱红墙，桧、楸、榆、柳、杨、槐各色杂树墙里墙外茂密葱茏，在一盏盏宫灯下显得碧郁深邃，静得连墙角纺织娘细若游丝的"日日——"低吟都听得清清楚楚。宫墙根下的守夜太监也都一动不动，微哈着腰，活似古墓前的石头翁仲。侍卫巴特尔见乾隆脚步有点缓滞，有点拔不动腿的样子，忙上前搀住了乾隆右臂，对左边侍卫索伦道："你的右边！——主人，你累了的，这宫修得不好，上坡的路！"索伦便忙也架搀乾隆右臂。又穿内院入第三进院，前面便是八楹九间的正殿，一排齐的嵌玻璃隔扇门，里边间间灯火通明，歇山顶翘檐下吊着八盏宫灯，殿宇楹柱都是一崭儿新丹垩的朱漆金粉云龙，夜里看去格外辉煌。

两个侍卫扶乾隆上了丹墀便松开了手，各自站在大门两边。弘昼等人便也站住鹄立在外。满屋里侍候的太监宫女见乾隆跨进殿，"嗯"地都就地跪下。乾隆看了一眼设在正中的须弥座，因见皇后的侍从秦媚媚和那拉贵妃的侍女苏俏儿都在，一边抬手叫起，向东暖阁走着，问道："你主子娘娘今个儿精神还好？——那拉氏呢？这会子在做什么？"

"回主子话！"两个人一齐行礼。秦媚媚说道："娘娘前晌精神还好。午膳进了一小碗老米膳，郑二做的青芹爆羊肚儿进了一小碟，鹌鹑蛋白儿紫菜汤也进了半碗……后晌午觉起来，娘娘说有点心慌头闷，躺在榻上听外头树上鸟叫儿，起来给观音菩萨烧了香，心里定了些儿。晚膳只用了一块饽饽，一小碗粳米莲子粥，水萝卜凉拌王瓜丁儿。这会子那拉主儿、陈主儿都在娘娘房里开交绳儿，陪娘娘说话解闷子呢！"

乾隆站着听完，点点头说道："今个晚了，明儿再叫那个叶天士进来看脉。告诉那拉氏，且多陪陪皇后。朕这边议完事就过去。"说罢进暖阁坐下。太监们忙活着给他揩脸擦手洗脚，又更衣漱口毕，乾隆要了"酽酽的雨前"，这才盘膝坐在木榻上，翻着奏折，说道："进来吧!"接着便见弘昼三人鱼贯而入，见他们又要行礼，不耐烦地摆摆手，指着杌子道："免礼，坐下说——太监们退出去——赐茶!"注目三人又道，"纪昀，你说吧。有遗阙的，范时捷和弘昼补缀就是。"

纪昀起身小心翼翼接过宫女端过来的茶碗，答应一声"是"，坐下将接见隋赫德的大致经过说了，敷陈准噶尔之乱时，又将前噶尔丹策零各部内争情由弥补了许多，这都是他平日浏览军机处奏折，从中支离破碎得来的片断军情，和隋赫德的纵述贯串一气，反而比隋赫德讲的更其首尾详明，又删掉了许多多余枝节，少半个时辰已将天山北麓西疆南疆形势明白奏出。范时捷和弘昼听他随口引用班滚、鄂容安和布罗卡各自奏折的原文，琅琅背诵如同凤读旧书，如此过目不忘的记性才具真是头一次见识，都佩服得五体投地。弘昼不禁摇头暗赞："此人年轻时号称'盖压江南才子'，真也不是狂言自大……"偷眼看乾隆，盘膝端坐着静听，驼色缎袍，石青缎夹褂都纹丝不动，稳凝得有点像一尊庙中塑的神像，又不禁想：这份坐功也真是人所难能。正胡思乱想间，纪昀已经说到尾声："就臣的见识而言，准噶尔部虽然内乱，其实作乱各方都对朝廷心怀异志，只有三车凌内附才是真心维持天朝法统。蒙古自古为中原外患，又是我朝先世宿敌①，东蒙古漠南蒙古现今悉心向化，是经六代圣主恩德天威所致。喀尔喀蒙古其实是想与罗刹结盟共与朝廷为敌。这件事非同小可，一旦内乱局面平定，制服起来就事倍功半，而且波及藏回。所以不但事体重大，且是紧在睫目的事。伏求皇上慎虑圣断。"他抿了抿嘴唇，下意识地摸摸靴子，收了手低头一躬。

"纪昀可以吸烟。"乾隆一笑即敛，却转问弘昼，"老五，你有什么见识?"

弘昼正喝茶，忙放下杯子，笑道："臣弟是个稀里糊涂的人，对军政真是不通。天朝版图寸土不失，谁起乱造反就打谁，这就是章程! 调张家口

---

① 宿敌：指南宋时元、金两政治集团敌对关系。

的口外驻兵北路进兵，让三车凌出一万，科尔沁尼布尔各出一万骑兵先导；宁夏大营，甘陕大营组成南路，和驻乌鲁木齐的大营，还有天山驻军，合起来是一百万大军，三面钳形夹击。达瓦齐又不是土行孙，土遁了不成？捣毁准噶尔叛部，霍集占回部就成了孤岛，想造反谅他也不敢！新疆这地块，不能再立汗自治，要设行省流官政府，剿抚并用，才得个长治久安。"范时捷却道："这样四面大举进攻，臣以为不可取。军需调配万万应酬不来。民谚没有米山面山盖不起房，国谚没有金山银山打不起仗！这样大动干戈，支撑三年，国库就空空如也！"

"不学无术！"乾隆盯了一眼弘昼，冷冷说道，"你这人吃亏就在弄小聪明！小事情荒唐，毓庆宫墙根儿撒尿，宗学府讲堂上脱臭脚，带着你那个宝贝长随王保儿混到办喜事人家装叫化子讨喜钱——这朕都能容你；国家大事你也敢随口胡言如同儿戏！嗯?!"他"啪"的一声拍案，看乾隆时，已是满面怒容勃然作色！满殿宫女冷不防他突然发怒，唬得一个个惶恐相顾，垂手低头战栗。弘昼三人先是惊得身子一僵，顺杌子就势儿都长跪在地，泥首叩头。

因为带着一大群狗去四牌楼吃馆子，都察院早就有奏本弹劾弘昼，内廷太监也给弘昼透信儿，"皇上气得浑身乱颤，把本子都撕了"，弘昼早就料知这位皇帝哥子要处分自己。饶是如此，事到临头，还是蓦地惊出一身冷汗，心头突突跳着，叩头结结巴巴说道："皇上……皇上息息……怒……臣……臣弟……蒙皇上圣眷优渥，沽宠荒嬉昏诞无节，不但不学无术，且是无德无能！辜负皇上拳拳恺悌之情——"他渐渐定住了心，说话变得又诚挚又畅顺，带着哽声头磕得砰砰作响，"皇上御极之初，太后就召见告诫，先帝子胤只有皇上和臣弟二人。兄弟同心，其利断金，臣是弟弟，更是臣子，要好生做周公之臣。惟是皇上圣治隆化，德被天下，泽及万方，四海之内歌舞升平，政通人和自汉唐以来仅见，国富民殷，廿四史书未载！臣弟当此盛世，本应更加砥砺修养敬谨事君，为皇上分宵旰之劳宸翰之忧，乃反而生养尊处优坐享玉食之心，全不知君恩难负，丧心病狂——臣弟真是无耻之辈！"他扬起手"啪"地捆了自己一耳光，他也真下得狠手，左颊上立时紫胀出五个指头印儿，接着又是碰地叩头，眼泪鼻涕那是现成，就淌得满脸都是。

"没你两个的事。"乾隆听得又好气又好笑，无可奈何地叹了一口气，板着脸命纪昀和范时捷归座，自己偏身下了榻，青缎凉里皂靴橐橐作响踱着步子，接着训斥，"从哪里抄来的文章糊弄朕？你有这份奏对急才？既是早就有备，为什么不知早些悔改？什么'歌舞升平'，又是什么'政通人和'，傅恒现在在干什么？班滚在西域人头落地！高恒钱度的案子牵连几个封疆大吏、几十个道府官员，贪官污吏竟是前仆后继斩不尽杀不绝，竟是野火烧不尽，恶风吹又生！你去看看刘统勋——他都快要累——"他把到了口边的"死"字生吞了回去，"累垮了！你还在这里胡闹，为非作歹，推波助澜！"

"臣弟胡闹的事有，求皇上重重处分发落。"

"为非作歹也有！"

"皇上……"

"你弄了二十三个臭婊子给隋赫德睡！"乾隆恶狠狠道，"这是什么德行？——把驿站的人都赶走，驿站是国家行馆，你竟敢把它变成行院！朕包容了你多年了，你日日给朕丢人！你以为——朕不能把你交部议处，不敢圈禁你，不敢诛戮你么？"他想着诸般不如意事，金川之役牵着傅恒尹继善两个军机大臣，天山准噶尔之乱无法制止，回部又在鼓动，连西藏也都震撼动荡，吏治败坏整顿毫无头绪……气得满脸涨红，脖项额前的筋都胀得老高，满殿都回旋着他的咆哮，"你快点给我滚！省得瞧着你恶心，一个窝心脚踢死了你……革去你的王爵，剥去你的黄马褂，摘掉你的十颗饰冠东珠，听候旨意处分……"

弘昼几乎是连滚带爬"逃"出了正殿。满殿宫女早已被他唬得面白身软，魂不附体俯伏在地。

范时捷和纪昀已是目瞪口呆，僵偶般直坐在杌子上，唬得面色惨白，手心脊背上全是冷汗——隋赫德的事是昨晚的事呀！这么快就传入乾隆耳中，真是不可思议！不及细想，展眼见弘昼兀自噩梦未醒似的站在殿门口癔怔，单泡眼迷惘地看着殿内。范时捷见乾隆端杯，哆嗦着手喝茶，忙道："皇上仔细龙体……五爷不宜交部论处的……大事惩处兴狱，太后也要震动不安，恐伤皇上孝悌之心……"

他这几句话自以为得体，乾隆却听得犹如火上浇油，看着弘昼的木糊脸儿，就手连杯带水直掼出去。那杯擦着弘昼鬓边过去，"砰"地摔得稀碎，连院外的太监侍卫们也都吓了一跳。眼见乾隆还要寻东西砸，纪昀扑通一个长跪膝行数步，死死搂住乾隆双膝，哀恳道："皇上皇上……您是累极了，气糊涂了……这一砚砸头上，他还有命么？五爷千般不好万般不是，总是您的弟弟……您只有这一个弟弟……不伤圣母的心么？皇上……"不知哪句话伤了自己情肠，纪昀心里一酸，已是泪水夺眶而出。范时捷却一边过来夺乾隆手中的砚，一边回头对弘昼喊道："五爷傻站着做么？还不赶紧去见太后?!"弘昼一愣神醒过来，撒腿便溜得无影无踪。

"孝……悌?"乾隆一下子松弛下来，涨红的脸颜色消下去，变得异常苍白，摆手吩咐两个臣子归座，接过宫女战战兢兢递过的热毛巾轻轻揩着脸，颓然落座，气颤声弱地说道，"朕自六岁入宫跟从圣祖读书，常绕膝下承欢……十四岁又进韵松轩，跟先帝学习政务……圣祖爷八岁登基，十五岁庙谟运筹智擒鳌拜，十九岁决意撤藩，敉平三藩之乱，三征准噶尔六巡江南，修治漕运澄清黄河轻徭薄赋天下归心。世宗爷践祚十三年，修明政治刷新吏治，也是国强民殷。怎么到朕手里，任凭你累散了骨头操碎了心，终归是个不成？庆复，顶尖能干的文臣，导致金川之乱；张广泗讷亲，一个上将一个宰相，以十攻一然后落花流水而败！这不是荒唐？朕有这么个荒唐弟弟，文武百官一例跟着荒唐么！四川布政使送来密折，傅恒也在荒唐了，朕等着他腾手出来移兵去打达瓦齐，他弄个蒙古女子在军里嬉戏！朕这样的皇帝，还配说什么孝悌……圣祖先帝缔造艰难，若是败坏在朕手里，还能说什么'孝'字……"说着，竟是热泪长流。

第十八回　追先遗君臣拟谥号
　　　　　斥谗诋朱批止谤言

　　纪昀和范时捷不知过了多久脸上才恢复了血色。纪昀顶尖儿的天分，原疑是这对皇兄皇弟弄苦肉计"做戏"给天下官员看，眼见弘昼被打得神魂俱失，乾隆又如此感伤颓丧，这样子也真难伪诈，才知道乾隆假中有真，一腔愤懑、沮丧、疲累、焦躁与无可奈何绝不能"装"得如此逼真。想想乾隆心雄千古之帝的壮心，徒具如此雄厚的国力，外不能敉平边乱，内无以遏制官场败坏，累得七死八活，仍是四面漏风八方走气，也真替乾隆难过……见乾隆兀自垂头流泪，纪昀轻咳一声说道："皇上今日盛怒，几乎吓煞了臣……主忧臣辱，主辱臣死——臣扪心自问，真真对不住主上眷隆厚望之恩……"说着拭泪。这是"臣罪当诛"先站住了地步儿，接着便曲心款诉安慰乾隆，"臣日夕追随皇上，耳闻目见，皇上勤政爱民超迈千古帝王，是的的真真的事。细思龙心不误，是锦上添花不足之意，并非天下忧患致劳觐忧……"

　　"嗯，锦上添花？"乾隆怔了一下，问道。

　　"是锦上添花。"纪昀定了一下心，徐徐说道，"昔齐景公夜访晏子。晏子惊起问：'宫掖得无有变乎？大臣得无有叛乎？诸侯得无有乱乎？'——他问的都是忧患穷愁之语，今宫掖无变，大臣无叛，诸侯无乱，国家无大忧可虑，这是一。国家岁入两千万，自亘古无有，而又非聚敛而来，三年一轮蠲免天下钱粮，百姓大体温饱，这是二。虽有金川之叛，准噶尔内乱，因不居形势之中，并未扰攘天下，黄童白叟不见兵戈相交，是为天下太平，这是三。语云：有此三者而不知足者为上圣之主；知足守成者中平之主；具其一而自慰不疑者为庸碌之主。皇上居此三者仍宵旰勤奋进取不已，自思为何等样主？此实是求全之虞，责备之患，难道不是锦上添花？"

　　乾隆的颜色霁和下来，啜吸着茶沉吟不语。范时捷虽落拓不羁，也是进士出身，在旁听着竟是闻所未闻，心下惕惕：人说纪昀无书不读过目不忘，真是名下无虚士。见是话缝儿忙插口说道："实在纪昀说的是。两千万银子乃是盈余。这和圣祖爷初政时不能比，圣祖爷的捐赋收入才不过两千万，晚年倦政，库银仅存七百万，还抵不上现在一个中等省份的藩库存银。圣祖南巡，莫愁湖宫门要修葺，户部都拨不出钱来。皇上，这行宫后七层宝塔原来是没有的。五爷来扬州，说这行宫是庙宇风水，得建一座塔镇一镇。就扬州十几个当地缙绅一个会议，一夜之间宝塔就矗起来了，连收料垩粉修饰扫场清理植树栽草，没有用三日辰光——百姓富而知礼，也是半点不假的。"

"是么？"乾隆诧异地问道，他已完全恢复了常态，"朕没看出来，还以为是这里旧存的舍利塔。"他摆手示意纪昀，"你还说下去。"

纪昀微一欠身，说道："臣纵观廿四史，亡国速途有二：一曰劳役太重，民不堪命，如秦之修长城，王莽之复井田，隋炀帝之开运河。二曰诸侯分国列强并立，中央无法控制，如周代西戎之乱，东汉董卓之乱，西晋八王之乱，后唐藩镇之乱皆是。至于吏治败坏，就其本身而论，乃是历朝通病。无暴政，无外患，无诸侯分封裂土，单是吏治不靖，亦是顽症，乃是缓症。力加整顿雷厉风行，它就好些，稍有松懈，又仍萌故态，再整顿略好些，再败坏——待到不可收拾，就有了不忍言之事了……"他叹息了一声，舔舔嘴唇，不再说下去了。

"纪昀说的很是，"乾隆咬着下唇沉思有顷，说道，"东汉、北南两宋，明自永乐之后，吏治败坏，也还都绵延了百年之久。这要感谢圣人夫子，制礼乐约束人心，不为外强所侵，不为饥寒敲扑所迫，百姓不致铤而走险。是缓症是顽症确乎无疑。但又是乱源——这一条纪昀你没有说到。好比消渴之疾入于骨髓，吏治一坏，国家禁不起一点风吹草动。一个灾馑饥荒，一个刑案不当，一族不合火并，或有外寇骚扰，或者邪教倡乱，遍地干柴不敢见火种儿——吏治清明，这些事都是不怕的。所以，整顿吏治，就是扑灭乱源，岂可掉以轻心？"

范时捷笑道："这会子皇上心平气和了，臣斗胆进言，五爷尽自举止荒唐，举凡大事细考，五爷从不倚势作威，从不收受外官钱财，违礼无法的事是没有的，褒忠奖节抚慰公能之臣在臣子里头威望尚好。就是五爷方才的方略不可取，皇上不宜过加谴责，稍存体面，背地严加教训也就够了。就是五爷方才说的，新疆应设行省流官政府，随时可以相机羁縻剿抚，似乎这一创新之见，很有可取之处。臣想，设如圣祖晚年或雍正初年在伊犁或乌鲁木齐设立行省，巡抚以下道、府、州、县层层节制，随时随地因事制宜，恐怕准噶尔乱风初起，就已经平息了。"

"弘昼可恨之处不在于无能。"乾隆叹息一声道，"他是以'无能'掩饰韬晦，躲在一边打太极拳。比如整顿吏治，他要是助朕一臂之力，以总理亲王大臣身份巡视天下，谁能及得他这作用？朕心里难过，也不单为他……昨天，张廷玉去了……北京史贻直也……去了。朕是一夜无眠啊……"

史贻直与孙嘉淦并称"双忠双直"，乾隆震悼自在情理之中。张廷玉晚年全然是一副失宠模样，谕旨朱批三五日一个训斥，被乾隆训得满身晦气，怎么会因他去世"一夜无眠"？纪昀和范时捷都瞪大了眼，但见乾隆面色并不甚悲戚，眉头微锁着似乎想得很深，只左手搓弄着辫梢略微有点颤抖，一双黑得几乎不见眼白的眸子望着窗棂子沉默不语。纪昀和范时捷不禁悄悄交换了一下目光：这主子的心思真是越来越难猜了。

"朕非猜忌之主，你们也不要作揣摩之臣。"乾隆的话犀利得像穿透了他们的心，语调却平缓得如同一泓止水，"阿桂从北京皇史宬查到了张廷玉康熙五十一年写的《三老五更论》，朕近年批评他的考语，竟都是他三十多年前说的话！朕观览之后流泪太息——自古完人能有几？何必独独对张廷玉求全责备？有些人压根不是正人，就不去说他了——像徐乾学、钱名世、年羹尧之类。有些人如陆陇其、汤若望、姚缔虞，终始如一也可不论；还有像郭琇这样的，原是贪官，一旦惊起，清水洗堂断指告天，成一代名臣，这是异数。张廷玉这样一生恭谨诚能鞠躬勤劳的，晚年求名，喋喋不休，惹了朕的厌憎，屡加严旨呵斥。朕至今不以为不该当。但回思他一生，四十年宰相辛劳，今日盛世其中有他的心血汗水。惋惜之余又复叹息……他的财物清单，除了御赐的庄院府宅几乎余无长物，比起现今的官员不知强到哪里去了！"

他这是自责自愧。纪昀和范时捷在乾隆发作张廷玉时都曾附和过，心里也自不安，却一时寻不出话来安慰。许久，纪昀才道："皇上斯言，仁爱中正可通于天！张廷玉地下有知，亦当感愧知过，承恩知悔。"乾隆深吸一口气，叹道："世间有些人事也真奇怪。比如养心殿那只宣德炉，日日见它，焚香用它，毫不稀奇。赏了红毛国贡使，知道它一去万里永无返回之日，再不能见它摸它把玩它，倏然间就又觉得成了稀世之物，那纹理，那宝色，那玲珑构架那纤巧镂丝，再寻一只出来，比登天还难——张廷玉是朕认识的第一个师傅，从小儿骑在他脖子上摘枣儿，朕刺得手指出血，他慌着又是揉按摩挲又是用口吮……把着手教朕写字儿，胡子刺得朕腮痒痒，抹了他一脸墨，一脸墨汁子笑着看朕……转眼都成如烟往事了……"他似悲似喜，又似乎有点自嘲地一个莞尔，刹那间，又恢复了庄重，"孙嘉淦仙逝，朝廷失一正人，史贻直又一正直之臣去了。他们两个的谥号还没定。张廷玉其实瑕不掩瑜，也要定出个好谥号。做这件事恐怕无过你纪晓岚了吧？拟出来当即加封出去，不用再征询军机大臣意见了。"

"嘉淦和贻直都可称为一个'清'字——避远不义曰清，洁己奉法曰清。两个人都当得。"纪昀不假思索说道，"好廉自克曰节，谨行制度曰节，艰危莫夺曰节——据此，孙嘉淦堪称'清节'；敏行不挠曰直，秉性不邪曰直，史贻直称为'清直'当之无愧。"说罢目视乾隆。

"两个谥号允当。不过'清直''贻直'犯重。调过来，孙嘉淦谥清直，史贻直谥清节——这么着似乎更好。"乾隆边说，援笔濡了朱砂写了，"张廷玉呢？'文和'如何？""好！主上圣明配天！"纪昀躬身赔笑道，"张廷玉当得一个文字，推贤让能曰和；不刚不柔谓之和，柔远能迩谓之和。就是'文和'的好！"

乾隆虽博学多闻，于谥法其实一知半解，随口一言，纪昀博引旁征居然天成契合，心下不免得意，笑道："那就这样定了——"他看看殿角自鸣钟，"沙啦啦"响着要打亥初的点，因站起身来，"你们跪安吧！顺道去看看刘统勋，教他不必过来谢恩，不必为朵云脱逸烦恼——刘墉是奉朕旨意出差了的嘛！朵云本来也就是暂行拘押，并不要怎样她的，两国交兵不斩来使嘛，朕是预备见一见，阵前放归的。既走了就是了，恼得直要追回刘墉打杀？四月初八过后，要起驾回北京，你两个心里要有数，纪昀写信给阿桂，朕在江南不再见隋赫德，回京和阿睦尔撒纳一道接见。——去吧。"

"喳——"

　　纪昀和范时捷一道儿却步退了出去。"当当"的自鸣钟蓦然响起，乾隆舒展了一下身子，待要出殿，回头看见榻上卷案边一高叠奏折，犹豫了一下折身回来，在灯下检看，见有傅恒的密折，小心剪开火漆封口，展折看时却是细奏回部之乱，霍集占挑唆其兄波罗尼都自立为汗的事。奏折写得很长，从霍集占乘准噶尔之乱，随阿睦尔撒纳脱逃，回了叶尔羌说起，连同回部人心不定鼓噪建立喀什噶尔汗国，脱离中央版图种种情由，足足万余言。乾隆一目十行看到最后，傅恒写道：

　　　　此中情由，皆得自偶然，乃车臣部落散流中原之钦巴卓索及其女钦巴莎玛亲口告知所见所闻。彼父女留置军中恐有流言，奴才已着人妥送南京以备主子亲自资问。奴才拥兵四川，而西北扰攘纷乱，缅甸亦有不臣之举，每念及此，忧急如焚。今霍集占虽狼子野心，而其兄波罗尼都尚未萌反志，伏愿皇上速派使臣至叶尔羌安抚回部，剪除奸究，庶几可延缓西北乱局蔓延。南疆底定，北疆一隅之乱乃疥癣之疾。俟奴才平定金川，移兵击之，可一鼓荡定。临池思主念恩追过，奴才不胜椎心痛切……

　　乾隆合上折本，闭着眼透了一口气，新疆他没有去过，西蒙古也没有去。但南疆北疆地理形势，不知和阿桂在地图前摆布过多少次。回部一乱，南北疆与中原阻隔，紧接着北疆就难以收拾，蔓延起来，青海西藏也有可虑之虞……兹事体大可谓无可比拟。但傅恒正在用兵，难道西北也同时用兵？他思量着，圆明园暂时停建，两路用兵钱粮绰绰有余。但将军呢？兵呢？如果两路兵都不利，甚至打成不胜不败胶着之局，自己这个"圣躬英明"拿什么东西和圣祖比较匹配？又何以面对臣子百姓？乾隆目光阴郁，漫不经心又抽一份奏折，却是四川将军布达的密折，拆看时，写得五花八门，从阴晴雨旱到成都戏班子演戏，某道台和某知府联姻亲家，成礼过聘都不遗漏，密折最后两页，却是告傅恒的状的：

　　　　傅恒近在川军口碑啧有烦言。川军绿营奉调各路策应，与傅恒所统同办一差而待遇不一。绿营，汉军绿营亦是远离驻防随机待命之军，新拨营帐皆归兆惠海兰察等部，破帐漏房皆分川军发用。新米鲜菜活畜尽付傅部而陈粮干菜均发川军。饱食终日而迟不进兵，骄兵悍将视川军蔑如。奴才部下甚有愤愤者，谓言"恳请圣谕，着傅部策应，由川军代之"，奴才已严加约束，军杖刑罚者数十人矣！又闻傅恒在署悠游闲散敲棋弹琴，豢养卖艺番女以为取乐，奴才未尝目击不能实查，谨以密奏宸翰，主子庙谟高远洞鉴万里，伏惟圣裁！

乾隆心烦意乱地将折子推到一边，想了想，又抽了回来，浓浓濡了朱砂批道：

阴晴雨旱所奏者是。尔之妄言傅恒玩职游嬉，直是何种肺肠？以尔之见，当以破旧帐屋被服粮秣供应黄汤泥水中围困金川之兵士，而以新者分发汝等？至蓄养番女之事，乃以小人之心度君子之腹，彼番女已在舟中，由傅恒妥送至朕处矣！幸尔以密折奏朕，不然，此奏朝至，锁拿尔进京治罪之诏夕发矣！若或再有此类丧心病狂之语，则刑戮之法，正为汝设！钦此！

他放下笔坐着发怔，仔细想想，一件顺心的事也没有！想发怒，周边太监宫女一个个控背躬腰屏息低眉，也寻不出事儿来出气。因铁青着脸站起身来踱出殿外。王八耻侍候他熟透了的人，知道这时候半句话不能说，丁点事不敢错，蹑脚儿进殿取了件驼色呢绒夹袍挟在怀里，不远不近只五六步后头跟着。

出殿下了丹墀，一阵微微的夜风掠过，发烫的脑门儿清凉了许多。乾隆目光游移掠视四方，微弱的月光下竹树葱茏，掩着各处殿角飞檐翘翅，都薄薄镀上一层银色的微霭，朦朦胧胧绰绰约约都不甚清晰，唯是行宫环东向南一带碧水在夜色中呈蛋青色，弯曲蜿蜒静静流淌，月下看去格外清心愉神。因见后宫正殿西配殿一处灯火明亮，乾隆指着问道："谁在那边住？"

他开口说话，太监们都松了一口气。王八耻忙赔笑道："是那拉贵主儿的寝宫。陈主儿还有几个低等嫔，嫣红主儿她们住的东边。陪老佛爷游幸了半日，这会子没事儿，准定是在那抹牌呢……"

"抹牌又不在院子里，点那么多灯干什么？"乾隆冷冷说道，"留两盏宫灯就够了，其余的熄掉！"王八耻喏喏连声答应着就去传旨。乾隆又对卜义道："你去纪昀处传旨，叫他催问岳钟麒上路了没有，现在走到哪里了？岳钟麒到，不管什么时辰，立即报朕知道——慢着，"他指着下边的运河又道，"让河上开的巡弋官舰给我撤出去，渔民的夜渔船不禁往来！"

卜义刚要走，巴特尔叫住了他，转脸对乾隆道："主人，渔船进来要检查的。军舰不能撤的！"他说话硬邦邦的，半句套话也没有，满朝文武任谁不敢在乾隆跟前这样说话，偏乾隆就不计较他，听了居然一笑，说道："你听刘统勋的不肯听朕的？——这河上一会一艘军舰来回跑把景致都弄坏了。太煞风景了，小舟渔火静河游悠不比这个强？"

"主人，"巴特尔毫不让步，"军舰不能撤的，渔船要检查的。风景不好的，就杀风景！"

乾隆怔了一下才晓得这蒙古侍卫的意思，不禁仰天哈哈大笑："好好！杀风景就杀风景！"摆手命卜义去传旨，回转步子朝皇后正寝宫逶迤而来。走约半箭之地，觉得乍地一暗，看时，那拉氏宫中几乎所有的灯都熄了。秦媚媚等一干宫人见他过来，也不言语也不通禀，衣裳窸窣悄然跪下行礼，乾隆也不理会，放慢了脚步进殿，彩云几个宫娥已知是他到了，轻手轻脚挂起东暖阁帷幕，蹲身退步而立。

皇后和嫔妃们住的寝宫都烧着地龙。这里满屋的药香一进门便冲鼻而入，外间正殿里点着两支巨烛，都罩着米黄纱笼，柔和的光微带红色，照得满殿温馨润泽。乾隆见皇后仰在明黄大迎枕上合眸安眠，便不肯惊动，摘掉台冠宽了腰带和外褂递给彩云，轻轻坐了床边。秦媚媚便端过茶来，乾隆一手扶着床帮，想替她掖掖被角，又止住了，只呆呆地凝视。

这是一个多么美丽的女子！四十岁的人了，脸上几乎看不出有什么皱纹，一头青丝散垂在枕旁，汉玉一样清丽的脸上半点脂粉气也没有，微颦的黛眉中间稍稍蹙起，烟笼一般由浓至淡消失在鬓边，樱唇边两个浅浅的酒窝随着她细微的呼吸若隐若现，似乎在微笑又似乎在轻声说话。乾隆想吻一下她的额头，又止住了，坐回了椅子，但皇后似乎受了惊一样身上轻轻一颤，睁开了眼，说道："皇上来了，你们也不叫我！"说着撑臂就要坐起。

"你就这么躺着，我们说话，别起来——"乾隆忙用手按扶她肩头，笑道，"不是早有旨意给他们，除了失火地震，只要你睡着了，不许惊动的！"皇后到底还是挣扎着坐起身来，说道："皇上体恤我，我有什么不知道的，倒也不为规矩，睡了一个下午了，我也想坐坐……"几个丫头便忙赶过来给她穿换衣服。她虽不用胭脂铅粉，却极修边幅的，对镜照照，有一丝乱发，小心用手指理顺了，却已无力像平日夫妻相见时那样"贞淑端凝"地对坐，只歪在大迎枕上以手支颐，像是怕一闭眼乾隆就会消失似的凝视着他。乾隆打心里叹息一声，问道："你身上到底怎么样？我虽在前头忙，心里一直惦记着。午膳你也用得不多……风和日丽天气，还要勉强挣着走动走动。——叶天士的药还用得么？"

皇后富察氏微笑，仍是目不转睛地望着丈夫，声音低微，寂静中却显得十分清晰："今日上午还到后头山上游散了几步，那里有座塔，烧了三炷香……下午外头有风，没有出去。叶先生是尽了十二分力给我调理，进药时辰分寸都有制度。有一次进药早了一刻，他把卜智和媚媚都训斥得狗血淋头。太监们都说他当医生时像个王爷，气势霸道。不当医生时候又像个奴才，逢人就磕头。自个独处时候又像个傻子，自言自语，自打嘴巴……"说着不禁微咳着笑。

乾隆想着叶天士医术通神入化，为人疯傻痴呆的样子，也笑，说道："他是天医星嘛！这也是你的造化。你这些天睡眠足，这就是好兆头。慢慢调理，自然一日好一日的，只不能性急动怒。他几次说过，你的病根在脾上……你闷了发急，不要忍着，这屋里太监宫女只管打了出气，气平了再赏他们就是了——你们可都听见了？"

"是……"所有的人一齐跪下答道。

皇后一笑："他们伏侍我忠心耿耿，小心无差错，平白打人——我也没那么大的气性。叶天士说调理一年没事，灾星就过去了，我觉得像是还能挺过这一关……不说我的病了。皇上你也得当心身子，少动怒。天下这么大，人民兆亿，官员成千上万，哪能事事都顺心人人都顺眼呢？方才嫣红来请安，她从老佛爷那边过来，听说万岁发怒，打得五爷丢魂失魄的……

自家兄弟，皇上还该给他存些体面的……"

"老五忒荒唐的了！"乾隆扫了一眼殿中众人，亲自端一杯热茶给皇后，"慢慢喝，仔细烫着了……哥子教训兄弟，那还不是平常事？放心，我心里有数。老五你看他散漫，其实是个人精儿。"皇后含笑点头，说道："国家大事该怎么着还得按规矩来……皇家不同的是家国一体，家务也是国务，皇上再不得会料理不当的……我是他嫡亲嫂子，责罚过重于心不安，见面儿也不好说话，得饶处且饶了吧！精明糊涂都是咱们兄弟……"说着又轻轻喘嗽。乾隆挥手命众人退出外殿，凑近了皇后，一手半扶，一手端茶喂她喝，小声道："告诉你吧，他的王爵、东珠、差使都要撤掉——你别心里犯嘀咕，也不要给他讲情——他来给你请安，没有精神你就不接见，接见只管拿出皇后身份训斥他，抚慰他就是了。"

皇后看着丈夫的眼睛，目光闪了一下，说道："文武官员荒唐，要拿王爷作法，皇上想的有道理。只是处分上，皇上还是要给他留存体面。"乾隆叹息一声，说道："你太忠厚了……你想过没有？弘昼在北京带兵闯圆明园，半夜抢走魏佳氏，这是多大的事体！要得罪多少人？明的暗的里的外的，多少人事扰攘！且是扑朔迷离夹着宫掖妒恨，对景儿时候发作起来，老五还能活不能？再者说，他这样做法非礼背经，后世子孙学他，其间就难免有宫变篡夺的匪人。一个处分给他，也就'荒唐可恨'四个字的罪，百事都替他化解了。替小人出出气，省得恨他；给百官做榜样，不要学他；示天下至公无私，还可镇一镇那批贪官墨吏腌臜杀才——别看弘昼到老佛爷跟前哭跪恳求。朕知道，他手帕子上头有胡椒粉，一抹就是泪——他精着呢！"皇后没听完已经心里洞明透亮，想到弘昼哭鼻子抹眼泪历来说有就有，原来还有这个道道儿，不禁捂着嘴又笑又嗽。一边起身，一边叫："彩云，我这会子精神好，盥洗了，该给菩萨上香了！"

"就这样吧，"乾隆也站起身来，"我也想开了，就是忙死，也不能事事如意。陈世倌从海宁过来，老倌子见我性气不好，说是一味办事张而不弛，反而事倍功半，劝我疏散一下。想想他说的是，明天我要拉刘统勋一道休息一日。大清想再得一个刘统勋……难呐！"

站在正寝殿外丹墀下，深深呼吸两口清冽的寒气，乾隆心神顿时一爽，因见巴特尔雄赳赳挺身站在内院门口，笑道："你跟了朕一天了，像个影子。这四匝警跸关防布置得铁桶似的，别说人，一滴水也渗不进来，明天朕要出宫走走，你回去好好睡一觉，好再来当影子——去吧！"说着便向西偏宫走，边走边道，"王八耻，把你手里的袍子赏巴特尔！"

"哎！是喽！"王八耻见乾隆性气已经平和，脆应一声，颠颠跑着追出去。卜义卜礼卜智几个太监众星捧月般簇拥着乾隆来到西后寝宫。远远便见两盏宫灯摇摇晃晃，乾隆便知是那拉氏她们迎出来了。走近了看时，陈氏、嫣红、小英、李氏都在，就在宫门口外长跪迎接，乾隆笑道："你们斗牌啊，谁输谁赢呢？——起来吧，地下冰凉的……"

几个妃嫔都知道乾隆这些天诸事不顺性火气大，方才又传旨命她们"熄灯"，原是心里惴惴，见乾隆颜色霁和言语温存喜乐，都是心里一宽，顿时笑语连翩。陈氏道："我和李氏一拨，嫣红小英一拨，她们年轻手快，掉牌换牌眼错不及就弄鬼儿……"李氏道："手气也不好，抠一张牌白板，再抠，不是西风就是北风——她们又吃又碰太得意了，我把月例都输光了呢！"嫣红不善言语只是笑。小英在宫里几年，已经历练出来，叽叽咯咯笑着道："谁弄鬼换牌来着？陈主儿偷么鸡，叫我当场按住手了呢！"

乾隆办了一天事，接见大臣批奏折，折腾得昏头涨脑，见皇后是一片温和庄重，听着这群女子莺啼燕语呢喃斗口，真个心目为之一开，一头听一头笑着进殿……踞南窗中间椅上坐了。那拉氏已亲自捧过茶来，只漱了漱，命众人"都坐"。一个一个看时，那拉氏小羔皮风毛坎肩，把把头旗袍宫妆，穿得齐齐整整，快四十岁的人了，仍旧简洁清朗，清丽里透着端庄稳沉，陈氏李氏几个却都是偏纽褂子百褶裙。陈氏妩媚李氏朴讷，嫣红小英却都是葱黄单褂水红裙，穿得甚是单薄。乾隆看看二人胸部，却对那拉氏笑道："好久你都不斗牌了，听说除了《金刚经》，《女儿经》也在读了。没给菩萨上香么？"

"上过了，这是一天三次的功课。"那拉氏稳稳重重含笑而语，"一次给老佛爷纳福，一次给皇上添寿，一次给娘娘消灾。这种事半点也不敢马虎的。"她下意识地抚了一下左臂，又一笑，"娘娘凤体欠安，她们几个不敢在那里多扰。我这些时也爱安静，可又想着她们年轻，长夜枯寂的没个解闷处，和和熙熙的也有个祥安喜乐趣儿不是？"

这番话说得恬恬款款，毫无矫饰做作，乾隆听得心里一动，这个那拉氏原有个吃醋妒忌的毛病，读书养气真个性子也变了……思量着，却笑道：
"女人，就讲究个贞静淑安尊重孝养。你主子娘娘身子骨儿不好，当得替她
分劳。上次见睐——魏佳氏，她那个妆奁台子剥了漆，你的送给了她，感
激得很呢！"

陈氏几个看这光景，乾隆要在这里过夜，都含笑起身敛衽一礼，说道：
"快到子时时辰了，主子劳乏一日，也该歇着了。奴婢们明儿再给主子请
安……"那拉氏也一笑，说道："不是我撵主子，明儿要陪老佛爷天宁寺进
香，佛前头许下的愿，今晚要诵十遍《金刚经》，主子要不嫌聒噪就住这
儿。我怕碍着主子睡不安生……"

"好好！撵朕走朕就走！"乾隆笑着站起身，上前爱抚地掠了一下那拉
氏鬓角，对众人道，"百善孝为先，你好好念经，朕今晚翻嫣红的牌
子……"嫣红脸一红，蹲身行礼没言语。陈氏李氏说要陪那拉氏一道诵经，
小英要回房便和嫣红一道儿循原路陪乾隆过去。

嫣红和小英其实都住在尽东一座寝宫，一明两暗三间殿屋，地笼烧得
热气腾腾。乾隆一进屋就说："热——亏你们还都是武林出身，这么怕冷
的？"说着进东屋，却不知这是小英的住屋，小英没法说。嫣红也没法说
话，便端来热水，跪了替他洗脚，小英拧了热毛巾给他揩脸，说道："是我
让他们屋里烧暖些，我和红姐儿要洗澡的。"乾隆见她不肯"回避"，原有
些诧异，至此才明白是进错了房，不禁暗自好笑，见王八耻刚回来呆头呆
脑站在门口发愣，因道："你去传旨，那拉氏几个在那边整夜诵经，赐每人
一碗参汤，叫厨房预备着素膳夜宵。"摆了摆手，所有的人都知趣退了出
去，这才对嫣红二人道："难得走错了房子，平素翻你们的牌子也不多，你
们是师姐妹，曾经和朕同舟共济有难同当过，今晚鱼水之乐自然有福共享，
好么？"

两姐妹都羞得通红了脸，臊低了头一声不言语。乾隆笑道："别害羞，
闺房之私有甚于画眉者，这又不是朝会奏对，人伦之乐嘛！有什么不好意
思的？"嫣红抿口儿笑道："这种事……外头人知道了要笑话的……"小英
也道："我到姐姐房里歇去……"乾隆道："谁敢嚼舌朕活剥了他的皮！"朝
窗外喊道："卜义——取盆子打热水进来！"卜义隔窗扯着公鸭嗓子答应：
"是喽，奴才侍候着了！"

　　一时，一大海盆注了几桶热水，满屋里湿热蒸汽弥漫。笼得灯烛都不甚光明，乾隆自散穿一件中衣明黄撒短裤半歪在床上，命二人宽衣。乾隆怕太难为了她们，抽了一本书看时，却是《玉匣记》，胡乱看着，一片意马心猿，什么字也没看见。嫣红和小英看也不敢看对方一眼，雾气中各自宽衣解带，坐在小杌子上脚泡在盆子里撩水洗濯。乾隆却丢了书一翻身坐起来，笑道："朕要灯下观花，美人出浴最是难得一见的……"两个女子浑身赤裸得一丝不挂，此时近在咫尺，真的一览无余：稀薄的淡雾间，嫣红浑身雪练价白，肌肤柔腻如脂，小英红晕满颊温婉柔润如同绰约处子，一个双手护乳，一个双手捂着羞处，娇弱不能自胜地低垂着头，乾隆贪婪地看着她们，看看两人雪白的脖项，酥酪一样的前胸，小英白馒头样的乳房，嫣红雪白的大腿间微绒绒的隐处……几天不入内宫的乾隆觉得浑身燥热，浑身麻酥热痒难耐，欲火冲腾间那活儿腾地勃然而起，三下五去二把自己也撕剥得赤条条的，口里怪笑着叫："亲妹子乖乖儿宝贝儿……都上来……看谁能扳倒这座塔？朕要放出胯下英雄收服你们！"他噗地一口吹熄了灯。嫣红小英都是久旷怨女，只瞥了一眼便都耳热心跳情动欲发，灯一熄也就没了不好意思，暗中忙忙揩干了身子，怯怯地上床一边一个偎紧了乾隆。三个人三张口不说话，六只手胡摸乱抚，牛喘娇吁快极呻吟嘈杂淆乱……窗外守护的宫女们听得面红耳热心头乱跳，情极里夹着羡妒艾怨。太监们鼓着腮帮子若无其事……猛听柝鼓，已是三更正点了。

第十九回　居移气嫔御共邀宠
　　　　　勤躯倦游冶观排场

　　乾隆和嫣红小英三人鏖战搏拼穷极折腾，几番云雨之后龙马精神泄尽，在暖烘烘的殿屋里黑甜一觉，开目时天已大亮。侧身看时，一左一右两个女人犹自合眸稳睡，各自戴一个红兜肚，白亮如玉的身上粉滢滢的雪胸如酥，乳房温腻似脂，殷红的乳豆上还隐留着昨夜呃呃的痕迹，忍不住又上去各自温存一阵。亮天明地里两人便都不肯轻浮，只闭目微笑由他把玩。好个乾隆爷余勇可贾，如蛱蝶穿花，才向东来又向西，嫣红小英忍不住绷直了玉体，呻吟起来，直到尽兴，两个人才先起来，忙忙穿衣洗漱了，伏侍乾隆着衣。洗脸揩手梳辫子青盐擦牙漱口，一顿忙活，进一碗参汤又吃早点。这两个嫔妃都是武林出身，各自运了吃奶的功夫给他发气提神，原有点头晕的乾隆闭目受气，开目时已是精神如常，笑道："朕是酣畅之极了，你们呢？"

　　人，一穿衣服便受礼法拘束，此乃千古不易之理，这话难答，但宫禁规矩皇帝问话不能不答。两个人顿时都飞红了脸，扶膝万福。嫣红抿口笑道："只怕主子太劳乏了身子……雨露承恩，臣妾们自然也……"下头的话竟说不出来。小英也忸怩，脚尖儿跳着地，小声道："主子……昨晚……忒威猛了些，这会子跟做了一场梦似的，主子这话没法回……"

　　"春宵一刻值千金！人生至乐，莫过于此。这会儿朕正是忧烦尽消气爽神清。"乾隆笑着起身，看了看表，刚过辰初时牌，就屋里散了几步，换了正容，说道，"宫里的事，只有妒忌二字。她们那边念经，只怕未必都想的是佛祖。朕所以尊敬皇后，她真的是女德贞淑自重庄端，从没有过专房之私。你两个也没这毛病儿，朕也爱见。不久就要回銮了……到了北京，你们和魏佳氏住一宫里，有事相互有个照应。"

　　"是！"

"这件事和皇后说过，你们听她的懿旨就是。"乾隆说道，"不要以为朕信口说的，朕于子息上头，不知是什么缘故，多不能作养成人。皇后连举两子，太子永琏九岁而殇，永琮又患痘疹逝去；你们没见过，皇后的堂姐姐富察贵妃，她儿子是朕的头生子儿，定贝勒永璜，现在也病恹恹的……算来如果魏佳氏这一胎是男，该排在老四……圣祖爷三十五子，成就二十四个，虽说闹家务，毕竟窝里炮，齐整一个兄弟队伍，要文有文要武有武。朕在这上头甚是艰难，儿子不是痘疹就是痨病，静夜思量，很为身后担忧啊……"嫣红小英也陪着叹息。嫣红道："皇上春秋正盛，精神健旺，这担忧是过虑了……"想着夜来情形，脸又一红，又道，"也许天老爷让皇上晚生大材，皇上南山寿满后，太子即位仍旧盛年呢！"小英道："您这样盛德，勤政爱民。一准儿将来也有一大群能文能武的阿哥，且是不闹家务，只管兴邦旺国！您活一百岁，我们陪着您玩儿，着一个青年有为的太子爷掌国，那是多好的事！"

乾隆被她们你一句我一句满车成垛的安慰逢迎话逗得哈哈大笑："且是不闹家务，只管兴邦旺国！这话说得好！几时你们口头上也都历练出来了？"他仿佛不胜感慨，"不闹家务就好，不求个个都是英才，有一个好太子就是福气……当年我当阿哥巡视南京，回京时三哥布置人千里追杀，至今想起来惊心动魄啊！你们那时候都还是小毛丫头，只会打架不会说话，和朕一张口就是'你'呀'我'呀的，如今也学会奉承了……"嫣红揉着衣角，娇嗔道："皇上只记过不记功……那不是小，不懂事嘛……"乾隆笑道："不记功，你们能进宫就开脸进封妃位了？好生保养着，朕翻牌子勤点，也许同日同时给朕诞两个'不闹家务，只管兴邦旺国'的阿哥呢！"说着又看表，一边往外走，对守在门口的卜义道："给她们记档！嗯……日期前后错开两天！"说罢径往行宫前院，却不到正殿，从殿后西围廊下阶，直趋西厢军机处而来。老远便听纪昀的笑声，似乎在和什么人闲聊，料应是刘统勋已经在这里听候宣见，乾隆摆手示意守在门口的卜信不要言声，轻手轻脚跨进来，笑问："什么事呀？说得这么热闹！"一转眼，见岳钟麒和金铄范时捷也在，凝目看了看，温和地抚慰道："东美公一路劳苦！几时到的？"说着又瞥了一眼外面立着的卜信。

几个人正听纪昀说话，猛见乾隆进来，都是一惊，几乎同时起身，又伏身跪下。岳钟麒满头皓发如雪丝丝颤抖，却仍是精神矍铄，声如洪钟，连连叩头答道："主上昼夜勤政蠹念民瘼，泽润苍生。老奴才何敢言苦？臣今晨四更下船，卯正时牌进来见主子。他们就要进去报主子知道。是臣拦住了……"纪昀笑道："太监们奉旨岳钟麒随到随报的。臣说皇上每天批旨到后半夜，今儿要缓散一日，难得睡个足觉，这时候天已经亮了，争这么一半个时辰？后来范时捷金铁也来了，就一处说话候着。"

"他们原该报奏，你们也不该拦住。"乾隆听他们说自己"忙"到后半夜，暗笑一下，一边摆手叫起，"都坐下说话。岳东美鞍马舟车的，还该歇息一下再来见朕。其实西边军政虽然乱如牛毛，并没有紧急军情。朕不见你时日多了，也只是个惦记。你有岁数的人了，朕也有意召你回来养养身体。不过，看去气色还好，朕这就放心了。"岳钟麒笑道："奴才身体精神去得，一辈子厮杀汉，到死也还气壮如牛。比起刘统勋，他比奴才小着十几岁，走路都心慌气短。"他觑着乾隆上下打量，声音变得有点发颤，"主子身子看着还好，臣也就放心了。臣七十岁的人了，夜里一想，怎么也是行将就木的了。什么心思也没有，只是个恋主，还想再给主子出把子力。又想着见主子一面就少一面……人，不敢思量。静夜细思量，真的百不是滋味……"乾隆听得心里感动，脸上却不肯带出，因见案上放着几块瓦当，还有一块整瓦，取过那瓦来，端详着，口中道："朕也是担忧啊！……统勋，你怎么仍旧不听朕的？一天办事不要超过三个时辰，怎么还是整夜整夜地熬？傅恒写来的折子一写就是万言书，都是亲笔正楷，后头的笔画都发颤。人才老少青黄不接，这不是小事。你们都累垮了，谁给朕办事？纪昀也一样，范时捷金铁都要想着这一层，要物色人才……"他自失地一笑，换了话题，"这不是南京夜市上和那个叫马二侉子的一道买的那块假汉瓦么？这几块瓦当又是怎么回事？在这里摆弄古董么？"

纪昀忙笑道："这是臣在格物致知呢！那几块瓦当是尹继善在汉墟里捡出的真品，竟和南京夜市上买的一样，都是黄色底漆。这可真是奇了——汉瓦当只能是红底色的呀！"

乾隆拿起一片瓦当，在瓦上敲敲，说道："秦尚水德，连军旗都是黑颜色，碑铭也是四字一断，和水德之数相合。炎汉以火厌水，所以乐府五言，是火德之数，衣冠旗帜都是赤色，汉瓦绝不会是黄漆底色的——你们看，底色是红的!"他忽然看见,方才敲击震剥了瓦当外层漆片,竟是红漆外又涂了一层黄漆,指着笑道,"这是卖古董的自作聪明,以为皇家宫室,一定用黄颜色,在真货上头作假,弄出些玄虚来……"几个人都凑过来看,连那块整瓦也是红色底漆。岳钟麒不禁笑了,说道:"这真叫弄巧成拙!真的反变成假的了。"刘统勋几个人对此毫无兴趣,只乾隆面上敷衍,笑说附和而已。只纪昀仍旧格外认真,熟视良久,认真地说道:"皇上,这瓦是真的,卖货的也没有作假。这是王莽篡汉时的瓦,王莽以土德厌火,登极时来不及换瓦,'宫阙殿瓦皆以黄漆涂染',《后汉书》载,当时天象示警,大风雷雨齐下,殿瓦皆毁……这块整瓦能留下来,真是劫后余存了……"他突然觉得自己"聪明"过头了,后边这考据实在多余,一笑收住了。乾隆似乎不觉得什么,见案头放着一叠书,取过看时,是宋代洪迈的《容斋随笔》,一边笑说:"在看这部书么?朕粗览过这书。违碍是没有的,只是杂芜些儿,体例编辑不甚有章法——"翻着,倏然间脸上微一变色,站起身来,说道,"时辰不早了——你们换换便衣,纪昀守值,我们一道儿走走,昨儿他们说桃花庵桃花已经绽蕾,观赏去!"

岳钟麒四人忙退出来到隔壁去换衣服。王八耻昨夜就备好的,早已进来,替乾隆脱褂换袍,戴了顶黑缎瓜皮帽,驼色夹袍穿上,也不系腰带,坐在椅上,由王八耻跪在地下换掉青缎凉里皂靴,穿了双黑市布起明检布鞋。转眼间,已是个孝廉模样。纪昀见乾隆忽然间沉郁,脸上似喜似悲,一副心事重重模样,想问,又怕再失口,又不知书里什么地方触了他的忌讳,糊里糊涂帮着王八耻料理清爽;送走了众人,回来一边回忆乾隆翻书情形,一边按篇仔细阅看。

桃花庵离着行宫只有不足五里之遥。这里又叫"临水红霞"。出行宫,沿一带蜿蜒溪水西行,过了长春桥就到。转过一带岗坳,众人眼前豁然开朗,一片开阔地中野树成林,松楸柏柏之间溪水纵横,隔三差五的石板桥花径小路相通,布局错落有致。庵外林中茅屋三四间,向北厝屋鳞次似乎略有人影来往活动。向南流淌的小溪碧幽深暗,也许水藻太密不利行舟,三瓣草水浮莲几乎将水面遮严了。南边一带池塘三条板桥在中间汇合,塘中小岛上结着一座小茅亭,匾额上写着"螺亭"两个字。板桥西北上岸,林丛中坊表插天，仔细辨认，可见"临水红霞"四字。由螺亭向西南过板桥，岸上又有一座"穆如亭"，过亭即是桃花庵。塘西数百株桃花粉苞初放，鲜滢不可方物，映在水塘中与天光相接，庵中殿宇楼亭宛如建在桃色霞霭之上——桃花庵得名，大抵是因了这个缘故了。

几个人站在岸边流连观景，但觉目悦神怡。花香伴着微风阵阵送来，分芳清幽爽心，夹着草间不知名的小虫浅吟低唱，反而更显静寂，多少烦心俗物，几何国家大政，都被这淑恬窈窕的美景洗得纤尘皆无。许久，范时捷笑道："太清静了。这都怪刘延清公，把游人都赶了去。这地方庵前头那片空场，弄个庙市什么的，人来人往走在这'红霞'里头，多么有趣——也给扬州老百姓辟了一个市场，能养活多少人！"金锇却道："老范是专能煞风景的！松下喝道焚琴煮鹤，你还'多么有趣'！那边弄成闹市，这种景致里一片声嚷'卖馄饨了！''胡辣汤饺子！'大人叫小孩哭，世界都一塌糊涂了！"范时捷却不服气，说道："天下幽静去处多了！想玩咱们别处观景去！回头我给尹元长写信，这里非得建个市场不可——南临扬子江，西北蜀岗胜地，东靠着运河，运河江岸又有驿道相通，皇上又亲自来游幸过，那还不是发财风水宝地儿？仪征那个贼头贼脑的县令还能想出来，我为什么不能？"这一来听得刘统勋也笑，说道："罢罢罢……你是个冥顽不灵的财迷——是跟主子散心，还是寻'风水宝地'来了？"范时捷是个叫驴性子，专爱抬杠，说道："谁对谁错，还得主子说了算！你想过没有，老百姓有生业有财发，谁还和朝廷胡闹，累得你走路都是软着腿，头晕眼花一锅子一锅子熬药吃！"

"要范时捷去户部，就冲他这一条心思。"乾隆听他们争论，也不住发笑，想到"煞风景"，回头看看，巴特尔和索伦也都便衣跟着，因道，"物随事移，情依事转。老范要煞风景，也自有他的道理——趁他没动刀子前，我们还是先来观赏一下吧。"

众人说笑道迤逦过桥。刘统勋小声道："皇上，前头就不是禁区了，只有扬州府的衙役们换便衣关防。您说话……得略留点意儿……别让人认出来。"乾隆点头，笑道："我晓得——不过今儿也为带你出来游散一下筋骨。你这么小心翼翼捏着一把汗，反而不得，是么？"他突然站住了脚，侧耳静聆，"你们听，有笙歌声，像戏班子在排练拉场子！真奇了，庵庙里还弄这个?"

几个人都凝神静听,果然庙后有笙簧丝弦之声。有男有女错杂引吭,像煞是戏班子男女不齐在吊嗓子,咿呀吟唱,歌词却甚混杂,绰约细若游丝,都听不甚清晰。乾隆加快了步子,过了穆如亭,到庵前山门外空场上,才听出那些歌乐之声并不从庙里出来,是在庙西隔房传来。刘统勋压根无心看什么景致,只留意形势,这才看清原貌:这小池塘原来竟和瘦西湖相连,是瘦西湖的岸边一湾,过庙前空场又一湾,也没有庙院门墙,庙院也是依地形由东南向西北愈来愈高,后边桃林红枝连绵。从这里看,左有"穆如",右有螺亭,溪水到门,可以欹身汲流漱齿,因人稀水深,水凫白鸟绕塘嬉戏,甚是安谧祥静。沿扫得一根草节儿也不见的卵石甬道间越山门进去,迎面一座大殿供着大悲佛,四围红栏,右檽柏柏竹树间杂药圃,左檽室墙外为茶室,里通僧厨。三三两两的善男信女,有观庙游览的,也有烧香许愿的,三步一磕头向佛还愿的,佛门清净之处但微闻木鱼钟磬之声,几乎没有什么人说话,一派禅林肃穆。连刘统勋也放了心,渐入悠游境界……随乾隆进殿瞻仰了佛像,四大天尊、十八罗汉,进香布施了。那和尚又老又聋,见金铤一出手就是十两银子,"当——"地撞了声磬,便捧过签筒来。乾隆信手拈出一枝,取了签标看时,上头是一首诗:

> 嗟尔父祖功德高,紫府龙楼勋名标。
> 好防金火莫相镕,再逢甲子运未消。

乾隆先是一笑,心中悚然一动,把那签标递给刘统勋等人传看,自向佛前黄袱垫前端肃恭立,却不下跪,只双手合十垂眸念诵了几句,问秉烛小沙弥:"小师傅,能不能见见方丈?"

"阿弥陀佛!"小沙弥傻乎乎稽首说道,"师傅这几日忙!前头裴太尊靳大人坏事,家里来许愿,要能脱去大难,情愿给佛爷装金三千贯。如今真的灾星退了,靳家又添了个少爷,叫师傅去给寄名符儿。高国舅家里听说,前儿也来许愿,夫人的金手镯耳环都捐出来了,也得了好签,高高兴兴去了……我们庙里佛祖灵光善护念众生,今儿这家请超度,明儿那家做道场,大人先生们不住地邀师傅去下棋会诗。师傅昨儿还说,太忙了,弄得俗务缠身……"这小沙弥大约平日难得有个说话机会，一问，就饶舌出一大串话来，"檀越只管多布施，往福田里种富贵自然得收富贵，管取您能高中了！凭您的相貌混个红顶子是稳稳当当的！"

几个人听了都笑。乾隆倒觉得他伶俐，拍了一下他脑门子笑道："老范再捐十两！——告诉你师傅，既然忙得俗务不可开交苦恼，还是出家的好！嗯……那边是什么地方？怎么还有戏班子？"

"施主您真逗！"小沙弥摸着脑门子，半晌才悟过来，咧嘴一笑道，"我师傅忙得苦恼，叫他'出家'！——这一带都是桃花庵的庙产。您问的是谢施主家。他租的观悟轩，是庙里莳弄花草的园子，钱塘城有名的缙绅，迎驾来扬州，看这里好，就租住了下来。家戏班子天天排演热闹，也时时过来进香。谢檀越也是正知正信正觉正悟的大善知识，佛跟前不吝啬的……"乾隆一直笑，说道："好！佛前舍善财，就是善知识！"点头出来，望望后殿没有再往里走，看了看紧闭的方丈精舍，上头是"见悟堂"匾，左右联上写：

花药绕方丈　清流涌坐隅

乾隆又是一个微笑，信步走出庙来，却不循原路返回，径过石板桥向观悟轩音乐响处走去，几个人略一交换眼色，忙都跟了过去。

观悟轩一带果然是莳花园囿，说是"轩"，其实没有堂室游廊。春和景明艳阳日融中一座连一座的花房都揭掉了草苫，内中隔矮墙一览无余，都是摆弄的盆景：短松、矮杨、杉、柏檀、柳，都栽得虬枝横生百般奇巧，海桐、黄杨、虎刺之属，俱用黄石、宣石、太湖，灵壁都用景德窑、宜兴土、高资石，有的蓄水倾泻危溜，有的养苔如瑊，下留水沼，养小鱼游泳呴濡，千姿百态，优雅玲珑不可胜数。因见墙下堆着的花盆中有开残了的月季丛菊芍药牡丹之类，乾隆才知道，行宫里冬日摆的那些鲜花，原来都出自这类花房。正想向花工打问谢家身份来历，一个管家模样的中年人从西边不紧不慢过来，向众人深揖一躬，赔笑道："各位先生哪里来的？前面轩子是我家主人包租了的。先生们赏光，主人不胜欣喜！"

客人还没通名报姓，主人便殷殷盛情相邀。不但没见过，也是闻所未闻。几个人见他虽是仆从，谈吐从容风雅，恭敬里不失落落大方，心下也都喜欢。

"我叫隆格。"乾隆笑吟吟道，"来应江南春闱。——多谢你家主人盛意。请问阀阅、台甫？"那长随彬彬有礼又是一躬，回道："家主姓谢，讳云岫，字维川，钱塘县塔寺有名的'塔寺谢家'，户部挂过千顷牌的，也做海外生意……"将手一让，自己前头带路，偏身走在乾隆左前，温语絮絮而言，"老太爷是康熙爷手里做过两任知府的，挂官回来经营庄田。这次……乾隆爷下江南，就叫二公子捐金迎驾——您这边请，轩里随意坐，东边窗子打开，一片桃花林，庙里白塔红楼，都看得清爽的。各位都请……"

乾隆听他说话，不住含笑点头，转过花房眼前又是一亮，原来这边向西一带，是瘦西湖一道大湾口，一蓬爬满青藤的花墙横遮了花房西边，从"墙"口向北一溜长廊坐北朝南，满壁的巴山虎盖得像一座绿山，通北回廊上有匾额白底黑字写着：

观悟轩

颜体书法精神周到，是袁枚手笔。乾隆随着进来。那长随命小厮献茶。四面亮窗支开，但见东边一带桃林紫霭喷霞，茂树中朱楼粉廓掩映北边蜿蜒渐高，直接蜀岗三峰；轩前空场上戏子们朱衣绿裳，停了竹弦正听戏老板说戏；再南望西眺，瘦西湖畔新柳如烟，碧波微漾。香茗在手，美景如画，众人但觉心旷神怡，浑然不知身在何处，连范时捷都看呆了。金铗笑道："我在江南省——这么多年，扬州来过不计其数，竟不知'临水红霞'这样美！——你家主人呢？请过来阔叙清谈……"

"我家主人三清院去了。"那长随道，"三清院道长林东崖前日晚遇了鬼。他通五雷法，扬州谁家闹鬼都是请他祛禳。不晓得前日是什么鬼，法术竟收拾不住，五个青面獠牙的恶鬼撵他，陷在泥滩里。天明人救出他来还能说话，白瞪着眼直叫'这鬼厉害'！疯魔谵语的，自打嘴巴胡吃药，也就羽化了。主人好奇的，去看看，交代有客留客，他不到晌午就回来……"

几个人想着林东崖狼狈模样，都不禁笑得前仰后合。猛地里听外头丝

弦鼓板齐奏，众人一齐回头，却见绿茵排演场上，一青衣女子叫板，水袖
长舒莲步轻移凄声唱道：

> 没来由犯王法，葫芦提遭刑宪。叫声屈动地惊天，我将天地合埋
> 怨：你不与人方便！

唱得婉转幽咽哀恸欲绝，众人还待听时，那戏老板叫"停"。顿时乐止声
歇。乾隆看那班头，橄榄脑袋鹰钩鼻，瘦小伶仃的，用个"獐头鼠目"说
半分也不委屈了他，正要笑，金锁说道："这是安徽来的双庆班老板魏长
生！竟来给谢家班子说戏！他唱一夜包银就是二百四十两银子啊！"

　　"太软了！"那边排演场上，魏长生没有留意客人在看他，板着白麻子
脸对那小旦说道，"她这时候不是哭爹哭娘哭丈夫，她那份'悲'里头带的
是怨和恨！窦娥守寡，温良淑贤，孝敬婆婆，她原是个节妇。你想，张老
汉侵占她婆婆，威逼她嫁张驴儿，这时候儿她是委屈里带着无奈，一步一
步逼到死地里，直到上刑场。她这时候儿怒大于悲：我一身清白，本该是
旌荣表彰名标后世的，反而遭污罪被杀，老天爷好不长眼，地藏菩萨王法
天理都到哪去了？所以不能用秦雪梅吊孝的心去度量窦娥，要字字咬金断
玉，句句决绝灭裂，悲和恨都嚼烂了吐出来，带真气儿！你听我唱！"因拂
袖作态，细声引喉唱道：

> 有日月朝暮显——有山河今古监……天也！却不把（那）清浊分
> 辨：可知道错看了盗跖颜渊?！有德的受贫穷更命短，造恶的享富
> 贵又寿延……天地也做得个怕硬欺软——不想天地也顺水推船……

　　"后收一句要绵里藏针。"魏长生一板唱完，兀自余音绕梁，众人还在沉思
品嚼，他已停板收声接着教训，"分寸错了就有天地之别，懂么？她虽有怨
有悲有恨，也有个认命的意思在里头。说到头是不服法，临刑许三愿，都
是对天地说的，不信天地，只管骂就是了，许什么愿呢？"他说完窦娥，叫
过扮关羽的铜锤，说道："《单刀会》一出，不能带半点书生气，方才你练
得温了！鲁肃是戏里陪关羽的，他眼里的关羽，不能和台下听戏主儿不一

样，'他上阵处赤力力三绺美髯飘，雄赳赳一丈虎驱摇，恰便似六丁族捧定一个活神道！'——神道，你明白吗？聪明正直就是神！关夫子是儒将，不带霸气，是一股忠勇气。他那双丹凤目是似开非开似闭非闭，是叫人看出一个'傲'字儿，不是睁眼就杀人，你要想仔细了……"他款款而言详明剖析，戏子们执礼静听恭敬衔命，比臣子们见乾隆还来得虔诚。几个人都听呆了。乾隆不禁慨然而叹："魏长生在南京见他演戏，《救风尘》里的赵盼盼，卸了妆真是其貌不扬。听他说戏，又一派大家风范，不枉宗师称号。人，这是从哪里说起？"众人听了当即随声附和。

正说话间，那仆人向门外一指，说道："家主人回来了！"便快步迎了出去。众人看时，果然从花篱南边一个年轻人悠步转出来，刘统勋眼花，金锧和范时捷都近视，看不清楚。乾隆看时，见那年轻人只在二十五六岁间，穿一袭雨过天青袍子，酱色套扣背心，腰里系着绛红腰带，越显得面如润玉眉目清秀，令人一见忘俗。他站在篱墙旁听长随说了几句什么，点头快步子进轩入室，微微抱拳一拱，笑道："谢某回来迟了，慢待客人，有罪！——这位想必就是隆格先生了，是旗下的？"众人忙都起身还礼。

"不敢，隆格。"乾隆也缓缓起身，含笑抱拳，"镶黄旗人。主人风雅好客富而有礼，素昧平生贸然唐突，贵纲纪茗茶相邀如对亲友，即古之孟尝君不能过之。我和朋友们感佩莫名啊！"谢云岫呵呵一笑，也不一一问众人姓名，说道："是我特意吩咐的。乾隆老爷子圣驾就驻扬州，满城勋戚贵族，我们生意人家，一个也不能得罪，谁来游赏访问都要温和春风相待。如今世上并没有'梦常经'，只有生意经。先生仪表堂堂举止高贵儒雅，从人也都器宇不凡，他们岂敢慢待呢！"乾隆笑顾众人，说道："维川先生真是快人——实不相瞒，我是——庄老亲王的侄儿，地地道道的天潢贵胄。闲游过来，如此良辰美景间又有笙歌弦舞相佐，所以唐突当了不速之客。嗯……这位是岳先生，这位刘先生，这位范先生，这位是金先生……"

谢云岫一一含笑点头致意，说道："您是贝勒，他们想必也都不是等闲人物吧！天已这时分，在我这里留饭如何？"乾隆未及答话，刘统勋咳嗽一声说道："主人美意我们心领了。我们爷——刚刚进过早餐，下午申时以后才进晚餐。多请鉴谅。"乾隆其实只在嫣红处吃了几片参茸桂花饼、喝了几口茶，虽然不饿，却也想吃饭，但刘统勋在此，想在外吃东西难如上青天，却也舍不得就离开这里，因笑道："饭是不必了。这里青山绿水茂林修竹，芳草茵蕴间歌袖舞扇，确是别有一番情致，令人流连忘返啊！"金锁和范时捷也都不想走，又有点怕刘统勋，都只笑不说话。谢云岫笑道："想听曲儿——那现成的。只是屋里狭窄，请移步外边，我请了安徽双庆班最有名的戏老板教习家班子，原是想演给太后和皇上看的。看来皇上忙得顾不上看戏，只好带回去给父兄们取乐子了。我这就去安排，有贝勒爷看过，也不枉了这片心……"说着去了。

他一出去，刘统勋就抱怨："主子怎么泡这里了？捐款迎驾的上千，倒是有姓谢的在里头，谁能一一考证核定？还想在这里吃饭！我听他口音，绝不是钱塘人，总带着点背书似的别扭话音儿……略看一会儿，主子咱们还是走人。"一直没有说话的岳钟麒枯着寿眉，似乎在苦苦思索，说道："这人好像在哪里见过？我没有到过钱塘的呀……说是生人，又似乎确实见过……唉……我到底是老悖晦，老不中用了……"

"这就是佛所谓'缘'。从不见面的有的人一见就厌烦，有的人见了亲切，有的又似曾相识。"乾隆笑道，因见谢云岫过来，说道，"不要议论了，主人听见不好。咱们去吧！"说着站起身来迎出门去。谢云岫见他们出来，也就不再进门，他却耳力甚聪，直率说道："相逢就是有缘。诸位先生萍水相逢，自然有些议论。方才我的管家说，一看就知道诸位来头不小……你们破衣烂衫来，他未必就那么好客，是吗？"一头说，带着众人出轩，芳草如毯的演场上早已散摆了几张椅子，各人自度位置闲雅坐下，天光水色和风艳阳之下，但觉清心爽意无比。

乾隆这才细看，共是十二位女伶，年纪都在十六七岁之间，都没有上戏妆，汉装绫裙披纱霞色，粉白黛绿娉婷而立，一个个云鬟堆鸦明眸皓齿，轻轻盈盈如同临风玉树，绰绰约约皆是倾国颜色，映在湖岸，真有点瑶池仙子临凡的风韵。乾隆不禁精神大爽，笑顾身边的谢云岫："你是从天上移了十二株水仙栽到瘦西湖畔了！"谢云岫笑而不语。魏长生此时却没了老板派头，笑嘻嘻捧过戏单子，就地打了个千儿，说道："爷们吉祥！来听小的的玩意，孩子们资质都是好的，只习练不久，恐怕难入爷们的法眼。随意点几出，给爷们取乐子就是了……"

谢云岫接过戏单，转手便递给了乾隆。乾隆也不看，笑道："方才隔窗听你说戏，深得个中三昧。就是散曲儿罢，你们清唱也罢，唱了就场说戏，现身说法请君入瓮。这才得趣。一出一出伴唱起来，还不如到园子里看戏呢！"“一听就知道爷是懂戏的！"魏长生眨巴着小眼笑道，"爷是北京来的贝勒，庄老亲王庆亲王常叫堂会，敢情爷看过小的戏？——只是不上妆，就好比古董不衬托儿不上架。小的这副模样，扮了佳人，只合闭了眼听，开眼是万万看不得的！"乾隆笑道：“确实看过你的戏，扮相身段如花似玉，这样儿唱佳人，孤坟里的野鬼也吓跑了！只管唱，她们也唱！朕——真是的，这又何必谦逊呢？"

"伶官花官，你两个略上上妆！"魏长生笑着转脸吩咐，"给爷唱一段《写真》①，我扮丑儿给爷们一段子《南吕一枝花》。"手一摆，十几个女孩子如奉军令，散了群，有的敷粉画眉，有的调筝弄琴。魏长生施礼退下，只用粉盒向鼻子上扑了一下，一摆手出场，却是笙箫管器一概不用，只切切嘈嘈铮铮叮叮的月琴琵琶节奏分明奏起。魏长生脸上扑白，脚移手拂，顿时精神抖擞，抑扬错落唱道：

> 子弟们是个茅草冈，沙土窝，初生兔羔儿乍向围场上走——我是个经笼罩、受索网的苍翎老野鸩。践踏得阵马儿熟，经了些冷箭镴枪头！恰不到人到中年万事休，我怎肯虚度了春秋！

伴奏中一个女伶粗着声音插科道："——那还不赶紧改邪归正？"魏长生呵呵一笑，和声陡转急速，犹如骤雨击棚珠撒玉盘，他嘿然一笑，不疾不徐摇头摆身接着唱：

> 我是个蒸不烂煮不熟捶不扁炒不爆响当当一粒铜豌豆。怎子弟们谁教你钻入他锄不断斫不下解不开顿不脱慢腾腾千层锦套头！我玩的是梁园月，饮的是东京酒，赏的是洛阳花，攀的是章台柳——我也会围棋、会蹴鞠、会打围、会插科、会吹弹、会咽作、会吟诗、会双陆——你便是落了我牙、歪了我口、瘸了我腿、折

---

① 写真：《牡丹亭》中的一出。

　　了我手——天赐与我这般儿歹症候，尚兀自不肯休……

唱至此，歌弦之声戛然而止。魏长生扮个怪脸儿一笑，就地打千儿道："唱得不好，爷们赏听见笑了！"

众人还在沉迷，此时才清醒过来，哗地一片掌声。乾隆大笑喝彩："好！不走正道走邪路，百折万磨不回头。得了这种歹症候，华佗再世也束手！哈哈哈……""贝勒爷您好才学！"魏长生十分机变，顺话逢迎，笑道，"您说了一首诗呢。"乾隆略一想，真的顺口出了一首竹枝词儿，得意之余已忘形骸，解下腰中佩玉指着魏长生道："过来，赏你！"

"谢爷的赏！"魏长生趋身过来，极熟练地打了个千儿，接过吊着金钱的佩玉，见玉托上明黄线绣的"长春居士"，身上一个哆嗦，又看乾隆一眼，不禁大吃一惊，几乎软在地下，惊呼一声："啊！您，您是——皇上！"

他一嗓子叫出来，所有的人都惊得呆如僵偶！刘统勋和纪昀责任在身，因乾隆两次陪太后在南京看魏长生的戏，一直悬了心怕他认出来。方才已是放心了，不想他这一眼近在咫尺觑得亲切，还是瞧破了行藏。事出突然，岳钟麒等人也都怔住。十二个女伶或站或坐，像被突然袭来的寒风冻凝了的冰人一动不动。正在上妆的"杜丽娘"和"春香"手里的粉盒子菱花镜儿都滑落到地下。谢云岫起初像被电击了一下，身上一颤，脸色苍白得没一点血色，惊疑不定地盯视乾隆。远处巴特尔等几个侍卫见此情形，也不言声，踏着草坪过来卫护。

"你好眼力！"乾隆先也一怔，环视周围，并无异样人事，见众人都变得傻呆呆的，不禁微微一笑，矜持地略坐正了些，"朕奉承老佛爷看过你两出戏。不过离戏台不近的，且是围着纱幕屏子，亏你演着戏，还能看清朕！"此时所有的人都已回过神来伏俯在地，几个随扈臣僚也不便同坐，起身恭肃后退侍立。魏长生磕头如捣蒜，奏道："奴才做玩意儿给老佛爷万岁爷看，是不敢分心的，几家老板轮流上戏，谁顾得上卸妆？都躲在后台隔帘缝儿看——不不，瞻仰圣容，纱幕子里明灯蜡烛，什么都瞧得清。万岁爷给老佛爷削苹果剥荔枝，端茶递水都是双手捧着……我们私地里议论，皇上真是孝子——啊——孝皇帝。皇上今儿来，竟一时没认出来，小的真是该死了！"他说着"啪"地扇了自己一记耳光。

众人看着，要笑又不敢。魏长生满脸麻子笑成一朵花，说道："皇上要看什么戏，小的抖擞精神巴结！徽班四大家，就数小的有福，多给皇上玩几出，小的下去好吹大的了……"说着又磕头。

"有那块佩玉就够你吹牛的了。一瞧破了，你这副奴才相怎么说戏？"乾隆笑着起身，"已经尽兴了，咱们回去。——谢家主人，有劳你盛情款待。他日如有机缘再会吧！"

众人都向谢云岫致意辞别。但谢云岫像变了一个人，不说不笑也不动，满脸那种温文尔雅徇徇若儒的书卷气一扫尽净，苍白着脸正在向青朗朗的天空双手合十念诵着什么。众人惊讶诧异之间，岳钟麒已经认出来，惊呼一声："她——她是——莎罗奔故扎夫人朵云！"这一声不啻又一声焦雷，刘统勋范时捷金铿半回着身子半迈着步一动不动，乾隆满脸笑容僵凝了起来，像青天白日看见地下冒出一个怪物。众戏子们不知出了什么事，一个个粉黛失色惊恐不定地看着她。刹那间，什么山明水秀鸟语花香都变得如同梦幻，木雕泥塑般各色人等中了定身法似的兀立不动。索伦和巴特尔两个见机得快，倏地蹿到乾隆身前遮住了。巴特尔粗声喊道："你这女人！敢伤害我的主人?！"

"不错，岳老爷子，你还记得我——我是朵云！"霎时间，她的音调中已不再带背书那样的僵板语气，平静温和的口吻中带着几分果决和悲怆，对巴特尔道，"你是蒙古的巴特尔吧?！你怕一个女人，你不是英雄，是个懦夫！"又对乾隆一拱手朗声道，"金川故扎莎罗奔之妻朵云拜见伟大的博格达汗！"

巴特尔一跃而出，又回头看看索伦，对朵云说道："你的丈夫造反的，你装男人！你坏坏的，是个——懦女人的！藏族人苗族人我都见过！红刀子出去，嗯？——白刀子进去的！"说着就要擒人。

乾隆等人见她孑身一人，连那个长随也没露面，松了一口气。却见朵云一挥袖抽出一柄雪亮的解腕尖刀来，擎在手中！气氛顿时又是一紧。连刘统勋也靠近了乾隆。巴特尔却嘿嘿一笑，跃前一步，说道："刀子有的，你坏坏的！我空手能杀豹子狗熊，不怕的——你来来的！"刘统勋喝道："还不扔掉刀，给万岁爷叩头谢罪！"

"你们不要上前，这刀我是用来杀自己的。"朵云平静地说道，仿佛欣赏似的看了一眼闪着寒芒的锋刃，一翻手腕，刀尖已经对准了自己胸口，冲乾隆冷冷一笑，"我们大小金川全族只有七万多人，博格达汗围困我们的前线军队就有十万，我们两次打败了你的将军，两次要求讲和，因为我们并不是要背叛您的统治，因为您是博格达汗！而您却不许我们讲和，还要第三次进攻我们。要么就屈辱我们，伤透我们的心，要么就要把我们杀绝，连女人和小孩子也不能幸免——我千辛万苦来见您，就是想问一问，为什么这样对待我们？您不是也相信佛祖吗？听说您走路蚂蚁都不肯踩死，太阳底下不肯践踏别人的影子——这样仁慈的博格达汗，难道会不给我们生路？如果您不肯回答我，我也算完成了丈夫和全族人给我的使命。死而无怨，但我的灵魂，仍旧会回到我丈夫身边！"说着，将刀尖向心口逼近了一点。

第二十回　桃花庵朵云会乾隆
　　　　　微山湖钦差入枣庄

　　朵云虽然说得平静，但此情势下，愈是平静，字字句句愈显得如刀似剑，咄咄逼人。她凛然不可犯的神色连巴特尔都镇住了。乾隆见她举臂欲刺，遥立摆手道："别！——别这样儿……有话慢慢讲，容朕思量……"一时间，他的心里乱得一团麻一样，斟酌字句说道："你死，于你全族毫无实益……只能促朕决心下定，金川藏人陷于灭顶之灾……你收起刀，可以从长计议……"朵云鼻子里哼了一声，说道："你手下这些人很无耻的，我收起刀，他们就会像恶狼一样扑上来！我宁肯死在自己的刀下也不愿受辱！"

　　"你们退下！"乾隆对吓傻了的魏长生说道，又转对朵云道，"朕不收缴你的武器——你们都听见了！"

　　"喳！"所有的侍卫一齐答应。

　　乾隆相了相她手中的刀，不屑地一笑，说道："这把刀只能用来削梨。——朕射虎杀熊数十头，豺狼之类不计其数，从不曾要侍卫们帮手——你是个弱女子，朕不动手杀你。但你持刀胁迫万乘之尊，已经重罪在身。有什么话，你就快说吧！""我当然有话要说的！"朵云惨笑道，"从金川到北京，又从北京被押解到南京，我劫持过兆惠将军的夫人，又脱逃出刘墉的牢狱，如果为了逃命，我早就回金川了。我留在中原就是为了见您，有话要对您说，可是我进不了您的宫殿，您又不肯接见我。为了见您，我几乎花尽了金川的库存黄金，所有您可能去游玩的地方都有我包租的'风景'，即使不在这里，我们也一定会见面的！"乾隆听了不禁皱眉，倒抽了一口冷气望着毅然挺立的朵云，说道："见有见的规矩，不见有不见的道理。莎罗奔先是窝藏上下瞻对的班滚，又两次抗拒天兵征剿，犯的是灭族之罪！朕有上天好生之德，其实早已给了你们生路，早就有旨，要他面缚投诚，可救全族覆灭大劫。莎罗奔居然抗命——如此情势，朕为天朝之尊，除莎罗奔面缚请罪外，其他人等见又何益？"

"博格达汗，我来就是为了告诉您，金川人并不要背叛您的统治。"朵云固执得像一块顽石，冷峻地说道，"正因为顾全博格达汗的体面，庆复讷亲和张广泗才没有死在我们刀下。但大皇帝却要我们像狗一样向您摇尾乞怜！这是万万办不到的！我们与您的军队打仗只是为了保卫自己的尊严！"乾隆冷酷地一笑，说道："不是你那样说法。这是孔子定的规矩：犯了罪的臣子捆起自己向君父恳求饶恕。这不是狗能做得到的！你们金川的人到拉萨朝圣，每一步都要跪下，那是不是耻辱？"朵云立刻回口说道："那每一步都是虔诚的，都是怀着尊崇和自己的骄傲——"她突然顿住，望着万里晴空，喃喃自语，"如果是为了恐惧自己的死亡，为了像狗一样活着……去向人投降，不但达赖喇嘛、班禅大活佛，全西藏和青海的藏人会小看我们，连我们自己也会小看自己的！"说着，泪水已经夺眶而出。她胸脯剧烈地起伏着，绝望地环顾四周，又看了乾隆一眼，慢慢低下头来，颤着左手一颗颗解开袍褂上的纽子，脱掉了，露出里边一身绛红的藏袍，仰天长啸道："我……说不服博格达汗……莎罗奔，我已经把你要说的话全说给了他。而他还是要杀尽我们——"她手中白刃倏地举空一闪，插胸而入直至刀柄！众人惊呼间，朵云胸前血如泉涌，身子摇漾了一下，像一株被砍断了的小树簌然倒地……

众人谁也没想到她陈说倾诉间举刀自裁，说死就死，没有半分犹豫和怯懦，一时间都惊呆了！乾隆面白如纸，满手冷汗向前跨了一步。索伦已经一个箭步跃上半扶起朵云，只不便解衣，又不敢拔那刀，把脉搏试鼻息乱张忙。乾隆紧着连声问："怎样？怎样？"索伦说："心跳还没止……没有刺中心……"

"送回行宫……"乾隆的声音发颤，他觉得头也有点晕眩，扶定了巴特尔才镇静了一点，说道，"传叶天士给她看伤。但有一息，一定要救活她！"

满心游兴而来，谁也没想到是这样一个结局。一直到回宫入殿，乾隆和刘统勋岳钟麒等臣子们脚步还像灌了铅一样沉重，都是一言未发。纪昀也得了消息，脚步匆匆赶来请安，殿中才略有点活气。刘统勋不胜其力地跪下，叩了头，刚说了句："这是臣的责任，事出意外，臣没有好生查实……惊了圣驾……臣……"

"起来吧，不是你的责任，也不要再去训斥刘墉。"乾隆余悸未消，但心神已完全安定下来，"这不是治安，是军政上的事……朕心里不安，不为遇到这个朵云，是由此想到许多政务，料理得未必都那么妥当……"范时捷此时冷汗才退，内衣湿凉湿凉的，松动了一下腰身，犹有余惊地说道："这女人真太厉害了！臣一辈子都忘不了这场景儿！"岳钟麒道："我只觉得面熟，再没想到是她！她小四十岁的人了，扮得这么年轻，也想不到汉话说得这样地道。"金铽却道："这样惊驾，罪不容诛！主上仁慈，还要救她！"

纪昀叩头请安，见乾隆抬手叫起，默默退到一边。他刚刚翻看了那本《容斋随笔》，乾隆心思里的烦难迷惑，比众人看得清爽得多，乍出这种事，一时竟寻不出话，也不敢胡猜乱说，只好捡着不疼不痒的话说："以臣之见，此妇是个烈妇呢！从其夫之志，万里叩阍，百折而不屈，精白之心可对苍天！蛮夷一隅之地，尚有如此舍身成仁之人，这也是因了主上以德化育天下，深仁厚泽，被于食毛践土之地的缘故……"众人听他说的，都觉得离题万里，但他主掌教化，管着礼部，也都是职分中应有言语，却也没有什么可挑剔的。一时太监卜信进来，禀道："主子，方才叶天士来看过了，莎氏受伤虽说很重，刀子离着心偏出了不到三分，于性命倒是无妨的，只是血流得多了，要好生静养才能复原……"

众人听了，竟都无端松了一口气。乾隆点点头，叹道："这就好。传旨给叶天士，好生给她调养，补血的药物，什么好用什么，务必要她康复。""是！"卜信忙一躬身，又说道，"奴婢这就传旨——只是莎氏不肯进药，闭目咬牙的，要寻短见……"说着，看着乾隆等待旨意。

乾隆满脸阴郁站起身来，没有说话，在殿中缓缓踱了一圈，几次想说什么又咽了回去，看去心情十分矛盾，许久，仿佛定住了心，款款说道："你传旨给她。博格达汗赏识她是巾帼英雄！金川的事要容朕仔细思量，总不能逼着朕下什么旨意吧？先……养好身体，朕还要接见她……想死，何必急于这一时？"卜信一字不拉复述了乾隆的旨意后退了出去。

几个臣子不禁面面相觑：金川现在十万大军云集，傅恒坐镇成都，整顿了绿营又整川军，士气高昂厉兵秣马，三路合围金川弹丸之地，可说是必操胜算。乾隆为了赏识这一个女人是"巾帼英雄"就要罢兵？不然，他要"仔细思量"什么呢？这也太有点匪夷所思了……想归想，又都觉得天心高深，不能妄测。一时间静得殿角自鸣钟沙沙的走动声都听得清晰。

"今儿不议政，偏偏引出件绝大政务。"不知过了多久，乾隆自嘲地一笑，说道，"岳钟麒大老远地赶来，留下陪朕进膳。你们跪安吧！"

人都退了出去，空旷的大殿更显得空落落的。日影西斜半偏，一道明亮的光柱洒进来，映衬得周围反而更加黯淡。卜礼卜智卜信几个太监忙活着安桌子摆御膳。乾隆吩咐道："岳钟麒在塞外难得吃到青菜，精致一点，不要大肥大腻的。"岳钟麒哈腰谢恩，笑道："奴才自幼出兵放马，带兵的人不能讲究吃喝。主子想进什么就做什么，老奴才陪在一边，主子进得香，就心满意足。"

"嗯。"乾隆点点头，示意岳钟麒坐下，深深舒了一口气，说道，"岳东美，留你进膳，是想谈谈军事。你要饿，茶几上的点心只管先用。嗯……朕是在想，真正造反的在西北，不是金川。朵云这样一闹，虽说无礼，但她的话，也有其可取之处啊……"

岳钟麒坐直了身子，苍重的浓眉皱了一下，一哈腰说道："请主子明训！"

"朕想得很多，没有全然理清头绪。"乾隆喟然说道，"傅恒此役可料必胜。莎罗奔山穷水尽派他的夫人来朝见朕，不见至死不休。看得出他打这一仗已经没有信心。打胜了他又不肯投降，只有逃亡或者举族自尽——为一个班滚的罪，屠尽金川七万余人，朕有于心不忍之处……"

乾隆先占定了一个"仁"字地步，岳钟麒听得感动，却不敢附和，正容说道："这一层主上似乎不必多虑，莎罗奔先有窝藏叛贼班滚之罪，又两次抗拒天兵，是十逆之恶不可赦，即全族殄灭，也是咎由自取！何伤我主上圣明仁德？"

"你说的是理，朕讲的是情。"乾隆点头说道，"但情理二字合起来才是天意！达赖和班禅已经两次上奏，请求赦免莎罗奔之罪，金川仍是藏苗杂居之地，九成藏人一成苗人，一旦歼灭，云贵苗人且不必说，全西藏都要震动，还要波及到青海！"岳钟麒身上颤了一下，身子前倾两手据膝静听。乾隆望着殿外，沉吟道："若无回部霍集占之乱，单是西藏不稳，也还好料理。现在南北疆狼烟遍地，我们把兵力摆在四川，对付一个苦苦求和的莎罗奔，这值不值？"

这真的是高瞻远瞩洞鉴万里的真知灼见。岳钟麒和尹继善私地里含糊言语，西北局势令人忧心忡忡，但乾隆决意金川用兵，意志如铁不可摇动，谁敢触他这"龙鳞"？现在他自己说出来了，岳钟麒不禁心里一宽，稳稳重重说道："阿睦尔撒纳是个反复小人，靠不住的。请主子留意！"

"天山将军说过，尹继善也有奏陈，此人不可靠。"乾隆因思虑过深，眼睛碧幽幽地发绿，"但靠不住也要靠一下，因为他至少能顶一下霍集占不能东进。朕想，他能顶一年，金川的事也就结了。傅恒、海兰察、兆惠腾出手来，连阿桂也可出征，专一对付西北乱局。阿睦尔撒纳如果忠君，自然有功封赏，如果有异心，一并擒拿——他至少可以给朕拖出些时辰来。朝廷不出兵，只是几句好话有偌大作用，何乐而不为？"岳钟麒这才见到乾隆帝王心术渊深不可测，佩服得五体投地，叹息一声说道："主上圣虑高远，奴才们万不能及！"低头想了一下，问道，"主上对金川作何打算？"乾隆牙龈嚼着嘴唇半晌才道："金川，可以让傅恒练练兵。打到'恰好'，也不妨见好就收——召你来，其实就是这个差使。"

岳钟麒不禁一怔，愕然说道："主上，您要用奴才去攻刮耳崖？"

"也是也不是，是文攻不是武攻。"乾隆见御膳已经备好，笑着站起身来，"朵云来了，你也来了，你和色勒奔莎罗奔都甚有渊源友情，这是天意嘛……来，陪朕进膳，朕可是已经饥肠辘辘了。"他呵呵笑着，和岳钟麒一块向膳桌走去。

距正殿偏西不远的军机处，几个退下来的臣子们也都没走。几个人余惊未消，也在议论捉摸"出事"的事。但觉朵云脱去牢笼不肯逃生，乾隆偶然雅兴访春邂逅，二人谔谔相对，乾隆不但不加罪，还要尽力抢救，种种巧合际遇莫非天意？乾隆的心思也暧昧难猜。刘统勋自觉朵云惊驾负罪难当，只是自怨自艾"昏聩无能"，后悔朵云脱狱后没有细心着力捕拿。范时捷啧啧称羡乾隆气度闳深处变不惊料理清白。金铣说的蹊跷，"主子表彰节烈，为天下树风范，莎罗奔氏这一闹，也许从宽处置金川叛乱也未可知……"范时捷只连连摇头，直说"厉害厉害！女人不要命，简直令人不可思议，我们都加起来也不是她的对手，怪不得褒姒能乱周，武周能篡唐……"不伦不类胡扯乱比。纪昀是当值军机，一头审看各地报来的库存钱粮奏折，凡有灾赈出项要求蠲免的折片、人命刑狱案卷、参奏官员渎职贪贿的本章及水利田土建议条陈分门别类挑出来另写节略，手不停管听他们说，时而一笑而已。听着刘统勋仍旧在埋怨自己，"怎么我就不晓得，让黄天霸他们把扬州名胜居处士民先细查一下，早点造个册子审看一下呢？"纪昀放下笔，左手捏弄着右腕笑道："你们胡说些什么呀？泡茶馆的旗人见识！延清公，您也甭一个劲埋怨自己。那朵云手里有钱，又是租地租园子，造册子有什么用？她只是要见主子一面，并没有作恶造逆的心，论起罪过也就是个'无礼失敬'四字而已。主子救她，也为她刚烈性情可取，也许另有深意，天心难测偏要猜，大家都是瞎张忙！"

"主上有什么深意？"范时捷笑问，"本来明白的，你倒把人说糊涂了。"

纪昀本不想闲议论这些的，但范时捷一脸坏笑，倒像是自己想到了乾隆"别的"，不能不解释了，因挪身下椅，活动手脚给各人续茶，叹道："西边吃紧，西南僵持，主上好为难！前方打仗，后方拆烂污，主上好为难呐！我看今日和朵云一见，也许是天赐良机，'从容计议'四个字可说是意味无穷……"

他是军机大臣，本来话说至此已经满过，该住口的了。偏是这些天忙得发昏，没人说话闷得无聊，都是朋友心无挂碍口无遮拦，一高兴便顺口而出："金川之役主上是要争这口气，要雪两败之耻，要这脸面，借机练兵，用武事振作颓风。西北糜烂，就要乱了半个中国。孰轻孰重主子心里雪亮……大局攸关，小局也攸关，也为保全傅六爷，我看主子，有意宽待莎罗奔了……"

众人听了都是一怔，他们都不是议政来的，随心所欲闲聊，一是怕乾隆饭后再叫进，二是心下俱各激动不安，相互宽慰平静心事，纪昀这么郑重其事的，连刘统勋也听住了，疑惑地看他。范时捷道："怎么会呢？我不在户部也知道，那花了多少钱呐！朝廷把金山银山米面山都搬出来了，既有今日何必当初？"金锁却问："这事怎么和傅相干连？这'保全'二字从何说起？"

"你们看看这本书。"纪昀莫测高深地把一本《容斋随笔》递给了金锁，"主子看了这一段，书一放沉着脸就出去了，出去就遇见朵云，又是这样料理，你们看有干连没有？"三个人凑近了那本书，却翻在《容斋随笔》十六卷，上有纪昀指甲掐的爪痕，却是甚短的一段：

> 取蜀将帅不利
> 自巴蜀通中国之后，凡割据擅命者不过一传再传。而从东方举兵临之者，虽多以得携，将帅辄不利，至于死贬。汉伐公孙述，大将岑彭、来歙，遭刺客之祸，吴汉几不免；魏伐刘禅，大将邓艾、钟会皆至族诛；唐庄宗伐王衍，招讨使魏王继岌，大将郭崇韬、康延孝皆死。国朝伐孟昶，大将王全斌、崔彦进皆不赏而受黜，十年乃复故官。

通篇没有说道理，全是铁案如山的史实，自汉以来割据四川的最多两代就完蛋，而攻略四川立功将帅一个个都命犯华盖倒霉晦气——四川就是这么个宝贝地方！联想清兵入关时盘踞四川的张献忠，攻陷四川的吴三桂、鳌拜，平息三藩之乱率兵入川的赵良栋，近在眼前的两相一将，除了赵良栋贬职夺爵勉强活命，鳌拜终身囚禁之外，一个个连个囹圄尸首的都没有……至此众人才明白纪昀所谓"保全六爷"是这么一份意思。这不单是气数运命，也有个"帝德君泽"在里头，众人连想都不敢往深里想，一个个悚然若失。

纪昀在这沉寂中却一下子警醒过来，心里一颤：今天这是犯了什么痰气？这么多的话，还显摆自己的见识，没有一条不犯宰相大忌的，想起曹操杨修故事，顿时背若芒刺，竟自十二分惊慌起来，打了几次火才点着了烟，猛吸几口才勉强定住了神，便思用言语转圜，又恐言语不慎越描越黑，嘿嘿嘻笑道："洪迈这人说事不讲理，算不得真正大儒。他这说法只是偶合，离经叛道之言不足为训，我拿来胡比乱量卖弄学术，更是昏聩无知！"说笑几句引开众人思路便转话题，"延清公，鲜于功的案子，人已经杀了。鲜于功死前给家人写的遗书，不知谁抄寄了出去，里头说到傅恒秉心不公，任用私人排除异己，用兵待士赏罚有厚有薄，六部尚书和各亲王府人手一件。和亲王的一份从北京转寄了来，是原抄件驿传。但五爷现在受斥逐，不能见皇上。各部奏说这件事的没有呈送原件，都是引文申奏。还有金辉一份陈情折子，说的案子首尾，这些都干连到卓索莎玛父女。皇上让我料理，是怕你精神身子撑不来。但你该当知道的，我都整理出来了，你有空看看——"他指了指案上一摞文书，"都在那里边，还有高恒的案子。傅六爷转过来那四十八名文官认罪服辩，也要请你斟酌。都是四品以下的官，用不着请旨了，六十名武官，傅六爷是每人八十军棍，记大过留军听用。义官不能施刑，可以参酌这例罚俸，这要出你定夺，请旨发文就办了。"

"苏格玛沁有一封信在我那里，倒是说傅恒好话的，你转来布达的信我也看了。"刘统勋笑道，"一个城里，一个晚上，一件事，又是公明正道处置，就弄得是非不明，公说公理婆说婆理，有些事竟像是闭着眼在那里胡说八道！布达的信里说的活灵活现，傅恒怎么看中了莎玛，从哪个门带进行辕，在哪座房里调戏玩弄，又从哪个门悄悄送出来'金屋藏娇'，像是他亲眼目睹了，末了轻轻一句'皆是耳闻，聊述以资参酌'！小人造作流言，其来无踪，其去无影，其进也渐，其入也深，思之令人心寒胆战。缴上御览吧？他又是私人信函，你说可畏不可畏！"金锒道："蒙恬、岳飞、袁崇焕都吃的这个亏。施琅攻陷台湾，一句不敢提自己功劳，奏折里捡着好话夸李光地，把'功人'让给李光地，情愿当个'功狗'，那还不是怕这种流言？""就是这个话！傅恒不出去带兵，留在主子身边，谁敢说他半个'不'字？"范时捷却是直言快语毫不遮饰："你老延清不也是一样？儿子立了偌大功劳，不敢升他的官！换了刘墉是我儿子，你保举不保举？"

刘统勋和众人扯谈一阵，心绪好了许多，慢慢打火抽烟，说道，"知子莫如其父，你哪里知道他！读几本书就好为人师沾沾自喜，眼空无物还要故作深沉！若论资质才分机智去得，性傲卖弄，不受挫磨断然不能成大器！我倒并不全为瓜李之嫌，此子历练历练，我死之后或者能多给主子出息一点……"说着，浓烟入喉，呛得吭吭地咳。纪昀道："叶天士让你戒烟，你何必一定要学我？"金锒笑道："叶天士他自己戒不掉鸦片，还要劝别人戒烟？"纪昀道："我也这么说来着，叶天士说他抽鸦片是为寻出能戒鸦片的药，曼陀罗花什么药的说了一大堆，我也记不清药理。这人真是天医星下凡，连砒霜他都敢试！他说要你戒烟，通心肠活六经，那是断然不错的！"刘统勋道："生死有命，我抽烟办事心里宁静，我不成了！""就是！"范时捷也打火抽烟，笑道，"学了纪公，宁可戒酒决不戒烟！南京牛头山北村里有个老汉活到一百零五岁，还能上山砍柴。我去访他，想给主子问个长寿之道，他说：'没他妈什么诀窍，就是吸烟，我打五岁就吸，吸了一百年，到现在眼不花耳不聋心里不糊涂说话利落！'我问：'总有个道理在里头吧？'他指指房檐说，'你看那是熏肉，半年了它就不坏！要是新鲜肉，你敢情试试看！'"

大家顿时哄堂大笑。一时卜义进来，后头两个苏拉太监抬着食盒子，众人便知乾隆赐膳，膳后肯定还要叫进，都敛了笑容，从容起身听旨。

再说福康安刘墉和黄富扬一伙三人，行行复行行已然出了江南省进入山东境界。依着福康安，还是要扮讨吃的，刘墉倒也无甚说的，黄富扬却道："不是小的说爷，叫化子最难扮的，您换了衣服换不了脸，换了脸换不了心。化子帮里也有三六九等，各色身份不同，暗语切口学三年才能入门！人前一脸可怜相，背后满腹玩世心，'讨饭三年，皇帝不换'，不是一时半刻说得清白的。就您和刘爷走路架儿，天生带来的贵人气，寻常人一眼就瞧透了！打听事儿最好的地方儿是茶馆子戏园子店堂子，叫化子都进不去这些地府儿。不如扮了茶马商，您是东家，少爷，刘爷是账房先儿，我是个跟班儿家仆。不上不下的身份，什么人都能打交道，爷们才能'观风'不是？"听这番话说有理有据，福康安也就依了。黄富扬这上头熟门熟路，扬州城茶坊里买了五六箩的茶砖——最便宜的，内地人喝不惯，口外人离不了的——只花了七两多银子，这要觅骡夫驮的，又怕骡夫跟久了不便，他却有办法，竟到牲口市上买了三头走骡，从黄家三代弟子里挑了个绰号"人精子"的扮了骡夫。刘墉酱色湖绸袍黑缎马褂，福康安青缎瓜皮帽，宝蓝宁绸袍石青背心一套行头出落，像煞了茶商老板退休，派少公子出门历练生意的派头。

但这一路实是太平静了，江南省境内春回地暖，走一处作坊织机轧轧，换一处阡陌桑田踵接，一片新绿间秧稻初插，碧野极目无荒滩废地，村户中巷闾和平，老叟拄杖儿童嬉戏，真个春花与青田相映，牧歌共嘤�同鸣——真个和大臣们献的请安折子贺表赋中说的"升平歌舞之世、黄童白叟熙然而乐"差几相近了。沿扬州北上，过高邮湖，渡洪泽湖，也都是藕箭初展渔歌互答，岸芷汀兰锦鳞游泳，处处安静宁谧，地地政通人和。福康安见水上时有舰只巡弋，原来想到设在洪泽湖畔清江的河道总督衙门看看，顺便再查看一下水师提督衙门武备武库情形，一路看来河道整固，治安和恬，也就懒得再去"找事"。就这么"观"一路风景回京，他却又于心不甘。刘墉奉父亲严命，"不得多事，听福康安调度"，黄富扬也奉有师命，"把这位'爷'平安送回去，少惹是非，不混江湖群儿"，自也不肯多口。但人精子却不理会得他们心思，见福康安懒洋洋的，抱怨"就这么回去，算是送我回京见额娘请安，有屁的事可做！也真奇怪，我来的时候打河南走，进安徽下江南，还有几处盗案，赈灾不公的事，怎么这边就这样安静？"人精子笑道："爷，这么着走，就一世也没事。万岁爷在江南就要起驾回程，咱们不走运河就是官道，其实这时候就是小贼也不做案子的，就是当官捞银子也不在这一时——这是驿道，又是御道，这里有一丝缝儿都抹得平平光光的，就是爷的话，有'屁'的事！要想看真节骨，前头就是沂蒙山，离了御道爷再看吧！"

"就是的！"福康安一拍脑门子笑道，"刘崇如也不提个醒儿。"忽地想起是刘墉"为主"，换了脸恳切地说道，"咱们这么转悠，其实差事也就是办砸了。我也不是非要找出点事才欢喜，找穷地方走山沟路，真的好，回去也好让皇上高兴，你说呢？"

"那咱们走枣庄，进抱犊崮？"刘墉也是觉得无味，"蔡七的案子就没破，这都是粉饰出来的太平……我估着姓蔡的是钻山潜伏了。只要能弄清他的去向，我们也不算白走一遭。"

因此，从骆马湖北渡过黄河，他们便不再向微山湖方向走，偏了官道离开韩庄取道峄城，准备在枣庄歇一夜再作打算。从驿道下路十里，道路就变了。起初还是干的，潦礓石铺底儿，不知车轧马踏了几百年，整个路都掩在"沟里"，骑在骡子上勉强肩与"沟"沿平齐。凸凹不平曲折逶迤的路，有点像划在平地上纵横交错互相通连干涸了的河床，路上的浮土一脚下去便漫到脚脖子上，走到下半晌斜日西沉，出了"沟"，前面倒是一片开阔。但这里似乎遭过决溃黄河冲漫，一片一片的潦水泥滩断断续续连连绵绵无论东眺抑或西望，看不到尽头的是蒹葭芦苇，去岁的荒茅、今春的白草连天接陌，景色一下子变得凄迷荒寒，连稀稀落落散布在苍黄低暗的天穹下的村庄，远远瞭去都像死坟一样阴沉寂寥。寒风漫地掠过，远近田野上细弱的早玉米谷黍高粱，不胜其力地簌簌发抖。麦田也长得不好，有的地方密如堤草，有的地方稀稀落落，有的地方干脆是疤痢头，东一块西一块空着黄土，十分难看。福康安站在路口处，神情间说不清是悲是喜，绷着嘴唇咬着牙一声不言语。刘墉也不吭声。呼呼的冷风掠过，将他们辫梢袍角都撩起老高，走得一身热汗略为潮湿的中衣立时变得透心价凉。

"两位爷，这条黄滩路过去五里，还有十里干路就到枣庄。"人精子还是个十四五岁的半桩娃儿，冻得吸溜着鼻涕，一边脱鞋，嬉笑着说道，"今儿咱们打尖儿早，我给爷们和师叔弄几大盆热水，好好儿洗个澡。抱犊崮山道儿虽险，都是石板路就好走了。"刘墉没理会他，看着荒田原野上的庄稼问黄富扬："这地一亩能有多少出息？"福康安只说了句："不要脱鞋，水很冷的。——你和我坐一头骡子过去。"

黄富扬笑道："这都是河淤地，最肥的。不过种庄稼还要好种子，犁钯牛具锹锄镰一套儿的，还要上粪，底肥速肥少一样儿不成。这一看就知道是官田，撒播的，不用耩，能收一把算一把。像那麦子，好的一亩能收一百二三十斤，不好的就烧柴了……这时候儿青黄不接，爷们听听，村里的狗都饿得懒得叫一声，男人们出去逃荒，村里都是老头子老婆子女人娃子，再走走爷们就看清爽了！"刘墉不禁苦笑道："官田有旨不许卖。不卖荒着，卖了官员捞银子朝廷吃亏。山东一百二十万赈春银子哪去了？灾民不能去江南湖广，直隶河南也是穷地方，这么闹，是穷上加穷啊！"人精子笑道："爷这话再对不过！其实卖了官地又怎么着？大户人家买了，佃户没有种地家伙又缴不起租，地还是荒着！枣庄出煤，这里还算好的，进山你就知道什么叫穷了！一家子合穿一条裤子的人家也有的是呢……"他毕竟不敢和福康安同乘骡子，扇了扇裤腿就下了泥路，边走边道，"这路不难走，下头都是沙子地，一点也不垫脚。"

"妈的个熊！"福康安放一句粗话出来，一边上茶驮子坐了，恶狠狠道，"坏就坏在这群王八蛋官手里了，朝廷发那么多银子都喂了狗了！"猛地照骡子屁股一鞭，骡子惊得一冲进了泥道儿。刘黄二人忙也都跟上。

行约不足半个时辰，道旁树木愈来愈多，杨柳榆槐楸楝枸柏之外，沿道入庄二里近郊尽是枣树，却都不高大，一色的平房檐高低。杨柳春机发生早，已是新绿润染鹅黄嫩尖，其余的乔木也蕊吐弱芽，但枣林还是灰蒙蒙的一片，地势又低，在夕阳斜照下像一片紫霭霭乌沉沉的云层托起一座乌眉皂眼的里城。刘墉是去过峰城的，眼见那"庄子"东西连绵足有五里，南北深入尚不可知，手搭凉棚眯着眼看，惊讶地说道："这里归峰城管？我看比县城还大些！"

"大三倍不止！"黄富扬见福康安也诧异，忙道，"峰城县城不足六千人，这里两万多人居住呢！峰城的老财缙绅殷实人家打乾隆六年就往这边迁，有钱主儿都住枣庄。钱粮捐赋煤盐税都从枣庄出，县太爷不能搬衙门，一年三百六十天，倒有三百天在枣庄管营所住。其实这里有个二衙门，比大衙门还兜得转呢！"

一头说话，四人已经进庄。此时夕阳挂长林树梢，炊烟漫高屋矮房，街巷胡同迷乱纵横的庄里，几个人钻来钻去，但见各处店铺毗邻轩屋楼阁竹檐茅舍混杂一处。肉肆行、宫粉行、珠宝店、成衣行、玉石行、海味行、鲜鱼行、茶行、绣行、汤店、棺材铺子、花果行、文房四宝房、铁器竹木家具，等等诸类在扭七拐八的宽街窄道中毫无章法胡乱排列。满街煤车川流不息间人群也扰攘不堪，一身珠光宝气的阔佬，破衣如鹑的乞丐，嬉戏捉迷藏的童子，坐茶馆听书的老汉，一群一伙的煤矿工人黑不溜秋只剩一双白眼珠子一口白牙，有的在小摊子边吸溜着喝粥，大嚼煎饼葱卷大酱，有的毡帽短衣挤在黑魆魆的小店里吆五喝六。赌博的吃酒的胡喊乱唱的和妓女打情买俏的，夹着巷中小贩们一声高一声低极富弹性唱歌似的叫卖声：

"德州老卤汤扒鸡！德州老卤汤扒鸡！"

"水煎包子！馄饨啰——"

"扬州施家猪头肉，脆香不腻！"

"哎嗨——油条豆浆，好吃实惠……"

"冰糖葫芦！冰糖葫芦！解积消食，便宜口福！"

如此种种乌烟瘴气。刘墉和福康安看得眼花缭乱，听得头晕脑涨，跟着人精子和黄富扬带着茶驮子挤来转去，像进了八卦迷魂阵，昏苍苍中已没了太阳，早已不辨东西南北。在小巷中钻了半日，忽然眼前开朗，街面一下子变得开阔，四至极正的十字大街从中直直延伸出去，足有三丈余宽，都是青石条铺路面。天色刚入麻苍，各色灯烛双行燃起。羊角灯、西瓜灯、"气死风"灯、瓜皮灯、走马灯，甚至还有檀木座宫灯在各铺门前星星点点连缀不断。灯影如珠间人影绰约往返，和小巷中热闹仿佛，只是没有煤车煤担独轮小车之属，轿车驮轿凉暖软轿或怒马如龙或仆从如云吆吆喝喝满街冲走。一望可知，这是阔人们贸易往来的去处。福康安正自暗地嗟叹，几个巡衙役迎面过来，叫骡驮子站住，一个打头的长着两绺老鼠胡子，审贼似的用目光上下觑着满身灰土的福康安和刘墉，脖上喉结一说一动问道："煤驮子不准进街！没有看见街口挂的牌子？"

"上下爷们！"黄富扬见刘墉福康安发怔，忙迎上去，嘻嘻笑道，"咱们是北京福茂老行的，做茶马生意，刚从扬州赶来。驮子上全是茶……路过贵方宝地，住一宿就走……嘻嘻……这是扬州府的茶引——请爷们验过。"

老鼠胡子就着街边灯光验看了茶引证件，把执照扔还给黄富扬，用手搁了搁茶篓子，又拍着侧耳听听，说道："什么茶这么沉的？夹带的有铜吧？拆开验验！"几个衙役听这一声就解绳子。人精子不慌不忙，从腰里掏出一串制钱递给那衙役头儿，皮脸儿笑道："都是茶砖，口外换马用的，瞒不过您老的法眼！您瞧这地下潮乎乎的，还有泥。茶砖不敢受潮，沾了泥卖不出价儿……这点意思孝敬您和诸位吃杯茶，要是不放心，跟我们前头住下店，您再细查，就搬两块去煮茶喝，我们老板也不心疼的……"

"你晓事。"老鼠胡子把那串钱极熟练地丢空翻了个个儿掂掂，嘴一努对衙役们笑道，"是茶砖。咱们前头去！"说罢去了。

福康安刘墉对视一个苦笑，跟着黄富扬人精子往前一路觅店，连问几家朱楼歇山顶面的大客栈，都说"客满"，将到北大街尽头才寻到一家中等铺面叫"庆荣"的。这店也是楼房，楼上客房，楼下酒店，人出人进烛影煌煌，七八个八仙桌都用屏风隔起，卖唱儿的、豁拳相战的，闹哄哄乱嘈嘈，一片嗡嗡嘤嘤之声。刘墉福康安待人精子安置了骡子茶驮，四人灰头土脸跟着小二到楼上住屋。租了三间，都是木板夹壁房，刘福二人各住一间，中间一阁黄富扬师徒伙住，一声招呼就能听见。小二忙上忙下替他们打水洗面洗脚。福康安洗了几盆子黑水黄汤才算恢复了本来面目，一边洗一边和小二搭讪说闲话，梳了辫子收拾停当，这才下楼吃饭。四个人包了西北角一个屏风雅间等着上菜上饮。刘墉听着满堂说笑叫闹，笑对福康安道："这是我们本家开的店呢！这小二说的有趣，说他们是沛县人，两千年前一家子，汉高祖是祖宗！"福康安也笑，问道："方才小二问我洗澡不洗？

我说洗。又问我要胰子不要，这真问得奇，还问我洗头不洗，这不更怪嘛？这里洗澡和洗头还要分开，洗澡用胰子还用得着问？"

"我的爷呀……"黄富扬和人精子不禁挤眼儿一笑，待要解说，跑堂的端着一大条盘热气腾腾的酒菜上来布席，便不再解说。人精子笑道："待会爷自己就明白了！"说着举杯敬刘墉，福康安也伸箸夹菜。听隔壁雅间里有人吃醉了，哄笑间有人捏着嗓门儿一口山东腔怪声道："好好！这一杯自罚！再说个笑话儿，不笑还罚！"又一个人笑道："端错了，没干系，你只管喝就是！"

便听醉汉乜着声儿道："就说个端错了的故事儿。我们乡，兄弟俩——呃！……夏天都在场院里睡。哥嫂子在碾盘子底下旁边，弟弟弟媳睡在碾盘上，都在弄这个这个——那个。忽然下起雨来，弟弟说：'哥吧，下雨了，咱们端……呃！端回去吧……'哥哥说：'中呗！'兄弟两个都挺着腰，那活儿也不抽出来就往屋里端。黑灯瞎火，不防弟弟两口子绊倒，哥哥两口子又绊到他们身上，四个人爬起来接着又端。谁知道迷迷瞪瞪，兄弟端了嫂子，哥子端了兄弟媳妇儿睡了一夜……"他打着酒呃儿吱地又端一杯。旁边有人问："后来呢？""后来没他娘什么意思。"那醉汉道，"第二天早起，两女的醒了出来回房，迎头碰见。弟媳不好意思的，说'嫂子，他们端——端错了……'嫂子说，没听刘大头在席上说'端错了没干系，你只管喝'……"

隔壁雅间立时一片哄堂大笑。刘墉和福康安矜持着一个莞尔，黄富扬司空听惯却不在意，小鬼头人精子扑哧一口把酒笑喷出来。隔壁也是嘻嘻哈哈格格嘿嘿乱笑一气，那叫刘大头的吭吭地咳着道："这和我们葛太尊家差不多，不管是谁的，乱端一气……"福康安和刘墉有心的人，侧耳细听时，南边又有人喝醉了，拿腔捏调儿扯嗓门儿唱道情：

一更里，胡秀才，你把老娘门摘开。
摘开摘开就摘开，老娘不是那货材……
二更里，胡秀才，你上到老娘身上来。
上来上来就上来，老娘不是那货材……
三更里，胡秀才，你把老娘怀解开。

解开解开就解开，老娘不是那货材……

四更里，胡秀才，你把老娘腿瓣开。

瓣开瓣开就瓣开，老娘不是那货材……

五更里，胡秀才，你把家伙拱进来。

进来进来就进来，老娘不是那货材……

唱中满屋不分各厢，哄然喝彩哗笑。刘墉和福康安只觉污秽不堪入耳，甚不习惯这种场合儿，胡乱扒了几口都说"饱了"。刚要起身时，屏门间布帘一挑，进来两个女子，年长的约可三十五六，年幼的十七八岁，怯生生进来，一前一后向福康安蹲膝行礼，说道："爷们万福金安！"

第二十一回　　聆清曲贫妇告枢相
　　　　　　　问风俗惊悉叛民踪

　　福康安怔了一下，莫名其妙地打量这两个女子，只见小姑娘形容瘦弱，穿一件蜜合色枣花绸裙，上身水红滚梅边儿紧身偏钮褂，裙下微露纤足，缠得像刚出土的竹笋般又尖又小，瓜子儿脸上胭脂涂得略重，两道细眉下一双水杏眼倒是水灵流转有神，两手搓弄着低头不敢看人。那妇人穿着枣红石榴裙，上身却是葱绿大褂，也是小脚，体态比小女子略丰盈一点，面容和小姑娘依稀相似，一望可知是娘母女俩，眼圈周边已有了细细的鱼鳞纹，眼神也还灵动，只是带着憔悴，脸上脂粉涂得厚了点，颦蹙间几乎要掉渣儿，怀里抱着柄琵琶微笑道："我们……侍候爷们来了……"福康安未及问话，黄富扬在旁挥着手道："去，去去！别地儿做生意去！"刘墉见她们被斥得一脸羞愧尴尬，摸着腰间荷包儿取钱打发，却是没有制钱，刚说了声"小人子，取几十个——"又听外头叽叽咯咯几个女人说笑。隔壁也是举座哗然，似乎又是那个叫刘大头的兴高采烈地在喊："赛貂蝉、赛香君、惜惜、盼盼儿都他娘的来了！自然是夏五爷请客，咱们一人一个，这回可别端错了！"

　　哄笑声中，人精子刚取出半吊制钱，又见两个女的咯咯叽叽说笑着进来，都是二十四五岁年纪，也穿得甚是单薄，满头首饰珠晃翠摇叮里叮哪响着，风摆杨柳价各道万福，一个说叫"探春"，一个说叫"湘云"，都是《红楼梦》十二金钗人物名头儿。这两个粉头却甚是风骚放肆，也不管顾先来的两个娘母女，道了乏，那"探春"便挨刘墉身边坐了，斟起酒，手帕子托杯自饮半盅，一手搂着木木呆呆的刘墉脖项，胸前奶子颤颤地偎着刘墉，口里叫着："爷这门斯文的，像个黉门秀才……陪奴奴吃一盅双情杯儿……"也不管刘墉闭目摇头挣扎起身，就唇儿便灌。"湘云"却似绞股糖般扭在福康安身上，扳着脖子一手小指着那母女，小声在福康安耳边悄悄道："叫那两个浪蹄子侍候您的下人……告你说吧，我还没解过怀呢……我给你好好洗头，保管爷心满意足精神爽快……小爷真真可人意儿……"抱着晕头晕脑的福康安就做了个嘴儿。

福康安贵介出身，行动不离保姆仆从，扮了叫化子也有明暗保护，哪里经见过这样场合？就是刘墉，虽算微服私访串过江湖的人，也没有亲领身受过这般风情，都觉得痒刺刺的肉麻难耐。刘墉好容易挣脱了，手忙脚乱掏手帕子揩口角脖子上的酒水汁子，看福康安时，也已挣脱了"湘云"，却是用腰带蘸酒，一个劲地擦抹腮边的胭脂红印儿。刘墉见"探春"还要来缠，退着步儿惊慌地道："你们走罢，你们走罢……我们没叫你们！"福康安一迭声道："黄富扬，人精子，快打发她们走人！"

"是您叫了我们来的呀……"两个妓女笑得前仰后合，指着狼狈不堪的福康安嘻嘻哈哈。"探春"边笑边说："您不是要'胰子'洗澡，还要'洗头'的么？"

福康安这才明白过来，顿时臊得红了脸，一句话也还不回口来。人精子取了四枚小银角子，还没伸出手，"探春"笑着劈手都夺了过来。"湘云"道："她四个，我也得四个——我们不是野路子，是有行院规矩的，花酒不吃，不洗澡不洗头，白叫我们么？没有三两银子，老娘掉分子了，老娘不是那货材！"

这话和方才醉汉的歌词儿对卯一字不差，顿时大店堂里各个雅间又是一个哄堂大彩，污言脏语不绝于耳。这个说："不是野鸡是家鸡，家鸡出来顾啄食儿了！"那个说："老娘不是那货材，见了银子腿掰开。""腿里夹个柿饼，卖不出去啰！""这几个婊子给人洗头要三两，好大价钱！""那要看洗大头洗小头了……"哈哈、嘻嘻、嘿嘿一片淫笑。刘墉福康安都尴尬难堪之极，先进来的母女两个都羞得偎缩在一边，只有"探春""湘云"两个全不畏惧，皮笑着还伸手要钱道："笑贫不笑娼！你们这些浪男人狗屁不通。到对门布店买顶孝帽子，少一文看给你们不给？"

"熊试虎胆！"却见黄富扬放下了脸，左臂按在额头上，右手虎口挡在胸前，吊出黑话切口，盯着两个妓女微微笑道，"板桥三百六十钉，不是金银铜铁钉，天河渡口摘来星，一把撒出集宁城！"

"探春"和"湘云"顿时脸色一变。"探春"一手抚胸一手后甩，说道："不敢放肆。玉堂老槐出洪桐，大安国里亿万虫——敢问堂上第几虫?"

旁边人精子平手托项，嘿嘿一笑说道："我家槐林共三顷，一柱通天奉管仲! 手握三千鸡毛令，蜈蚣蝎子防伤命!"他收了式，哼了一声，恢复了常态，活似官场里上司教训下属的口气说道："溜鸟儿贴红禧，要择黄道吉日，得看山高水低，须懂阴晴圆缺。夏姨姨的规矩，入门妈妈没教给你们么? 照镜子看嘴脸。一手面儿四三钱，还不知足了——去罢!"

那两个娼妇低眉顺眼听他们教训，一声不敢折辩。"探春"讪讪一躬，说道："奴婢们是粉堂捧盒子的，没得上过凤凰山。多谢总堂侍香开导，回头总妈妈过来赔罪……"两人向福康安插烛儿一拜，蹑着脚步儿去了。就这么几句切口对话，饭馆里各雅间里的妓女竟都屏声敛息不敢放肆大说大笑，微微杯酌声中只闻有妓女悄声给客人解说着什么。福康安见那母女也却身要退，说了声："你们跟我上楼，弹几支曲儿再去。"说罢起身出房上楼，边走边道："崇如，你不要小胡子他们跟着，还是有道理的，逢上这种事，他们只有惹麻烦的……"刘墉跟在后边拾级上楼，笑道："爷说的是。我是想鹂儿也得有人照应……"

他这时提"鹂儿"自有言外之意，福康安不禁一笑，说道："我没有你大，还不懂什么叫风月之情! 都到我屋里，我得了一着好词儿，极新鲜的，教她们唱出来听听。"黄富扬笑道："待会儿枣庄的王八头儿一定要来拜山子的。人精子跟爷，我回屋等着他们。"福康安听了无话，径进屋里，让刘墉坐了椅上，那中年妇人坐了墙角叮咚砰嗵调弦，人精子站门口侍候。福康安从袖中窸窣掏出一张纸递给小姑娘，道："你把这词儿背过来，就这词儿配曲子唱给我们听。"刘墉凑过来看时，一眼瞧见满纸密密麻麻极正楷的钟王体小字，全都是御笔，吃了一惊退后一步，说道："这是——隆格爷的词儿，少公子哪里得来的?""这是河间公的词儿，隆格爷瞧着有趣，抄了赏我的。——怎么，你不认字么?"

"婢子不识字……"那姑娘忸怩地说道，"请爷念一遍，我就能记得的……"

"这是仿元曲制的词儿，"福康安道，"里头暗藏着子、丑、寅、卯、辰、巳、午、未、申、酉、戌、亥十二地支又丝毫不着痕迹，寓意于情，委婉曲折，虽说不登大雅之堂，小巧风致也足令人销魂。你听着了!"遂上前站在女孩子身边，手指着字行念道：

> 好良宵，正与女娘偕，佳人抽身去得快。扭着她，却把那手推开。
> 演出那百般态，珠泪儿点滴落窗台。柳腰儿斜倚栏杆外，又将那
> 木槿花儿抓下来。振精神、步香阶，即时不见那秀才。已还书斋。
> 许订佳期，毁前言，又把相思害。朱帘半卷莫卿奈，金钗懒向头
> 上戴。神前伐示，永和偕，酒醉心狂，莫点水来解。荷戈人小脚
> 儿欣然肯招，刻骨铭心，又何尝把刀儿带……

他读着，忽然觉得那姑娘身上一股处子幽香袭来，忙把定了神，匆匆念完
了，退后一步挨床边椅上坐了，又打量一眼她，木然说道："唱吧！唱得好
有赏！"

刹那间琵琶声划空而起，大弦切切小弦嘈嘈，或如莺啭春流，或似水
滴寒泉，一时如雨洒荷塘，一转间又若溪水婉转击岸漱石，清清泠泠容容
与与回肠荡气，一曲《吕仙一半儿》又一曲《红绣鞋》接着一曲《耍孩
儿》，那姑娘依着词儿随节就拍，或颦眉含嗔，或娇羞支颐，劈手摆腰、窈
窕娉婷作态而歌，毕竟是吃开口饭的，竟唱得一字不错。刘墉不禁鼓掌笑
道："好！声情并茂！"福康安却道："声茂情不茂。也难怪——这已经难为
你了，毕竟是没练过的生曲儿词嘛。捡着你们熟的再唱一段儿……"那姑
娘向母亲一颔首，弦音又起，那姑娘咏叹一声："我想一百二十行，门门都
是求人吃饭。偏俺这一门却是谁人制下的？好低微了啊……"微气游丝悠
长缓缓唱道：

> 则俺这不义之门，哪里有买卖营运？无资本，全凭着五个字造办
> 金银：恶、劣、乖、毒、狠……
> 无钱的可要亲近，只除是驴生角，瓮生根！佛留下四百八十衣钵
> 门，俺占着七十二位凶神！才定脚谢馆迎接新子弟，转回大霸陵
> 谁识旧将军……投奔我的都是，谄爷、害娘、冻妻、饿子、拆屋、
> 卖田、提瓦罐爻槌运……恶劣为本！板障为门……

这一板唱得抑扬顿挫，句句掷地有声，字字咬金断玉，毫无含糊矫饰。连人精子这样的江湖痞子都听得心里发颤。

"这是《金钱池》里杜蕊娘的段子。这样的唱法……"福康安顿首皱眉，"我还真是头一回听的。""音为心声。"刘墉连连点头叹息，"没有切肤之痛，再唱不到这份上。听口音，你不是本地人嘛！"

"我们是直隶人。"那妇人收起琵琶，见人精子递过茶来，欠身接了称谢，捧着杯子道，"才到枣庄三个月……不在乐籍，人地两生，糊口很不容易的。"说罢低头，小心翼翼呷了一口茶。福康安道："听你口音，是唐山人了？你很可以到北京，就卖艺不卖身，八大胡同全口饭也还是容易的。""俺们是河间献县人，"小姑娘苦笑了一下，"得罪的对头太大，在北京做官，去不得北京的……"

刘墉和福康安同时一怔，目光一对旋即移开。刘墉嚼着一片茶叶思量着。福康安笑道："纪大军机就是献县人，现今红遍朝野！有什么不了的事，告到他那里，怕哪个来做对头？"

"爷们这话难答。"那姑娘一哂，冷冷说道，"我们就是得罪了纪大人家，才落到这份儿上的。这种事，哪里告状呢？"她母亲却在旁拦住了："小娟，别和客人说这些。两位爷方才已经赏过了，要没别的事，奴婢们就回去了。"说罢携起琵琶起身行礼。福康安笑道："别忙着嘛！纪昀在北京在南京，反正不在枣庄，你就怕到这份儿上？谁人人前无人说，谁人背后不说人？心里苦恼，诉说一下也畅快些不是？方才赏你是打发你走，唱曲子钱另赏。你不想说，领了赏再去也成。人精子，过你屋再取五两银子来！"刘墉也笑，说道："忒过逾的小心了，纪昀大人当朝一品，官声还是不坏的，怎么和你家有瓜葛？——坐，坐坐！听了你们半天曲儿，还不知道你们姓甚名谁，说会子话，纪昀就吓得你们这样？"

那妇人叹了口气，坐了不言语，半晌，垂下泪来，说道："唉……小妇人姓李，娘家姓纪，也是献县景城人，论起辈数，纪大人该叫我一声十七姑的——只是亲戚远了，一富一穷一贵一贱，俗语说'三年不上门，是亲也不亲'，也就说不得了。"

"是，这话是至情实话。"刘墉顺着她的口气道，"我有个族叔，小时候儿待我真亲，家里煮一把茴香豆也忘不了给我留着，后来做了官，再见面，略一坐他就不耐烦，说'我这里应酬多，来的都是要紧人，别有事没事尽往我这里走动'……好没意思！"

李氏看了一眼刘墉，这几句话说得诚挚，不期自然拉近了和她的距离，叹息一声说道："这是我的妮子叫小菊儿。——说透了，也不是我们家和纪家闹生分，是我们李家族里和纪家打官司，闹得家破人亡，一个族，都散了……

"本来是件小事。纪家在献县是首富，有三百多顷地。我们李家也有一百多顷。地连沟连路连，你占我一耩，我犁你一铧，旱天浇水，雨天排涝争沟夺闸也就难免，两家都是有牌头有面子的大户，少不得有偏向自家佃户的事，素来不和气。

"去年秋收，我们侯陵屯村一家佃户姓姚的叫姚狗儿，上地割谷子。新产的骡驹子也跟着上地，忘了戴笼嘴，那畜生它懂什么？见挨边纪家苞谷长得青旺旺的，就闯进去啃青儿，咬断了十几棵玉米，踏倒了二十几棵。纪家佃户牛祥当时捉了那驹子，就送到了东家大院，叫纪二官人给他做主。"

福康安和刘墉便知事由此起，都是心中暗自嗟讶。福康安道："这事起因是姚狗儿的错，去赔个情说句话，把骡驹子领回来不就完了？"

"爷圣明！"李氏啜泣着拭泪道，"纪家大院比县衙门还威风排场。姚狗儿小户佃农，他不敢去，就回李家庄院跟东家李戴说，央求去人说情。李戴一听，说是小事，就派了个小管家去纪家。二官人纪旭一见就恼了，听他道了歉，红头涨脸说：'你们李家牲口不懂事，人也不懂事？回去告诉李戴，鼓乐吹打，带上花红彩礼来谢罪，我就放牲口，不然你休想！'

"李戴一听就知纪家要寻事，又万难照二官人说的办，面子上也实在难堪。他做过刑名师爷的人，心眼儿不少，又懂律条，思来量去，央了纪中堂蒙学老师孺爱老先生的侄儿及文雍过去说合。及文雍是个好人，也真出力，往来穿梭价跑了一个多月，那纪二官人牙关咬得紧，万两黄金不要，就要这个面子。及文雍调和不成，也就撒手不管了。这边李戴占住了理，就写状子告进了县衙……"

至此，案由已经明白，纪旭是无礼欺人在前，李戴也不是个省油的灯。福康安和刘墉几乎同时闪出一个念头——"不知纪晓岚知道家里这事不？"

福康安想问，刘墉已抢先问道："县里怎么判的？"

"有些事我也是听说的。"李氏说道，"只知道九月重阳过后，纪相爷到省里查图书，回了献县。河间府葛太尊、县里马润玉太爷都陪着回庄子上走了一遭……纪家大院披红挂彩，烟花爆竹，三天三夜满汉全席，热闹得开水锅价折腾……相爷回北京第二日，马太爷在县衙设筵，把二官人和李戴及文雍都请了去，当面和息。"福康安和刘墉都不禁点头，心中暗想：纪昀这般料理也还清明。"事情到此为止也还算好。"李氏哀声叹道，"谁知道李戴得理不让人，席上当面翻脸，说也要鼓乐吹打，花红彩礼把骡驹子送回来！再不然，要纪中堂一封亲笔道歉信也成！——爷们啊，这就成了僵局……

"马太爷没法，只好升堂问案。李戴自己就是靠打官司起家的，人家说他'唇如利剑、舌似钢刀'，顶得姓马的一愣一愣。连过几堂，李戴也激恼了，骂太爷是'混账狗官'，叫抓住了把柄，说他目无官长、咆哮公堂，当堂打四十板，在衙门口枷号三天，赔纪家玉米三升。

"李戴在献县是胳膊上走得马，体面排场响当当的人物。这一筋斗栽到底，丢尽了人。回来就卖地打官司，一级一级告到保定总督衙门，几个月里卖得只剩了宅院。他卖完了，诉上去的状子又批回了献县……

"马太爷推脱不掉，只得硬着头皮重新升堂。李戴连过几堂，堂堂都顶得他头晕脸白。最后一次过堂，马太爷也甚是温和，在手心里写了些字，说'李戴你……跪近些看……'

"李戴往前趴跪几步看那字，上头写得清楚四个字'官官相卫'！马太爷说：'看清白了吧？你还是撤诉认栽，你这官司打不赢……'李戴当堂就气晕了过去。夜里儿子去探监，他听说地卖出去转手都是姓纪的买了，又写状子叫儿子告御状，把三尺多长乌木烟袋杆一撅两截，喊了声'阳间没有天理王法，到阴曹地府我告你纪昀三状！'用烟袋杆楂顺口直捅进去……他儿子在栅栏外也一头撞晕死过去……"

这样阴惨悲凄的场景，李氏说得如目亲见。一阵哨风掠窗而过，案头的烛火不安地一晃，昏灯暗影中帘动帷摇，仿佛那个冤魂就在屋里倏去倏来，连刘墉这样问老了案子的也心里起瘆，福康安竟不自禁心里颤抖起来。良久，刘墉叹息一声，说道："这是两家强梁相遇，城门失火，池鱼遭殃。

你们是李家老佃户，地卖给姓纪的，纪家宁肯地荒了也不让你种，是的吧？"

"爷这话再明白不过。几百家佃户，但绰住个'李'字就夺佃……"李氏咽呜着说道，"穷不与富斗，富不与官争。李戴原也是乡里一霸，他犯了这个忌，倒运的还是我们小户人家……大腊月里，纪二官人庄丁们出来收房子，几十家子一个村都拆成白地。我男人公婆早死，儿子还小，纪家又不收留我。有什么法儿？幸亏他三婶子是自耕农，把儿子过继了去，也算有了个着落……我们乡里过社，小时候跟着舅舅拈场子配戏，会弹琵琶，就带着女儿逃荒出来了……"福康安却问："你说李戴死前叫他儿子告御状，他告了没有？"小菊在旁一哂，说道："你问李存忠？李戴死前跟他说：'你舍得下房里那囤黑豆，就能告出御状！'他回去扒开黑豆，里头藏的都是并州足纹，有两三万两，告状都花出去，他舍不得这钱；告状要去北京撞景阳钟，顺天府里过钉板，官司赢了也要流配三千里，他舍不得这身子。他家长工口里透出风，四里八乡才知道不是不告，是舍不得告。他现在绰号就叫'李舍爹'。"

几个人听了都是一笑。屋里阴森悲怆的气氛顿时缓和了不少。福康安从人精子手里取过银子掂掂，想了想，皱着眉头又掏腰间，有十几枚金瓜子儿，是和马二侉子下棋赢的，都掏了出来，想递给小菊，又转递给李氏，满脸老成说道："你们是良善百姓，不在乐籍，不要做这生涯了，不但受欺负，也要替你儿女将来出身作个打算吧！这点钱当然不够，明天——明天下午吧，你们再来一趟，我再帮你几两。就这里租间房，任是做个什么小生意，也比这行当儿强些。"

"谢爷的恩典！"李氏一声恸号双膝跪了下去，小菊伏地泥首叩头，泪流满面，一句话也说不出来，抖着手死命抠那楼板缝儿。

福康安也被自己的善行感动，眼圈红红地，摆着手道："去吧，去吧，别再说什么了。"待李氏母女退下去，才转脸对刚进来的黄富扬问道："见过这里青楼的把头了？没找你什么麻烦吧？"

"爷，他不敢！"黄富扬笑道，"青楼行虽然不在三教九流，也一样是江湖饭碗。他们尊的是管仲夫子的粉堂，粉堂老大是我的把兄弟，敬还来不及敬呢！倒是从他那知道了蔡七的踪迹，这事得赶紧回爷。"

福康安和刘墉几乎同时身子向前探了一下，像两只突然发现了老鼠的猫，直盯盯瞧着黄富扬。刘墉的嗓子压沉了，带着喑哑问道："蔡七在枣庄？有没有下落处？"黄富扬笑道："是哪个王八头闲话里套出来的，没奉两位爷指令，不敢深问……他现在就在隔壁，想请我吃酒。我说我是有主子的人，得过来请示——"福康安不等他说完，身子向后一仰靠了椅背，一挥手道："叫他过来！"

"是！"

"稍待。"刘墉止住了黄富扬，转脸问福康安，"要不要亮身份？"福康安道："他是这里的坐地虎，有家有业的，给他亮明了无碍。"

黄富扬答应着出去，顷刻便听楼板响，带着一个中年人进来。福康安看时，来人四十岁上下，青缎开气袍上套黑考绸团花褂，脖子上还吊着副水晶墨镜，方面阔口上留着修饰得极精致两绺八字髭须。一不留神，让人瞧着是哪个三家村的不第秀才童蒙先生，只头上一顶淡绿毡帽，那是他须得戴的……摘了帽子，咧口儿便笑，向二人打了个双膝长跪礼，说道："小人给二位爷道福金安！"

福刘二人都没料到这么个人竟是个尖嗓门儿，不禁相视一笑。福康安一笑即敛，问道："你叫什么名字？"

"回爷的话，小人叫揣继先。"那人满脸媚笑，怕听不明白，在手心里虚划几笔，瞄了一眼刘墉，说道，"揣，怀里揣个物件的'揣'……"福康安听也没听说过这个姓，便看刘墉。刘墉道："这是前明靖难之役，有一等犯罪为奴人家逃亡避难，改名换姓下来的后裔。'揣'字有'藏'的意思。——别的不问你，听说你知道蔡七的去向，说说看！"揣继先一怔，便看黄富扬，低眉顺眼说道："小人虽说操业不雅，也是知礼守法的人。回爷的话呐，小人从来没见过蔡七！"

黄富扬听刘墉拉开了官腔，便也摆了谱儿，昂身挺腰说道："继先，识相点子！上头是福大人刘大人在问话，是微服私访的钦差大臣，比你那戏里的八府巡按还要大些。你混江湖的人不知道黄天霸？不才就是黄天霸的第十三太保！岂不闻'破家县令，灭门令尹'？你想仔细了！"揣继先用惶惑的目光看看这个盯盯那个，嚅动着嘴唇欲言又止。福康安见他毕竟不相信。"啪"的一声连军机处关防信证带侍卫腰牌甩了过去，说道："不费那些口舌，猪牛犬羊自作主张!"

揣继先打开明黄包面的关防，又看了看那面狴犴衔顶，宝蓝托底，四面镶金写着满汉合璧文字"乾清门侍卫"的牌子，傻子做梦般晃倘了半步，双膝一软便匍匐在地，讷讷说道："小小小……人，也是听听听……听人闲说的，和黄爷吹……吹牛……这种事，小小小……小人怎么敢敢……敢招惹!"刘墉问道："你不敢招惹蔡七子是么?""是是是!"揣继先鸡啄米价叩头，"那那那……那是个杀人不眨眼的主主主……主儿!"

"所以你敢招惹我，以为我杀人眨眼么?"福康安冷冷说道，语气中带着不容置疑的轻蔑，"我喜欢滚汤泼老鼠，一死一窝儿!你不说实话，我把你枣庄大小王八一笼屉蒸熟了——问你个通同逆贼图谋不轨的罪，九族之内鸡犬不留!——富扬，你带我的腰牌去传他们县令来!"黄富扬取过腰牌关防，问道："你们县令叫什么名儿，住哪里?"揣继先这才信实了面前这两个年轻人真的是"八府巡按"，蓦地出了一身冷汗，期期艾艾说道："县太——令叫葛逢春，住住住……在征税所西院……"黄富扬点头去了。

"说吧!"刘墉干巴巴说道。

揣继先又磕了头，这才镇静了点，说道："这事端底也不详细，是群艳楼的鸨婆儿给我送护花月钱，闲话里透出来的，说蔡营新住了个有钱主儿，买房子买庄院，家里有一二百庄丁……"福康安插话问道："什么叫护花月钱?""回爷的话，"揣继先道，"行院里都是女的，有时免不了当地地棍痞子进去搅场子。还有打枣庄过往的官员大人们叫局子吃花酒睡堂子，怕招惹了本地巡捕局子，闹出来官箴不好听。这里五十多家明暗楼，每月初八给我送月份银子，武行打架交往斡旋，都由小的出面——"他没说完，福康安厌恶地一摆手道："你接着说蔡七!"

"是!"揣继先又磕头，接着说道，"我说蔡营离这里十几里，怎么护他?我管不到那地方儿!王鸨儿说人家给的银子多，一份子一百六十两呢，少不得请揣爷——不不，姓揣的多担待一点子……爷，寻常嫖客也就几两十几两银子打足了。我心里犯疑，问她，'他姓什么?什么来路?别是江洋大盗吧?'王鸨儿说，'说给爷听，我也犯疑呢——这家财主姓吕，有钱!有钱又不买地，他也从来不到楼上来，说叫堂子，去了又不听曲儿不叫局，每晚叫姑娘们去。十几个姑娘他们上五六十号人，喝了酒轮着弄，弄了一拨又一拨，打发银子就走。有时候不够弄，连我也都叫去，真的是那样儿！银子给的多，姑娘们这么着接客也受不了呀！再说——'"刘墉听他越说越下道，越说越顺口，斥喝一声道："拣着要紧的说！"揣继先忙改口道："我想这是什么人家？先头太湖水师在这驻扎一个棚，也是这调调儿，不给钱，各院每晚派人去陪军官，怎么他们就专叫群艳楼？就是葛太尊叫局，也不是这个做派呀！"他"啪"地扇自己一耳光，"小的又说走了，葛太尊没这事——问了她半天，她才悄悄说爷的疑心一点不错！我去那天晚上，几个庄丁喝醉了争女人，打起来，对骂里头露出来，有人红脖子涨脸说：'蔡黑七有什么了不起？改了姓吕就完了？大家现在难中，一律兄弟平等！好就好，不好老子就翻牌，叫刘统勋一锅全他妈烩了！'他没说完，上来几个人就地把他按倒，塞了一嘴麻胡桃①……我想想这事其实跟我不相干，对她说只管多挣他的银子，别的不打听不多口。敢情皇上要回銮，各处风紧，他来躲风头来了。小的就知道这么多……"

这么多已经是足够的了，只要王鹞儿的话靠了实，必是蔡七在此无疑！福康安沉吟了一下，问道："他那里到底有多少人？"揣继先挪动一下跪麻了的身子，说道："王鹞儿说有一百多，个个都身强力壮，有的能一连弄四回——"见刘墉脸又沉下来，忙住了口。福康安笑道："这里真是庙小妖气大，池浅王八多！依你方才说的，过往官员本地长官，个个都是烟花队里过日月，都要给你出'护花月钱'的了！"揣继先不敢回话，只提起掌来左右开弓"啪啪"，又甩自己两巴掌。

一时便听楼梯响，夹着黄富扬的说话声："请这边走，左手第二个门。"众人便知葛逢春来了，一阵细碎的脚步声，像是在外小跑的模样，帘子一动，进来一个人。刘墉看时，这人也甚是年轻，还不到三十岁，长得清秀伶俐，穿着半旧驼色湖绸背心，套了件石青坎肩，连帽子也没戴，一进门，极利落地给福康安打了个千儿，又给刘墉打千，接着竟双膝跪下向福康安磕了三个响头，说道："奴才葛逢春给少爷请安！并请老相爷老太太万福万全，寿比南山！"

他这一手官场规矩绝无仅有，几个人都不禁愕然相顾。福康安听他连

---

① 麻胡桃：用麻绳打的结。

父母的"安"都请，忙起身虚抬一下手，说道："这个礼不敢当！大人起来，请问阀阅——是汉军镶黄旗下的？"

"奴才是小葛子呀！"葛逢春又打千，起身赔笑向福康安道，"就是府后管仓库家什器皿老葛头的儿子！爷小时候儿常骑奴才身上'打马进军'的，有一回奴才捅您上树，我爹瞧见了鞭子抽我，您还——"他没说完福康安已经笑起来了："我想起来了，老葛头的儿子嘛！你老子跟我阿玛打过一枝花，上过黑查山，是有功奴才。放你出去当了个什么所的长吏，如今混出人模样了！"他笑顾刘墉，"这闹出一家人了——是我的家生子奴才……一家子七八百号人，我记不得你本名了——你坐下说话！"葛逢春嬉笑道："这个不敢遵命！奴才有六年没见少主子了，得站着侍候。这地方儿太杂乱了，像个鸡窝。爷是凤凰，怎么能在这将就？奴才斗胆请爷过征税所，专设接待过往官员的花厅，茶房书房琴房都有，还有个小花园子……嘿嘿……请我的爷和刘大人赏光！"

福康安也觉这里太嘈，木板房不隔音，不是说事的地方，遂起身说道："崇如，过了明路了，得在这里耽延几天。住这里恐怕不成，咱们去吧！"刘墉便也微笑着起身。那揣继先已看呆了，此时醒悟过来，紧着说："要不要叫几个孩子过去侍候？我挑顶尖儿的书寓学生，没开脸没接客的……准教爷们开心！"福康安停步说道："你两个留下，交代这个王八头儿，只要泄出去半个字，我炮烙了他——还有李氏，把骡子茶叶都卖了，明天来了赏她——这事人精子办，你完事就回去——婊子们不要来，姓揣的随叫随到——明白么？"

"明白！"黄富扬和人精子一齐躬身答道。

这里三人出店见街上店门口已经停着两辆轿车等候，福康安满意地点点头，却让刘墉乘前面的车，自上了第二辆，葛逢春自然跟了上去。

…………

征税所离着刘家"庆荣"并不远，只曲里拐弯的路径甚杂，待进了所里，又是胡乱扭曲一阵才到花厅。因天暗灯昏，这花厅外边什么模样都模糊不清。进来才知道是一通五间三明两暗的一座房子，花厅里几案椅桌都是红檀木精巧镂制，两架山水屏风墩在两个暗间门口，墙上字画远到国初熊赐履吴梅村，近至纪昀袁枚的都有，临窗还有一座落地大自鸣钟，还有各色盆景根雕装点，也都备极精巧。刘墉一进来就惊叹："呀！这么豪华的？比尹元长的总督衙门花厅还要阔！你县衙门花厅什么模样？"

"爷住西边这间，"葛逢春站在入门屏风边左手一让，"刘大人住东边。先进正厅吃茶，我已经让他们备饭，吃过再洗洗澡……爷们着实劳乏辛苦了！"福康安进厅，和刘墉安坐，接过丫头献上来的茶，说道："饭已经吃过了，挨会议完事我们要写折子写信，略预备点夜宵点心什么的就成。——这么座花厅得要多少钱哪！没有一万银子装饰不起来吧？你丰县人人都吃饱饭了么？我看街上穷人多得很的嘛！"葛逢春笑着亲自给他们拧热毛巾一人一方递上，口中解说道："县里哪有这么多钱！这征税所的人，是省往下派的，省县两头管。征来的税银县里只能留两成。本地梁家、崔家和宋家三大户，就吃地下这煤，所有这里七十二窑都是梁崔宋三家的。他们想把这里变成县治，所有公所都按比县衙大一成修造，都是他们兑银督造装修的。我衙里和这里比，就像咱们相府下人住的和老爷太太的正院，没法比！"

"唔……"福康安若有所思地靠向椅背，"原来是这样……这里的征税所、刑名所、驿站必定是想另设县治，你也想的是把丰县县治迁过来是吧？"

"这么大的事是得皇上点头的。"葛逢春收了毛巾又给二人续茶，小剪子替他二人将身边的烛花剪了，殷殷勤勤手足不停服侍着，笑吟道，"奴才的心思主子一猜就着！我在丰县已经三年任满，报的'卓异'考绩，升到府里这儿还归我管；升不了，还得求主子照应，这里革镇建县，就调我这边来当县令。"

刘墉看了一眼福康安，又看自鸣钟。福康安会意，舒了一口气，说道："这是闲话回头再说。叫他们回避，我们说正经差使。"

仆从侍女们退出去了。福康安命葛逢春靠近坐了，便说起蔡七的事："他是钦犯，刘延清老大人四下网罗遍天下寻他，想不到竟躲在枣庄。蔡七是一枝花的余党，里边或许还藏着台湾那个姓林的。逃了，是你的弥天大罪，顶子也保不住，升官更是休想，擒住也是弥天大功，别说知府，道台也是稳稳当当你一个！我们想听听你有什么主意。"刘墉问道："这事你事先知道一点蛛丝马迹不知？"

"卑职真的是一无所知!"葛逢春早已听得双目眈眈,两手僵硬地按着双膝,沉吟着道,"刑部只有一张海捕文书,我的官小,看不到邸报。只是听说蔡七逃到了安徽,又有风传说进了大别山——却敢情在这里?!枣庄这地方别看是个镇,鱼龙虾鳖百行杂处,就设县也是顶尖的繁缺,地下肥得往外冒油,地上三六九等人谁不来刮?蔡七在蔡营,他没作案,又有银子,谁管他的闲账?少主子这一说,奴才真的惊出一身汗来。怎么个调度法?请少主子和刘大人说了,我一切照办,我自然跟着办这案子!"

福康安双手紧攥着椅把手,皱眉盯着前案上的纱灯,目中幽光流移,半晌才道:"蔡营附近有没有山地?或是有别的能盘踞固守地方?"

"蔡营向北二十里就进蒙山,向西五十里能到微山湖,西北二里有座荒冢,上面有'田将军庙',香火不旺,据庙也能守……"

"明天给我地图!"

"是!"

福康安细白的手指揉捏着眉心,又问:"这附近四十里地内有没有旗下营兵,或者是汉军旗营?"

"回爷的话,没有!"葛逢春紧张得声音发颤,"丰县驻有一个棚的兵。……枣庄各衙的衙役集起来倒是有四百多,只是这些人除了要钱、欺负老百姓,什么也不会。用不得的!"

福康安一时没再问话,起身在屋里不停踱步,颀长的身影在几盏灯辉耀下,仿佛很多人影映在窗上来来去去,许久倏然转身,问刘墉:"崇如兄,你主持我主持?""当然是你主持!"刘墉想也不想就答道,"我参赞,我善后!"

"嗯,好!"福康安咬牙一笑,转身凑近葛逢春,眼中闪着阴狠的光,一字一顿说道,"听着,小葛子,不能用也得用!现在,头一条就是个'密'字,那个王八头儿,还有李氏娘母子,今晚就要监看起来,就这衙里软禁,对外随意捏个口实。第二——"他正说到紧要关头,忽然外间有脚步声说话声,便住了口,说道,"有人要见你,不要露我身份,就说是茶商。"便坐了回去,却对刘墉笑道:"呼伦贝尔遭雪灾,今年茶砖生意要触霉头……"刘墉只好搭讪,笑说:"不要紧的……越是雪灾,茶砖生意越好做……"

说话间来人已经进来，却是一身长随打扮，年纪很轻，眉目清秀得像个少妇，似笑不笑对葛逢春打个揖儿，只看了福刘二人一眼，对葛逢春道："老爷，广东那批货汪东家送来了，银子比原说的涨出了一百多两。太太说请老爷回去看货，账房里方先生说照单收，太太不依，一定要请您回去料理一下。"

"我这里正说生意，"葛逢春似乎有些不安，看看福康安，对那人道，"小张你先回去，好生照管汪先生，我今晚忙，明天回去。"

那个小张却不退下，放肆地看了看刘福二人，一笑说道："他们不就是茶商么？一篓子茶又值几个？汪东家明日要赶回丰县，还是请老爷回步。"说着将一张纸递过来。福康安就在他身边，凑近看时，上面写着：

> 白丝一百斤、黄丝五十斤、锦三十五匹、金锻十匹、二彩十八匹、五丝七丝八丝各二十五斤、天鹅绒三十丈、闪缎十八匹、领服二十领、马口铁七十八张、眼镜一百架、沉香三箱、麝香七十两、真珠英石五斤、蚺蛇胆十六瓶、端砚十八方……

什么"波罗蜜""玳瑁""槟榔子"诸多名类列了整整一大张。福康安见葛逢春双手抖动，脸色苍白，那个小张不卑不亢的也不像个奴才，有点不摸首尾，遂笑道："你先回去吧。我们再说几句，县老爷就回去了。"小张似乎有点不耐烦，也没说什么，打个揖又扬长而去。

"你这个长随好无礼！"刘墉说道，"竟敢慢客！他是怎的了？"福康安也道："我一看他就不是个东西！哪有这样和主子说话的奴才!？"

第二十二回　福康安逞威定家变　聚金银临机暂组兵

　　葛逢春像被人灌了一口醋，龇牙咧嘴苦笑着摇摇头，把那张纸甩在桌上，长叹一声："唉——总归是奴才无能，约束不了下人！别看奴才在这里是太爷，出门前呼后拥，迎客满面笑容，背地里思量，只好一绳子吊他娘的去了！这日子不叫人过的……"说着眼一红，几欲堕泪，忙定住了，凄着声气说道，"本来想等进京引见，回府见了老爷诉这苦情，请相爷给我个主张，少主子来也是一样——这样吧，这里把大事商量定，我回宅里敷衍一下。办完差使我给主子亮亮家丑！"他抬起头来，已是涕泪盈盈。

　　福康安猛地想起在庆荣酒店听的"葛太尊"家乱"端"一气的话，兴许人声嘈杂，把"太爷"听误了，啜着茶出了一会神，茶杯一蹾说道："这会子不说官话。我和崇如也是世交，你不妨简捷说说。谁知道你府里都养了些什么王八蛋，还做生意，又对你这样！不管什么事，爷替你担待了！——崇如你说？"刘墉爽然说道："那是自然！"

　　葛逢春离座，哆嗦着手给二人换茶，脸色变得异常苍白，小心坐回去颤声说道："先说奴才的罪……奴才上任并没有带家眷，就是方才来的那个杀才，是原任葛太尊荐来的跟班，他是本地人，说奴才跟前没个女人侍候，端茶递水料理衣服鞋袜的男人不行，就叫他老婆进房侍候。那女人模样儿长得标致，嘴也甜，人也很泼辣。大前年热天洗澡，她来侍候，奴才不合一时，一时，鬼迷心窍，就……就……"福康安笑道："别你妈的支支吾吾，你就睡了她了不是？他就凭这要挟你？"葛逢春摇头，说道："起先也没什么，他还说是他女人'有福'。后来枣庄西北又出了煤，这里梁家崔家宋家三家争那块荒地——我对天发誓，事前没接过他们一文钱——荒地无主当然我说了算，大约这张克家底下收了银子，一味说应该判给宋家。我欠着他的情，这事无可无不可，就依着他判了。事后我生日，宋家送了我二百四十两银子，我……也收了……后来皇上下旨要清理吏治，崔家梁家说宋家贩盐贩铜，和高国舅的案子又连到一处，在府里省里告我贪受贿赂。张克家拉了府里的汪师爷，又拉一群狐朋狗友上下替我打点，不但驳了崔梁两家，还给了我个'公明秉正'的考语。从此我就下不来贼船。他们几乎大小案子都要说人事，没有案子盼案子，打官司的越富越好。——老实说，我有这贼心没这贼胆。国法其实只是个虚幌子……我怕傅相爷的家法！临离家时傅相接见说，'但听你有贪贿的事，没有活命这一说，送你全家黑龙江给披甲人为奴！'因此我也和张克家约法，想发财别再指望打官司，你们做生意，打打我的招牌……防着再闹出事来，我把婆娘接来任上。谁知道他们没上没下，有恃无恐，连我夫人、上房里的丫头都……咳，说出来辱没祖宗，扫爷的脸……我但能在外头就不回家。一回家进门就头嗡嗡直响……"他说着已是潸然落泪，"这些话和谁说去？主子，您说，当个好人怎么这般的难……我又该怎么料理清白这身子……"

"别你娘的这副脓包势，你给我打起精神来！"福康安沉思一会，眼波一闪大笑道，"这事你早该写信回禀阿玛，不好意思，让吉保家的转禀我，我也不能叫我的奴才委屈戴着绿帽子当王八官儿！这事爷给你料理了。现在你听我说第二条，派你衙里得力的心腹，带我手谕去丰县，挑绿营精干兵士三百人，一律便衣，明晚酉时正赶到枣庄听我号令，营里的火枪鸟枪都带上，一要密二要快，误了我就行军法！"

"是！不过……三百人太少了吧？"

"不少，还有你这里衙门的人集起来有五百人，以有备打无备，依多胜少，打不赢我就该死了！"

刘墉没想到福康安这般雷厉风行说干就干，想说请调济南府军队策应，知会山东巡抚，话到口边又咽了回去。福康安像是回答他的疑问，端茶喝了一口，说道："这一仗不难打，一是机密，二是迅雷不及掩耳，不能惊动别的衙门——说不定他们自己就是贼！他们得了消息，蔡七也早他妈的逃了！小葛子，这边公所里有多少存银？""有三万吧？还有一万多散碎的，装了箱去镕库银，还没有运走。"葛逢春迷惑地看着福康安，"爷要用，得给府里打个条子。"

"都留下，军用，回头由兵部和户部扯皮。现在谁也不告诉！"福康安顿了一下，"要有一门炮那就更好了！"

"有的，爷！关帝庙门前就有一尊！"

"能打么？"

"能！那是前明唐王逃跑时丢下的。年年关帝生日，月月社日都放炮打彩儿的。"

福康安右拳击左掌，眼中异彩熠然一闪，孩子气地咧嘴一笑，郑重说道："准备十八头健骡，叫衙役们扎一辆炮车，也是明晚酉时准备好！"

"爷，这个嘛……"葛逢春不安地嗫嚅道，"扎炮车要买木料、请木匠，衙门里头折腾，难免走风的，不如用煤车，有做得好的征三辆，用一备二，又省工又省力还不张扬。一辆好煤车能拉五千斤，那炮上铸的字只有三千斤，松松快快就拉走了。"

福康安嘿嘿一笑，大大伸展了一下四肢，对葛逢春道："叫你的人找一张地图来放这里。我到你家走一遭。带几个衙役一道儿去！——崇如，你就留这里，把事由写个夹片记录。我去去就回，参酌着写出奏折，火急发给你家老爷子！"刘墉笑道："他那家务忙什么？这里十万火急，你去和奴才的奴才怄气！"

"不能修身齐家，何以治国平天下？"福康安道，"过一会姓张的再来催，你烦人不烦？人精子留下，富扬跟我来——"说着就穿褙子，戴了顶瓜皮帽，又黑又粗的辫子向脑后一甩，"咱们走！"

这里葛逢春出去叫人送地图，就所里值巡衙役点了二十几号人出了衙门。此时已过亥初时牌，还在打初更梆声，街上行人已经甚是稀落。乍从温煦和暖的房间出来，但见天街繁星密布，衢巷灯火阑珊，歌楼侑酒曲声缥缈，凉风飒然沁人心肺。衙役们不知这个年轻人什么来头，也不知这位太爷亲自领队回家是什么意思，一路都默不做声。转出十字口向西，福康安才辨清了方位，原来和庆荣酒店隔着只有半里左右。眼前一座倒厦门，门前挂着米黄纱灯，写着"丰县正堂知令葛"七个字，便知已经到了。福康安张了张，门紧闭着，连个守门的也没有，一拽过葛逢春，叫过黄富扬，问道："逢春，心疼你老婆不心疼？"葛逢春应声答道："不心疼！"福康安道："那就好！你给他们亮牌子，就说我是相府管家，叫他们听我的——富扬，我叫拿人你们拿，我叫打，别犯嘀咕，给我照死里揍，今晚给小葛子出气！"葛逢春答应一声就过去传令。饶是黄富扬一辈子见多识广，没见过福康安这般哥儿行事，笑道："遵爷的令！跟爷办事真爽利痛快！"一时便听众衙役们也是一阵兴奋的鼓噪。福康安看看表，脸上毫无表情，指定了门，说道："逢春，敲门！"

葛逢春不知积了多少日子的恶气，今日有恃无恐，上去把铺首衔环拍得一阵山响，连喊："我回来了！门上的人都死绝了么？你们叫我回来，回来连个迎门的都没有，这是什么规矩？"一时便听里头踢踏踢踏不紧不慢的脚步声，福康安示意衙役们留在门外，听那人口中不三不四说道："老爷自己回迟了，怨我们么？爷消消气，汪老先生也等得不耐烦了呢！"说着，门"吱呀"一开，开门的正是那个张克家，他一眼看见福康安和黄富扬，怔了一下，问道："你们怎么也跟来了？"

"是你们老爷请的我！好一个撒野的奴才，上下尊卑都不分了！"福康安勃然大怒，一把扯开葛逢春，抡圆了臂一个漏风巴掌打了个满脸花，"妈的！小爷今天专门来调教你们！"

那张克家天灵盖上挨了这么一下，满头满眼火星直冒，就地打了个磨旋儿，叫道："怎么抬手就打人？怎么抬手就打人？就是老爷也得讲理……"他没说完，黄富扬笑嘻嘻上去，搠了他下巴一下又在肩上捏了两把。张克家两臂下颔顿时脱了臼。两条胳膊耷拉下来，口中兀自呜呜直叫，便听东屋一个老头子声气咳嗽着问："是怎么的了？来了劫贼么？"上房也听隐隐有女眷声音叫喊："来人啊！有劫贼！护住上房！"三个人已经闯进院子，葛逢春见家人们打着灯笼拥过来，边走边道："是我！你们敢怎样？"

他在家从来就是个受气包，身心都没有伸展过，今夜突然发威，回来就打人，说话胆粗气壮，家里十几个长随，七八个婢女有的持灯站在天井，有的在上房廊下僵立，仿佛不认识自己的这位东家一般，张皇着不知该怎么办。东厢是账房，一个管账的扶着个五十多岁的老头子出来，老头子从花镜底下翻眼看看葛逢春，说道："太爷，您今个儿是怎的了？"上房里一阵响动，一个打扮得妖妖冶冶的少妇似乎摔了什么东西，穿着撒花绸裤，一手掠鬓一手扣着项前纽子大步出来当门而立，叉了腰，星眸含怒，柳眉倒竖，瞪着他三人，恶狠狠说道："你怎么了？有了什么撑腰子的了？叫你回来看货，你看现在都什么时分了？你敢情是和他们喝醉了酒，再不然就是犯了痰气！——这两个是干什么的，半夜三更来有什么事？"

"好泼妇！"福康安怒极反笑，拾级上阶，一把推开那女人，昂然入室，居中坐下，铁青着脸道，"我听说这里是个男盗女娼的王八窝儿，想王八汤喝！也想看看你和张克家主奴通奸是什么光景！"葛逢春见他坐，忙献上一杯茶，福康安一把就把杯子打落在地，"我就是贩茶的，有的是茶！"

那葛氏浑如做梦，摇了摇头又掐了一把脸，看看丈夫又瞧瞧这两个不速之客。她施威作福惯了的人，见这二人打扮，无论如何没有个"来头"想法，认定了是丈夫的狐朋狗友嘡醉了来替丈夫出气，戳指就骂："你家才是王八窝，一看你就是个小杂种！老娘跟谁睡与你什么相干？娘那个屄的，怎么个睡法，回去问你妈！"

"好，好！你骂得爷好！"福康安咬牙切齿，格格一阵冷笑，对葛逢春道，"我竟不知这家姓葛还是姓张王李赵了！你早就该把这窝拆了，也能做个清白好官——你说怎么办？拾掇不了这群混蛋，把我姓名倒起写！"葛逢春郁怒已久，一发不可遏，指指账房先生，又指指垂着胳臂进来的张克家，最后指定了葛氏，答道："丰县十几万百姓，都知道我是戴绿头巾的好官。杀了这个淫贱材儿，我的头巾就没了。"

葛氏冷笑一声，反唇相讥："你是好官？收没收过宋家银子？黄家、宋家、夏家、崔家的钱收没收过？汪老先生，上回你送他多少冰敬？家里有老婆，你外头叫堂子，以为我不知道！"她突然扬颌对账房先生命道，"赵德祥！把那个本本儿拿给他看！"那管家"哎"地答应一声，快步出去，转眼便取过一本小册子，双手捧给葛氏，葛氏隔几步远甩给了葛逢春，说道："你不拿我当妻，我也不认你这丈夫！这本子递到上头，你就预备着进号子里去吧！"那个汪老先生起先疑心来人有"根子"，见葛逢春脸上慌乱尴尬，顿时放了心，捋须兀立，换了一副有恃无恐模样，说道："我和尊夫人是生意来往，大人和上司是乌纱帽来往！今儿这事，我老头子看，还是私了为——"他"好"字没出口，福康安已经夹手抽过那个本子，捏在手里看也不看，抖蓬松了。就在烛上燃着了。葛氏"嘻"地一哂，说道："你还是个雏儿！抄本——那是抄本，还有几本藏着呢！你是什么人？夜入官宅欺门霸户，没有王法了吗？姓葛的，今儿到这地步，明儿咱们济南臬司衙门见——你们两个给我走人！"

"到现在你才想起'王法'二字？"福康安也是嘻地一笑，眼中凶光四射。刹那间，黄富扬觉得他一点也不像十五六岁的少年，老成里带着威严狰狞，激得他心里一凛。福康安道，"《大清律》三千条，你一条也不懂。你'七出'之条皆犯，一纸休书你就变得娼妓不如。挟官贪婪戕害百姓，你是民贼。你问我是谁？你不配，我是葛逢春的满洲主子！"他重重地向案上一拳击去，杯儿盏儿茶叶筒儿脂粉盒儿香露水瓶儿跳起老高，叮叮当当一阵响。福康安霍地站起，满庭的人听他咆哮："我是万岁爷驾前侍卫！是二等车骑校尉！是镶黄旗掌纛旗主！我——专踹各种王八窝儿！我——宰了你这没主子没王法的淫贱婆娘……"

所有的人都被暴怒的福康安吓呆了，满庭里外三十来号人，个个面如土色。福康安指定张克家，喝命："黄富扬，一个窝心脚，踹不死他我就不要你了！"端起杯子运足了气，"砰"的一声砸向葛氏，葛氏"扑通"一声摔倒在地，已是脑浆迸裂，鲜血汩汩淌出。黄富扬箭步飞身出去，空中一个翻跃，使出他的看家武功"剪脚踏飞燕"，运了十足的力当胸一脚，可怜张克家两手被捆，站着生受了这一招，从胸到口鲜血狂涌而出，两只眼白翻出去，"砰"地侧身倒地，两条腿略一颤，直伸出去，连哼也没哼出一声，眼见是从此不活了。福康安"啪"地鼓了一声掌，像是出了一口恶气，舒缓地甩了一下手，从容坐回椅中，竟是闲暇得像刚从戏园子里回来，端茶呷了一口，说道："家奴欺主，我三叔家处置这种奴才是架炭火烤焦了的。呸！今日还有要紧事，没工夫慢慢消遣他们！"

他两人当众行凶，出手如电，顷刻之间横尸于地。福康安满脸阴笑，对众人道："你们可以查查律条，看我杀他们有罪没有？"众人原本站着，不知是谁吓得身子一软跪了下去，接着扑扑腾腾，连那位汪老先生、账房都趴了下去，一个个语不成声没口价告饶求命。福康安转脸又问葛逢春："还有哪个该死的？趁我在，你说，我替你料理！"

葛逢春也被方才的凶杀吓蒙了，两手紧握椅背，出了一身冷汗，看着一大片人伏跪在地，股栗战栗惊骇欲绝，良久才定住了神，忙说道："其余的人罪不至死，奴才能收拾他们。还要指他们清账盘账，他们做生意的余银，得交库的……"

"这是正理。把这两块臭肉拖出去，找一口薄皮棺材塞进去埋了！"福康安指着尸体道，又对账房先生说，"由你办后事！从现在起府里不接客人，外头有衙役轮流看守，出一个拿一个！一切等你们主子回来处置！——听见了没有？你们！"

"听……见……了……"

"没吃饭？"

"听见了！"

福康安一笑起身，对黄葛二人道："咱们回衙门去，这里味儿不好……走吧！"

回到征税所花厅，在院外便听里边自鸣钟悠扬撞响，福康安边走边笑说道："总共也就半个时辰，什么事也不耽误。"人精子早已挑帘迎他们入来。却见刘墉还在伏案写信，旁边案上展着一张地图。福康安倒不觉什么，端茶就喝，侧身看刘墉写字，葛逢春和黄富扬却是惊魂未定，小心得有点像怕落入陷阱里的野兽，惶顾左右有隔世重回之感。刘墉搁笔搓手，笑道："夹片、信还有发总督、巡抚衙门的咨文都写好了，得我们两人合钤印信再发——你两个怎么了，怎么都是一脸怔忪？受惊了？"

"没什么，小葛子他女人，还有方才那个姓张的，我都宰了。"福康安笑道，"给小葛子去去后顾之忧……"说着双手平展地图，凑上去看。

刘墉一下子睁圆了眼："杀了?！"

"嗯，杀了。"

"就是方才？"

刘墉用难以置信的神情看着他们三人。葛逢春和黄富扬两人的脸色、眼神，就像一篇一目了然的公文，什么都写得明明白白。他打心底里泛上一股寒意，打个噤儿问道："是怎么一回事？"黄富扬看一眼正在审量地图的这位贵公子，心有余悸地一长一短把经过说了，不敢饶舌不敢评价，不枝不蔓说完，刘墉已经怔住，结巴着道："这，这也忒仓猝的了……"看地图的福康安知道不安慰住这些人没法议事，将图一放，手指点了一下桌面，问葛逢春："你后悔了？"

"奴才不后悔！"葛逢春道，"奴才有点受惊，又夹着点迷糊，心里松快，又像有什么不妥，不知道方才花厅里的葛逢春和现在的葛逢春，哪个是真葛逢春，奴才是个猪脑子，这会子还在呓怔……"

福康安哈哈大笑，说道："这话有点禅味，又有点庄子梦蝶。《红楼梦》所谓'真是假时假亦真，无为有处有还无'，佛说杀人，是名杀人即非杀人！"又郑重地对刘墉说道，"我傅家以军法治府，将他们正法不违家规。奴才欺主主杀奴，不犯国法。他们那样拆烂污，逼着我的奴才当赃官，我不杀他杀谁？"顿了一下，声音变得深沉悠远，"阿玛在府里也杀过人的，只为他敲诈了请求接见的官员。皇上和阿玛都反复给我说，做什么事，想什么事，想定了的事不犹豫。现在最大的事是蔡七！我们要像处置张克家和葛氏这一伙一样，猝不及防，事至不疑，快刀一割不留后患！别再想这件事了，我负责嘛——来，看地图！我看从蔡庄到微山湖到蒙山龟顶峰，是蔡七的两条逃路，叫官军直插截断才行，恐怕还要有点疑兵计……"

几个人都凑近了去看图，听他解说攻剿蔡营方略计划。指指点点间，众人一颗忐忑不安的心都渐次稳住，移到军事上，你一言我一语插话补充，直到丑正时牌决议定下才各自安歇。刘墉睡不着，曲肱而卧双眸炯炯，隔着几间房，犹自听福康安呼呼大睡之声。

福康安这次调度剿匪真的是机密神速汤水不漏，酉时初牌，着揣继先召来艳春楼老鸨，问明了蔡黑七今晚照旧要女人，当即展出蔡营房舍地图，一一用朱笔圈了，吩咐道："把堂子里的妓女都叫到衙门，由衙门派轿送去蔡营，专门给官军衙门带路指门认人。"立拨两千两银子赏了揣继先，"事后分发给艳春楼"。便见刘墉和葛逢春联袂而入，都是脸绷得铁青。福康安打发那两个男女出去，命人掌灯，问道："都来了？"

"都来了，连行刑房十个刽子手，一共一百九十八名。"葛逢春道。

"怎么通知的？"

"说衙门要召开会议，清理枣庄各矿的野鸡。"

福康安一笑，又问："有没有老弱的？"

"这是选过的，一个一个都是我的心腹小刁子亲自通知。老弱的有病的一概不要。"

"炮呢？"

"炮车停在庙门口，混在一串煤车里头，装车就走。共是三辆，路上车坏了立刻换车。"

刘墉在旁说道:"丰县大营来的管带我见过了,已经按你的方略布置下去,枣庄放烟花,他们就进位置……"他虽然办过不计其数的案子,遣兵攻剿动用兵马还是头一遭,兴奋里夹着紧张,说话的声音都有点变调儿,迟疑了一下又道:"这么打,恐怕要伤不少蔡营百姓。"

福康安闭目沉思道:"覆巢之下岂有完卵?逃了蔡七伤害朝廷,也要伤害更多百姓——这是善后的事,现在不想。"他矍然开目起身佩剑,将一顶红绒结顶,镶着明黄边的帽子戴上,小心用手理了一下腰间的卧龙带,"走,我们去接见,下令行动!"

会场就设在公所正院天井里,大门紧封,院里各房一律没有点灯,只有议事厅阶前桌子上摆着两支蜡烛。近二百衙役从没有见过这种阵势,都预感要有什么大事,黑鸦鸦一片齐整站立,连咳痰也都小心翼翼。一片寂静中,福康安刘墉并肩在前,侧旁葛逢春相陪,黄富扬人精子都是气宇轩昂按刀随行,脚步囊囊步进天井。本来就岑寂的院落一下子变得一片肃穆森严。见葛逢春当案立定,众衙役一齐打下千儿:"给葛太爷请安!"

"诸位请起!"葛逢春双手据案,烛光从下往上照,嘴脸倒影显得异样可怖,沙哑着嗓子说道,"今晚有特大案子要破!我不多说什么。现在向大家介绍:这位是太子少傅刘公讳墉大人;这位是乾清门侍卫,我葛逢春的主子爷福康安。他们是万岁爷钦点巡阅使,也就是钦差大臣,有先斩后奏之权!"说罢一回身"啪啪"打了马蹄袖,双膝跪下叩头,"请二位大人,请主子训话!"说罢,起身侍立在侧。

刘墉向福康安一点头,向前跨出一步,黑红的脸膛在灯下闪着釉面一样的光彩,嗓音沉浊浑厚,说道:"朝廷严旨捕拿的一枝花余党、惯匪蔡七,就隐藏在枣庄近邻的蔡营,今晚要一举捕拿……"他这句话一出,衙役们便是一阵不安的骚动。刘墉双手虚按,众人又静了下来,"军事上布置,由福大人全权主持,从现在起,你们是野战编伍。这是我说的第一条。第二,丰县大堂军队已经秘密开到,北路东路通蒙山道路已经封锁。我们是南路,由我们主攻。务必将这一百多名土匪一网打尽,务必将蔡七缉拿到案!第三,要有军纪,尽量少伤无辜良民,趁火打劫豪夺民财、奸宿民妇者,格杀勿论!窝藏匪盗人家,拒不投诚的,一律格杀!现在请福大人训示!"

"我已经杀掉了葛太爷的女人和一个长随。"福康安跨前一步，按剑说道，"因为他们通匪！你们葛县令早有举发，他大义灭亲，举发有功！"他顿了一下，冷冷扫视着目瞪口呆的众人，又道："敌人，不到二百。丰县大营出动三千，断路合围。可以说蔡营现在连只耗子也跑不出去。你们葛县令是个有为有守有志有节的好官，特地请命为前锋主攻，也是想给诸位挣一份功劳的意思。这个意思好不好呢？"

"好！"

"不像军队！重说——好不好？"

"好！！"

福康安"嗯"了一声，头一偏命令道："抬上来！"

众人觑眼看时，先是两个人抬着个端饭用的条盘，条盘中并排放着葛氏和张克家两颗人头，葛氏不论，张克家是衙门里人人相熟的，如今一片血肉模糊放在案上，死人眼瞪得溜圆，煞是吓人。

"我在棺材铺定了二百口棺材！这一仗打坏了，就照这样子每人一口，军无戏言！"福康安又开始游走踱步，"狭路相逢勇者胜，只要胆大敢杀人，此战必胜！"他嘴一努，人头已被撤下去，接着又抬上来两盘，上面盖着红绸，却不知是什么物事。福康安一把将绸布扯掉扔了，灯烛下只见两个盘子里新包的饺子样密行排列，都是锃明锃亮白花花光灼灼的台州银元宝，晶晶莹莹闪闪烁烁耀人眼目。衙役们一下子都直了眼，一片窃窃私议：

"呀，银子！"

"这么多的……"

"是九或七八大的足纹，啧啧！"

福康安格格一笑，说道："大家眼力不错。这是银子，干干净净的库银，是发给大家壮行色的，每人五十两，是你们跟我福康安一夜的卖命钱。战胜回来，每人还有一百两赏银。生擒蔡七者一千两，中等头目五百两，每个俘虏再加一百两。阵亡伤残按军功条例加倍赏银，勒石铸名立在县衙门内！我不心疼银子，你们心疼命不心疼？"

"不心疼！！！"

"好得很嘛，这才像个生力军模样！"福康安说道，"发银子，每人一份！每人二斤熟牛肉、半斤酒、一葫芦水——"他看着表，"限三袋烟时间分发完毕!"

半刻时辰之后，这群人已被鼓动得满心杀机，从头到脚裹扎得利利索索，佩刀快鞋装备停当。福康安一把撤掉桌上蜡烛，喝命："开拔!"二百余人都从公所后门列队出发，暗夜里，如一条蜿蜒游行的黑蛇直趋北方。关帝庙的大炮已经装车，黑魆魆地停在路上等着，还有两辆放着绳索镣铐木枷火把诸类杂物，略一接头毫不滞留，待到蔡营村口约百步之遥，约莫也就用了半个时辰。福康安相了一块高地，一边命人迅速架炮，一边问："艳春楼的鸨儿来了没有?"

说话间人精子已带过一个女人来。刘墉不等她说话，劈头便问："蔡七住的胡家大院，在哪个位置?"

"回回回……老爷!"那女人像得了鸡爪疯似的抖着手指定村东一个院落，"就就是那那那个院子……"福康安想了想村落地图，点点头，喝命："对准那院子，用石头加固，填炮弹装药——第一炮一定给我打中那院子，三炮之内轰坍他的院墙!"那鸨儿一下子唬得瘫跪在地，连连求告："大大大老爷……手下超生……我我我还有有有十几个孩子在在在里头……"福康安道："你给我噤声! 毁你多少赔多少，再敢叫嚷立地正法了你!"

刘墉在旁扯扯福康安衣襟，下坡到背风地里说道："是不是先喊话让他们投诚，然后再攻? 里边还有二百多户人家。"福康安在暗中看不清脸色，沉吟了一会，说道："待会儿这边点火，枣庄放烟花，北边军队点火把合围。没有安排先喊话，还是让我的大炮先说话吧! 蔡七在这里窝藏几个月，庄里人要不受他的银子，怎么会连点风声都不露出来? ——大炮响后，让葛逢春喊话，让良民协助拿贼!"一边回头问，"炮架好了没有?"上边人回说："架好了! 一炮打不中这贼窝子，爷您宰了我!"

福康安晃着火折子看看表，仰天遥望满天星斗。这真是个晴朗得再不能晴朗的夜了，整个天穹像涂了一层淡墨的青石，密密麻麻连连缀缀的繁星中斜亘着霭雾一样的银河，灼亮幽暗不一的星星互应着无声眨眼。近处荒野垓冢上的春草影影绰绰，在料峭的风中时起时伏。叶片被星光镀了一层几乎看不见的银辉。只有北边远处高低错落的蒙山冈峦余脉，那一大片黑沉沉死寂寂的村落压卧在地下，显得有点阴森。福康安道："还有一刻。我心里也不安呢! 阿玛说，打仗最叫人心烦着急的就是这时分了。北边不知布置行动得怎么样了，他们放三颗起火预告，手令里写过的嘛……"

"四爷四爷!"站在坡腰的人精子突然兴奋地大叫，"起火了，北边的起火了!"

福康安、刘墉浑身抖擞，几步攀上炮位，果见北边三个殷红的点，第一个在下落熄灭，第二颗也在顶点抛下，第三点甚是明亮，悠悠然，上升得很慢了。福康安刚说了句"点火通知枣庄"，但听枣庄方向疾雷般轰鸣一声，没有起烟花，倒像是响了一声闷雷，接着一团极亮的火光传来，暗夜里远远看去，像是谁家失火了的光景。刘墉一阵慌乱，连问："这是怎么回事？这是怎么回事？"福康安大声喝命："把篝火给我点起!"三堆泼满了油的篝火轰地燃起，暗红的火焰一冲丈余。几乎同时，枣庄上空一个"福寿万年"、一个"天罗地网"、一个"桃花春艳"，三筒烟花齐升而起，顿时满天异彩缤纷。

葛逢春手搭凉棚还在看枣庄方向方才那起火爆炸人家，说道："像是谁家炸煤开石的火药铺子失火了……"

"胡说八道!"福康安骂道，"这是枣庄蔡七的眼线知觉了，给蔡七报信!"说着就上坡。刘墉说道："一点不错，事情稍不机密，今晚又完了!"便就跟上。

此时蔡营里已一片混乱，鸡鸣狗吠间夹着大人叫小孩哭。几面铜锣筛得山响，参差不齐的声音高叫：

"有贼有强盗劫庄子了! 男人们操家伙……"

福康安站在高坡顶，闷声喝道："开炮!"

第二十三回　少将军俄顷擒渠魁
　　　　　　老官囊巧机两逢源

"喳！"

那炮手答应一声，晃火折子便燃炮捻儿，坡顶风大，几次才点燃了。只听"轰"的一声巨响，炮口一串火光夹着铅弹直喷出去，竟是准头极佳，胡家大院正房中弹！房顶被掀起半边，却没有起火，紫霭一样灰蒙蒙的尘雾泛起老高。福康安兴奋得大叫一声："好！——再装药轰它！"话未说完，又见东西北方向的官军一齐点亮了火把。刘墉登高瞭望，半环形的一座火林向蔡营缓缓压去，足有五六千火把模样，密密麻麻繁繁点点往复错杂，号角鼙鼓之声此呼彼应，声势异常浩大。正想问福康安，"轰"地第二炮又响。这一炮装药太足，直如平地一个暴雷，炮身后坐力蹬得土坡地震般簌簌颤抖，胡家大院的柴垛都燃着了，坍塌的院墙里只见人影幢幢，吆喝着什么，提着刀乱窜。

此刻庄中已经大乱，筛锣的大概也扔掉家伙跑了。鸡飞狗跳中，大人叫小孩哭嘈杂乱嚷，星光下依稀能见人影从庄中逃出躲避。有一个人慌里慌张，竟似喝醉了酒，居然逃到南边，刚过坎便被两个衙役就窝儿按住，有人高兴地大叫，"奶奶的，还带着刀！不知道值多少银子?!"刘墉看看兀立不动的福康安，问道："要不要带过来审问?"

"不要！"福康安喝令，"装药准备放炮——火把点起。葛逢春喊话，叫蔡营良民一律到麦场摆队集合，叫里正甲长出来答应！"想想，又补了一句，"只许点两支火把，有逃过来的贼就照方才那样给我拿下！"

两支火把燃起来了，浇足了油，烧得噼喇作响，煞是明亮。葛逢春身穿五蟒四爪官袍，套着鸂鶒补服，素金顶顶戴立在中间，衙役们手卷喇叭筒齐声大叫："蔡营的人听县太爷训示！"连着喊了几声，蔡营方向由南及北渐次安静下来，黑黢黢的一片岑寂，只是犬吠之声仍自遥遥叫嚣。

"父老乡亲们——官军七千人马已经包围了蔡营，你们受惊了！"葛逢春憋足了中气，不疾不徐喊道，"住在胡家大院，还有散居民舍的那些外来人，是朝廷严旨捕拿的巨寇大盗，钦命要犯蔡七一伙！你们看，四面官军合击，蔡营围得铁桶一样，贼人是一个也逃不脱的！现在大军马上要进村搜剿，为防误伤良民，所有原籍蔡营的人，统统到西场集合，暂居蔡营的，无论注过户籍没有，统统到东场集合，以便甄别索缉。你们的村长留下维持秩序，里正立刻过来随同进营！"衙役们跟着呼唱道："蔡德明留下，蔡德昌过来——听见了没有——回话！"

对面营里似乎七嘴八舌议论一阵，便听吆呼："德昌——德昌——官军叫你——你在哪里！""你他妈的躲哪去了？""德昌叔——""小昌子……"乱喊一气，有个嗓门特大的吼道："我是德明！——德昌你个狗娘养的躲哪了？"

"我已经过来了！"突然近在身边有人大喊道，"我就在县太爷身边！"

这一嗓子吼得连福康安都吓了一跳。黄富扬一愣，才晓得是方才衙役们擒住的那一位，不禁又好气又好笑，几步过去，将绑得米粽似的蔡德昌提过来，割断了绳子"啪"地就是一记耳光："我操你姥姥的！怎么早不言声？"葛逢春怒喝一声："王八蛋，村里有事，你打头先跑！"

"我……"火把下蔡德昌伏地叩头，满身都是灰土草节儿，结结巴巴道，"我蒙了……以为是强人劫营子，我出来奔枣庄报信儿……"

"没工夫给你扯淡！"福康安喝道，"你回营去，照葛县令指令办事，叫那个什么德明过来！听着——"他咬着牙格格笑道，"一顿饭时辰你要把人集合起来，集不起来，我就洗了这个村子！"照蔡德昌屁股一脚，"滚！"

蔡德昌连滚带爬返回了蔡营。一时便闻对面大锣又筛起，叫喊葛逢春的指令。"有不遵令的……格杀勿论，鸡犬不留……"村里又复嘈杂。一时又见蔡德明过来。刘墉和福康安详细询问，知道蔡七一群人和艳春楼的女人们都在营里，才放下心来。福康安吁了一口气，觉得脊背森凉，原也是出了一身汗，若是营里无贼，这个祸就闯得大了！

约莫多半顿饭辰光，筛锣声停了，东场西场都点起篝火，接着便听蔡德昌上气不接下气喊着跑过来，"爷们……都照吩咐办了。"

"一群乌合之众！"福康安笑道，口气里略略带点扫兴，"大炮，真是好物件——两炮轰出去，他们就散了！"顿了一下，又道，"这里留五十个人，至少点三百支火把守护，有单独逃出来的，见一个拿一个。放三支起火……绿色的，告知旗营原地待命，这一百五十人跟我们进营搜索，只管满村吆喝，让他们聚不成团儿，等到天明大军进营里外搜捕！唉……这仗打得没味儿……"

…………

搜捕几乎没有受到一点抵抗，福康安这一仗打得真是异样干净利落。蔡七和这股子山东土匪都毫无野战经验，且又人心不齐，逃进蔡营这三不管地面原是躲避"乾隆爷回銮"的权宜之计，大炮一轰，全都发蒙了，多数的逃到野外钻树丛子爬垄沟，有的找空房子钻碾盘有的混进"良民"堆里装客商，只有两个土匪劫持了村北一户人家踞房坚守，喊了两句"投降不死，不降点天灯"，也就伏首就擒。混人堆儿的禁不住那些妓女指认。倒是搜捕蔡七，颇费了点事儿，他躲进一口报废了的煤井里，伤了两个衙役。衙役们有办法，架上柴充上辣椒胡椒点着了，用风斗足足鼓了一个时辰，拖出来已经是半死了。福康安一听捉到蔡七，拉了刘墉便走："叫葛逢春在这料理。所有人犯串串儿在枣庄示众。——富扬、人精子，咱们走！"

一行四人解骖乘骡返回枣庄，恰是辰正时牌。此时阖镇商贾百姓早已轰动，万头攒动聚在镇北翘首北望，将镇口官道挤得水泄不通。济宁府知府葛孝化率同知、教谕，丰县县丞、训导通夜不息快马赶来，还有驻丰县绿营管带，把总等几个武官，都是官袍靴帽鲜明迎在道口，枣庄缙绅富豪梁氏崔氏宋氏为首，已在镇口搭起彩棚，香花醴酒鼓乐吹打，比赛社火还要热闹十倍。眼见他四人由二十几个衙役簇拥着远远过来，彩棚里有人高叫一声，"钦差大人得胜归驾，燃炮啰！"顿时，十挂万响爆竹齐鸣，竟似猛雨般响成一片。县丞指挥着衙役拼命推挤渐渐合拢的人胡同，忙得满颊热汗。刘墉在骡上遥看如此风光，忙勒缰退后让福康安居前。福康安笑道："你是正我为辅嘛。别那么小样儿。往前些，我稍后，并辔齐驱！"刘墉这才稍稍向前，仍是和福康安错后一步"并辔"徐行。此时葛逢春率众衙役押着近二百土匪俘虏也远远出现在地平线上。衙役们一个个精神抖擞，威风凛凛提刀夹行监行，土匪们绳捆索绑铁锁银铛串成串儿蹒跚而行。蔡七半晕半醒戴着柞木硬枷，项插亡命旗歪在骡车里，颠簸着逶迤渐近。人们越发鼓噪涌动，不知谁高声喊道："好——乾隆老佛爷万岁！万万岁！"顿时响起一片此起彼伏参差不齐的呼应声……

须臾鞭炮声止，鼓吹细乐声中刘福二人缓缓下骑。葛孝化率一众官员打袖撩袍跪叩下去，众缙绅也都跪下，不知不觉间，上万的人安静下来，竟都长跪在地。葛孝化为首说道："卑职等恭迎二位钦差，给福大人刘大人请安！恭贺二位大人全胜凯旋！"

"妈的个蛋！"福康安扔了鞭子，笑道，"真不知道你们这些混账是干什么吃的！"也不理会这群官，上前挽起缙绅里跪在前头的一位老者，一脸孩子气笑道，"老人家请起！我们年轻，不敢当这个礼！"又向跪着的百姓团团抱揖，含笑说道，"父老乡亲们请起！请起……"刘墉见他这般做派，心里也自佩服，转身含笑对官员们道："诸位大人也请起！待会回衙我和福大人自然要接见诸位的。葛大人要预备着交接人犯，腾房子关押囚禁，都是你的差使。蔡七一犯要特严关禁，槛车解送刑部，出不得半点差错的……"福康安却只顾和缙绅们拉话寒暄："不才何德何能？这是上仰万岁爷如天洪福，下赖军民一体同心共成壮举！蔡七一众逆匪一网打尽而我军几乎一无伤亡……你们的贺酒一定喝的。请衙门里见。"和众人拍肩拉手的就亲近到十分。

当下众人呼拥返回征税所衙门大院，就议事厅内外摆了四十桌大筵，文武官员和绅士挤挤挨挨满堂，有功衙役密密集集一院，也没有什么异样的水陆珍肴，只是鼎烹猪羊樽开泥封只情胡吃海喝。觥筹交错间，人们目有视必视福康安刘墉，口有言必言福康安刘墉。福康安对众官员不大兜搭，亲自给衙役们颁发赏银，轮桌劝酒，大说大笑议论夜来一战。刘墉怕冷落了这群地方官，略与众人周旋，径自坐了厅东官员席面，边吃边询问地方钱粮治安风俗民情拉长说短。

一时福康安回来，已是微带醺色。他虽只有十六岁，却已是顾身正立，穿一身天青夹袍套着玫瑰紫巴图鲁背心，星眸顾盼间神来照人，在满屋绮罗袍褂翎顶辉煌间更显得鹤立鸡群，在厅心立定了，左手举杯，右手一撩辫梢，说道："诸位！"

厅里厅外一片声吆五喝六嗡嗡嘤嘤之声立时雅静下来。

"这次平原内地剿匪，全军全胜而归，匪寇无一漏网。现在是喜庆日子，我们高兴！"福康安还是头一回在这种场合讲话，开始有点把握不住，说得略带慌忙。他很快想起父亲的话：当众陈说训示，要眼空无物，只当对石头说话。略一定神，语气便变得流畅舒缓毫不滞涩，"这是皇上洪福齐天，朝廷社稷佑护的仁泽所至！蔡七乃大别山惯匪，跟从一枝花逆党三次起兵放炮造反，流窜荼毒七省，危害地方百姓，一枝花事败，又逃亡流窜劫库杀人啸聚匪众抗拒天兵，实属十恶不赦之徒！这次一鼓收擒，先一条为圣上解了一桩宵旰之忧，为朝廷除一心腹之患。我们举杯，为皇上万福万寿——干！"

随着一片扑扑腾腾桌椅响声，人们齐地立起，吱儿咂儿响了一阵，翻杯亮底，咧嘴嬉笑归座夹菜。

福康安又道："葛逢春以下二百役丁奋勇当先前敌无畏，一夜鏖战群顽伏擒，绿营军掠阵机动配合，不残稼禾不残良民大获全胜——你们都是有功之臣，除颁发赏银之外，还要按功叙保，朝廷自有褒扬制度。这第二杯，我福康安和刘大人共敬诸位！"说着杯一扬，里外人众大呼："谢福爷刘爷！"刘墉慌忙起身举杯，隔座和福康安一注目会意，饮了。众人料他还有第三杯，便不再坐，一一斟着。便听福康安说道："这第三杯我要大家共敬刘崇如大人！他是我们的正钦差，居中调度协同军民指挥如意，剿匪护民绥靖治安，身为文官亲临前线督战破敌，居功为首！——这一杯，为崇如大人纳福庆贺！"说完率先饮了。众人也齐呼"为崇如大人纳福"引杯倾尽。

刘墉心头轰地一震，立时涨红了脸，蔡七一犯，是乾隆几次御批，遍天下通力捕拿的要案案首，这次连匪众全擒，不但刑部，连军机处都要表彰嘉勉的，通常占山劫货为害一省的坐地小土匪佬儿受擒，巡抚以下官员争功夺名常常闹得丑态百出，这样一个特大治安功勋，福康安实实在在是调度指挥首脑，怎么一帽子都扣到自己头上？无论如何先辞为上，遂举杯笑道："瑶林大人少年高才，这次大家是亲眼目睹了——布置策划指挥调度都是福大人一手安排，一力推行，我只是略尽了一点参赞责任……"他陡地想起，福康安一路都在抱怨别人总看他是个乳臭未退的小孩子，向往天山铁骑虎帐运兵，建功于当世，留名于凌烟阁，一下子福至心灵，知道他是嫌这份"功劳"太小太没味儿，竟有个"不屑居之"的意思在里头！这个想头一闪而过，极是清楚明白，因提足了气，高声道："福大人是米思瀚老公爷的后代，将门虎种英才勃发！这次只是小试牛刀已见大英雄本色。功高逊居，更是高风亮节，雏凤清于老凤声，福瑶林千乘万骑功建社稷名重竹帛，在座诸君可以拭目以待！我们，为福瑶林大人干杯！"

一片干杯声中，福康安兴奋得红光满面，自出娘胎，华堂公庭之上听这样的考语，他还是第一遭。刘墉的话也真是句句都搔到了痒处，捧得福康安直想学周瑜在群英会上当庭舞剑乘酒豪歌，看了看这群满脸谀笑的龌龊官员狼狈士绅又觉他们"不配"。他毕竟是天分极高心智清明的贵介公子，父亲整日"赵括马谡"地训戒，母亲扳头掰口温存劝慰要"体态尊贵举止安详"的话头浸淫日久，此刻竟都不期然泛起作用，心里一沉着，脸上便带了从容雍和，微微一笑，到葛孝化席上笑道："冷落你们了，贼窝在你们府，居然毫不知情，你们不为无过，但此地百姓驯良遵法，昨夜没有一户是窝匪不举的，还是你们平日教化有方。不然，昆冈失火玉石俱焚，刘墉和我也不能干净利落善后。这个功比那个过大，所以奏议里也要褒扬。孝化听说要转任兖州府了？不必争着去了，议叙请旨，这里转陆济宁道就是——"他笑起来，"葛太尊、葛太爷、马管带……都预备着吃升官酒罢！"这群官员一见面就挨他骂，心里原是不安，此刻这份高兴，私地里不定就闹一嗓子二黄。这都是随口能说一车逢迎马屁话的主儿，正在回话奉迎，福康安却摆手止住了，对刘墉道："咱们到缙绅席上去。有道是筵无好筵，好白吃的么？——这都是窝里人，得罪不了他们——来吧！"

刘墉恍然之间已经憬悟，福康安要借机敲这批财主一笔，心里暗道这个相府公子耳濡目染，得了傅恒真传，心才心智不可限量，笑着起身和福康安来到西席首桌，命人掇过两把椅子，笑道："我们陪各位父老坐坐，不嫌弃吧？"

这一桌坐的都是枣庄顶尖的头面人物，崔梁宋三家都是富甲王侯，不分轩轾长者居首，还有冯唐葛刘胡五家，也都是拥资百万的财东，枣庄产煤，自都是发的"煤"财。钱多，然却没有什么功名身份，没有混过高层官场。本来福康安优礼有加，已是受宠若惊，这一来更是惊上加喜，喜里有惊，二者搅和着头晕神昏，一阵不着边际的逢迎圣明，矜持得不敢举箸，身子飘得不落实地，各各自报家门，栗栗敬畏正襟危坐。

"缙绅业主是朝廷的基业根本。"刘墉见福康安似笑不笑端杯不语，知道是轮到自己说话了，三杯沾唇即过，轻咳一声说道，"诸位虽不是官，于地方而言，比官要紧。官似流水转眼过，铁打营盘今如昔啊——诸位是根基，是河底的石头，是'铁打的营盘'嘛……"他俯仰沉吟缓缓而言，"我先在户部，又在刑部当差，办过不知多少案子，家严大家都晓得，更是一辈子在案件堆里办差。有一等富而好礼、恩存恤下的殷产人家，那个一村一乡一镇一县都受惠，乡愚宵小之辈就安贫乐贱，就有个把地棍刁痞穷极无赖的，乡民自己就料理了他。凶案恶犯极少，更没有犯逆的，倒过来业主终归平安实惠。有一等为富不仁、鱼肉一方的富户，欺人霸产竭泽而渔，仗势倚富横行霸道的，逼得佃户穷民走投无路忍无可忍的，他那里就容易出事，出事就是凶杀戾气！招得是非出来，终归家破人亡惨不忍睹，就是朝廷替他缉凶平乱，他吃过的亏也无法弥补。这就是一念之差，毫厘千里。比如蔡七，如果换在一个饥民遍地、道路饿殍的处在，业主又囤粮居奇，勒掯虐下，一声呼号揭竿而起，我们能不能这样平安顺利把案子就办了？所以呀，福大人昨晚说，这里是好缙绅把持的地方，你们平素是有德有功的！"

挨福康安身边那位七十来岁的老头子叫崔文世，拈着雪白的胡子说道："大人这话极是，我虽经营炭业，也是读书好礼人家。我家，宋少卿家，梁君绍家，还有这几位，有个煤营会馆，在一处聚也常议论这番道理。这矿工井窑工人，和江南织机行，江西瓷行一样，和农田业主佃户大有不同，其实都是四面八方来的无业游民，光棍地痞还有作奸犯科逃案藏匿的也就不少，这般朝夕聚集同作同息，一个不善之举不妥之事出来，就不是小事。大人夸奖，我们不敢当，只有更加小心翼翼，如履薄冰，再不敢非礼胡为的。"他身边就是梁君绍，也是五十多岁的瘦老头子，说道："一处不到也不成。工人是越来越难管了，开矿初起，一车煤一钱五，后来涨到两钱、三钱！去年夏天冒顶子塌方，接着一个窑串火爆炸，死了十三个人。我的爷们——全枣庄矿工叫歇，各家窑主封门闭户，满枣庄工人男女老幼家属吼天叫号，三个字'涨工价'，得，一车五钱！没有官府弹压，青帮说合，那真要我们粉身碎骨了……"他打了个寒噤，"刘大人说我们是朝廷的根基，我们其实想着朝廷是我们的靠山！幸蔡七在这里是避风躲藏，没和工人串连。要真勾成一势，不知道闹出多大的乱子呢！"他说这事，众人似乎都还心有余悸，无不点头称是。

"出了事就是生灵涂炭，大劫之下幸存也难！"刘墉顺风抖帆转了话题，"福大人和我学生计议，这里要请旨建县，当然这还要看圣意，没有旨意之前，是不是由诸位组建个护矿队？既然受官府管辖，又归诸位约束，可以维护枣庄秩序，绥靖当地治安，有些案子还可调停镇压！——昨晚一夜用兵，八万两银子销掉了。难道要朝廷来出？我都要小看你们了！有支护矿队，可疑人一来就盯上了，一绳子就绑送衙门了，你们平安省心，加上恩威并施，出煤不出事，岂不面面俱到？"

众绅士都是一个吃惊，愣了一下才意识到刘墉是叫大家出钱。八万两银子对他们是个小数目，情知昨晚用了四万，却张口"八万"，大家心里已经不然。且刘墉节外生枝，又说什么"护矿队"，那是年年花费月月支销的事，就像个填不满的无底洞了，无端额外从天上掉下来这么一项负担，自然人人心里不情愿。这个搓鼻子那个揉眼，咳嗽打哈哈，沉吟装迷糊的，一桌子怪物相。

本来一片喧火热闹的酒筵似乎有一股潜暗的冷流从西传到东，又从北串到南，划拳猜枚的提耳灌酒的衙役们都受了感染，渐渐止杯停箸。人们谁也不知道出了什么事，瘟头瘟脑张望时，刘墉笑眯眯地夹菜，福康安跷足而坐，旁若无人地吃茶，不像出了什么事，只都不言语，味气儿不对。气氛松弛了一点，但再也哄闹不起兴头，说话声都变得小心翼翼煞有介事，一片交头接耳的窃窃私议。葛逢春是正经八百的地东儿，见无缘无故的冷了场，执起酒壶便过西席来劝。福康安一晃手止住了，哂笑道："你主子这会心口堵得慌，等刘大人说完话，你亲自背爷到花厅歇息，这会子别你妈的献勤儿！"说着"呸"地吐出一片茶叶，只是笑，用碗盖拨弄茶叶。

"爷敢情是！"葛逢春赔着笑，又给刘墉添酒，又忙命人递热毛巾，亲自捧给福康安，说道，"两天一夜没合眼，打了仗又接见士绅犒劳下人，必定是累了……待会奴才背爷去……"他官场上历练出来的人，最能观风察色的，已瞧透桌上尴尬，话没说完，若续若止地停了下来，放了壶过去哈腰轻轻给福康安捶背。福康安由他捏揉了几下，说道："不必了，论理，你原该这么着待候——这是山东孔家定的万年规矩，是大清列祖列宗遵循不逾的制度。小葛子还是晓事，不像有些王八蛋，头蠢得葱笔似的等着吃罚酒！"

刘墉看他神气，知道他立时就要发作，钦差身份侍卫本事少爷脾气一齐来，不知闹到什么光景，遂笑道："给福爷换酽酽的普洱茶，最是醒酒提神的了。诸位你们也要明白，鼓角一响，黄金万两。昨夜官军也是出动了的，而且是百余里奔袭，枣庄这边留守支应的人，还擒了给蔡七放火报信的奸细。有功不赏，往后有事谁肯出力卖命？我是真没想到，诸位竟这般勒掯，竟在这里和我刘墉闷葫芦打擂台！"

"不是小人们不识抬举。"首席的崔文世早已如坐针毡，红着脸叹息一声道，"崔家梁家宋家是首富不假，但今天来的都是族里长辈，当事管钱管账的子侄都去了曹营，那里地下又出了煤，得各家公分明白。爷要八万两，这不消说得，我们三家各一万五巴结，余下他们五家共摊，这点主张还拿得。这建护矿队也是好事，却是常项常例，每月定支多少，请爷们示下，回去告诉管事的，由他们商酌……这么着成不成？"

原来如此！福康安这才明白，这些矿主们虽然地处偏僻，其实与各地行商往来已久，"见识"不亚于"晋省算盘江宁戥"，精明过于湖广老客，只是地处乡野，疏于与政府往来，不晓得朝廷的厉害，才敢这般糊弄张智，因冷笑一声，说道："看不出来，枣庄还有几位如此高人！料敌在先知道了筵无好筵，自己躲在后头，派不管事的来敷衍周旋！逢春，拿你的名刺，去请那几位当家人来——你是铁公鸡，我有钢钳子！看是谁硬过谁？"

葛逢春"哎"地答应一声便叫"来人"。刘墉却怕好好一场喜筵搅得戾气出来，摆手止住了，笑道："何必这会子去呢，他们也当不得这个'请'字儿。逢春，曹营那块地既有煤苗，要官征，不征给私人。他三家占了，这五家怎么说？还有别的矿主也要调停——几个人霸了去，算是怎么回事儿？"葛逢春目光一闪灼然生光，刘墉这一记杀手锏真是狠到极处，而且正正地打在三家人的天灵盖上——为曹营这块地皮归属，崔梁宋三家从县到府道，一直运动到藩司衙门，花的银子建三个护矿队也绰绰有余，如今轻轻一句话，全都抹得干干净净！自己现在把家拆了，葛氏张克家断了脑袋死无对证，爽爽利利的"两袖清风"，可那边坐的葛孝化和张克家都是一伙，葛孝化不但在省里三司衙门兜得转，北京军机处阿桂也和他颇有渊源，种种人事混搅得乱如牛毛……想着，心里直犯嘀咕，偷睨了东席一眼，果见葛孝化已移步过来，想说什么，又咽了回去。

"我在那边已听你们多时。"葛孝化对刘福二人略施一躬，转身板起脸对一桌煤商窑主说道，"太原、大同、唐山、抚顺，哪个煤矿没有护矿队？把你们平日讨好巴结长官用的银子，填塞贿赂衙役们的出项使到这里，只怕就绰绰有余！再说了，这里离着丰县百十里，县衙不在这，绿营不在这，刘大人福大人是钦差，还有多少大事要办，难道能驻在枣庄常年替你们护矿？平日你们各矿也有护矿的，集中起来防着出大事，哪一样不为的大家好？——糊涂！"

"我们出，我们出！"八个矿主一下子全都灵醒过来，参差不齐说道，"各位爷这么关爱体恤我们，再不识大体，我们还算个人吗？"为首三家也都连连道不是。崔文世说："我老糊涂了。这样的好事，崔国瑞怎么会不同意？"宋少卿道："我可以做得主的，太尊太爷划下道儿来，明天就做起来！"梁君绍笑道："绝不辜负刘大人福大人的美意，这件事办定了！"下首冯唐葛刘胡五家便也参差不一，附和"懔遵宪命……我们唯崔老先生马首是瞻……"这一来，原本紧张得一触即发的气氛顿时松缓下来，庭里庭外的人都舒松了一口气。

刘墉咀嚼着葛孝化的话，竟是愈品愈有言外余味，伴笑着想说什么，福康安已经起身，嘿然笑道："还是打仗省心！如今的事，爹不认娘不认君父百姓都不认，就认孔方兄——崇如，战俘还没有清理，省里那边的回文也就要到了，只怕他们也要来人。咱们回花厅稍歇息一下，有些事还得计议。"刘墉便也起身。葛逢春道："我背福四爷回去！说句良心话，在外头做官都是人伏我，都忘了自己本来面目了！多少年没有背我的少主子了，今儿真得像个奴才样儿……"说着便俯身。

"罢了吧。有这心就好，就算主子骑过你了。你留下和你们太守他们议一下方才的事，过去给我回话。"福康安说着徐步出庭。黄富扬人精子混在衙役堆里吃酒，见他们出来，便忙起身相随。满院的衙役们黑乎乎站起一片。

福康安在石阶中间停住了步，他的神情忽地变得有点茫然若失，定了一下神说道："弟兄们，打赢了仗得彩头领赏，那是理所当然。比你们平日敲剥勒索贩夫挑夫小本经营人家的银子要干净体面得多。但世上的事谁能说得清呢，得赃银的也许平安无事，得干净功劳银子的也许还要招惹是非。嗯，没有多的话——这个仗不大不小，以军功议叙，愿意加入军籍的，可以自报，把名单给我，不愿的不加勉强，仍旧论功行赏！"说罢，手一摆去了。刘墉等人忙都随步跟上。

此时已近酉未时牌，正是日尽林梢倦鸟飞归时分。花厅西畔一带茂密高大的榆林，枝叶蔽空遮住了晚霞。将落的太阳像刚入锅的荷包蛋，没有凝固的蛋黄色懒洋洋的，透过林缝枝桠洒落在西窗上，窗纸隔着，光线更加幽淡，乍从正厅筵席来到这个所在，格外静谧深邃，窗外墙角下纺织娘嘤嘤的鸣声都听得清晰。二人回来，脸色都有点沉郁，刘墉稳身而坐，打火吱吱地抽烟，福康安将两只靴子甩了一边，脚蹬在桌档子上仰脸躺在安乐椅上看着天棚，手抚着长满短发的前额，似乎在闭目养神，又似乎在深深思量着什么。

"瑶林，"刘墉磕磕烟灰，问道，"你在想什么？"

"我在想阿玛不容易……"福康安霎然开目，叹道，"他老人家军政民政理财治安，都是全挂子本事。我是看着他白头发一天比一天多，每天满脸倦容，有时连脚步儿都踉跄蹒跚。心想宰相燮理阴阳，百官各有所司，何至于事无巨细样样躬亲，把自己累得那样？……今天，我觉得长大了许多……"他撑着坐直了身子，自嘲一笑，"就这场筵席，蜻蜓点水略有一触，我觉得比昨夜打仗要费心得多！葛逢春是我的奴才，葛孝化是阿桂旗下包衣，这正是旗鼓相当的一对。阿桂和我家是世交，纪晓岚正蒙圣宠，也和我家有至交厚谊。纪晓岚的事是不能约束家人，阿桂的奴才也不是什么好东西，葛逢春想当好官，一家人闹得斩头洒血——我们大清这是怎么了？我家奴才放出去做官的有十好几个，大的做到臬台，小的也是县令，难道要我一个个去帮他们料理'家务'？"

刘墉没言声，按烟掏火时，人精子忙晃着了替他燃上。淡青色薄纱一样的烟缕立时又袅袅在屋里飘散。

"王阳明说'破山中贼易，破心中贼难'，真是半点不假！"福康安悠悠说道，他沉思着，口风一转，忽然一笑道，"说这些干什么？说说写报捷折子的事吧。你看怎么写？当然是你主笔。"刘墉笑道："这个自然。我想，调度指挥全歼全胜这功劳，我只是个参赞，善后事宜像组建护矿队，可以以我为主写上。葛逢春大义灭亲，率衙役随同作战，这个也要写足，记功议叙。以下是列名保举。绿营管带陈化荣策应围捕有功，要和葛逢春一例。葛孝化——"他没说完，福康安便打断了："他有什么功劳？迎接我们回来，一块吃酒？"

刘墉无可奈何地一笑，说道："瑶林弟啊……这个葛孝化可不是盏省油灯呀！我们说了那许久话，他稳坐钓鱼台。一说曹营煤矿收官，他就过来圆场……话里套话，建护矿队是敷衍我们，因为我们不能'常驻枣庄'！各家把原来护矿的都'集中起来'，我们一走，自然都再'分散回去'。还有什么'巴结长官'、'贿赂衙役'使银子，都是说给葛逢春听的。偏是话里连一点错漏都没有。你说这角色厉害不厉害？他手里准定捏有葛逢春的把柄。我们屁股一拍去了，葛逢春在这里坐蜡吧！"

"正是如此，我才不肯让步。这种事你越让，他越以为你可欺，就越猖狂！"福康安冷冷说道，"就昨晚的情势而言，百姓没有替贼遮掩维护的，这是山东省三司衙门、山东学政济宁训导、丰县教谕平日教化有方，所以百姓循良。这一条足足地给我写上，就是不提葛孝化。他就苦屈，向谁诉？原定计划是没有喊话这一条，是你的临时动议。这一条十分要紧。不然四面合击进村，暗夜乱中要伤不少良善百姓，这是我的疏漏。你可以不写，但我要附奏说明，你的'文治'见识就出来了，把我'武'的一头写出来，皇上阿玛晓得我能带兵会打仗，这就成了！什么太原大同唐山抚顺都有护矿队？葛孝化是胡说八道！这个预先没商议，我要抢你一半功劳——合议条陈，各个煤矿、铜铁矿、凡是工人聚集上千的地方，都要建护矿队，民间出钱官府经营。回头我们派人回来复查，果真敷衍我们，管他阿桂阿贱，我就办了这个葛孝化！"

刘墉听着不住点头，心下揣掇：这位哥儿尚气任侠里不乏深沉干练，咄咄逼人的气势里另有一份温馨儒雅，孩子气里又透着大人气，如今贵介子弟里这样振作的真是不多见了，只是就器量而言，似乎有点过分泾渭分明睚眦必报的味道……正胡思乱想间，却听福康安道："只是纪家李戴官司一案，太令人犯踌躇了……"

"李戴的儿子不孝，已经撤诉，这事不宜再翻腾。事情闹到军机处，朝廷脸面也要紧。"刘墉思索着说道，"晓岚公的脸面也要紧，且也连着傅相和家严脸面。我们不但官小，且是子侄辈。他也只是个约束家人松弛的过错。为尊者讳，为亲者讳这是礼。打发李纪氏娘母女一个小康。各自写信给父亲，由他们老一辈的背后劝诫也就是了。"

福康安默默点头，说道："也是。好比写字，越描越丑。有些事真是教人头疼……"正说着，外头脚步声杂沓渐来，知道席散了，便住了口，问守在门口的黄富扬，"你和衙役们一道清点俘虏的，林爽文有没有下落？"黄富扬忙道："在蔡营当场就清点了，这是爷最关心的事，怎么敢马虎？——林爽文自离扬州就和蔡七分手了，说去了台湾……"

"跑了初一跑不了十五！"福康安似乎早有预料，不动声色说道，"奏折里要写明，另附夹片报刘延清老大人，着台湾府严加缉拿。——来人叫他们且回步到东书房候见。就说我和刘大人要歇一会儿，一个时辰后叫我们。"说着起身进了内屋，顷刻便鼾声如雷。刘墉却仍毫无倦意，着人精子铺纸磨墨，洗了脸打叠精神，一边抽烟一边打奏议书信腹稿，也不及细述。

第二十四回　油滑老吏报喜先容
　　　　　　风雨阴晴魍魉偕功

　　福康安刘墉算计精当，山东上下文武都有功劳，独独把葛孝化晾起，让他有苦没地儿诉。但葛孝化老谋深算，比他们更精明。早就写好了报捷信，差专人飞骑直递扬州御驾行在军机处。比八百里加紧驿传还要便当快捷。这边筵席酒未开樽肉不熟，他的信已经上路了。

　　当日正是纪昀当值，习惯成自然地把一高摞子各地奏折分门别类检看着，检到葛孝化这一封看时，信封上密密麻麻都是字：

　　延清公晓岚公拆转阿桂公，为瑶林崇如大人生擒匪首蔡七大捷一喜——奴才葛孝化泥首叩安

纪昀不禁一个莞尔，见范时捷进来，笑道："你见没见过这么长的封款？"将信举起扬了扬，几个军机章京也都笑了。范时捷道："这就好比人家中了进士，街混混儿比官府的京报来得快得多，是讨个喜钱的意思。羊群里跑出兔子，比羊能，日他姥姥的这小子真个别——还不赶紧拆？皇上整日问这事，老延清和傅恒听见，不知多高兴呢！"纪昀剪了封口，看那信封，足足是份万言书，不知是哪个师爷的手笔，一色瘦金小书精神硬朗，将福康安刘墉如何微服私访，闻变不惊，密地调度部署，迅雷不及掩耳包围蔡营，官军压境十面埋伏而蔡七尚在梦中。又写官军如何连夜奔袭策应，人人手执长绳拖带火把，以三百之微军成五千之疑兵之阵，贼匪惶惧如入天罗地网，军民衙吏同心协力共擒匪魁……种种情事写得如同身历其境目击无余，生花妙笔时有惊警之句，看得人神动心摇。说到他自己，葛孝化却是谦逊惭愧不已：

……奴才职在府牧，庸庸营营，唯以境内赈灾抚贫，协调民事馁安地方为事。万不意此逆天巨獠潜蛰治内，闻惊之下既骇且愧，当即部署所辖各县所有衙署吏役扼守大小要道，清查户籍，捕拿可疑行客而已。未有寸功可言，敢云薄劳之建？然蔡七乃天下之渠魁大盗也，彼之就擒于枣庄，非一郡一府之庆，乃天下衽席百姓之喜，我皇上洪福被笼宇宙之瑞。奴才欢快踊跃之余，思及主子关心，用是亟告慰怀。因不知主子随驾与否，特发寄北京及御驾军机处各致一函，顺便请刘老大人延清纪老大人晓岚拆阅。主子颜喜心悦，则奴才之愿也。并祝刘中堂纪中堂万福，恭叩我主子康泰金安

末了属名却是"奴才葛孝化"。

"这个人我认得。"范时捷笑道，"原来在无锡当县丞，后来攀上了高恒，抬进了汉军旗，又运动内务府转到阿桂门下，又结识了岳濬转到山东临沂县令。别看不哼不哈，拍起马屁来丝毫不着痕迹——这不，又拍到你两位头上了。"纪昀笑道："是，他会不知道阿桂在北京？不过，这个马屁拍得响。天天有这样的好消息，皇上高兴，我们也不至于忙得焦头烂额，这件事得立刻报皇上知道。"说着便站起身来。范时捷道："我刚进去见过皇上。他刚从海宁回来，连着见人办事，又预备着返驾。又连夜听岳钟麒汇报军情，太后老佛爷又感了点风寒，娘娘体气刚好一点，也要时时照应，刚我离开时皇上还说要假寐一会子。你这一进去报喜讯儿，他还休息得成么？再说了，福四爷刘墉的报捷奏折还在路上，你抢先去报喜也不好，至少也得知会一下延清公一道儿进去才好。我来见你也不为无因，我要先回北京户部去了，有些事得向你这军机大臣领教……"

纪昀坐回了身子，笑道："这么郑重其事的?"他和范时捷熟透了的人，虽然平日散漫嘻哈，较了真的事却从不马虎，此刻这副似笑不笑的神气也有点让人心怵，心中起了警觉，脸上却不带了出来，说道："请讲。"说着打火抽烟。

"一件是高恒的案子，"范时捷就着纪昀的火媒子也燃着了他的水烟，咕噜噜吞云吐雾，"新任两淮盐政尤拔世有折子，他交到户部十九万多银

子，说是上年留的纲引目，共是二十七万八千余两。这是商人每引缴银三两的成例。他的前任普福支过八万五。现在高恒出事，请旨银子是缴户部还是缴内务府？"

"什么叫纲引目？"

"皇家内廷征使银子就叫'纲'。'引目'是官办盐陀子每陀的价银。"

"历来这银了缴到哪里？"

"没账。"范时捷咂了一下嘴，干脆利落说道，"户部没账，内务府没账，高恒那里也没账。说都打了收条，收条在高恒那里。抄家没籍乱哄哄的，收条也没见！"

纪昀烟斗里烟梗子"嘶"地爆了一下，火星子迸出来落在手背上烫得身上一颤，忙拂了袖上火星，又抽两口才定住了神：这笔账极好算，一批"纲引"交割就是近二十万，通国十几个盐政分司每年近三百万，历年来除了公明正道的账目调拨项款他心里有数，就是说至少有上千万两银子没有着落，黑了没了不知去向了！饶是他养气练神宰相城府深沉，心里这份惊骇也难掩饰按捺！皱眉重重吸了两口，鼻子口都喷着缭绕烟雾，说道："这事你回北京要再请示桂中堂。我的意思除了正项赋税钱两收支项——那是再不会有烂账的——圆明园工程用银还有兵部报销银子，其余的账目全部封存，盘清底账具折详奏。连傅六爷尹元长他们也都要知会一下，将来皇上问起来，军机处要有个预备。"范时捷道："晓岚公指示很详明。我忖惙着，不但账目，连户部额外余银库存也要封了，才不至于混账搅不清。但这一来，圆明园支项有时就不够用，内廷银子周转不开，仍旧要从国库里取。晓岚公，说心里话，户部是个烂泥塘，水深泥也深，别人挤着削尖脑袋往里钻，总有他的道理。我可是心里没底，不敢趟这池子呢！"纪昀笑道："要是差使好办，怎么能用你来主持？皇上、军机处都信得过你，只管放胆做去！"

二人因又言及高恒一案，不但盐政、贩铜，连兵部的茶马政、河务上的官田买卖……只要有钱的地方，似乎都有这位国舅爷的影子。但高恒这人他们知之有素，嫖娼宿妓勾搭女人之外，别的上头并不是个劣迹斑斑臭名昭著的人，要真的黑心贪了一千多万银子，盐政上何至于闹出亏空，在本职上头给留下把柄，他即便每天勾搭一个女人再睡三个娼妓，能用多少银两？一千万银子是政府一岁收入的三分之一，这家伙把它们弄到哪儿去了？二人闲话分析解疑，终归不得要领。因见卜义从仪门耸肩躬背笑着过来，纪昀便知是叫进，忙站起身来，范时捷也就起身告辞。卜义站在门口避过，待范时捷出去，才道："皇上在东暖阁召见尹继善，命奴才过来叫您过去议事。"

"是！"纪昀恭敬一哈腰答应道，"我这就进去。"回身取了几份卷宗，想了想，又将葛孝化的信也塞进袖子里，遂跟了卜义出来，逶迤从左掖门进内宫正寝院。卜义示意纪昀在大乌柏树下候着，自己挑帘进去报说。

这是行宫最深邃处的院落，因皇后就住在正殿西阁，内廷侍卫也不能进来。满院寂静花树葱茏，日影透过不算茂密的树干枝桠嫩叶间洒落下来，苔藓茵茵光斑错落。啾啾的鸟鸣声时断时续低声唱和，反而更增幽深寂静。若不是院中飘散着的药香，廊庑上站着的太监宫女偶尔衣裳窸窣微响，真有点进了古庙禅房修真之地的味道。纪昀也是头一次到这处殿房，如此肃穆安谧的所在，他也不敢妄动，只在树下鹄立待命，一边目瞬际中景致，心里思量召见应对该怎样回话，一时见王八耻出来招手，便小心趋步上阶。王八耻小声道："主子娘娘正在看脉，不必报名，说话小声点……"纪昀点头，已有宫女挑帘，遂小心趋步而入。

进到正殿，纪昀才知道这里布置比别处大不相同，五楹大殿正面两厢，周匝上下都是驼色金丝天鹅绒幔帐，将殿壁幕得严严实实，幔帐外又一层明黄绣龙软缎遮了幔帐，地下铺着栽绒西洋羊毛地毯，也是明黄色，足有一寸多厚，就是倒了底架摔掉了茶盘杯盏也不会有什么声息动静。纪昀见正中三架屏风中设着御座，恭肃一叩，侧身趋步向东，又过两道幕才到东暖阁外，此时才听见尹继善的声气在说话，想想殿中布置，原来是为了隔音，怕惊扰了皇后养病。正暗自嗟讶，暖阁里乾隆说道："是纪晓岚来了，进来吧！"纪昀忙闪身进去，伏地叩头道："臣，纪昀恭请圣安！"

"起来吧！"乾隆的声音闷闷的，像在头顶说话那么近，"才五六天没见嘛……别磕头了，这地方儿头磕烂了也磕不响的。"纪昀这才起身，却见乾隆盘膝坐在大木榻临玻璃窗前，案上朱砚霜毫奏折翻卷散乱，没有批过的折子上还搭着一张地图。不但尹继善在，岳钟麒也坐在尹继善并肩处北边杌子上，旁边还站着叶天士。还有弘昼，却是坐在南墙榻旁一张太师椅上，自他革了王爵，一直不见外官，此地乍然相逢，纪昀觉得比久违了的尹继善还要新鲜。因见弘昼向自己含笑点头，忙又打千儿道："给——五爷请安！"弘昼一笑，在椅上欠身虚扶一把。乾隆道："纪昀坐到尹继善下首。——叶天士，你接着说。"

"是！"叶天士恭恭敬敬一叩头，双手一拱说道，"皇后娘娘脉象里脉寸伏关濡尺弱，表脉寸浮关扎尺滑，小的诊断与诸位北京来的太医识见一样，脉案都已呈皇上看过。但御医们的行方小的真的是不敢恭维。医者言八会，真的要能府会太仓藏会季胁髓会绝骨筋会阳陵泉血会鬲俞骨会太抒脉会木渊气会三焦——小的看了多少人的脉，总没见一个'八会'齐安的。这怎么说呢？好比万岁爷身边这些文臣武将，哪一个人又是文状元又是武状元，上朝辅佐皇上治国安邦，下朝回家琴棋书画皆能，还会做饭抱孩子喂奶收拾猪圈耕耙耩锄样样都是行家……"他没说完，乾隆和众人都笑了。乾隆道："确实没有这样儿的人才，真有，倒成了个怪物了！有一两样两三样出尖的，就是好样的了。"叶天士道："皇上真是无学不窥，这正是张仲景辨证之论。皇后娘娘荣养一冬，如今体气已见康平。其实原来就是个闭气不通的象，只是太弱，不敢用泄，现今护住心肝肾肺脾，由命门泄火，要加适量积石麻黄，泄透积郁，气通肾亏再补，是绝无错误的，好比水桶里的积垢，洗净了再注清水，只要不傻，谁能说这不对？太医诸位们只看到浮、扎、滑、伏、濡、弱，恐怕一泄而不可收拾，其实与辨证之理相悖。四时脉象春弦、夏钩、秋毛、冬古。春天，就是康健人那脉象也是濡弱而长的。应时应有的脉象那不叫病，反常了却是妖，我请他们太医自诊，他们的脉也都濡弱。明知我不错，还是要用黄蓍三七茯苓——皇上，这些药用不出毛病，也治不了病的。我不敢说他们错，只敢说我不错！"

乾隆用心听着，笑道："谁说你错了？脉案经方朕都看了，叫北京的太医来，是让他们学习你的医理药理，不是来为难你的。当然，他们的话有理，你也要用心参酌。皇后自觉体气大见强壮，愿意用你的药。还是以你为主，只管用心去治。别听人说三道四。""这就是皇上圣明如艳阳之光，小的草木之人沐浴皇恩了！"叶天士叩头道，"如今医好皇后凤体，小的有六成把握，只是皇后肾脏应寒而热，因之肝气易燥，盛德所在，克己复礼，只是'克己'二字，不能于体气无害。最忌生气的……又最忌生气又'克己'，心淤不畅不泄于外即向于内，这是病家大忌。"乾隆微笑道："你这就多虑了，皇后母仪天下，荣尊九重，太后和朕时有呵护，谁敢惹皇后生气？你且退下吧，太医们那边朕就有旨意的。"

叶天士悄没声叩头却步退了出去。弘昼笑道："这人真的大有长进，说话分寸君臣之礼像那么回事了。这么长进的，必定是纪晓岚的教导。你是怎么教出这个活宝来的？"纪昀笑道："其实很容易，也不离经叛道的。我跟他说：'你知道上头坐的谁？就那么梆梆地顶！'他说：'我也晓得跟皇上大人说话得温良恭俭让，只是说到医道上头臭嘴就没了把门。不敬的心思没有，医理说不清，病人对我没信心，皇上皇后也得循理来的吧？'我说：'皇上并不厌你，是皇上的人主度量。你总有最敬最怕的人吧？比如你爹你妈，就想着上头是父母，说话自然就温存了。'他说他：'自幼爹死妈嫁人。舅舅家蹭饭吃，舅舅怕老婆，舅妈一天三顿白眼儿，想起来他们嘴脸，直要掴他们耳光，哪来的敬心？'……"

说到这里，乾隆弘昼一干人已经笑了，纪昀接着说道："百般譬喻，他说他没出名时怕病家，成名之后病家又怕他——倒是这句话提醒了臣，臣说你总要敬医圣吧？你心里想着上头坐的是扁鹊，是张仲景，自然就有了敬畏的心了。他心里找到了礼尊上下的位置，说话时自然就有了尺度分寸。"

"有了尺度分寸就不失大体。"乾隆瞟一眼弘昼，说道："就不至于荒唐过分。老五，朕其实很知道你根儿上不是荒唐人，也很爱你洒脱机敏的，你是太弄小聪明的了。喜欢揽事，揽了事又兜不起，遮掩聪明，偏又欲盖弥彰！潇洒王爷、倜傥王爷、豪爽王爷、率性王爷，甚至风流王爷什么不好的？就偏心甘情愿作个'荒唐王爷'！一个钱度，还有高恒，都在女人身上吃了大亏，官员们玩婊子成风，一掏一窝儿，傅恒在成都捉，尹继善在西安捉，朕也是三令五申下旨严斥杜绝，捉之尚且不遑，你怎么敢弄一群妓女给军官睡？"弘昼早已起身垂手聆听，却仍是一脸迷糊痴笑，说道："皇上教训的是！太后皇后娘娘也反复叮咛训戒过了的。臣弟再不敢了！只求皇上再放臣弟一马，给臣弟点面子，别处分隋赫德他们了，这个人还是很能打仗的……"他嘻嘻讪笑着，又一低头。乾隆似乎有点无奈地对岳钟麒和纪尹三人说道："你们看这人，自身不保还要保别人。——原打算早点发落你回京闭门思过的。老佛爷皇后都出来说话，就再放一马吧……王爷爵位还给你，东珠暂且不赏，这就要回銮了，你和范时捷顺道察看关防。千万留意，防着官员借修驿道桥梁征钱征粮，你可听见了？"

弘昼忙呵身称是，当下便要告辞，乾隆摆手道："且不要去。继善还没说完，听听如果京里有要办的事，你回去心里也有个数。"弘昼又坐了回去。纪昀自随驾到南京便已觉得乾隆待自己不似以前亲切关怀，军机处议事也少了调侃，极少见他像今日这样随和亲近颜色温馨的，原打算和刘统勋合议后会奏福康安擒贼的事，一转念变了主意，奏道："皇上容臣先奏，是个好消息呢！主子听了提神儿，再听尹继善细陈军务如何？"

"唔，好！"乾隆捻须笑道，"你就先奏！"

"是！臣今日接到济宁知府葛某的报捷信。福康安刘塘周密布置马到成功，匪首蔡七以下一百九十八名巨寇渠魁穷凶极恶之徒全部落网，官军衙役无一伤亡！"

所有的人都瞪大了眼睛，纪昀口齿便利简捷，一串儿报说抑扬顿挫铿锵有节，果然十分提神，乾隆端着杯子的手居然一颤，呼吸间鼻翼都兴奋得一翕一张，眼中波光熠然一闪，问道："是哪个府？"

"回万岁，济宁府！"

"福康安刘塘指挥？"

"是！匪寇无一漏网官军无一伤亡，打得干净利落！"

"百姓呢？有没有惊扰地方？"

纪昀双手一合十指交叉，感叹道："这正是难能可贵之处！臣入军机处有年了，大凡剿匪出动官军，一半杀土匪一半伤百姓，甚或割了百姓人头冒数请功的比比皆是！匪寇杂居民宅，一个百姓也不误伤，此事前所未有！以三百官军二百衙役生擒二百惯匪恶盗！这样少的兵力如此大的建树，直是史无前例！福康安刘塘尚是风华青年，乃能如此果决刚毅，智珠在握，也实出臣的意料……"弘昼是在座最知道乾隆和福康安底蕴的，生怕这位舌生莲花的老翰林把好话说尽了，忙笑道："傅恒整日训斥福康安要防着'快牛破车'，又是什么'赵括马谡'，老刘头更是见儿子就眼里出火，训起来鼻子不是鼻子眼不是眼的……这回两个后生子虎犊出山一捉一群狼，看这两个老家伙什么话说？"尹继善和岳钟麒眼见乾隆高兴得脸上放光，笑得竟有点傻里傻气，谁不要凑趣儿？趁热打铁就腿搓捻儿大捧道："这是比打野战难十倍的事儿，两个年轻人举重若轻办了下来，匪患消弭还在其次，朝廷又得两个出尖儿人才……""极盛之世人才辈出是朝廷社稷之福……""唉……把我们这辈人比下去了……"一递一句词连词话套话就说得一车满载包兜不住。

"这事棠——"乾隆高兴得坐不住，脱口而出，本想说"棠儿知道不定多欢喜呢"，生生把半截话吞回肚里，因见皇后跟前使唤丫头彩卉过来，料是听见了这边动静，因笑道，"没有生气的事，大家高兴着呢。回去禀皇后，福康安拿贼立功了。待会儿和五爷一道过去说……"彩卉笑着答应退了出去，乾隆转圜过来接着道："倘若傅恒刘统勋知道，不知是愧是喜？报捷信带来了么？朕说呢，纪昀进来就面带春风，敢情憋着一宝！"

纪昀心里叫声惭愧，忙抽出信来双手呈上。乾隆接过一看便道："姓葛的好字，写得精神！"便凝神细阅。众人端坐注目，只见乾隆时而敛眉凝目，时而颔首微笑，时而俯仰沉吟，时而抚膝慨叹，末了笑着递给岳钟麒："你们也看看！难为这两个年轻人少壮有为，很给朕争脸……葛孝化的文章写得也好……"纪昀有的没了的谈笑风生，比出康熙年间刘七麻子一案，又比芜湖盐商放炮造反，连着说齐二寡妇一枝花诸人，又比论傅恒黑查山，雍正朝名臣李卫招安窦尔敦……种种前案歼灭割据逆案人犯，优劣长短相互辉映参照。"大小之势对垒之形虽然各有同异，哪一案不要耗国库数十百万，哪一案都有误伤良民的……"中间夹着弘昼插话凑趣儿，把乾隆听得乐不可支，因道："老五说得不错，这确是国家祥瑞之气。圣祖世宗爷和朕三代努力教化，百姓深明大义，福康安他们才能如此顺利，不然，有的从贼抵抗，有的窝匪不报，仓猝之间良莠不辨，哪有个不误伤好人的？"他想说得庄重肃穆些，竟是无法挂下脸，仍是笑逐颜开。

"实在是非同寻常！"一时岳钟麒和尹继善也都看完了折子，尹继善由衷一叹，"奴才细思当时情形，不能请示待命，不能延误时分，为防走漏消息，连官府也不能全然信赖，又无大军可以就地调动，真将才也！运筹帷幄，静如处子动如脱兔，出奇兵用疑阵都在间不容发之中，一步错了，就没有这个全胜之局！"岳钟麒也道："这确是一场野战。不是靠地方政府也没有全指望大营官兵，这个战例很个别的。"

　　乾隆一百个心思想升福康安的官爵，一来他初入值侍卫，再者年纪幼小，无功晋升众人难免不服，有了这份功劳，心里这份欣慰局外人怎么也不能体谅的。转念一想尹继善的话，反而冷静持重了下来，转想刘墉是文臣，按野战功勋又如何计劳，又思福康安果真是班班大才，纯粹以武功出身，似乎可惜，一功之下赏赉过重，又易增他虚骄狂傲之心……想着，心思已是清明底定，笑道："其实朕更取他们忠君爱民不计利害这份心。这个仗打得险。如果有了半分敷衍心，先来请旨，或先与山东省台驻军联络商计。商计停当，贼也逃了，他们也没了责任——这就是寻常庸吏伎俩。傅恒有子！刘统勋有子！朕心里欢喜无法形容。但他们毕竟年轻，还要砥砺磨练琢玉成器才是。"他顿了一下，"朕料他们的折本今夜明天可到，军机处先议一下，要从表彰勉励上做文章，下边有功人员保叙照常。他们的功劳，虽说朝廷有制度，宁可从低或者记档，待差使办完引见时再说不迟。"几个人哪里知道一霎工夫乾隆转了若许的念头？还要说时，乾隆笑道："等他们奏折来了再说这件事吧。纪昀报个喜讯冲一冲也好，朕心里其实郁闷，吏治才是一篇真文章，真文章才真难做——先帝不知多少次说这个话，当时只是设身处地，现在却是感同身受了！"他敛了笑容。

　　"奴才刚才说到牛皮帐篷，五爷回京请召集户部兵部合议一下。现在来不及分责任，先从武库司调拨的五千领帐篷是绝不够用的。不拘从科尔沁或者察哈尔急调购买五万领，发放青海驻军要紧……"尹继善双手据膝端坐，眼睛盯着前方不紧不慢说道，"辨是非可以从容去辨，兵士们受冻饿不能从容。青海地势高寒，有的大营营区一年只有一个冬季，冻土不能种植粮菜，吃霉粮住破帐房。奴才去视察，士兵们人人面带菜色，有的整营都是鸡视眼，一到黄昏变成一群瞎子！我请旨户部配调花生核桃大枣瓜子，运到军营，从军官到士兵满堂奔走欢呼，'万岁圣明！体恤我们当兵的可怜！'后来再调，就调不动了，兵部户部都说平原营房兵士只吃青菜豆腐，军需供应不能厚此薄彼。他们哪里知道那些地方一百斤羊肉想换一斤青菜也没处换！一车萝卜送营里兵士们围上来一会儿就啃个精光……奴才亲自进大伙房，干菜羊肉雪米饭吃了两天，真真是难以下咽……"他仿佛至今不胜那份苦涩，嚅着嘴唇皱眉咽了一口唾液。这一刹那间，纪昀才留意到尹继善变得黑而且老，不但胡子苍白了，原来又浓又密的头发也变得异样稀薄，总起辫子也不过拇指粗细，软软地垂在脑后。想起两年前同游清凉山，尹继善那份风流儒雅，顾盼间奕奕精神怎么也和面前这位深沉持重形容憔悴的军机大臣印证不到一处。

乾隆一边听，一边也在审视尹继善，点头说道："不要管别人说你什么，朕深知你的……那么忧谗畏讥的？朕虽然远在北京，你人在西安心存君国，巡行西宁兰州深入大漠，朕是如同在你身边……元长，你不要落泪，听朕说，你在江南做官日子久了，一向得心应手惯了的，一旦去了北方，那里吏情民风都不相同。又是以带兵为主，又是军机大臣和纪昀他们一样参酌政务。你想事事顺心，哪里能够呢？袁枚在西安待不住，他想抚琴而治，西安地瘠民穷只有石头板，哪来的琴？把军棍兵痞赶出了西安，当地土豪劣绅强悍刁民，照旧还得用板子木枷对付！他不懂三秦政治和江南的不同，不能像江南这样单靠理喻教化治理起来游刃有余，秦塞函谷不是吟风弄月之地啊！袁枚的《随园诗话》朕是很赏识的，既不肯做官，且置闲几年，泉林著书也是好事……"

甘肃藩库供应青海大堂牛皮帐篷霉坏的事已经有几封廷寄往来文书。兵部说这是两年前才新制的帐篷，从呼伦贝尔购进时兵部派人验过，都是一崭儿新的壮牛皮缝制，库存不到两年发到营里就霉坏，不可信，疑心青海大营军官冒支报损。尹继善派袁枚去核实，兰州库房说"无损"，有领货兵营的戳记签名为证。兵营长官请尹继善到营检看，又确是霉变不堪。几千里外三方各执一词公婆各理，吵得沸反盈天，陕甘总督勒尔谨差点把袁枚扣在兰州，"正法以正视听而慰军心"。可怜袁枚一介书生，名震天下的大才子，为肃清西安兵患得罪了青海甘陕的丘八爷，为牛皮帐篷又惹翻了甘陕官场，为设义仓垦荒田激恼了当地士绅，弄得四面楚歌。幸亏尹继善百般回护，调回浙江任钱塘知府，偏偏现任的浙江巡抚王亶望就是前任的甘肃布政使，都是串了一气儿的，来了不接见，不放牌子不给差使让他"候补"，淡淡地"把你晾起，你怎么样?!"袁枚一气之下拂袖南山……这里边关联错综繁复，在座谁也没有纪昀清楚，但这其中的人事险恶，也属纪昀顶顶明白：且不论勒尔谨是勒敏的族叔，不但是功臣之后，也是跟从乾隆十四叔允禵西海征战的悍将。即王亶望因在甘肃征粮有功聚财有道，迭受表彰为"能臣"，乾隆去海宁前一日还特别下谕，加恩赏给他八旬老母貂皮四张，大缎两疋，还有亲笔御书"人瑞国祥"的泥金匾额……明知其中古怪隐情多，想想连尹继善身历其境都料理不开应付维艰，何况自己一个汉员？反复沉吟着觉得漫无头绪，与其说错不如不说，正思量着没做理会处，弘昼说道："王亶望这人请皇上留意。您去海宁，臣弟在后船随驾，运河两岸梅花盛开，还有月季、夹竹桃，是花都开。上岸找百姓悄悄打听：不是季节，怎么花儿都开了？是祥瑞？——不是的。是花银子从江南扬州花房移来的，盆子摔了现栽。诚孝忠敬奉迎老佛爷带了假味。臣弟见他那副胁肩谄笑的嘴脸就恶心，分明是个——"他突然打住，嬉皮笑脸道，"臣弟又说走了嘴，皇上原谅！"

"你说嘛！虽然你散漫无羁，朕还是愿听你的实话。"乾隆笑道，"谁为这些事罪你来？"弘昼笑道："说句好听的，他这人言过其实。说粗一点的，是个拍马溜勾子舐屁股的角色……千穿万穿马屁不穿，这种人只要不贪，永远是个不倒翁！"乾隆道："朕以为你有什么高见，原来不过如此！朕在藩邸见有些人在先帝跟前这模样也恶心。君临登极才知道，人性趋高谀上都是一样，有的是内根不正外头道学，比这外露的更可恶可憎。既然都趋高谀上，不能单凭'嘴脸'判别。说他好要有实据；说他不好，也要有实据！朕见过个'马脸相'的，你看他撇嘴瞪眼愁眉苦脸，他其实是在笑；你瞧他笑眯眯的，那是在哭呢！"说着呵呵地笑。

弘昼偏着脸想想，无所谓地说道："臣弟没什么实据，就是瞧着这人不地道——事事谄者待下必骄，不也是情理？臣弟信得及尹元长，才去一年多点吧，看去老了十年，也是凭据。元长说要牛皮帐，那肯定得赶紧办——真奇怪，甘陕年年闹旱灾，干得寸草不生的，怎么会霉了牛皮帐霉了粮？"

他说得平平淡淡，乾隆却听得心里一震，像是被提醒了一件极要紧的事，一边极力思索着，一边说道："不但牛皮帐，花生核桃这些也要兵部列单作军需供应，定成常例。既然萝卜能运上去，可以从内地征购。青海藏边阿里驻军待遇，还有乌里雅苏台、天山大营的粮秣军饷，下去尹继善和老五议个条陈，朕批给兵部照准办理。军士没菜吃，那些荒旱之地又无法种菜，这不是小事……"说着灵机一闪，也是想得有了头绪，突然转脸对纪昀道，"历年的各省晴雨报表折子是留在北京了，写信给阿桂，誊录一份用六百里加紧送来！"弘昼和尹继善正聚精会神聆听他前头指令，感慨乾隆深仁厚泽体恤前方将士，猛听得话题一个急转弯儿，对纪昀说起"晴雨折子"这八不相干的题目上，都一下子僵怔了。岳钟麒一直低头在想如何劝说乾隆警惕阿睦尔撒纳的诡计，也一下子抬起头来。只有纪昀心中机警明白，一转眼间已知乾隆对勒尔谨和王亶望起了疑窦，但这样的"圣明高深"万万不能一猜就中，因故作发愣，一阵子才道："臣遵旨……不过，圣驾这就返驾回銮，过去的晴雨表不是要紧折子，恐怕已经存档了，一时未必凑得齐呢。皇上怎么忽然想起这么档子事了？"

"是老五提醒了朕。"乾隆的笑容里带着一丝狰狞，语气中仍是十分平静祥和，"朕是想看看甘陕这几年的旱涝——是旱，牛皮和粮食不该霉得一塌糊涂；如果是涝，朕记得像是因为报旱灾几次免赋请赈的……"

他话虽说得宽松温和，但事理透析却犀利如刀，把一切障眼的往来纷繁事物，纠缠不清的人情扰攘一把剥去，锥骨透髓直捣要害，直有洞穿七札之力。顷刻之间，纪昀觉得再也不必顾虑什么，再也不敢虚与委蛇遮饰什么了。纪昀略一俯仰，岳钟麒在旁叹道："主子这话真是洞若观火，圣明烛照奸蔽尽现！老臣在京闲居，甘陕旧部进京见面，说起道路天气，连着这几年甘肃雨水充足，祁连山下的春小麦一亩都能打二百多斤。武官们抱怨道路翻浆泥泞难行，还说甘肃官儿精明会做官，都发了。臣戴罪之身不愿多事。他们姑妄言之，臣姑妄听之而已。皇上这一说，臣心中像点了一盏灯。甘肃原本苦旱之地，年年赈灾。这几年赖皇上洪福风调雨顺，敢情还在冒请赈粮？他们竟敢将历年几百万银子都私分了？这可太骇人听闻了！"

第二十五回　惊蒙荻遣使赴凉州
　　　　　　绥治安缘事说走狗

　　乾隆的脸完全阴沉下来，两道短黑浓密的眉微微扭曲着，深邃的眼眶中瞳仁闪着针芒一样的微光，幽幽扫视着殿中几人，额角上的肌肉时而抽搐一下，两只手紧握着卷案边缘，竟是仿佛要一跃而起的模样，却咬着牙端坐不语。守在帷幕边侍候茶水巾栉笔墨纸砚的太监最知道这主儿脾气的，本来就屏气慑息鹄立的腰身像被人触了一下的含羞草，齐刷刷折弯下来，等待雷霆大作雨雹齐下。

　　乾隆却没有发作，咂吮了一下嘴唇，问道："纪昀，去年甘肃报旱还是报涝？"他开口问话，纪昀顿时松了一口气，不假思索回道："报旱——皇上，甘宁青从来都是报旱。陕西泾河前年去年极涝，但河套张掖武威十二成足收没有求赈。甘肃接连五年都是旱灾，晴雨表送来御览，皇上就明白了。"乾隆"嗯"了一声，又问道："这几年甘肃免赋赈灾钱粮数目，想来也要等户部来报了？"

　　"皇上！"纪昀心里格登一声，刹那间加了小心，就地欠身哈腰说道，"详细数目臣不能明白，按甘肃在册田土是二十三万六千余顷，田赋定例二十八万七千两，连着五年都是免征的。去年赈灾银子发给五万，前年是八万，再前年是六万五千——这是户部报呈御览，军机处留档时臣无意中见到，尾数不能记忆。记得前罪臣讷亲还说过，'王亶望这人真聪明，知道江南丰收，又吃准了主子怜恤灾民，使劲报灾，当官的老百姓两头合算？'就为有这个话，臣才记住了这几个数目。臣纪昀身在机枢，不能见微知著为皇上分忧，失职渎责之处难逃圣鉴。"

　　他还要谢罪，乾隆一口打断了，说道："不要无故怀刑。这不是你的首尾嘛！"他冷笑一声，"朕这里连年整顿吏治，只顾了高恒钱度这些城狐社鼠，哪里想到各省还有那许多的封豕长蛇呢？发文给阿桂，派员到甘肃去查明核实。一是征来的钱赋到哪里去了，二是赈灾银子落到了谁的手里？这件事着尹继善立即去办！"

"是！"尹继善忙答道，却没有"立即"起身。他在西安大约受气焦劳极多，至今余惊余怒未息，趁欠身际活动了一下腰肢，从容说道："奴才奉旨去陕前，曾问过傅恒军粮转运的事。傅恒告诉说甘肃有粮八十二万七千五百石，豆麦充足，教奴才不用为军粮劳心。八十万石粮在江南约值二百五十万两银子，运到西安的脚价是五倍，当时奴才感激王亶望顾全大局，佩服傅恒协调有方。但到军中亲眼所见，既没有豆也没有麦，有的只是霉米！奴才也派袁枚前往各库查看，又三次另派人复查。皇上……甘肃根本就没有藩库存粮！这件事早就想奏明皇上的，但勒尔谨一口咬定，粮食已经赈了灾民，七百万石的折价银子存在藩库，要查，须要请旨办理。奴才又奉旨回南京，所以暂放了手。请皇上一并发旨，这其中疑窦太多了……"

这里边"疑窦"确实太多，七百多万石粮垛起来是一座山，"赈灾"没了，报旱发钱粮，也"赈灾"了——超过甘省岁收田赋七八倍的粮食都"赈灾"了？乾隆顿时气得发怔。弘昼却笑道："甘肃人好大的肚子！"乾隆按着桌沿想站起来，才意识到是盘膝在榻上，耸了一下身子，狞笑道："朕看未必！只怕饿瘪了肚子的也是有的，因为甘肃的王亶望、勒尔谨肚子太大手太长了！一句话：查办！"

至此，纪昀已知王亶望勒尔谨完了。他正思量着如何奏陈，岳钟麒拈须沉吟道："老奴才没有管过政务，已经听得头晕——甘肃地瘠民贫，麦豆亩产不过一二百斤，这七百万石粮是从天上掉下来的？江南的存粮也就一千万石上下吧？""东美公不知首尾，"纪昀神色忧郁，望着乾隆说道，"这七百万石粮是捐监的粮食，四年前勒尔谨还是巡抚，上了道奏折，说甘肃过往商客多，就近买粮捐监比到京捐监更便捷——这是国家额外进项，就地聚粮就地散赈百姓，本地富户粜粮得银子，甘肃很实惠的。皇上当时批示'尔等既身任其事，勉为妥当可为'。五十五两一个监生，三年来共是十五万捐粮监生。有粮又报灾求赈，这已经蹊跷，卖了粮又收进藩库银子更是匪夷所思。这真是翻覆云雨鬼蜮伎俩层出不穷！若是藩库收二百五十万银子，户部居然不奏，那户部就该一炮炸成灰烬；如果没收这笔银子……皇上万不要雷霆大怒，那王亶望和勒尔谨难逃欺君误国之罪！"

"朕不……怒……"乾隆脸色惨白,声音颤抖着带着哽咽,"朕已经没有气力生气,只是觉得可怕,觉得凄凉……其实朕早该想到的,如果有灾,粮价上涨,五十五两就买不足一个监生定额;如果丰收,为何要年年赈灾?宰割百姓宰割朝廷反过来报捐粮有功!欺君误国,还要加上一句蔑礼悖伦!可怕的是,这不是一两个方面大员龌龊贪贿,是通省……省府州县'上下一心'合伙欺君!但有一个有天良的奏上来,哪有瞒得朕这么苦的?"说着两行热泪夺眶而出,"朕已经明白他们百计为难尹继善的缘由了!继善在那里一日,他们就如坐针毡……这还都是读孔孟的书,中了举人中进士出来的人,天地君亲师叫得震天响,一见到钱,都变成了见血的苍蝇!"

他悲不自胜如泣如诉。众人替他想,天天四更起来见人办事到半夜,里里外外文事武备一处不到一处出事,一波不平一波又起,总想把天下治得四面净八面光,却时时处处有人专门作对似的,事事都难顺心,皇帝当到这份上也真苦真难……心里替他难过,却也无可安慰。几个军机大臣各守一方,也都累得筋软骨酥,仍旧四方走风八面漏气,又是奇怪又是不能咽这口气,沉思默想着也觉心酸眼热。王八耻早拧了一把热毛巾,小心翼翼捧给乾隆。

"这和高恒他们的案子不同。"乾隆揩了一把脸,心神安定了一点,脸色仍十分阴郁,坐得久了,腿有点麻,软软地骗腿,由小苏拉太监跪着替他穿上靴子,下榻来徐徐踱了几步,已经收了悲凄之容,铿锵的音调里带着丝丝颤音说道,"这是一省官员串通作弊,有点类似雍正年间山西诺敏一案,甚或有过之而无不及。就情理而言,害民欺君邀功罔上贻误军国大事,如此丧心病狂的国蠹民贼,断无可逭之理。这个案子由阿桂领衔钦差查办,大白于天下以贻天宪王纲!彼既泯不畏死,朕又何惜三尺龙泉染血?"他仰首看着殿顶的藻井,像穿透屋宇在遥视天穹,久久才深长太息一声,"'以宽为政',是要与民休息,百姓富社稷安,不是养痈为患。养得遍天下城狐社鼠肥壮了,拱塌朕的紫禁城!唉……看来还是朕凉德薄能,不能感格臣下,以至于官场如此鬼魅横行肆无忌惮啊!"

几个臣子原本挺直坐听他训诲指令,末了这几句罪己诛心之语说得众人无不悚然股栗。连弘昼在内,忙都离座伏首,连连叩头。乾隆还要接着说,见卜义进来,问道:"有什么事?"卜义见众人都跪,忙也跪了说道:

"浙江巡抚王亶望求见主子!"

"说曹操,曹操到。"乾隆脸上掠过一丝狞笑,"他有什么事?"

"他没说,奴才也不敢问,只见抱着一摞子旧书,看样子是进呈御览的……"

乾隆一下子想起,是在宁波时王亶望陪驾,自己曾说天一阁藏书有一套宋版朱熹注《论语》没有见到,是一憾事,想不到他这么快就给自己弄来了。但他此刻对宋版书已经毫无兴趣,因冷冷说道:"你去传旨,他东窗事发了!今日就有旨意,他和勒尔谨革职听勘,由刘统勋派人查看家产。书,留给他自己好生读!"

"喳!"

"请稍候!"尹继善忙摆手止住了,向乾隆连连顿首,"皇上今日听的都是奴才们的一面之词,算不得铁证。万一其中别有委屈,奴才一言造甘肃百官惶恐不安,此罪百身莫赎!求皇上查明再办!"纪昀也道:"王亶望的案子扑朔迷离异常繁复。臣以小人之心度之,他是听说尹继善回来,恐怕甘肃捐监冒赈事情败露,来见驾一为取巧讨好,二为探望风色。不如假以辞色,赏收他的书,令他安心回去供职。此刻似乎不必打草惊蛇。"

乾隆想了想,对卜义道:"你去传旨吧!"待卜义出去,乾隆苦笑了一下说道:"你们要密勿谨慎,和福康安擒蔡七一样攻其不备一网而尽。这想头怕不是好的?只是如今官场还有何密可保?不夺王亶望的职,他一个六百里加急给勒尔谨报信,待钦差大臣到甘肃,串供也串好了,账目也弥缝妥了,查起来加倍艰难!只有先革掉他的职,打乱他们阵脚,变成没有头的一群苍蝇。钦差一到,事体虽乱,却容易串了他们的琵琶骨!"岳钟麒笑道:"想不到整治污吏和打仗一个模样。奴才听着,这是出奇兵直捣老营,中军指挥打乱,然后分割歼灭。"乾隆略带得意地一笑即敛,说道:"这比打仗难!战场上敌我分得明明白白,这里都穿的是朝服朝冠,都是熟人同乡同年上下司老朋友,不是朕要拿他们当敌人,是这省官员和朝廷过不去!如不痛加整治,各省效仿如法炮制,大清就完了。朕岂能轻易将今日大好局面断送,辜负列祖列宗的期望?"

众人听了七嘴八舌称颂:"圣明烛照,洞鉴万里!""庙谟运独圣躬清明!""机断处置奸宄难藏!"……乾隆的心情渐渐舒展畅快起来,看了看怀表，惊讶地说道："已经快到未时了！今天议政忘了时辰——朕不赐宴了，你们到军机处伙房里用餐，该办什么事办去。老五留下和朕一道用膳，皇太后皇后还要见他。就这样，跪安吧。"

众人本就跪着，纷纷叩谢起身辞出。乾隆叫住了岳钟麒，却没有立刻说话，良久，拍拍岳钟麒肩头，喟然说道："前朝留下的老将军，能总揽全局的，只剩下东美公你了。本来他们议事你可以回去歇息的，留下来是看廉颇老矣尚能饭否。看来你身体精神不亚于他们几个壮年书生，朕心里甚是欣慰——这是国家干城之宝啊！你说是不是，老五？"弘昼笑道："那是当然！老家伙真行！上回和弘瞻两个还在议，七十多岁的人了还这么矍铄，他敢是人参鹿茸整日填着？我们兄弟除了皇上，谁的身子也没法和你比！"岳钟麒笑道："皇上赐的人参有十几斤了，只是熬夜时才舍得用一点。奴才是马上金刀生涯，老行伍吃肉吃饭练把式养着，自然结实。爷是金枝玉叶，怎么和奴才这砍不断的老楸树比呢？"

"不要舍不得用，该用还得用，回头朕再赐几斤给你！"乾隆笑道，"你说的那个阿睦尔撒纳朕心里有数。他是狼子野心也好，忠心耿耿也好，现时和卓那头有他顶着，是有用之人。你的差使是帮办傅恒军务。金川和上下瞻对是西藏门户，这里不料理好也是迟早要出大麻烦。你可以和那个番婆朵云见面，你们毕竟相熟了的，他们也信服你，容易说话。两条，一是莎罗奔必须面缚请罪；二是请罪之后朝廷赦免，他还是金川故扎，连上下瞻对也可归他辖领。话不要说足，留有讨价还价余地。这件差使办下来，就是件大功劳。金川如果不肯答应第一条，那朕只好用兵到底，血洗了这块地方。这话不必直说，但要让朵云明白。好，这差使就交你了……"

岳钟麒兴奋得血脉偾张，皓首白发叩头谢恩道："奴才侍候了三代主子的人了，只索这把老骨头再给主子卖一回命！尽管请主子放心，奴才要学康熙爷跟前的武丹，好教主子欢喜，知道奴才尚非全废之物！"乾隆哈哈大笑，说道："那你就好自为之！"伸手挽起岳钟麒，直送出殿外滴水檐下，岳钟麒再三辞谢，颤巍巍退了出去。

"朕越想甘肃的事情越是要紧。"乾隆看着岳钟麒高兴得脚步都有点飘忽的背影对弘昼说道，"武官还成，从阿桂到海兰察兆惠新的一茬已经起来，福康安也历练得略有小成，都有个立功报效的心。有这个心就轻易败坏不了。文官现在是花天酒地纸醉金迷一天天败坏下去……整顿不好，朕寝食难安！今个儿要借甘肃这事杀几个封疆大吏，罢黜他一批，振作一下！"说罢回身进殿，弘昼跟着进来，笑道："武官现在都没闲着，有差使压着花花心就少些。文官们政绩考核没个尺度，也不好衡量，整日三件事升官发财桃花运，没个好儿！皇上现在整顿，臣弟看来还是卓有成效。一是百姓人心，下头有个说法，'大清盛，数乾隆。'说鼓儿词的谁也没有指令，开口就唱'太平年，年太平，河晏海清'。刘墉李侍尧都是可用之材，还有福康安这些人，历练起来，恐怕比现在这几位军机还要能干。纪昀阿桂还在年富力强，科考还可再留心物色人才，大局面还是很好。州县府道想治得一色的清如秋水严似寒霜都是况钟海瑞，自三皇五帝以来没见过，皇上似乎不必为这过分焦虑。您身子骨儿好，就是咱们大清的福气！"

乾隆站着听了，笑道："此话虽然不无逢迎之嫌，却大体不错。中央机枢这块不坏，百姓这块不坏，就是可望之局。傅恒尹继善是历练出来了，阿桂也还要再历练……也许是我求治心太切了。但你需明白，越是盛世步履越要小心。汉文景之治后有王莽之乱，唐贞观之治后有武周乱国，开元之治后有天宝之乱，都是因为没有防患于未然，宁不令人畏戒恐惧？"说着已敛去了笑容。弘昼笑道："皇上既然已经警惕，其实已经在杜塞乱源。咱们大清不会出那种事儿。"乾隆沉默了一会儿，听着外边黄鹂树头鸣叫，一笑说道："你听它叫，'皇上快回头！皇上快回头！'其实我真想'回头'好好歇息调养，无为而治游悠散淡，可是不成啊……至少现时不成……老五，该说的话昨晚今天已经谈得很多，你不必有什么顾虑，我就你这一个亲弟弟，谁能离间？谁能奈何你？我这就要给刘墉旨谕，让他到肃州凉州查办勒尔谨案，你不必回京，和他在开封会齐，你亲自也去走一遭吧，案情太重大了……"弘昼见乾隆说得郑重，收了嬉笑，躬身回道："臣弟遵旨——"跟着乾隆进了殿，亦步亦趋入西暖阁。

兄弟二人进来，看见太皇太后也在，坐在皇后榻前婆媳两个正说着话。满屋太监宫女见他们联袂而入，"嗯"地跪了下去。乾隆怔了一下，抢上一步打千儿行礼，赔笑道："老佛爷过来了！儿子给您请安！"弘昼也随后行礼。乾隆嗔着秦媚媚道："朕就在东暖阁，老佛爷过来，怎么就不禀一声儿？"

"皇帝起来吧！弘昼也起来。"太后笑道，"是我不许他们惊动你，这殿里布置得进来多少人也没个声息。我娘们这头说话，你们那头说，两头不扰……"

乾隆二人起身，见太监提着银水瓶进来，弘昼忙要了过来，乾隆取杯弘昼注茶，恭恭敬敬给太后双手奉上。弘昼把瓶递给太监自己取杯，又给皇后身边炕几上安放了，笑道："娘娘请用。臣弟瞧着娘娘气色又见好了，只是还略有些苍白。外头日头好时候，精神去得，叫人扶着略走动走动晒晒太阳。老这么歪着躺着，好人也会生病的。慢慢地就硬朗起来了……"皇后半歪在大迎枕上身子蠕动着欠了一欠，一脸温馨的微笑，说道："他五叔就爱这么蛇蛇蝎蝎女人似的。皇上五弟你们请坐。怕是还没进膳吧？老佛爷带的香椿蛋卷、豆皮青韭蒸饺儿，还有几样点心是汪氏跟扬州厨子学着做的，也都好味道。熬夜办事伤身子，空着肚子岂不雪上加霜呢！"

"好，那就进点点心。"乾隆笑着点头，见墨菊端着碟盘过来，捡了一碟子葫芦丝儿烙锅贴饼儿递给弘昼，"这个带辣味的，老五爱见，进了它——"向母亲一挤眼儿，"我可真的是有点饿了呢，"伸手取香椿卷儿，笑道，"老五怎么不动手？好端端的生出毛病来。不是早年一个书房里，偷吃我的梅花糕，还说书房里有耗子，做张做智地教人'将老鼠捉将起'！"说得众人叽叽咯咯都笑。弘昼讪讪地取饼，小口咬着道："这正是彼一时此一时了！皇上那日大发雷霆，至今思之心有余悸。您要一砚台砸了我吃饭家伙，我可就薨之大吉了，谁去甘肃给您捉耗子呢？"

此刻汪氏陈氏等一众嫔妃听说皇帝来，也都赶过来侍应。听他兄弟两个调侃说笑，两个答应上前给太后捶背，两个常在跪在里榻给皇后按摩，雍雍熙熙满堂笑语——虽说是一家人，在北京宫禁森严内外隔膜，行走居处循规蹈矩，"礼"上头不能有分寸毫厘差池；下江南随便了一点，但朝事公务忙得乾隆昏头涨脑，七事八事枝节横生，竟比在北京还忙了一倍，难得这样容容穆穆一大家子团聚共享天伦之乐。七嘴八舌家常絮语说得热闹，有说扬州风光比苏杭好的，有说可惜不得见钱塘潮的，莺呢燕语一堂娇音。因听太后笑说："咱们满洲老人儿住不惯南边。先帝连北京也嫌夏天忒热。皇帝下河南也中过暑。我还是头一回来，这里倒住得惯。问问当地人，也就南京那块热些。长江无六月，其实也凉爽的。"弘昼凑趣儿道："我也问过，确有'长江无六月'这话。原来是这个意思？我心里还异样儿——敢情江南过了五月就是七月？"他装傻卖闷子一脸迷糊相，逗得众女人笑不可遏。太后因问："你不是要先回北京呢么？怎么又去甘肃？"

"我去捉耗子。"弘昼舌头舔着嘴唇说道，"这回给皇上当一回御猫。还有阿桂、刘墉他们，各走各的道儿共办一趟差。"

乾隆是讲究"食不语"的，只微笑着小口嚼咬点心听众人说话，胡乱用了几块点心喝一碗奶子便推开盘子。因见母亲看自己，乾隆忙赔笑将甘肃冒赈的事约略说了，"这边王亶望已经拿了，勒尔谨也要拿了，一网打尽这群耗子，给老佛爷上寿！"

"阿弥陀佛，不当家拉花的，我可不爱见老鼠！"太后叹道，"我虽说不管这些事，外头有些个奴才无法无天胡闹，听傅恒家的尹继善家的说的也就不少。这么着说，皇帝大概也冤不了他们……世宗爷在时你十三叔就说过，当官的是'一年清二年浑三年过去掘坟刨金'。太平久了难免生事，树大林深就出山精木怪。你能想到这一层警惕着料理就不要紧。只是打骡子惊马，别太张扬了，一来还要指着他们办差，别把马惊得不敢上辕；二者是闹出些戾气，也不是祥和气象。王亶望我没见过，他母亲满明白的人，看去慈祥和瑞的，怎么就由着儿子胡闹？唉……"

乾隆听母亲说一句，在椅上欠身答应一声"是"。他最担心母亲又来说情讲厚道，什么"清水池塘不养鱼""和光同尘是吉祥"，最好是一个不抓一个不杀才能趁了"佛祖的心"，听听竟没这些话头，又是感慨又是宽慰，也是一声叹息，说道："儿子都记下了……母亲放心安富尊荣，瞧着儿子料理发落这案子。以宽为政的大章程不变，还要惊醒那些官员奴才不敢放纵小心恭谨办差，断不至妨害大局的。"他笑了笑转了话题，"除了钮祜禄氏和魏佳氏，今儿一家子人到的齐全，连老五也来了，说点高兴的吧，告诉老佛爷和皇后一个好消息儿——福康安在外头立了大功呢！"

"谁？"太后已有点重听。方才"捉耗子"的话题太沉重，又是杀人又是罢黜的，她笃信释佛的人，无论如何心里都有点忐忑不宁，听见"好消息"，顿时脸上绽出笑容，侧耳问道："是哪个将军立功了？"皇后却听清是娘家侄儿立了功。一头说乾隆和棠儿有一脚她是知道的，一头说福康安崛起，娘家更加贵盛熏灼她却遂愿，涩涩的酸味里杂着蜜糖后味，颦眉一笑说道:"是傅恒家的老三。老佛爷又忘了……去海宁前头半个月,在天宁寺老佛爷还见了几次呢!他那么丁点儿年纪能给皇上立什么大功呢?"她没说完太后已经想起,呵呵笑道:"我想起来了,是长得有点像女孩儿样的那个哥儿?就是的,那么小的,能立什么大功呢?"

"这个福康安老佛爷可看走了眼。"弘昼笑道,"老佛爷没听说过'自古英雄出少年'?蜀汉夷陵大战、秦晋淝水之战,都是少年将军指挥以弱胜强以少胜多,打得苻坚几十万人血流成河败退八公山,听见风声鹤唳都吓得身上哆嗦,烧得刘备七百里连营一片火焰山!"他备细将福康安枣庄剿匪全胜的事依着葛孝化的信一五一十说了。到那紧要节扣处还要添枝加叶润色形容,加着逗闷子留悬念,说得曲折跌宕回肠荡气,赛如鼓儿先茶馆说书,满屋女人听得心驰神往。末了叹道:"这一仗细思是十分凶险。只要事机不密走漏半点风声,或者稍有布置疏忽,蔡七他们突围是极容易的。一旦这只大虫冲了出来,枣庄数万良民难逃大劫。占山为王,或者流窜各省攻城略地作案,朝廷不知要耗多少兵力钱财才能镇压下去!老佛爷,自古打仗杀人一万自损三千,那是常例;剿匪不伤良民,那也是没有的事了。难得他在平原村落打仗,干得这般利索!这孩子平常只见文章好、字好、会琴棋书画、有过目不忘的本事,原想是个文臣材料儿,谁知布军作战静如处子动如脱兔,竟是个文武双全的簪缨子弟!这都是皇上皇后的洪福泽被,傅恒教子有方,调理得有这样的英才!我想,剿灭蔡七还在其次,不拘是谁,什么时候,蔡七终归得就擒伏法。难得是发现了这个人才!还有刘统勋的儿子刘墉,都能造就成我们大清的栋梁砥柱!"

他连说带夸夹着逢迎马屁,眉飞色舞神彩焕映。一众女人哪曾听过这些?有的呆呆怔怔有的痴痴骏骏,时而心驰神往,时而攒眉蹙目,目光盯盯看着这位口若悬河的王爷,一片声啧啧惊叹,直到他收科说完,众人才松了一口气。皇后倚枕笑道:"他五叔真个好贫嘴!我们虽说都没听过鼓儿先说书,小时候大哥听回来给我们姊妹转说,不及五弟一分,听得到紧要关头,他就说'欲知后事如何,且听下回分解',得求着他才肯接着再说。你们爷们在外头看折子,敢情是折子里说的都是古记儿?这么好听的,就只是太短了——"说着便咳,手帕子握着看时,痰中带血,见众人没留心,掩了帕子塞进袖子里。

"康儿这么能耐的？"太后喜得满脸是笑，"可见是龙凤有种，随了他爹爹文武全挂子本事了！可怜见的那么个金尊玉贵的哥儿，又还小着，就知道给朝廷卖命立功。我原掂量着他还小，只是任性不听话，出来入值侍卫还不放心的。如今看来竟又是个做大事的坯子！"乾隆忙色笑承欢，说道："现在要派刘墉去甘肃了，放着胆让福康安独个儿巡阅几个省，也是个琢玉成器的意思。这会子只是下旨褒扬，不宜升他的官，待到回京一条一条都要叙功，那时候儿再说。像康儿这样的，一落草就注定要做官，官儿不稀奇，要紧的读书长学识历练出能耐。我一想起北京那起子八旗旧人子弟、功勋子弟黄带子宗室阿哥就心烦，你叫他吹祖宗，一套儿一套儿全都现成，叫他玩鸟儿溜腿子逛庙会坐茶馆，一般儿是龙子凤孙气派，教他生业养息出来办差，全都是些废物傻蛋白痴二百五！老五的话：说谎吹牛呱呱的，办事尿床刷刷的……"说着自己也笑了。

众人跟着一片哗笑，前俯后仰的站不住。太后道："头前听你十六叔福晋进来说，有些旗下子弟已经精穷了还要装阔，进茶馆泡的茶叶都要带回去，晒干了下次再冲，冲一壶残茶一个芝麻饼过一天。说有个人饼上芝麻落在茶桌上，装着在桌上写字，蘸着口水一粒粒填了口里，偏有一粒芝麻掉进桌缝，急煞也粘不出来。他就装成想字，偏着头想了半日，'啪'地一拍桌子说'有了！'那芝麻也就蹦出来了！"众人的哄笑声里弘昼也来凑趣儿，说道："有个旗下子弟穷极了，到裁缝铺里说会补针鼻儿。那家裁缝攒着半斤破针预备着卖铁，听说能补自然高兴，好吃好喝管待了他，取针让他补，他说：'把那半边破鼻儿取来，我给你补！'"

"这个杀才真是块滚刀肉材料儿！有这份心智用到哪里不出息？"乾隆大笑道，想了想又一叹，"旗人生计是大事，太后老佛爷也极关心的。打仗打出一批好样的，像阿桂兆惠海兰察还有勒敏都是的，该不争气的仍旧不争气，思量着竟拿他们没法子！""这事不是一天两天能办下的，皇帝也甭为这着急。"太后也敛了笑容说道，"打从康熙初年，过先帝爷手，想了多少法子，总归不中用。好在这是大事却不是急事，从容些子，慢慢地办法就有了。"乾隆忙赔笑道："母亲说的是。"

众人说笑一阵，各自轻松喜乐，连皇后脸上也泛出血色。她见弘昼起身要辞，叮嘱道："他五叔你要去甘肃，那边道儿远，地气苦寒，自己要当心。带两个得力能干的奴才……出门在外的人，比不得家里，诸事都好检点照应。"弘昼忙一躬身，说道："臣弟谢娘娘关照。我有事没事常出门的，不会有什么差池。娘娘只管放心荣养，臣弟办完差回京，娘娘身子骨也硬朗了，欢欢喜喜给您请安！"又转脸对太后道："那地方儿出的有名的甘草黄芪，我给老佛爷和娘娘背一大捆，泡着当茶喝，最是能滋阴养脾的。"太后和皇后都笑。

"你的安全也是要紧的。"乾隆沉吟着说道，"这次是出去办钦案，不是寻常游山逛水。去刘统勋那里，把黄天霸的手下选两个跟上。白龙鱼服蟹虾可欺，你不要当成儿戏。"太后问道："整日价听太监说起黄天霸，耳朵也聒出茧子了。说是能飞檐走壁镖打香头什么的，跟'三侠五义'不差什么。既这么大本事，怎么不改了军职派了西边打仗？听说封了车骑校尉，职分还只是个道员？"乾隆笑道："老佛爷想看他的玩意儿，回北京进圆明园叫他和他十二个徒弟给您演练演练。"因将莫愁湖胜棋楼黄天霸和盖英豪两家比武的情景细细说了，又道："这是一群江湖道。出兵放马讲究行军布阵粮秣供应，懂兵法能带兵才能野战。黄天霸和阿桂兆惠海兰察比起来，只能算一条狗。狗有狗的用处，看门护院狩猎还成，护得有功，也要喂点好东西他吃，票拟已经出来，还要晋他男爵呢！派了军职反而不得。刘统勋和刘墉好比我派出去打猎的人，他们就是爪牙鹰犬，瞧准了哪里有豺狐兔子黄羊麋鹿什么的，一个手势眼色他们就扑上去了。这就是人才、奴才、狗才的不同……"

他没有说完，太后一众人已经笑了。太后道："佛祖！敢情是有这么大的学问？这才堪堪的明白了，外头这些办事的人还分着几等几样！其实有些人还不及狗靠得住些。先帝爷那条叫'芦芦'的狗，脖子上挂一块银牌子，一天是一两银子的份例，比得上两个一品大员的俸禄。我和先帝说过，似乎太厚了些。先帝说这是功狗，有过擎天保驾的功劳，不能薄待。可怜那畜生也是个心痴：每日先帝打瑞藻轩过，它都要过去撒欢儿亲热一会儿。先帝驾崩了它还不知道，照样儿天天守在轩口等，巴巴儿瞧着，见太监出来就迎上去，以为先帝就要出来，瞧瞧不是就又卧了，眼里头还流泪，不到半年也就死了……可不是通了灵性么！"说着便拭泪。乾隆听她从黄天霸说到芦芦，平白抹眼泪的，忙道："母亲这又何必呢？归根结底，它不过是个畜生。跟了先帝，是它的造化呢！您觉得可怜，它这会子兴许在先帝跟前满得意的——是先帝召了它去侍候解闷子的了！"太后便又笑了："是我老悖晦了，不会想事儿。"当下众女人又转了话题，七嘴八舌讲起轮回报应，某某地一个老妇吃斋念佛，六十岁上头观音送子；何地屠宰杀生太多，引出旱魃；董永诚孝感天，仙女下嫁；天降暴雷击树，击死树中老蜈蚣，蜈蚣身上有字"秦桧十七世身"……诸如此类说得兴头热闹。到晚膳时分，乾隆意思要一处进膳，但这日却是观音诞辰，太后皇后各个嫔妃都要斋戒，乾隆便也悉听各便，步送太后出殿，众人也就纷纷辞去。

乾隆知道皇后也必有一番祭祀祈祷，待人去后，着人扶皇后静静躺下，亲自要了奶子，看着她热热的服下，笑道："今儿着实搅你了，从没有这多人坐了这么久的。我看你精神好，那是强支撑的。你就有念经诵佛的功课，也先稍停一下，你心这么虔的，佛菩萨也必不计较你的口头禅的。"皇后望着丈夫微微摇头，说："我发愿抄一百部《金刚经》，几年已经抄了七十部了，今晚只诵一百零八遍菩萨佛号，趁着精神好，还是要抄经。将来我不在了，赏给咱们阿哥们还有宗室里头信佛的，你也能留个心念……"她没说完乾隆已经伸手捂住她的口，叹道："你看看你看看，又来了不是？只管抄只管念就是，何必说这些不吉利话呢？"又宽慰了一番才慢慢出来，径到前殿用了御膳，见天色已经向黑，打理着案头的奏折叫过王八耻问道："今儿翻过谁的牌子来着？别像上次翻混了，叫人家白等着。"

"回主子话，"王八耻哈腰道，"牌子盒儿晌午送过来，万岁爷正见人，说叫等等——您还没翻牌子呢。"说着端过绿头牌盒子来。乾隆想了想，道："就翻陈氏的吧，她是个老实人，从不和别人争，不能叫老实人太吃亏。"王八耻答应一声便要过去传旨，乾隆却叫住了："你一告她知道就没趣儿了。呆会子，朕把这几份折子批出去，直闯她那里去，给她个意外之喜。"说罢便援笔濡朱砂，一份一份在折子上批文。

因为明日就要起驾返京，军机处早就下了廷谕，所有折奏条陈片子除有军情盗情水患急灾的直递行在，其余奏折一律转往北京留守军机大臣阿桂处置。所以看去宗卷堆得老高一摞，都是原来余下的没要紧公牍，有请安的，有奏报海关厘金分拨情形的，省内州县官出缺补缺调配分发……诸如此类，虽都是不急之务，府县任缺还是看得留心。乾隆见周围没有太监，大大伸展开打了个呵欠，出殿来看，满行宫已是灯火阑珊，因对守在门口的王八耻道："叫卜礼把折子送军机处。"便移步往陈氏居处。

陈氏其实和皇后住的一个院子。皇后的正寝宫下东厢的最南头，再向南是汪氏常常制膳的小伙房。贵妃那拉氏原住西厢，她爱热闹，皇后怕住这里拘着了她，在行宫北又指一处单院住了。因此这宫院此刻是半边灯火亮，西厢一溜只南边两三间住着太监宫女，也都出去值夜，黯黑的老树掩映下显得有点阴沉。王八耻隔门缝看了看，回身小声道："陈主儿打坐呢！主子请进吧！"

乾隆点点头，不言声进来，果见墙上挂一幅鱼篮观音图，壁下一张白木小儿设着几样素食小点心，并有福橘菠萝苹果荔枝一应水果，中间簇起一只小小铜香炉，袅袅绕绕烧着三炷香。陈氏面壁趺坐，双手合十，口中念念有词。却是《心经》：

> 观自在菩萨行深般若波罗蜜多时，照见五蕴皆空，度一切苦厄。舍利子，色不异空，空不异色，色即是空，空即是色……

乾隆见她念得专注，也不去惊动她，小心坐了窗边椅子上，灯下审量陈氏侧影，只见她散穿一条藕荷色褶裙，上身月白小褂紧袖短襦，领袖襟边滚着金线，一头乌云般的头发刚沐浴过，黑瀑般直垂到摊在地下的裙上，已经三十多岁的人，腰身绰约胸乳微耸，嫩腮粉颈灯下色相，宛然像个处子。乾隆还是离京前召幸过她一次，穿着花盆底，旗袍汗巾把把头，挺胸凸肚的，和此刻形容儿相比，真是云泥之别……想着看着不由得动火，欲待起身去玩逗，又忍住了，待她又念一遍，才轻轻咳一声，笑道："好一幅仕女礼拜图，你这么虔心，观音菩萨要送子给你了！"

第二十六回　游宫掖皇后染沉疴
　　　　　　回銮驾勉力全仪仗

　　陈氏心无旁骛礼拜念佛，乍听背后乾隆说话唬得身上一颤，转脸见乾隆倚着榻边椅上笑吟吟看自己，色眯眯的两眼贼亮，她自己上下一看，顿时羞红了脸，款款起身向乾隆盈盈一福，略一掠鬓，抿嘴儿小声道："臣妾洗澡了没穿大衣裳，忒失礼的……主子宽坐，我更衣再过来侍候。"说着便向里屋走。乾隆这才看清她下身穿的原是浴裙，只一根米黄绦子松松挽个环儿束着，略一动，裙缝里白生生玉莹莹两条大腿都隐约可见，一双娇小玲珑的天足玉趾微露，原来连鞋袜也未穿。乾隆早已看得欲火炽焰冲腾，哪里容她去？抢一步上前一把揽在怀里，抱坐在椅上，一手搂着她香肩，一手从裙缝里伸进去，抚着她滑不溜手的玉体，肩背乳房小腹脐下慢慢捏弄把玩，额前眼睛面颊……只是吻得情热，叫着她小名儿道：

　　"倩儿，想朕不想？"

　　"想又怎样？我位分低，人长得也不好，年岁也老大不小的了……"

　　"唔……朕这不是来了嘛……"乾隆用力揉搓着酥软得一摊泥样的陈氏，嘻嘻笑道，"这么多人的，总得都有照应……就眼前这些人，朕还是很疼怜你的……"

　　陈氏被他抚摸得浑身燥热麻胀，紧紧偎在乾隆宽阔有力的胸前，觉得那活儿热乎乎硬硬的顶腰，伸手想摸，又缩回手来，只是吃吃地笑："真的么？……那我就知足的了……我妈说一个女人能嫁给皇上，就是祖上的德性，不能像平常女人那么馋，那么渴……"乾隆噗嗤一笑，说："你妈有意思！什么'馋'，又是什么'渴'呢？你想吃什么喝什么……说嘛……"陈氏半晌才轻轻回道："我打头一回得皇上宠幸……到今是十八年，皇上叫我侍候了八十三回，有一回还是半回……皇上这话不能回，可又不能不回：什么吃了喝了能给皇上生个阿哥或者公主，我就……馋……"她说得羞臊，忙用双手捂了脸，却道，"别……别……小肚子上按不得……里头有了龙种，三个月头里皇上您种下的……"

"真的，朕差点忘了，内务府送来的玉牒写过的。"乾隆喜极情热，回头一口吹熄了灯。黑地里一阵衣裳窸窣，便听牛喘娇吁鱼水乐极呻吟之声。乾隆摆了个童子拜观音的姿势嬉笑着问："这么着可好？又得趣快活，又不压了肚子。你的好紧的……"陈氏只是笑，好半日小声道："只是不好意思的……皇上来江南忒忙的，顾不到我们。我们乡里有谚'男人锄头动，女人……那个合缝'。那拉贵主儿五七天就是一次，我看她还不足意儿……上回说悄悄话，她说生过孩子的人……那个尺码大，她那里得个什么药，能缩得尺码小些儿……"乾隆听得哑声失笑，道："尺码——真真是这词儿想得匪夷所思……"

一时云收雨罢，二人相偎歇息说话，乾隆抚小猫一样搂抚着陈氏，说一阵皇后盛德母仪人人钦敬，又说那拉氏待下宽厚大方，原来略有拈酸吃醋的毛病儿，如今年纪大了些，阅历老成，这毛病竟是改了。又讲钮祜禄氏素来端庄自重勤勉节俭，汪氏李氏并嫣红小英睐娘的好处也都一一如数家珍。见陈氏不言声，问道："你睡着了么？"

"没有。皇上说话臣妾怎么敢睡呢？"陈氏暗中醒得目光炯炯，望着黝黑的天棚说道，"您说话，我不能插话；你问话，我不能不答，这是规矩。皇上的意思说到根儿上是疼我，怕我妒忌，怕我……犯'馋'。我自己就是女人，女人的事还是懂。您放心，该有的我都有了，不去想不该有的，得乐子时且乐子，不得乐子过日子，最要随分入常的。娘娘贵主儿们没有特意另眼高看我，可也没有委屈亏待了我。我自己知道小小的，就像棵狗尾巴草，不去争什么，风刮自然就长了，下雨自然就浇了，谁也不拿我当对头，也就没人作践我妒忌我。就像刚才那样受用，也只一霎儿就过去了。天天欢爱夜夜宠幸，反而未必珍惜君恩，也招得宫里人乌眼鸡似的盯着，还要防着什么，活得就累透了。我只想给皇上生个阿哥或者公主，就是菩萨给我的造化福分了……"

这下轮到乾隆惊讶了，想不到这个低等嫔妃整日不哼不哈，竟如此达观知命，这样洞悉人情！想着，搂紧了陈氏，说道："你既这么识大体，懂事明白，朕尽力成全你……"说罢翻身上去，再施雨露……

乾隆每日四更末起身，是自幼养成的习惯。早年随康熙住畅春园，是太监叫起，一到时辰，四五个太监喊着："请小阿哥侍候圣驾！"一拥而入，连揉带哄拉出热被窝，有的穿衣服有的套靴子梳头扎辫子洗漱一阵撮弄，读书打布库，见康熙请安准在五更。雍正是严父，更是叫精奇嬷嬷擎着御批戒尺站床边督促，起身像失火般快，一个慢，嬷嬷就喊，"仔细打了！"雍正死后，又是太后接着，一个太监站窗前高呼："太后懿旨皇帝起来办事！"一声比一声高，把人聒得起来算完。这是清世祖孝庄皇太后就立下的祖宗家法，所以皇族正支阿哥，连弘昼那样的，再没个睡懒觉睡回笼觉的福分。乾隆每到时辰，自然就醒了。此刻醒来，见陈氏面带甜笑雪肩微露合眸，依旧睡得沉酣，便不肯惊动，扯过褂子披时，陈氏一眨眼醒了，三下五除二急忙穿上衣，过来张罗乾隆穿衣理辫子，要了参汤奶子又布几碟点心，侍候着他用了，便自跪在门边谢恩送驾。

"很好。"乾隆对着镜子打量一下自己，满意地说道，"朕像是昨晚才识得你。你不算机巧伶俐，却算得聪慧爽明，自然是要抬举的。"陈氏叩头道："是主子圣明，是臣妾的福分。"乾隆似乎还想问几句什么，又觉得不是时候，点点头便出了房门，见王八耻已经在恭候，便问："军机处外臣想必是来了，龙舟不知预备齐了没有？"

王八耻带着卜义卜礼卜智卜信几个大太监已在门外等候多时，见乾隆出来一齐打下千儿请安。王八耻回道："大人们都在仪门外等着。刘统勋也来了。奴才们昨晚不分当值不当值的都没睡，一条船一条船都仔细看过了，主子和主子娘娘同乘一艘御舰，另有一艘陪舰，预备着道儿上接见大人。太后老佛爷是一艘楼船，贵主儿是一艘舫船，陈氏汪氏以下嫔妃两人一艘，都是官舰改制的。各船舱房都是隔着的，上下人分着等级，礼部贴了明黄条子，茶房厨屋都是合用的，更衣入厕也都安置妥当。奴才数了数，连八条仪仗船，太湖水师的护卫舰在内，共是一百零八艘，从瓜洲渡到迎驾桥一路摆开，有十来里长。码头一带是官员跪送，夹岸百姓都是门前香花醴酒礼拜瞻仰，近岸十丈都由善扑营关防挡人，远道十里八乡的绅民百姓这会子正赶着过来，也都有地方官分拨安置呢！万岁爷，外头风光好！只可惜刘老中堂下谕，除码头外一律不许鸣放爆竹，要不，连宫里都早热闹起来了。"

"你不能议论刘统勋。"乾隆听王八耻口风间对刘统勋略有不满，他是在这上头极精细的，立即挑剔出来，一边向行宫正殿走，又问，"朵云等人怎么安排？""是，奴婢再不敢议论。"王八耻小心翼翼趋步儿跟着，赔笑说道，"朵云，还有钦巴卓索钦巴莎玛父女坐一条船，和护卫御驾的太湖水师一道儿。礼部的人说他们没身份随驾，朵云还是个犯人——"他没说完乾隆便一口打断了："谁讲朵云是犯人？钦巴父女也不是'父女'，莎玛是蒙古台吉的女儿，卓索是宰臣你懂吗？一个是格格，一个是藩国外臣辅相。叫人传旨，他们是客人不是犯人，他们的船安排在太后的座舰后边！"

正说着，乾隆闪眼见秦媚媚拎着几包药从外院进来，正在后退侧身避路，忙问道："你给皇后抓药的么？皇后今早进膳怎样？"秦媚媚看样子也是没睡好，脸色黄里带青，微微嘶哑着嗓音回道："主子娘娘昨晚犯了痰喘，一夜没睡安，今早叫了叶天士进去看了。叶天士说是受了惊生了气，脉息也不好。叶天士开了方子，叫急煎快服，先镇一下喘……""受惊生气？"乾隆停住脚步，诧异地道，"昨下晚离开时她还精神开朗的呀！晚间有人伏侍不周到，惹她生气了么？"秦媚媚道："娘娘晚膳时还有说有笑的，因叶天士坐船晕船坐轿晕轿害怕骑马，还说了他这人毛病真多，叫奴婢连夜去扬州府给他弄头毛驴，骑在岸上跟船走。奴婢出去一个时辰回来，彩云她们几个就说娘娘身子不好，身上热，喘得脸通红。问了问几个丫头，说是晚膳后祭观音，娘娘说要到院里散步，默诵大悲咒，只带了墨菊一个人。出去走了一遭回来气色就有些泛潮红，头晕心悸。问墨菊也没问出个子丑寅卯。娘娘自己也说没有受惊受气，方才叶天士给她手上扎了几针，略定住了点，用了这剂药，叶天士说要瞧瞧病势，才敢说上路的话呢！"

乾隆顿时怔住。耳边听远处细微嘈杂的人流涌动声，夹着瓜洲渡方向零零星星的爆竹响声，此时行宫外不知多少官员百姓翘首企盼，要瞻仰帝后回驾盛仪风采！他自己要接见大臣行跪辞礼，又要扶太后銮舆出宫上轿。这样的景运大典，也断没有中止的道理。他心里一阵发急……沉吟片刻，说道："你传旨给叶天士，不拘用什么法子，要让皇后能支撑一会儿，上船再缓缓调治。传旨百官一体周知，皇后凤体欠安，各官眷免予参见，由那拉氏代皇后和朕扶太后銮舆。太后那边由朕亲自禀告。嗯……需用什么药，叫叶天士开出细单，装船随行，叫陈氏过去随皇后伏侍。朕这就要出去，你去告诉皇后安神定性，万不可急躁，从她銮舆出来顺利上船就是大礼告成，一切有朕，不必心里慌张。"他从怀里取出表看看，又补了一句，"离辰正时牌还有不到一个半时辰，要快。"说罢便向外走。王八耻小跑着到垂花门外高喊一声：

"万岁爷起驾了——"

顿时便听钟鼓之乐大作。乾隆徐步跨出垂花门，这才知道一夜之间正宫正院已经全然换了面貌。从垂花门逶迤斜向东南居高而下的石甬道边，移来不计其数的盆花、月季、玫瑰、百日红、水仙、东洋菊、西番莲、夹竹桃、春海棠……左手一带万花丛中用万年青摆布成"万寿无疆"式样，碧绿青翠油润欲滴，右手一带全用小葵花盆嵌在花间，绘成"丹凤朝阳"图画，都有四丈余阔。融融艳阳中，花海一直漫漾到正殿大院西偏门，万紫千红鲜亮不可名状。甬道两边是二十四名当值侍卫，一个个挺胸凹肚按刀侍立，钉子般纹丝不动。六十四名太监早已列成方队兀立在垂花门前，见乾隆出来，卜礼一个手势，太监方队抽丝般列成两行按序沿甬道徐徐而出。黄钟大吕之中，太簇、夹钟、姑洗、仲吕、蕤宾、林钟、夷则、南吕、无射、应钟各按节律悠扬沉浑而奏，守在正殿西侧门的供俸也是六十四名，齐声庄肃唱道：

皇心克配天，玉琯葭灰得气先。彤廷胪唱宣，四海共球奏天寰。珠斗应玑璿，金镜朗，麟凤骞。人间景福全……

乐声中乾隆款步而行。这样的丹陛大乐，他向来十分留心的，但此时却有点神思不宁，听到两处节律不合，站住想说什么，又接着往前走，心里只是惦记皇后，临离江南百官万民送驾，将成大礼之时，她突然犯病，这太不吉利了！昨日精神健旺，一夜之间能受什么惊气引发疾乍？久病缠绵，忽然见好，难道是回光返照？……胡思乱想间已经走过那片花海，从正宫西侧门踱进丹墀之下，兀自神情迷惘。听得王八耻抖擞精神，"啪、啪、啪！"连甩三声静鞭，钟鼓丝弦戛然而止。乾隆方神思归舍，定神看时从正殿丹墀阶下一直蔓向东南仪门，临时设的品级山两侧早已站得挤挤挨挨都是赶来送行的官员。从孔雀翎子珊瑚顶到素金顶戴黄鹂补服依次按序由近及远，都是簇新的官袍靴服，在暖融融亮晃晃的日影下灿烂放光，见他出来，马蹄袖打得一片声山响，黑鸦鸦伏地叩头高呼：

"乾隆皇帝万岁！万岁！万万岁！"

乾隆扫视了众人一眼，点头"嗯"了一声，这里居高临下，他的目光透过伏跪的人群和两厢偏殿向外眺望，行宫外运河一带蜿蜒碧水上已是泊满御舟，黄旌龙旗彩楼衔接，像煞了是一条卧在行宫外巨大的黄龙。夹岸桃李竞芳，黛绿粉白林间树下，每隔数丈都搭有彩坊彩棚也都是披红挂绿，结着"皇帝万岁""太后千岁""皇后千岁"各色幔帐，中间纷纷如蚁的人都依地势或疏或密夹岸游移，已是一片涌动不定的人海……他满意地收回目光，近前几位大臣，一个是庄亲王允禄为首带着大阿哥永璜、病骨支离的三阿哥永璋，还有一群黄带子近支宗亲跪在左手，右手为首的是军机大臣。因见刘统勋也在，乾隆怔了一下，竟上前一步亲自用手去挽，笑道："特特的有旨给你，径直上船，不必陪朕的，怎么还是挣扎来了？——扶刘公到厢房休息！老三身子骨儿不好，也去暂歇，离着发驾还有一个时辰呢！"说着，早有几个太监过来扶了二人去。乾隆目送刘统勋进了东偏殿，这才转过脸来，轻咳一声道：

"诸臣工！"

满宫中官员低垂着的头立刻又向下伏了伏，偌大的庭院里顿时寂静得一声咳痰不闻。

"朕即将回銮北京。"乾隆说道，这是临别训词，未出北京已经打好了腹稿，如此庄重场合，每个字都要原话载入诏诰，又要文藻毓华，又要能听得懂，又不能像背诵文章，因此说得很慢，"朕法圣祖之法，以孝治天下。江南督抚等，以该省绅耆士庶望幸心殷，合词奏请南巡……仰稽圣祖仁皇帝，六巡江浙谟烈光昭，允宜俯从所请，恭侍皇太后銮舆南来。朕巡幸所至，悉奉圣母皇太后游赏，江南名胜甲天下，诚亲披安舆，眺览山川之佳秀，民物之丰美，良足以娱畅慈怀。南巡以来，朕轸念民依，省方问俗，不惮躬勤銮辂。江左地广人稠，素所悕念，其官方、戎政、河务、海防，与凡闾阎疾苦，无非念存一意，而群黎扶老携幼夹道欢迎，交颂天家孝德，慕仁慕恩之情浴化彰明。"他顿了一下，突然一个念头蓦地生出来：讲孝道，巡省官方体察民情，无论写到哪本书上都是堂而皇之的体面事，然而这次实是亲眼所见，花的钱是太多了，"万家膏腴奉一人"这个名声不能担当！但原来打的腹稿里没有顾及到这头话说，要现编现说，因更放慢了语调，悠悠说道："朕择吉临行之前屡屡降旨：前往清跸，所至简约仪卫，一切出自内府，无烦有司供亿。徇来视察，仍有过于崇饰之嫌，浙闽之地过求华丽，多耗物力，朕甚弗取，已经降旨申饬……"乾隆讲着，倏地又想起窦光鼐，在仪征以头撞槐血流被面搏死一谏，不就为的自己这个"见识"？

望着宫外浩大的恭送回銮仪仗，结彩连绵团锦十里的场面，乾隆的心忽然乱了，原来预备的训词，现编的诰谕一句也想不起来，怔着不言语，纪昀尹继善和跪在第二排赶来送行的几位外省督抚，听着突然没了声音，下意识抬头看时，被乾隆一眼看见王亶望，二人四目相对，王亶望忙低伏了下去。乾隆的目光幽地一闪，转眼回头寻卜义，却一时寻不见，便看纪昀。纪昀方才在外宫候驾，见王亶望也翎顶辉煌列班等候，心里已是诧异，见乾隆盯自己，略一定神，已明白卜义传错了旨意！他心头猛地一提吊起老高，蓦地出了一身冷汗，十指变得冰凉，紧紧攥着，却不敢回避乾隆的目光，脸色煞白痴望着乾隆腰间的卧龙袋。

"朕来江南观阅风俗体察吏情。"见众臣子已经觉出异样，相互交换目光，刹那间乾隆镇定下来，就有天大的怒火，此刻送驾大礼，万不能妄动无名。游移着目光，已经完全撇开文绉绉的训诰文词，说道，"江南百姓倾心沐浴圣化感格君恩共庆歌舞升平，踊跃感戴之情随处可见，可见官吏平日教化有方，办差尚属努力。一枝花巨匪珍灭，渠魁蔡七就擒，俱是兵不血刃，刘统勋刘墉父子功劳固不可没，但若吏治毁败治安不靖，焉得如此顺利？朕观'以宽为政'之道成效显著，甚慰中怀。"他咽了一口唾液，"但'以宽为政'并非放纵弛政，吏治整饬断不能一日疏忽。乃有身为朝廷大员开府封疆朕所倚任之重臣，行为卑污贪渎婪索肥己病民误国之徒，尔自思量，朕之手创盛世，岂容尔随意作践？即科道州府诸县守令，食君之禄牧爱一方，亦应中夜推枕扪心自问，朕方燃烛勤政不遑宁处，宁臣子宴乐游悠，纵欲享乐之时耶？"这一顿训词说得铿锵有节掷地有声，前头已经听"懒"了的官员们被一下又一下的话语敲得屏气慑息心中战栗。听得远远西边隐隐传来细细鼓吹乐声，乾隆便知太后銮驾将到。他放缓了语气，勉强一笑，说道："朕别无叮咛告诫，回京自然还有恩旨。诸臣暂跪，十六叔陪朕去接慈驾。"

听得大气也不敢出的官员们悄悄透了一口气。

泊在瓜洲渡口的御舟一滑,启动了。从送驾码头沿运河北上,足足走了两个时辰才驶出夹岸欢呼的人海,乾隆一直站在舰中黄龙大纛旗下,身后设的御座挨也没挨。倒退着的如蚁人流,纷华迷乱的彩坊,青郁郁如烟柳堤和萋萋芳草上点缀的野花……无限春光好景,他都没有怎样留神观赏,心中只觉得一阵迷惘一阵惆怅,一时想到陪太后和皇后在灵隐寺进香,又转思在廿四桥观赏夜月,从仪征观花和汀芷会面又悠然思及桃叶渡和一枝花邂逅倾谈,走马灯似的转换不定。随着思绪,脸上时喜时悲。只偶尔一个醒神,转身顾盼微笑向岸上摇手致意而已。直到港汊已尽,运河直北而流,岸上没了人,他才觉得两腿站得膝间发酸,才听王八耻在旁道:"主子,也好歇歇儿了。从没见主子站这么一晌的……"

"唔?唔……"乾隆憬悟过来,除下头上的苍龙教子缎台冠,肩上的海水潮日瑞罩也解下来递给太监,一头往舱里走,转脸看见卜义站在舷边傻呵呵看岸边景致,顿时阴沉了脸,却没言声。进来径自坐了窗边,由着宫女沏上了茶,抽过一份奏折看,是勒敏的请安折子,蘸了朱笔批道:

> 朕安。你好阔,明黄缎面折嵌压金边!此皆养移居易之故,朕岂是崇尚侈华之君?办事宜留心,事君惟诚而已,此后不可。

写了"钦此"二字,又抽过一份,却是高恒的供辩夹片,已经看过一遍了的,随意翻着道:"叫卜义进来!"

卜义进来了,他不知道传唤他是什么差使,也想不出单叫自己是什么缘故,左右顾盼小心蹑脚儿进来,打了千儿跪下:"奴才叩见万岁爷!"

"你可知罪?"乾隆皱着眉头,像在看一只掉进水缸里的老鼠,问道。

"奴才——罪?"卜义一愣,张皇四顾,胆怯地看了一眼王八耻,忙又连连叩头,碰得舱板砰砰作响,"是是是……奴、奴、奴才有罪……昨晚那拉贵主儿宫里的琉璃聚耀灯坏了,蝈蝈儿叫我过去帮着修,里头油烟子腻住了,奴才用银簪子捅,把聚耀灯底座儿给捅漏了。怕主子责罚,又没法给主子交代，只好去皇后娘娘宫里把用废了的聚耀灯拆了个底座儿换上。这就是偷东西，求主子责罚……还有，侍候主子晚膳，失手把个珐琅碟子碰剥了边……"他偏着头还要往下想，乾隆一口打断了他："失手碰碟子、修坏聚耀灯，这不是罪，是过失！朕问你，王亶望的旨意你是怎么传的?!"

卜义顿时张大了口，僵跪在地愣了半日，叩头道："当时皇上说要办他。尹大人和纪大人都说查明实据再办，'不必打草惊蛇'……接着皇上叫奴才传旨，奴才就去说'赏收你的宋版书，你回去安心供职'……别的奴才一句也没敢多说，他送奴才五十两银子，奴才也没敢要……"说着，头已经碰得乌青。乾隆忙想当时情形，已知错误有因，原是自己没有把话说明白，但他如何肯向太监认这个错？因冷笑一声问道："朕叫你传旨。尹继善和纪昀的话是旨意么?"卜义一脸的沮丧，欲哭无泪地看一眼乾隆，那是一张绝无情义的面孔，冷得像挂了霜，带着蛮横和轻蔑……半响，他忽然双手掩面"呜"的一声哀哀恸哭起来，俯伏在地恳告："奴才罪该万死……奴才知道传错旨意是死罪……不敢有意儿的……不念奴才老实侍候主子的份儿，皇上最是惜老怜贫的，奴才家里还有个七十岁瞎眼老娘……"

乾隆处置太监诛戮杀伐从不皱眉，心肠之狠旷代罕有，太监与外吏小员偶有口角，也素是个"有理扁担三，无理三扁担"的章程。但"君子不近庖厨"，此刻在舟上，无法回避他绝望的哭声，也不能就地打死，听到"七十岁瞎眼老娘"不禁心里一动，脸上颜色已和缓下来，看着蜷缩成一团的卜义说道："朕熟读经史，寺宦内监祸乱国家的事枚不胜举，亡秦、亡汉、亡唐、亡明都因太监擅作威福、浸淫放纵秉持国柄。所以太监犯过决不轻恕，因为太监是小人！你自思量，今日你无意传错旨意可以不纠；明日有人假传圣旨何以为法？你就哭出三江泪，能担起这个干系?"他把话说到十二分无望，踅身取茶，见王八耻口角带笑，知道他幸灾乐祸，厌恶地转过脸来，接着说道："所以什么无意、什么初犯、什么侍候多年，这些由头不能恕你一死。但朕看你此时念及老母，尚是一个孝子。冲这一条饶你，皇后病重，也算放生为她祛灾。但有罪不能不罚——你进京途中在王八耻手下听招呼。内宫事务是皇后做主，回京娘娘身子大好了，自然有个发落。"说罢站起身来，也不管不顾捣蒜价磕头谢恩的卜义，吩咐道："停舟！朕要去给太后请安，顺便看看皇后。"

一百多艘御舟上的水手都是太湖水师里精中选精的强壮兵丁，前后联络白日打手旗夜里挂号灯，饶是如此便当，浩浩荡荡的舟舰也好一阵子才停下来。桥板搭岸，允禄纪昀刘统勋尹继善四人早已赶到岸边长跪在草堤上，看乾隆时，已从舱中出来，头上戴一顶明黄贴边青缎瓜皮帽，酱色湖绸袍套着雨过天青套扣背心，青缎凉里皂靴在桥板上橐橐有声下来。几个人仰视一瞬忙都伏身叩头请安，虽然只能看见乾隆一摆袍角，都觉得有一股威压气势，逼得人不敢抬头。

"都起来吧。"乾隆淡淡说道。

尹继善和纪昀都是为王亶望之事怀着鬼胎，心里忐忑着站起身来，见乾隆并没有不豫之色，才略放了些心。纪昀摸得乾隆秉性熟透的人，情知不能葫芦提蒙混过关，见尹继善犹豫，忙又跪了说道："臣有错误之处要请皇上降罪。王亶望处分，昨日奉旨，'你已东窗事发，今日就有旨意。与勒尔谨革职听勘，由刘统勋派人查看家产。'但今日接驾他也列班参与。臣与尹继善背地私议，也许皇上另有赦命，但问王亶望，他说皇上赏收了他的书，臣等才知道传旨有误，把臣的刍荛之见误传出去了。臣是当值军机，疏于查实，自有应得之罪。"说罢垂下头去。尹继善这才知道事情不小，一提袍角也跪了下去。刘统勋原见纪昀和尹继善在班里私下嘀咕，此时才明白这档子事，皱眉说道："其实就是现在下旨，捕拿起来也很快。不过既是传错了旨意，众人都知道赏收了他的书，此刻拿人抄家，仓猝之间容易引起误会。臣可以立刻拟票，着山西陕西臬司衙门检看过往驿传私人函件，如果有通情串意的信，倒事先有了证据，将来审理起来容易得多。还要防着他得知消息，暗地藏匿财产，这件事却要着落在尹继善身上。"尹继善忙道："我送驾到高家堰快马返回，立刻着手布置！"

"这才是补过之法。已经错误，请旨处分何益？一切等回京再说吧。"乾隆抬手示意二人起来。看了看后边的船，皇后的座舰也已搭了桥板，岸上停着一乘四人抬明黄亮轿，轿旁还有只黑不溜秋的大叫驴在堤上啃草，便知太后和叶天士也去了皇后船上。他收回目光，又问道："阿桂那边有没有信？"

"阿桂有信。"纪昀肃恭回道，"阿睦尔撒纳已经到了张家口，遵旨在北京给他找了一处宅子，是郡王府规制。来信说北京今年温暖，阿桂他饮食不留心，痢泻不停，接旨御驾返銮，已经安排礼部和顺天府筹办迎驾事宜，他自己要到保定接驾。请旨是由潞河驿入京还是朝阳门码头。信中还说睐主子和小阿哥爷子母健康，请圣躬放心。”说着将信函双手捧上，“还有卢焯也有请安折子。附来的折片说清江口黄河疏浚正在紧要关头，要赶在桃花汛来前完工，恐来不及赶到高家堰迎驾，疏浚之后要补高家堰到清江口一带堤岸，防着菜花汛决溃，甘陕多雨，下游要万分警惕，不能迎驾事出国政，请皇上恕罪。”

乾隆驻足听着，满意地一笑，说道：“这何罪之有呢？告诉他，只管用心办差。他读陈潢的《河防述要》，‘河口清沙一丈，河床沙落三尺’，朕推详道理，可以一试。传旨——赐卢焯人参一斤，飞骑赐阿桂续断①二斤。写信给他们，着意留心身子骨儿……”说着便走，允禄忙率众跪送。

皇后的座舰规模格式和乾隆一样，只少了一面纛旗，其余旌旗麾帜除一面丹凤朝阳之外俱是孔雀仙鹤黄鹂锦鸡诸多种种瑞禽朝凤图像。船舷边绕舟回廊上一色站的宫女，有本船的，也有太后随身带过来的，静静侍立着，乾隆也不理会，亲自挑帘进舱，顿时一股浓烈的药香扑鼻而来。满舱的人，除了太后坐在后舱屏前木榻旁的椅子上，那拉氏汪氏陈氏一干人都垂手站在舱窗旁边看叶天士给皇后行针，还有两个御医也躬身在榻前捻针，见乾隆进来，一齐蹲下身去。乾隆望着母亲赶上一步，双手一揖刚要打千儿行礼，太后便摆手示意免礼，指指皇后又摇摇手。

乾隆这才正眼看富察皇后，只见她仰在枕上合目昏睡，眉宇微蹙脸色蜡黄，鼻息也时紧时慢，咬着牙关紧抿着嘴，随着叶天士不停地抖动银针，颊上肌肉也时时抽搐。她如此病态，这已经是第四次了，见症候并不十分凶险，乾隆略觉放心，小心地透了一口气，坐到船舷窗边，伸手抚了一下皇后的鬓角。仿佛着了什么魔力，皇后嘴角颤抖着翕动了一下，睁开了眼，游移着目光盯住了乾隆，又看了看太后，声微气弱地说道：“我……起不来了……”

“好媳妇……”太后也凑近了床，颤巍巍拉住了皇后的手，声音显得苍老又带着凄凉，“你是劳乏着了力……其实不出来扶我的舆辇，天下人谁不

① 续断：医治痢疾良药。

知道你贤德孝顺？好生作养……"皇后闭了闭眼睛，又看乾隆，只目光一对便垂下眼睑，略带喘息说道："皇上外头大事多……南巡以来……我瞧着比北京憔悴了些似的……不用在我身上多操心……你自己比谁都要紧……"

"你也要紧……你得明白这一条！"乾隆要来手绢，食指顶着轻轻替她揩着沁出的泪抚慰道，"万事不要动心，不急不躁缓缓作养……我看你其实是个太仔细……"

他们一边说话，叶天士在旁跪着运针，两个从太医院专门派来跟叶天士学习医术的太医，看样子早已倾服了这位"天医星"，在身边给他当下手，递换银针，观看他作用行针，恭敬得像三家村的小学生看老师作文章。叶天士脑门子上沁着细汗，目不转睛看着皇后手上、小腕上、项间发际上插着的针，眼神有些忧郁，连乾隆母子夫妇间的对话都不留意，移时，摆摆手道："撤针罢。慢着点儿，用拇指和无名指旋着，行针容易到火候……"两个太医低声答应一声"是"，轻轻用拇指无名指一根根旋着从泥丸、太阳、四白、风池、睛明……诸穴位抽拔银针。彩云在旁捧着盘子收接了。一时拔完，太后在旁问道："方才先生说是火痰、热毒攻心。要不要晚间艾灸搬一搬火罐？"

"不行！"叶天士声音大得连他自己也吓了一跳，忙磕头道，"虚补实泄、火痰祛火风痰祛风，那都是表象医法。老佛爷您最圣明的，譬如烧红了的铁锅，万不能用凉水去浇。皇后娘娘是虚极返实阳极生阴的症候，不是寻常偶感风寒。她本就热毒不散，再用艾灸，热性相激更受其害。小的以为可以用轻量白参沙参丹参轻补，再加细辛白芷荆芥薄荷少许泄热，待内热稍散又不致伤了元气，再作下一步打算。"说完再觉得是和太后皇帝回话，忙又叩头，"小的见识浅陋，请皇上示下！"见乾隆点头不语，膝行至案边写了医方呈上，乾隆看时，上面写着：

> 通草一钱、鱼腥草一钱、铜丝草叶两片、白参五分、沙参一钱、丹参二分、甘草一钱、山楂片一钱，缓火慢煎半时辰加白芷荆芥薄荷各一钱，砂糖一匙为引热服。

因道："方子也还罢了。还有没有别的医嘱？"叶天士看一眼太后，说道：

"不敢称医嘱,用药之后,娘娘如若内热,可以稍用一点生茶叶茶水也就缓散了。"说罢哈腰却步退了出去。乾隆见太后只穿了件蜜合色旗袍,外头套着酱色金钱万字滚边大褂,赔笑说道:"老佛爷穿的似乎单薄了些儿,白天日头暖还不妨,夜里河上风凉,儿子问过这里的地方官的。您要再有个头疼脑热的,儿子就更不安了。"

太后笑着点头,捻着佛珠说道:"我身边这几个丫头经着心呢,该添减什么比我自己想得周到。这些事你甭操心,只照料好自己就是了。现下已经启行回京,皇后又这样弱,我想你不如搬到她船上,这里内外用纱屉子一隔,见一见军机大臣也还使得,要有会议回你船上去,我就在后边大船上,两船搭上桥板就过去了。你看这一停是多久?这就走得慢了不是?"那拉氏便道:"我闲着也是白闲着,皇上既在这船上,我过来侍候。娘娘精神好时候,也能陪着说话子解闷儿。"乾隆笑道:"如今皇后病着,你是贵妃,虽说在道儿上,里里外外约束宫人太监都是你的差使。留下陈氏在这里,嫣红小英跟你做帮手,汪氏李氏她们跟老佛爷。这样着请安办事就都方便了。"太后道:"皇帝说的是,就是这样办了。"因起身到皇后榻前,拉起她的手说道:"叶先儿医道是高的,他说无碍毕竟就无碍,只不要躁性儿,万事都散漫不在心,你的病早就好了。如今宫里宫外还是祥和熏灼,不要总是挂记那些鸡毛蒜皮小事儿不是?先帝爷在时,宫里三天两头丢砖打瓦七事八事,夜里闹鬼不安静。他那脾气你也知道,杀人都不捡地方儿的,我起初也怕,见惯不怪了也就罢了。叫皇帝和你住一处,也为借他的威气给你壮壮胆儿。自己养得身体结实了,咱娘们乐的日子长着呢!"又抚慰了许多言语,才带着众人出舱下船。

乾隆听着母亲的话,皇后毕竟还是受惊了,当下心里掂掇着送下来,相陪在身边沿堤向太后的座舰散步走着,问道:"皇后不宁,敢情是瓜洲行宫里闹鬼?儿子竟一些儿也不知道。"

"扬州这地方开国时候杀人太多,阴气重。我也是揣度出来的。她不肯说,追问急了,才说'有鬼',她是个深沉人,你别逼问她。"太后望着一垄垄葱茏无际的稻田,眯着眼说道,"叶先儿的话没错,皇后真的是受了惊吓。胆小气怯的直犯怔忪。唉……拨我的份例银子,在行宫里做法事,超度超度吧……"

第二十七回　畸零客畸零西凉道
　　　　　　豪华主豪赌三唐镇

　　乾隆听了母亲的话只淡淡一笑，他自己也是"居士"，奉经随喜恬淡适性而已，万万不及母亲这般倚若性命的笃诚敬信，望着被艳阳照耀得明媚不可方物的田园垅亩，春风拂拭下绿波荡漾的烟柳荷塘，小心地架了母亲胳臂，笑道："这是皇额娘的慈悲心菩提愿，儿子自然依着您。只不要叨登得大了，御史们不便说什么，有一等小人口舌，说我娘母子佞佛，就不相宜了。"太后道："我不怕人说佞佛！没听说还有佞君佞父佞爹佞娘的，有些子汉人专在孔子上做文章，其实孔子的'仁'字儿还不就是我佛的'慈悲'？口里整日价'代圣贤立言'，心里想的升官，手里从百姓身上捞钱。与其这么着佞孔佞孟，还不如我这'佞佛'呢！"乾隆听得呵呵大笑，说道："佞孔，佞孟！真小人伪君子！母亲说得好！"

　　"方才你说的小人口舌，倒真的是得提防。"太后站住了脚，上下打量着儿子，皱眉说道，"我听人传言说，和卓回部有个女子叫香格格，说你留下阿睦尔什么的要打仗，就为掳了这女子来当妃子，这事可是有的没有？"

　　见母亲说得郑重，乾隆也敛去了笑容，目光睨了一眼跟从的太监，正色说道："没有这个话！这是何等样的军国大事，和香格格什么相干？造作这样的流言是谤君，该是割舌剜眼的！是谁敢在后头传这些言语？"

　　"你这么追查，往后谁还敢在我跟前说话？"太后见众人都吓得脸色灰败，一笑说道，"真正传言这事的人，前几天我已经开销了他。议论主子是非的奴才，我也是不能容他的。"

　　乾隆透出一口粗气。人们见他回过颜色，才略略放下心来。听乾隆说道："母亲开销他是正理。宫里不比外头，大小事都不能姑息，就讲究'防微杜渐'四个字。方才说这事还是有个影儿，我接见岳钟麒和隋赫德他们一群军将，确曾有人说起这位'香格格'。这些武夫粗鄙无知天真烂漫，口中有什么遮拦？我还把他们的话批给了傅恒和海兰察，也是君臣调侃雍穆和熙的意思。宫里这一传言，就变了味儿，倒像我是淫昏残暴主子，单为猎艳渔色要兴兵和卓似的！这起子小人可恨之极，岂可轻纵！"

"皇帝说的是。"太后笑道，"宫里的事只两条，'外言不入内，内言不出外'，是非就少了。唉，皇后病得这样，有些宫务我也料理不来。指着那拉氏暂时管一管，我又担心钮祜禄氏心里不受用，她也是贵妃呐……这事你心里是怎样想，要早些拿定主意，一旦定住就不要再变，宫里稳住，才能安心料理政务。"乾隆沉思一下说道："钮祜禄氏不成。她留守北京，照顾宫眷不力，魏佳氏几乎难产，还擅闯军机处，和阿桂闹生分，这都犯了祖宗家法。回京自然还要查究，明白处置。这会子还是暂委那拉氏主持的为是。""钮祜禄氏平日天聋地哑，最是胆小不敢沾惹事情的。"太后斟酌着说道，"北京的事体很出我的意料，忒蹊跷的了！你不要冒火性，回去慢慢地就查明白了。此刻竟是依着你，委了那拉氏的就好。"说罢颔首沿桥板回船。乾隆肃立岸边，看着母亲上船了才趱身北行，想起当日召见隋赫德、岳钟麒等十二员武将的情形，兀自不禁莞尔，这班武夫有说香格格长得像"七仙女下凡"的，有说像"赛会观音"的，更有奇的说像是"洛神洗澡""玉环捧心""西施打呃"的，胡乱用典糟蹋成语，逗得自己跌脚大笑，记得当时真是说过"既这么好，那就擒来献俘阙下，以备后宫！"招得这群行伍丘八七嘴八舌越发兴起，有说"捉来且给主子下厨，香香的不用作料"的，有的说"跟了主子这样人物，是她天大造化。这样好女人，主子不受用谁禁得起？"……将军们不讲文饰，憨态可掬一味巴结说话，自己似乎也随意了些，还把这些话复述给傅恒兆惠海兰察等人说笑。待此时太后点出来，宫中有了谣言，乾隆才觉得有损体面，"寡人好色"四个字竟是不能承担！思量着，乾隆脸上的微笑已经消失，漫步登上御舟，看也不看周匝众人一眼，对秦媚媚喑哑地吩咐道：

"叫王八耻把奏折送过来，撤桥板，开船！"

"喳……"

秦媚媚偷觑了乾隆一眼，轻轻打了个千儿，飞也似传旨去了……

和珅病倒在了兰州府的三唐镇，且是病得不轻。他是顺山东道水路运河返京的，随身还带着福康安给母亲的请安信，原想到北京拜一下傅府，托着福康安的门子先在内务府銮仪卫打点一下。他幼时在宗学里当过杂役，常陪傅家大公子福灵安斗鸡走狗，也想趁这机会把这层缘分重新捡起来。满心的如意算盘，偏到德州，遇到军机处管茶水的太监赵桧，给他传了阿桂的话，叫他不必回京，径直到兰州府"等着桂中堂"。赵桧说阿桂已经奉旨即刻启程去甘肃，身边要人料理杂务侍候起居。和珅纵然再急着回京，无奈阿桂是他本主，万万不能招惹开罪的相国，只好遵命就道。径从太原过境，穿榆林，越宁夏进入甘肃省。一路春和景明万象向荣的风致，待出塞外便凄迷荒寒广漠苍凉起来。

甘肃去年年境不好。先是一场淫雨，淅淅淋淋连月不开，将庄稼淹得半死了，雨晴便接着闹蝗灾。铺天盖地的蝗阵自东向西蔓延，扫得甘东甘北寸草皆无，大片黄土丘陵荒秃得像剃过的疤癞头般一片凄凉。至塞西一带蝗虫遭了霜，漫野满城死虫盈积如山。自古处置蝗灾例有成法，一是火烧二是掩埋。但秋粮未收赈粮未到，老百姓眼下总要糊口，家家户户把虫尸蒸熟爆干了，竟拿来做了主食。和珅一入甘肃境便吃上了"虫餐"。

蝗虫这物件，无论烧烤爆炒，偶尔吃那么几枚，原是极鲜香一味美肴。但当饭吃，吃出两餐，心反胃倒，恶心吃醋，醋心加恶心，万般的不能下咽！和珅一路入境，自华池、环县、庆阳、固原、静宁，通谓"吃"进蝗区深处，更是烟炊断绝——要么你就不吃硬撑着，要吃就只有这一味"肉"：焦煳熏臭走了油，散发着腐虾样嗅不得的呛人哈喇味儿的蝗虫！

和珅也是贫贱出身，曾在口外讨过饭的人，饶是如此，吃到三唐镇，已是满腹焦胀闻"蝗"欲呕。这里地近省城，赈粮也发了过来，乍嗅粮食香，猛见米麦粮饵，馋极了的和珅活像饿死鬼遇了盂兰会施食的，不管三七二十一，包子水饺煎饼油条一捞食之，就攮搡了个十五分饱胀。出门遇了春雨，又淋了个落汤鸡，已是有些体热发烧，一肚子蝗虫面食胡搅不合时宜，半夜口渴又喝了一壶剩茶，他素来禀赋甚弱，经这么往死里折腾，平明时先是一阵大呕，接着搅肠刮肚疼如寸割，上下开闸直泻喷吐如绳，说不尽的秽恶腌臜，拉杂得满世界混沌一片，遍客屋无插足之地，隔窗也臭气扑鼻，不到天明便晕死了过去。

旧时客旅行店，一怕瘟疫霍乱客；二怕冤苦告状客；三怕进京举人。

瘟疫霍乱这是死人的传染病；冤苦告状客人多有在店中自尽的，官吏得以借机敲诈店主；进京应考举人常常赖欠房资，地方官往往偏袒不予公断，店主畏势莫可如何。和珅犯的头一忌，老板如何容得？趁他昏厥不醒雇了抬埋杠房上的仵作，就满地黄汤绿水中拖出来，连被窝装裹带人一股脑塞了车上，直拉到三唐镇北一座破败了的九宫娘娘庙里，一床草铺施舍了他住在大殿东壁下，又派伙计守候着等他咽气——这都是此地规矩，并没有人说老板不仁义的。只可怜和珅，虽不是什么达官贵人，也算出入紫禁城人见人奉迎的一方毛神，此刻落难，由着人摆布撮弄，竟如死人一般不自知晓。

昏沉着不知睡了几天，和珅醒过来了，睁开伛偻得失了神的眼睛迷惘地看着破庙房顶，自疑地晃晃头，觉得四匝的神像、布幔、灵栅、宝幡、壁画五光十色颠倒旋转，晕得像在一叶扁舟上随漩涡洪波沉浮飘悠，蓦地一身冷汗，他呻吟了一声又昏过去……

"你……喝口汤吧……绿豆汤能解瘟气的……"

仿佛从极远的天外云边传来一个妇人的声气。和珅再次睁开了眼，这次不再像着了风症那样又白又亮，却显得很是疲惫无力，昏眊中看那女人，面容由模糊变得清晰，是个三十岁上下的女人，头发蓬乱着绾个髻儿在脑后，容长脸儿慈眉善目，嘴唇略嫌厚一点，衣裳褴褛肤色黝暗，显见是个住庙丐妇，半跪蹲在草铺前，手里端着一只硕大无朋的粗瓷大碗正盯着自己。和珅看了看碗中绛红色的绿豆汤，兀自微微冒着热气，他一点食欲也没有，却情知这样饿下去只有个死，勉强点点头，惨笑着说声"谢谢……大嫂……"仄起半截身子，就那女人手中喝了一口，觉得爽口，还有点甜，和豆沙香味混着，倒勾起胃口，稍一顿，如吸琼浆般贪婪地喝得干干净净，弛然卧倒了地下，见草荐头旁有只篮子，里边装的有饽饽咸菜之类吃食，弱弱地问道："……是你给我的东西？"

那女人摇摇头，说道："是店伙计送来的，他们每天来一次，放下吃的就走……"

"唔……听你这话，我在这里不止一天了？"

"三天。和大爷，三天了……这地方儿风俗不好，您是出过店钱的啊！怎么恁地狠心，扔下这里就撒开了手。"

　　和珅目光熠然一闪旋即黯淡下来。其实住店时他已经精穷的了，也怨不得老板无情。在瓜洲渡驿站发一回恻隐之心，救济靳文魁家属柴炭，把军机处给他带的出差银子都填了进去，只剩了二十多两散碎银子。马二侉子给了十两，答应再帮他二百两的，偏又奉差去了南京。他地方上不熟，又要充大不肯启齿，三差两错又逢大家都忙着送驾，不好认真去借贷。盘算三十多两银了怎么着也松松款款回了北京，不防道儿上饥荒，吃蝗虫馋极了打了几顿牙祭，又着小偷取去一多半，待到花平腰里只余了不足五两，住三唐义合店那晚，其实只有一两二钱银子了。他无可奈何地叹一口气，看看乱七八糟堆在壁角的行李，伸手指着钱褡子道："我委实动不得，劳烦大嫂把那个取过来……"

　　褡子取过来了，和珅抖索着一双枯瘦苍白的手，一个小袋一个小袋摸索着，这里边最深夹袋里装着阿桂给范时捷写信废了的一只空信封，原是用来装小银票的，它不是堪合，也不是官引，但上头有军机处的火漆章印，可以证明他和珅是"军机处的人"，现在是用得着的时候了，但现在它却不翼而飞了！和珅心里一阵烦躁，不知哪来的劲，半挺起身子，手忙脚乱张皇着，把钱褡子各处揉搓了个遍，又倒吊起来抖动，希冀着那个信封掉落出来。那妇人笑道："哪里还能有钱呢？店里人当时都以为你要死了，抄贼赃似的在这里抖落了半日，纸片子破布烂袜子都拢堆儿搜检过了，还指望着给你留下钱！"

　　"他们把那些东西弄哪儿了？"

　　"烧了……"

　　"烧了？"

　　"你不知道你来时候有多脏，他们用你的破衣烂裤子纸片子给你揩了，就用火烧了——这庙里原来还有几家讨饭的，怕过了病气，都迁玉皇庙那边去了。"

　　"我不是寻钱……"和珅歪倒了下去，喃喃呻吟道，"既然烧了，那就听天由命，什么也不说了。"他又发起谵语，一会儿"老马"一会儿"桂中堂""老于""尹制台"呓呓绵绵说个不休。那女人听不明白他的话，见小女儿托着一大篮马齿苋回来，自过了西壁下找火烧水，一边择菜一边热剩饭。一时见店伙计提着个布包进来，料是给和珅送干粮来的，也没理他，只指挥女儿："怜怜，把柴下头的灰掏掏火就旺了，只尽着用嘴吹！五岁的大丫头了，没记性！"那怜怜甚是听话，小胳膊小腿趴在地下，就用棍子掏柴下的软灰。

店伙计到和珅铺前，丢了布包，伸着脖子看看听听，一笑说道："姓和的是个旗人，最他妈娇嫩的，倒结实禁得折腾，像是要反醒过来似的。吴家的，他回过来你跟他说，还欠柜上二两一钱银子，这堆破烂儿折进去虽说不足，就不另计账了，算方二爷积德阴骘……这点子干粮算我们和顺店送他上路的盘缠。"说着便伸手捡拾那些破衣物。吴氏见方家老板伙计这般做派，心里鄙夷，口中却不便说，只用棍子捅那砖灶下的火，弄得满殿烟雾灰屑腾空缭绕，柴灶噼啪爆响间骂那小丫头："死妮子！抬来的柴也是湿的！这么大了任事不晓的。没见前头住的癞狗子，人家只比你大一岁，就知道乱坟岗子上拾破布烂套子养活他老不死的老爹了！"那怜丫头见娘无端发脾气，又不知道自己犯了什么错儿，吓得扎煞着小手站在一边，咧嘴儿要哭又不敢。

"怎么，恨棒打人么？"店伙计将和珅的衣物破烂流丢收成一个包儿，听妇人说话拐刺儿，一手丢了地下，冲吴氏嘿地一笑，"店钱不够当行李，你走遍天下问问，看是不是这个理儿！心疼他了，他是你什么人呐？当妈，你小了；当儿，他又大了！噢，我说呢，别人都怕过病气走了，偏你就留下，原来寡妇摸着了尿——敢情明里认个干姐姐，暗里养个小汉子……"他口中有天没日头还在胡嗳，不防吴氏手一甩将手中燃着的烧火棍隔老远扔过来，忙闪了一下身子，打倒是没打着，只棍头一节指顶大的红炭团儿掉进脖子里，顺脊背烫下去，疼得又跳又叫又抖索又抓挠，竟似得了鸡爪疯似的手舞足蹈满地兜圈儿，直待炭灰灭了才得定住。他扑上去就要打吴氏，吴氏霍地端起一锅翻花滚着的稀粥站起来，喝道："方二癞子，你敢往前跨一步，我给你褪了猪毛！"

方二癞子不防女人这一招，吓得脊梁上的一串燎泡儿也忘了痛，一手提包儿虚挡着，挪到和珅头脸身边，白着脸皮笑道："好好好……你厉害你厉害！好男不与女斗，你愿意谁就是谁，反正我不掺和就是。妈的，便宜了你姓和的！"兜屁股照和珅踢了一脚，走戏子台步般歪趔着身子出了大殿，又抖起了精神，冲殿里喊道："贱婆娘！别你妈的忒得意儿。镇上莫典史传下有话，不在编氓的无业游民一律解送回籍，无论你是跑单帮卖药耍百戏走把式算命打卦讨吃要饭的，在编就有赈济，不在编的绳串蚱蜢串儿走路——瞧好了你这对贼男女的好果子吃！"边骂着一颠一颠趔着去了。

和珅人虽晕迷，心思却甚清明，二人言语行动都入耳入心，听得悲苦愤恨，一阵无奈一阵心酸，早已泪出如沸，只口舌僵滞喃喃不能成语，欲待翻身时又头疼欲裂万花齐迸，燥胀得五官错位，直用手撕抓胸前的纽子。那个叫怜怜的总角小丫头见母亲忙着用木勺搅粥，忙过来蹲在和珅身边，握着他的手喊道："叔叔！叔叔……还有豆汤……你喝不喝？你哭了……"

"怜怜别闹他。他身上有病，又几天没吃饭，搁得住你再揉搓？"吴氏挽着袖子，一手握着大碗，一手用石头在碗中轻轻捣着，末了双手从碗里捞出一团碧绿墨翠的东西，拧出汁液来，又从小碗里兑了点什么……端过来，在和珅耳畔轻声说道："别焦心，就是老辈人说的，一文钱逼死英雄汉。先把身子养好是要紧的……这是个偏方儿，生扁豆秧汁子兑醋，止呕止痢我们乡都用这个。张开口，唉对，就这样，好，咽了……空心头儿喝了最好。我还煮的有马齿苋粥，也治红白痢，慢慢作养，你这年纪好起来，快得很……"

和珅喝了半碗生扁豆秧汁，口中酸涩腹里已见通泰，空得一无所有的肚里一阵咯咯作响，竟打出一个酸臭嗝儿，脸上泛出血色，睁开眼，虽然仍是晕眩不定，心中已不是那样烦恶，反手握住了怜怜胖乎乎温热的小手，望着吴氏说道："韩信千金报漂母，我和某人有朝一日得济，要比韩信过十倍！"

"嘴脸！"吴氏笑道，"谁指望你来报这半碗扁豆秧儿的恩？只哪里不是行方便积阴骘，但得个平安二字就是喜乐……昨晚你嚷嚷腿疼，我就知道你不要紧了，方才还烧了半截土坯，待会儿泼上醋，布裹裹垫到膝盖下头——你歪着别动，我给你盛粥去。"说罢去了。和珅拉着小怜怜问询家世，才知道这妇人是本地人，娘家叫张巧儿，嫁给吴营的吴栓柱给吴老太爷当佣作长工。前年一场大水祖厉河决口，吴营漫得一片汪洋，恰她带着怜怜回张寨娘家，才躲过这场大劫，接着又传瘟，娘家兄弟也死了，兄弟媳妇容不得大姑子日日在家蹭饭，索性改嫁了一个本家哥哥，这就再也容身不住，四处漂泊乞讨……和珅听怜怜着三不着四说个大概，已知吴氏身世凄楚秉性良善，不由长叹一声，闭目沉思间心下暗自悲戚。

如此半月间和珅身体渐次恢复。其实腹泻转痢疾，只要调养得周全，并不定要服黄连续断诸类名贵药物不可，吴氏母子每日午前午后出去讨饭，所有要来的剩饭杂粮菜团都是精中选精重熟再热了给和珅吃。什么赤小豆、马齿苋、炙酸石榴红枣丸、炙蒜头、石榴壳研末……偶尔要得一点糖，饭铺泔水缸里捞的剩木耳淘净了，和糖在锅上焙干了——那味道原也极佳的，也都尽着和珅用了。和珅早先在西北张家口大营，后随阿桂军机处当差，从来都是听招呼的角色，由着人呼来喝去，跑前跑后逢人就侍候，见马拍屁股惯了的，因这一病倒真享受了几日。慢慢地起身了，披着破衣裳晒暖儿，帮着摘菜烧火什么的，闲散着也到野地逛逛，人场里转悠转悠，只大病初愈，腿上老寒疾没有痊好，心里急着上路，却又没有分文盘缠，只好每日将就着。

这日下晚，和珅吃罢饭，百无聊赖间进镇闲步。其时正是仲春天气，炊烟晚霞霭霭如幕，满街店铺青灯红烛辉映，粉坊油坊织机坊磨声油锤声轧轧织布声交错相和，从运河码头卸下的货，诸如洋布靛青丝绸茶叶凉药字画扇子之属，或驴驮或车载，铃声铎音杂沓不绝，街头小吃诸如合饹、拉面、葱饼、水饺、馄饨、煎饼、水煎包子等等都点起羊角灯，蜿蜒连绵断断续续直接运河。听着小贩们吆吆喝喝抄锅弄铲，油火煎炸，葱姜蒜末杂着肉香满街满巷流香四溢，砧板上砍切剁削之声不绝于耳，和珅像口里含了酸杏子，只是咽口水，一肚皮无可奈何，欲待回庙时，猛听街北一个茶馆里有人狂喜叫道：

"我赢了！——二十四番风信，三百六旬岁华；历过神仙劫劫，依然世界花花！赢了——哈哈哈哈……哪里见过一注就赢五百两，老方家祖坟冒青气了！哈哈哈哈……"

笑得怪声怪气，像煞了半夜坟地老桧树上的夜猫子叫，听得和珅身上汗毛一炸，才想起这是"斗花筹"赌钱。和珅自幼浪荡，七岁就上赌场的角色，什么骰子、六博、挢蒲、双陆、叶子戏、打马、天九、麻将、摊钱、押宝、转盘……各路博戏玩得精熟，前门大栅栏出了名的"和神"，只到了军机处，规矩森严形格势禁才收起这套本领。此刻听见赌钱场上声音由不得心中一烘一热：五百两一注，就是在南京秦淮河柳家赌场也是罕见的大注了！赢他一票不就什么全有了？他拍拍前襟，里边只有十几个制钱碰得窸窣作响，这是张巧儿给他买豆腐脑儿还有明天买醋配药的钱，一个失手输了，不但没有豆腐脑儿吃，见张巧儿更是不好意思的……但此刻情热技痒，和珅竟一时没了主意。他往前没事人般游了几步，又鬼使神差地转回来，隔门向茶铺里觑了一眼，只见几盏烛台照得明亮，四个人坐在八仙桌旁，还有五六个人围在他们身后，伸着脖子张着口，死死盯着桌子中间的骰盘，脸盘映着灯光阴阳闪烁，面目都不清晰。突然"哄"的一声，有人大呼："二十五副，杏花！——玉楼人半醉，金勒马如飞！"

"好，这是替我发科，借你口中语，言我心中事。"和珅暗道，他攥了攥那把子铜哥儿，毫不犹豫地走进了茶馆，不言声站在桌后观局。

场上果然是在斗花筹赌钱。那清时斗花筹始作俑者叫童叶庚，将一百零一种花名分成九品八百副，制成竹筹，每筹一花加一句品花词诗，各品筹码大小尺寸也不相同；用六枚骰子投掷抽筹，筹多品高者赢，依次类减。这法子说起来繁复，其实筹码制好行起来十分简捷便当，且是文采杂入风流儒雅。起初只是文人墨客斗酒行令使用，流传民间，自然就用在了赌博上头。自乾隆十一年伊始，十年间此法风靡天下，竟成大小赌场一时之选。当下和珅留神看时，场上斗骰四人，北首一个四十多岁的中年汉子，拷绸单裰蓝市布长袍，刀削脸上鹰钩鼻，浓眉下一双阴鸷的三角眼不时闪着绿幽幽的光。他认识，这是方家客栈的管账先生方家骥，此刻正赢得得意，撒吊着嘴似笑不笑，奁着眼睑一副笃定神色看骰盘，左首桌面上八寸长的一品筹已是摞了四五根。南边对面的和珅也认得，是三唐镇上的豪赌，名叫刘全，才不到二十岁的人，已赌光了十顷地的祖业，好大的庄窝都盘净了，气死老爹老娘，埋了大哭一场不回家，仍旧到赌场的人物，此刻打着赤膊兀自身上出汗，一脚踩在凳子上，一腿半屈哈腰，盘在脖上的辫梢一动不动，乜着眼看骰盘，手边桌上也放着几枝大筹码，一望可知也是赢家。对面西首坐的似乎是个茶商，二百副到本，已经有了一百六十副，是不输不赢的局面，甚是悠闲地看骰盘，手里把玩着一只汉玉坠儿来回捏弄。只和珅脸前面西坐的，也是四十岁上下的中年人，已是输得一塌糊涂，手边横着几枝筹，每筹只有二副，通算下来也不过十几副，局终贴赏赌坊坊主也不够使的，已经是精穷的了。他却甚是矜持沉着，一手抚着脑后油光水滑的辫根，一手捋着腰带荷包上的米色绦子，敞着巴图鲁背心领上纽子，静看方家骥出骰。

"瞧好了，要宝有宝，宝泉在手！"方家骥左手拇指扣住骰盘盘底，右手盖上盘盖，在耳边晃晃，里边六枚骰子顿时一阵清脆的撞击之音，他两手发疟疾似的急速旋转几圈，咧着嘴听骰子兀自沙啦叮当作响，定住了，稳稳放在桌上，口中猛喝一声，"全色出来！"便见茶店老板揭开盘盖。十几对目光定睛看时，是个"四红"品色，六枚骰子一个"幺"，一个"二"，其余四个都是"四点"——已经占了二品，从二品筹桶里掣签时，是一枝梅花签，一幅烙花疏梅，下头两句诗：

茅舍竹篱烟外月，冰心铁骨水边春。

九品里占到二品，已经是难得的好签了，众人轰然喝一声彩："好！"

方家骥抹抹胡子，坐了下去。

接着轮那位茶商摇骰，他却是双手捧盘在眼面前，像怕那骰盘飞了似的，晃晃，听听，再晃晃又听听，反复几次放在桌上，揭开看是"三红"——三个"四"，两个"幺"，一个"三"，掣签得芙蓉花：

锦城名士主，宝帐美人香。

"我要一品全红！"刘全小心翼翼端起盘子，虔诚得像送子观音像前的妇女，喃喃祷告几句什么，大起大落缓缓晃上晃下，叮当作响间放了骰盘，揭起一看，居然也是二品：四个"四"，一个"二"，一个"幺"，掣签是牡丹：

金银宫阙神仙队，锦绣园林富贵花。

至此方家骥便有点不自在，刘全咕咚咚端一碗凉茶喝了。

"都说全红全素好，老子手气臭极了！"和珅面前那外地中年人不慌不忙端起骰盘，笑道："悖透了否极泰来，不信还掣着个九品！"他跷着个二郎腿抖着，双手捧盘子左转右转，晃晃墩墩胡颠乱倒，弄得骰子在里头不知怎样折腾，哗啦啦散响。他是大输家，还这样散漫不恭，众人都笑。和珅此刻侧转脸看，觉得面熟，犹恐看错了，揉眼再看，不是和亲王弘昼是谁？——怎生这般模样，又如何到了这里，他就是想破了脑袋也猜不出来！一个"五爷"没叫出口，弘昼已经放了骰盘，大剌剌说道："揭开来！"

盘盖揭开，众人骨碌碌眼珠子盯着看时，是两个"四"，三个"二"，一个"五"，名色"双红"，掣筹得"月季花"，上写四字：

朱颜常好

哈哈哈……一阵哄笑声中弘昼身子仰了仰，自嘲地笑道："日他妈的，又五百两没了！再来过……"旁边一个长随便数银票。和珅也认得，是和亲王府的头号亲信仆从王保儿，自忖自己虽然认得这位天字第一号王爷，也曾见面禀事说话，但贵人秉性记事不记人，难说和亲王认识自己这个"小的"，且是和亲王也未必高兴这时候相认……心下掂掇打着主意，留心看赌局识窍知道观察舞弊，两圈下来已知其中道理。待再轮到弘昼时，和珅轻轻一笑，在他身边道："五爷，奴才替您一把，您看成不？"

"你是？"正干笑着的弘昼转过脸，看着和珅面熟，又转看王保儿。王保儿却认识，笑道："是跟佳木爷的和大爷。想不到这里遇上了！"和珅赔笑道："一个月头里南京还见过爷，爷去右翼宗学胡同，我跟福大爷一道儿陪爷踢过球，爷输了，说'毛蛋'不好……还记得不？"弘昼听着已经想起，不禁笑了。听刘全紧催"出盘"便把骰盘递给和珅道："爷手气太臭，你来换换气儿！"

和珅没有立即摇盘，捡出几粒骰子放在手里拨拉着又掂量，双手合十捧住摇摇，讷讷说道："骰神有灵，祝我能赢！——这番我要个二品四红！"说着便摇骰。他的摇法和对面茶商差不多，缓缓上下拨动，有点像用簸箕簸麦子里的糠壳灰尘，仔细听里边骰子下落的声音，连着五六次。众人听得大不耐烦，方家骥便说凉话："这是在九宫娘娘庙里跟哪个女人学的吧？"话音刚落和珅便道："五爷，这一注您赢了——"轻轻放下骰盘。掌柜的一把掀开盖子看时，众人都吃一惊，居然摇出五个红四，还有一枚"五点"！王保儿欣喜地叫道："和珅真有你的——四红！要四红就是四红，几乎他妈

349

的素全色了！"弘昼笑得嘻着嘴合不拢来，掣出签来哈哈大笑，"你也四红我也四红，我的点子比你多，哈哈哈……"众人围着看签，又是牡丹花，啧啧惊羡间都赞："这位爷手气翻过来了！"

方家骥这番是庄家，他自己下注五十两，弘昼的五百两翻一倍，合着是输一千一百两。和珅这一手玩得他又恼怒又奇怪，但他是赢家，断没有赖赌的道理，只好将银票送来。茶商和刘全也都送银子过这边。恰又轮他摇骰，瞟一眼和珅，本来心里笃定的事，突然间信心全失，倒犯了嘀咕，把骰子也依样葫芦倒在手心胡乱拨弄一阵，扣盘还照前番模样，咬牙狞笑着一阵猛摇，出来一看，只有一个"四"，还有两个三、一个二、两个"幺"，掣签得萍花二副，"柳絮前身"，臭到不能再臭了。他沮丧地倒坐了回去。

"看看我的手气如何。"茶商笑道，"我也要四红！"接过上首骰子，放在手里一个个又拧又拨又掂丢了盘里。仍旧晃晃听听又绕绕，稳稳放下。揭盖看时众人都吃一惊：六个骰子里四个"二"两个"幺"合成五个"二"，有名的品级"一品巧合五色"。赌场里摇出这个花样，那真是百不逢一！围观众人齐都傻了眼。再轮刘全摇，得了个五品蜡梅花，说是"风前开馨口，雪里晕檀心"，连词儿里都带着晦气，他却甚是镇定，泰然把银子推了推，舔舔嘴唇坐稳了。

和珅接手，显得格外郑重。要赢这个"巧合五色"只有三条路："全红""素全"（即六个骰子数码完全相同）和"一条龙"（即一至六各码都有）。王保儿和弘昼在旁看他动作，只见和珅将六枚骰子放在桌上，只用一根食指拨拨翻翻，有点像看蚂蚁搬家，时不时手指在嘴里吮一下，又按按骰子，良久说声"妥"，便摇骰，仍旧是扬簸箕般上下掀动听音儿，又让骰子蹭盘底儿，转转放下，神定气闲说道："五爷这次下注两千。我们要通吃了！"

"极品！"

一揭盖子众人都直了眼睛：那骰子分紫、青、红、皂、白、黄一二三四五六全色排出，晶晶亮明光光显在盘中，正是万中不出一的"一条龙"！人们惊讶之极，一时竟忘了喝彩。这是极品，并没有设赞词筹，只是口语报说，和珅曼吟道：

　　夭矫九天紫烟腾，行云布雨震雷霆。

　　一扫牧野百万兵，闲来盘柱庙堂中！

众人方喝得一声"好!"

　　"五爷，这就笑纳贡献了。"和珅笑嘻嘻说道。王保儿笑得满脸开花，就收银票。

　　至此众人已经全军皆墨。方家骧和茶商尚有三五十两散碎银子，老本已经蚀尽。刘全的筹码使尽，还缺着七十四两银子不够补账。和珅大度地说道："你放炮退场，七十几两不要了。"不料刘全桌子一捶，额上青筋暴起，呼地站起身来："接着来!"

　　和珅似笑不笑说道：

　　"接着来，成! ——你的注银呢?"

　　"我没有注银!"

　　"那你赌什么?"

　　"我赌这条胳膊!"刘全拍着胸脯大声道，"三唐镇谁不知道刘某宁折不弯的汉子，绝不赖场子!"弘昼用欣赏的目光看着刘全，口中却道："伤残了你也是罪过。何必呢? 我赏你的本钱，回去吧!"刘全怒道："我不要赏! 输了胳膊还有腿还有命，我上注：一条胳膊一千，一条腿两千，这条命五千，翻不了本，死给你们看!"他"噌"地从腰间拔出一柄解腕匕首，照腕上一刺，那血立刻淋淋漓漓渗出来，"我是输家! 哪个要走，先让我戳个透明窟窿了去!"

　　他这般强横蛮缠，方家骧和茶商原是不耐，待见了血，才想起这铁头狲狲原是赌得穷凶极恶的亡命之徒。他们自己也是输得精光的人，也想翻本夺彩，因便悄悄吩咐身边人"取银子"。

　　接着再赌两圈，方家和茶商手气毫无起色，竟是都在七品八品里苦踢腾，掣出的筹或绣球或荼蘼，或洛如或玉簪，"蝴蝶成团""高会飞英""节同青士""醉里遗簪"乱来一气。都沮丧得脸如土灰。刘全倒是摇出一个四品"桂花"，再摇却落了个二副木槿，"朝荣暮落"，俱是丢盔卸甲溃不成军。和珅得心应手如有神助，要三品得莲花，要四品得萱花，"外直中通君子品，无情有恨美人心"——横扫全席毫无滞碍。把个弘昼欢喜得无可不可，翘着大拇哥直叫："小和子，真他妈有你的！"

"好，这是天亡我也……"刘全满头冷汗，脸像月光下的窗纸一样青黯惨厉，艰难地站起身来，掣起那把匕首，用失神的目光扫视众人一眼，突然爆发出一阵歇斯底里的狂笑，"不能赌了，还要命做什么？我这就还你的赌债！"他倏地举起利刃，一咬牙恶狠狠就要向心口扎，和珅见连弘昼都惊呆了，急叫一声："慢！"

刘全手在空中，横眉转眼问道："怎么？"

"听我说，"和珅缓缓说道，"你没有死罪，这里死了，我们还要吃官司。这是玩儿，谁和你认真？赌场上头无父子，不肯赖赌原是条汉子，输了命，这条命缴给我，这才是正理。这是一。"

"嗬，成！还有二？"

和珅阴沉沉说道："其二我要告诉你，凭你们这样的野鸡赌徒，要赢我下辈子休想。我做给你们看——我要全红！"他拿起骰子，照前法办理一番，放在盘子里摇摇，自己用手揭开了，六个骰子居然都是四！

众人不禁都倒抽一口冷气，面面相觑间瞠目又看和珅，不知这个瘦骨伶仃的年轻人是鬼是魅。

"我是天下第一赌。"和珅笑看呆若木鸡的方家骥和茶商，"二位只能算未入流。这把骰子送了兄弟如何？别舍不得，相交满天下，知音能几人？识相的是光棍，不然……"

他话未说完，茶商和方家骥已鸡啄米似的点头道："老弟英雄出少年，我们心服口服，就孝敬了您老人家了！"说着起身一揖作别而去。

第二十八回　荒唐王私访弹封疆
　　　　　　巧和珅逢时初交运

　　赌客和看客都散去了。已是起更时分，三四支酒杯粗的蜡烛煌煌映照着，满桌垛着的银子有两千多两，晶莹闪烁得耀目，还有十几张龙头大银票，是输了又赢回来的，也齐整叠在弘昼身前桌面上。一个小小茶馆里明晃晃摆着这么多钱，景象看去有点诡异，和珅见除了王保儿，还有两个大汉站着不动，刘全也站在角落不走，因笑道："刘全，我哪能真的要你的命呢！今晚下场，若想要赢个本也是易如反掌的事。你好赌又不知赌场险恶，我早已洗手，一来要给我们主子翻本，一则也想让你以赌戒赌，是一片菩萨心。五爷，赏他二百两，叫他去吧！"说罢目视弘昼身后二人。

　　"这个叫梁富云，这个叫董富光。"弘昼笑道，"是黄天霸的门生，刘统勋老头子贴在我屁股上的两帖膏药。粘得紧，揭都揭不掉！保儿，拿二百银子赏这个刘全，他虽然是个痞子，痞得英雄有趣。赏他！"王保儿便取银子，嬉笑道："你他娘的真走运，输得捞了二百两！"

　　刘全却不肯接银子，瞪目看看这个望望那个，"扑通"一声长跪在地对和珅道："和爷！丈夫一言快马难追！你不要我的命，我这身骨头交给你，水里火里跟定了你，天涯海角随定了你——你就是我的主子！"和珅为难地看着这个宝贝，半晌才笑道："连我自己都潦倒得不成体统，指着个穷婆子在这里挨命。你跟我有什么好处？就是到京里，我也是个没品没级的吏员拿什么养活你呢？"刘全只是磕头。弘昼笑道："他有这个志气也是好的。眼下你虽然不济，后头的事也难料的定。这事我也和你有了缘分，想当官谋差，大约我说的话还作得数。"

　　"那就谢五爷提携了！"和珅忙着给弘昼打了个千儿，起身说道，"五爷，您住哪儿？咱们得赶紧离开这儿。那个茶商和方家骥做好的套儿要捉您的大头。您不懂赌场门道，他们输光了腰，断然没有罢手的理。"弘昼道："这是屁话——他敢来抢？"梁富云道："和爷说的是。咱们回风华店去是正理。这么多银子太招眼了，他们肯定不罢手的。"

风华老店是三唐镇最大的一座客栈，离这间小茶馆不远。六个人没用半顿饭工夫就赶了回来，弘昼掏出怀表看看，字针儿刚过十点，笑道："才是亥正时牌。今晚输得快赢得也快，高兴！和珅跟我们楼上说话！"和珅刘全答应着跟了上来，径直进了弘昼卧房。梁富英和董富光兄弟只在隔壁房中听招呼。

"小和子，你是怎么弄的？"弘昼一坐下便问："怎么你要几是几，我怎么就摇不出一个四红花样儿来？""爷您是龙子凤孙，金枝玉叶之体，怎么和这起子下三滥乡里小痞子赌起彩来？"和珅笑着鞠了一躬，又帮王保儿给弘昼沏茶，端捧给弘昼，忙活着说道，"奴才得先劝爷一声，这种事再不可为。输了银子还是小事，头号儿天潢贵胄叫小鬼缠了，如何丢得起这人？你是和硕亲王爷呀！"

刘全顿时听呆了。今晚他起初只听方家骧说"来了个大憨阔佬儿，弄他几个"，先下小注给弘昼，逗得弘昼兴起，大注下来几个人捉弄赢钱。方才也觉得弘昼风度手面不俗，不像个生意人，却万不料居然是位"亲王"——甭说三唐镇，就是兰州府，恐怕也没有恁大的官罢！早知如此，何必苦巴巴一定要跟了和珅？他看了看得意洋洋的王保儿，咽了口唾液没言声。

"爷，您来看这骰子！"和珅掏出一枚骰子，在三人面前亮了亮放在瓦砚里，用铁镇纸试着敲了两下，又加了点力一砸，那骰子已是裂开缝儿。和珅指着说道："您不晓得内里窍门儿，能不输给这起子贼么？"说着手指一拨。

三个人凑近了看，那骰子已经均匀破分成八粒，方方正正的小象牙骨散落在砚中，王保儿惊呼道："爷！这他娘的是毒骰子，里头裹的有水银！"弘昼用手指扒了一下，果然有一颗小米粒大小的水银珠子，灯下闪着鬼祟的光。

"不止是水银，还有一块铁，嵌在红四另一边。"和珅冷冷说道，"姓方的戴那个大扳指您以为是墨玉？那是磁铁！"他像蒙师给小学生讲课，捏起一粒骰骨，"这么着戴着扳指在盘里摇，到了火候，六个四也是稳稳当当的!"众人早已听得目光炯炯,一脸憬悟神色。和珅指着骰骨一块凹处,眯着眼笑道:"八块小骨骰兑起,这里就有个空洞,叫'藏珍洞'。想知道我怎么赢的么?这个洞太小,雕工们刀工常常先在上头挖下一片才好琢下来,这么着上下四方就又出来六个小空洞。水银是流的,放在桌子上墩,就流进小洞里,手指按按,手上的热气又能把水银逼回大洞——真正的玩家是要玩水银。水银比铁重得多,我在水银上头做手脚,他的扳指就不灵光了。后来他们心乱了,输得昏了头,连茶商也是胡捏乱弄一气,怎么能不输?这里只能给爷粗说里头的道道儿。真正讲明道理手法,颠倒应用,恐怕得写一部书才成……"

至此,众人俱心如明镜。刘全不禁叹道:"早见和爷十年,我也不至于十万家当赔净了!"弘昼道:"原来如此!你不说,我就把王府赔进去也是不得明白!""这骰子玩水银争把戏算什么!玩赌到了极致,花样翻新奇巧变幻像万花筒……"和珅的目光变得有些忧郁,"我也只是知道个皮毛而已。我的本家叔爷,转骰子摸雀儿牌要几是几,缺什么牌补什么牌!平平常常的骰子落到盘中,闭目能听出哪一点落地……却把好大一片庄园都输掉了。强中更有强中手,赌场久战无胜家……刘全,我早已起誓肯可断指绝不再赌。你跟我,也不能再存邪念头。王爷就是我们的靠山,好生巴结做出官来,那才是牢靠基业铁打的营盘!"

"好小子,还真不能轻看了你。"弘昼笑道,"说道理给刘全,连你五爷也听进去了,有骨头有肉,好!王保儿要有这份伶俐心思,我早放他出去当官了,这里头有个道理分寸,还要讲究火候——你懂不懂?"他突然转脸问王保儿。王保儿却道:"这有什么难的?爷也忒小瞧奴才的了!奴才跟爷有年头了,当官只有两条,侍候上宪要像哄姨太太,服侍皇上要像对待老太爷,既要顺着道理也得留心着招他欢喜——惹翻了老爷子要抽签条,恼了姨太太不叫你上床。你就是屈原,放你出去喝西北风儿怎么样?那可正就是说——"他瞪着眼,想了半天词儿,冒出一句:"雪拥蓝关马不前,拔剑四顾心茫然!"一句话说出来,立时招得弘昼哈哈大笑,手指头点着王保儿道:"不伦不类的你倒说得顺口,好好的唐诗都叫你这头驴给揉烂了。哈哈哈……"王保儿笑道:"奴才跟五爷投缘,就是侍候您的命——跟着您狐假虎威,哪个见我不敬?做官无非为发财,为有人巴结着受用。我看我和个官也不差什么。"他皮里皮气说笑逗乐子，连隔壁的梁富云和董富光也捂口儿葫芦笑。

一时闲话中和珅才知道，这位王爷是微服到甘肃，因是王亶望坏了事。又说起"圣躬操劳"，这次江南之行皇后病重，又有和卓之乱，吏治上头也屡屡惹皇上光火。皇上身边得力人太少，朝廷要着力物色人才……从纪昀家中官司逼死人命，又叹息做官做人不易。又说到福康安在枣庄生擒蔡七，和珅搭讪着顺口问仔细听，便觉怅然若失：迟走几日跟了福康安，不但免了这一灾，还能立功叙保……

弘昼见他发痴，因问道："你呆呆的在想什么？"

"噢……奴才走神儿了……"和珅道，"说到福四爷，这回在江南也见了的。原先早年在宗学和福大爷也相熟的。奴才倒霉没造化，要跟了四爷去逮蔡七，选出去当个县太爷那是稳稳当当的……"因将在瓜洲渡驿站周济靳文魁家花尽了银子，一路潦倒来到甘肃，得了急病受吴氏救治恩惠的事一一备细说了。"如今见着五爷，就是奴才时来运转了。受恩不报非丈夫，求五爷赏点银子，一来作回京盘缠，二来且安顿吴家娘母女不受饥寒。奴才回京告贷也必要还她这份天大恩情的！"

弘昼听得不时地点头感叹，末了，眯着单泡眼喟然说道："也是你命中该有这一劫，中间贵人相救——瓜洲驿你要不救靳家，未必有这样的好报。"王保儿笑道："依着爷说，那个穷要饭婆儿还是'贵人'了？""那是当然！"弘昼正色说道，"比如和珅捐银买炭救靳家，和珅就是靳家的贵人，穷困中又遇到我，我就是贵人——你以为文王易经里的贵人和世上这些戴官帽子的是一回事？这么着，这里许多银子你随意取，取得动的就拿去报恩，也就是她缘中应得的福分。左右这些钱也是你赢的，派个正经用场也是该当的。你很投我的缘，索性跟我一路肃州去。回来我给你叙保！"刘全看看满桌包裹垛着的银子，心里划算着这是好大一份家业，说赏人就赏人了？这位王爷好大的手面！他咽了口水，傻子样瞪大了眼。

"那……奴才就放肆，谢爷的赏了……"和珅熟练地给弘昼打个千儿，却不去搬那些银子，只笑道，"怕有一百四五十斤呢？背到九宫娘娘庙……何必呢？把吴家嫂子请来不也一样？"弘昼跌脚笑道："你这身子骨儿。我打量你也取不走多少，谁知你竟是贼才贼智一步三计！好，你既有报漂母之情，我有何不能为季布一诺？"和珅笑着去了。弘昼觉得肚饿，正要叫王保儿去弄点心夜宵，猛听得楼梯一阵脚步乱响，杂沓淆乱踩得房顶承尘都直颤抖，里头夹着方家骧的尖嗓门儿："就在这楼上！这是一窝子贼，只管逢人就拿！"弘昼还在发愣，刘全急道："爷！快藏银子！准是方家串通了衙门的人来捉赃了！"他认准了弘昼身份，却是十分忠心，不管不顾将桌上银子一搂收了怀里便往床底下塞。王保儿骂道："我日他奶奶的，谁他妈吃了豹子胆，活得不耐烦了！"一拉门便冲出去，已见几个青衣大汉冲上楼梯，他双手一叉腰刚要喝骂，方家骧指定了叫道："也有他在里头！"早有个汉子飞身扑过来，不问青红皂白，夹脸便打了王保儿满眼花，晕了一下未及倒地，已被人劈胸提起来喝问："你这狗东西，你主子呢？银子呢？"

王保儿挣了一下，脱开那人手掌。他的脸变得血红——一半是被打一半是因为暴怒。他生性最是倔强，京华有名的"铁驴"，又最在弘昼面前得用，只有跟着弘昼欺侮人的，哪里丢过这种人？他也不言语，甩手闪开身，一个头锤扎身向当头那大汉下巴上拱了出去，那大汉在楼梯口猛地着了这么一下，上下磕牙咬得舌头鲜血淋漓，"妈"地大叫一声仰身倒下，把楼梯上挤着升阶的人砸倒了三四个，狮子滚球儿叠摞着下了楼。立时满楼响动夹着污秽不堪的骂声，风华老店所有的客人都惊动了。

梁富云和黄富光二人早已听见动静不对，他二人职责是护卫弘昼，王保儿来到楼梯口，他们已冲出房间直入弘昼卧室，梁富云双手持铜，黄富光是一对判官笔护在弘昼身边。弘昼起初也是一阵忙乱，开后窗要逃，看看楼高没敢下。刘全说道："爷甭怕！这是官府，不是劫盗的——说清白他们就滚了。"弘昼指着额上的汗笑道："奶奶的谁怕了？我是嫌屋里热透透气儿——富光去叫他们衙役头儿进来。不的王保儿要吃亏！"梁富云道："富光护着爷，还是我去。"从腰里取出巴掌大一块腰牌亮了亮便出去了。

一时便听他在外头喊："乱什么！要起反了么？我们是刑部缉捕司的，这是腰牌——我们王大人传话，叫你们打头的出来说话！"

一时便听外头一片喊喊喳喳议论声，似乎还有低低的骂声呵斥声，楼板踩得吱吱响声渐渐近来。梁富云打头进来，王保儿揸着鼻子上的血渍随后，进来伴伴站在门口，随后是个白净脸中年人，青绸长袍黑缎子马褂，一条辫子又细又长拖在脑后，小心地进屋来。他似乎有点受惊了的模样，心神不定地眨巴着小眼睛看看弘昼，又看看凶神恶煞般站在两边的梁黄二人，又瞟一眼得意洋洋站在一边的刘全，长揖到地，颤声说道："卑职莫怀古参见王大人，敢问台甫、官阙？"

"莫怀古！敢情我们这儿演《一捧雪》？"弘昼吞地一笑，却不回答莫怀古的问话，反问道，"你是这镇上的典史？三更半夜的带人来拿我，是什么缘故？"

莫怀古方才已经验看了梁富云的腰牌执照，梁富云就是六品京衔，却站在这位"王大人"跟前像个跟班的，一副门神模样，越发趟不透这汪水深浅，便不敢再问，加了小心回道："卑职不敢孟浪，是方才这里甲长到镇所报说，风华客栈有贩马客人在镇上聚众豪赌形迹可疑。如今西北有军情，勒尔谨制台已经下了宪命，所有做茶马生意的内地客商都要重新登记验明引证，防着有准噶尔和卓部的奸细来刺探军情。兰州县高太爷就在镇上，差使上头不敢马虎。既是误会了，请大人恕过冲撞，卑职这就告退……"

这话无论如何听来还顺情入耳，弘昼一肚子光火已是消了多半，板着脸问道："首告我聚赌的是姓方么？""是。"莫怀古道，"本地茂荣客栈的老板，叫方家骐，是个本分生意人，所以指了他当甲长……""我来告诉你，他不是个好东西！"弘昼打断了他话头说道，"赌场上他弟弟是头号赌徒，赌输了他去砸场子，能算是'本分'？妈的——王八蛋！你给我拾掇他！"

"是！是……"莫怀古被这声突如其来的喝骂吓得一哆嗦，喏喏连声答应，"方家就是这里一霸，恶棍刁民！卑职自然这就料理他！"说着就要退出去。弘昼摆手叫住了："忙什么？爷还有话问你。这里地里种什么庄稼，一亩地能有多少出息？"

他自称"爷"已经奇怪，忽拉巴儿问出地土庄稼，莫怀古顿时坠入云里雾中，张着口"啊"了几声才回过神来：

"回'爷'的话，这是兰州近郊，城里有的是粪，都是渠灌地……玉米一亩能收约摸四百斤，高粱三百斤上下，谷子也能收二百多斤，也有种春小麦的，能收二百斤，还有燕麦、黑豆、绿豆……都是荒地上漫撒种儿，收一把是一把，百来几十斤的不等……还有几亩水稻……"

"不说这些了。"弘昼倏地又转了题，"既是这么好收成地方儿，怎么听说还常饿死人？"

莫怀古这才明白，这位大人是要过问饥民的事，忙赔笑道："爷准是误听了。咱们甘肃地方儿穷，苦寒地瘠的，饿死人是常有的事。甘南去年还好些，甘东甘北这会子还在吃蝗虫呢，春天再暖一点粮食上不去，再传瘟，死人的事在后头呢！不过三唐靠着省里藩库，甘东的赈粮都从这出，全甘肃人饿得死尽了才饿这里呢！"

"不问这事了。你们这里捐监纳粮的人多不多？"弘昼又问道。刚刚"明白"过来的莫怀古顿时又糊涂了。弘昼见他白瞪着眼儿，懵懂得可以，一笑又问："我是问，比如你们兰州县，去年有多少人捐粮纳了监生的？"

"有——六七个呢。"

"六七个——不对吧？至少也有六七十个吧？"

莫怀古两手一拍笑道："爷说的是笑话嘛！四十石粮在这里要折银子二百多两，谁有闲钱去换个空壳子功名？别说'去年'，把兰州城死了的监生骨头都刨出来加上，也不得有六七十个！"

"嗯——是么？"弘昼若有所思地点点头，端茶啜道，"你——去吧！"一抬眼，见和珅不知怎么已经回来，待莫怀古出去，笑着放下杯子道："回来取银子了？可笑方才刘全，听见人嚷嚷着上楼，就往床底下塞。人真要打上来，你塞进床下就搜不出来么？"又问，"吴氏呢？你没带她来？"

"我们来了有一会子了。爷在上头说话，她有点怯场不敢见人。下头客房住满了，我安置她们后院房子歇着了。"和珅目送莫怀古出去，听着他下楼的声音，似乎有点心神不定，犹豫着说道，"我觉得今晚有点像做梦，事事都透着假！方才和吴家嫂子说，她是本地人，也异样方家怎的那么有钱，一夜输赢几千两，在这里是个吓死人的数目……再说，这钱赢得也太容易了。来这里捉赌是想得到的，可是一面腰牌就退了兵……这个……"

弘昼渐渐听上了心，皱眉沉吟半晌，转脸问刘全："你平日赌博，一晚有多少输赢？有没有下过这大的注？"刘全拍着脑门子说道："十年前有过，那是在兰州城金凤楼和麻子黄五少来赌，都红了眼，注越下越大，一百两一小注，二百两坐庄，四百两成番！我就是从那一夜家道败落了的。要不然城西牌楼半条街就是我的……"他眼中贼亮的光渐渐消蚀了，"这三唐是小地方，没人下这大的注。方家……也不至有这么财大气粗的。老实说，他们说爷带几万银子来买马，拉我来赌。我心里打主意，今晚要么死在赌场，要么就把家业给翻回来，没往别的上头想。"

梁富云心里早已疑窦四起。他今晚一直没说话，是因为一路上规劝得多了，已经惹得这个王爷老大不喜欢，一入甘肃弘昼就数落他："看戏你管，逛街你管，起身你管，落脚打尖你管，你他妈的比皇上还大？只要老子不逛窑子染杨梅疮，只要没人杀老子，你他妈给我住口！什么鸟黄天霸，又是什么刘统勋刘墉，扛他们的牌子有屁的个用！他们都是我家奴才，你懂不懂？"训得他狗血淋头。他也真不敢招惹得弘昼认真恼了。黄家捕快名满天下，原是因起身镖行，和绿林江湖上黑白两道渊源极深，若在中原那是如鱼得水左右逢源，但这里是甘肃边外，江湖道上行话是"生道儿"，他也不敢逞能恃强。有这两层，所以格外持重，只是静观动势暗中留心而已。他是老江湖，世面上人心险恶情事纷纭见得多了，跟黄天霸一道押饷还栽了大筋斗，此刻独自担着血海般干系，更是如履薄冰，思量着今晚扑朔迷离的人事，更觉得和珅疑得有理，因道："五爷，这里不是天子脚下，勒尔谨带着万余兵，是甘肃的一方诸侯，他又是王亶望一党。桂中堂五天前派人来说他在城里，就再也没和我们联络，小的怎么看，今晚这事都透着蹊跷。咱爷们还是小心点的为是。依着我说，留着和大爷在这观风，我们也不退房子，竟是出镇另觅个住处观观风色看是怎样？"

"怎么？"弘昼怵然一颤，脸上已是变色，"他敢造反？岳钟麒的七万绿营兵就在陕北，他的三亲九族高堂令尊都在北京！何况这里的绿营是总督衙门兵部双重节制，也未必就听他勒尔谨调度！"梁富云吃惯了他训斥的，从未见他如此神情严重，怯怯地咽一口气，又赔笑道："爷说的是，称兵造反的事是没有的。勒制台是案子连着贪污，并不是谋逆。再者桂中堂就在城里，这里的兵都是桂中堂在张家口带过的……我是说这是人家屋檐下，查办的案子牵连通省大小官员，爷昨个还说'甘肃无清官，都是他娘的奸臣'，但有一个有天理的，这门大案子怎么能瞒到如今？虽不敢造反，不定他本人或下头僚属，使个计谋设个陷阱，没声没息黑了咱爷们，就算要不了命，折辱了爷的脸面，造个事端一水冲了他们的案子。这些子弄神弄鬼的伎俩却是不能不防的！"

和珅见弘昼还在犹豫，笑道："爷别忘了，您是微服查访，扮的贩马客人，又说是'王大人'，就这一层，地方官给你扣个'身份可疑'关押起来，您能不能追究？这赌钱就是凭证，整您一下，弄得灰头土脸，您还能不能冠冕堂皇去拿勒尔谨？去年广东臬司汤望祖去查办高要县人命官司收受贿赂，在高要珍珠楼和婊子吃花酒，让县里当场拿住枷号三天，案子没查成，还受了降三级处分——爷大约知道这事儿的吧？"

"好了，好了！危言耸听！爷听你们的还不成么？"弘昼说着已经起身，"就依着老梁的，你留在这店里，咱们这就走！"

弘昼一行四人"出去遛遛"散步而去。和珅便回后店房中。甘肃地高气寒，虽已是季春天气，料峭春风掠地而过，还是一阵阵身上泛出冷意。此刻已近三更，后店大院房舍简陋，只有拐角通道二门上吊一盏若明若暗的羊角风灯。藏青色的天穹像一口广袤无垠的大锅，疏密不定的星星隐耀闪烁着微芒，院中粗大的白杨树，树干泛着淡青色直矗高空，模模糊糊融化在黯黑的夜色之中，枝叶都看不甚清晰……今天的事直到现在，和珅还觉得有点恍惚，从九宫娘娘庙一下子又回到了官场，而且攀上了天子惟一的亲弟弟和亲王弘昼，都是倏转倏变如梦如幻，大起大落间他不能不慨叹人生机缘莫测。在院中徜徉了一会子，又思量如果今夜无事，明日弘昼必定要骂他"杯弓蛇影大惊小怪"，不禁又一个莞尔，深深透了一口气回了房，也不打火点灯，和衣躺在床上望着天棚出神。

隔壁的吴氏母女似乎也没睡。这处店房是风华店早年起家时的旧板屋，中间都是用木板皮钉着，既不隔音且走风漏光，夜深人静时听得清晰，好像是怜怜换了新居处，盖着店里大被窝嫌热睡不着，隐约听得还有撩水洗濯的声音，沥沥作响，和珅猛地想起方二癞子揶揄吴氏的话，"明里认个干姐姐，暗里养个小汉子"，不禁心里一烘一热一动，就床上一臂仄起身子，隔板皮缝儿瞧时，果然是吴氏正在洗澡。她只露出半截上身，背对着墙两手对搓着肩膊，黝暗的油灯下一头乌发瀑布似的披散下来沾在雪白的背上，下半身却被床挡得严严实实，和珅不禁呆了，天天见面的，倒不留心她体态这般窈窕丰满的！他撑着身子不动，用小指轻轻将板皮上的干泥又抠得缝儿大些，木匠吊线儿似的睁一只眼闭一只眼贪婪地看着，耐心等吴氏站起来擦身子。直待左臂都麻木了，吴氏才起身来，半偏身子坐在床边细细揩拭。和珅的眼中放出贼亮的光，动也不动隔墙饱览春光，骨碌着的眼珠儿不够使唤似的从她肩膊扫到胸前腹下，大腿小腿看得忙个不了。无奈灯太暗，有些急煞了要看的地方偏偏死活看不清楚，只好使劲瞧吴氏那双发面馒头般的双乳，细白如柔荑的腹皮大腿，再看脸庞时，竟比平日秀丽出十分去……他的呼吸变得有些粗重。吴氏似乎有点觉察了什么，见怜怜翻身，替她裹裹被角，说声："别闹了，睡吧！明儿叫你和叔给你买新衣裳，啊！"回身一口吹熄了灯。和珅弛然躺下，左臂已经全然麻木得不知所以。

和珅原本有些睡意的，想着方才光景，倒醒得双眸炯炯，一时欲焰蒸腾，情极不可忍耐，浑身躁热麻胀着就要起身过去敲门做光。听着吴氏细细的鼾声，又转思这女子是自己的恩人，一个不是做出不情愿，恩也没了情也没有了，好人反变成混蛋，连面也不好意思厮见……这么一阵热一阵凉，一阵梦一阵醒，他正是情窦乍开气血两旺的年纪，少不得手指儿告了消乏，几度折腾了方才罢手……听得远处鸡鸣，和珅方蒙眬睡去……

一声劈柴似的爆响惊得和珅浑身一个激灵，双手一撑坐起身一看天还没亮，房屋门哗然洞开，几个大汉影影绰绰已经站在床前，有的揭被窝有的拽行李，喝问："那个姓王的昨晚跑到哪里了？"和珅只一阵懵懂，便知是昨晚的话应验，披着衣裳起身回道："你们是做什么？清平世界朗朗乾坤，要抢劫么？"话音未落，隔墙吴氏那边的门也被砸开，怜怜"哇"的一声尖嗓子大哭起来，几个人在隔壁揪扯中夹着吴氏的哭骂，有人喊着："把她拖过去，这是一对贼男女！"一时便见几个人影连拉带推搡着吴氏进来。就有人打火点灯。和珅刚蹬上裤子，腰带已被人劈手抽去，惺忪着眼看时，方家骐和方家骥都在，和珅定住了心，挽起裤腰问道："方掌柜的，你一个生意人，夜入民宅又抢又打，你活够了么？"

"我是这里的甲长！"方家骐恶声恶气说道，口气中带着烦躁，"昨晚捉赌你逃了，来提赃又让你们充大头唬回去了。他逃了，你还敢带着淫妇在这里奸宿！"话未说完已着吴氏夹脸啐了一口："你妈你姐姐才是淫妇！我们是出过店钱在这住店，各住各屋安分守己，凭什么狗血喷人？"方家骐一脸坏笑："你们在九宫娘娘庙早就明铺夜盖了！昨晚你洗澡他偷看，看完过去睡了才过来。我这叫捉奸成双，这里的人都是见证。你赖屎不掉！"

和珅被他说得脸上发红，旋即明白他们早监视定了自己和吴氏，心里蓦地一阵慌乱，虽说没被他们"捉双"，前头破庙同住是实情，此刻栽赃顺理成章，又有那许多"人证"，这怎么处？无论如何，此刻不能和这起子下流坯直口折辩，正要张口见官，吴氏道："你少给我来这一套！和爷是落难贵人，不是平头百姓，想怎么作践怎么作践么？做套儿挽人小心挽了你自己。谁不知道方家骐就是三唐镇的赌痞子头儿！不要脸的，你们要不偷看，怎么知道我洗澡？和爷，和他们见官！我是寡妇你是光棍，别说我们清清白白，就有什么能轮到他们来捉奸？"和珅倒被她一篇话说得定住了心，这才想起大清律里只有本夫和直系血亲才能捉奸，且是自己身正胆壮，又有弘昼撑腰，怕什么？一跺脚说声："走！"裤子便要掉，忙用手提起来挽紧了，看众人时，已起出那些银子，鼻子里冷笑一声没言语。

镇公所衙离着风华客栈只有半里之遥，出店向东转过一道弯子再向北，一条笔直的中街约两箭之地便到了。和珅一路都在犯嘀咕，担心方家兄弟喊街，招来一大群瞧热闹的闲人来"看审奸情"。即便将来翻过案来，脸上抹的这块灰擦洗起来颇费功夫。幸而此刻天尚未黎明，店铺居家关门闭户。除了上早市的豆腐坊、菜贩子、扇炉子点火的饭店有点动静，满街清静得一个闲杂人没有，方家兄弟也许心虚，也许奉命不准声张，押着他们也没有言声。待进了公所，和珅才暗自透了一口气，照方家祺指令"站到树底下听招呼"。看吴氏时，只见她拉着小怜怜站在西厢门口，满脸的泰然自若，没有一毫气沮胆怯的神气。其时曙光微曦映着，一头青丝蓬松，洗得干干净净的一身青衣映衬得面容格外秀美。和珅倒没想到这般妆梳也如此能打扮女人的，想起昨夜光景，不由心里又动，因见怜怜穿得单薄，便道："你该给怜怜多穿件夹衣。甘肃的三月比北京二月还冷——"

"不许说话！"站在旁边的镇丁立刻喝断了他，"太爷这就要升堂审你们！"

和珅一笑而止，打量这座衙门，这才看清是座庙改的，南面的正门封了，从东傍临街新开一座广亮门，正殿挂着"议事厅"白底黑字匾额，匾上有匾却是庙中原有的，写着"卫大将军祠"，只勉强可见，府柱上一副楹联是新的，却在晨光中清目分明：

> 得一官不荣丢一官不辱勿云一官无用百姓全靠一官
> 吃百姓之饭穿百姓之衣敢说百姓可欺一官亦是百姓

墨书隶字十分端秀精神。好个"一官亦是百姓",和珅不禁又一笑,却见议事厅两队衙役各持竹板出来,在廊下摆堂威。便有人呼叫:"太爷升堂啰——带和珅!"他犹自发愣,背后有人一搡,喝道:"日你妈!叫你过堂没听见?"和珅一个踉跄才稳住了步,缓缓拾级升阶入堂。

其时天刚放亮,外边明里边暗,好一阵和珅的眼睛才适应了,这才看清里边也是四个衙役分立而旁,都是一身洗得泛白的靛青粗布长袍,有的打着补丁,有的油渍麻花肮脏不堪,提绳拿棍地摆架势,活像一群叫化子穷开心。正堂"公案"是庙中原来的神案充用,那个姓高的大约是兰州知县,大个子白净国字脸偏身坐在公案后,没有穿公服,只戴了顶六合一统黑缎瓜皮帽,中间嵌着一块汉白玉,却也仪表堂堂。公案东首站着方家骐,哈着腰一脸媚笑看高知县。西边坐着一位师爷看去面熟,仔细认了才想起是赌场上那位茶商——至此,和珅已明白昨晚推断无误,确是设好了的局要整治弘昼!他暗自提了一口气,在堂中站定了。高县令见他如此神安气静,倒觉一时气馁的,用询问的目光看看师爷,见他点头,将案上铁尺一拍,沉哑着嗓子问道:"你——叫什么名字?"

"钮祜禄·和珅。"和珅刹那间突然定了主意:莫怀古不见影儿,不定是躲是非去了。这高县令四十多岁还是县令,在勒尔谨手下绝非红得发紫的角色,但凡作省城首府里的首县,没有"圆融"二字决计干不来这缺。倒是那位师爷像是有些来头,串通一气谋陷亲王,对方未必有这胆量——一连几个念头闪过,明摆着应该打开天窗说亮话,气势上先声夺人,因不紧不慢说道:"满洲正红旗人,家居北京西直门内驴肉胡同。父亲常保曾任福建副都统,本人随从军机大臣阿桂在军机处办差。"

高县令愈听眉头皱得愈紧,因三唐附近藩库地势低凹,库房漏水,他是奉了知府的宪命来招募佣工填塘修墙来的,遇上制台衙门的师爷阮清臣,拉着他拿问"赌徒淫棍",谁知一开口便问出一个军机处办差的人!他不满地瞅了阮清臣一眼,身子动了动又问:

"你在军机处办什么差?"

"护从阿桂中堂。"

"到兰州来干什么?"

"奉桂中堂指令,我在这里等他。"

"桂中堂要到兰州来？"

"回大人，中堂已经来了！"

高县令一怔，嘴角嚅动了一下，想问：住哪里？又觉得甚不合体例，心中已知跟着阮师爷趟了浑水。他在省城做官，自是历练得滑不溜手，且阖城官员早有风声，朝廷要派人查勘捐监库粮的事，这个分量一掂便知重大，但勒尔谨和王亶望是合穿一条裤子的朋友，现就是惹不起的土皇帝，这个夹缝儿难钻！因放缓了口气，说道："你跟桂中堂当差，有没有凭证？既在军机处当差，就该懂法度，窜到乡间小镇狂赌滥淫，不怕王法么？"阮清臣一听便知，这个滑头县令要慢慢磨审和珅，他却急着要查出那位"王大人"下落，一绳子缚了示众，他也压根不信阿桂会亲自来兰州——这是在总督衙门几个师爷和勒尔谨议定了的：不管谁来暗访，不管三七二十一先浇一盘子屎，拉到兰州当街示众，修本翻做弹劾钦差，一下子便把水搅浑，变成纠缠不清的笔墨官司，这着棋虽险，仔细推详却是极漂亮的杀手锏。只是最忌迟疑，最怕慢，讲究"猝不及防"四个字。昨晚因请示勒尔谨误了时辰，派莫怀古去也没有稳住弘昼，此刻哪里能再容高文晋再磨蹭？听着和珅——细述怎样得病，怎样得吴氏调理照应，娓娓叙谈如诉家常，他心里一阵发急，在旁一拍桌子喝道："谁信你胡说八道？没有勘合没有凭信，你就是平民，见了父母官，为什么不跪？"

"我的勘合凭信是这个方家骐给毁了的，我住店他是店主，难道不登记？你问他！"和珅冷笑一声指了指方家骐，"我的勘合如果在手，恐怕你们得给我跪了！"

"凭什么？就凭你在军机处提茶倒水当跟班？！"

"我是功臣子弟，身上袭着三等轻车都尉的世职。敢问你是什么爵位？"

堂上堂下顿时僵住。连吴氏站在院里也听得清爽，暗想，怪不得这少年举止斯文稳重机灵，敢情是真有大来头的！阮清臣也是大出意外，打脊背间泛出一股冷意。三等轻车都尉不是职务，但这身份别说是县令，就是见了总督，也没有下跪的道理。眈眈怒视着和珅，他心里已经犯怵，但箭在弦上不得不发，此刻只能咬牙横心往下挺："你的爵位仍旧是空口无凭！你在三唐荒淫妇女聚赌滋事我们握有实据！来，不动刑谅你不招，给我按倒了，打！"

"慢!"阮清臣问话,高文晋乐得旁观风色,见他要动手,忙用手一按,笑道,"我听着其中文章不小,问明白再处置最好。着人去看莫怀古酒醒了没有,叫他过来。传吴张氏进来!"

一时便见人带着吴氏进来。她有点怯这场面,看一眼挺身立着的和珅,双手提提大裉前襟跪了便朝上磕头:"民妇吴张氏叩见青天大老爷……"怜怜看那群衙役,张牙舞爪面目狰狞,躲进吴氏怀中直说:"妈——我怕……"

"你们退后些。"高文晋摆手吩咐衙役,声气中已全然没有问案口吻,倒有点叙家常的口气问道,"吴张氏,听你口音是本地人了,今年多大岁数?"

"三十一岁。"

"唔,讨饭几年了?"

"不到一年。"

"原来也是祖厉河发水淹了的庄户人。有人告你和这个外地人勾搭通奸。说说看,你们在庙中和店中是怎么回事?"

吴氏磕了头,指着和珅道:"这位大爷是北京来的,是个志诚人,他今年才十七岁,比我娘家侄儿还小着一岁。他来庙里是方家骒店里的人扔进来的,起初病得人事不省,庙里原来住着的几家讨饭的都怕染了病,躲走了。我想他是落难的人,没人照应只有个死,哪里不是积德行善……"因口说手比前后情事一一备细说了,"就是昨晚赌钱,也是和大爷见他们几个合伙儿暗算王大人,气愤不过才入场的……民妇说的句句都是实情,求大人明镜高悬为民做主!"她没经过公堂问案,行动做派连带堂叩用语都有点像戏里的会审案犯。莫怀古也已进来。他原是装醉躲在东耳房偷听,这里的事心里一清二楚,此刻仍是站在一边扮傻充愣发癔症,忽然听阮清臣说道:"哪有什么王大人?我在总督衙门管奏封折子,刑部没有姓王的大人,他在哪里!和珅你说!"高文晋却问莫怀古:"这女人说的可是实话?"莫怀古便忙点头,说道:"似乎是实话。她是寡妇,犯奸是族里处置,一族水冲了,其实没人能奈何了她,她也用不着说假话。"至此,堂中已是问乱了,各说各的话,连临时充用的衙役们也没了规矩,交头接耳窃窃私议。

"今天的案子就问到这里。"高文晋心里暗笑脸上一本正经,单手按桌站起身来，直要打呵欠的模样呜噜着嗓子说道，"莫怀古，修库房是大事，朝廷要派人来查看的，你赶紧给我募集民工！"

"喳！——请太爷示，和珅等人怎么办？"

高文晋舔舔嘴唇，说道："得先把身份弄明白，弄明白了案子就好结。叫他们住公所里，不许滋扰不许管束不许呵斥，按驿站份例供应着，我请示勒大帅询问军机处，有了后文再说。"阮清臣听着，这是上宾相待和珅了，气得头晕手凉，却又不能奈何这个老奸巨猾的县令，在旁插口带着火气手指莫怀古说道："限你今日给我查到那个假王大人！"

"查到立刻禀我来审。"高文晋终于伸懒腰舒坦打了个呵欠，"昨晚失眠，好难受。莫怀古，给我弄点枣仁粉，泡茶喝……老阮，急什么！跑了和尚跑不了庙，假的不真真的不假。走，我屋里杀两局！"

第二十九回　　賢皇后撒手弃人寰
　　　　　　　小阿哥染痘命垂危

　　十天之后，弘昼和阿桂《查明核实王亶望勒尔谨冒赈贪赃纳监邀功折》的连章弹劾奏议，便由驿传六百里加紧递向乾隆御驾行在。其时回銮车驾已经驻跸德州行宫，因皇后病势愈见沉重，太后亦旅途劳顿，乾隆便下旨，"暂驻德州"，着远道陪驾送行的江南、浙江、江西、福建、安徽、河南各省督抚、布政使按察使"各自回省到衙办事，不得滞留行在"。两个军机大臣，刘统勋负责御驾关防，布置吴瞎子黄天霸一干人护卫漕运赈粮，时时关注钱度高恒一案审理。因有恩赦刑狱为皇后禳灾的旨意，每天要和北京刑部谳狱司赶来的官员，一一审核在狱死因，甄别可矜可悯可疑情由，拟定减等发落名单。纪昀更是忙得不可开交，每日定时接见修纂《四库全书》官员，遴选要紧书籍送呈乾隆亲览，"博学鸿儒科"各地送来的"征君"都要一一考察，德、学、才、识、望一件也马虎不得，还要忙着拆看各地送来的奏折，请安的、报晴雨的、说河工的、讲赈济的、奏建议条陈的都要列细目写节略，遇有匪情盗情水汛旱蝗情的更要留心，接见地方官指示方略，进内觐见备问稽考，处处没有小事，饶是他打熬得身体强壮耐苦耐累，却也疲累得面容憔悴脚步踉跄。两个人都忙得寝食俱废，索性一索性都住了军机处，有"犬吠""狗娘养的"几个太监在旁经心照料，倒比每日往返轻捷简便了许多。

　　"延清公，王爷和阿桂真个雷厉风行。"纪昀拆看了弘昼的折子，闭目略一沉思，连通封书简递给隔桌坐着的刘统勋，"三天就料理了。您先看看：通省存粮不足五万石，银子三十万，和户部账上差了七十多万。这个王亶望看去温良恭俭让，这么心黑胆大的！这么着还敢冒称捐监？三司衙门同时出缺，一百七十二员官得旨处分——这是要立刻见皇上请旨的，你我得有个商量。"

刘统勋原本半倚着椅子抽烟，一口接一口喷云吐雾解那身上乏劲，听是甘肃的案子有了头绪，情节如此重大，自是十分关心，口叼着烟杆坐直了身子接过折稿，呜噜不清地说道："大抵世道人心，做好事的心越做越小，做坏事的胆越做越大，到了积重难返时候儿，一切身家性命不顾。我办案子多了，这种事真的是见惯不怪……"说着便翻折页，他惟恐刘墉不知起倒，以钦差名义和弘昼阿桂联名上奏，见是刘墉笔迹，后款未落名字，这才放心了从头看起。

奏折写得很长，洋洋洒洒几近万言，请安套头写毕分层写弘昼由甘南甘东，阿桂由甘北一路查勘库府访穷问富情形，刘墉自己查访轻描淡写，只讲某县饿死穷民几何，某乡冻殍不及掩埋若干，某库存粮被抢讳匿不报，官府弹压斩首几级，以"军功"报奏请功，说的琐碎但事事有数有据。弘昼也是暗访，汇报连年霖雨淋淫淹灭庄禾，虫蝗漫地颗粒无收，"仅以臣王弘昼所见，甘南十七州县，唯武都、临潭、陇西三处府库略有存粮并计不足二十万石，而甘东蝗灾过后遍地赤荒种粮无着，且千万饥民日以蝗虫为食，一旦食尽而赈粮种粮不到，则必有不可问不忍闻之事矣！"阿桂则是从甘北一路视察军备驻军行至兰州，"唯秘不以告勒尔谨而已。以各军告之，非唯未收王亶望勒尔谨等斗升粮秣，且从榆林调拨军粮就近赈济灾民粮食近三万石，目下甘北牛羊牲畜屠宰殆尽，将食及留种羔羊，更堪忧者，春日已至而种粮无备，而军中粮食贮存有年已不合用作种子。"总归结论写得字字端楷精神：

是以纳粮捐监之事，仅一纸告示具文，实无颗粒入仓，乃以冒赈抵销账目亏空。一则以欺天子，一则以害百姓。按该省共有直隶州六，直隶万一，州六、万八、县四十七，共通上下作弊狼狈为奸，侵盗银两一千两以上州县官计一百零二名，全省大小官员无不染指有罪。臣等陛辞之日，万岁指示详明实洞鉴万里明若观火之纶旨！细按之下，乃王亶望卑鄙无耻邀功取宠作俑于前而勒尔谨借机营利巧取豪夺于后，其情可恨而其事可畏而善后艰难。即以雍正朝诺敏一案，山西一省尚有廉律自洁之官，其余贿案或单个作案或上司伙同三五属员纳贿索财。似此通省一心蒙蔽欺君蠹国害民，实属开国首例。王亶望勒尔谨及主持其事之兰州知府蒋全迪自当首罪。其余各州县官除新调入甘肃补缺之员，罪应一体拿问。唯是春荒在弥春播事巨、赈灾支差诸项吏务骤乏人手，恐贻今岁百姓生业之患。因除将三法司及兰州知府监候审理外，余官如何处置，臣王弘昼与臣阿桂臣刘墉会商，暂且留任办差，俟圣命颁明依旨再作处分。

刘统勋缓缓合起折本，不知是悲气交集还是被烟熏的，他掏出手绢揩泪，把折本推给纪昀，说道："我真无话可说，也担心皇上看了受不得。"他的眼神像土垣里嵌着的黑石头那样黯淡无彩，语调里带着无奈的伤感，"孙嘉淦去世的前几天我去看他。他说如今官场有口号，'一年清，二年浊，过了三年死命捞'，这一百多官有的我认得，勒进士，去年才分发到甘肃补缺，已经大把伸手在捞了。老百姓吃蝗虫他们吃老百姓，我只有一个字，办！"

"我同意刘公意见。"纪昀手里批着几份票拟，看着吹干了，握着发疼的手拧着捏着，说道，"高恒的案子和这一案严厉处置下去，于振作吏治威慑贪风有好处。不过我想，应该分成两步走，一步先拿问王亶望勒尔谨这些首脑，同时把原先已调出甘肃的外省官按名单查明押解兰州，甘肃知府以下的官员暂留原任听候恩旨办差赎罪。第二步待春耕春播之后，吏部选调一批新进士到任补缺，就在兰州开审。恐怕还是要有所甄别：一是多寡有别；二是资格深浅有别；三是偶犯与惯犯有别；四是检举认罪好差有别；五是留任办差政绩不同有别。这样处置容易善后，也给一些人留下改过图新的余地，且不致扰了'以宽为政'的大局。"他在军机处处理政务多年了，虑事酌情严如城府，大局细节少有疏漏。刘统勋一边听一边点头，咳呛两声说道："你这想头很周全。这是要领明旨意布告天下的，不宜把朝纲抹得太黑，小人造作流言，奸徒乘机起衅，反而不得。我和你一道儿请见皇上，这会子就递牌子。"

二人商议定了起身出来，纪昀看表时正指到下午申时时牌。天空不知什么时候已经布满了淡墨层染似的云。没有风，云层一重重从东方压上来，全然没有声息地愈积愈厚。西半天极分明的一道云线压着太阳，散乱的阳光从云线下面不甘心地延射出万道金霞，将苏禄王山陵，陵北陵东错落的岗峦，和陵南这座巍峨壮观的行宫映得一片灿烂。马颖河、四女寺、减河和运河三水交汇之处，像刚出炉的金波融成一片，嵌在红墙外婆娑掩映的绿树丛中。撒网放舟的渔船和码头上，密林般的樯桅都漂泊在霭霭蔚蒸的玫瑰紫雾之中，澹澹泊泊容容与与进退不定，给人一种幽远沉浑的感觉。连刘统勋这样从不留心山水风景的人都看住了，眺望着，满是刀刻般皱纹的脸上绽出一丝微笑。纪昀难得见他这样适意的，便不肯惊动，踱过几步石甬道在仪门口递了牌子，回转身子见"狗娘养的"夹着两件衣服过来，便笑道："这天气进里头还怕凉着了？你也忒小心的了。"

"纪爷，您瞧这天儿，就要下雨了。""狗娘养的"眯着眼看看刘统勋，"刘爷的披风奴才也带来了。您二位大人进去不定什么时候儿才得出来，再要下雨，淋着了不是玩的。上次在高家堰堤上刘老爷子冒了风，内务府把犬吠叫进去一顿臭骂，还是老爷子自己担待了才算没事儿……"他说着，突然舌头打了结，张眼望着纪昀身后耗子见着猫似的身子萎缩下去。纪昀笑道："你这杀才做什么像生儿，怪模怪样的——"一回头自己也愣了：原来是乾隆不知什么时候到了身后。此时刘统勋也看见了，转身急趋几步和纪昀伏俯跪下请安。

乾隆看去精神还好，刚剃过的头上戴一顶红绒结顶黑缎瓜皮帽，雨过天青湖绸巴图鲁背心套着酱色江绸袍子，梳理得极精致的辫子纹丝不乱垂在脑后，挽着一缕明黄绦子，流苏似的搭在腰间，一手握着素纸扇子，一手虚抬一下叫起刘纪二人，笑道："朕也是坐得腰困写得手酸，出殿走走，他们又说你两个递牌子——太监搀着刘大人，怎么这么没眼色？！——朕这会子实在不想回那个屋里，索性出来走走。"刘统勋觑着眼看了看乾隆，说道："主上瞧着眼睛有点发淤呢，敢情还是没睡好的过？有些事情能缓着点的，不妨把折子留着回北京再批。如今是途中，六部又不能分劳，主上别拼身子骨儿。"乾隆道："单教你们努力，朕站干岸儿看着，那还叫君臣勠力？我们散散步儿吧，从这里往西，再向北，沿山坡漫上去再向东，就又回宫里去了。还有洛阳送来的牡丹要各赏你们一盆，晚上也不留你们赐膳，说完事就回，如何？"刘统勋道："难得陪皇上疏散一下，当然欢喜的。只一条，皇上不能出宫。要出去，我还回去布置关防。"乾隆笑着用扇子遥点刘统勋，说道："你这个老延清呀……好，朕听你的，听你的！"于是打头便走，刘统勋和纪昀左右相随，王八耻卜礼卜信和"狗娘养的"几个太监并巴特尔几个侍卫隔着五六丈遥遥厮跟，待踅出仪门向西，下了马颖河堤时，天色已云遮日暗，完全阴晦了。

高大的苏禄王陵顷刻之间便完全黯淡下来。一阵哨风带着潮湿的雨意，凉凉的扑怀而来，将几个人的袍摆撩起老高。浓淡不一的云团压得低低的，无章法无次序地互相挤压着。方才在阳光下十分明艳辉耀的荆树由青翠一下子变成黛绿，浓郁郁碧幽幽的像墨玉瀑布般覆盖了山峦，树荫下修砌得极整洁的石阶上布满新苔，鲜绿绕心蜿蜒时隐时现，在摇曳翻动的浓荫中显得分外深邃神秘。一路走，纪昀向乾隆娓娓陈述弘昼阿桂的奏疏。因知乾隆心情不快，其中说到赈济灾民发放种粮更换库粮诸项善后事宜格外仔细用心，连甘肃北种牛种羊宰杀过多，建议从漠南蒙古平价购买运入甘肃贷赈给牧民的筹划，也都插入案件首尾中。他和刘统勋都怀着鬼胎忐忑不安，担心乾隆光火愤怒，当场大发雷霆，但乾隆听得很耐心，冷淡里透着沉静，从头至尾一声也没吱，只偶尔转脸看两个臣子一眼，接着又走路。纪昀见他如此沉着，倒安了心，备细陈述中夹着左右引证，说道："……一切情事当初圣躬判断无遗，臣及刘统勋和议，若无圣上见微知著，甘肃之案就此湮没了。由此举一而反三，类似甘肃之案的其余省份也不敢断言仅有绝无。以高恒钱度案和此案发端一举整顿，此种震慑自不待言。而于天下承平盛世极隆之时如此规模整饬吏治，更见主上千古一帝绝大眼光，绝大腕力，绝高风范！"

"你们的意见分两步走，朕看不必。所有弘昼奏上来染指贪贿的官员，一千两以上的要立刻锁拿进京，交部勘问议处，待朕回京和高恒一案并发处置，一千两以下的你们甄别处分。"乾隆站住了脚。这是山坳的一个拐角处，凭高鸟瞰，陵下三河交错，暗柳幽水蜿蜒曲屈如画，稻绿如茵随风伏波，恰似坦荡如砥的一幅画，直延伸到无际的天尽头。他眯着眼向远处眺望着，面色像个刚睡醒的孩子那样平静。"朕如今看破了，许多事只能勉尽人力。天下这么大，又是国运熏灼之时，收紧了苛察一些，清官倒是多了，百姓生业也就跟着凋零，以宽为政久了，再上苛政，人不能堪，就容易出事。一味和光同尘，那又是纵容，纵容得遍地都是贪官，纵容得政以贿成，祸乱一作天下大乱。所以还是应取中庸，那头偏了扶一下，非过正不能矫枉的，就权且过正一下，你们觉得如何?"

纪昀听了点头叹道："由来兴一利必生一弊，主上登极以来轻徭薄赋百业生息赈急救贫，天下财赋比之熙朝收入五倍不止，生业繁滋承平优游久了生出一些不虞之隙，也是自然之理。人主时时警惕，万岁宵旰勤政不遑宁处，断没有滋生乱源的。怕就怕王亶望勒尔谨这类贪官，他不是和光同尘，国富百姓富我也富——这也还顾及了一点社稷百姓——他是阎王不嫌鬼瘦，百姓在油锅里煎，他在油锅里捞钱，欺君虐民丧心病狂，不以重典惩治，一定要出乱子的。"刘统勋皱眉道："昨晚和纪昀挑灯夜谈，确是这个道理，主上以宽为政，讲究的是讼平赋均，无乍无暴无憎，任用这一方官却在下头施虐政，只要升官发财，什么伤天害理乱伦悖法的事都敢做。就像《虐政歌》里唱的'歌声嘹亮怨声高'，民怨鼎沸之时，他倒撒开了手，岂不可恨?"

"唔，《虐政歌》?"乾隆问道，"是谁作的?"

"是《虐政谣》。前明荆州太守贪虐，当地百姓兴的歌谣，没有出处注明。"纪昀忙道，"臣捡点图书，在荆州府志里见到的，昨天偶尔说起，才背给刘统勋听。"因一字一顿诵道：

食禄乘轩着锦袍，岂知民瘼半分毫?
满斟美酒千家血，细切肥羊万姓膏。
烛泪淋漓冤泪滴，歌声嘹亮怨声高;
群羊付于豺狼牧，辜负朝廷用尔曹!

吟罢低头无语。

一滴沁凉透骨的雨滴进乾隆脖项里，他被激得浑身一个寒战，望着愈来愈迷蒙凄迷的景致发了一会呆，回身说道："要下雨了，我们回宫里去。"卜信见天下雨，早一路小跑赶上来，将一件深酱色大氅给乾隆披上，一边笑道："小雨早就落了，这道儿一半掩在树棵子底下，一时淋不着。这边出去风口的风毒着呢! 主子加厚些儿，感冒了不是玩的……"乾隆由他结束停当了，仍旧一言不发，沿山道踽踽而下。刘统勋和纪昀交换一下目光，忙赶着跟了下去。下到一处凹地，一漫石径上去，已是行宫二进院内，那雨已经将道儿润得潮滑明亮了。

行宫正殿依山面南矗立，山色晦阴幽暗，院中几株合抱粗的梧桐树遮蔽了天光，显得这座殿有点阴森，殿门和轩窗有点像透不过气的怪兽，黑魆魆地张着口喘息，倒是几个三等侍卫挺身站在轩下和院中，给这死寂的深宫庭院带来几丝人间烟火气。乾隆似乎不愿进殿中，带着刘纪二人在超手游廊上漫步游弋，许久才道："地土兼并太厉害，富的极富贫的极贫，着部勘实山陕甘豫鲁五省土地荒山，由当地督抚鼓励开垦，计入政绩岁考。有一等良善缙绅深明大义，减佃减租救助恤民的，报上来要表彰——这是大政，不是寻常细务，你们要着意留心。"纪昀和刘统勋略一怔，便知这话由《虐政谣》而来，确实不是"寻常细务"，是杜塞乱源的大计根本，忙都躬身应："是！"

"圆明园还是要修。"乾隆在雨洒梧桐的沙沙声中徐徐说道，"不过工银料银由内务府按实核定之后，户部奏准再拨给施用，由工部派人监督，这是大项支用银子，军机处不能不闻不问。"

"是！"

乾隆仰起脸凝望着梧桐树的枝桠，仿佛有点自失地掠过一丝笑容，又道："传旨给卢焯，给他加两级，黄河口疏浚了，长江口也要疏浚，淤出的海滩田移交给盐政司晒盐。黄河淤涸田得高恒的案子结了再议。还有——这次南巡虽没有扰民，各地官吏迎送车驾也有不少供亿，颁旨天下，再次赦免天下钱粮。"

疏通黄河、扬子江入海口，建盐场获利，纪昀刘统勋都没的说，但赦免天下钱粮，国库岁入立刻少去五千万两收入，两个人便不免犯踌躇。纪昀犹豫着刚说了句"用银处太多"，便被乾隆打断了："民有恒产本固邦宁——这还是你纪昀讲给朕的。只不要委屈了太后的用度，连朕在内都可以节俭些儿的。就这样定了。哪里就穷了呢？户部那里的底账朕心中有数！"因见秦媚媚从东角门闪出来，望一眼自己，侧身哈腰站在丹墀檐下肃立等候，便知皇后那边有事，无声叹了口气，却招手叫过卜礼，"他们送来的牡丹呢？不进殿了，搬出来就这里赏刘统勋和纪昀。"又道，"本来还想一处再细议一下，就这样吧，你们按这几条斟酌，看有没有阙失遗漏处，拟出旨稿朕再看。"

说话间卜义已督着小苏拉太监抬过花来。纪昀看时，两盆花都约可三尺高矮，俱是有名色的，一株"魏紫"一株"姚黄"，各有两三朵怒放盛开的，朵儿有碗来大，其余五六枝骨朵半隐半现在墨玉般的枝叶里，刚从殿后雨地里挪来，粉莹莹颤巍巍含珠带露茵蕴绰约，喜得拍手笑道："唯有牡丹真国色，花开时节动天颜。真真的洛苑仙葩曹后玉影，华贵雍容世间无敌。"刘统勋笑道："前日见你作诗，还在数落牡丹，这会子如何欢喜得疯魔了？"两个人忙提袍叩谢恩赏。乾隆笑问："纪晓岚还有数落牡丹的诗？吟来朕听听！"

"那也是情随事迁，以牡丹借喻而已，若是实指，老刘就辜负皇上的心了。"纪昀笑道，"当时说起福建王亶望送的嘉禾，一茎玉穗，毕竟没一粒籽儿，又说到牡丹，才引了元人一首诗：'枣花似小能成实，桑叶虽粗解作丝。惟有牡丹如斗大，不成一事又空枝。'若说这诗，虽然算是翻韵，终究大煞风景，僵板直硬，说给皇上一笑而已。"

乾隆点头说道："你不用辩解，这不是咏牡丹，是借喻事物嘛！作诗和学术是两回事，像陆稼书咏佛，说'亦是聪明奇伟人，能空万念绝纤尘。当年可惜生西土，未听尼山讲五伦'。议论是绝顶见没了，未免道学气太重，一门心思格物致知，写出的诗就毫无意趣。"他取出怀表看看，"没时辰搬弄诗词了。王八耻，刘统勋和纪昀在偏殿赐膳，你留下侍候。送回两位大人你再进来。"说着，便从廊下西阶拾级升阶，过丹墀踱至殿东，一边下阶，一边问道，"秦媚媚，这会子都有谁在皇后那里？"

"回主子话！"秦媚媚溜腰儿跟着乾隆趋步走着，回道，"方才老佛爷来过，午膳就在娘娘那边进的。那拉贵主儿也过来了的，瞧着主子娘娘睡沉了，陪着老佛爷过去了。方才娘娘醒来，气色不好，胸口闷堵得慌，出了一头的冷汗。叶天士正在给她行针，奴婢看着他有点慌神，就出来报主子知道。"

他说着，乾隆蓦地升起一阵不祥的预感，脚下已加快了步子，从殿东月门出来，沿一带湿漉漉油亮亮的卵石小径，也不循正道，径从后宫东掖门进去。一路霏霏细雨淋着，待到皇后正殿外滴水檐下，发辫上脸上已满是水珠。彩云墨菊翠珠几个大丫头早已看见，略一蹲身便赶着给他更衣。退了青缎凉里皂靴，换上一双干松松的冲呢软拖履跋了，只穿一件滚金龙边海兰宁绸单袍，轻手轻脚跨进殿里。

殿中弥漫着浓烈的药香，几乎嗅不到那几缕袅袅幽幽寂寞升空的檀香气息。正中须弥座上的黄袱垫枕和座前的拜垫静静地摆在那里，周围各按位序侍立着二十几个宫女太监，仍看去空旷岑寂得像一座荒庙。尽管南壁一色俱是大玻璃嵌起的窗户，乍进来他还是觉得暗，立在御座前定了定神，仿佛要透出一口压抑的郁气，仰着脸凝视片刻殿顶的藻井，移步向东暖阁而来。秦媚媚微一哈腰，为他挑起帘子，便听皇后低弱得几乎耳语般的声气："是皇上来……了……把座儿往榻前再……移一点……"

暖阁里只有三四个宫女，捧巾执盂立在角落。叶天士则跪在榻尾，小心地用生布包裹用过了的针，他神情呆呆的，看样子方才受了什么惊吓，犹自略带着余悸，苍暗的脸庞上还挂着几滴汗珠。乾隆看了他一眼，凑近皇后枕边坐了，温语轻言说道："刚见了纪昀和刘统勋下来。说是方才不大好……这会子怎样？"

"叫他们……退出去……彩云留下……"

皇后的脸色泛起潮红，声音细微得像从很远的风地里传来一样，无力地摆了摆手说道。乾隆便看众人，秦媚媚打先一躬，接着叶天士和几个宫娥无声无息哈腰鱼贯退了出去。乾隆细着声道："你这是怎的，这么郑重其事的？说什么话，他们还敢泄露不成？忒心细的了——"但皇后的眼神止住了他，她的瞳仁似乎从来没有这样深，隐在疲倦的眼睑里努力在凝视丈夫，仿佛在聚集着最后的力量，她抑制着渐渐急促的呼吸，兀自皱着眉头吞咽着什么，像是还要斟酌言语字句。乾隆身子向前倾了倾，说道："别急，从容些子说……说着艰难且安心静养。我就在你身边听着……"说着，声音已经哽咽。"我……恐怕就要撒手了……"皇后一句话说出，乾隆便伸手捂她的口，她轻轻移开他的手，却仍用冰凉的手指攥着，淡然一笑说道："本来在瓜洲行宫就已经该寿终的，能活到这里，是我的心愿，我喜欢这个地名儿……也多亏了叶天士这天医星的成全……所以不但不要罪他，还要赏他银子还乡。我已答应了他的……"

"可是——"

"在瓜洲我确实受了惊，也着了气——你别发性子——并没人敢委屈我，是听来的事体唬着了我……"皇后凝目沉吟，她的脸色苍白起来，汉玉似的一丝血色没有，吞咽了一口什么说道，"这件事只有彩云知道……皇上，我气力不够，叫她代奏，我听着……"

彩云早已长跪在榻边，见乾隆目示自己，心里一阵慌乱，叩了头才镇定一些，却仍说得语无伦次："皇上，这会子奴婢想起来还觉得煞了的。在西花房那边，又是夜里，他们竟是……说的话也真难回主子，有些话干系大，又不能不回主子……"乾隆知她不惯奏对，用手远远虚按一下，说道："你平日侍候差使说话满伶俐的嘛！就照你回皇后话回太后话那样，把前后经过起因结果讲明白，少些废话就是了。"彩云忙叩头答"是"，理了理鬓边头发，言语已变得从容流畅：

"主子那日晚间翻的陈氏的牌子，娘娘晚膳进了两个荷叶儿蘸蜜小粽子，我们几个大丫头陪着在阁子里开了一会子交绳儿，怕坐着积了食，瞧着主子娘娘精神好，就撺掇着出殿在院里散散步儿，我们出来时皇上进的东厢，瞧着是王八耻在门口听主子吩咐了几句什么，大家都没在意。

"娘娘那日身板硬朗，只搂着出了殿就不用我们扶了。那时天儿已黑定，我们先到后苑子石山亭那边转悠了一阵，树林子太密，遮着灯黑森森的。小卉子说花房那边亮，有的花儿要通夜用灯照，有琼花有睡莲还有春天开的菊花，不定还能遇上昙花开……娘娘像是有点倦了，到花房就说，'你们各自散着看花儿吧，我就在这门口略坐坐。'娘娘这身子骨儿万岁知道，万万不能身边没人的，奴婢就在跟前侍候。

"偏这时候儿静，有人声儿从西厢北屋里传出来。我心里异样儿，这边花房里亮着灯没人，那屋里有人说话怎么倒黑着灯？娘娘也奇怪，悠着步儿过去，这时候听得清爽，是一男一女在里头，不知道做什么脏事儿，说出的话真教人听不得！"

彩云腾地红了脸，要啐又止住了。乾隆心里一个惊颤，头立时"嗡"地胀得老大：宫掖秽乱混入外人，这还了得？但无论哪一处行宫，都是刘统勋严加关防，按制度仔细勘核了又勘核的，里三层外三层护卫逻察，还会有奸徒暗夜潜入？思量半晌，心里已经明白，听着皇后有些微喘，乾隆起身亲自倒了杯温茶，扶她半侧着身子喝了，又放平稳了，抚慰道："这必是太监宫女菜户夫妻在一处龌龊戏嬲，记得我跟你说过的'掏干井'么？历来都有的事，前明魏忠贤和魏朝两个太监争客氏，天启皇帝还给他们和息调解争风吃醋呢。若就是这些脏事，你大可不必在意，回北京让老五来治他们。彩云，你接着说。"彩云忙答应，接着道："那女的说……她身上还没干净，叫那男人小着点劲……男的听去是个太监，只嘿嘿笑，不知做些什么。女的说，这里不比北京，都在一个院子里，万一叫对头拿住了都没个好。男的说，想平安大家平安，想惹事就大家折腾。主子娘娘那么贤德的，他们暗地算计，两个阿哥都出——话没说完，似乎是那女的捂了男人的口！"

这真是石破天惊的一句话，即使晴空一声焦雷也没有让乾隆如此震撼过！"两个阿哥出天花"都是因为这深邃幽暗的宫阙中有一双鬼魅的黑手在暗算？这是凌迟九族的罪，居然真的有人敢？他觉得浑身的血都在倒涌，冲得耳膜、太阳穴都在拖着长声突突作响……

"娘娘当时和主子此刻一样，扶着墙动也不动……"彩云的话像从很远的地方传来，"我当时唬得腿都是软的，紧揽着喊'娘娘'，又怕她晕倒，又急又怕浑身都是冷汗……她们几个听见了，忙着赶过来，又派人去传叶天士……"

乾隆从近乎麻木的痴呆中清醒过来。他想站起身，动了一下，觉得竟也有点腿软，又坐稳了，看皇后时，只见她双眸紧闭，脸上满是泪珠，枯瘦的手死死握着自己的手不放，心里一悲一酸，几乎坠下泪来，一手抽过一方手绢替她揩了，说道："明儿，你应该当时就叫人禀我处置的……别说你见了这事，就是我听着也是惊心动魄！"他突然想到弘昼闯宫，想到那个人高马大的奶妈子莫名其妙的"中风"，想到顺治年间有人加害阿哥，往宫里送染天花痘的百衲衣，倏地又想起睐娘和小阿哥，现在其实是在宫外"避祸"，心里一阵发痠惊悸，竟出了一身鸡皮疙瘩！思量着又安慰皇后："宫里留宿是刘统勋安排，内务府有往来名单，我必要查他个水落石出！果真有这样的事，我要把他全家剥皮楦草了！此时你暂且撂开手，尽量向开处想事情，别尽着思量窄道儿，身子养好了，万事都不难办下来的……"

"是我不让他们声张的……"皇后无力地松开了手，她似乎平静了下来，也许是已经没有力气再激动起来，声音细弱却十分清晰，"宫里早就有这种流言了，只我是头一遭亲自听见……储秀宫里有个太监，在北京时老佛爷就处死了他，也为这些话……你在外头忙国务累得筋疲力尽，架得住宫里头家务千头万绪再缠你烦你？……所以都没让你知道……第二天就要起驾回銮，夜里起反了似的狼烟动地闹起来，不吉利……我想着还是回了北京病略能起身，禀了老佛爷再处置。唉……"她双唇抿紧了，苦笑着摇摇头，蓦然间心血倒涌，仿佛身在虚空缥缈之中，整个殿宇、椅案几榻都在轻烟似的微霭中旋转漂浮起来，悠悠忽忽冥冥缈缈不知身在何处……她看见钮祜禄氏、那拉氏、陈氏、汪氏一干嫔妃笑着过来，近前没有一个人向她行礼，看着那笑容都发僵，心里又有些害怕。迷惘间又见锦霞给她看妆奁盒子，一件一件首饰亮得刺眼，忽然锦霞从盒子里取出一块黄绫子，正是她悬梁用的那块，笑着说："娘娘，你看这颜色真好!"她害怕极了，瑟缩着后退。转眼又见西方白亮白亮地放光，隐隐音乐之声中玄鸟凤凰孔雀和不知名的鸟儿在瑞光中盘旋起舞……虚空之中她张开双臂，想要拥抱什么，却扑了一个空，急叫："佛祖佛祖! 我是信女富察氏——我是皇后，啊不，我是富察氏……阿彩，给我诵经! 快着，诵《阿弥陀经》!"

她突然满口谵语，一时叫"你们退下"，一时又说"是你自己不好"，喃喃呢呢不绝于口。乾隆和彩云都慌了神。乾隆没有想到她发作得这样快，眼见不对，忙起身时，袍角在幔帐钩上挂得一个趔趄，急叫道："传太医——叫叶天士速来!"又扑上去抓起皇后的手，伸手抖着试她鼻息，竟是一概杳然，惊到极处的乾隆突然眼前一黑，软软地搭着身子昏晕在榻前……

此刻殿里殿外已是大乱，叶天士为头四个太医连滚带爬一拥而入。王八耻在御銮边吆喝："不许乱，主子是急痛迷心，不妨事——"秦媚媚哭着带几个太监掀出乾隆，命人"禀老佛爷知道。把暖阁子前头屏风撤了。娘娘跟前的大丫头跪殿角念经，叫个太医过来给皇上看脉……"殿中太监有的抬屏风，有的搬桌子挪椅子，取药锅儿添水点火的，烧香的，跪在地下看砖缝儿的，扎煞着双手没事胡窜的好一阵忙乱。乾隆已是醒过来，躺在春凳上，眼见叶天士在跟前，便道："朕不要紧，是血不归心，你赶紧照料皇后!"

"娘娘德量配天仁德如海，待小人恩重如山，我必定竭尽驽马之力救治。"叶天士两眼全是泪，一边叩头一边唏嘘，"不过生死之数惟有司命，皇上您心里要有个预备……"说罢蹒蹒跚跚过去了，便见几个宫女搀着太后进来，乾隆便撑着身子要起来，一边流泪说道："儿子不孝，又劳动母亲了。怎么那拉氏几个没过来侍候?"太后一进门见这阵势，已知皇后此番断然无幸，见乾隆面黄气弱，犹自要起身行礼忙按住了，偏身坐在旁边藤椅上，说道："别再动了，好生这么歇着……是我不叫她们过来，就在西配殿颂经焚香给皇后祈福。这边彩云几个大丫头，要遵皇后的懿旨诵《阿弥陀经》……我的儿，有些事瞧不开也要瞧开些儿，就是本师释迦牟尼也还要涅槃的，何况我们人？皇后这般儿一辈子，只是善性做善事，一些儿亏待人处没有，又一向皈依我佛，所以才得佛祖接引，天上有瑞鸟，西方去极乐，还有音乐，连我都隐约听见了，这是多大的功德，多大的福分……"她轻轻抚摸着儿子额头软语安慰着。彩云彩卉五六个丫头在殿东北角合十长跪轻诵着《阿弥陀经》：

> ……尔时，佛告长老舍利弗：从是西方，过十万亿佛土，有世界名曰极乐。其土有佛，号阿弥陀，今现在说法。舍利弗，彼土何故名为极乐？其国众生，无有众苦，但受诸乐，故名极乐……

约莫半个时辰光景，叶天士为首，几个太医嗒然垂手从暖阁里退出，徐徐趋步向乾隆走来。

没等他们跪下禀奏，乾隆已经完全明白了。他还是坐直了身子，默默听完叶天士冗长的医案奏陈，脉象气血病源病理，怎样行针用药，如何回天乏力，终归凤驾西去……事到已成定局，乾隆反而心里清明安定了些，忍着悲痛说道："朕知道了，你们已经尽心尽力，不必……请罪，且跪安下去，就有恩旨赏赉的。"他起身又向母亲一躬，说道："母亲有岁数的人了，不宜伤情过逾的。丧事内里由那拉氏主持，还要接过钮祜禄氏来德州迎柩，外里由纪昀负责。傅恒办理军务不能回来，夺情办差，叫福康安代替父亲来德州给他姑姑上香……"说着，已是泪如雨下，哽声吩咐，"传旨，刘统勋纪昀进宫议事……"

忙碌混乱惶恐不定中曙色不知不觉已经降临。皇后卯正咽气，没过一刻军机处的刘统勋和纪昀便已得报。这两个人既是天子股肱信臣，又与阿桂尹继善岳钟麒等人不同，都是皇后生前极为赏识慈命屡加受恩深重的臣子，除了公义，另外还有一份私恩知遇之情。乍闻噩耗二人心中不啻平地一声惊雷，睁大了眼怔在当地，良久清醒过来，纪昀想起当年抱着小阿哥跪在榻前抢救垂危的皇后，忆及皇后说的"纪昀爱吃肉，以后和侍卫一例，可以随意在宫内用胙肉"的特谕，刘统勋想起自己当年还是小臣，元宵巡街特被召进宫中，赏赐鱼头豆腐汤的往事，二人都止不住热泪长流。但两个人都是久在机枢身居政要的人，知道不是伤情哀恸之时，唏嘘着匆忙商议大事，都点烟抽起才定住了心。

"先拟谥号，这个第一要紧。拟好再进去，免得措手不及。"纪昀顷刻中眼泡儿已经有点发瘀，使劲抽烟浓浓喷雾，说道，"这是千古不遇的仁德母仪皇后，德容言功四美皆备，温良恭俭让五德俱全，不能有一丝遗漏欠缺。"刘统勋握着烟管的手不停地抖动，点头哽声道："听万岁说过，皇后遗愿谥号'孝贤'，就以这二字冠首，听皇上裁决。这上头我的学问远不及你——还有庙号，也请纪公费心。"纪昀垂头静思片刻，起身援笔濡墨写道：

孝贤诚正敦穆仁惠徽恭康顺辅天昌圣仁皇后

"庙号用'仁'，体元立极曰仁，如天好生曰仁，敦化溥浃曰仁。"纪昀道，"延清你看成不成？"

刘统勋摇摇头道："我的方寸有点乱，这上头真的是知之不多，且这样，万岁过目之后有旨意再说吧。得赶紧进去，迟了就不恭了。"说着便起身。纪昀跟着出来，微微曙光中见已有十几个外官鹄立着等候回事，便道："诸位老兄，除了十万火急军情，其余的事一概先放一放，皇后娘娘凤驾薨了！我们这就要进去见万岁。"刘统勋铁青着脸命道："把你们的红缨子撤掉，宫里宫外的灯一律换成素色。你们几个章京，捡看各地递来的折子，写成节略先放着。知会礼部来的官员，叫仪奠司的人草拟丧仪，要快着些，拟好誊清就递进去。"说完二人拔腿便走。待进了宫中天色已经苍亮。各殿门上已经糊了素纸，帐幕也换掉了，灯光烛影里人来人往正在布置灵幔。早有卜礼接着，带二人往西配殿乾隆歇驾处来见。

"嗯，这个谥号还使得。"乾隆的神气里带着怔忪，呆呆地看了纪昀拟的谥号，许久才道，"朕心里乱得很，一时想不清楚。庙号'仁'字，皇后自然当之无愧，总觉得空泛了。纪昀你再拟朕听。"皇帝嫌空泛，自然要往实里拟，纪昀便道："'敦'字如何——温仁厚下，笃亲睦族。"乾隆摇头："见小，而且犯重。"

"那么——'渊'皇后如何——德信静深曰渊；沉几烛隐曰渊。"乾隆只是摇头："皇后很明达的，'渊'字不合。"纪昀又连着拟几个，乾隆都不首肯，却问："'纯'字如何，这字怎么解？"

这个字纪昀早就想好了，他是识穷天下学富五车的人，深谙韬晦之道，在乾隆这样的帝君面前永远不能显得无能更不能显能得智算无遗。现在乾隆自己说出来，他心中暗舒一口气，连连叩头道："圣学渊深天纵聪睿，臣实在万万不能及一。竟是'纯'字最好！谥法'纯'字，至诚无息谓之，内心和一谓之，治理精粹谓之！"打叠了一肚子的颂词，临机突然收住，这样就说得恰到好处。

接着，君臣三人商计丧典大礼，议定立即起灵赴京，在北京治丧；大赦天下，除十恶之例刑狱停勾一年；从速传旨天下母仪之丧。禁止歌舞戏楼娱乐。议定灵柩暂厝长春宫，待胜水峪陵（裕陵）修建完工再行移奉安。加上昨日几道谕旨全都明发天下，一直忙到巳初时牌方才就绪。行宫内外已是布置得雪山琼阁般白漫漫一片。乾隆听得宫中女眷隐隐哭声，心如钻刺，强自挣扎着要到簀床边去看皇后，忽然王八耻挑帘进来，红肿着眼望着上头就磕头，也不言语。乾隆板着脸问道："你这是什么规矩？"

"回主子话，睐主子跟前阿哥爷……出花儿……"王八耻一脸苦相禀道，"内务府的赵畏三连夜骑马赶来报信儿，屁股都颠散了，两条腿磨得血沾裤子，马也——"

"少废话，哥儿现今怎么样？"

"浆痘儿不开花儿，不大好呢！"

乾隆心中格登一动，又急跳几下，脸色变得煞白，双腿一软跌坐回椅中，抖着手指着外头叫道："传旨叶天士，不必来见，即刻赴京救治！骑上朕的菊花骢，跟两个侍卫换骑不换人飞速回京！告诉叶天士，但只尽心疗治不必前后顾虑，朕信得及他，朕回京恩赏赐金还山！"王八耻一句一应，几乎连滚带爬去了。

刘统勋和纪昀的原本担心因皇后薨逝，乾隆迁怒罪及叶天士和太医，这会儿对视一眼都松了一口气。

第三十回　天医星逞技贝勒府
　　　　　相夫人赠金结眛娘

　　从德州到北京驿道陆路七百里出头，乾隆那匹菊花骢也真了得，不足八个时辰就把叶天士送进京华辇下。两个侍卫和赵畏三别无差使，只是照料他一人一马，到驿站吃饭，鸡蛋拌料喂马，吃完一抹嘴架起人上马走道儿。饶是这御道修了又修垫了又垫，平坦如碾，饶是那千里驹又快又稳，叶天士本就瘦骨伶仃，又犯鸦片瘾，待到老齐化门入城，正听拱辰台子夜午炮三声，叶天士身上骨架儿都要颠散了。赵畏三兀自咬牙挺着引道带路，勉强拖着身躯领到鲜花深处胡同，向北又向东趄，老皇城根一带黑魆魆的老房舍——就是十贝勒府了——带着进来引见门政老寇："这就是天医星叶天士，来给哥儿祛灾。快！快带着进去见夫人……"说完，一头倒在门房春凳上，已是鼾声大起。

　　这边老寇便带叶天士三人进去。此时更阑夜露天街人静，十贝勒府高大的房舍间曲折纵横，但觉到处都是路，没趟几道弯已不辨东西南北。绕出二院从偏门进去，高得庙宇一样的正殿尘封锁闭，东西两厢却都灯火通明，便知到了正院。老寇站在东廊下禀道："老夫人，皇上派的叶先生来了！"隔窗便听一个老妇声气："说不得道乏了，先带先生到哥儿房里看脉，我就这里坐等。我刚给观音娘娘痘疹娘娘上了香，这卷经就抄得了。"老寇答应一声"是"，回身招呼，单和叶天士进了东厢头间房。两个侍卫站在天井等候。房里两个丫头正在剪烛，见叶天士进来，忙退到一边。一个丫头禀道："魏主儿，哥儿救星来了！主儿昨个儿的梦真的应验了！"叶天士这才看见，东壁前还跪着一位少妇给墙上悬着的痘疹娘娘像合十礼拜。只见她脚蹬一双花盆底，把把头梳得端端正正，穿一件蛋清旗袍滚着月白素边，端庄秀丽的面孔上毫无脂粉之气，喃喃念诵着什么，许久又一叩头，起身不胜其力地倚桌坐了，说道："本该让先生歇歇儿的，阿哥他……"她哽了一下，"只好先请先生劳神看看……"

"娘娘不要惊慌，容学生先看看。"叶天士便知这位就是皇帝的宠妃魏佳氏，打千儿请安起来便到床前看那阿哥。

小阿哥才过三个月，此刻在昏睡着，几盏灯影下小小鼻翼翕张，呼吸急促得比平常几乎快出两倍，潮红溺满了脸，手指按下去，隐隐可见血色下的暗色细疹，热得烫手，稍隔一时，仿佛受惊一样四肢一个劲抽动，咧嘴似乎要哭，却又昏晕过去。叶天士轻轻摸了脉息，又翻开那孩子眼皮，手掏出舌头细查，小阿哥这般被人折腾，不哭也不动，只时而惊悸地抽搐一下。

叶天士呮着嘴唇站起身来，灯光映着他脸上的汗，亮晶晶的，也不去擦，只久久注目着墙角，盯着不动。魏佳氏从没见过太医如此旁若无人的，又觉得他既从容镇定，儿子的病或许有救，情切关心不能不问："叶先生，阿哥脉象怎样？前头太医的药方子都在，要不要取来你看？"叶天士一个恍然醒过神来，忙向魏佳氏一揖，说道："娘娘，我揣度着那诸位用药，必是白芷、细辛、茅根、薄荷、荆芥、茴香、蜂窝、沙参和甘草之类，不知是不是？"魏佳氏疑惑地看他一眼，问道："您怎么知道的？还有朱砂——"

"当然有朱砂、枣仁这些。想必还有麦芽糖、蝉蜕这些引子。"叶天士苦笑道，"不然，小爷不能昏沉得这样安生，收敛得热毒发不出来！"他似乎有些沮丧，又复低头沉思。

魏佳氏半日才回过味来，她突然惊恐地张大了口，梦游人似的看看儿子，又望望"痘疹娘娘"，天鹅绒封得严严实实的窗户，床边金钩上挂的螃蟹、猪蹄……直瞪瞪盯着叶天士，双膝慢慢跪了下去！

"魏主儿，您是娘娘，您是娘娘呀！"叶天士像被马蜂猛地蜇了一下，变貌失色向后跳开一步，几乎撞倒了倚立的宫女，扎煞着双手想扶又不敢，连声说道，"有话只管吩咐，别——别这样，折死小的了谁给哥儿爷治病？"

"您救救我的儿——"魏佳氏满眼是泪，哀恳着说道，"现在您是医生，我是孩子他娘！不说主儿不主儿的话，您救他就是救我……我给您磕头了……"

"医者有割股之心，别说您，就是种田养蚕的我也尽心——您别这样，快起来，我救他我救他！"叶天士慌得通身大汗，双手虚抬着，见两个侍女搀起魏佳氏才惊魂归窍，下气儿说道，"方才说的药必是准了。这些药并没用错，只是用的火候时辰不对，天花是先天热毒，发病初起要提升发展，待花儿破浆之后，五内俱虚，薄荷黄芪小泻小补，余毒散尽填充六神。他们忘了那许多都是凉药，有收敛的功效，毒没散就收敛，那还了得？魏主儿，您的心我知道，可事已至此，一是我要用异样疗法，二是要看小爷的休气平日壮不壮……您遵医嘱，我有六成指望，您不遵……"

"我遵我遵！要我的心做引子，这会子就剜了它！"

叶天士的黄脸沉下来，咬牙略一沉吟，说道："把这屋所有的门窗都打开，把所有的香都熄掉。"

"外头有蚊子、蠓虫儿——"

"把香熄掉，门窗打开。"叶天士又说一遍，"床上的幔帐也撩起来。灯只要两盏，一盏用红纱罩了放在小爷头顶前柜上，一盏白纱，放在痘疹娘娘像前神案上——别问为什么，快着些！"

他像一个亲临前线的指挥官，指东指西不容置疑地吩咐着，两个宫女便手脚不停地拾掇齐楚，刹那间房里灯烛暗下，门窗也打开了。这是阿哥出痘的忌房，下人，还有西厢几个太医，都伸头探脑往这边窥探，不知出了什么事。一时听要参汤，又要黄酒，要鳖血，宫人们忙着备办送进去，太医们不知这些物件派什么用场，不禁交头接耳窃窃私议。

"娘娘，我这就施治。"叶天士手脚不停忙碌着，给小阿哥灌了两匙黄酒，又加了两匙参汤，口中嚼烂了一味什么药自己喝了，把鳖血用热水和匀了，忽然举拳照自己鼻子"砰"地一击，鼻血如注出来流进热水碗中，用棉絮塞了鼻子，轻轻撩那血水泼在榻前，揩着手道："这屋里不能有人，连娘娘也请移驾到福晋那边，您信佛，只管念经。两个侍卫守在门外至少三丈远，只要不失火，不许嚷嚷说话，不许进来惊扰，听到小爷哭，就是见了功效！"他做张做智又到痘疹娘娘像前叽里咕噜一阵祷告，任是魏佳氏读了多少经，也没听清他念叨些什么，却见叶天士站在灯影里大大伸欠打了个喷嚏，将手一让，说道："请吧！"

魏佳氏和宫女出来，心里毕竟狐疑：这一套似捣鬼非捣鬼似请神又不像请神，若说"施治"更是闻所未闻，诸般捣鼓千奇百怪更是见所未见。她站在天井回头看房里，又问道："他独个儿在这屋……不要紧？"叶天士深知，这类妇人和她讲医道，万万都是个懵懂，和她讲神道，就老实得百依百顺，此刻却不能说破了，鼻子嗡嗡地说道："你知道屋里有多少神佛护着，又用了药，人尽力神帮忙！最忌的就是冲犯，女人尤其不可！所有的人一律不得喧哗！"魏佳氏便忙命："知会下头人，就是走了水也不许嚷嚷！"她自己小心蹑着脚步去了。

这边老寇带着叶天士进了西厢书房。几个太医都在这屋里，方才还在喊喳说话，此时都已正襟危坐，却见叶天士灰头土脸进来，发辫又细又短蓬松着，一袭极考究的石青湖绸揉得皱巴巴的沾着油污菜渍，还敞着领上纽子，那副尊容不消说得，额前鬓边浊汗淌着一道儿一道儿，倦容加着烟容，鼻子里还塞着一团白棉絮，要多邋遢有多邋遢，要多窝囊有多窝囊——这么个宝贝，亏乾隆特特从德州十万火急派回北京给阿哥治病！众人要笑，都忍住了。这是哪里跑出个济颠来？！

"恕小的放肆，着实累疲了——"叶天士知道这起子人对自己没有好心思，他却不肯失礼，向众人团团一揖笑道，"小的还有个阿芙蓉的贱瘾，对不住了。"就怀中取出个包儿抖开了，制好的烟泡儿卷进纸煤子里对着烛"扑"的一口将烟吞了，接着又是两个，已见精神健旺。众人已看得目瞪口呆。叶天士笑道："这物件真害人！我原想自己试试找解药，至今成效甚微，连我自己也戒不掉，何况别人？诸位见笑了……"说罢便拣着向门的座位坐了，隔门遥遥望着阿哥房间瞠目不语。

众人都觉得这人有点莫名其妙，说他疯傻呆痴，言语间并没有颠三倒四，且是礼貌殷勤；说他傲慢，他又一口一个"小的"，谦逊得不成体统；说他皮里阳秋，又不似心里藏机的人。下马就进房看病人，这边一堆御医都视若无物，且是那样疗治，也令人匪夷所思。见他此刻形容，竟人人都思量：这是个怪物！太医里为首的是位医正，叫梁攸声，见这乡巴佬丑八怪坐在自己身边，虽然擦了脸，仍旧一副猥琐相，身上泛着汗酸味儿几尺外就熏人，身子往远处挪挪，轻咳一声说道："久慕先生风采，今日一见果然名下无虚，我辈大长见识！听说先生在南京救活过一位死人，可是真的？"

叶天士两眼瞪得圆溜溜的注视着门口，专注得像小孩子看蚂蚁拖苍蝇，听这问话，"啊"了几声才道："那是痰厥假死。死人谁也救不活！"

"请教！"梁攸声微笑道，"那一红一白两盏灯是什么作用？"

"红的是镇静，防着哥儿爷醒来惊悸。白的，是我用来招蚊子蠓虫进屋的。"

几个御医惊讶地互相对视一眼，他们原来以为叶天士捣鬼弄巫术，谁知是这样作用！一个三十多岁的太医身子一倾问道："招蚊子进房是哪本医书上讲的？有什么医理？"他旁边另一个中年太医笑道："想必鳖血，还有尊驾的鼻血，都是用来招蚊子的了？"话音刚落，几个太医已是怪声怪气窃笑，只是魏佳氏身为皇妃，方才有"旨"，都胡天胡地的捂口儿，不敢放声。夹着还有个小太医说话："蚊子要能治病，皇上弄个鼻血池鳖血池养蚊子好了，要我们作什么？我倒是听说蚊子能传疟疾……"

"诸位，我不愿说你们什么，我是奉旨来的，看好阿哥爷的病，还回我江南去。"叶天士听着这些不三不四的话，觉得不能不压他们一下了，"所以我们不是冤家，用不着这样子剑拔弩张。阿哥爷才四个月的人，天花内毒发散着本来就难之又难，你们还敢用内敛的药？用朱砂、枣仁这些药又是什么意思？他睡着了昏沉了不闹吵，就掩住了病？我已经用药攻逼他内里发展，外间天物佐治，那是哥儿爷的福气，懂不懂？疟疾传染有限的，就算染上疟疾，比现在的天花如何，你们懂不懂？"

他还在问"懂不懂"，那边房里小阿哥"哇"的一声哭了。几个太医弹簧弹了一下似的都跳起身来。叶天士却一把拉住了，说道："都不许出这屋，我到院里照看！"说罢出来，已见魏佳氏和一位老妇人站在西厢北房门口，忙上前打个拱揖，低声道："是娘娘和夫人的虔心到了。千万别声张，只管默默念经，孩子哭得越有劲越好！"

小阿哥的哭声真的越来越高。内服黄酒参汤加了闽姜，君臣水火相济攻逼天花热毒，门窗大开着，屋里的血腥味招得饕蚊成阵拥进房里围着叮咬，小阿哥燥得通身是汗，小胳膊小腿扎舞着嘎声嘶号，睁眼看看无人照应更加急躁，那哭声时而暗哑，时而嘹亮，时而像唱歌似的拖着长音，时而断续不接，像是透不过气来，还夹着咳呛，呜里哇啦的嚎叫。一会紧一会慢，像是撕破了嗓子，到最后已是哑声嚎叫，别说魏佳氏亲生母亲，满院的人静听他哭，这个怪医生守在当院不许哄劝，都听得揪心难忍。渐渐的，哭声消沉下去，时断时续哽着，小家伙似乎哭尽了气力，又稍停，没了声息。叶天士犹豫了一下，三步两步跨进屋里，一时便听他惊喜地大叫："娘娘，福晋！哥儿爷浆痘破花儿了，哥儿爷浆痘破花了！"

"阿弥陀佛！"一老一少两个妇人齐声礼佛，脚下不知哪来的劲，腾着脚步便奔东厢直到床前，看那哥儿时，满脸浑身赤条条的，豆大的浆泡都破了口，流出胶一样的浆汁子，扎煞着手脚舒眉展眼，已是睡着了。至此，人人皆知，小阿哥性命交关凶险难关已过。魏佳氏扑通一声便跪了向痘疹娘娘挂像磕头。老夫人叫了声"老天爷……"软在椅中，竟昏了过去。

叶天士也舒了一口气，一边写方子叫抓药，一边下医嘱："用温盐水棉团蘸着给哥儿洗，不要抹擦，一点点蘸，将来脱痂了疤小。一分盐一分糖和水给他喝……断奶半天……参汤决不可再用，奶妈子也不许吃热性食物……半日后可以喂用薄荷糖水……"他一边说，魏佳氏没口子命人"去办！"又命"把我打首饰的二十两白金取来给叶先生压装裹"……这一夜十贝勒府通里通外紧忙侍候这个小阿哥。叶天士眼看事体无虞，放下了心，倒过来又替几个太医进了几句好话，老寇带他进了早点，倒头便迷瞪过去。

小阿哥脱险，辅国公老夫人却病倒了。她虽是住在"十贝勒府"，但老十贝勒允䄉自康熙年间参与"八爷党"夺嫡失败，一直就不得意，雍正在世穷究政敌，几乎杀掉这位"十弟"，直到乾隆二年才释放出来，封成辅国公。因此，这府邸正规的叫法该是"公府"，只人们叫惯了，却也改不过口来。弘昼当初送睐娘来这里一为这是罪余人家，不敢不小心侍奉她起居生产；二是乾隆嫡婶，除了两个出门的格格家中无男亲，绝无嫌疑。却没有想到这位年近古稀的老太太禁得禁不得偌大事体——寄居府中先就要开罪贵妃钮祜禄氏；阿哥在府平安圣驾回来自有一份人情，万一一个磋跌，阖府就是磨成粉也担不起这个责任。因此这位"魏主儿"一进府，她立刻叫了两个女儿回门侍候。把观音神龛请到自己西厢卧房，一日九叩首早晚三炉香地闹起来。及至"阿哥爷"出天花，她竟许下了"禁食愿"，粒米不入口，闭门颂经抄经为哥儿祈福，五天五夜守着观音净心还愿，比起魏佳氏的虔心似乎还要深沉些。乍闻"浆痘破花"四个字，已是熬得灯尽油竭，惊喜交迸，一口气松下来便病倒了。

这一来魏佳氏忙上加忙，大觉寺、雍和宫、圣安寺、法源寺、云居寺、潭柘寺十几处庙宇还愿。又到白云观给阿哥请寄名符，又派人给乾隆回銮御驾行在送信，赏赉带出来侍候的太监宫人。九个奶妈子、三个精奇嬷嬷昼夜倒班儿照看小阿哥，她自己除了佛事，一心一意都泡在了儿子身边，又要时时存问老夫人，安排太医调护荣养。看着哥儿破浆天花干痘结痂日渐康健，老夫人的病也稳住了，魏佳氏身子瘦出一圈儿去。她出身寒贱坎坷，如今贵盛富华，怕给人小瞧了，大礼小礼上头最是格外讲求细密的。皇后薨逝在外天下举丧，她蛰居在贝勒府，并没有接到旨意，移宫以来自觉和钮祜禄贵妃生分，也没有来往。娘家魏清泰老爷子也是奄奄一息的人，素来积嫌很深。防着有人在阿哥身上使坏，移宫后魏家几个不关疼痒的兄弟来送请安帖子，也是面情上淡淡的，赏银子走人——诸多失礼之处原来尚不在意，现在圣驾即将回京，阿哥又平安无虑，中宫空虚之时人心扰攘，不能不设法弥补一下。思量着老夫人是个折过筋斗的，便来西厢北房讨主意。

"娘娘别操心娘家，那头是再不能得罪的……"老夫人听魏佳氏婉转说了来意，枯槁的脸上掠过一丝笑容，半躺在大迎枕上，一手握着魏佳氏的臂，声气缓弱地说道，"魏家的事我也多少知道些儿，原来他们为自己的家业对不起娘娘母女俩。自从您晋了妃位，那就另是别样的思路了，现今您有了阿哥，一家子平安升官发财更得指着您，巴结还来不及呢！这头您只管放心！"魏佳氏坐在这位慈祥的老婆婆身边，心里有一份安稳踏实的感觉，揉着她的被角叹道："这一层我心里倒也明白。哥儿的难关过去，他们更紧着要趋奉我。我只是觉得命苦，别的妹妹都还有个知疼着热的娘家，偏我就没有！说记恨吧也不是的，只是两张皮儿粘不起来，不知道怎么料理才能熨帖了……"

听她说"命苦"，这位老贝勒郡王的夫人不禁莞尔，顿了一下说道："魏老爷子不能动，家下人必定过来请安的，大太太、太太您都见见，几句体己话就熨帖了。娘娘总惦记她们当年赶你们出门的苦情，她们就不安。先不收他们送礼，是为阿哥爷的病，怕不能承受。再送收下，随便荷包手帕扇子灯笼什么的，我府里有的是，赏她们些个，准管欢天喜地去了。倒是傅家不能简慢了，一则以娘娘新逝，二则以娘娘蒙尘时他们护驾荣养有功。娘娘这会子在宫外是自由人，趁便儿去傅相府吊祭一遭，礼上谁也挑不出错儿……"

"那，钮主儿呢？我真有点怕再见她……"魏佳氏道，"若说就里呢，我移出来是五爷主张，可五爷毕竟伤了她的体面。"老夫人听了没有立即答话，抚着她的手半晌才叹道："那只有回宫后慢慢转圜了。宫里的事其实比外头官场上还难处呢！好在钮主儿如今并不得意。等皇上回来，您替她说几句好话，她只有感激的。告诉娘娘一句话，我瞧着您心底儿良善，又吃过苦的，体贴得旁人难处，处在寻常人家，那就再没说的，天家骨肉之间有时候儿看去亲切，细考究去学问就大了。照我的想头，多少事清楚不了糊涂了，哥儿平安长大，将来一个亲王是稳稳当当的。太认真了现在有些人就跟您过不去，抽梯子撒蒺藜暗地里使绊子，给你弄些魔镇什么的，您不平安哥儿也不得平安。您看我园子里那池塘海子，不搅它就是清水，觉得里头没什么玄乎，前年清淤泥，水浑得一锅墨汤儿，一条老黑头鱼三百多斤，还有碗来粗条水蛇，吓人不吓人？"魏佳氏听着已是怔了，入宫得幸，侍候皇后，坤宁宫慈宁宫两头跑，人人情面上去得，都是"好好侍候主子"的话，并没有拉手说这样体己道理的，听来好似含着一枚橄榄，愈是吮嚼愈觉余味无穷，口中却笑道："老人家的话再不得错的。只是要不清池塘淤泥，池子不就涸上来了？"

老夫人喟然叹道："女人呐……咱们女人不能去清淤泥……我不过是个譬喻，比如说钮主儿，安富尊荣当贵妃娘娘，别给您移宫，别闯军机处，谁敢不敬她？您说您怕见她，其实我的糊涂心思想着，她更怕见您呢！就是阿哥，搅到家务是非里也不得了。我那死鬼男人，当年怎么劝他来着，横竖油盐不进！和雍正爷闹生分，及到后悔什么都晚了……"魏佳氏低头沉吟半晌，叹道："婶娘的话我都记得了。我既来到这府里，哥儿在这里又遭了事，这就是咱娘们的缘分。从今我是有了个新娘家，哥儿也要您多照应的……"国公夫人摇头笑道："这是我高攀，想也想不来的好事儿……只是我这把年纪，人家的话是'风中烛，瓦上霜'，还有甚的指望呢？哥儿瞧这相貌声音，看他的际遇，是个福大命强的。好固然是好了，就如高高山上一棵松，容易招风招雨……你既说到这儿，我说个法子试试，对哥儿只有好处，对你也好的——"

"好婶子，你只管说——"魏佳氏眼中放出光来，"我总忘不了你的恩情！"

"通连你在内，万岁爷跟前侍候有嫔妃名号儿的是十八个。"老夫人绽开满是皱纹的脸，慈祥地抚着魏佳氏的秀发，"说句不中听话，女人颜色一落也就不值钱了，世上男人待女人都像看昙花，一霎儿工夫就败兴了。可是待儿子就另是一回事，儿子是不会失宠的，也正为这一条，宫里女人闹家务，都打阿哥身上来纷争，说是妒忌，不'妒忌'又有什么法子？有几个没有阿哥的妃嫔，虽不许认干娘，不妨放手让哥儿各宫里串着住，跟这个三个月，跟那个半年，阿哥爷也就有了几门亲在宫里，因子敬母，你也不得孤单。这事儿只可阿哥爷小时行得，六岁出毓庆宫上学，连你也不得多见了。只是要寻个靠得住的奶妈子，那就百事无碍了。"

魏佳氏仔细想想，这位老夫人真的是体贴呵护，虑事不但周密且是长远，心下一阵感动拉起她的手说道："你说的我都知道了，心里记下了……从今往后，哥儿就算有了个亲奶奶，到他长大知道好歹，必定报答您的。我在宫里位分低，说不上照应您，对景儿时候在主子跟前还是要替您说话，总不能终究只给您个'夫人'凤冠……"她眼中挂着泪含笑起身，"我这就去一趟傅恒府，回来再来瞧您。"老夫人仰仰身子，说道："恕我身子不能送娘娘……宫里的辂车太扎眼，坐我的驮轿去……你这一去情分就到了，别在那里多耽……"

坐了国公夫人的凉竹包厢驮轿，小半个时辰魏佳氏便赶到了傅府，掏出怀表看，还不到午初时牌。一边命人进府通报，自坐在竹窗向外张望，只见傅府门庭比自己离开时又壮观了许多，原来的广亮门已经拆除，换了簇新的三楹垂花倒厦门，青砖砌起的一带女墙，外边栽的棕榈，里边沿墙连绵匝密都是青旺旺油绿绿的石榴树，一层层进去是冬青玉兰梧桐。门神是早已糊了，门口一带灵幡素幔布得白汪汪一片，沿墙棕榈上也连绵挂起挽幛，日阳映照下繁花点点中绿树霭茵，青曼曼一片蒸腾之气。傅家正在贵盛熏灼之时，门口早停着几十架车轿，从二人抬的小竹格到八人抬的官亭座轿把门前好大一片空场塞得满满当当，都是在京各王府福晋、官员夫人和傅府平日走动官员的家眷，来拜祭的。家人们孝帽孝带来往呼喝迎送，官眷们拜入辞出，魏佳氏一个也不认得。正看得眼花缭乱间，一个须发苍白的老家人颤颤着跑出来，后头跟着个仆妇模样的拐着小脚紧拧。魏佳氏眼一亮：这里头关系虽说拗口，透清明白了这女人是她哥哥的奶妈子的儿媳妇儿，在傅府侍候福康安洗漱用水的，自己早先未入宫不得意时，和母亲黄氏常来她家避嚣趁食的，差她来迎自己，当然是再合适不过了。那老的魏佳氏也认得，是傅恒府退休管家老王头，已经望七十的人了，却仍红光满面精神矍铄。老人微喘着在软轿外行了礼，隔帘禀道："家主母遵娘娘的旨，不敢出来迎接，府里这会子人多事杂，主母现到西花厅老爷书房专候拜见。就请娘娘屈驾从这边偏门进去。不的满院命妇，一个人认出来，就都要见礼，不见哪个都不好的……"说罢又打个千儿，那媳妇子早上前来搀了魏佳氏下轿。

"王老爷子，喜旺嫂子，有日子没见了。身子骨儿瞧着还结实！"魏佳氏下轿，径从西偏门入内，在密密匝匝的树林里踩着栽绒般的纤草，曲曲折折径往西花厅逶迤而行，一头走一头和两个下人说话，"我虽在宫里不出来，其实一直惦着你们……七叔听说是跟傅相爷出兵放马了？上回六奶奶进去我还问起玉丫头，长高了吧？还那么瘦吗？"喜旺媳妇便回话禀说："七叔在凉风镇护主子有功，已经保了千总。如今府里是八叔管事儿，吉保在外头跟康哥儿，回北京了一天又撵着出去了。我家玉丫头现跟着灵哥儿书房里侍候……娘娘惦记，我们可当不起！只是日里夜里也是放不下，听说添了阿哥爷，我们那口子还叫我去戒台寺，给哥儿爷进了三炷香呢。娘娘这边走，那条路去年修花圃，刺玫编篱子挡了。我们太太更是虔心，打从娘娘脱难进宫，每日都要到菩萨跟前儿给您上一炉香呢……"有的没的，絮絮家常说来，听得魏佳氏心里一阵阵发热。一抬头，见前面一带老竹婆娑槐杨阴重，几个青衣丫头垂手侍立站在房前，便知书房到了。趑过去再向西，一个命妇带三四个丫头围拢迎上，就花厅前阶下插烛般拜倒下去，却正是相国傅恒正配夫人乌喇那拉氏——棠儿来迎，垂首伏地说道："奴婢棠儿叩见娘娘！"

魏佳氏突然间心中涌出一份自豪：下面跪的这个女人，是一人之下万人之上当朝"第一宣力大臣"的夫人，当年来府躲在喜旺家下房里，求一杯羹一袭衣，只能和母亲隔房门远远望一眼这位贵妇人，如今竟是个"君臣分际"，棠儿反而毕恭毕敬伏地"叩见"自己，"名分"二字真真的不可思议！贵贱滋味无所替代！心中感叹着忙亲自趋前双手扶起棠儿，说道："你万不可和我行这个礼！就算我在皇上跟前侍候，我心里还当你是恩人。

没有你，下人里头我也不得个体面，进宫待选魏家把我挡在外头，如今又是什么形容儿？快起来，咱们进去。娘娘薨了，我在外头住，有这个方便来看看，你这里事多客多，我也不敢打搅得久了的……"说着，挽了棠儿的手进了花厅，仔细打量时，只见棠儿穿一身月白宁绸大褂，玄色裙子系着孝带，头上蓬松顶一方孝帕，虽已是中年妇人，且首饰尽除铅华不施，天生丽质，依然秀色照人，只是眼角额前岁月痕迹难免，已有了细细的鳞纹。魏佳氏道："六奶奶身子精神去得。敢怕是熬夜劳累了，看去有点倦。好歹体恤着自己，有些事教下人们忙去就是。"

"皇后娘娘的事出来，倒不意外的。"棠儿听魏佳氏这几句，已带出"吩咐"口吻，忙敛衣欠身说"是"，又叹道，"这多少年她病奄奄的，已经了几次劫难，我们心里有数，为给她冲灾，早有些预备。只是老爷不在家，里里外外大小多少事全忙了我自个。康儿这孽障不听我的话，自己走了江南去，来来去去总不安生，一路惹祸，我是又气又笑又担心，一夜一夜睡不得。娘娘面上瞧我还好，其实是强装的，这么大的场面，哪一处应酬不到都不好……"魏佳氏微微点头，说道："如今有了阿哥，我也能体贴到你的心。孩子就在身边，他一哭闹就揪我的心，何况千里万里外头？不过我们家里去人说起过，康哥儿很给你争气，外头做了几件大差使，遍天下都惊动了，皇上都下旨表彰！有这么个出息哥儿，奶奶该欢喜才是。"说着，从怀中取出个绢包儿，轻轻放在桌上道，"你知道，我才进位不久，没有攒体己，出宫又匆忙，其实吃的我那阿哥的月例银子……别嫌轻……这是皇上赏我的金瓜子儿，你这里办大事，将来酬谢外头人，哪里不要用钱？这是我的一点心意……"

这是赏赐赙仪了，棠儿还在思念儿子，忙收神回颜揩泪，蹲身向魏佳氏福了两福，说道："娘娘赏赐，这是我傅家天大的体面，我就有黄金万两，哪里得这份荣耀？不过说句该打嘴的话，娘娘也不宽裕，住宫里外头赏赐下人太监，用度也就不小；如今添了阿哥爷，又住在人家家，更是这样了。阿哥爷出花儿过了一大劫，昨儿听见，棠儿欢喜得不得了，也正寻思着孝敬一点菲礼呢！娘娘要肯赏收，我这面子就光鲜了！"说着又忙蹲身施礼。魏佳氏见她如此恭敬谦逊，心下感动，竟起身还了一福，执手说道："六奶奶忒客气的了。你给的，我还有不收的理么？我是还不了你的情了，哥儿大了出息了，叫他答报吧。"这正是棠儿想听的一句话，心里欢喜，脸上却不带出来，恭谨地一笑，说道："我老爷来信，如今失眠头晕心悸，一里一里病添上来了，该是下一辈儿给天家出力了。娘娘说答报，奴婢们是万不敢承当的，只有好生教训几个儿子，着实报皇上的恩就是。"说着一却身退出花厅，到阶下招手叫过一个丫头，"鹂儿，方才叫你办的事，妥了没有？"

"回太太的话，"黄鹂儿俏生生躬身说道，"我去账房里叫王怀正查礼单子，各府里送来的礼遵着老爷的话，一百六十两以上的不收。单子虽多，都嫌薄了些儿，只江南回来的那个叫马二侉子的礼还使得，我就要过了单子，请太太瞧着定夺。"她来傅府虽然不久，因是伶俐乖巧言谈不俗，已是深得棠儿欢心。棠儿接过单子看时上头写着：

> 碧螺春茶二十斤、大红袍茶八两、龙井茶三十斤、河曲黄薯五十斤，活络紫金丹十盒，金鸡纳霜丸六盒，高丽参二十支（二十批叶），参须三斤，参膏一斤。松鼠二十对，活鹿两对，天兰栗克斯兔两对，波斯猫一对。檀香木扇一百柄，宣纸十令，湖笔二十枝（精制），徽墨三十盒，端砚五方，金玉如意各两对，翡翠镯两对，玛瑙念珠两串、西洋怀表两只，镀金自鸣钟一座，容身大玻璃照镜一面。台州银元宝十对，金银锞子各二百五十枚。大哆啰呢五十匹，中哆啰呢四十匹，湖绸宁绸江绸各六十匹，黄山盆景三十盆，根雕藤椅一对，天然木刨观音图相一幅，荆木根雕各色玩意六十色，万年青十盆。

末一页左下角极不显眼处写着黄鹂儿仿自己的字迹：

> 臣妾棠儿敬献

略一思忖，小心撕去了，对黄鹂儿说道："你去把我屋里昨儿领来那副金丝编软竹凉座垫，给娘娘的轿座儿铺上。"说罢进来，双手把礼单呈给魏佳氏。魏佳氏不推辞也不看，含笑接过说道："就送到十贝勒府就是了。皇上

394

后天就回来了，一定接我圆明园那边住，住定了我给你信儿，进去拉家常说体己儿。六奶奶，生受你了，这里忙，我也惦着哥儿，得回去了。"说罢仍从原路辞了出去。

棠儿直送出去，看着一群太监宫女簇拥着驮轿远去才踅身回来，忍着乏困和满院访吊的诰命夫人搭讪说话，一眼瞧见丁娥儿何巧云都在，便站住了脚微笑道："云儿娥儿都来了？进正屋里坐，久不见你们了，心里空落落的没个人说话。众位夫人，劳动你们来看望我。本来，我们老爷有吩咐，除了王爷宗室送来薄礼，其余一概不收的。既来了，我棠儿不敢扫了众位姐妹的脸，酌量着回礼，你们也要给我有体面，且议事厅里散坐随喜，就我这用了晚饭，咱们边吃边说话儿……"说着，和丁娥儿何巧云三人进了西房，自在春凳上半倚了，吩咐道："秀格，鹂儿，把他们庄里送来的鲜桃、黄杏端两碟子来。娥儿、云儿你们两个一道来的么？云儿这一身，要没开脸，我还以为哪家亲戚的小姑娘来了，娥儿也是容光焕发，越看越好看，越看越耐看了！"

"我二十七岁的人，都快老了，夫人还这么着夸，倒好意思的！"丁娥儿笑道，"真正要说美，谁能和您比？我和云儿一道去了阿桂府一趟，桂中堂到石家庄，半路奉旨不必去德州，叫回北京安排娘娘后事礼仪。今早才赶回来，又有点冒了风，桂夫人不能过来，我们就来了。云奶奶，你记得那个朵云吧，也解来北京了，桂中堂的意思，叫我们三人到养蜂夹道见见她呢！"

第三十一回　贵妇人慈心悯沉沦　帝乾隆雷雨理国政

三个女人的丈夫都在金川前线，素日消息来往自然比别人亲密，此刻提起朵云，棠儿也是一样关心，问道："阿桂家弟妹没说教我们做什么？总不成是只见见面儿说说女人话吧？"巧云说道："桂嫂夫人说，皇上赏识莎罗奔是条汉子，可怜金川七万藏民苗民，就算把金川踏平了，死得鸡犬不留，那块土地终究还得有个靠得住的人安顿。叫我们去，就这些话变成我们的女人私房话说给她听，劝着她劝着些丈夫别再抗拒天兵归顺朝廷，服个低认个小儿到大营投诚，皇上得饶人处且饶人，大家兄弟姐妹过起来，岂不是好？"她末一句话说得天真，棠儿不禁一笑，又皱眉说道："她一个女人家，只怕当不了外头人的家……再说，她那么烈性的，在北京敢劫人，当着皇上面儿动刀子自杀，我们劝得动么？你们是吃过她亏的，她那么厉害，怕不怕？"

"起初怕……我从没见过这么样的女人。"巧云脸一红，揉捏着衣角说道，她抬起脸望着窗外，"后来我想，调个个儿，我要是朵云——我会一头撞死在那院子里——她是女人我也是女人，如今她在难中，也用不到怕她。"丁娥儿偏着脸想想说道："女人和女人心都一样的，咱们劝她为她丈夫好，又能阖族平安。要是我，就自己死了也值。"顿了一下又道，"听我们那口子说，他们那族里和我们这块不一样，女人也能办大事，她在外头就给金川买办了很多药材，还往金川递消息儿。我们试试不妨的，说得动是他们的福，朝廷也安生，也是咱们的阴骘，说不动也没亏负了我们什么不是？"

她们两个一递一口说话，都是对丈夫忠诚不二，死了也心甘的话头，棠儿心里不由得惭愧，她是除了丈夫时不时还惦记别的男人的女人，心思比丁何二人繁复纷纭得多，脸上红了一红，笑道："我知道阿桂的意思，西北和卓那边有事——那个叫阿睦尔撒纳的还住在北京请兵，他来我府走动，送了不少礼，还有一百张牛皮。我没见他，收了十张给下人们做皮靴子，下剩的叫他给皇上做个牛皮帐设到圆明园去。皇上是想叫我们男人抽出脚来去新疆。阿桂没说，也是怕我们女人嘴没遮拦露给朵云。这么着，先给她送点见面礼儿，我给她点尺头、首饰，你们要有针线活计，也叫人送养蜂夹道，心里先有一份情，见了面儿松泛着说话，没的和男人们一样刀枪相见，唇舌来往，太郑重了反而不得。等接驾的事一毕，咱们会齐了去看她。"

三个妇人议了一阵，棠儿也得借机稍息，喝了一碗参汤，觉得精神去得，便起身笑道："那边还有一大群呢，连履亲王世子的夫人也在候着，去迟了人不说我忙，倒似有意儿拿大。你们就坐这里歇着，吃饭时咱们还一桌。我得去和大家打花胡哨儿了。"对镜子照照，理理鬓角换了妆容出来，见鹏儿站在门口，便问："又有什么人来了？"鹏儿向门口一瞥，说道："是高恒家夫人来了，送了两幅素尺头，还有给三个哥儿各一双鞋，问我能见见您不能，我说做不了这个主。"棠儿顺她方才目光向外张了一下，果见高恒夫人郭络氏十指交插远远站在门房口，穿一件洗得泛白的靛青大褂，在来来往往的诰命夫人旁边，显得局促畏缩，低着头直抠脚尖，形容甚是孤索落寞。棠儿叹气道："人到了这一步真叫没法说！你去请她过西边花厅草坪子那等我。再到账房支二百四十两，用银票，送她出门再给她……"说罢便向上房，到议事厅和各位诰命寒暄道乏，遇有宗室亲王家眷，还要一一请安，铺摆家人依品级礼敬，要伙房素斋单子来看……好一阵忙，一边向西偏门走，一边回头大声吩咐："教门上人用素纸写张谢客榜，预备着接驾给老佛爷叩安，从明日起不再见客。请书办房老先生用心点，辞气里要礼上周到些儿。"说着趸身进园。高恒夫人就坐在花厅石阶上等候，已是站起身来。

"实在简慢你了。"棠儿笑吟吟迎上去，见她要拜，忙扶住了，"外头乱里头也乱，这屋里是我们老爷的禁地，军书文案档案怕乱了，连我也不得随意进去。叫你在外头等……"又嗔着丫头，"怎么这么没眼色，还不掇两把椅子来！""不不不……不消生受了。"郭络氏忙摆手道，"给六太太搬个座儿，我站着说两句就成……"到底棠儿还是按她偏身斜签着坐了，说道：

"就不论高恒傅恒他们那一层，咱们一个满洲老姓儿，娘家辈分我该叫你声姑姑的。我知道你如今境遇，将心比心也替你为难。有什么话尽管说，能帮着手的我断没有不帮的理。"

郭络氏心里一酸，便用袖子抹泪儿，泣声说道："如今家败人亡，走到哪里都人憎狗嫌的，难得你还这么待我……虽说咱们是姑侄，论起岁数我比你还小着两岁，你就当我个妹子就好。你忙，我不能多耽误你。我是想，皇后娘娘薨了，已经有大赦诏书颁下来。高恒虽说没材料不成器，先前也受过朝廷褒扬，且是他在八议里头的数……我妹子是跟老佛爷的人，也求过太后的恩典。他的事只求饶他一命，回来皇庄子上我们夫妻种地去……"说着带了呜咽，直要放声儿，强忍着只是抽泣。

"老佛爷是怎么说的？"棠儿满府里都是人，只盼她早走，听见这话，想了想，太后慈宁宫里有个叫迎儿的确实也是一族，该是郭络氏的远房妹子，怔了一下，关心地问道，"老佛爷恩允了么？"

"那时候儿皇后娘娘还没出事，老佛爷说这要看军机处他们怎么议。她老人家最是慈悲为怀的，说是'人命关天的，得超生要且超生'……"

"你如今怎么想呢？"

"我想六爷金川的差使这就要办下来了，他必回北京的。六爷一品当朝主持军机处，桂爷、纪中堂、刘中堂、尹中堂都瞧他的眼色，万岁爷也从没有驳过六爷的条陈……"

"你别说了，你的意思我明白了。"棠儿沉吟道，"高恒和钱度的案子，面儿上瞧是刘老中堂主持，其实从起首到审理，都是万岁爷提调着一步步走的。上回跟你说别乱走门子，是真情实语，不是打模糊儿糊弄你。捅到御史那儿，没头没脑再奏一本，你那不是雪上加霜？不是我站干岸儿说河涨的话，男人在外头做事从不和家里商量，待到出了事还要累你替他上下跑腿说话。再不要白给人填还银子了。待到皇上回来，军机处自然要议。你要信得及我们老爷，能说话能留地步儿处他不会落井下石的。我们两家通好，你要信得及。你一趟一趟往这走动，老爷反倒不好说话。你细思量，我说的是不是？"

高恒夫人听了，揩泪泣道："太太这话极是的。十六爷福晋还有十二爷二十四爷那府里也是这个话说。只好听他的命就是，我已经尽了心……我想，高恒虽不好，如今天下有几个好官？甘肃的勒尔谨、福建的王亶望也奉旨拿了，牵扯一二百官员都要革职拿问！这么多拆烂污的，有多少不在八议里头的总不成葫芦提都一锅煮了。万岁爷是性善信佛的人，必要甄别的。也要容许改过自新的。像卢焯，当初杀了也就没了，起复出来照样儿给朝廷出力……"她絮絮叨叨又反复譬喻许多实例，棠儿耐着性子又劝又慰，好容易才打发她辞出去了。棠儿也不送她，从偏门进来，见家人们正抬桌子布置席面，叫过一个小厮吩咐："把我南边那间房打整出来，中间隔上竹帘子，请马先生过来说话。席面上不要上酒，就是便饭。夫人们有事要回去的也不必勉强，把还人家的礼封好送轿子上就是。"说罢又进北厢和丁何二人闲话。听禀说房子收拾停当，隔门又进北厢第二间，坐定了吃茶。马二傢子已经进来，就竹帘外一个躬身，赔笑道："给六奶奶请安！听他们传'马先生'，弄得我臆怔，半晌才明白是叫我。我是六爷门下老跑腿的了，奶奶只管还叫我马二傢子就好！"

"你如今是观察，是道台职分。在外头那还了得？坐八抬大轿了！"棠儿隔帘看他，方脸小胡子小眼睛，穿着又宽又大的石青袍子，手握一柄湘妃扇，袖子翻着雪白的里子，又似不修边幅又似干练洒脱，暗地一笑，说道，"你很辛苦的，过了湖广又去云南给我采办，着实生受你了。等老爷回来再谢你吧！"

马二傢子夤缘纪昀的脸面结识了傅恒，几年来这府门槛都踢平了，都是这样和棠儿见面，他一本正经坐在窗前，睒着目光想往帘内看，外头明里头暗，什么也瞧不见，便看墙上字画，欠身说道："我仍旧是个皇商，能给六爷奶奶跑腿办事是我的造化。奶奶千万别说'谢'的话，那见外了。我这次去云南卡瓦银矿，又见了吴尚贤，他孝敬老庄亲王、阿桂夫人和六奶奶每人一尊银佛，十斤蛇胆。没有写进礼单里头，也请奶奶嘉纳了……"棠儿想了想，问道："这个吴尚贤，是不是上回云南总督张允随说的想开矿的那位？""矿他是早开了的，如今哪里还有什么矿禁？"马二傢子笑道，"吴尚贤是云南石屏州秋水村一个泥脚杆子，独自闯卡瓦，创下偌大事业，想给朝廷出点子力争个功名——缅甸那国里如今乱着，中央朝廷和各部酋长闹生分，却都和吴尚贤兜得转呢！自我大清兴国，缅甸一直没有朝贡。您别瞧吴尚贤不起眼儿，他正想说合缅甸王称臣纳贡。您见圆明园里那些大象，老死得没几头了，那都是打缅甸贡过来的……"

"呀！那大象是他们那国里进来的哪！"棠儿睁大了眼睛，瞳仁中闪着惊喜的光。她随班元旦朝贺见过太和殿前的驯象，在圆明园还把福康安送到象背上玩耍过，极是新奇好玩的，因道："这十几年元旦都没有摆象队，我问王八耻，说是已经不够八只了。可怜见的那些象灵通人性，有只老象临死前还跪在太和殿前品级山旁朝上磕头流泪。我听了心里还难过来着……敢情原来都打那里来的？这个吴尚贤，我原想和你一样是个生意人，这么大方体面的，又懂大礼。下次他要到北京，路过蒙古就捎个信儿，我们老爷准见他。"

这个话前头都对。唯是从缅甸来贡，无论如何也不会"路过蒙古"，马二侉子听纪昀说过这位贵妇人，住北京一辈子，只知道左右上下，弄不清东西南北，不禁一笑，口里漫答应着："他听见奶奶这吩咐，准高兴得笑开花！回京后听家里人说，奶奶外头的账还没收齐，只缴了六七万利息，不知他们回奶奶了没有。若要急用，我这里就先给您垫上，奶奶瞧怎么样？"

"这个么，你和账房上头商议着办。我是个无可无不可的。"棠儿嗳嗳了一下，声音放低了些，"宁可不办，也要谨密些儿，除了账房小王，竟是谁都不知道的好。放账名声不好这我知道，利过三分就是贼，所以顶头儿只能收二分，你抽个头算替我白劳动。我的几个庄子都减了租，家里用项越来越大，赏赐嚼用来往应酬——就像这些人来拜访，回的礼比收的礼要多得多。老爷一心扑在外头政务上，家里千事万事总归不管，不替他操持一下实在也顶不下来。老马我告诉你，只要外头走漏一点风声，那只有你才说得出去，就是你闹生分了，账一抹我干净不认，放出的银子也全归你，交情脸面你是不用想了。"马二侉子听她说得决绝，愣了一下笑道："慢说您，就是乡里破落户孤儿寡母托我办事，我也不敢欺心。何况我有多少事要求傅中堂和六奶奶荫庇呢！小怡亲王、老庄亲王、小愉郡主、二十贝子几位福晋，谁没有体己钱在外放账？就是军机上头，元长中堂和纪中堂家里也放账，还有利银收到三分的。您这点妆奁银子放出去为的补贴家用，说透了是点养廉银子。这么大个相府，这么大开销，要不是您费心费力操持，早就支撑不来了！放心，老马做事无论公私，断不至于走风漏气的，那都用的妻妹的名义办的，就有什么，老马顶多拼着一文薪水不领的那个

'道台'顶子顶出去就是，本来捐这个官就为的这个退步儿，哪有把六奶奶晾出来的理？"说着，听自鸣钟响，便笑着起身告辞。

棠儿也向他道了乏，待马二傄子去了，打起精神应酬各官命妇。晚间人散卸妆，歪在床上一件一件思谋筹划，怎样接驾，怎样见太后，如何迎皇后梓宫，如何哭拜谒灵，想起皇后贤淑懋德，平日种种好处，自己和乾隆偷情，皇后心知肚明却上下顾全大家脸面，不免面红眼酸感慨垂泪；又思傅恒撤兵道里计程；转念想起高恒落局，高恒夫人的落魄形容儿，反觉宦海波险人情炎凉，果真对他袖手旁观，不但下头官员议论他忍，将来万一自家有个蹉跌，在位的谁肯援手？放账本为补贴家用不足，傅恒知道了领不领情？外头清议令人可惧！想起马二傄子的话才略安心。她盛年索居丈夫长差在外的人，免不了又想男人，傅恒却是掠影而过，转想阿桂盛壮兆惠英武……走马灯似的又想起和乾隆做爱往事，情动心热间操摩按搓，迷迷糊糊也有一番自解光景……直到窗纸泛青才蒙眬睡着了。

一连几日马二傄子都忙着。先是督促家人给各家放债的福晋收账，把从云南采购的药材布匹茶叶凉药扇子香料分拨儿往各府里送递；又惦着晋见阿桂，必定要问缅甸形势和吴尚贤开矿情形，怕说不清楚，一条一条写，又画山川地理图形……公私里外各处俱到忙得发昏。乾隆法驾怎样入城，怎样安放皇后梓宫，满城百姓文武百官怎样叩拜哭灵，各个寺院如何为皇后打醮诵咒追超亡灵……诸般繁华，闹翻了一座北京城，他都没有理会。恰这日皇后三七之礼毕，朝事各务渐趋常情，朝阳门码头传来信儿，给纪昀采购的宋纸还有福康安买的西洋炮材料儿到货，马二傄子到西华门打听得实，是刘统勋坐值军机，其余百官放假一日，料着纪昀阿桂都在家。吃过午饭，忙着换了身衣服，打轿便赶往虎坊桥纪府而来。

其时已是四月下旬，将近端午的天气，从东西过来穿街走巷，坐在轿里又闷又热，足足走了一个时辰，马二傄子已是汗流浃背。待到纪府门首下来，一边揩汗举头看时，炎炎欲熔一轮斜阳晒着，西边一带天边压线处楼云峥嵘，墨线一般映得门前海子发蓝，便知天气要变，一头叫小厮"骑马回去带雨具来"一头便上门请见。却见是家人王成守阎，他在这府里更是熟极了的，王成一见是他，早迎上来，满脸笑成一朵菊花道："马二爷，亏你还想着我们这儿，想死小的们了！"

"左不过你的荷包想我的银子就是了。瞧着你比上次见更精神了呢！"马二侉子笑道，"你这句话似模似样是行院里婊子见嫖客的套头儿。昨晚我去春香院，花大姐儿也是这么说的。"说着，从腰里取出二十两一块台州纹饼儿，"你五两，下剩的照老规矩给刘琪任老他们几个分。只别叫你们头儿魏成知道，禀了老爷训斥你们，老马就管不到了。老爷这会子作么呢？又在书房里写书？"

王成飞快塞了银子，一边前头带路，哈腰赔笑说道："老魏犯了老寒腿，老卢回河间府办事儿去了。府里现今真是山中无老虎！我们沈姨娘现病着，太太是个四门不出的，还有两个姨娘也主不了事。二门外头跟捅过了的马蜂窝似的乱成一团——这边走，老爷在书房那边呢——今儿午饭过桂中堂就过来了，在花厅里头说话。桂中堂从来是说完话就走，你在书房等着就是了……"那纪昀宅院无论体制规模大小都远不能和傅恒的国舅府有比较，只是一个四合院进一重再一个四合院房舍相连，天井狭小甬道偏窄，七折八弯转着到西边一个小小花园，看去才略开阔了些，便听纪昀正在侃侃而言："最祸害百姓的，一是吏，二是衙役，三是官员眷属，四是官员家人仆从……前朝诺敏是这样，今朝王亶望、勒尔谨也是这样，这四种人无官之责有官之权，一般官员除了捞钱，也还要顾及考成名声，这些人除了银子什么也不想，依草附木怙势作威……"又听阿桂的声气插口道："是爪牙！"

"对，是官员的爪牙！"纪昀滋滋地抽着烟，"爪牙扑在身上又抓又撕又咬，百姓直接感同身受，若论心里的恨，比恨官还要切齿。所以甘肃的案子，凡牵连到此辈人物，不必请旨，刑部就能办，该打的该枷的该流的一例依律从严发落。"他一边说，阿桂一边"嗯"，说道："回头和刘公议议，这是我们就有的权。我的想头借这案子严办一批敲骨吸髓的爪牙，可以示朝廷至公至明的大义，给一些鼓噪不安的百姓出出气透透风儿，戾气只怕就少些。只是不能显着军机大臣们太心狠手辣了，也不能太顺一些刁民的心。有一等不安分人，日日盼着大乱，恨不得狗屎盆子扣了天子明堂，恨不能所有官员一股脑儿杀尽了才解恨出气，也不能遂了这起子小人的愿！"他正说着，突然冲窗外喊道，"那是老马么？你这夜游神怎么跑这来了？进来吧！"

"哎！来了！"马二侉子正拾级上阶要进书房，听阿桂叫自己，冷丁地吓了一跳，忙满面堆下笑，三步两步进了花厅，果见阿桂盘膝坐在榻上，手拈着葡萄干儿品嚼说话，纪昀在榻下卷案旁握着乌木大烟斗剔烟油儿，便干净利落打了两个千儿笑道，"早听人说桂中堂文武全才，武功高强赛如黄天霸，果不其然！您又不临窗，窗户上又糊着纸，我在院里走就听出来了！"

他这一顿"武功高强"奉迎得不三不四，纪阿二人都是一怔，听着又复大笑。阿桂笑得身上颤，说道："下回见我该是飞檐走壁铁布衫刀枪不入飞镖打出二百步穿杨落铜钱了！你从这竹帘子看，看不见你进院子上台阶么？"马二侉子顺他手指往外看，不由得也笑起来，故作小丑叨了一句戏词儿："喂呀呀——原来如此！"因见案上搭着两张宣纸，上头墨迹纵横尚未干透，凑近了问道："哪有这么长的中堂联子？敢怕是楹联吧？上回我弟弟打广里过来，他在那开着字画店，把桂爷赏我的字挂出去当门面，谁知有个扶桑国的富客，出价六百两硬要买去！今儿既写字儿，二位大人索性再赏我一幅——"说着看那楹联，只见黑顿顿的颜体写着：

尧舜生，汤武净，五霸七雄丑未耳，伊尹太公，便算一只耍手，
其余拜将封侯，不过摇旗呐喊称奴婢。
四书曰，五经引，诸子百家杂说也，杜甫李白，会唱几句乱谈，
此外咬文嚼字，大都沿街乞讨闹莲花。

马二侉子笑道："亏这番议论，是戏台楹联吧？便宜了戏子们！"

"这是皇上给圆明园新修戏台写的主联，别瞎议论！"阿桂说道，"东头那幅是纪公的次联，你看如何？"

马二侉子听是乾隆御笔吓得心里一沉，忙转过东边看纪昀的，却是隶书：

出将入相，仔细端详，无非藉古代衣冠，
奉劝众生愚昧。

福善祸淫，殷勤献演，岂徒炫世人耳目，
实为菩萨心肠。

心下掂掇，婉约工巧，自是纪昀的好；若论气势雄阔议论奇伟，比起乾隆一联就差得远了，已是品评出高下，口中却道："皇上的联气概宏大别开生面，纪公议论深邃道心精微，与主联表里相彰，真称得上是珠联璧合！"说着不住称羡，又夸"字好"。纪昀笑道："你这人就是善拍马屁！真正字写得好的不是我也不是阿桂，是刘墉，功底扎实又求新变意，连尹继善也不能望其项背！你这马屁精上回说砚好，又说砚铭好，我刻了一方给你留着。听说去了怡王府，又说门窗好，我去看看，木雕十八学士过瀛洲，也并不出色，问你，你说是紫檀木的，原来是质料儿好！"马二侉子一眼见压卷一方新砚，取过来看铭：

工于蓄聚，不吝于挹注，富而如斯，于富乎何恶。

不禁合掌笑道："这必是给我的了，谢中堂爷的赏！这年头儿除了到深山野林里渔樵耕读，哪里不要拍马屁呢？千穿万穿马屁不穿，我就盼自己善拍各种马屁，那就到处兜得转了！"

"善拍各种马屁！"阿桂一口茶吞得几乎呛着了，和纪昀二人都是仰身大笑，许久才喘过气来，说道，"改日闲一闲再听你拍，叫你的天津厨子单给我和纪昀做河豚鱼吃。你把吴尚贤的情形儿写个小传出来，还有他和缅甸国王的过从人事也都写进去，御览之后不定还有旨意给你去办差。给吴尚贤写一封信，好生联络蚌筑土司，说明朝廷恩意。吴尚贤的茂隆山场地理位置也说清楚。张允随也有折子，只是说得不甚明白，蚌筑是缅甸那边还是我们这边都没写清楚。"

马二侉子一口一个应承"预备河豚"，听他改口说正经事，忙改容称"是"，又道："蚌筑是卡瓦土司，在永昌、顺宁边界。哥子叫蚌筑，弟弟叫蚌坎，下头子侄幸孟、莽恩、莽阋三人分掌地方，属云南版图，不属缅王管辖……"他约略说了形势，"中堂爷既有这钧谕，我这就给吴某写信，他是个能干人，不致疏漏害事的……"他说着，阿桂频频点头，纪昀也听得极为专注，苦于没有研究过地理图志，只是从政务沿革上大致理会而已。一时马二侉子说完，见二人无话，又不能和纪昀说私事，便要起身告辞，含糊说道："纪中堂要的宋版纸、宣纸和薛涛笺都运到了，回头叫卢管家或者老魏头去朝阳门外码头提货。我来就为这个。请大人们宽坐，我且回去了。"

"你说起购货，我倒想起要问你。"阿桂笑道，"上次去傅六爷府，见两根长铁管子，说是红毛国进来的，没有缝儿，也就茶碗来粗细。问他府里，没一个人知道做什么用场。是你给他买的吧？""那是康哥儿要的，他想仿造西洋炮。"马二侉子笑道，"别小瞧了那管子，论斤买的，一两银子不到三斤。康哥儿说要又细又长又结实炮弹才打得远……"

纪昀和阿桂不禁对视一笑：这个福康安就是不安分，居然要在府里试着造炮！马二侉子道："我跟六奶奶回话，哥儿要照西洋画儿画的和贡来的洋炮舰图样造炮，断然使不得。洋人造炮那是极讲究的，图式图样，炮架机件儿都配套儿，不能看看模样就动手造，炸了镗要出人命的！六奶奶慌了，嗔着福哥儿，'上回池子里试炮船，一炮就把船龙骨给蹬成两段，还不肯改！'叫人往里头塞了铁丸子，火烧得曲蟮似的七扭八弯……康爷还没回来，回来了准要拿老马当出气筒儿呢！"他又拍掌又叹气又摇头，一脸沮丧。阿桂和纪昀都笑。阿桂道："这个马屁没拍响。由我和福康安说话，傅恒也一定要训斥他的。私造火炮，不管理由多么堂皇，此例不可开。你陪他个小心，没事的。"还要往下说，王成匆匆进来禀道："老爷，内廷王公公来传旨，叫您递牌子进去呢！"纪昀道："既来传旨，快请进来！"王成道："他说就在门外等着，一道儿进宫，在养心殿见驾。"纪昀便忙蹬靴换袍挂朝珠戴冠，口中喃喃道："这会子叫进，会有什么事呢？"

"你只管进去，别忘了把这两幅楹联带上。"阿桂笑道，"没准是圆明园里叫你踏看景致，给匾额题词儿的。"说着也站起身来，待纪昀更衣过了，同着马二侉子前后一道出府，却见王八耻勒着缰绳站在门首下马石旁。阿桂笑道："王头儿，是你来传旨？"王八耻早瞧见了，笑着迎上来打千儿，说道："桂爷您在这？卜礼到您府上，有旨叫您也进去呢！"纪昀便忙着喊轿，看看天已阴了上来，又叫人"带两副雨具，把我的朝珠给桂中堂取一副来"。家人们忙成一团侍候。马二侉子一眼见和珅骑着骡子远远过来，笑嘻嘻迎上去一个揖儿："恭喜你进銮仪卫，这一回真的是官，一步登天到天子眼前了。你来得不是时候，走，老东来顺我请你吃涮羊肉去。"阿桂纪昀无心再理他们，各自升轿呼拥而去。

待到西华门外下轿，天已经完全阴沉下来，这里门外原来是张廷玉的赐第，再向北是太医院，都已拆平了，足足上百亩一片空场。张廷玉原来书房西的一片海子和太医院的几株老乌柏树都被灰蒙蒙的霭气笼着，依稀可想当日风貌。平坦坦一大片广场上空浓云重压，一层层的云头或褐或赭或灰或白，不安分地涌动着拥挤着，覆盖得紫禁城灰蒙蒙暗黝黝的，凉风袭来，轿中带出的满身热气一洗尽净。突然一声沉雷，云层后的电闪破缝而出，远处飒飒的雨声略略带着腥味裹近前来。阿桂和纪昀随王八耻进来，过武英殿玉带桥，由北入隆宗门到军机处，雨点儿追在身后也不紧不慢随着，竟没有淋着。见刘统勋还在伏案疾书，两个人才松一口气。阿桂见他专心致志头也不抬，笑道："太暗了，刘公该掌一盏灯吧？"

"是啊，不知不觉天就黑了。"刘统勋放下笔，一望窗外，见云翳龙楼雨洒天街，不禁莞尔一笑，"我还以为傍晚天暗了呢！原来下雨了。"便向纪昀伸手，"烟给我一点，还是你的关东老叶儿好！"纪昀忙递烟荷包笑道："顷刻见驾，烟锅子收拾好，别像我那年金殿晤对靴中失火。——批什么文章，这么用心的？""一件人命官司，刑部送上来各造口供对不上，时间也不合，真不知他们怎么弄的。我逐一划出来批出去重审！"刘统勋喟然一叹又一笑，"我见皇上从不抽烟，你放心，我的靴子走不了水！"说着用左手揉捏右腕。

阿桂原本站着等王八耻来传话，看看天街雨帘如织，没有人过来，便坐了绣花瓷墩上笑道："那么费事的？要是我，'所拟有疑，情事不合'，打回去就是了！"刘统勋摇头道："他们办事马虎，逐条批，是让他们明白该怎么办。你们留心一下史籍，汉唐宋元明，一个朝代各种案例上下其手颠倒判断的多了，但若人命案子舞弊起来，这个朝代就快到山崩地裂了。所以说'人命关天'，这个'天'就是朝廷的气数。《春秋》里说'小大之狱虽不能察，必以情'，就讲的这个理。"刘统勋历来务实苦干，在二人眼中是个忠诚勤谨宰相，说出这番话，是在法司位而鸟瞰法司，学术宏大，够得上治世辅臣品位。想不到如此丛繁的政务中，他还能读书如此精微烛照独出心裁，真让阿桂和纪昀有刮目相看之感了。沉默有顷，纪昀才问道："原说今儿休假的，皇上怎么突然召见？"

"隋赫德明日辞驾回天山大营，皇上要向他面授机宜。"刘统勋深深吸了一口，用拇指按着泛起的烟末，说道，"这样，原来预备明日接见阿睦尔撒纳临时改到今日。这是大事，我们军机处要陪皇上见他。"

正说着，王八耻雨地里打着伞快步进来，怀里还抱着几件黯青墨翠的衣物，口中说道："皇上赐刘统勋阿桂纪昀各人油衣一件，着即进养心殿见驾！"说着三人早已离席伏地谢恩。王八耻逐一分发三人。到手看时，是荷叶绿缭绫挂里——单这已是十分名贵了——外边似乎是什么禽兽的毛线织的，没有染色，手摸上去油润光泽，中间还有一道夹层，细捻似乎是细洋布挂了干油，三层合起也不过半斤上下，薄轻柔韧，竟都没见过。王八耻看着他们着衣蹬油履，笑道："是罗刹国进贡的，野鸭绒线织了油浸晾干的，统共只有八件，皇上孝敬老佛爷两件，三位军机一人一件，尹继善傅恒岳钟麒也有。皇上自己还是日本国贡的那件海鸥绒的，没舍得换呢！"三人听得心里一暖一烘，都觉无言以对，顶了斗篷，跟着王八耻冲雨而出。

"啊哈，这个油衣穿了果真精神！"三人鱼贯入殿，乾隆正在东暖阁端着杯子踱步，置杯笑道，"连刘统勋瞧着都年轻许多！"见他们伏地叩头，讷讷着要谢恩，一摆手叫起，说道："你们的心朕知道，不必说了吧。纪昀的楹联写好了没有？"纪昀忙从怀中将夹着的宣纸取出，双手捧上道："臣字学不工，近年来文牍公案等因奉此，文学也渐荒谬，主上见笑了。"

乾隆接过了，没有展看便放了炕桌上。大约因为刚剃了头，他的精神面色看去都十分好，只是笑容里仍带着掩不住的忧郁沉闷。乾隆一边命三人木杌子上坐了，自己也上炕盘膝而坐，看着外间风雨如晦，良久说道："已经着太监去宣阿睦尔撒纳，在乾清门见他。这会子是个空儿，一件是王亶望，一件是高恒，两大案子议决一下，不要再拖下去了。"

自回京第二天，刘统勋已调集两案所有案卷给阿桂和纪昀审看过了，听乾隆这样说，两个人都看刘统勋。刘统勋仿佛胸有成竹，端坐在杌子上，外面云层中窜跃的闪电时灭时明，照得他铁铸的面庞有点阴森。良久，他一欠身说道："已经发文写信给尹继善和傅恒，他们的回文还没到。"

"昨晚收到了他们的密折。"乾隆静静说道，"折子都写得很长，总之只有一个字——杀。"

天空中霍地一明,珊瑚枝一样紫色的闪电倏地一闪,耀得大殿通明雪亮,像一口大锅被钝器猛地砸破似的,天上"嘎嘣"一声脆雷响震撼得镶玻璃窗都栗然抖动。

"这真是获罪于天,无所祷也!"乾隆也被雷声震得一悸,隔玻璃望着晦暗如磐的天穹,幽幽说道,"朕反复思量过,崇祯何尝是无能之辈?到了他手里才整顿吏治,那就晚了!朕让晓岚遍查史籍,没有哪一朝哪一代是整顿吏治乱了官场,乱了天下的。越是早办越是容易挽回,越是迟疑瞻徇左右顾盼,到不可收拾时那就噬脐难悔!"

又一阵沉沉的雷声,隆隆的响震中乾隆的话安详利落,字字掷地有声:"有人跟朕说,如今天子圣明,宵小之辈断无乱国之理,还有人举出陈平传,以为陈平私德不淑也能致汉于太平。朕说这是胡说八道!即朕英明天纵,能保朕的子孙后世代代都是拿得起放得下的主子么?刘邦驱三秦将士东下,带的什么兵?那都是些厚颜无耻的好利之徒!陈平身处其间和光同尘,也是韬晦其身为主办事,岂得以奸佞视之?他不得列入汉初三杰,也为他这块白璧有瑕!所以朕决心已定,这几个枭獍之臣一律格杀勿论,不能再存妇人之仁。严办这两案以杜后来,这才是真正的仁德宽柔,与'以宽为政'大宗旨并不相悖。"

"皇上圣聪高远,实是天亶英明!"纪昀听得双眸炯炯,俯仰说道,"应该将高恒王亶望等人罪由供状刊在邸报,以为儆戒——这毕竟是撼动朝野的大案,为防人心浮动官员惊惧松弛政务,不妨同时下几道恩旨以宽人心。"阿桂道:"奴才以为密一些好,不必大张旗鼓。这是整饬吏治,朝廷大振乾纲,防着一些奸宄刁顽小民借口实滋事。迅速领旨立时处置,拖得日子久了,犯官人多,官场夤缘相结请托求情蝇营狗苟再出些事反而麻烦。"纪昀道:"这和诛讪亲张广泗不同,那是失事犯过,这是触犯天宪刑律。还是应该堂皇明白,昭天下朝廷至公无私之意。"

乾隆听他二人意见不一,转脸问刘统勋道:"你怎么看?"

"臣以为天子决心已定,不必顾虑有人钻营请托。"刘统勋道,"应该发交六部严议,但不必邸报刊载天下。这样,小人滋事就没有口实,官场也不致震动太大。"

　　"都有一定道理。"乾隆说道，"要震动官场，不要惊骇物听。有些偏远山野海隅草民无知，易受奸人蛊惑挑唆也不可不防。像如林爽文，已潜逃台湾，借机闹起来也许有的，纪昀说的并下几道恩旨建议很好，除了皇后大丧已经下的，原来雍正朝几位王爷，还有圣祖朝败落的几位大臣，有罪一律宽免释放。张廷玉原有旨免入贤良祠，也要再加思虑。八叔改名阿其那，九叔改名塞思黑，先帝在时晚年提及就怆然不乐，要恢复原名……"他思量着，又加了一条，"十叔的贝勒名誉，还给他。"

　　说到张廷玉名位归复贤良祠，几个臣子都是一怔：这一君一臣闹生分，到死乾隆对张廷玉都很显嫌憎，此刻怎么会想到给他加恩？

　　"想起张廷玉，朕心里是五味俱全。"乾隆似乎看出几个臣子心里想法，皱眉缓缓说道，"朕回京调看了他存在皇史宬的文章《论三老五更》，回想他当年事君治事理国行径，晚年时真是老得糊涂了。一生勤勉忠荩，虽有过，还是瑕不掩瑜，朕打心里谅解他了。他进贤良祠，可以安定官场，给臣子立榜样，也是他应有的荣名……"说着一抬眼，见卜礼已站在阁子外，便道，"和亲王已经带阿睦尔撒纳在乾清门等着了，我们过去吧。"

第三十二回　巧言令色乞师报怨
　　　　　　以诚相见夫人释兵

　　于是，乾隆乘八人抬明黄油布杠轿前行，出养心殿由月华门下轿，穿廊向南径到乾清门。阿桂纪昀和刘统勋三人步行跟随。因雨下得大，虽然只过了一个天井，几步永巷，三个人的袍摆裤脚和官靴都被淅雨和潦水打湿。乾隆站在后廊门口，看着他们换了靴子拧干了袍角，轻咳一声抬脚进殿。王八耻早抢前几步，大声道："万岁爷驾临！"便见须弥座略偏东跪着的两个人，弘昼领头伏地行三跪九叩大礼，口中高呼：

　　"万岁！万岁！万万岁！"

　　一阵衣裳窸窣，乾隆步履橐橐从容升座。纪昀阿桂刘统勋三人略一会意，并排跪了座东。便听弘昼说道："臣王弘昼奉旨带辉特部台吉臣阿睦尔撒纳引见！"阿睦尔撒纳来京已经颇有时日，进紫禁城觐见还是头一次。他似乎心情有些紧张，伏身跪着，头几乎抵到金砖地下。乾隆一时没言语，外间淙淙的大雨和隆隆的雷鸣在广旷的大殿中回响，凭空增加了几分威压和庄严。阿睦尔撒纳两手十指紧贴着冰凉的地面，叽里咕噜说了一通蒙语。乾隆便看弘昼。

　　"他说，"弘昼舔舔嘴唇翻译道，"上天赐予我这样的荣耀，能够在这座至高无上的宫殿里拜见伟大的博格达汗。天上的太阳没有您的辉光灿烂，天山的雄伟比不上您的博大胸怀！我是博格达汗法统之下的一方小小领主，我要像雄鹰一样飞回我的故乡，当我将来再见到您时，将用天山那样长的哈达和瑶池酿成的美酒，还有美丽的雪莲向您奉献，以表示我部落臣民由衷的敬畏！"他翻译刚一落音，阿睦尔撒纳便纠正道："是仰慕——我的亲王——我说由衷的仰慕！"

　　乾隆一下子笑了："'仰慕'就'仰慕'吧！意思都差不多。你能说汉话很好，省了多少时辰。弘昼通习东蒙古语，西蒙古语略有变异，朕也不大熟悉。你是在雅尔一带游牧的吧？"

"是!"阿睦尔撒纳顿首说道，他的汉语说得也还顺畅，只是拗口，有点舌头转不过来的呜呐，"我是和硕特部拉藏汗的孙子，外祖是阿拉布坦。我的母亲博托洛克在父亲去世后，改嫁了辉特部台吉卫征和硕齐，由继父那里承袭为辉特台吉。"

跪在一边的纪昀听此人说，母亲嫁了三个丈夫，其中两个还是兄弟，"拖油瓶"儿继承台吉汗位，且是说得嘴响，理直气壮铿锵有力，"吞"地想笑又装咳嗽掩了过去。乾隆只微睨了纪昀一眼，笑道："这么着就明白了。打从圣祖三代交情，恩恩怨怨老相识，今日一见不易。别这么跪着了，和亲王你们赐座赐茶。你们三个也起来吧!"

"谢皇上恩!"五个人一齐叩头说道。

乾隆这才仔细打量阿睦尔撒纳，只见这位西蒙古台吉王爷穿着一袭簇新的宝蓝绣龙滚边蒙古袍，罩一件新赐的黄马褂，脚下踩着打湿了的高腰牛皮靴，年纪在四十岁上下，公牛一样的身躯又高又壮，黑红脸膛宽宽的，留着八字髭须，只是浓眉下两只眼睛小些，眼白大瞳仁小，不停地眨动着，看去有些怪。因见他两腿微微罗圈，双脚有点倒八字，乾隆笑道："好雄壮一条蒙古汉子，你必定好骑术的! 听说打遍厄鲁特四部无敌手的，怎么会败给达瓦齐? 想必是中了人家的圈套?"

"我的兵没有怕死的，都是天山矫健的雄鹰的!"阿睦尔撒纳黑红的脸泛着光，凝视着乾隆，骄傲地说道，"达瓦齐的骑兵是四万二千，三万四千——从东；他的将军玛木特率领八千——从西! 嗯——"他双手比成一个钳形合围式样给乾隆看，"我们部落里老人女人和孩子，加上部队只有三万! ——不能硬拼，只能突围!"乾隆笑道："你从那达慕大会上逃出去，见过朕的天山将军隋赫德，说你有三万铁骑，要求会兵合击准噶尔，是虚张声势吧?"

阿睦尔撒纳诡谲地一笑，说道："隋赫德是天山狐狸老奸巨猾，不肯听我的假话!"乾隆也是格格一笑，说道："但是你已经表明了心向中央朝廷，这也很'老奸巨猾'了。你心里必定还想，最好能出兵打一下，隋赫德打败了，朝廷更不能与喇嘛达尔扎罢手言和，你就拿准了胜算!"阿睦尔撒纳孩子气地一偏脸，说道："这是我的心事，皇上怎么知道的?"他这样诚朴天真，逗得乾隆一阵大笑。纪昀笑道："你的那点'心事'如何逃得过皇上万里洞鉴？"阿桂道："准噶尔之乱起，皇上已经庙算无遗，几道诏书严命静观待命，隋赫德岂敢违旨！"只刘统勋表情庄重，隔门望着三大殿下雨雾濛濛的天街端坐不语。

"你这次万里来见，九死一生来的，很不容易的。"说笑几句，乾隆正了容色道，"朕兼程返京，也为的早一点见你。自康熙末年至今三十多年，准噶尔一直乱，现今和卓也乱，弑父弑母杀兄杀弟，互争牧场领地，于朝廷时叛时伏，生灵涂炭人民受难，再也不能姑息拖延下去了……"他喟然一声叹息，站起身来踱至乾清门口，怔怔地望着外间的倾盆大雨。

乾清门座处乾清宫与太和、中和、保和三大殿之间，由北向南子午线中轴出去直到正阳门，所有的龙楼凤阙都笼在苍暗的天穹下，在雨幕中朦朦胧胧，一漫平坦的临清砖广场叫"天街"，已汪了二寸许的雨水。三大殿周匝三层月台上的汉白玉护栏下，数千只排水龙口决溜飞瀑，和着雨声雷声，发出山呼海啸般的轰鸣，偶尔卷地而起的回风扑上丹墀，撩得乾隆袍角微微掀起，又湿重地奔落下去。几个人不知他在想什么，只交换着目光，都不言语。许久却见乾隆一笑回身，问道："纪昀，三车凌归伏，是亲王封号，有没有颁领亲王俸禄？"

"回皇上话，"纪昀忙趋前一步躬身说道，"皇上原有旨，着三车凌由理藩院领年俸一万八千两。此后给三部重新分封草场牧地，他们上奏恳辞俸禄，皇上留中不发。事情搁置下来了，没有实领。"

乾隆"嗯"了一声，说道："阿睦尔撒纳身处极险之地，辗转百战万里流徙奔谒朝廷，诚勇忠贞其志可嘉。朝廷欲定新疆，还要借重阿睦尔撒纳四部臣民，这就有了区分。赏——"他顿了一顿，"阿睦尔撒纳食亲王双俸，现有护卫仪仗增加一倍，加赏豹尾枪四杆。"

食亲王双俸人称"双亲王"，有清以来得此恩赏的王爷已是极为罕见，虽说只是多出一万八千两银子，仪仗比寻常亲王加了几件名器法物，实惠不大，难得的却是这份体面，天恩雨露锦衣玉食的尊荣华贵！弘昼顿时啧啧称美："康熙朝的康亲王，雍正朝的怡亲王，那是多大的功劳辛苦，也没听见增加仪仗的！多咱儿我也出兵放马拼个血葫芦儿功勋情分，弄个双亲王荣耀荣耀……"见乾隆看自己，伸舌头扮个鬼脸儿一笑收住。阿睦尔撒

412

纳激动得血脉偾张，"扑通"一声长跪在地，大声说道："上天和佛祖为证，我阿睦尔撒纳，还有我牧场上的奴隶娃子，愿将一腔热血洒向天山南北，维护博格达汗庄严的法统！我如果有欺慢圣主的心，就让天上的雷霆就把我击成粉尘！"

电闪在云中疾走龙蛇，一闪过后紧接一声焦脆的雷声，飒飒的豪雨仿佛受了惊似的一顿，立刻又急骤地"砸"落下来，打得大片潦水密密麻麻都是雨脚水花。

"你是双亲王，你的儿子自然就是世子。"乾隆回头凝视着阿睦尔撒纳，说道，"有这份心胸志向，世世代代都是大清的股肱藩篱，世世代代都是西北台吉王之首。这一份荣耀非同小可，朕寄厚望于你！"

阿睦尔撒纳激动得浑身颤抖，声音也兴奋得有点走调儿："万物之主博格达汗啊！辉特部忠勇的儿女永远铭记您赐予的恩荣……太阳也许有一天会熄灭它的火焰，月亮也许有一天会失去它的光明，天山南北的人民不会忘记大汗赐予的光荣！"乾隆听得频频含笑点头，他被这些话深深打动，眼睛里也闪着泪花，良久才说道："弘昼带阿睦尔撒纳体仁阁休息，赐筵之后再回王府。明日再递牌子进来。"卜礼卜智卜信几个太监便忙张罗着备油衣油靴，指挥小苏拉太监背了二人出殿升轿而去。

乾隆望着雨地许久不作声，他似乎思虑很深，目光幽幽只是出神，不知过了多久，回头问道："阿桂，你看这个人怎么样？"

"奴才和他谈了两次，隋赫德、策楞二人也几次和奴才谈。"阿桂字斟句酌说道，"单是'听其言'，阿睦尔撒纳并无可疑之处。但若'观其行'，他实在是在辉特连吃败仗，穷蹙无计才内归请命的。他在准部称汗，袭杀达什，胁迫其子讷默库归附自己，都没有依法请旨施行。达什有恩于他，忍心下手，可见他心狠手辣。如果是心向朝廷真心归附，那么五年前与纳默库、班珠尔辉特和硕特、杜伯尔特三部合并，就应该修表请封。直到在准部无立足之地，突围犯难来投。可见他原来的本心并非忠贞朝廷，乃是有求于朝廷……"他顿了一下，隋赫德和策楞因为两次向乾隆奏陈阿睦尔撒纳是"奸雄"，大遭乾隆垢谇，被骂得狗血淋头，现在自己仍旧如是说，原本是预备着再遭申斥的，但乾隆却一声不言语，脸上不喜不怒，竟是个毫无表情静心聆听的光景。他胆子豸了豸，又道："但据奴才见识，准噶尔诸部、和卓诸部内乱，只有阿睦尔撒纳率部来归，至少他心中尚有'朝廷'二字。和三车凌相比，三车凌已在乌里雅苏台安居，且从罗刹万里奔波，似属真心忠诚，说阿睦尔撒纳心口相应，奴才不敢深信——因此，奴才以为，此人可用不可信。"

"嗯……可用不可信……"乾隆重复了一句，自失地一笑，"你有胆量，而且事情说得明白。隋赫德和策楞是两个莽夫，当着那许多朝臣大喊大叫他'是个混蛋不可信'，还怎么能'用'？准部和卓部之乱，局面也是'可用'的局面。与其让达瓦齐在西疆自立为王，何如这个阿睦尔撒纳为我所用？雍正九年为什么我们打了败仗？和通泊之战六万江东弟子几乎片甲不回！就因为那时节他们内里上下一心，我军千里万里携粮带水奔袭，兵法上犯了大忌，'必厥上将军'！现在他们乱了，天山南北都乱了，三车凌来归，阿睦尔撒纳来归，这真是千载难逢的机缘，不能有一步失慎，更不能有一步走错，握准时机一举可以底定西疆，岂敢有一丝疏忽！朕原来准备了十一万人马远征的，有阿睦尔撒纳五千人，还有三车凌两千人马，他们不但地理气候适合，骁勇善战恐怕也比绿营兵有过之而无不足，有这先锋向导，朕看有五六万兵就够用了。以'准'制'准'，你们算算看，省了多少钱粮省了多少事！"

阿睦尔撒纳不可信而可用，三个辅政大臣识见相同。惟恐乾隆中计上当，他们原是抱定了"苦谏"的宗旨来的。乾隆这番话不但高屋建瓴目穷千里，而且审慎明晰细密周全，连和通泊战败失利缘由以及眼下用兵时机方略都把握得巨细靡遗，许多事是他们寝食不安苦思焦虑都没有想到的，都被乾隆一语道破指明窍实，不但用不着"谏"，反而是自己茅塞顿开！三个人直盯盯看着乾隆，一时竟寻不出话来对答。乾隆见他们瞠目结舌，得意地一笑，说道："阿桂是负责军事的，照这个章程拟出调兵方略来。你们还有什么想头，不妨直言陈奏。"

"万岁！"

三个大臣一齐匍匐跪了下来。阿桂泥首奏道："主子庙算无遗，奴才们万万不能及一！奴才原来已经草拟了调兵布置的折子，现在竟可一火焚之。就据主子方才旨意精心再作曲划，拟成章后主子御览批示施行。如此调度，傅恒金川的兵不必抽回，全力攻下金川也是指日可待的。"

"傅恒的兵撤回吧。万一不虞，结局便是一万。北路军以阿睦尔撒纳主掌先锋，西路军由满洲绿营汉军绿营为主；还要设预备策应一路，加上天山大营策应，才算万无一失。"乾隆吁了一口气，"你拟出来朕再看。就是此刻，棠儿和兆惠海兰察夫人正在劝说朵云，若能善罢，金川归伏，十几万军队七省老百姓可以休养生息，何必一定赶尽杀绝呢？"

休兵、养民、生息，这是谁都驳不倒的堂皇正大理由。纪昀暗地里透了一口气，"既有今日，何必当初"八个字竟无端冒了出来，他立刻意识到这是臣子不该想的，是一种有罪的念头，他轻咳一声，更低伏了头，却听乾隆说道："那边体仁阁赐筵，阿桂去陪筵，刘统勋回去休息，纪昀留下，朕有事交代。"

"是！"纪昀伏首叩头，"臣——遵旨！"

刘统勋和阿桂退下了，偌大的乾清门议事阁变得更加空旷寂静。外间的雨小了些，却似乎起了风，像被宫墙挡得不知所措似的，时而掠地而过，时而扑上丹墀，打得大玻璃窗上水珠淋漓流下。乾隆似乎略带一点失神，怔了一会儿，对跪着的纪昀说道："起来吧，阁里头说话。"纪昀有点摸不着头脑，爬起身来随乾隆进了西阁。一眼便看见大炕前卷案上一张素色宣纸，已经写了几行字，标首题目是《述悲赋》，心里格登一声，便知是要自己给皇后撰写悼亡辞，却装着不知道，低头听乾隆说道："皇后薨逝之后，朕心里一直空落无着，恍惚不能安定。朕虽然给了她'孝贤'谥号，那是取之于公义，实在她配得上这两个字，至于私情，坤德毓茂，那就不是谥号能局限的了。很想作一篇赋辞悼念她，终究公事繁冗文思不佳，留下你，就是请你代笔为朕了了这番心愿……"纪昀躬身说道："这是皇上格外的信任恩情，臣草茅陋负文词简约，虽勉尽绵薄，恐惧不能胜任。"

"要说这么几件情事，"乾隆不理会纪昀谦逊辞让，摆了摆手说道，"她出身名门闺淑，朕在藩邸读书时已经指配跟从，虽不能说是糟糠之妻，多少甘甜辛苦，风风雨雨里为朕共担忧愁。待到正位皇后，对上头孝敬，对下头慈爱，勤俭操持宫务，淑德端庄，毫无妒忌之心，诞育两个阿哥都先后逝去，忍着心里苦楚协理朕的后宫，待其余的阿哥如同亲生……恩爱夫妻不到头，她去了，朕心里的苦再也无处诉说了……"说到情动，乾隆心里一阵悲酸，热泪已经涌眶而出，雪涕哽咽说道，"你且草拟出来，朕再斟酌。"说罢坐了椅上吃茶，纪昀便看那篇《述悲赋》起首语：

> 《易》何以首乾坤？《诗》何以首"关雎"？惟人伦之伊始，国天俪之与齐。念懿后之作配，廿二年而于斯——

下头还有几个字，却涂抹得一些儿也看不清楚，纪昀日夕侍驾，乾隆兴之所至，几乎见物闻事就有诗，有时发了兴头，一作便是十几首，却是特讲究平仄粘连，用语极考证典章故事——他的诗作"本领"纪昀是领教得麻木，赞誉得头疼了，心里多少腹诽都得按捺了，还要寻出一车话"畅遂圣怀"，也实在是件苦不堪言的事。这篇"赋"又是这么一套头，循着这个意思做下去，无论如何也述不出"悲"来——大约也为这缘由才寻自己捉刀的吧？这么一想，纪昀已经有了主意，庄重其容说道："皇上这个起首大气磅礴，堂皇荣卫之势葱茏懋华，深得赋体三昧。臣循此赋大纲作意，略作行述，皇上以为如何？"见乾隆颔首，因提笔濡墨，另用一张宣纸接着写道：

> 痛一旦之永诀，隔阴阳而莫知。昔皇考之命偶，用伦德于名门。俾述予而尸藻，定嘉礼于渭滨。在青宫而养德，即治壹而淑身。纵糟糠之未历，实同甘而共辛。乃其正位坤宁，克赞乾清。奉慈闱之温清，为九卿之仪型。克俭于家，爰始缫品而育茧；克勤于邦，亦如较雨而课晴。

接着笔锋一转，辞气变得异常轻柔婉约：

> 嗟予命之不辰兮，痛元嫡之连弃。致黯然以内伤兮，遂遽尔长逝……

乾隆此刻已踱步过来，见纪昀神形贯一，皱眉蹙额，运笔如风一行行似行云流水：

> 切自尤兮不可追，论生平兮定于此！
>
> 影与形兮难去一，居忽忽兮如有失。
>
> 对嫔嫱兮想芳型，顾和敬兮怜弱质。
>
> 望湘浦兮何先徂，求北海兮乏神术……
>
> 睹新昌而增恸兮，陈旧物而忆初。齐有时而暂弭兮，旋触绪而欷
> 歔！信人生之如梦兮，了万世之皆虚！

写着，纪昀已是潸然泪下。乾隆抖着手要过笔，接着一挥而就：

> 鸣呼！悲莫悲兮生别离，失内位兮孰予随？……入椒房兮阒寂，
> 披凤幄兮空垂！春风秋月兮尽于此已，夏日冬夜兮知复何时？

他掷掉了笔，双手捧着这篇《述悲赋》坐回椅中，一边审视，一边唏嘘叹息。纪昀原是写得忘神了，生恐其中有言语不合违碍之处，此刻才一颗心放定了，揩着鼻颊上的汗劝慰道："皇上改定之后勒石作铭，藏在裕陵墓道。娘娘地下有知，必是灵感相通心慰神安的。"

乾隆放下文章，点头说道："但愿如此……"他皱着眉沉思着又道，"裕陵就在胜水峪，雍正爷时高其倬相看过，风水极好的。只是墓道前龙头嫌低了一点，高其倬说佳城拜楼要修得高一点，定项份例的银子就不够用。从内廷开支，这次南巡恐怕已经花费得多了。再抽银子，怕委屈了宫眷，太后也不喜欢。朕心里有点踌躇，从哪里再支调三五百万两银子呢？"纪昀现就负责礼部，这才知乾隆留自己不单为写这篇赋，想了想，说道："有两个法子皇上酌定，一是从圆明园修缮费中挪借出来使用，内廷有钱再还。二是王亶望案子出来，抄没的银两恐怕也不在少数，可以暂不入库拨来使用，给户部立据为凭将来冲销也是一法。""不行，立下这个规矩例子，子孙们照办起来不得了。"乾隆摇头道，"那些银子都来自赋税，库用不足又要巧生花样派到民间。弘昼说了个法子，正阳门崇文门宣武门关税历来归内务府管，过往官员富商按份例抽成。只是废弛日久，关吏们怕得罪外任大员，已经成了虚应故事。莫如派个靠得住的人整顿管辖，一来京师门户严谨些，不法商贾宵小之徒有所惊惧；二来有些收项，户部内廷按三七例

分，园用内廷开支也不至于太过拮据。"

"皇上，这确是一个良策。"纪昀听着心中已经了然，但每年进京朝贡晋见的官员成千论万，都要过关厘剔敲剥抽油刮皮地敛财，不但不体面，建议人且是要得罪多少人，生怕乾隆说出"你来上个条陈"的话，忙抢先说道，"臣以为这是和亲王公忠体国的建议，财政聊有小补尚在其次，官员进京携带礼品银两数量也明白了，他就不敢过于彰明昭著招摇过市，银子也不敢带得太多，少了多少钻刺营蝇的暗室勾当。所以这个建议实在是光明正大公私两利的好条陈，请皇上明发户部、内务府照谕施行！"

乾隆听得莞尔一笑，说道："他怕得罪人，特特地说'别说是我的建议'，你也怕——看来得罪人真的不好。这是原就有的制度，不必发什么诏谕了，物色一个妥当人引见了，上任只管整顿就是。这是个小进项，不在正经收支里的数，论起本心也算不上十分光明正大，不言声办了也就是了。万一有弊端，御史们出来拦着说话，反而不成了。"他站起身来，"时辰还早，你陪朕去一遭养蜂夹道！"

棠儿、丁娥儿和巧云被雨隔在养蜂夹道，还在煞费苦心和朵云磨缠"条件"。

这个所在自从前明就是囚禁钦案要犯的地方。清沿明制，顺治帝时凡大理寺审谳的朝廷要员，一律在此候审；康熙末年曾用来关押犯过皇子，所以又有名叫"落汤鸡阿哥所"；雍正末年又恢复了旧规矩。高墙大屋椽比衔接，老屋连翩背瓦互错，天井狭小巷道逼窄，虽几经修葺，无奈当初建就了的格局，仍是十分阴沉森郁。

棠儿认定了"女人都爱小意儿温存"，和娥儿巧云都有一份见面礼。除了金银什物首饰之类，还送有两块镀金怀表、法兰西香水露胭脂口红、彩缎尺头一类。丁娥儿自忖无法和棠儿比富，精心绣了一对槟榔荷包儿。巧云独出心裁，叫狱婆量了尺寸，细针密线扎花儿结结实实纳了两双冲泥绣花鞋。三人带了这许多东西，堆在桌上，倒也五花八门琳琅金翠满屋。朵云自然知道她们来意，任她们寒暄说笑，不愠不喜泰然置之，绝不认真兜搭。说笑了一会儿，棠儿见天阴上来，因笑道："可可儿我们来看朵妹子，可可儿就下雨！用汉人的话说'人不留客天留客'，可不是我们的缘分！"

"是这个话,"丁娥儿笑道,"我临来告诉家里,就这里和朵妹子一道吃饭了,叫他们送水蜜桃、樱桃,还有岭南来的荔枝,都是鲜物儿。""还有鲜藕,枣泥豆沙粽子,雄黄酒我也带的有。"棠儿喜笑颜开,尽力调节着气氛说道,"雄黄辟邪,快端午了,我们先他们给朵妹子洗灾。"因见雨落,催着家人赶紧搬来食物,又忙着布桌摆凳子,也就忙得热闹。

朵云的伤已经痊愈,只是脸色还稍稍苍白,听由她们叽喳说笑,一时心不在焉地看着外边迷濛的雨色搭讪一两句,一时漫不经意看那些礼物,取起鞋来反复细审,口中道:"呀!这鞋做得真好!是谁做的?"

"是我……"巧云脸一红,低头嗫嚅说道。

"这样美的花儿,这样精巧的针工,我们那里的人做不出来。"朵云欣赏着鞋,转脸看着巧云,"你好像不爱说话。"

"我……"巧云看一眼朵云,"我有点怕你呢……"

一句话说得棠儿娥儿都笑了。娥儿道:"中原女子花儿扎得好,总不及藏家女儿带着英雄气概。我时常想着,朵妹子比那戏里头的花木兰还要体面!几时我们也能那样儿,那该多有意思!"棠儿笑道:"妹子既瞧着好,就穿上看。你这体态儿相貌儿配上汉装,是人都比下去了!"

"恐怕还是我的牛皮靴子适用些。穿上这鞋子在草地泥沼里打仗,不行吧?"朵云也笑,不疾不徐说道,"你们送我的东西都很好,我们金川人从来只接受朋友的馈赠,我们现在还不能算是朋友。我想,你们来这里,恐怕不是为了说扎花针线或者是什么'戏'吧?"

几句话说出来,说得三个女人脸上的笑容也发僵了。沉雷滚滚雨色凄迷,院中瓦檐决溜如注,砰訇之声不绝于耳,反显得屋里更加岑寂宁静。棠儿叹道:"朵妹子这么想是在情在理的事。我们一处坐地,和睦安详,男人在战场上是对头。男人们的事我不懂,可我觉得朵妹子你不是坏人,我们三个也不是你的仇人。何必呢?杀来杀去斩头洒血的,到头来吃亏的是女人老人和孩子!他们有什么过错儿,遭这样的劫难受这样的罪?"

"这要问乾隆皇帝。我已经问过了。"朵云一字一顿说道,她的面庞平静得像刚刚睡醒的孩子,"我们金川人从来没有想到过去进攻成都,只是守卫自己的家乡,但朝廷一次又一次派重兵围剿我们,绞杀我们,欺侮我们!"她的声音发着金属一样的颤音,听得三个女人的心直往下落,"汉人有句话说'饿死事极小，失节事极大'。我想，这是说人的尊严比生命还要重要。大汗一定要我们屈辱地活着，金川的老人女人和孩子只好以死抗争！"

三个女人都觉得这话极难对答，她不肯"屈辱"，而乾隆要的正是莎罗奔本人"面缚归降"，这怎么处？棠儿突然一笑，说道："汉人的话很多，有些对，有些错得一塌糊涂。我想，做君王有君王的道理，做臣子有臣子的本分，金川窝藏那个班滚一直到死，这是先有不是，才招得朝廷征伐。这是起事的源头……"她觉得有一条道理如同轻飘飘的柔丝浮在心里，却只是捉不到实处。旁边的娥儿却被这些话撩得灵机一动，突兀张口问道："朵妹子，你有没有儿子？"

"有的。"朵云有点诧异地看了看娥儿。

"听话吗？"

"当然，听他父亲的，也听我的。"

"有没有淘气、做错事的时候？"

朵云一下子笑了："你问的真怪，天下的孩子都一样的吧？"

"我有一个孩子，"娥儿笑道，"猴天猴地，三天不打上房揭瓦。恨起来用竹板子抽他屁股，罚他跪他就得跪，打他，他也叫屈哭闹，但他不能起来，更不能还手——因为我是他妈！"

"孩子当然不能打妈妈！"

"这是规矩，"娥儿的话充满母性的骄傲，说得理直气壮，"无论打对打错，冤枉不冤枉，叫他跪他不能站，老天爷就定了这么个制度。这不叫屈辱。也没听说这叫丢人。反而是人们瞧着是孝子，敬他爱他呵护他。当然有时候偶尔也有打错的时候，儿子越是这时候越孝敬礼貌，能忍耐委屈不失尊敬，这才是大丈夫，成器有出息的材料儿！你们族里要有人掴母亲父亲一耳光，该怎么处罚？"她突然问道。

朵云已经听怔了，她已经捕捉到了丁娥儿这番话的思路和用意，只是苦于一时寻不出道理来杠住这个妇人的悬河之口，冷丁的这一问逼上来，情急之间却憋出了主意，反问道："父母要杀儿子，难道不能还手？"

"那也不行。"巧云果决地在旁说道，"我们是佃户人家，祖上也读过几行书：君叫臣死，臣不死为不忠，父叫子亡，子不亡为不孝！"棠儿接口道："如果要杀尽金川人，叫他们打就是了，皇上何必给你治伤，安妥送到北京？又何必我们三个人来苦口婆心来这里嚼舌？不打不成相识，打一打，两下里和解，各人自存体面，又是和和美美一家人，有什么不好？"

朵云被这几个女人如簧巧语说得低下了头，倏地一个电闪雷鸣中她又挺起了胸，说道："你说'体面'，我们给朝廷留下了多少体面！可你们要我的丈夫用黄绫捆绑了自己，到你们丈夫那里屈膝下跪叩头请罪，还说这不是耻辱！"

"好妹子，你想错了。"棠儿叹息一声笑道，"不是向我丈夫下跪，是向博格达汗下跪！礼节过去，我男人和你男人是平辈兄弟交往的。"她的声音像低回的溪水涓涓流动，"我男人，她们男人，就是蒙古王爷西藏达赖，朝里的王爷和硕亲王，谁见乾隆爷不跪呢？"巧云笑道："你说黄绫捆绑，你问问她——"她指了指娥儿，"她丈夫从德州押到北京，我男人从南京押到北京，一路几千里戴的枷，上头披上黄绫！我说得嘴响，寻常人没这个道理也没这个位分，也没听说这叫'丢人'！"棠儿至此才明白阿桂选自己三人来说项的深意，竟是要什么有什么，周密得天衣无缝！

朵云默默坐回身去。乾隆几次容让自己，一路调养治伤优礼有加，要劝降金川是明明白白的事，这样善待敌人俘虏，金川也没有这个章法，她不能不心有所感。丈夫两次纵敌，也有与朝廷和好留余地的意思，双方和谈不是件做不到的事。所争执的其实说到底是金川人的尊严和体面。几个妇人都如是说，从成都过汉口到南京扬州，又转徙北京，既见天下之大，目所视耳所闻，三个人说的也都是实情，博格达汗——老天爷就给了他偌许大的权柄和威严，天下人也都认可这个"道理"，还有什么说的呢？她心里委屈，苦，不甘于这样，又疑心自己是有负于丈夫的托付，又怕在族内遭到部落人们的非议，思量着，竟是倒了五味瓶子，心里什么滋味都有，什么也品不出来。她深深叹息了一声，正没做奈何时，听见外面一阵脚步趟水的声音，抬眼看时，乾隆已经出现在门口。

"唔，看来谈得投机，亲如家人。好嘛，还有这么多好吃的！"乾隆是骑在王八耻背上进来的，在门口一把丢了油衣，回头对纪昀笑道，"晓岚，'一口鲜，赛神仙'——这么多的鲜物，你也没吃饭，就搭帮她们的便宜沾个光儿！"

棠儿三人早已伏地叩头，朵云原有点无所措手脚，见众人大大方方行礼毫无滞碍，也就长跪在地。棠儿见她肯折腰行礼，一多半心放下来，待乾隆居中坐了，赔笑道："天儿热，白天也长，在府里闲得发慌，就约了巧云和娥儿来和朵妹子说话，不防主子就来了……"指着说道，"这是兆惠家的，这是海兰察家的。主子怕还未必见过呢！"

"好，好！"乾隆笑着拈起一枚荔枝，却不剥壳儿，放在手心里观赏着深紫色挂着果霜的壳面，看着二人说道，"都是好的！一个陪丈夫几百里奔波，披枷戴锁来京赴难；一个在狱中孝父相夫同度患难，是——"他想说"节烈"二字，但朵云是助弟杀兄的嫂子，丁娥儿是再嫁之身，都用不得"节"字，便咽了，改称，"是烈孝之妇。奏折里朕都看过了，比得一出传奇小说呢！都起来吧。今儿这场合不必拘礼，这么狭小的房子闹起规矩来，麻烦！"

于是众人纷纷起身谢恩。屋里头太狭窄，还摆着张小桌子，卜礼和王八耻、卜信、卜智挤在四角隅站着，乾隆居中，纪昀侧身斜坐相陪，门口凉、飘雨，是娥儿和巧云坐了，里边东侧是朵云和棠儿和乾隆斜对面，已是满屋都是人，却都拘谨不敢放肆吃东西。乾隆朝棠儿望了一眼，说道："棠儿也有许多日子没见了。难为你，丈夫在外头出兵放马，儿子也在外地给朝廷出力，你还代朕来劝朵云，里里外外的不容易。"

"承皇上夸奖，奴婢不敢当！"棠儿见乾隆盯视自己，眼神里充满温存柔和，还略带着昔时的爱抚，心里一阵发热，小声儿道，"傅恒来信，说福康安已经晋了子爵，帝德天恩高厚，我就粉身碎骨也是报不了的。朵云我们很投缘，方才谈得大家投机……"因将方才唇枪舌剑那些话语用家常话絮絮道说了，"我们女人办不了大事，比不得朵云妹子那是巾帼气派。皇上这一来，我心里更松泛安帖了，朵云还有什么话，奏明皇上，听圣裁就好。"

"我仔细想了想三位夫人的话，"朵云抬头从容说道，"金川人既在博格达汗的法统之下，应该成全大皇帝的礼教尊严，我可以劝说莎罗奔到傅恒大营投诚输忠……"她见乾隆含笑点头，又道，"这样，不但金川全族可得性命安全，大皇帝向上下瞻对、打箭炉入西藏的道路也可由我们族保护安全。唉……就算是自己受点委屈，为了长远大局，还是应该这样做。但是我还有一些条件，是和莎罗奔临别时再三说起的，要请大皇帝施格外之恩……"

乾隆看着她一声不言语。

"官兵两次进剿，双方互有伤亡、战俘。"朵云说道，"这是战争，必有的不得已事情，输诚之后，请皇上下旨释放金川战俘，开放各路交通，供应粮食、酥油、盐巴、药品。这样金川的生业才能恢复。"

"嗯。"

"金川两次抗拒天兵，都有情不得已，事出无奈的情由。输诚是为了和好，因此朝廷不应再追究以前的事。"

"唔……那当然，朕岂有反悔之理？"

"我相信，博格达汗这样统驭万方至高无上的尊主，不至于说谎话，诱骗我的丈夫到大营，然后伤害他的性命和体面。"

乾隆愣了一下，旋即仰天大笑："哦！还有这个顾虑？"纪昀也笑，说道，"皇上乃不世之圣君令主，天下人民山川草木皆是仰赖皇恩雨露生息化育，威权行于四海，泽被及于化外，风标贯于古今，仁德遍于六合，岂有失信于莎罗奔一介偏隅草莽首领之理？"不料他话刚出口，朵云已冷冷顶了回来："那也不尽然都能说了算数。我来中原，常听人说皇上整顿吏治，可我用黄金疏通衙门买官买引凭证件，没有人不接钱的，没有办不到的事，可见下头就是你们这些人，嘴里说是忠诚于皇上，心里或者就另是一种'道理'——傅恒要不肯听皇上的，杀我的丈夫来向您邀功呢？"

第三十三回 　返金川朵云会傅恒
　　　　　　下成都老将言罢战

　　她的话虽说不多，字字有本有据，如刀似剑。纪昀被驳得哑了。娥儿和巧云也听丈夫说过张广泗诳亲和莎罗奔订约毁约、言而无信的，顿时也替他们害臊，无话可说。棠儿却道："朵妹子，我处处容让你，你该知情的。白牙赤口'猜'着我老爷使坏！这是什么意思？"朵云道："事关多少人的性命，我不多想一点不行，以前有过这样的事，中原人为了功名，什么都在所不惜。如果我疑错了你的丈夫，将来给你赔罪！"棠儿也冷冷说道："你出口伤人！"还要往下说，见乾隆摆手，便咽了回去。

　　"朵云说的不无道理。"乾隆想起身踱几步，又坐下了，转过脸恰和朵云觌面相对，沉思有顷说道，"这里边的情由缘故，正是几千年来圣贤哲人千方百计绞干了心血，一直不停地思量考究的。太繁复了，一时说不清白……若真的都听朕的话，实心为朝廷百姓办事，天下哪来的'事'？朕也不用一夜一夜地熬了……"

　　朵云注视着乾隆，从他鬓边微苍的华发和他眼睛里掩饰不住的倦意，蕴藏在眸子里晶莹的光闪移着，有威严傲岸，也有慈善和温柔……"天！"朵云不禁暗自惊讶，"他竟有这样一双眼睛！"

　　乾隆没有留心她眼神的变化，稳沉地说道："天下胁肩谄笑蝇营狗苟奉迎言而无信行而不义恩将仇报欺上压下落井下石诸辈小人确实不少。但当天子的要是也那样，这天下早就乱得不成体统了。小人们不讲信义，君子不能这样，朕贵为天子富有四海，绝大政治局面，说了话不算还成？你看过戏，戏里说'君无戏言'，就是说别人可以说假话，说了不算数，朕不能！盼你能明白这一点，信得及朕。"朵云点头，肯定地说道："我信大皇帝的话，回去劝说我的故扎。"

　　乾隆无声吁了一口气，说道："这就好……这是朝廷社稷的祥和之气，也是金川人的福，也是你，还有她，她，她——"他一一指着说道，"的福，化干戈为玉帛，金川铸剑为犁，是你们子子孙孙的福。"他仰脸看着黑黝黝的屋顶，声音稍带着点嘶哑，缓缓说道："莎罗奔能想到为朕维护通藏道路，很识大体，本着这个心去做事，不但不会再有征剿的事，朝廷还有照例的恩赏。你们夫妇为朕世守金川，为西南屏藩之臣，这是多好的事呀！至于族里，还有色勒奔一支和你为难，朕也都能为你们做主料理的。这就回去吧……你信不过傅恒不对，傅恒是个好人，和讷亲张广泗庆复不一样的。朕还要派一个你们的老朋友去金川，协助傅恒办好这个差使……"

"谁？"

"岳钟麒。"

朵云低下了头。岳钟麒曾骂过她"一女事二夫"，她对这老头子并无好感。但丈夫和族里人都还是佩服这位老人的，这是私情公义不同道理，另是一番情怀，她也无声透了一口气。

"晓岚通知兵部，给朵云通行勘合，由礼部派人送朵云回川。"乾隆站起身来，一条一条吩咐道，"拟旨给岳钟麒发往西安，即着岳钟麒火速返京见朕，面授机宜，赴金川办差；着勒敏署理甘陕总督，来京引见后赴任；着李侍尧补授湖广巡抚，毋庸到京，到傅恒军前帮办军务；金铁前议处分着降二级原任使用，仍为四川总督，料理撤军后善后事宜；原湖广将军济度着调西安将军，入京引见后再行赴任。"

纪昀早已起身恭肃聆命，一一答应称"是"，重复一遍背诵了，又道："旨意发出去，臣和阿桂联名给傅恒和各大员都写信说明情由，再不得有闪失错误的。"

"知道了。"乾隆静静说道："就这样办。"

第二日朵云便离开了北京，一路由兵部和礼部的几个笔帖式和刑部调来的几个狱婆侍候起居，由石家庄向西过娘子关，入太行山，从风陵渡过黄河，越洛阳、南阳、老河口，穿湖广回四川。尽管朵云结记战局，思念丈夫儿子，一路晓行夜宿归心似箭，也用了一个月的时间。因傅恒的大军行营不在成都，又辗转送至清水塘，到了金川边界，已是六月下旬。朵云行有轿马，止有驿站，倒也不觉其苦，几个狱婆坐的骡车，也甚安逸。只可怜了这群部院京师小吏，七月流火天气，徒步千里迢迢跋涉，侍候一个莫名其妙的"番婆儿"，似要员非要员，似罪人又不是罪人的人，累得臭死，一分外快都没有还得处处小心见面赔笑脸儿，都是苦不堪言。待见了连绵数里压在沼泽水草塘坳边的傅恒中军大寨，就像沙漠瀚海里将走到尽头，看见了绿树河流人烟，高兴得脚步都轻飘了，直想闹一嗓子二黄。

"前天滚单就到了，大帅已经知道你们要来。"守门的军士看了礼部司官关延宗递上的勘合、引凭，一一验了人员正身，十分认真查对了年貌，确认无误，变得客气了些，说道，"大营里正在会议军事，不能立时接见。大帅有令，叫你们先返回驿站听候传见。"

关延宗走得一肚皮乌气，只想赶紧交割了差使返成都回北京，看看壁垒森严刀丛枪树的中军行营，无可奈何地从腰中掏出二两银角子，塞给那个小伍长，赔笑道："好兄弟……我们实在走累了，离着驿站最近的还有二十几里呢！劳烦进去通禀一声儿。嘻嘻……这点小意思，兄弟买茶吃……"那军士轻轻推开他的手，说道："接一两银子四十军棍，大帅的规矩从来不含糊！我自然要通禀，现在正会议，谁都不能进议事厅。你们回驿站等着最好，傅帅这几日性气不好，这时候不能进去回事儿。"

"我哪里也不去。"朵云见关延宗一脸干笑尴尬不堪，突然在旁说道，"乾隆万岁老爷子是要我回金川部落，不是送到这里听傅恒发落的。我就在这里等着，他开会议总要吃饭，趁空签发命令通行，我就走了。"说着一蹲身坐在营前大纛旗石础上，那伍长忙道："那里不能坐，营前半里都是戒严之地！起来起来！这么一群人乱哄哄地站在仪门口算怎么回事儿？起来——说你呢！一会巡营的过来，谁也没个好儿！"正说着，里边一个军校一边小跑一边喊着过来："侯富保！你怎么弄的？马老总都惊动了！这群人是干什么的？赶开！"喊叫着，马刺佩刀碰得叮当作响。

那个叫侯富保的伍长顿时一脸张皇，煞白着脸一摆手，喝道："人来！把他们赶到那棵老杨树底下听命！"笑着迎上去给那军校禀说缘由。门口一列士兵早已忽地围了过来，牵骡子拽马的，拖人的，夹着几个京官申辩声，狱婆哭啼声，士兵叫骂声嚷成一片，大营门口顿时热闹得一锅稀粥也似。正撕拽拉扯间，营中正中帅帐前突然三声沉闷的炮响，几十个亲兵墨线般疾趋而出，接着几十个帅营护卫徐徐列队在帐前等候的模样，顷刻间又有几个将军鱼贯而出,傅恒的亲随王七儿捧剑出帐。帐前已是黑鸦鸦站定一片。侯富保脸色雪白,惊慌得腿肚子转筋,颤声道:"坏事了……惊动了傅帅爷!"

"你们不要怕,我就是要扰他一下。"朵云徐徐说道,"我在这里一天也不能等,要回我的金川去!"一边说,一边打量渐渐走近的傅恒一群人。

因为是军务会议中途打断,所有的将弁军佐都随傅恒出来了。朵云一个也认不得,只据往日探得军情揣度:左边一个苍白面孔长大汉子必定是兆惠,一脸的庄重严肃;右边那个短胖子,和兆惠一样,穿着锦鸡补服,领口的纽子敞着一个,一双似笑不笑的眼睛极不安分地四下乱转,想来就是海兰察了;再偏右一位是孔雀补服,年纪有五十多岁,身后的人捧着印信,令箭盒子,还有四个军校抬着一座神龛似的木架子,里头供着一面明黄镶边宝蓝旗,满汉合璧写着斗大的一个"令"字,朵云在南京总督衙门见过,知道这叫"王爷旗牌",是皇帝特授方面大员便宜行事先斩后奏的凭证,这位老者想必就是北路军兼中军总管带马光祖,就是"马老总"的了;那个一脸伤疤的一定是廖化清,现是北路军副总管带兼辎重粮运官……各人身后一群人卫护,正中簇拥的这个中年白净脸汉子,不用问就是傅恒。傅恒没有朵云心目中想象的那样英武,相貌清秀倒是不假,身材并不高大,背也微微有点驼了,仙鹤补服罩着九蟒五爪袍子,前襟稍嫌长点,一头浓发已经发苍,总成一条又粗又长的辫子,梳理得一丝不乱垂在脑后。大热天儿还束着绛红腰带,翻着袖子露出雪白的里子。尽自极修边幅,看去眼睑松弛,浓眉下一双眼三角眯缝,仍带着掩不住的倦怠。

傅恒也在凝目注视朵云,这个桀骜不驯的女人闯京师劫人质,南下脱逃邂逅乾隆,押回北京听棠儿劝解,受乾隆接见种种情由,一封封廷寄文书以及家信里早就知之甚详了,但见面还是第一次。此刻见在一群仪仗扈从环视之下,朵云昂然挺立神色泰然,心下不禁掂掇:"晓岚阿桂都说此番婆是女中英豪,果然名下无虚!"他绷紧嘴唇挺挺身子,问道:"你要见我,有什么事?"

"博格达汗已经有旨放我回金川。"朵云不紧不慢侃侃而言,"没有你的证件,我不能过前边的哨卡。"说着,仍旧目不转睛盯着傅恒。傅恒嘴角掠过一丝笑容,说道:"我可以网开一面放你过去。但你自己思量,金川顷刻之间就要化为灰烬，回去何益于事？本部堂体上天好生之德，劝你一句，不必回去殉葬。"朵云听了看看众人忽然格格儿笑起来。

"这有什么可笑的？"

朵云抑住笑，说道："全是一个模样，我是笑乾隆老爷子手下人物怎么都像一个老师教出的学生，一个模子打出的坯！张广泗是这样，讷亲是这样——阿桂、范时捷、刘墉又加上这位'本部堂'，全都摆大架子说大话，把胆小的人先吓死，然后想怎么样就怎样欺侮！前番张广泗的告示就说：'天兵一到丑虏就擒，金川弹丸之地顷刻化为灰烬'！和你的话简直一样！金川那么容易打，真不知道为什么要劳动你这位宰相大人来这里，你又何必摆这么大阵势和一个手无寸铁的女人唠叨——"她话没说完，廖化清在队中戟手指着喝道："你他妈好大架子！见我们傅帅就这么挺着腰子说风话？还不跪下，小心老子剁了你！"朵云立刻反唇相讥，笑着揶揄道："除了我的父亲和乾隆皇帝，我谁也没有跪过！你是廖将军吧？攻打我们下寨时被一炮打翻在地，还是被火枪打中了的？那枪那炮都是我丈夫从庆复手里缴获的！我一个人在你们大营里，你逞什么英雄呐？"

廖化清被她当众揭了短，脸腾地涨得血红，斑斑伤疤油亮闪光，跨出一步抽刀，又送回刀鞘，恶狠狠说道："你这女人，姓廖的不难为你。莎罗奔有种，出来和廖爷做一场。真打翻了我才服气！""你早就是我丈夫的手下败将，败得一塌糊涂而且不止一次。"朵云毫不容让，指着队里说道："你——马光祖，还有你，兆惠，你，海兰察——哪个不是从松岗逃出去的？"马光祖被她数落得一脸愠色，兆惠似乎充耳不闻，只有海兰察皮笑可掬，舌头鼓着腮帮子一挤眼儿："我还得谢谢吃败仗，要不至今还打光棍儿呢！"

"海兰察不要取笑。"傅恒一摆手制止了海兰察，近前一步说道，"我傅恒是不是张广泗，要不了多久就见分晓了，不和你口舌分辩。你肯向父亲和皇上下跪，心中有父有君，我敬你是守礼之人。但你丈夫两次抗拒天兵，杀戮军士顽据一隅，实是罪无可赦之理！现今云贵川陕青五省之内兵山将海团团围困，北路东路南路三支大军压境，兵力超过你举族人口一倍，连金川西逃青海的道路也都锁得严严实实，你还敢说我傅恒说大话吓你？你孟浪了！"

朵云的脸色有点发白，一路过来都是兵山将海刀丛剑树，傅恒没有说假话。他要立功，能不能听乾隆的真是难以预料……想着，冷笑一声道："你这是以众欺寡！你想杀尽我们，好向皇上邀功，你和皇上并不是一条心！我们可以死，死就是了，没有什么怕你的。"

"不错，以众凌寡。"傅恒冷冷说道，"但你只说对了一半，众寡之分，得道多助失道寡助。当初若不藏匿班滚，输诚缴俘，后来若不抗拒天兵征讨，屈膝投降，哪来今日覆灭之祸？"想到朵云一矢中的"和皇上并不是一条心"的话，他的心乍然一缩，脸色也泛起苍白，定了一下又道："我和皇上外托君臣之义，内结骨肉之亲，是皇上的股肱心膂！你在北京、南京、扬州所作所为我无一不知无一不晓，回去传语莎罗奔，黄绫锁项投大营向朝廷输诚投降，请罪待命，不但举族可免灭顶之灾，皇恩浩荡，连你夫妇也可矜全性命。以半月为期，届时不至，休怪我傅恒辣手无情！"

"皇上也没有像你这样逼迫人，你算个什么英雄！"

"那是两回事。我本人也敬莎罗奔是个豪杰。"傅恒脸上毫无表情，"十几万大军，五省军民合围之势，每日要用多少粮饷，役劳多少民夫，牵扯朝廷各部多少人力精力？多延一日，朝廷百姓多劳糜一日，我为国家首辅，不能不想这件事。下寨、松岗到刷经寺已经在我手中，莎罗奔现在小金川到刮耳崖一带，你回去和他商计，十五日期到，不管投诚与否，我都要下令进军了！"

朵云植立不动，一句话也不回答。

"马光祖，派中军亲兵送她过卡。"傅恒哼了一声转身回大帐，口中吩咐，"带上牛肉干粮，蒙上眼睛过卡子！"

军务会议开到天色断黑便结束了，照常例各位参将游击管带都要连夜赶回营盘，但这次傅恒却留下了海兰察、兆惠和廖化清，吩咐："其余军官回营按部署调整待命。李侍尧来了，已经到驿站去请，三位主官都要见见。叫伙房多弄几样青菜，我们吃过饭接着办事。"说话间仪门外一乘大轿落下，侯富保前引带着两位官员大步向中帐趋来。小七子用手一指，说道："主子大帅，前头是李侍尧，后头是岳东美老侯爷也来了！嘿，这老爷子真精神，腿脚比李侍尧还瞧着灵便呢！"

"真的！"傅恒目中精光闪了一下，无可奈何一笑，"莎罗奔是有福之人呐……"说着，和三人一同迎了出去，一头走一头笑道："东美公，滚单说你三天后才到，这热的天儿赶道儿也忒急的了。"一边执手寒暄，见李侍尧要行庭参礼，手抬了一下又道："侍尧罢了吧！都请进来，军中无酒，只能以茶为代，我们边吃边谈……"李侍尧便忙着和兆惠等人揖让作礼。岳钟麒却是精神矍铄，晃着满头如银须发，步子跨得比傅恒还有力，洪钟般笑声爽亮，说道："成都热，我一天也不想住。倒是金川这边我晓得凉爽，六月天还有下雪时候呢！"李侍尧是傅恒一手提携全力栽培的人，和傅恒军中极熟，和众人说笑落座，招手叫过小七子笑道："岳老爷子爱吃红焖肉，叫人到外头店里买两个肘子来。我在驿站里一路吃青菜，嘴里也淡出鸟来了！"小七子笑道："有，有！都预备着呢！"

说话间四个军士抬着一个大方桌进来，桌上摆着四个二号盆子，都盛的菜。李侍尧张着眼看，果然有一盆红烧肘子，还有一盆豆腐粉条，一盆烧茄子，一盆凉拌青芹芥末粉皮，都堆得岗尖满溢。因没有酒，桌子安好，军士们便给他们盛米饭摆馒头。岳钟麒道："出了成都就吃不上豆腐，我倒馋这豆腐菜呢！一路走，心里奇怪，兵部难道不供应大豆？"傅恒笑道："豆子我拿来换鸡给兆惠他们吃了。前线一日三肉，后方三日一肉，连我不能例外。今儿是将领军务会议，还是要用青菜豆腐打牙祭。"岳钟麒道："我带兵，上头给什么吃什么。六爷爱兵爱得精心体贴！"说着同李侍尧一左一右陪傅恒入座，兆海等在下叨陪，也是略无客气，一顿风卷残云，不到小半个时辰，各人已是"酒足"饭饱。

"这次奉差，看来我这把老骨头还算结实。"饭毕奉茶，岳钟麒便说差使，"从西安到北京只用了八天，在北京三天，皇上叫我递三次牌子，还赐了两次筵，接着到你这里，也是急如星火，只用了半个月。方才饭间六爷说朵云已经过金川去了。这样也好，先容她给莎罗奔作个地步儿，若肯就范，这个差使就好办了。"大约菜略咸了点，老将军说着话，几口就喝干了杯子。傅恒亲自起身给岳钟麒续茶，笑道："公事不急，我留下他们三位，你们来了，正好从容商议。我倒关心高恒王亶望的案子，你见刘统勋，他怎么说？"岳钟麒道："要等刘墉回京，刑部才能拟票，王亶望是不必说了，高恒是一堆烂账没法查，户部把崇文门宣武门关税差使割交了和珅，里里外外赈灾的，修园子的忙成一团，延清身子又弱，就忙阿桂和纪昀两个人，也顾不上说闲话，就到和亲王府看了看，我就赶路来了。"

他毕竟人老嘴碎，说话不能照前顾后，但也算明白，傅恒偏着头想了想，说道："和珅？——哦，是阿桂那个小跟班儿吧？崇文门关税上是个肥缺，怎么补了他？是阿桂荐出去的吧？"

"不——是！"岳钟麒摇头笑道，"是五爷的门路，也是和珅自己的福。荆门监狱里逃了两个犯人，刑部申奏上来，皇上正起驾去圆明园，在轿子旁看的奏折，说'虎兕出于柙！'在场的太监侍卫没一个听懂的，和珅就接了一句'典守者不得辞其咎！'——这就投了皇上的缘。又要整顿关税，和亲王就荐了他去。我急着赶来，一半儿是想看看你治军风范，一半是皇上也急，又怕我累坏了，又想早些叫我们谈谈。皇上越是体念，我越是休息不安，恨不得插翅儿就下来才好……"

傅恒两手展舒了一下袍子直了直身子，说道："皇上已经三次密谕，叫我从速了结莎罗奔这边，撤军回京。老将军是奉差特使，我实不相瞒——连这三位将军也不知道——我还是要进兵金川！不管莎罗奔面缚不面缚，要踏平这个地方。"兆惠三人一下子都坐端了身子，金川这地方崇山峻岭沼泽泥塘地形繁复，夏日且有蚊虫蚂蟥种种瘴疫，最不宜进军的。接二连三军务会议备细研究，都只说四个字"火速备战"，原来背后有这么一篇文章！但想到这是抗旨，三个人心里都是一沉，连李侍尧也不安地动了一下。傅恒不胜憔悴地一笑，把玩着一柄素纸扇子，喟然说道："毕竟没有明发诏退兵，我只能按原来部署提前进军！气候不好是敌我两不利，大小金川到刮耳崖三角地带，中间只有几十里就能会师到刮耳崖下……莎罗奔外无援兵内无粮草，一多半老弱病残，是个一击即灭的局面，绝没有力量再打松岗那样的大战了……"一边说，一边就咳嗽，小七子便忙过来给他捶背。傅恒轻轻推开他，涨红着脸喘着道："我已经给皇上再陈密奏。半个月后大军一定要合围！"

"西部和卓乱了之后，皇上已经无心在金川用兵。"岳钟麒沉吟着说道，"不用权衡就知道孰轻孰重。准部和卓现时局面千载难逢，皇上说，以傅恒识见，断不会不明白这一层。所以叫我急速赶来，还是劝你放莎罗奔一马，从速撤兵。"傅恒笑道："岳公，你平心想一想，这会子朵云带着丈夫进来给我们磕个头，我再请他们吃顿饭，然后明天海兰察从刮耳崖，兆惠从东路，廖化清从北路带兵撤回成都，是不是有点儿戏呢？别说皇上没有明发旨意，就是真正明发了，我将在外君命有所不受，也还是要打一打的！主上圣明，我们做臣子的要真正领会，全局全盘着眼着手，才能跟上主子的庙谟筹运！"

海兰察认真听着，已是明白傅恒不奉诏旨的深意，清清嗓子正要说话，兆惠已经开口："十几万大军围困一个小小金川，耗了多少钱粮精神？枪不冒烟刀不染血，就这么退了！天下人怎么看我们？莎罗奔怎么看我们？皇上回头思量，又怎么看我们这起子奴才？"廖化清道："我们吃了两次败仗了，鼓着气要报仇，尿泡上扎个眼儿，就这么瘪了？这么着退兵，弟兄们要气炸了肺！"海兰察笑道："吃屎没关系，不是那个味道！说是练兵，就算演习，也得见个阵仗儿嘛！我只有一个主意：打！"

"如果没有前面庆复讷亲张广泗之败，大军压境，莎罗奔来降，撤兵是顺理成章的事。"傅恒吁了一口气徐徐说道，"现在言和不打，偃旗息鼓退兵。无论如何心里已经败了，而且败得一点也不堂皇正大。慢道莎罗奔，就连天下人也要小看我们这支'天兵'。这事事关主子声名，岂可掉以轻心？"

岳钟麒双手支着膝，凝神听众人议论。"傅恒或许不肯奉诏，要打一打，也是维护朕的脸面。"是乾隆在临别时说的话。平心而论，如果莎罗奔一劝就降，傅恒一见投降就撤兵，别说前番两役屈死在沼泽里的阵亡将士家眷，就是平常路人也要笑朝廷懦弱无能，"见好就收""脸面情儿一床锦被遮着"是现成的风凉话。不但傅恒难做人，乾隆也脱不了"窝囊"二字。但岳钟麒的差使是体面罢战言和撤兵，和这里的人心满拧。万一开打，分寸地步儿极难把握，对金川"怀柔"方略就要泡汤，若打成胶着相持，妨害西北大局，傅恒更是祸不可测……思量着，岳钟麒道："我自己就是老行伍，有什么不明白诸位的心的？刮耳崖一线之天一线之路，炮轰枪打进攻很难的。西北用兵，西南有变，坏了大局，六爷，你担待不起！"

"我已经四夜无眠了。"傅恒皱眉说道，"想的就是'分寸'二字。不打，莎罗奔根本不会服我天朝要留下祸胎。扫平金川，拖的时辰太长，朝廷拖不起，我傅恒罪可通天。必须大败莎罗奔，再用怀柔招抚，他才会畏威服德，西南才能一劳永逸。要明白，金川不单是金川，还连着苗瑶僮傣云贵许多族部寨子。我为宰相，不能只为自己着想，不能从小局面去计较，不能只想眼前利弊。我知道一开火，岳老军门的差使更难办。本来这就是个难办的事，难办的人，难办的地方啊……我们集思广益不要畏难，想个万全之策……来，请看木图。侍尧从南边过来，可以将川南、贵州的情势就地图解说我们听听。"

李侍尧新升封疆大吏，正在立功建业兴头上，一门心思是听傅恒调度打个大胜仗。听傅恒这席话，不但虑及西北，也想到西南长治久安，既要"不奉诏"打一仗，又要打得恰到好处，既想到目前，又顾虑到长远，个人声名利弊竟是在所不计。无论哪一层想，自己万万没有这份心胸谋略，也没有这份德行，看着傅恒灰苍苍的头发和倦极强自振作的眼神，心里一酸一热，走到木图前取过竹鞭，指着说道："请看，这里是刮耳崖……"

傅恒大营日夜密议进击金川。金川的莎罗奔也在召集部属商计拒敌之策。他们聚在那座破败了的喇嘛庙里，因为金川的六月蚊虫太多，没有燃点篝火，只在地下阴燃几把艾蒿，就黑地里听朵云述说了谒见乾隆和返回金川的经过情形。几个人都在沉思默想。艾绳殷红的焦首时明时灭，映着他们石头一样的身影和冷峻的面孔。大家都在等莎罗奔拿出决策。

"为了金川全族人的存亡，我可以到傅恒大营去接受屈辱。"暗地里看不清莎罗奔什么神情，他的声音显得沉重浑苍，"前前后后打了七年了，总得有个结果。我要尊严，乾隆是大汗，他更要脸面。一味僵持下去，所有的金川人都要因为我的尊严而流血埋骨……我在想，我原来就是博格达汗法统下的一个部落首领，并没有反叛朝廷的心。两次大战也为保卫我的家乡和父老，和乾隆是不能无休止地打下去的。西北出现乱局，乾隆不能两顾，这是我们能用最小的牺牲换取最大利益的不再良机……"

"故扎说得对……"朵云抱着熟睡的孩子坐在柱子旁边，她的声音柔细清越，"我们的人都在挨饿。即使不打，这样封锁下去，我们也不能整年累月支撑下去。我不认为我的故扎到傅恒大营投诚是卑鄙的，反而我为有这样的丈夫自豪！"她自己觉得两行清泪已经淌在脸颊上，顿了一下接着说道，"傅恒的夫人告诉我，成全乾隆的意志和体面，就是成全遍天下的人。她还说，能屈能伸才是大丈夫，和皇帝相处最要紧的是礼，而不是

'理'……"仿佛在抑制自己极为复杂的感情，她又停住了，调匀了呼吸又道，"但是我担心傅恒没有这个诚意。他想激怒我们和他作战，然后像战俘一样押解我们到北京听受处分。他给我们半个月的期限，半个月我们甚至不能说服我们的部下！"

叶丹卡一直阴沉着脸坐在石墩上听。他是莎罗奔哥哥色勒奔指定驻守大金川的大头人，和川南苗瑶头人交往过从甚密，莎罗奔兄弟在青海其豆相煎弟夺兄嫂归来，费了老大的事才笼住他这头野马，一半是因为莎罗奔孔武有力人多势众，一半因为他一直暗恋朵云，加上大军压境强敌在外，才勉强协力作战。现在金川能打仗的兵士不过一万二千，他的军士就占了七千，言和事成，他永远只能是莎罗奔的一个部将；若是打起来，许多事情就说不定，即使败了，他还可以带人由川南逃往贵州，在苗区再扎营盘。听着朵云的"担心"，他粗重地哼了一声，身子微微前倾，说道："投降就是投降，投降还不是耻辱？我们金川藏人妈妈生下孩子，从来不教这两个字！我不相信傅恒，更不相信乾隆！打！打出一条血路，我们到贵州暂时安居休整，然后到西藏去！"

仁错活佛和老桑措并肩坐在叶丹卡身边，听他说得杀气腾腾，不安地动了一下。仁错低声说道："我曾派人到川南查看过，傅恒已经有准备了，这比西边突围去青海更困难凶险。"老桑措道："我们还是听故扎安排。"

"你们见过狗没有？"莎罗奔突然一笑，"守门的狗对着人张牙舞爪，主人即使呵止它，它还是要吠叫撕咬一下的，因为它要对主人表示它对门户的责任心比主人要求的还要忠诚。皇帝说不打了，元帅将军立即照办，他们就要担心皇帝怀疑他们的勇气。傅恒是一定要打一打的，他要向天下臣民和皇上有所交代。打赢了，他说要怎么办就怎么办！我们也要打一打，因为我们也要向金川人民有个交代。只有打赢了这一仗我们才有真正的讲和的条件。"他站起身来踱步，湿重的牛皮靴在石板地上被踩得吱吱作响，悠然的话语中带着感慨，"所以，叶丹卡，你的话有一定道理，一定是要打一打的。不过我们不能向南突围。我们和苗家瑶家过去有来往有情义，但这次是逃离本土，不是去做客，是要在人家的寨子边抢占一块地盘！想想看吧，突围要死多少人，途中要死多少人？我们打败张广泗庆复，从西路逃青海入西藏是很容易的，我们没有那样做，就是为了金川是我们世代生息的热土！和傅恒作战，只是教训他一下，让他知道我们不是好惹的，然后设法言和，只要做到适可而止，我们抓住这千载良机，可以为金川争取永久的和平和安宁。叶丹卡，我想定了，我不能计较自己的声名和安全了，到时候我可以去傅恒大营，一旦他不守信义加害于我，金川的数万百姓就交给你，打也好走也好投降也好，由你主张……"

叶丹卡嗓子里咕哝了句什么，说不清是感动还是愤怒，他的声音有些发颤："故扎，傅恒和汉人一样凶狠狡诈……我也是为你担心。我听从你的号令！"

"三支大军，对我们威胁最大的是海兰察。"莎罗奔咬着牙说道，"他占据了刮耳崖南麓，既能防止我们翻越夹金山抄近路入西藏，又能策应东路兆惠，防止我们向南突围，这是颗钉子，又是只恶狗。我们在东线作战，最要紧的是要防他掐断退到刮耳崖的道路，断了我们的补给。"他目光在暗中搜寻着什么，"精中选精，正面由我带领一千五百人，迎头打一仗，狙击傅恒的东路军两天一夜，这当中叶丹卡率领两千兄弟，多带旗帜号角爆竹，扰乱海兰察。我估计海兰察不会去增援，打一下我们就撤回来，再佯攻海兰察营。如果海兰察派兵增援，用起火号角报信，我东路全军撤回，吃掉他的增援部队，卡断横水桥，把刮耳崖的兵士全部调出来围困海兰察，就成了僵持胶着局面。以后的局势不可预料，我们相机行事……"

暗中有人问道："如果海兰察不去增援，东路在哪里打？打到什么时候撤回刮耳崖？"

"是嘎巴吗？问得好！"莎罗奔笑了一声，"达维是傅恒存粮食的地方，我们要装作饿疯了的样子，不顾一切去抢粮食烧仓库。傅恒的粮食我们当然抢不到，但他在清水塘一定会看到，这是截断我们退往刮耳崖的好机会。他会一面命令粮库死守，一面命令兆惠冲击我们左侧，一面从清水塘急行军占领喇嘛庙，把我们变成东西分割局面……但是，我们攻粮库是佯攻，开头要打得猛打得狠打得猝不及防，他把消息报出去，我们就撤往小金川，傅恒也就到了这里。这里，就是这座喇嘛庙，才是我真正的战场。傅恒有鸟枪，但没有炮。我这里埋伏了四门大炮，几千斤火药，人在小金川也休息吃饱了，在这里打他个心惊胆战人仰马翻，然后撤回刮耳崖固守。"

嘎巴又问："是等傅恒动手，还是我们先动手？"

"敌强我弱。"莎罗奔狞笑着，声音又冷又狠，"先下手为强！"

第三十四回　欲和不和争端乍起　辗转周旋冷湖搏杀

　　五天之后，三支起火羽箭带着哨子，尖锐地呼啸着从芦丛中疾射出来，一枝中途坠落在沼塘里，两枝射到了傅恒中军行辕仪门口飘然落下。守门的侯富保端着个大碗吃午饭，红米萝卜肉丝辣椒拌起，往嘴里拨拉得正起劲，见箭在眼前落下，骂了一句："奶奶个熊！莎罗奔吃饱了撑的，不逢年不过节放哪门子起火！"捡起来看，上头缚得有信，箭杆上写：

　　抚远招讨大将军傅收

再看另一支，一般结束模样毫无二致。伸脖子瞪眼咽了口中的饭，顾不得揩掉唇上沾的米粒，高喊："快报王总爷（小七子）有莎罗奔的要紧文书，立马得传给大帅！"两个兵一路小跑进去禀说。

　　"嗯，拆开！"傅恒也正吃饭，和侯富保是一样的饭菜。他胃弱饭量不大，乾隆旨意里几次都抄有荣心养胃的药膳，他只选了胡萝卜青芹，比兵士们多出这么一味菜。当下见说来信，傅恒用开水冲对到菜碗里，当菜汤喝了，凑过来看时，是两封一模一样的信，牛皮纸写了又用蜡浸，显见是防着落进水中。小七子双手拉展了看，上面写着：

　　傅大将军中堂勋鉴：我皇上深仁厚泽体天悯人，已屡有旨意息兵罢战，俾益天下而置金川于衽席之上。将军乃欲欺君耶？我使节在京，深蒙皇上优渥礼遇，而将军以倨傲相待，金川地阔八百里，人民散处，而期期于半月至军输诚，非大将军昏聩，是居心不诚，欲以金川人之血染大将军之簪缨也！将军携此不忠之志，欲为不仁不智之举，莎罗奔窃为将军不直也。用是布达，聊告微忱，以

　　三日为期专候佳音。莎罗奔朵云共具敬书无任激切！

　　傅恒看完，仰脸略一沉思，格格笑起来："这个莎罗奔！我给他半个月他限我三天！"

　　小七子在旁发呆，说道："我的爷！他可真敢玩命！我瞧这小子是少调教，欠揍！"傅恒将书信揉成一团攥在手心里，悠然踱着步子，许久才说道："莎罗奔不可小觑，我到金川实地踏看了，才知道张广泗讷亲败得不偶然。"小七子沏茶送到他手上，说道："那是！他那套儿在我们爷跟前玩不转，他败到爷手里肯定'偶然'！"

　　"是么？"傅恒一怔，旋即大笑，杯中的茶水都洒落出来，笑得小七子直愣神儿，恰李侍尧进来，见这主仆二人形容儿，问道，"六爷这是闹什么，笑得这样开怀？""来，你来得正好看看莎罗奔的信。"傅恒说道，又将小七子混用"偶然"的话学说了。李侍尧扑哧也笑，一头看信，口中道："上回世兄来信，小吉保也出息了，读完千家诗了呢！你跟六爷，眼下也是不小的官了，出去也是高头大马耀武扬威的，一肚子青菜屎怎么成？好歹也用心学习，得空读点子书是正理。"小七子才知道自己说话不地道，不好意思地搓着手道："我没有小兔崽子脑瓜子灵，真得读几本子书装幌子的！就是马革里尸，神主牌儿上的字儿总得认的是吧？"

　　"什么马革里尸？"李侍尧故意问道，"这话什么意思？"

　　小七子道："马革就是马皮，打仗死了，尸首卷在马皮里头，所以就叫马革里尸——您别笑，那是体面！"

　　二人又复大笑。李侍尧看完了信，手指点按在桌上，说道："这是下战书啊！三天之后他要动手！""其实他拖不起时间，这都是借口。"傅恒笑道，"信里'我皇上'说得亲切，也是拉大架子嘛！投降，说到底是件难受事，不打一打，连投降也没有本钱，也没法向部族交代。也是向主子表明，他没有反叛的心，只是我们和他过不去——若论起心，莎罗奔真不是易与之辈。"李侍尧笑着点头："是这个话。这信要给岳老爷子也看一看。"

　　"这仗要打出'分寸'二字，比全胜还要难。"傅恒敛去笑容说道，"哼！莎罗奔心里有如意算盘，他断然不会打持久僵持仗，他已经没了那个本钱！一定是突袭，强打一阵占点便宜就走！但无论东南北，他都冲不出去，只能打一下，抄刮耳崖北路山道向老巢龟缩。别以为只有'面缚投诚'才是结局，生擒了他献俘阙下，由皇上处置，也是'分寸'！你们看——"他走向屋角一个硕大无朋的沙盘木图前，用竹鞭指点，'严令海兰察据守，不得妄自出击增援，我就立于不败之地。莎罗奔回逃的路在这里，这个地方向东北有一座破喇嘛庙。打起来，我带中军占领了它，命令兆惠出一支敢死队从南边抄他的后路，廖化清带人去截断刮耳崖北路，这样，就把莎罗奔和他的大本营给隔断了。真正在我手中收放攻退自如，那才叫打赢了，才能计较下一步的事。"他放下竹棒，"小七子，去请岳老军门过来。"

第四天拂晓，仗打响了。先是旺堆飞鸽传书，十万火急羽信：莎罗奔率两千人马急攻粮库，备有火箭火枪，攻势激烈。接着海兰察也有急报：刮耳崖两千藏兵向营盘包抄，要截断与兆惠军来往通道，山上丛林里有旗帜鼓角呼应小部队侦察没有发现大股藏兵，已严命部署就地防御。没一袋烟工夫兆惠的飞鸽也到，说用千里眼瞭望，旺堆粮库西库已经失火，拟派一棚人马前往增援，自请率军进击金川。

"传令兆惠，东路军全军开拔进击金川。宁可粮库失陷，全然不予理会。命令廖化清北路军南压，遇有小股敌人滋扰不可滞碍，收拢逃散藏兵押解下寨看管，东北两路军傍晚酉时在金川城外会合！"傅恒口中下令，已是行色匆匆，"各军如遭到意外强势攻击，用搅缠术，不必硬打，拖住莎罗奔就是功劳！我的中军大营立即开拔，申末酉初时牌驻扎金川城北喇嘛庙。中途有变立刻通知各军。此令！"说罢，大步出外，见岳钟麒李侍尧都已在大帐前守候也不及理会，大声命道："贺老六，贺老六呢？"

话声刚落，贺老六已从帐后大步跨出，跟着十几个大汉，和贺老六一样只穿一条黑裤子，上身打着赤膊，大片子刀提在手里寒芒四射，杀气腾腾答应一声，说道："贺老六听大帅指令！"王小七在旁看得兴热，"嗤"地也撕脱了袍子，扎紧裤带，大声道："爷，您下令！"

"很好！"傅恒满意地点点头，突然大喝一声，"跟我的亲兵戈什哈，都打起赤膊来！大丈夫立功厮杀为朝廷卖命，正是时候！照原来部署，我们三千中军坐竹排，从清水塘直袭金川后路！"

"喳！"众人雷轰般答应道。

　　须臾之间三千军士已经全部登上竹排——傅恒精心枢划，不知演练过多少次的：扎好的竹排齐整擦在大帐西侧，临水压在石阶场子上，东侧全用花篱编起密密遮掩了，一声令下踩平花篱，一只只竹排顺势下水，序列驶入清好的航道里。不知情的谁也看不出，这座中军营盘竟是个暗藏的水旱码头！三十个人一扎竹排，一百多扎竹排浩浩荡荡蜿蜿蜒蜒，像一条水蛇，悄没声息向金川北侧游去。

　　整个上午都平安无事，各军士在竹排上吃牛肉干当午餐，怕水中不洁有毒，傅恒尽自干渴得嗓子冒烟儿，只传令军需处不管青菜瓜果开水，能解渴的只管火速运来供应，严命上下军士，"忍着，渴极了可以嚼嫩芦箭吃野荷，不许喝水！"全力向西挺进。过了两个时辰，后边运上来许多生芹菜、黄瓜、西葫芦甚至生葱，才算救了急。此时已入金川腹地，傅恒的大竹排在中腹靠前位置，搭眼前望，夹河航道支离横流，密密匝匝都是芦荻青纱帐，一汪青碧幽深不到头，向前延伸。白日中天毫不留情地酷晒下来，人人热得汗流浃背，各营报来，已有二十几个人中暑。傅恒不由骂出一句粗话："妈的浑蛋！心绷得紧了不会想事儿了么？谁热得受不了，用水冲洗！没有打仗，已经有二十三个减员！"军营中立时传来一阵轻微的欢呼，大家都太紧张，又怕弄出声音来傅恒怪罪，木排上撩水冲凉解暑都想不起来了。又过半个时辰，前面遥遥已见竹遮树掩一带高埠，北面漫荡荡一片碧水荡漾，眼前霍地开朗，漫水过来一阵风，吹得人身上一爽。傅恒掏出怀表看看，脸上绽出些微笑容，说道："好！照这个走法，申末不到我们就在喇嘛庙了！"接着又一阵风，竟是微微带着寒意，傅恒不禁抚了一下肩胛。

　　"这地方真日怪！"王小七笑道，"东西南北风乱吹一气，河里的水也是乱流，没个定性。方才那水撩起来和身子一样热，这里的水浸骨凉！"傅恒笑道："金川气候天下一绝，六月雪也是常有的。这水是雪山上刚流下的化雪水，风过雪山当然也就凉了，还有从青海昆仑来的冰水冷风，南边过来的暖流，在山坳沼泽里乱碰乱撞，自然叫人难以捉摸。"王小七道："堪堪的明白了，主子不说，奴才一辈子也揣不透这学问。"

　　话音刚落，前面木排上一阵呼喝鼓噪，夹着乱嘈嘈的叫骂声传过来。傅恒擎起望远镜看，却是南边一带茂密的芦丛中有人向贺老六一干前锋射箭，一簇一簇的从青纱帐深处激射出来，像带尾巴的黄蜂掠天而过。傅恒看了一会，说道："这是小股藏民遭遇袭扰，各木排可以还箭，不许追捕，全力前进！"旗手听了便摆令旗传示前后，那木排行得越发快了……待到傅恒大木排驶到，芦丛中不但箭射得疾了些，还有似锣非锣似鼓非鼓的敲击声噌噌噌噌响个不停，像是敌人逼近了的样子愈敲愈急，王小七道："别是大队人马杀过来了吧？敲得这么蝎虎！"

"这是铜鼓。他们这是给莎罗奔报信！"傅恒冷笑道，"支起十柄火枪，冲着射箭的地方齐开一枪！"

"一——二！"

随着王小七挥手，十支火枪"砰訇"一声巨响，霰弹打得芦叶水草刷刷作响，便听芦丛中叽里咕噜一阵嚷声，似乎有人受了伤在叫骂，箭却也不再射了，但远近水塘土岸草丛茂林之中，这里响一串爆竹，那里吹几声牛角，此起彼伏彼呼此应，竟没有一刻安宁。

"莎罗奔真乃人杰！"傅恒叹道，"我若不是十倍兵力，百倍军需，也不是他的对手！"说着，竹筏已经停下，此刻傅恒才留心，四周不知什么时候漫起了大雾，凉凉的带着湿气的霾烟像柔软的棉絮袅袅四散弥漫，随着微风卷荡摇曳，连日色都昏暗起来。兵士们谁也没有见过下午还会起雾，顿时议论纷纷：

"呀——起雾了！"

"叫我嗅嗅有毒没有？"

"不是毒雾，只怕是莎罗奔会妖法，放出的妖雾吧？"

"他娘的！我们那里用马桶、月经片子布破妖法，这会子怎么弄？"

"这会子冷上来了！这还算六月天吗？再冷，打哆嗦呢！"

"兄弟们不要慌！"傅恒高声喊道，"这不是妖法，这是金川有名的寒湖，雪山上的水就是在这儿聚起来又淌到下头的！南边来的热气被凉水凉风一激就成了雾。好比滚茶壶冒出的热气，到了壶口就变成了白烟，是一个道理……这是寒湖水面最浅的地方，竹筏已经过不去了，所有的军士都到泥堤上，把竹筏子垫在湖面上，跑步过去，前面二里地就是喇嘛庙！刚才兆惠来报，莎罗奔袭击粮库的已经被打垮，活捉了二百多，莎罗奔已经退到金川。占了喇嘛庙，金川就在我们手里了，兄弟们干呐！"说着一挽裤腿扑通一声就下了水，踏着没大腿深冷得刺骨的泥浆潦水爬上堤岸，指挥兵丁拖着沉重的竹排，一张一张卷席一样地铺垫过去，兵士们没了惊惧之心，见主帅率先当头，哪个不要奋勇？生拉硬拽压湖面用竹排铺路。

堪堪铺到离干岸半箭之遥，突然西南边枪声火箭齐鸣，不知多少藏兵隐在雾中，地动山摇呐喊震天渐渐近来。傅恒略一思忖，便知是围攻粮库的莎罗奔移兵来击。至此，莎罗奔用兵计筹已是一目了然。只要兆惠遵令不在粮库缠斗，从南压过来，顷刻便是全胜之局。但此刻中军三千人挤在寒湖和小黄河中间的泥堤上毫无遮掩，不但有力用不上，且是暴师在外，和一群活靶子差不多。一急之下傅恒按剑瞋目大喝一声："哪个将军去挡一阵?!"

"我!"傅恒话音未落，贺老六一跃而出虎吼，"先人板板的川兵跟老子上!"眨眼工夫一百多个赤膊川汉应声而出，跳进寒湖，一个个满脸杀气擎着大刀等傅恒发令。傅恒精神抖擞，狞笑一声道："好汉子!冲过湖去!莎罗奔的兵力是一千五百人左右，和我们是遭遇，他也不知道我们有这么多兵来袭。狭路相逢勇者胜，我只要你们顶半顿饭时辰。兵马过湖，他就得逃刮耳崖。"说着，突地又冒出一句粗话，"操娘的好好打，傅老爷子给你们记头功!"贺老六大叫一声"得令!他姐姐血板板的，杀呀!"率着众人哗哗蹚水而去。傅恒见王小七也目露凶光跃跃欲试，遂道："你也去!带十支鸟铳跟上去，贺老六顶得住就别开火，实在顶不住败退下来，就开枪声援!"王小七兴奋得鼻翼都在翕张，呼哧呼哧直喘粗气，却道："我爹说，战场上要敢离开主子一步，回去打折我的脊梁骨……"傅恒道："你爹也得听我的——去，杀!"王小七一跳老高，喝道："轮咱爷们卖命了，上!"

这确是一场猝不及防的遭遇战，莎罗奔也没有想到傅恒明修栈道暗度陈仓，竟不惜疏通小黄河，乘竹排直抄金川通往刮耳崖的后路，攻打粮库原是打得十分顺手，不足小半个时辰便攻占了粮库的西库门，还纵火烧了临西一座库房，烟火爆竹起火鸟铳铜鼓号角都用上了，守库的兵只退不逃，佯攻声势也没有招来兆惠增援。莎罗奔命烧库的军士稍往后撤试探，守库的兵居然不远不近粘了上来!至此莎罗奔已知傅恒用意：拼着粮库失守，也要把自己缠在金川东侧，堵住刮耳崖通路分割围歼!他心中一动陡起惊觉，急命："传令叶丹卡，向金川城西移动，敌人来攻，稍稍抵挡一阵就放弃金川，扼守通往刮耳崖要道。派人对海兰察营严加监视，有异常动向立刻来报！"他缓重地舒一口气，"傅恒用兵太周密严谨了……这里不能再打，撤！"

但打仗最难的其实倒是全善退兵。藏军已经数月断粮，此刻身在粮库，如何肯听令"一粒粮食不带"？袍袖里帽子里甚至靴筒里——凡能装物什的只情塞填不管不顾，好容易收拢了，粮库的兵像黄蜂一样从库东涌出，呐喊呼叫虚作声势，你走，他也追着，你停他也停，你赶，他就退几步，像一条打不退的狗尾随不舍，厮搅厮缠直撵到喇嘛庙。此刻莎罗奔前有重兵堵截，后有恶犬滋扰攻袭，比傅恒处境还要凶险，偏是叶丹卡的兵居然没有前来策应，计算兵力，是五千人对一千五百人，胜负之数不问可知，饶是莎罗奔身经百战智计过人，顿时急得冒出冷汗来。

"嘎巴带五个弟兄上刮耳崖报告朵云，叫她和叶丹卡联络接应！"莎罗奔举着望远镜观察前路动静，口中吩咐道，"傅恒要攻喇嘛庙！我这里一千五百兵打上去，如果能把他挡在小黄河边就大有希望，傅恒是主帅，如果被我压制住，各路军就投鼠忌器不敢妄动了！"

嘎巴脆亮答应一声，一字不漏复述了莎罗奔的命令，带了五个人从庙南小路直奔刮耳崖。粮库的追兵想过来拦截，被庙中莎罗奔的卫队一阵排箭射退回去，便听南边军中几个人指指点点，有个尖嗓门叫："嘿！那个蒙古小军爷——龟儿子原来还活着，是莎罗奔的人！"嘎巴便知是白顺，大声回道："我的割你鸡巴！预备金创药！莎罗奔的不流，你们的流！"喊叫着已一路去远。

"这边留一百伤号只管摇旗呐喊，其余的跟我上！"莎罗奔想定了主意，已经完全恢复了镇静，"噌"地抽出腰中一柄雪亮的倭刀，率领众人杀向湖边。恰此时贺老六一百多人已冲上岸来。傅恒纠集的弓弩手有五百多人，一边铺竹筏子一边射箭掩护贺老六，藏兵前队五百多人不顾飞矢如雨一拥而上，两军已经交上了手。

这真是一场罕见的肉搏短兵相接，其时不到午正时牌，淡云薄霭像稀疏的白乳在半空中弥漫飘移，太阳像一只半熟的荷包蛋泡在里边，毫无生气地缓缓移动，六百多人长刀短刀和匕首都用上了，聚在不足三亩方圆的草地上舍命相搏。贺老六的一百多人团成一个两层小圈子左旋右转，五百多藏兵却是各自为战，时而外圈的人冲出去格斗，内圈的人便补上来。此时情势用不着了箭，战场上杀声呼号震天，白刃相进乒乒乓乓的金属撞击声响成一片，喊声杀声骂声中不时有人沉重地倒在泥水里和潮湿的草地上。血污了的泥浆里，被割掉的人头被脚踢得滚来滚去，忽然间有几声凄厉的惨号传出来，听得莎罗奔和傅恒心里都是一阵发噤，两个人一个站在阵外，一个在小黄河堤用望远镜观察，心都揪得紧紧的吊起老高。王小七离得近看得更是真切，贺老六的人已经被杀倒一半，"圈子"不成圈子，兀自死战不退，贺老六自己伤了左臂，浑身杀得血葫芦一样淋淋漓漓，在人群中左冲右突，王小七心里明白，藏兵们是饿着肚子打仗，体力不支，不然早就全被剁了。看看后头的援兵离岸还有半箭之地，一咬牙命道："开火——日你妈的们，打！"

"王总爷"兵士们有点发愣，身边一个哨长结巴着说道，"朝……朝哪打？"

"王八蛋！这时候还怕伤了贺老六？无论冲哪开火一枪都能伤几个！"他指定了莎罗奔，"你——冲他一枪！其余的向人多地儿打！一——二——开火！"

"砰！"

六支火枪一齐开了火，霰弹裹着硝烟平射出去，东边围攻贺老六的藏兵立刻有二十多人受伤，有三个被摞倒在地下挣扎，莎罗奔正凝神指挥，毫无防备，一鸟铳打来，左臂已经中弹，十几枚铅弹透衣而入，一阵热麻，血已经顺臂淌出来流满了手，他身子一侧又站稳了，怒视王小七，用藏语骂了句粗话，大喝："冲上去，把他的火枪队冲散！"王小七一边喝骂叫喊："快点装药！那四支，开火！"便听又是"砰"的一声齐响，接着又是贺老六兴奋的大叫声："大帅的火枪队上来了，杀呀！"

藏兵被这突如其来的袭击弄得一愣，片刻的岑寂之后灵醒过来，像一群被激怒了的狮子咆哮着扑向王小七，无奈贺老六一群也红了眼，全然是不要命，同归于尽的打法，抵死缠住鏖战不退，砍断了右臂的左臂拼杀，砍伤了腿的躺在地下舞刀乱搠，没了兵器的就抱腿扯脚搂在地下打滚厮拼。王小七一边装药一边打一边退，时而冲上来又打鸟铳给贺老六助阵，战场上刀影闪烁，人丛攒动，更比前番平增几分激烈惨酷。突然西北方向一阵铺天盖地的呼啸声传来，王小七侧耳一听，狂呼道："廖军门的人开过来了！好哇，装药打呀！"

"仁错活佛，老桑措……我们打不过傅恒了……"莎罗奔眼见傅恒的兵，潮水一样从寒湖里冲上岸，耳听西北方向隐隐约约震天杀声近来，再看南边，兆惠的兵从金川城西一队一队越聚越多逼近喇嘛庙，心知大势已去，他倒也并不恐怖，心里只是一阵悲凉，凄声叹息了一下，说道，"下令，全军撤回刮耳崖。金川的兵也撤！"

凄凉惨厉的画角声呜嘟嘟四面响起，由莎罗奔中军传出，一递一站似的，伏藏在金川周围的传令兵们由近及远，将主帅号令报知散处各地的藏兵藏民"向刮耳崖靠拢"。野草萋萋的金川草地上霾雾已经散去，一轮殷红的残阳照着被风吹得波伏不定的青纱帐和草场，还有麦稞子一样倒在战场上的尸体，挂在刀柄上的破布都在风中不安地簌簌抖动。莎罗奔收拢部队，清点了一下，连同在粮库伤折的，战死一百二十四名，伤号三百七十一名，还有一千多战士，因在粮库带有生粮食果腹，倒是不饿，只是连续强行军奔袭恶战，都累得筋疲力尽，东倒西歪或坐或躺，有的假寐，有的咀嚼着什么，有的老兵在低声安慰子侄。

"大家打起精神来。"莎罗奔想到还要回刮耳崖，自己先打起了精神，登上一道高埠，任猎猎西风吹动自己的袍摆，一挥手说道，"官军势大，我们回崖中躲躲风去！等着乾隆老爷子来讲和。他在西域遇到大麻烦，这里的兵是不能久战的，傅恒六月来攻金川，也就是这个原因。"看着一张张抬起的面孔，莎罗奔的信心也似乎强起来，顿了一下爽朗一笑，说道："傅恒的损失比我们大五倍不止，这座空城让出来给他养伤！夫人已经带兵接应我们，天黑上了山道，我们就能平安到达刮耳崖。弟兄们，挺起身子，像个金川人的样子啊！"说着便下高埠，看着支撑着起身的人们，边走边对仁错说道："傅恒再精明干练，决计想不到我在喇嘛庙西入刮耳崖山口还有大炮在等他。我要给他点厉害看看！"

莎罗奔的大队人马向西撤，有些出乎傅恒的意料。他心里明白，官军只是掌握了大小金川的形势，莎罗奔和叶丹卡的兵员合起来还有将近五千五百。照莎罗奔的秉性，无论如何在大撤退前要再和自己打一阵，然后疾速退军。眼下见只有一千多人缓缓向西移动，倒是有些蹊跷了。兆惠和廖化清此刻都已到了他的大营，站在傅恒身边，见傅恒一双眼略带迷惘地眯缝着凝望夕阳，兆惠道："大帅，他要逃了！他的兵力不支……您要怕有埋伏，我带一千人从南路抄过去拦腰冲他一下。有埋伏老廖策应，没有埋伏就全军齐上，在这里把他包了饺子！"

"叶丹卡呢？叶丹卡现在哪里？"傅恒因为思虑过深，眼睛有点发绿，"南路军绕过旺堆，连走带打，在泥浆里趟了近百里……我军疲劳啊！我担心叶丹卡的三千军马吃饱喝足身强力壮，在哪个山坳里等我们！黑夜作战客军不利啊……"正说着，兆惠帐下军官胡富贵小跑着过来，兆惠便问："你到山口查看，海兰察营里有没有动静？有没有别的藏兵活动？"

胡富贵已经晋升千总，跑得脸色煞白上气不接下气，喘息一阵才说出话来："海……海军门派人过来联络……刮耳崖南麓山壁上没有正经军队，是些老头女人们吹号吓唬人。叶丹卡有两千军队守在刮耳崖山口和海军门营盘中间，不打也不动。看情形是策应喇嘛庙，或者找机会攻海军门，也许是收容散兵游勇……"傅恒道："你只说军情，不要'或者''也许'。""这是海军门让标下传给兆军门的话。"胡富贵顶了傅恒一句，又道，"方才山上下来一队人，约有三百多的样子，正往刮耳崖口开。标下不敢再耽搁，就赶着跑回来了。"说罢退到一边。

"老胡不容易！"兆惠见傅恒只是沉默，胡富贵两眼发直脸色惨白呆望前方，料是他有点发讪，难得地绽出一丝笑容，说道，"几往几来今天奔了二百多里，探这么多军情，我给你请功保奏！"说着用手拍拍胡富贵肩头，那胡富贵竟禁不起这一拍，应手委地倒下！王小七几个人忙上前架扶他。傅恒也收回神来，凑到他面前蹲下身，见他兀自挣扎要起，温语说道："好兵！我自然要保奏你的。谁有干粮？还有牛肉，给老胡拿来！"

他滞重地站起身来，又向西边看看，咬牙下了决心，说道："天黑了就不好打了，兆惠的人出一千从南侧攻击莎罗奔，用两千人防着叶丹卡突袭，我从正面上，直攻刮耳崖道口。打到天黑，无论胜负一定收兵！以三支红起火为号令，起火在哪里，我就在哪里！"

移时杀声再起，南路军三千人马分两路，铁龙般向西向偏西南鼓噪而进。中路军由傅恒亲率直向西疾追，廖化清的北路军则向金川城开去。一时间苍暗的大草地上，星罗棋布的断墙残垣间到处都是清兵，到处都是刀丛剑树，惊得已经落巢的水鸟和乌鸦在残阳中漫天翻起翻落。

"敌人追上来了！"莎罗奔一行人已经到了刮耳崖山口，进入秘密炮台，从瞭望口看着如蚁如蜂的清兵漫野扑来，活佛仁错的声音也有点发颤，"故扎，兆惠的兵行动很快，他要拦腰截断我们！"

莎罗奔咬着牙，脸上的肌肉绷得一块一块，看去有些狰狞。不用仁错说，他已看见，直冲而来的清兵已经袭入队伍，队尾二百多人已被漩涡样的人流包围，正在拼命厮杀夺路，眼见傅恒的中军从正面逼来，斗大的"傅"字帅旗都看得清清楚楚，心一横，大喝一声道："毒蛇噬臂壮士断腕！命令前队不许回救，全力向刮耳崖撤！不听命令就地杀掉！"他看看支在垛子上的红衣大炮，又看火药，那火药已潮湿了，攥起来能像香灰样捏成松松的一团。但他知道，已经装膛的药还能用，瞄准了帅旗渐渐近来，断喝一声："开炮！"

四门大炮药捻儿嗤嗤冒着蓝烟火花燃着，但有三根也受了潮，不到炮帽子机关处便熄了火，只有一根几明几灭终于燃尽，便听"轰"然一声巨雷般爆炸，炮台掩体里人猛地一震，砂石土木纷纷坠落，硝烟顿时弥漫呛人，莎罗奔说声"走！"几个人便跃出泥石掩体炮台，向西逶迤而去。莎罗奔一边走，心里暗自懊丧："几千斤炸药都潮湿了！要能在这里多打几炮，战局也许有转机呢！"

但他不知道，仅仅这一炮也使傅恒差点丧命，傅恒原是紧盯着莎罗奔的卫队的，转过一道草皮泥堤，突然前面的人全部消失了，他心里奇怪：这一带没有树木，荒滩上的草不过半人深，而且不甚深邃茂密，怎么眨眼间就无影无踪了？见中军纛旗旗杆有点斜，一边命王小七"把旗杆下的楔子砸紧些儿"就取望远镜，王小七便用刀背砸楔子，一抬眼见三十几步开外乱树丛中四个黑乎乎的炮口正对这边，还有几点火星簌簌燃动，他丢了刀，大叫一声"不好！"回身猛地把傅恒推倒在泥堤坎下——几乎同时，那大炮轰然怒吼，烟火"嗯"地猛卷过来，王小七眼中一花便人事不省了……

傅恒一头栽倒在坎下，也跌了个发昏。他几次派人到这里侦察，回去都说异常潮湿，都是草皮泥坎，万万没想到还有炮，而且炮台就架在这里！几个军校架起他，他尚自懵懂着发呆。因见小七子斜躺在堤畔，头脸上上半身被熏得乌黑炭团一般，肚子上胸脯上几处汩汩淌血，还有几个兵士也一般模样撂倒在一边，或坐或躺或晕或醒倒着，惊定神回，两步过来蹲下，一边叫："军医——军医都死了么？快来，用担架送他们下去！"一边拉起小七子的手，轻轻晃了晃，"小七子，小七子！你……怎么样？"他从来没有和一个奴才离得这么近，此刻咫尺之遥呼吸相通，才看清胸前脸上几处烧焦，十几处伤打得蜂窝一样，不停渗血，最要命的是腹部中弹，一堆白花花的肠子滚出来，小七子手捂在创口，看样子是在塞肠子时昏过去的。傅恒这才知道，大炮里装的也是铁丸子霰铅弹之类。

"是爷啊……脏兮兮的，也忒难看了……爷不用看顾我……"小七子一个惊悸颤一下醒了过来，见傅恒拉自己手，泪水一下子夺眶而出，哽声说道，"小七子……侍候不了爷啦……""别胡说，"傅恒握紧他的手，他的声音也有点发颤，"福建有个老将军叫兰理，康熙年间打台湾，肠子流出来拖在甲板上五尺多！活到九十八岁，去年上才去世的，你这伤不要紧！家里老小上下都不用操心，成都养伤好了，风风光光回北京！"小七子感激地看着傅恒，说道："爷别顾我，多少人等着您发令呢！"

傅恒点头起身，向前看时已是暮色苍茫，西边血红的晚霞早已不再那样灿烂，变成铁灰色，阴沉沉压在起伏不定的岗峦上，近前广袤的大草原水沼上，西北风无遮无挡掠空漫地而过，寒意袭得人身上发瘆。炸得稀烂的大纛旗也在簌簌不安地抖动。他再三斟酌，无论如何不宜夜战，掏出怀表看看，说道："放红色起火三支，各营收军待命！"便见后队马光祖大跨步赶上来，因问："什么事？"

"岳老军门赶上来了，"马光祖道，"圣上有旨给您。"

"回喇嘛庙去！传令各军严加戒备。副将以下军官要轮班巡哨！"

傅恒瓮声瓮气吩咐了，带着随从赶回了喇嘛庙。岳钟麒已守在灯下，见他进来，也不及寒暄，便将几封文卷双手递过来。傅恒觉得头重脚轻，浑身散了架似的没气力，没说什么，勉强向岳钟麒躬身一拱，接过诏谕，打手势示意岳钟麒坐在石墩上，拆泥封火漆看时，一份是在自己奏折上的朱批谕旨，还有一份，是阿桂的信附旨发来。定神看那谕旨，口气甚是严厉：

朕安。览奏不胜诧愕。朕已面许朵云莎罗奔输诚归降，卿反复渎奏整军进击，诚是何意？尔欲意以三军苦战夺取金川成尔之名，抑或以全胜之名置朕于无信之地？设使有此二者之一，即胜，朕亦视尔为贰臣也！然朕深知卿意必不出此。所奏激切之情谅自真诚，即以此旨诫尔，一则以西北大局为重，一则以西南长治久安为重，速作计划维持原旨，即着岳钟麒协理办差，务期于十五日内班师。卿其勉之毋负朕望。

把谕旨转给岳钟麒，再看阿桂的信，却一律说的家事，福康安已经回京，授乾清宫一等侍卫，福隆安福灵安也都补入侍卫，说刘统勋晋位太子太保，怎样力疾办事勤勉奉差，自己力薄能鲜，等着傅公回来主持一切云云。讲到金川战事，只说："圣意仍着公及早撤军，莎罗奔穷蹙一隅，勿再激成大变，致使西方战事有碍。"傅恒皱眉仔细审量，一份语气带着斥责，一份是在说"皇恩"，往深里思忖，自己手握兵符在外，又屡屡奏议责难不肯奉诏……莫非已经在疑自己拥兵自重了？想着，心里一阵急跳，忙又收摄回来。捡看那通封书简时，阿桂的是直接插入，里边一层是上书房钤印，加盖乾清门火漆关防封口，并不是同时发出，这才略觉放心，额前已是微微浸汗，呆呆把信递给岳钟麒。

"阿桂还是力主你打一下的。"岳钟麒的思路和傅恒全然不同，看了信一笑说道，"他天天在主子跟前，什么事不知道？主子要认真恼了，也用不着瞒你。好啊，两个军机大臣一样心思要打，主子又急着收兵，回去有的六爷好看的！"他这样一说，傅恒倒宽心了些，君臣意见不合，自来是常有的事，也没什么大不了的。怕的是乾隆这人素来心思细密间不容发，是个多疑人，又远在数千里之外，谗言一进入骨三分，也不可不防。思量着，傅恒苦笑了一下，说道："我有两条，一是主子不在眼前，有些事主子不能临机决断的，当奴才的宁可担点干系，也要替主子想周到，料理好；二是把主子的事当成自己的事，不为一时一事一己利害去想，要尽力想得长远一点，顾及得周全些。主子雄才大略，高瞻远瞩，我们万万不能及一，只有尽心尽力而已……"岳钟麒听着这话也不禁悚然动容，叹道："这是武侯所谓'鞠躬尽瘁死而后已'！成败利钝非所计议了。你既有这番忠志，岳钟麒不敢后人。你说吧，该怎么办，我听你的！"

傅恒垂下眼睑，抚摸着案上的砚——平日这时王小七早已取墨端水，一只手按着，另一手搅得橐橐有声替他磨起墨来，那副全心全意煞有介事的架势，傅恒不止一次笑他，但此刻他正在运往成都的途中，不能"咬牙切齿磨墨"了。半晌，傅恒说道："我给莎罗奔写信，用火箭送往刮耳崖。再次恳切言明圣意，说明利害。我……可以亲自独身上崖请他下山。"

"写信可以，"岳钟麒拈须说道，"你亲自上崖不合体制，你是朝廷宰辅三军统帅，不能冒险！让海兰察退兵向南十里以示诚意，该用着我这把老骨头上场了……"

傅恒咬着牙，看着悠悠跳动的烛光，良久道："老将军肯代行，比我去要好。恐怕还要带些东西，比如粮食药品，还有俘来的藏民藏兵，带一半回山上去。不然，莎罗奔难以相信。我们再仔细议议，也要防着有不虞之隙不测之变……"

第三十五回　　岳钟麒孤胆登险寨
忠傅恒奏凯还京华

　　岳钟麒上刮耳崖，顺利得异乎寻常。清晨傅恒的箭书射发上山，中午时分便接到莎罗奔的回信："专候岳东美老爷子来山做客，其余人事免议。"

　　"我这就上去。"岳钟麒已是行色匆匆，"山上冷，给我把皇上赐的豹皮氅带上，有三四个护卫带我的名刺跟着，就成了。"此刻兆惠、马光祖、廖化清都在喇嘛庙里，实是人人都替这老头子吊着一颗心，看着他换袍换褂，都不言声。岳钟麒笑道："莎罗奔是个义气人，你们谁有我知道他？别这么送丧似的苦着个脸，准备好酒，下山我们一道儿大醉一场！"

　　傅恒不言声将自己常用的小羊皮袍子也填进行李里，转身对岳钟麒一揖，皱眉凝视着他半晌才道："莎罗奔新败，藏人心高自尊难以辱就，难免有不利于岳公之举。我不怕莎罗奔迎客，只怕他留客啊！""不会的，我毕竟是他的恩人，他恩将仇报，在族里怎么做人？"岳钟麒道，"有些事不能犯嘀咕。躺在那里想，越想越麻烦，越行不得，一旦做出去，结果其实压根没那么吓人。要恨，莎罗奔也只会恨你，藏人也讲冤有头债有主，断不至拿我当人质胁迫你的，昨晚计议了一夜，怎的临走了，你仍这么婆婆妈妈的？"兆惠素来面冷，见岳钟麒如此从容洒脱行若无事，心下佩服之极，忍不住说道："老马老廖，我们也都是老行伍了，比得上岳老军门这份心胸胆量么？来，以水代酒，我们敬老爷子一碗！"傅恒的心松弛了一点，也倒一碗水，跟着和岳钟麒一碰，"乒"的一声，五个人都举碗饮了。廖化清道："莎罗奔敢对岳老爷子怎样，我踏平这刮耳崖，剁碎了他！"

　　"不是这一说。"岳钟麒笑道，"我还是平安回来，把差使光光鲜鲜办下来，咱们大家才高兴！"说完便往外走，傅恒等人直送到刮耳崖山口，看着莎罗奔寨中的人接出来才回大营。

　　来接岳钟麒的是管家桑措，他和岳钟麒也是几十年的老相熟了，但素来谗言罕语，一路话不多，只初见时见岳钟麒随从只带了四个人，且是谈笑自若满脸豁达神气，略略有点诧异，摆臂平胸哈腰一礼说道："故扎故扎夫人都在寨洞里恭候，岳老爷子——请！"

这里的山势愈往西走愈见险峻，行了二十几里，路径已经蠢在半山云中，往上看，两壁绝崖几乎合拢，微显一线之天，云雾缭绕间可以看见山顶白皑皑的万年积雪，连山缝间吹来的风都浸骨价冷，一侧山壁斜倒下来掩着山路，有些地方得偏着身子侧着头过，不时有悬藤凸崖擦脸摩臂。岳钟麒这才知道"刮耳崖"三字原非虚造假设。往下看，淡淡的霭雾像稀薄的云岫，万木丛茏深在谷底，幽绿的竹树间河流湖塘纵横罗列，还模模糊糊能看见海兰察的兵营，像谁摆了几块积木在幽谷里的河边。岳钟麒不禁暗自嗟讶：这块绝地要想强攻，真不知得死多少人！"踏平""剁碎"云云，只是一句豪语而已。走在侧后的桑措也对这位老人钦佩莫名，这样陡峻险绝的路，就是小伙子连走几十里，也都要累得筋软骨酥的，岳钟麒封了公爵的人，比官府的总督将军位分还要高，独身人不测之地与敌军谈判，不但毫无怯色，且是步履稳健，似乎越走越精神健旺的模样，一路有说有笑，指点形势，说往年旧情，到道路十分逼窄处，还用手挽跟从的年轻人！也心下十分佩服乾隆和傅恒，让这样一个人来，真是天造地设的一个和谈使臣。

待到天将黑时，一行人到了刮耳崖主峰洞寨外，这里地势又豁然开朗，往上看，摩云岭主峰淡云缭绕，独峦插天的山顶积雪银光耀目，被落日的余晖映得色彩斑斓。峰下大寨被山遮着，看去已经黝黑。寨门前山顶一片三十余亩大的空场，场周匝都围的巨石堞雉，像一片天然的演兵校场，周围堞雉旁全栽的马尾松树，黑森森乌鸦鸦一片寂静。只是山顶峰口，西北过来的风异样冷冽，摇得松树都在婆娑晃动，景象看去瑰丽里透着诡谲。穿过这片空场，天色已经完全苍暗下来。岳钟麒一行站住了脚，便见寨门里边星星点点的火把蚰蜒一样沿山道过来，因见松木寨门上悬着个什么物件，像一根绳子下吊着个葫芦，岳钟麒问道："老桑，那上头吊的什么呀？是辟邪用的么？"

"我不知道。"桑措淡淡说道，"请稍候，我进去禀报故扎！"

岳钟麒点头一笑由他而去，觉得冷上来，套上傅恒送的皮袍犹觉不胜寒意，又披上大氅，左顾右盼上下打量周围景致，和几个兵士说笑。那几个兵一者冷二者怕，恍惚神不守舍，白着脸觑寨里动静，口里支吾虚应。一时便听寨中三声炮响，接着长号暗咽齐鸣，两排火把队沿阶疾趋而下，将里边夹成一道火胡同，几百名壮汉手持长刀，身着藏袍，腰中别着藏刀匕首挺立在道旁，一个个目不斜视神情严肃盯着前方。接着，嘎巴带着四个衣色相同的亲随兵出寨门，也不答话，分列而立。见跟随的几个兵士都吓得脸如死灰，晃悠着身子有点站不住的光景，岳钟麒断喝一声："给我站规矩了！莎罗奔要杀，自然杀我，与你们什么相干？这样子好教人恶心么！"

"岳老爷子发光了！"朵云已经到了寨门，火把影里见岳钟麒威风凛凛精神抖擞，也是心下钦敬，一笑说道，"这是我们迎接贵宾的最高礼节，诸位不要惊疑！"说着迎了出来，向岳钟麒曲肱摊手一礼。岳钟麒脸上带着一丝冷笑，只点了点头，说道："你摆这样的阵势，我也有点心惊呢！只是我已过古稀之年，什么也都撂开手了。你的汉话毕竟不地道，应该说我'光火'，没有发光这一说。莎罗奔呢？就按岁数辈分，他也该接我一接的。"朵云绷住了嘴唇，略一思忖答道："我知道您讨厌我。这世界太大了，汉人不懂的事情不一定就是错的，而且汉人有很多事情根本就不打算懂，他们总是自以为是！南京秦淮河北京八大胡同都有上千的妓女，是官员们常常光顾的地方，但有哪个女人嫁两个丈夫，就会像个巫婆一样小看她诅咒她！啊，我们不谈这件事，您不是为这个来的，我也不想谈。我的丈夫应该来接您，但他受了伤，被你们的枪打伤了，他在寨里等您。您是我们尊贵的客人，请！"说罢将手一让。

岳钟麒像猛地被人往口里塞了一团雪，又冷又品不出滋味。孔孟之道连书带诠释，"学问"汗牛充栋，要回驳朵云这几句话，竟一时寻不出头绪，什么"事夫如天""从一而终""饿死事极小，失节事极大"这类话头没有根据，也说不清分寸道理，且亦不是说这些话的时候。他"啊"了两声，笑道："朵云小姑娘和老头子算旧账了！几十年的陈谷子烂芝麻了，我都忘记了，亏你还记得！小罗罗子受伤了么？快带我去看看！"说着便走，看着前面火把夹道里闪着寒光的兵刃，若无其事地行了进去。藏兵们听嘎巴一声号令，"呼"地将火把平举下去，都弯倒了腰，蜿蜿蜒蜒曲折而上，像煞了几个人在一道火溪上徜徉而行。

"老爷子好胆量，我还记得鱼卡那一场血战。您真是威风八面啊！"出了火把火枪仪仗队，已到崖洞口，这里风大，刚从亮处出来，四周骤然暗得难辨道路，朵云在前面放慢了脚步，深深吸了两口清冽的空气，说道，"您在青海，接济了我们不少粮食盐巴酥油，还有药物衣服帐篷，帮我们度过了两个寒冷的冬季……您看，我不单记得您不好的事情吧？"

岳钟麒苍重地叹息一声，说道："君子爱人以德报怨以直。功我罪我，都由你。"朵云听着突然一笑，说道："老爷子太多心了，你说我的坏话，我也说过你'老不死的'——也是坏话，已经扯平了。连我在内，这里的人都十分尊敬您的。我也不是忘人大恩记人小过的那种人。——噢，我的故扎，您在这里！"她突然停住了脚步叫道，岳钟麒这才看见，莎罗奔不知什么时候已经出来，魁梧的身影站在崖洞口板皮木料夹起的过道大庭口，连火把也没点，暗得影影绰绰只见身形，瞧不清脸色。

"我们就在这里谈吧。"莎罗奔的声音有些滞重，"洞里全都是伤兵，还有老弱病残的部民。点几支火把来，给岳军门热一碗青稞酒！"

火把点亮了，岳钟麒这才看清，虽然只是"过庭"，也是足可容一百多人的大山洞口，顶上岩穴嶙峋巨石吊悬，两侧后方都用木板夹得方方正正的，有点像中原叫堂会的大庭。中间摆着粗糙的木桌，放着瓦罐饮具一应器皿，几张条凳木墩也都粗陋不堪，四周弥漫着肉类的焦煳味还有药味……仁错活佛也在，穿着袈裟坐在西壁木墩上。

"请坐。"莎罗奔脸色阴郁，大手让着，"您坐上首。"他顿了一下，看着人给岳钟麒端上了酒，才坐下，语气沉重地说道："真不愿意这样和您见面，因为我们过去有过深厚的友情，一向是把您当作长者和前辈看待的，但现在却是交手的敌人。"

岳钟麒的神色凝重下来，扫一眼四周虎视眈眈的卫兵，朵云、桑措还有嘎巴，许久许久才透了一口气，问道："听说你受了伤，无碍的吧？"

"两阵交锋，这是平常事。"莎罗奔沉默了很久才说话，声音像从坛子里发出来那样沉闷，"臂上被火枪打伤了十几处，这没有关系，我心里受的伤比这重得多！你过寨门看见了，那上边悬吊着叶丹卡兄弟的头颅。我在昨天按照我们部族的规矩杀掉了他，天葬了他，只留下头颅，让其余的部众知道挟私报怨不顾大局的人应该受什么惩罚！"

原来如此！岳钟麒略一回顾金川之役，已知叶丹卡死因，他点点头，说道："这种事我也处置过不只一起，除了正法没有别的办法。""你的来意我知道。"莎罗奔道，"叶丹卡如果遵命，大金川兆惠军救援喇嘛庙，他的三千军马拦腰袭击出去，我至少还可以在金川再打一天一夜，可以捕捉三百到五百官军到崖上来。我可以更有尊严地和你坐在一处说话！他竟在千钧一发的时候背叛我，背叛他的部族父兄，眼看着我败退刮耳崖！"

"要你口中说出一个'败'字，真不容易。"岳钟麒一气喝完了那碗味道稀薄的酒，说道，"我想听听你有什么主张。"

"败了就是败了，败军之将无话可说。"莎罗奔看一眼岳钟麒身边的朵云，语气里略带一点自嘲，"现在说敌众我寡呀，叶丹卡不听命令呀，都是扯淡。我只想告诉你，被人捆绑着下山路太难走，我不能让我的部族认为我是个懦夫，莎罗奔宁折不弯，你可以把这话向乾隆大皇帝奏报。"

仁错活佛轻咳一声说道："故扎，听听岳钟麒是什么主张。我们是把他当朋友看待的。"

"你们觉得还能打下去吗？"岳钟麒问道，"向西向南向西南，所有的道路都有重兵扼守，连北逃青海的路也已经卡死，傅恒用兵比我精细。即使能冲出重围，到青海到西藏千山万水，无粮无药弱兵疲民，举族都成饿殍，也是惨不忍睹——"

"我不一定要逃。"莎罗奔截断了岳钟麒的话，语气像结了冰那样冷，"你一路上来看，你也是带兵的，这地方攻得上来吗？"

"攻不上来。"

"这是天险，我可以在这里守三年！"

"这是险地，也是绝地——三年之后呢？"

至此双方都已逼得紧紧的，目不瞬睫盯着对方唇枪舌剑。莎罗奔突然一笑，说道："三年之后谁能说得定？也许天下有新的变局，也许朝廷有什么新的章程，也许地震，一座北京城都烟消云散！这三年，扼守金川堵截围困我们的军队至少要一万人，还要时时警惕我'逃跑'，皇上累不累？天下那么大，要专意分出心来关照我莎罗奔一个人！"

"皇上英明天纵，拥天下雄资，尽可'关照'你。"岳钟麒一哂说道，

"这不过是一员副将，比如兆惠海兰察就办得下的差使。"

莎罗奔也讥讽地一笑："所以，你来劝我，用你们汉人的话'丢人现眼'地下山投降？"

岳钟麒"哦"了一声，仰天大笑道："丢人现眼？这是招安！招安你懂吗？比如暗夜里向着有光明的地方走，带着你的一族人离开饥饿寒冷瘟疫和战争，能说是一种耻辱？宁折不弯？你太自大了。皇上是上天派下来治理天下的，别说你，多少英雄豪杰，哪个见皇上不要摧眉折腰？你本就是皇上治下的一方豪强，又没有公然造反。现在，还你的本来面目，有什么下不了台阶的？杜甫有诗，'安得广厦千万间，大庇天下寒士俱欢颜，吾庐独破冻死死亦足'，就算你一人受难，换来金川千里之地父老康乐，难道不值？看来你莎罗奔没有这个志量心胸！"

"岳老爷子，"莎罗奔也一笑即敛，阴沉沉说道，"听起来似乎满好的。怎样教我相信呢？洞里现放着两张罢兵契约，一份是庆复，一份是讷亲张广泗在上面签字画押！都不算数了！汉人讲话总归不能信守的。"岳钟麒不假思索应口答道："他们与你签约，乃是背主欺君贪生怕死讳败邀宠的卑污行径，怎么把我岳某人和他相比？"朵云在旁哼了一声，说道："岳老爷子为人我们也略知一二。当年有两位秀才到大将军帐下劝说老爷子反清复明，老爷子一边和他们八拜结兄弟之好，一边向雍正爷密报，翻脸无情就把他们扣押起来严刑拷打。我屈说您了没有？"

这是十分刻毒的诛心之语，也是十分繁复难以说明的一件往事。岳钟麒嘿然良久，心一横说道："比如叶丹卡，如果找你密谋杀害莎罗奔，你大约也要虚与委蛇探明他的底细吧！你若想听当时真情实况，待我们的事有了结果，我当众向你全族讲说。我岳钟麒是个光明磊落的汉子！倒是你，还有莎罗奔，当着我的面杀掉了色勒奔，你们不是夫妻？他二人不是兄弟？你杀夫嫁弟却是为何？你倒说说看！"

莎罗奔霍地站起身来，目中凶光四射，死死盯着岳钟麒，右手下意识向腰间摸去。情势立即变得一触即发，守在板壁下的藏兵跨前一步，都将手握紧了刀柄。

"有酒没有？"岳钟麒一脸冷笑，将面前空碗一推，"再倒一碗来！"

"待朋友有酒，待敌人有刀！"莎罗奔涨红着脸凶狠地说道，"你至今仍在向我的伤口上撒盐巴！我可以‘面缚’到傅恒营中，但我也可以说‘不’！我可以留你当客人，我也可以杀掉你——在这里倚老卖老么？”

"那是！哥哥尚且能杀，何况我一个姓岳的？我信！"

莎罗奔"砰"地一拳砸落在桌子上！所有的坛坛罐罐碗勺杯匙都跳起老高，桌子本来就不结实，受了惊似的弹了一下，四腿歪斜着软瘫下去……十几个藏兵"呼"地围了上去，站在岳钟麒旁边听令。

"把他架出去，用火烧熟了他！"莎罗奔闷声吼道。

几个藏兵一拥而上，架起岳钟麒便走，岳钟麒拼力一挣甩脱了，冷冷一笑，说道："何必故作声势？大丈夫死则死耳，用得着你们架！我去了，你——好自为之！"说罢掉头就走，对藏兵怒喝道："头前带路！"

"慢！"莎罗奔突然改变了主意，"把他带到客房里，严加看押！傅恒来攻，这不是绝好一个人质？"

岳钟麒被押出去了。众人被方才的场面弄得一惊一乍，兀自心有余悸，一言不发注视他们的首领，崖洞外一片声响的松涛不绝于耳传进来，山口的风鼓荡而入，吹得松明子火把明暗不定，显得有点阴森，人们都打心底里不住发噤。不知过了多久，活佛仁错讷讷说道："故扎，这样一来就只有拼到底了……你再思量一下……"朵云看着丈夫铁铸一样的身躯，轻声说道："你的伤该换药了……唉……我其实很服这位老爷子胆量骨气的……他似乎是个好汉人……"

莎罗奔祖开臂膀让朵云擦洗换药。他的脸色虽乃铁青，声音已变得柔和："大家休息吧……岳钟麒和他的兵士们囚在一处，他们一定要评论我，诅咒我，互相交代一些话。派人听着，明早晨一字不漏给我回话！"

待人们都去后，朵云安排莎罗奔回房歇下，偏身坐在床边出神。她看了看闭目不语的莎罗奔，叹息一声，柔声柔气说道："故扎，你真的要扣押岳老爷子？"

"唔，你怕？"

"我怕。我不想瞒你，真的是有点怕……"朵云偎依在丈夫胸前，摩挲着他蓬乱的头发喃喃说道，"我怕你走错了这一步……我已经没有力量和勇气像上次一样去中原寻找乾隆皇帝了……我觉得乾隆没有骗我们……我的心里乱极了……"

莎罗奔躺着动也不动，像睡熟了一样呼吸均匀。朵云又饿又累，伏在他身边听着外间惊心动魄的松涛声，渐渐有了睡意时却听莎罗奔道："不要怕。我已经想好了，跟岳钟麒下山……"

"故扎！"

"岳钟麒说的对。"莎罗奔静静说道，"我本来就是乾隆统治下的一个部曲首领，问心也从没有想过造反——连反到成都的心也没有。一个部曲向博格达汗屈膝，像我们在庙里向佛祖屈膝，恳求我们部落臣民的平安和兴旺一样，是谈不上耻辱的。我早就想好了，我既不是向傅恒低头，也不是向岳钟麒低头，我向他们证明，即使到了这样山穷水尽的地步，我也不是一个比乾隆任何一个臣子懦弱的人！"

她睁大了眼睛，想看清丈夫的面容。但莎罗奔脸上没有表情，半张着眼睑，睫间晶莹闪烁着光，仿佛自言自语，又像是对朵云诉说："仗……再打下去只有举族灭亡了……没有屈辱，也没有了生命和光明，只留下满是荒烟野草的金川，和我们无数父老兄弟的幽魂……就算我一个屈辱，能挽回这些，不也很值得么？他们送还我们的战俘，还有粮食和药，还在半路上……明天你派人接上来……接上来吧！唉——"他发出一声叹息，像窒息郁结了不知多少岁月那样沉重和悠长。

"故扎，我听你的，我也陪你去见傅恒……"朵云笑了，抽泣着伏身说道。

第二天平明莎罗奔便醒来了，他没有理会熟睡在身边的妻子，小心起床来踱到山崖洞口，又进洞巡视了一下伤号，出来时，见嘎巴已经守在洞口，便问："昨晚是你监护岳钟麒？还有他那几个卫兵，他们都说些什么？"

"回故扎的话，岳钟麒他们什么也没说！"

"没有说话？"

"带进板房时他说了一个字。"

"什么？"

"他说'屎！'"

莎罗奔猛地一怔，突然爆发出一阵嘶嘎的大笑："这老头子有趣……哈哈哈哈……带我去见他……"嘎巴一边走一边抱怨："故扎叫我们听壁脚，几个士兵吓得缩成一团不敢说话，老爷子那边一夜好睡，呼噜儿鼾声如雷，连身也不翻一个!"

"是么?"莎罗奔边走边道,"啊——那是说他不是一个心怀鬼胎的人!"说着,已到板房外,却听不到鼾声,几个士兵探头探脑的不知说了句什么,便听岳钟麒喝道:"别跟老子装熊包!"接着推门出来,一边披斗篷一边对莎罗奔道,"连个皮褥子都舍不得给我垫,一夜冻得睡不好!你这浑小子,给老子弄吃的来!"

几个藏兵原都偎在皮袍里假寐,见莎罗奔过来早起了身,听岳钟麒这般发作,大家面面相觑,莎罗奔孩子气地一笑迎了上去,说道:"我让他们预备早饭了,吃过饭你给傅恒发信,就说我献一条白哈达给你,你送一条黄哈达给我!"

"黄哈达?"岳钟麒愣了一下,才想起是"面缚"用的黄绫缚带,不禁莞尔一笑,叹道,"识时务者为俊杰,老夫佩服你!"

傅恒终于踏上了归途,一旦从山泽泥淖中跋涉出来,回到烟火人间花花世界的中原,听不到士兵操演声,更漏刁斗报时声,看不见两军相交白刃格斗性命相搏的惨烈场面,乍见村姑簪花,牧童逐羊,歌榭戏楼间筝弦箫管齐放,舞女天魔之姿婉转咏唱,街衢三十六行吆呼叫卖,富者轩马过市,丐者沿街乞讨⋯⋯种种世情俗态,入眼都觉陌生新奇。他有一种恍若隔世之感。一路沿江东下,过武昌,旱路抵达开封,逶迤由德州保定返回北京,一脑门子的炮火硝烟刀枪剑戟影子才淡了下去。

天兵凯旋,莎罗奔黄绫面缚请罪受封,金川大局顷刻底定。算来前前后后十几年,十万军士埋尸草地,三位极品大员失事诛戮,至此有了结果,朝廷面子给足,莎罗奔折箭为誓永为朝廷藩篱,乾隆一想到西南可以从此无虞就欢喜得无可无不可。因严命沿途隆礼欢迎。傅恒向来谨小慎微忧谗畏讥,一路所到之处,督抚以下官员士绅远接远送,沿街百姓烟火爆竹香花醴酒俎豆礼敬,软红十里满眼豪侈繁华,尽目皆是胁肩谄笑之辈,贯耳全听阿谀逢迎言语,心里不耐,又难以违旨,只是催轿趱行。待到京师,又是阿桂纪昀刘统勋三人代天子郊迎,满城彩坊相衔红绫裹树,黄土道上万万千千人拥如蚁,都聚来"瞻仰钦差风采","箪食壶浆以迎王师凯旋";起火、雷子、二踢脚、地老鼠、万响鞭炮响成一锅粥,弥漫的硝烟呛得人流泪，一座北京城竟掀动了，比过元宵节还要热闹了去。傅恒不敢拿大，自潞河驿便弃轿不用，徒步挽辔而行，直到西直门，闻得畅春园鼓乐之声，遥见龙旗蔽日，黄雾般的幔帐旌旗，便知乾隆亲迎至此，忙望阙叩头，随太监卜礼亦步亦趋前来觐见。那黄钟、大吕、太簇、夹钟、姑洗、仲吕、蕤宾……种种宫乐越发响振起来，六十四名畅春园供俸长跪拱手，口中一张一翕合唱：

> 庆溢朝端，霭祥云，河山清晏，铃旗迢递送归鞍。赫元戎，繄良翰，靖献寸诚丹。载干戈，和佩鸾。功成万里勒铭还，遐迩共腾欢……

丹陛大乐中，王八耻率队前导，三十六名太监抬着玉辂大乘舆徐徐出了东直门。青缎三层垂檐之上方轸龙亭，上遮云龙圆盖，中间须弥座上一人，头戴天鹅绒纱台冠，酱色江绸夹袍外套着石青金龙褂，腰间束金镶松石线纽带精致挽成丹凤朝阳花样垂着，两手扶栏面含微笑，点漆一样的眸子亲切地看着傅恒——正是乾隆皇帝了。傅恒只远远睨一眼，几步趋跑上来伏地泥首叩头嵩呼："圣主我皇上万岁！万岁！万万岁！"

乾隆满意地点点头，两手扶着两个小苏拉太监肩头庄重地拾级下轿来，环视一眼密密匝匝的百官队伍，上前扶起傅恒，笑道："一别年余，朕着实惦念着你。此番全胜而归，非惟军事战争而能局限，西南政治从此畅通无碍，此皆尔等不惮劳苦处心积虑忠荩体国，所以有此局面，甚慰朕衷啊！"

这是官面垂训言语格调，乾隆娓娓说来，却是一点枯涩僵板味道也没有。傅恒听皇帝讲到不单是战争军事，更要紧的是政治建树，竟比自己想的更为贴切中肯，无数夜中推枕彷徨精心布置曲划种种辛苦，说不尽的心思烦难、劳苦跋涉、辗转瞻前顾后左顾右盼之苦，都化作一腔酸热之气，已是泪如泉涌，也不敢拭，哽着声音奏道："奴才焉敢贪天之功？自奴才束发受教，即累蒙世宗、今上谆谆训诲，天语叮咛不绝于耳，忠爱之心罔能去怀！即办差稍有微劳，皆皇上平日提携训导之故也！今仰赖天子洪福，德被化外之余顽，王师一举烟霾尽消，守隅夷狄顿伏王纲，此皆我皇上仁化万方，德被草莱之故也。臣忝居受命之臣，与有荣焉……今蒙皇上不次奖掖，恩遇礼隆自古人臣所不能拟比。感念之余思之反增悚惶……"这也是背熟了的奏对格局言语，傅恒边流泪边述说，激切深情出自中怀，乾隆竟也听得泪眦滢滢，半晌才回涕作笑，说道："真是的，朕也跟着你作这儿女情长之态了！这时候这场面不是长叙的时候。随朕来，乾清宫大筵群臣，我们郎舅君臣促膝谈心！"说着转身，王八耻忙高叫："万岁爷回驾了！"

"你这趟差使不容易，"大筵之后，乾隆在养心殿单独接见傅恒，"这当中朕在江南，阿桂在北京，尹继善在西安，朕身边统留了刘统勋和纪昀两个人。刘统勋身体又那样。七事八事的总不得个宁静，高恒的案子未了，又出了个王亶望，还有个朵云搅了北京搅江南……"他仿佛在品咂一个苦果，顿着沉默移时，"皇后薨逝，本该召你回来的，总归没有个放心人在军里，怕招出意外的事，只好让你委屈办差了……"

说到姐姐，傅恒心里一沉，想起自幼受姐姐抚养训育恩情，如今向秀归来屋在人亡，不由一阵痛心难过，在机子上屈身一躬，脸上已带了悲凄之容："奴才在军中乍闻皇后长行，也是心如刀绞，万箭攒射般难过。母亲去得早，我们兄弟年在幼冲，姐姐一人一力把我拉扯大的，不能到簀床前一别音容，为人弟者难遭终天之悲……"他啜泣着拭了泪，声调渐渐从容，"在军中伏读皇上御制《述悲赋》，又接读礼部拟制皇后娘娘丧仪葬礼，细思千古后妃，有几人蒙恩隆重到这地步的？生荣死哀为'孝贤'表率，这又是我傅家一门之幸！临行相别时，皇后曾说：'你是我的弟弟，更是皇家大臣。别总惦记我。你差使办得好，我就怎么样也是欢喜的，你丧师辱国丢盔撂甲败回来，就算我认你这弟弟，你自己有脸认我这姐姐么？'噩耗传到军中，惊痛之余想起皇后教训，臣……只背人痛哭一场，定心忍性努力督师合围，不敢因一己私情荒怠军务的……"他顿了一下稳住心神，又道，"据奴才看，军机处诸公或随驾料理政务，或在外办差，都极尽心力的，方才见刘统勋，黑干瘦弱行动艰难，竟看去比奴才走时老了十年，阿桂纪昀也是满面劳倦……大家四散分处，一事一情往返商榷，自然格外多耗心力。现今皇上回銮居中调停指挥，诸臣奔走左右各尽其力，诸事办起来自然事半功倍。"

"哪得再有几个刘统勋呢？"乾隆无可奈何叹了一口气，"虽然高恒出了事，但朕心里，满洲人操守还是靠得住些。阿桂在北京批条子让和亲王进圆明园半夜接魏佳氏出宫，在军机处隔窗教训贵妃，换了汉人他敢吗？"

傅恒坐直了身子，这些事他还是头一遭听见，他需要掂出话中分量，寻出话中的话来，良久，试探地说道："纪昀才学品德也还好的。"

"才学不须说，品行未必无亏啊！"乾隆端着茶杯起身踱了几步，"官做大了，没有经过挫磨嘛。福康安和刘墉有个密本参奏他，回头批给你看，纵容家人包揽官司欺门霸产，这还成话吗？！"

傅恒心里格登一声，目不转睛地盯着乾隆，一句话也不敢回。

"朕原想黜他到你军中效劳的。"乾隆小口啜了一下杯子，"但纪昀是个书生，朕甚惜他的才学。家里人做事他担待，有些怕委屈了他，他也未必知道全部真情，且是苦主很不争气。朕身边一时也找不到替换的人，比较起来他还算好的。唉！清楚不了糊涂了罢了！"傅恒想着，总算说明白了，纪昀发迹升官，自己甚有干系，不能不有个见识，因沉吟道："皇上担待谅解，是皇上的恩。纪昀应该知道恩情警戒自励。奴才以为应稍加处分使其知过而改，奴才可以先和他谈谈。"乾隆道："可以和他谈谈，处分就免了吧！朕已有旨，博学鸿词科和恩科都要紧着筹办。要着实物色一批人才上来。"因见卜礼在外殿探头儿，点着名叫进来问道："你这是什么规矩？这是什么所在，缩头伸脑的成何体统！"

卜礼立着，吓得身子一缩两腿便软了下去，磕头说道："是奴才混账！万岁爷叫传窦光鼐，人已经到了，没见王八耻在哪里，这是他的差使，奴才寻他，不防主子就——就明察秋毫了！"乾隆被他逗得一笑，傅恒也是一笑，乾隆问道："传见外臣差使不是卜义的么？卜义现在哪里？"

"回万岁爷话，"卜礼磕着头，语言流畅了许多，"卜义犯了不是，撵了下去，现在寿宁宫扫地呢。"

乾隆这才想起来，笑道："他传错了旨意，是无心之过，告诉慎刑司，打二十小板还回养心殿来，他办差使还是小心的。"

"喳——"

看着卜礼退出，傅恒便笑着要辞，乾隆亲送他到殿口，命人"将和珅新贡进的两柄金如意，还有那尊玉观音，八宝琉璃屏风赏傅恒。还有老理亲王手抄《金刚经》，和亲王献的廿四史手抄本赏给福康安"。他笑着对傅恒道，"朕知道你不信佛，但福康安是居士，你夫人更是虔诚，那是给他们的。回去好生休歇一下，朕已召尹继善来京，就和卓的事要议一下，五天之后到圆明园递牌子，这几天朕不叫进了。"

这里傅恒辞出去，卜礼已带着窦光鼐进来。乾隆远远见他在照壁东侧给傅恒让道儿，一笑转身回来，坐在东暖阁窗下，隔玻璃看着窦光鼐在丹墀下向殿上一本正经行叩门礼，一脸庄敬之容垂手侍立。待卜礼进来禀说了，方徐徐说道："叫进吧！"稍顷，卜礼便带着窦光鼐从正殿绕须弥座进来，窦光鼐一丝不肯苟且，在正座前又行了叩头礼，再起身进暖阁，伏地三跪九叩仍是行礼，乾隆肚里暗笑，但知道窦光鼐就这么一副做派，看去有点迂气，却绝然挑不出不是来，也只索由他。待他礼数繁琐已毕，乾隆才道："见过纪昀了？你是从纪昀府里过来的吧？"

"臣是从顺天府过来的。"窦光鼐道，他恭肃的神情让乾隆直想笑，眼睛仍是在仪征那样，盯着乾隆如对大宾，"臣先到军机处，阿桂中堂当值，说刘统勋约了纪昀去顺天府，命臣前去见纪昀。他们正说审询钱度的事。传旨着臣为江南学政。两位大人都有许多训诲，都是至理名言，然后又命臣前来养心殿，聆听皇上圣谕。"

"哦，刘统勋在顺天府？"

"是。还有刘墉也在，还有黄天霸也在，说归德府库银被盗六万两银子，着落在黄某人身上去破案。刘统勋因四川撤兵之后治安不靖，粮价不稳，商酌要遴选得力干员前去维持，他已经几天没有好睡，勉强半躺着办事，料理清楚了臣才上去说话，所以误了接见时辰。"

憨直守礼，细致得近乎繁琐啰嗦，枯燥得像晒干了的劈柴……乾隆一条一条品评着面前这个人，此人如果雍容随和一点，真是个太子太傅的材料儿——心里念叨着，口中却转入了正题："你晋升学政，是朕在仪征已经裁定了的。没有经过吏部考核。军机处原说派你到山左山右河南湖广这些省份。但朕想江南是人文荟萃之地，历来多出名臣硕儒栋梁之材，得有个方正多才办事扎实的人去主持才好，所以拖了时日。"

"这是皇上的器重厚爱。"窦光鼐双手一拱说道，"窦光鼐蒙此重恩，敢不竭尽绵薄，为皇上布德化育，精心简拔人才！"

乾隆点头一笑，想挪身下炕，下坐端了，说道："人才关乎一代兴衰气数。这话不用朕反复说了。学政是从三品，也是朝廷的方面大员了。你这个人，操守上头朕信得及，世路上的事似乎太认真。关乎朝廷大局的认真一点原是该当的，有些屑细事太执着，容易招小人的忌。廿四史上多少忠臣没下场，也有气数上的缘由，也因他们从己之德苛求于人，得罪的人太多。朕虽尽力体察，天下这么大，人事如此繁扰，一件一件都处置得妥当也是个难——你能领会朕这片苦心么？"

"皇上！"窦光鼐听着这话，直从乾隆肺腑而出，一片真情关怀，他的心中一撼，伏地连连顿首道，"皇上的圣谕臣铭记在心，永不敢忘怀！"便用袖子拭泪。

乾隆笑道："窦光鼐是大丈夫，也有如此儿女子情态？学政的差使只有两条，一是作养扶植一方文气，教化一方礼义廉耻，化解一方刁悍民风陋俗；一是遴选人才，奖掖调护和识淹博之士，你操守既好，才学也很可观，这个差使不难办。"

窦光鼐垂首静听。

"朕只担心你嫌富爱贫。"乾隆顺着自己思路说道，"寒士里有好的，自然要格外用心提携，但能读得起书的，毕竟还是士绅殷实人家居多，偏袒一方，容易挂一漏万。士绅地主是朝廷基业根本，子弟们有出息能做官是件好事。你不可执定了都是纨绔子弟，一味栽培穷困潦倒之士，那就失了中庸。有一等学官，为自己身后留地步，越是贫寒的越提拔，学生做了官报恩也越心切。存这样的心，就入了买卖商贾之流，那也使朕大失所望了。要在'公允平等一视同仁'八个字上，你要记清楚了。"窦光鼐道："臣读《圣武记》，圣祖爷在位屡屡有此圣训。皇上剀切教训，光鼐不敢稍萌此心。""很好。"乾隆说道，"你去任上，仍有专折密奏之权，地方上的事你不干预，但可以直接奏朕，朕自有料理之法。好好做去，博学鸿词科，江南乡试，着实选几个好的出来，朕再到江南巡视，观赏你的文治风采。"

本来话说至此，叩头谢恩辞出，可谓圆满妥帖周至无憾。不料窦光鼐一怔，愣愣地问道："皇上，您还要南巡？"一语既出，暖阁里里外外几十个侍立着的太监立时吓得呆若木偶，仰脸瞠目痴痴茫茫，看看乾隆再瞟瞟窦光鼐，背若芒刺般没做手脚处，刚从外头进来谢恩的卜义站在殿门口恰听见这句话，也吓呆在当地。

乾隆冷丁的也被他顶得一怔，正往口边送的杯子也停在半空，看着兀跪不动石头人样的窦光鼐，良久，突然一笑，摆摆手道："不识时务的书生，这里没有老槐树给你碰！朕也不愿你赴任前受训斥。跪安吧……去吧……走前去见见傅恒，不要再递牌子了。"

"是！"窦光鼐叩头行礼，徐徐正了衣冠，从容却步退出殿去。

第三十六回　心迷五色和珅情贪
　　　　　　力尽社稷延清归天

　　傅恒领筵归来，家里已是热闹得翻了个儿。他是天子第一宣力大臣，以宰辅身份领兵在外钦差大臣、军机大臣，太子太保领侍卫内大臣，又新晋封的一等公爵，满城的门生故旧，谁不要赶热灶窝儿紧奉迎忙巴结？按规矩，钦差归京不能先回家，他在紫禁城赐筵召见，六部里侍郎以下大小官员，凡平素有过一面之交杯水之情的，都早早聚集了他的"公府"里，棠儿待官眷忙里边，福康安福灵安福隆安弟兄敷衍来客，从内院二门内到正厅门房过厦，来客足有几百，东一团西一簇拉手见好儿说闲话磕牙等着"爵爷"回府贺喜。傅恒下轿，见外面长龙般车轿马骡排出去半里有余，轿夫走卒沿海子站了一地，连街上卖小吃冰糖葫芦的也招来了，不禁皱了皱眉头，已见三个儿子迎了出来，便站住脚，等他们过来行礼了，开口便说："这是过庙会么？还是给我送殡？你们也都是有官身的人了，怎么这么不晓事！这座彩坊，今晚就拆撤了，还有这墙上挂的花里胡哨的绸子绫罗，晚上都撤了——谁的主意这么大事张扬的？"

　　福隆安福灵安都怕父亲，喏喏连声退到一边逼手侧立，不敢回话。福康安却甚大方，笑着回道："彩坊彩帐是万岁爷特旨赐的，老爷您瞧，上头'光大门楣'四个字也是御笔。儿子问过纪伯伯，纪伯伯也说当得。这些客人咱们并没有请，人家要来，不好硬打发出去。儿子也不愿张扬，人情世故，老爷进去见一见，然后一声道乏，每人清茶一杯，端了送客，似乎合宜些儿，请老爷裁度。"

　　"万岁爷赐的张挂一下，今晚撤了收库。"傅恒便知事有因由，笑道，"这些人也真是的，这么多的拥来，也不想想，就算有什么事要办，我能一一记得他们么？"说着挪步进府，那小八子迎着，尖着嗓子可嗓门儿喊了一句："爵相老爷回府啰！"人们立时肃静下来。

傅恒从人丛中穿过大院，一霎儿时辰他已改变了逐客主意，脸上换了笑容，不时拉拉这个手，拍拍那个肩，随口说几句体恤问候话上了正房滴水檐下站定。

"我很高兴，来的都是我的朋友，有老故交，老世交，老部下，当年同寅，还有昔年跟我办差的一道出兵放马的，都来了！"傅恒说着脸色泛红，眼睛也放出光来，"只是这么多人，这么点地方儿，站没个站处，坐也坐不下，实在简慢了。按说兄弟做这么大官，该是管大家一顿饭，出兵放马的人都晓得官兵一体，带兵的吃上司的饭叫'吃大户'，我情愿让大家也来吃我的大户，也管得起，可惜伙房太小了，轮班儿吃要到半夜了，你们总得叫老傅歇歇儿对不对？"

人们发出一阵愉快的哄笑声。

傅恒陪着众人笑，接着说道："说我出远门日久回来，大家来看我，这是人情，傅恒心里领谢了。说到贺功，傅恒不敢当。无论在京从驾，出外办差，我们都是皇上的犬马奴才，办好了是该当的，办不好就该抽鞭子。赖主上洪福，大家携力，这次金川事情办得顺利，不是我傅某有能耐，是主子提携调度指挥有方！如果要贺，我们该贺我们圣天子万年康健！"

至此众人已听呆了。福康安原担心父亲为了防小人说话冷淡客人甚至下逐客令，见傅恒如此料理，落落大方不落俗套，不禁暗自宾服：这份相臣风度磊落胸怀，自己还真得从头学学。

"我知道大家心思。"傅恒摆了一下身子继续说，"有的有公务，有的有私务要和我说，或许有求于我。须得说明白，我有权，这权是皇上给的。我秉公按情理办事，皇上就许我，我怀了私情图谋私利弄权，皇上就要办我。从我这头说，公义私谊自然两全最好，就是私事，只要不害公义，不坏我品行名声，该为朋友做的我也不推辞。总之请诸位老兄朋友谅达我的心而已。"他环顾了一下众人，"我儿子说，要请众位吃茶，也没有这许多杯子啊——这样，信阳知府给在京从征军士每人送二斤茶叶，我暂借来，每位带一包回去自己冲着吃，好么？"

"好！"众人也不知是喝彩还是应承，答应得异样齐整。

看着纷纷离去的这群官员，傅恒轻轻透了一口气，一转眼见高恒夫人站在烧茶伙房大门口，手里提着茶壶失神地望着自己，心里一沉走了过去，说道："大嫂，你怎么在这里？"

"中堂爷回来，府里忙……"高恒夫人脸色苍白，张皇地回避着傅恒目光，讷讷说道，"我闲着也是白闲着，过来帮一把手儿……"

傅恒点点头，说道："我明白你的意思。高恒犯事儿是另一档子事。你是诰命夫人，不能做贱役。我和高恒素日私交很好，你们败落下来，应该有照应的。大嫂，高恒的案子是万岁爷钦定的，决断权在万岁爷那里，你不要求这个求那个的了。回头叫人送点银子，教孩子们好好读书，安生守时待命，孩子们出息，你也就有了依靠出头之日。有什么难处，只管来找我，或者棠儿也成，好么？"高氏流着泪还要答谢，傅恒见和珅和马二侉子从西花洞门出来，摆手说道："就是这样，你且回去吧。"折转身笑着过去，边走边道："听阿桂说老马在北京，我想你必来的，方才没见，谁知你们躲到书房去了。和珅，好啊，青金石顶子戴上了！说是管了崇文门关税？和亲王信里很夸你能会办事呢！"

和珅只腼腆一笑，拘谨地向傅恒一躬答礼，马二侉子笑着向傅恒一揖到地，说道："中堂爷，您这番出兵回来，我瞧着比先更爽明豁达了——几曾见您说过这么多话？有情有理有章法！老马真是五体投地佩服之极！"

"你这官场混子，不花钱米汤只情灌我！"傅恒笑了笑，换了正容说道，"那个吴尚贤动身了没有？我在军中，万岁爷有旨问这件事，还问起'马二侉子何许人'？我给主子密折，说就是秦淮河边和易瑛一道儿买古董的那个人！你看，做皇商做到惊动天听，你不含糊！"马二侉子嘻嘻直笑，说道："是纪中堂不是易瑛。您把我和反贼扯一处去了！吴尚贤昨儿有信到了大理，估约现在在贵阳，离京早着呢。"傅恒点头，又问和珅："几个税关都整顿了？现在有多少人？每日能有多少厘金收项？收项归哪里？"

和珅初出道做官的人，十分严谨缜密，不敢和马二侉子似的那般放肆，忙一侧身赔笑道："卑职已经整顿了，四个关，每天收项在一万到一万二千两上下，内务府七，户部三成分。中堂，我可真是开了眼，这几个关里头原来官、吏、税丁职分不分，竟是一锅混账丸子杂烩汤！收来的税有的上账有的不上账，几个人一嘀咕就私分了。内里几起子人都抱成团儿，一头自己私分，又盯着别人。幸亏他们自己不和，都抱成一堆儿，算私分了一个国库呢！开国一百多年，这是个没人留心的黑角儿，不知流走了多少银子——这些人都发透了！"

"一万二千银子！"傅恒不禁骇然，一年近四百万的收项，自己一向竟没有留心！想了想问道，"你怎么整顿的？"

"前头的账没法查了，我禀请桂中堂请旨，几个关长和他们的亲戚五十多人一律离位给我走人，各王府荐的人也一律开革，赶走捞钱的，留下办事的。"和珅笑道，"留下的人盘账建账，重新调配差使，我和我的管家四关巡视，每日两次雷打不动。这么着，棋就走活了。"

傅恒赞赏地看一眼和珅，说道："还这么年轻，有胆量有识见！你没有细说，想必还有别的料理章程，回头写个夹片细细说了，送军机处看。且回吧，我明天歇半日，明天下午到军机处当值，有要紧事到那里再说。"说着便进二门，棠儿已和几个大丫头并嬷嬷婆子二十几号有头脸的仆妇守在照壁前等着了。

"这一回子爵换了公爵了，"更深人静时分，傅恒曲肱躺在床上，抚摸着棠儿的头发说道，"那年封了爵，说我们府上匾额可以写成'子宫'，都笑。现在成'公宫'了……"棠儿偎在丈夫怀里，也用手将理他的发辫。一别年余，偌大一个家务里外操持，加着儿子出走，日夜煎心，她也变得深沉了。听着丈夫说话，棠儿喟然叹息一声，说道："你真的看去老了。一小半头发都白了……封公爵，我原也心热，如今到手里，想透了还不就那么回事！安生再给主子出几年力，求主子放你当个文华殿或者武英殿大学士，或者到毓庆宫当太子太傅，平平安安康康健健的多少是好！……方才听你口气又在问缅甸，缅甸在哪呀？有多远呀？你这人打仗打出瘾了么？好好儿把康儿兄弟调理出来，不一样是给皇上出力卖命？"傅恒道："不是我逞强，五爷是万岁爷的亲兄弟，恼起来打得他魂不归窍！这里有个道理你一想就明白，这府里上上下下几百人，奴才们钻沙子偷懒歇着站干岸看河涨，就你着急就你忙，你恼不恼？我并不指着娘娘挣功名，可娘娘毕竟是我傅家护法神。娘娘不在，我更得努力。说到公字上，皇上一力提拔我，做到位极人臣，实在也只能老实拉磨拉到底了……"

棠儿一眼不眨盯着暗夜，思量着傅恒的话，喃喃说道："出兵放马忒凶险的了……小七子的事出来，我惊得几夜没睡，赏了老王头一处宅院十个家仆，还有一万两银子。小吉保不肯走，要跟康儿，你回头给他补个缺……你说娘娘，如今那拉贵主儿升正宫是准定的事了，睞主儿和钮贵主儿有那场子事，往后的事繁着呢！想来一个也不敢得罪。钮贵主儿上回传过来话，说上回进的伽楠香珠好，她妹子也想要一串，'请'我代买。八月十三是她生辰，得赶紧买来送进去。这么着又怕那拉氏不受用，就是睞主儿，如今也大非昔比——一样儿三份礼，钮主儿稍厚些，恐怕才能周到了。这没有五万银子是决计办不来的，方才老马来我和他说过了，总归礼上头要和你身份相合……"

其余如夫妻敦伦之事，久别胜于新婚，自不必细述。

再说和珅和马二侉子离了傅恒府，两个人没有坐轿，到前门馆子里吃了一顿涮羊肉，出来时天已向黑，约好第二日下午到军机处给阿桂回事便各自分手。和珅自回了驴肉胡同家里。这里名字虽臭，但其实是前明时的屠宰场，早已平废了盖起房子，年积月累成了一条曲曲弯弯不成方向的小巷。唯其名字不雅，房价也就低。和珅此时不阔，花了三百多两银子便买到两进两出一座大院。青堂瓦舍一色都是卧砖到顶的七成新房，倒也堂皇气派。他年不足二十，左保右保已是四品京堂，算得是少年高位了，新朋旧友荐来当长随的也有二三十个，就中选了个机灵的叫马宝云的当了内管家，刘全跟班在任上行走。吴氏怜怜母女两个安排在后院，里外人都叫"嫂太太"，其实大伙上吃饭，和珅书房洒扫庭除浆洗针线活计也做。初合之家热热闹闹的倒也有点兴旺势头。和珅回到家里，已经掌灯时分，见吴氏端饭上来，一边坐了吃，笑问："刘全下来了没有？我这里不用你侍候，有他们随便弄点吃吃就成。大伙吃什么？还是馒头稀粥萝卜秧儿炒肉？"

"我不老不小的闹在后头做什么？别这么蛇蛇蝎蝎的女人似的。热水好了，吃过饭这里洗洗澡，睡着解乏。"吴氏张忙着端了热水又抹桌子，手脚不停口中说话，"刘全下关，带了一包东西在那柜顶上放着，还给账房上带回二百四十两银子，说是分的'利市'。我跟他说，这不是伙居过日子，也不是庙里挂海单，得有个管账先生，收支上头都有账房上管，家里看门，迎送客人，跟主子的，各司其差，有上下有内外才像个大人家。"说着，放下抹布，从头上拔下银簪剔灯。和珅见她穿着蜜合色杏花滚边大褂，套着雨过天青裙子，弯眉吊梢下一双水杏三角眼盯着灯芯，纤纤五指映着灯红里透亮，像一枝红玉兰般玲珑剔透，不禁痴痴的。吴氏有些觉得，自己审量了一下身上问道:"你看什么?"

和珅咽了一口唾液,把碗推过一边,笑道:"方才和老马一道吃过了,这菜好,你带回去给怜怜吃。"吴氏道:"那你洗澡去,我等着把你脏衣服带回去洗。"和珅笑道:"你可小心点,别叫风把灯吹灭了!"吴氏啐道:"模样!刚吃饱几顿饭就学得油嘴滑舌,九宫娘娘庙里你晕着我给你洗擦,身上那个臭,到现在还恶心呢!"和珅笑着进里屋去了。

一时和珅洗毕更衣出来,吴氏抱着衣服去了。和珅便打开刘全带回的包裹看,一解开便怔住了。只见里边放着黄灿灿亮晶晶三个金元宝,还有一堆散碎银两,从三十两的台州纹饼到几钱重的银角子,一两大小的银锞子,合下来足有四百多两银子!还有个首饰匣子,和珅颤着手打开了,里头是三枝翘凤软金翅儿宫花簪,每枝上头珍珠盘攒嵌着一粒祖母绿——这就贵重得很了,其余还有几个极精致的内画鼻烟壶,四五挂伽楠香念珠……一堆物什在灯下五颜六色,宝色光气摇曳不定,粗算一下这包东西至少也值五万银子……和珅觉得有点头晕,他也算见过世面的了,几曾有这么一堆宝贝放在自己近前!许久,他才从半醉中清醒过来,掩了包裹几步跨到门口喊道:"刘全,刘全——你来!"

"唉——来了!"便听刘全的脚步从大伙房那边过来,他似乎喝过几杯,半眯着眼进门,看着和珅道,"老爷叫我?""这些东西是怎么回事?"和珅指着桌子问道。刘全龇牙儿一笑,说道:"还有二百四十两银子,是他们盘账,前头库银的余羡。这堆物件封在库房里,账面上也没有,大约是从前零碎过关,有的是贼赃截下来没有缴刑部,堆在破烂里头,您瞧这包袱破烂流丢的,人都不留意。我跟管库的说得交到您这里送内务府结盘,就提溜回来了。"和珅问:"你给人家打条了没有?"刘全木了脸,说道:"老高在外头等我喝酒,没打条子。"

和珅哼了一声,说道:"这值不少银子呢,明天我送内务府去。关里刚整顿有点头绪,你跟着我得有规矩。幸亏没打条子,不然多少斤两说不清,将来就是麻烦!"定了一下又道,"你歇着去吧。"

但这一夜他自己反而睡不着了。起初想得简单,从里头取出三串伽楠珠子,"傅太太不是要用吗?不用找老马,这几串孝敬了!"其余的一缴,然后放心吃饭睡觉办差!但想想不对:这是无头财宝,缴给谁便宜了谁也说不定，缴军机处肯定受表彰，但这算露了富——一次就缴五万，下次不能少了这个数。若说是前任余财，又要按规矩追究，那得罪的人就海了！若是不缴，分给关上兄弟，倒能落个好儿，只是若这次分了，下次分不分？分来分去容易分不匀，人们再借机总捞这个外快，前头的"整顿"算泡汤儿了……循着"留下"思路想，五万银子足可把这个家业好好作兴起来，能把房子修得和阿桂的宅院一样，花厅、花园、海子、假山、书楼、戏台……走马灯般在脑海里转。他想换个题目，想女人，从吴氏身上想到嘉兴楼的"小鸽儿"，从吴氏洗澡想到"小鸽儿"剥脱光了衣服，想来想去又转回来，那堆财宝仍在眼前晃，驱之不去挥之又来。他恼自己"没成色，没见过大世面"，"啪"地扇自己一耳光，坐起来，不睡。但接下来就没再想"缴"这个字，一直想到鸡叫，和珅才迷迷糊糊睡沉了。

直到已末午初时牌和珅才一乍醒来。吴氏已经把饭端来。他匆匆扒着饭，看着外边亮灿灿的秋阳，老树婆娑树影参差斑驳。忽然觉得自己昨晚可笑，也算闯荡天下读过几本书的人了，遇了事就是洒脱料理不开，他忽然有了主意，"且留着。待对景儿好时候，直接缴给刘统勋，他是管刑部的，这钱来路不明，缴他是天公地道！"想定了也就神色泰然，起身便走，边走边道："我去军机处。叫刘全几个关都转转，有事晚上给我回。"吴氏答应着，和珅已经去了。

待到西华门外，已是午正时牌，和珅下轿看时，却不见马二侉子的影儿。他和守门大监侍卫都极熟的，问了问才知道马二侉子来过了，阿桂叫他回去取一件什么东西再来。和珅也就不再等他，悠着步子进宫来，待到军机处门口，见王八耻一干太监垂手侍立在窗前，远远乾清门前还有十几个官员小声交头接耳。和珅略一揣度，便知乾隆在军机房。他这个位份无论如何不敢惊动，他吁了一口气，也不远处回避，老老实实站在圣谕铁牌子旁侍立。眼看着傅恒踱着步子从隆宗门进来，他没敢上去寒暄，只把头更低垂了一些。

"你们看，朕说傅恒在家待不住，果真就来了。"傅恒 进门便听乾隆说道，"你何必这么紧忙的，宽松休息几日，有的差使你办。"傅恒冷丁的一怔，才见乾隆坐在大炕上，阿桂纪昀，还有弘昼都在炕下小杌子上正在奏事说话，忙伏地给乾隆行礼，赔笑道："虽是主子体恤，奴才怕歇得懒惰了。乍从金川回到北京，不知怎的，觉得平地上走道儿都不会了！奴才还是军机处的人，主子虽还没分差使，看他们忙，能帮帮手也是好的。"乾隆笑道："方才还在说这事。虽说都是军机大臣，朕给你首席位分。天下事多，你年富力强，阿桂要提调西北军务，要准备到西宁督军，纪昀修纂四库全书不能多管政务，延清不能再拼命了，得把身体养好。所以给你加担子，多为朕分劳。"说着抬手叫起，傅恒只好谢恩道："奴才敢不竭尽草茅努力襄赞，凡诸政务，奴才们必精心商酌，请旨施行。"说罢叩头起身，又一揖，谢座。

乾隆含笑点头，接着方才的话题说道："朕料刘统勋也要来的，你们接着说，中午陪朕一道儿进膳。"

"阿睦尔撒纳要饷要得太多了。"阿桂斟酌着字句说道，"别说一百万石，就是砍掉一半五十万石，陕西藩库榆林厅的粮库就腾空了。再运过青海，就算是十石粮运一石的折耗，要一千一百万石！各路军没有聚集，现在又是秋高羊肥时候，他又是游牧部落，要这么多粮，奴才很疑他囤粮居奇，这个心难猜。皇上，他和三车凌不同，三车凌是定居在乌里雅苏台，家眷都在热河八大山庄安置。他是带兵带部族，有马有帐篷，青海南疆万里草原天高海阔。说句'走'，找起来都格外艰难。所以万万不能给他粮食多了。"

乾隆注视着阿桂，问道："总要供应粮食吧？又要人家前锋打仗，又不供粮食，阵前哗变了怎么办？"阿桂咬咬嘴唇，说道："可以供，头一次一万石，以后每月五千石，细水长流给他。"乾隆想着一笑，说道："他临辞时，朕说了满话，说'粮食要多少有多少，决计不会让你们饿着肚子打仗'——现在不好转口昧言的吧？"

傅恒在旁沉吟道："主子可以赏他点绸缎珠宝之类的东西以安其心。把他的折子批回去，就说已经有旨叫尹继善岳钟麒火速办理。尹继善在南京，岳钟麒在西安，三地书信调令往返磨蹭。主子又没说不给，他就有气，也只好和尹继善去打擂台。这么着可好？"乾隆听了心里叫好，但这么做又透着不那么光明正大，因抑了笑容，不言声只算默认。傅恒略一思索便知自己说话太直露了，忙转了话题，说道："奴才回京看了不少积压的邸报。福建将军出缺，台湾知府也有奏报，林爽文潜回，又在各处暗地建教结堂蠢动。奴才想，海兰察原来在太湖水师当过营管带，要强固海防，防止台湾出事，不如调海兰察补缺。川军归营，兆惠率大营三万人到青海驻军，预备着策应西征大军。四川这次用兵，虽说是王者之师秋毫无犯，但菜价粮价都涨了不少，号住民房也有些小滋扰，有的营务纪律不整，与驻地官员百姓也小有口舌龃龉。一条是安民，可以给金辉一个宣抚大臣名义，这些琐细事务由他办了奏明；一条是官员，为征金川的事各方协助出力不少，可否吏部派一名侍郎带考功司的人去一下，分别斟定，和金辉会衔，该保的保该升的升，有玩忽怠惰的也有处分，这样，金川的善后事宜也就清理了。"

"四川免一年钱粮，乡试举人名额增加十二名，粮食由金辉拨给莎罗奔一万石，这才能算完全善后。"乾隆挪动了一下身子。傅恒这些安排他都觉得合宜。他心里是想让福康安带兵历练历练，但福康安年纪资历都还太浅，这话却抬不到桌面上说，一边思量着，心里有了主意，徐徐说道："刘墉和福康安实在要算这一代的佼佼者了。一文一武，都要栽培重用。就着刘墉晋户部郎中，加侍郎衔到四川，也不局定考核官员，安民的事一揽子差使办了，福康安——嗯，到太湖水师去，加副将衔，兵部侍郎衔，带一带大营才能成将军材料儿。"

这似乎升得太快了，但乾隆的口气不是和众人商量，而是想定了的旨意，众人都没敢说话。傅恒也不愿儿子成众矢之的，切身的事倒觉得容易说话，身子倾了倾说道："福康安比起刘墉尚欠老成，臣——"

"你不必辞，朕心里公道毫无偏私。朕看福康安比你当初攻黑查山时还要强些。"乾隆笑着起身，适意地在地下踱着步子，徐徐说道，"国家缺人才，不能拘于一格。看准了的，该提擢的不要犹豫，昔日圣祖时高士奇一日七迁，张廷玉也是部曹小吏一下子进上书房的。你们当宰辅的要有点胆略器量。"他看了看窗外，"天色还早，傅恒跟朕出去走走。"说罢便出来。站在铁牌下的和珅见他们出来，本来弯着腰，就势儿打下千儿行礼，却没敢说话。

军机房里的阿桂有点奇怪，见纪昀掏烟要抽，笑道："主子一向坐功最好的，今儿像有点坐不住似的。"纪昀笑道："坐了一个时辰了。方才议到我的差使，皇上博引旁征，说了《左传》说《史记》，又讲《楚辞》——

那都是皇上近来读的书。阿桂你怎么就不晓得附和几句？我猜皇上心里不很欢喜呢！"阿桂吓了一跳，忙道："我是个带兵的出身，虽读了几本子书，哪能在主子跟前逞能呢？主子也不犯着为这个不高兴。"纪昀笑道："不是为这个。他猜刘统勋来，刘统勋没来！你没瞧见，傅恒来时他多高兴！"阿桂这才堪堪明白了，忙道："我们也出去，问问刘统勋在哪里，能来就叫来他。不过，主子未必那么小心眼的。""你想到哪里去了！"纪昀笑着起身，一边向外走，口中说道，"主子是担心刘统勋身体不好。刘统勋但有一口气，必定挣扎上朝的……"这么一说，阿桂倒觉得自己以小人之心度君子之腹，不好意思地一笑，和纪昀厮跟着出来。交代守门太监了几句，便向隆宗门趸去。

景运门这边傅恒默默跟着乾隆，他不知乾隆单独叫自己出来什么事，乾隆不说，也不好问，只好亦步亦趋在后边，心里设计乾隆问话题目如何应答。

"方才站在军机处门口的那人你认识不认识？"乾隆许久才道，"他叫和珅？"

这么没头没脑的一问，傅恒顿时一愣，忙道："奴才不熟悉，只知道他叫和珅。好像是阿桂荐上来的。"

"不是，是和亲王荐的。"乾隆微微一笑，"说是十九岁，朕看还要小一点。"

傅恒微微睨了乾隆一眼，心里揣摩着，试探地说道："十九岁做到四品，很不容易的了，他是满洲老人儿，总归沾了这个光儿。昨日他和那个叫马二侉子的到了臣家，听说他管了京师关税，奴才才和他兜搭了几句。"乾隆点头，说道："你在家对客人们说的话，朕已经知道了，很得体。你晋位晋封，是朕第一宣力大臣，有些话给他们说到前头也好。这个和珅是个理财能手，他请阿桂写了个代奏条陈，请旨立一个议罪银制度，回头转给你看，大意是说有一等犯过官员，或墨误，或失事，或失察，或偶犯，总之是无心之过，允许纳输银两赎其罪愆，朝廷内廷多得些收项，对本人也是惩戒。朕想这个议案不宜发布明诏，但也似乎不无道理，先给你透个风儿。你细斟酌一下再和朕议。"说着站住了脚步。

这里是景运门外，晴朗的秋空上阳光一洒无余，向南望是箭亭、文渊阁，东边是九龙壁，北看是毓庆宫、奉先殿……以及宁寿门、皇极殿一带都有内务府的吏员带人站岗守哨，人来熙往的工匠有的修墙粉丹施垩，有的拉大锯制作门窗，有的爬在脚手架上给罘罳换网，还有叮叮当当给宫门上钉铜页子换辅首衔环的，热闹嘈杂不堪。傅恒真的摸不清头脑：怎么皇上会有兴致带自己来看这些？

"宫里头侍候人手太少了。"乾隆漫无目的地向南走着说道，"如今朕用的太监宫女，不及前明的三分之一。太后有岁数的人了，不能让她老人家有丁点儿委屈。就是皇后，在扬州也是因为跟的人少才受了惊吓——这就事关国体。听弘晓说过一句话'大有大的难处'，这话不能和外人说，又不能从正项银子里调拨。圆明园那边他们尚且今儿一个条陈明儿一个谏章的聒噪，这里花银子又哪里出？"

这一说傅恒便全然明白了，崇文门关税已经有人在议论，再加上一个"议罪银"，无论怎样冠冕，都逃不掉"聚敛"二字。但若硬加谏阻此刻立马便要犯了圣忌，单独和自己谈也是寄望于自己的意思，如何拂逆得？一边想着，赔笑道："这不是大政，皇上以孝治天下，天子起居华衮龙毓，也是礼上当然。只是要严谨些，容奴才细细筹思办理，哪些是可'议'之罪，哪些罪不在此例，要订出制度，防着宵小奸徒有隙可乘。"说到这里陡然想起高恒，高氏夫人那张无望可怜的面孔在眼前一闪，遂道，"主上回銮，诸事安妥，高恒的案子也该结束了。奴才在四川，有人把门路都走到大营里去了。早早定下来，就不在这上头分心了。"乾隆起先还笑，听着后头的话敛去了笑容，问道："你听外臣有什么议论？""高恒家中已经抄没了七万银子。前头的账目是历届盐政上头的事，似乎不能都算到他一人头上。"傅恒说道，"一千多万银子奴才敢保决非高恒一人所能侵吞。这么大的案子又不能不审谳明白再定。回京我问阿桂，阿桂也是拿不定主意。他和王亶望的案子确实不同的。"

"事不同而理同，情不同而心同。"乾隆说道。他对傅恒一直好感不减，但又疑心有人怂动傅恒宽解高恒，也怕傅恒晋位骤生骄佚之态，就高恒一案，也是他想定已久的事，不愿随意更动；转思方才说到"议罪银"，傅恒立时现身说法，有点"请君入瓮"的味道。如此种种念头只是倏然转过，因冷了脸，说道："恕了高恒，钱度怎么办？他们死罪不可逭呐！有人在南京给朕说高恒是贵妃弟弟，礼有'八议'之经。朕说，贵妃的弟弟犯罪不治，那么皇后的弟弟如果有罪，治不治？你不要悚惶。你自知朕对你信任不二，朕这只不过是譬喻而已。"

即使是譬喻，乾隆语调也尽量放宽和了，傅恒却如何能不"悚惶"？早已惊得脸色苍白冷汗浃背的了，听乾隆抚慰，忙道："傅恒不敢忘主子训诲！近年带兵没有读书，本来的粗材就露出了本相，奴才自今得多多聆听圣训，谨慎言行，在慎独上头痛下功夫，以期不负主子厚望高恩！"乾隆从未见过傅恒如此惊慌，自知话说重了，进前一步正要加意抚慰几句，猛听得北边有人吆呼，转脸一看，是王八耻正从景运门撒腿飞奔过来，一边跑一边喊："万岁——主子爷——可不得了了！"乾隆见他跑近，断喝一声："你这杀才，大呼小叫的成什么样子！"

"万岁……"王八耻一个踉跄，就势儿爬跪到一堆木料旁，上气不接下气煞白着脸连喘带吁说道，"刘……刘统勋老……老中堂……不……不……不……"

傅恒情知刘统勋大事不好，见乾隆横眉立目还在瞪王八耻，忙道："你歇歇气。刘统勋现在哪里？"

"在……"王八耻一手撑地，一手偏指西北，说道，"在隆宗门外……轿上……已……已经去传……传太医……"

乾隆头"嗡"地一响，接着一阵耳鸣心悸，两腿一软就要往木料堆上坐。傅恒见他脸色青黯苍白，张忙之下喝叫几个管工的吏员："过来搀着主子回宫！快着些，你们要死了么？"几个人忙奔过来架了乾隆肘弯，乾隆觉得两手十指都森凉了，喃喃说："带朕去……带朕……"傅恒在旁虚扶着他走了几步，看着他脚步渐渐稳健了些，小声道："主子，您别着急。刘统勋病得有年头了，犯病是常有的事……您先回宫歇着，容奴才去料理可好？"

"你去……"乾隆点头道，"朕是一时心障，没有干系的，你先去，朕随后就到……"傅恒不放心地又看乾隆一眼，加快步子去了。

但刘统勋已经不行了。他的轿停在隆宗门外小空场上，敞着轿帘，他本人冠顶朝服，一臂架着轿窗，一手捻着朝珠端坐轿凳上，头微微左侧，有点像在轿中聆听外面的动静的样子，但浓眉下垂，双目紧闭，下巴微微垂吊下来，全身像一尊形容枯槁的木雕像般一动不动——显见已经过去多时了。傅恒赶到时，阿桂和和珅正在赶人。军机处候见的几十个官员来看稀罕的官员有几十号，远远地围在一边，和珅是作揖打躬地劝"诸位大人请回避一下……"阿桂满头油汗，呵斥："有什么好看的？都退下！"纪昀则连连催人："叫太医院的人骑马进来！"乱糟糟的一片，傅恒一到便皱起眉头，叫过军机处一个小章京道："你没有差使么？到这里干什么？你，还有卜义，把这里的官员太监名字记下来给我！"话音未落，众人已纷纷抽身如鸟兽散。

忙乱中乾隆已经赶来，看见刘统勋这尊坐像，也怔了一下，推开架搀的人，想到近前轿边，又茫然退了一步，有点像梦游人，呆滞地看着几个臣子，许久才问道："纪昀，你通医道，看，看过脉了没有？"

"回万岁的话，"纪昀忙回身跪下，乾隆这样，他也看着难过，已是流出泪来，连连叩头，"万岁千万要保重节哀……"

一语既出，乾隆已经完全明白，所谓叫太医传进看脉如此云云，都不过勉尽人事而已。正没做奈何处，两个太医和刘墉骑马过来滚鞍下骑，太医也不及见驾请安便向轿奔去，刘墉张皇着要过来，乾隆急摆手道："先看你父亲，先看你父亲！"刘墉忙回身趋到轿边跪在刘统勋身边，失神地看看这个看看那个。纪昀也凑过去帮着太医捻针切脉，忙得一头大汗。移时，两个太医略一会意，回身向乾隆跪下，颤声奏道："万岁爷，刘统勋老大人归……归天了……"乍然间便传来刘墉一声痛彻心脾的长恸。他头碰得临清砖地"砰砰"作响，身子扭曲着，两手死命地抠那块砖缝儿。阿桂傅恒纪昀等人顿时泪眼模糊。

"国家从此少一正人，朝廷从此少一柱石。"乾隆早已热泪长流，想起昔年元宵召进刘统勋赐他鱼头豆腐汤，嘱托他"预备着侍候下一代主子"的往事，想起这许多年刘统勋参赞政务，没明没夜死拼着办差，想起这位活包公奖掖清流威震奸宄的种种好处，竟尔如此撒手人寰一去不返，乾隆更是悲凄不能自已。任眼中的泪在颊上淌着，待刘墉哭声稍减，他向前走了两步，竟向轿中的刘统勋鞠了一躬！

阿桂和纪昀傅恒都随着跪了下去。

"正直聪明谓之神，你是成了神了，还望在天之灵佑我大清社稷……"乾隆哽咽着说道，"刘墉已经成立，家中事不必念心，自有朕一力成全料理。"

　他后退一步，回头对傅恒道："传朕的话，布告天下，辍朝三日，为刘延清公礼丧宠荣！"

1997 年 6 月之望于宛